Amanecer

ALFAGUARA

ALFAGUARA

Título original: BREAKING DAWN
Publicado de acuerdo con Little, Brown and Company (Inc.),
New York, New York, USA.
Todos los derechos reservados.

Del texto: 2008, Stephenie Meyer
De la traducción: 2008, José Miguel Pallarés y María Jesús Sánchez
© De la imagen de cubierta: John Grant / Getty Images
Santillana Ediciones Generales, S.L.

Adaptación para América: Roxanna Erdman

© De esta edición: 2008, Santillana USA Publishing Company, Inc.
2105 N.W. 86th Ave.
Doral, Florida 33122
www.santillanausa.com

Amanecer
ISBN: 978-607-11-0033-7

Printed in the U.S.A. by HCI Printing & Publishing, Inc.

15 14 13 12 11 10   10 11 12 13 14 15

Amanecer

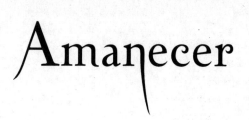

STEPHENIE MEYER

ALFAGUARA

Este libro está dedicado a mi agente/ninja, Jodi Reamer.
Gracias por mantenerme apartada del
alféizar de la ventana.

Y gracias también a mi banda de música favorita,
los muy bien llamados Muse, por suministrarme
tan valiosa inspiración para esta saga.

LIBRO UNO

✦

Bella

Índice

Prefacio 13
1. Comprometida 15
2. La larga noche 37
3. El gran día 53
4. El gesto 68
5. Isla Esme 95
6. Distracciones 121
7. Algo inesperado 142

La infancia no va de una edad concreta a otra.
El niño crece y abandona los infantilismos.
La infancia es el reino donde nadie muere.

Edna St. Vincent Millay

Prefacio

A estas alturas de mi vida había tenido una cuota de experiencias cercanas a la muerte más que razonable, y desde luego no es algo a lo que uno pueda llegar a acostumbrarse.

Sin embargo, en lo que a mí se refería, parecía extrañamente inevitable otro nuevo enfrentamiento con la muerte. Daba la impresión de que yo estaba marcada por la fatalidad; había escapado una y otra vez, cierto, pero continuaba regresando a buscarme.

Y qué distinta era esta vez con respecto a las otras.

Puedes huir de alguien a quien temas, puedes intentar luchar contra alguien a quien odies. Todas mis reacciones se orientaban hacia esa clase de asesinos, tanto monstruos como enemigos.

Cuando amas a tu posible asesino te quedas sin opciones. ¿Acaso es posible huir o luchar aunque eso lo lastime gravemente? Si la vida es todo cuanto puedes darle al ser que más adoras ¿por qué no entregársela?

¿Y si esa persona es a quien amas de verdad?

1. Comprometida

Nadie te está mirando, me aseguré a mí misma. Nadie está mirando. Nadie está mirando.

Mientras esperaba a que uno de los tres semáforos de la ciudad se pusiera en verde, miré hacia la izquierda y allí estaba el auto de la señora Weber, quien había girado completamente el torso hacia mí. Sus ojos me perforaban, así que me encogí, preguntándome por qué no bajaba la vista o al menos se cohibía un poco. Hasta donde yo sabía, todavía se consideraba grosero que alguien te clavara la mirada, ¿no? ¿Acaso eso no se me aplicaba a mí también?

Entonces recordé que estos cristales son polarizados y de un color tan oscuro que probablemente no tenía idea de la identidad del conductor, ni de que la había atrapado fisgoneando. Intenté extraer algo de consuelo del hecho de que ella realmente no me estaba mirando a mí, sino al coche.

Mi coche. Suspiré.

Dirigí la mirada hacia la izquierda y gemí. Dos peatones se habían quedado pasmados en la acera, perdiendo la oportunidad de cruzar por quedarse a mirar. Detrás de ellos, el señor Marshall se quedó embobado, mirando a través de los vidrios del escaparate de su pequeña tienda de regalos. Aunque no había presionado la nariz contra los cristales. Por lo menos no todavía.

Pisé a fondo el acelerador en cuanto la luz se puso en verde, pero lo hice sin pensar, con la fuerza habitual para poner en marcha mi viejo Chevy.

El motor rugió como una pantera en plena cacería y el vehículo dio un salto hacia adelante tan rápido que mi cuerpo se quedó aplastado contra el asiento de cuero negro y el estómago se me apretujó contra la columna vertebral.

—¡Agg! —di un grito ahogado mientras tanteaba con el pie buscando el freno. Sin perder la calma, me limité a rozar el pedal, pero de todas formas el coche se quedó clavado en el suelo, totalmente inmóvil.

No pude evitar echar una ojeada alrededor para ver la reacción de la gente. Si habían tenido alguna duda acerca de quién conducía este coche, ya se había disipado. Con la punta del zapato presioné cuidadosamente el acelerador apenas medio milímetro y el coche salió de nuevo disparado.

Apenas me las arreglé para llegar hasta mi objetivo, la gasolinera. Si no tuviera la cabeza en otra cosa, no se me habría ocurrido aparecerme por la ciudad para nada. Me había pasado todos estos días sin un montón de cosas, como Pop-Tarts y cordones para los zapatos, con el fin de no mostrarme en público.

A la hora de llenar el tanque me moví tan deprisa como si estuviera en una carrera de coches: abrí la puertecita, desenrosqué el tapón, deslicé la tarjeta e introduje la manguera en la boca del depósito en cuestión de segundos. Eso sí: no podía hacer nada para que los números del indicador avanzaran con mayor rapidez. Marcaban con lentitud, como si lo hicieran intencionalmente, sólo para fastidiarme.

No había mucha luz al aire libre porque era uno de esos días típicos en Forks, Washington, pero me sentía como si tuviera un reflector enfocado en mí, centrado sobre todo en el delicado anillo de mi mano izquierda. En momentos como este, cuando sentía miradas de extraños clavadas en mi espalda, me parecía que el anillo latía como si fuera un anuncio de neón que dijera: "Mírame, mírame".

Era estúpido estar tan pendiente de uno mismo, y yo lo sabía. Aparte de mi madre y mi padre, ¿realmente importaba lo que la gente dijera sobre mi compromiso? ¿O sobre mi coche nuevo? ¿O respecto a que me hubieran aceptado tan misteriosamente en una universidad de la Ivy League? ¿O incluso sobre la brillante tarjeta de crédito que sentía arder al rojo vivo en el bolsillo trasero de mis pantalones de mezclilla?

—Precisamente: a nadie le importa lo que piensen —masculló entre dientes.

—¿Cómo dice, señorita? —me interrumpió la voz de un hombre.

Me volví, y entonces deseé no haberlo hecho.

Dos hombres permanecían de pie al lado de una lujosa camioneta que llevaba dos kayaks de última moda sobre el techo. Ninguno de los dos me miraba: tenían los ojos clavados en el vehículo.

La verdad es que no entiendo. Soy más bien de esa clase de personas que se enorgullecen de ser capaces de distinguir entre los símbolos de Toyota, Ford y Chevrolet. Este coche es de un reluciente color negro, estilizado y realmente bonito, pero para mí no era más que un coche.

—Perdone si la molesto, pero ¿podría decirme qué clase de coche es el que conduce? —me dijo el hombre alto.

—Bueno, es un Mercedes, ¿no?

—Sí —repuso el hombre educadamente, mientras su amigo de menor estatura ponía los ojos en blanco en reacción a mi respuesta—. Eso ya lo sé, pero me preguntaba si no estaría usted conduciendo... un Mercedes *Guardian* —el tipo pronunció el nombre con respeto, casi con reverencia. Tuve la sensación de que este sujeto se llevaría bien con Edward Cullen, mi... mi novio, ya que no tenía sentido eludir la palabra teniendo en cuenta los escasos días que faltaban para la boda—. Se supone que todavía no están disponibles en Europa —continuó el hombre—, sólo aquí.

Entretanto, el desconocido recorría lentamente con la vista los contornos de mi coche, unas líneas que a mí, la verdad, no me parecían tan diferentes de los de otros Mercedes tipo sedán, aunque claro, en realidad yo no tenía mucha idea, porque mi mente estaba bastante ocupada con palabras como "novio", "boda", "marido", y otras por el estilo.

Es que simplemente no me las podía meter en la cabeza.

Por un lado me habían criado para que se me pusieran los pelos de punta ante la mención de vestidos blancos voluminosos y ramos de flores, pero sobre todo me costaba mucho trabajo conciliar un concepto soso, formal y respetable como "marido", con mi idea de Edward. Era como comparar un arcángel con un contador. No podía visualizarlo en ningún papel tan normal y cotidiano.

Como siempre, cada vez que empezaba a pensar en Edward me veía atrapada en una vertiginosa espiral de fantasías. El tipo tuvo que aclararse la garganta para recuperar mi atención, pues aún esperaba una respuesta en lo referente a la marca y el modelo del coche.

—No sé —le contesté con toda honradez.

—¿Le molesta si me tomo una foto con él?

Me tomó al menos un segundo procesar eso.

—¿De verdad? ¿De veras quiere tomarse una foto con el coche?

—Por supuesto, nadie me va creer a menos que lleve una prueba.

—Hummm... bueno, está bien.

Retiré rápidamente la manguera de la gasolina y me deslicé en el asiento delantero para esconderme mientras aquel fan sacaba de la mochila una enorme cámara fotográfica de aspecto profesional. Él y su amigo se turnaron para posar frente al coche y después tomaron fotos de la parte trasera.

Extraño mi coche, me lamenté para mis adentros.

Fue muy, pero muy inoportuno que mi vieja carcacha exhalara su último aliento unas cuantas semanas después de que Edward y yo acordáramos nuestro extraño y disparejo compromiso, uno de cuyos detalles consistía en que podría reemplazar mi coche cuando dejara de funcionar definitivamente. Edward juraba que simplemente había pasado lo que tenía que pasar, que mi coche había vivido una vida larga y plena, y que después había muerto por causas naturales. Al menos eso era lo que él decía. Y claro, yo no tenía forma de verificar esa historia ni de resucitar mi coche de entre los muertos sólo con mis fuerzas, porque mi mecánico favorito...

Detuve en seco el pensamiento, impidiendo que llegara a su conclusión natural. En vez de eso, me puse a escuchar las voces de los hombres en el exterior, amortiguadas por las paredes del automóvil.

—... pues en el video de Internet se arrojaron sobre él con un lanzallamas y la pintura ni siquiera se chamuscó.

—Claro que no. Puedes pasarle un tanque por encima a esta preciosidad. Este coche no está en el mercado porque lo diseñaron principalmente para diplomáticos de Medio Oriente, traficantes de armas y narcos.

—Oye, ¿y tú crees que *ésa* es importante? —preguntó el bajito con voz casi inaudible. Yo agaché la cabeza con las mejillas encendidas.

—Quizá —replicó el alto—. Porque tú dirás para qué quiere alguien de por aquí cristales a prueba de misiles y dos mil kilos de carrocería blindada. Como que es para sitios más peligrosos.

Carrocería blindada. "Dos mil kilos" de carrocería blindada. ¿Y cristales "a prueba de misiles"? Genial. ¿Qué tenían de malo los viejos cristales antibalas comunes y corrientes?

Bueno, al menos eso tenía sentido… si es que tienes un sentido del humor bastante macabro.

Y no es que yo esperara que Edward no se aprovecharía de nuestro trato para dar más, mucho más de lo que iba a recibir. Yo estuve de acuerdo en dejarlo reemplazar mi coche cuando fuera necesario, aunque desde luego no esperaba que ese momento llegara tan pronto. Cuando me vi obligada a admitir que el vehículo se había convertido en un tributo a los Chevrolet clásicos en forma de naturaleza muerta automovilística ante la entrada de mi casa, me di cuenta de que la idea que tenía del cambio me iba a avergonzar, convirtiéndome en el foco de miradas y susurros. Había tenido razón en eso, pero ni en mis más oscuras premoniciones hubiera adivinado que iba a conseguirme *dos* coches.

Me puse como una fiera cuando me explicó lo del coche "de antes" y el de "después".

Este no era más que el coche "de antes". Me dijo que sólo era un préstamo y me prometió que lo devolvería después de la boda, lo cual no tenía en absoluto sentido para mí. Al menos hasta ahora.

Ja, ja: aparentemente necesitaba un coche con la resistencia de un tanque para mantenerme a salvo debido a mi fragilidad, pues era humana y propensa a los accidentes, y además frecuentemente era víctima de mi propia y peligrosa mala suerte. Qué risa. Estaba segura de que tanto él como sus hermanos habían disfrutado en grande de la broma a mis espaldas.

O quizá, sólo quizá, susurró quedito una voz en mi cabeza, *no es una broma, tonta. Quizá simplemente es que realmente está muy preocupado por ti. No sería precisamente la primera vez que se ha pasado de la raya sobreprotegiéndote.*

Suspiré.

Aún no había visto el coche de "después". Permanecía oculto bajo una lona en la esquina más alejada del garaje de los Cullen. Sabía que la mayoría de la gente ya le habría echado una buena ojeada, pero la verdad es que yo no quería saber nada.

Lo más probable es que no tuviera carrocería blindada, ya que después de la luna de miel no la necesitaría. Una de las ventajas de mi transformación que me hacía más ilusión era precisamente la casi absoluta indestructibilidad. La parte más interesante de convertirse en un Cullen no eran los coches caros ni las impresionantes tarjetas de crédito.

—¡Ey! —me llamó la atención el hombre alto, curvando las manos y haciéndose pantalla con ellas en un intento de ver hacia dentro—. Ya terminamos. ¡Muchas gracias!

—De nada —respondí y después me puse tensa cuando encendí el motor y pisé el pedal con la mayor suavidad posible…

Daba igual cuántas veces condujera hacia mi casa por aquella calle tan familiar; no podía lograr que los carteles descoloridos por la lluvia se fundieran con el fondo. Estaban sujetos con abrazaderas a los postes telefónicos y pegados a las señales de tráfico, y cada uno era como una bofetada. Muy merecida, además, y en plena cara. Mi mente se sumió de nuevo en el pensamiento que acababa de interrumpir poco antes, porque no podía evitarlo cuando pasaba por esta calle. Al menos no con la imagen de mi mecánico favorito pasando a mi lado a intervalos regulares.

Mi mejor amigo. Mi Jacob.

Los carteles decían: "¿Han visto a este chico?". La idea no era del padre de Jacob; había sido una iniciativa del mío, Charlie, quien los había mandado imprimir y los había desplegado por toda la ciudad, y no sólo en Forks, sino también en Port Angeles, Sequim, Aberdeen y las demás ciudades de la península de Olympic. Se había asegurado de que todas las comisarías del estado de Washington tuvieran también uno de esos carteles pegado en la pared. Su propia comisaría tenía todo un panel de corcho dedicado a la búsqueda de Jacob. Por lo general buena parte solía estar vacío para su disgusto y su frustración.

Aunque mi padre estaba molesto por algo más que la falta de noticias. Estaba más enojado con Billy, el padre de Jacob y su mejor amigo, porque éste no había querido involucrarse en la búsqueda de su "fugitivo" de dieciséis años ni había querido poner carteles en La Push, la reserva de la costa donde había vivido Jacob. Y también por su aparente resignación a la desaparición, como si no pudiera hacer nada al respecto, más que repetir: "Jacob ya es mayorcito. Regresará a casa cuando quiera".

Y también estaba molesto conmigo por haberme puesto de parte de Billy.

Yo tampoco era partidaria de los carteles, ya que tanto Billy como yo conocíamos el paradero de Jacob y, por así decirlo, también sabíamos que nadie iba a ver a ese "chico".

Me alegraba que Edward se hubiera ido de cacería este sábado, porque ante la visión de esos carteles se me hacía un nudo enorme en la garganta y los ojos me ardían, llenos de lágrimas punzantes, y también él se sentía pésimo cuando me veía reaccionar de ese modo.

Ahora bien, el sábado también tenía ciertos inconvenientes y apenas giré lenta y cuidadosamente hacia mi calle, vi uno de ellos. La patrulla de mi padre estaba estacionada en la entrada de nuestra casa. Hoy había renunciado a ir de pesca. Seguramente todavía estaba enfurruñado por lo de la boda.

Así que no podía usar el teléfono, pero *tenía* que llamar...

Me estacioné junto a la acera, detrás del "monumento al Chevy", y saqué de la guantera el teléfono celular que Edward me había dado para las emergencias. Marqué, manteniendo el dedo en el botón de "colgar" mientras el teléfono sonaba. Sólo por si acaso.

—¿Hola? —contestó Seth Clearwater y yo suspiré aliviada, porque era demasiado gallina para hablar con su hermana mayor, Leah. La frase "te voy a arrancar la cabeza" no era una simple metáfora cuando ella la pronunciaba.

—Hola, Seth, soy Bella.

—¡Ah, hola, Bella! ¿Cómo estás?

Medio asfixiada. Desesperada por sentirme más segura.

—Bien.

—¿Llamas para saber las últimas noticias?

—Pareces psíquico...

—Para nada; yo no soy Alice... Es que tú eres bastante predecible —se burló él. Entre los miembros de la manada de los quileutes en La Push, sólo Seth se sentía cómodo mencionando a los Cullen por sus nombres, y también era el único que bromeaba sobre cosas como mi futura cuñada, casi omnisciente.

—Sé que lo soy —dudé un momento antes de preguntar—. ¿Cómo está él?

Seth suspiró.

—Igual que siempre. Se niega a hablar, aunque sabemos que nos oye. Procura no pensar de forma *humana*, ya sabes, y se limita a seguir sus instintos.

—¿Saben su paradero actual?

—Anda en algún lugar del norte de Canadá, no sabría decirte la provincia. No presta mucha atención a las fronteras entre los estados.

—¿Alguna pista de si…?

—No va a volver a casa, Bella. Lo siento.

Tragué saliva.

—Está bien, Seth. Ya lo sabía antes de preguntar, pero no puedo evitar el desearlo.

—Sí, claro. Todos nos sentimos igual.

—Gracias por no perder el contacto conmigo, Seth. Ya sé que los otros se van a poner pesados contigo.

—No es que sean tus admiradores, no —reconoció entre risas—. Creo que es una tontería. Jacob tomó sus decisiones y tú las tuyas, y a él no le gusta tu actitud sobre el tema. Aunque tampoco es que le emocione mucho que quieras saber de él, claro.

Yo tragué aire precipitadamente.

—¿Pero no dijiste que no han hablado?

—Es que por mucho que lo intente no nos puede esconder todo.

Así que Jacob estaba consciente de mi preocupación. Dudaba sobre qué debía sentir al respecto. Bueno, al menos él sabía que yo no había saltado hacia el crepúsculo olvidándolo por completo. Probablemente me habría creído capaz de eso.

—Espero verte el día… de la boda —le comenté, forzando la palabra entre mis dientes.

—Ah, claro, mamá y yo iremos. Fue genial de tu parte que nos invitaras.

El entusiasmo en su voz me hizo sonreír. Aunque invitar a los Clearwater había sido idea de Edward, estaba muy contenta de que se le hubiera ocurrido. Sería estupendo tener allí a Seth, una conexión, aunque fuera muy tenue, con el hombre ausente que debía haber sido mi padrino. *No será lo mismo sin ti*, pensé.

—Saluda a Edward de mi parte, ¿de acuerdo?

—Seguro.

Sacudí la cabeza. La amistad que había surgido entre Seth y Edward era algo que todavía me dejaba con la boca abierta, pero era la prueba de que las cosas no tenían por qué ser como eran. Los vampiros y los licántropos podrían convivir sin problemas si de verdad se lo propusieran.

Pero esta idea no le gustaba a nadie.

—Esteee... —dijo Seth, con la voz un octavo más alta—, Leah acaba de llegar.

—¡Uy! ¡Adiós!

La comunicación se cortó. Dejé el teléfono en el asiento y me preparé mentalmente para entrar en la casa, donde Charlie me estaría esperando.

Mi pobre padre tenía mucho con qué lidiar en estos momentos. Jacob "el fugitivo" no era más que *una* de las gotas que casi colmaban su vaso. Estaba casi tan preocupado por mí, su hija apenas mayor de edad y que en unos cuantos días más se iba a convertir en una señora casada.

Caminé con paso lento bajo la llovizna, recordando la noche en que se lo dije…

Cuando el motor de la patrulla de Charlie anunció su regreso, repentinamente el anillo empezó a pesar unos cincuenta kilos en mi dedo. Habría deseado ocultar la mano izquierda en un bolsillo, o quizá sentarme encima de ella, pero la mano fría de Edward mantenía firmemente sujeta la mía justo frente a nosotros.

—Deja de retorcer los dedos, Bella. Por favor, intenta recordar que no vas a confesar un asesinato.

—Qué fácil es para ti decirlo.

Me concentré en el sonido ominoso de las botas de mi padre pisando con firmeza en el pasillo de la entrada de la casa. La llave tintineó en la puerta que ya estaba abierta. El sonido me recordó aquella parte de las películas de miedo en que la víctima recuerda de pronto que olvidó poner el cerrojo.

—Tranquilízate, Bella —susurró Edward, escuchando cómo se me aceleraba el corazón.

La puerta se cerró y yo me encogí como si me hubieran dado una descarga eléctrica.

—Hola, Charlie —saludó Edward, completamente relajado.

—¡No! —protesté para mis adentros.

—¿Qué? —replicó Edward con un hilo de voz.

—¡Espera hasta que cuelgue la pistola!

Edward se echó a reír y se pasó la mano libre entre los alborotados cabellos color bronce.

Mi padre entró en la habitación, todavía con el uniforme puesto y aún armado, e intentó no poner mala cara cuando nos vio sentados juntos en el sofá. Últimamente estaba haciendo grandes esfuerzos para que Edward le gustara más. Claro, seguramente lo que estaba a punto de saber acabaría de inmediato con esos esfuerzos.

—Hola, chicos. ¿Qué hay de nuevo?

—Queríamos hablar contigo —comenzó Edward, muy sereno—. Tenemos algunas noticias.

La expresión de Charlie cambió en un segundo, pasando de la amabilidad forzada a la negra sospecha.

—¿Buenas noticias? —gruñó Charlie, mirándome a mí directamente.

—Más vale que te sientes, papá.

Él alzó una ceja, me miró fijamente durante cinco segundos y después se sentó ruidosamente en el borde del asiento abatible, con la espalda tiesa como una escoba.

—No te agobies, papá —le dije después de un momento de silencio tenso—. Todo está bien.

Edward hizo una mueca, y supe que tenía algunas objeciones a la palabra "bien". Probablemente él habría usado algo más parecido a "maravilloso", "perfecto" o "glorioso".

—Seguro, Bella, seguro. Si todo está tan bien, entonces, ¿por qué estás sudando la gota gorda?

—No estoy sudando —le mentí.

Al ver aquel fiero ceño fruncido me eché hacia atrás, pegándome a Edward, e instintivamente me pasé el dorso de la mano derecha por la frente para eliminar la evidencia.

—¡Estás embarazada! —explotó Charlie—. Estás embarazada, ¿verdad?

Aunque la afirmación iba claramente dirigida a mí, ahora miraba con verdadera hostilidad a Edward, y habría jurado que vi su mano deslizarse hacia la pistola.

—¡No! ¡Claro que no!

Sentí ganas de darle un codazo a Edward en las costillas, pero sabía que únicamente serviría para dejarme el codo morado. ¡Ya le había dicho que la gente llegaría rápidamente a esa conclusión! ¿Qué otra razón podrían tener las personas cuerdas para casarse a los dieciocho? Su respuesta me había hecho poner los ojos en blanco: "Amor". Qué bien.

La cara de pocos amigos de Charlie se relajó un poco. Siempre había quedado bien claro en mi rostro cuando decía la verdad y cuando no, así que en esta ocasión me creyó.

—Ah, bueno.

—Acepto tus disculpas.

Se hizo una pausa larga. Después de un momento, nos dimos cuenta de que ellos esperaban que *yo* dijera algo. Alcé la mirada hacia Edward, paralizada por el pánico, pero no había forma de que yo hiciera salir las palabras.

Él me sonrió, después cuadró los hombros y se volvió hacia mi padre.

—Charlie, me doy cuenta de que no he hecho esto de la manera apropiada. Si se hubiera realizado de forma tradicional, tendría que haber hablado antes contigo. No significa que sea una falta de respeto, pero cuando Bella me dijo que sí, no quise restarle valor a su decisión, así que en vez de pedirte su mano, te pido tu bendición. Nos vamos a casar, Charlie. La amo más que a nada en el mundo, más que a mi propia vida y, por algún extraño milagro, ella me ama a mí del mismo modo. ¿Nos darás tu bendición?

Sonaba tan seguro, tan tranquilo. Durante sólo un instante, al escuchar la absoluta confianza que destilaba su voz, experimenté una extraña intuición. Pude ver, aunque fuera de forma muy fugaz, el modo en que él comprendía el mundo. Durante el instante que dura un latido, todo encajó y adquirió sentido.

Y entonces capté la expresión del rostro de Charlie, cuyos ojos estaban ahora clavados en el anillo.

Contuve el aliento mientras su piel cambiaba de color y pasaba de su tono pálido habitual al rojo, del rojo al púrpura y del púrpura al azul. Comencé a levantarme, aunque no estaba segura de lo que planeaba hacer; quizá la maniobra de Heimlich, para asegurarme de que no se ahogara, pero Edward me apretó la mano y murmuró "dale un minuto" en voz tan baja que sólo yo pude oírlo.

El silencio se hizo mucho más largo esta vez. Entonces, poco a poco el color del rostro de Charlie volvió a la normalidad. Frunció los labios y el ceño y reconocí la expresión que ponía cuando se "hundía en sus pensamientos". Nos estudió a los dos durante un buen rato, y sentí que Edward se relajaba.

—Diría que no me sorprende en absoluto —gruñó Charlie—. Sabía que tendría que vérmelas con algo como esto antes de lo que pensaba.

Exhalé el aire que había contenido.

—Y tú, ¿estás segura? —me preguntó de forma exigente, mirándome con cara de pocos amigos.

—Estoy cien por ciento segura de Edward —le contesté sin dejar pasar ni un segundo.

—Entonces, ¿quieren casarse? ¿Por qué tanta prisa? —me miró nuevamente con ojos suspicaces.

La prisa se debía a que yo me acercaba más a los diecinueve cada asqueroso día que pasaba, mientras que Edward se había quedado congelado en toda la perfección de sus diecisiete primaveras, y había permanecido así durante unos noventa años. Aunque ése no era el motivo por el cual yo debía anotar la palabra "matrimonio" en mi diario; la boda se debía al delicado y enrevesado compromiso al que Edward y yo habíamos llegado para poder pasar al siguiente punto, el de mi transformación de mortal a inmortal.

Pero había cosas que no le podía explicar a Charlie.

—Nos vamos a ir juntos a Dartmouth en otoño, Charlie —le recordó Edward—. Me gustaría hacer bien las cosas; bueno, hacerlas como se debe. Así es como me criaron —dijo, encogiéndose de hombros.

No estaba exagerando, ya que esa moral pasada de moda era de tiempos de la Primera Guerra Mundial.

Charlie torció la boca, buscando un modo de abordar la discusión. ¿Pero qué podía decir? *¿Prefiero que vivas en pecado?* Era un padre, y en ese punto estaba atado de pies y manos.

—Sabía que esto iba a pasar —masculló para sus adentros, frunciendo el ceño. Entonces, de repente, su rostro se transformó y adoptó una expresión perfectamente inexpresiva e indiferente.

—¿Papá? —pregunté con ansiedad. Le eché una ojeada a Edward, pero no pude leer su rostro mientras él miraba a mi progenitor.

—¡Ja! —explotó Charlie y yo pegué un salto en mi asiento—, ¡ja, ja, ja!

Observé con incredulidad cómo mi padre se doblaba de risa, con el cuerpo totalmente sacudido por las carcajadas.

Miré a Edward para que me tradujera lo que pasaba, pero él apretaba los labios con firmeza, como si también estuviera conteniendo la risa.

—Está bien, estupendo —replicó Charlie casi ahogado—, cásense —le dio otro ataque de carcajadas—. Sí, sí, pero…

—¿Pero qué?

—Pues que tendrás que contárselo a tu madre, ¡y yo no pienso decirle ni una palabra a Renée! ¡Es toda tuya!

Y volvió a estallar en estruendosas risotadas.

Hice una pausa con la mano en la perilla de la puerta, sonriendo. Seguro que en aquel momento las palabras de Charlie me hicieron poner los pies en el suelo. La última maldición: contárselo a Renée. El matrimonio en la juventud ocupaba una de las primeras posiciones en la lista negra de mi madre; figuraba antes incluso que hervir cachorros vivos.

¿Quién podría haber previsto su respuesta? Yo no, y desde luego, Charlie tampoco. Quizá Alice, pero no se me había ocurrido preguntárselo.

—Bueno, Bella… —había dicho Renée después de que logré escupir y tartamudear las palabras imposibles: "Mamá, me caso con Edward"—. Estoy un poco molesta por lo que te tardaste en contármelo. Los boletos de avión van a salirme mucho más caros. Ohhh —comenzó a preocuparse—, ¿crees que para entonces ya le habrán quitado el yeso a Phil? Se verá fatal en las fotos si no lleva esmoquin…

—Espera un segundo, mamá —repuse jadeando—. ¿Qué quieres decir con "haberme tardado tanto"? Si nos com… —era incapaz de echar fuera la palabra *compromiso*—, tú sabes, lo acordamos apenas hoy mismo.

—¿Hoy? ¿De verdad? Qué sorpresa. Yo pensaba…

—¿Qué habías pensado? ¿*Cuándo* lo pensaste?

—Bueno, es que parecía que estaba todo muy claro y asentado cuando vinieron a visitarme en abril, no sé si me entiendes. No eres especialmente difícil de leer, corazón. No te había dicho ni una palabra porque sabía que no iba a servir de nada. Eres igualita que Charlie —ella suspiró, resignada—: una vez que has tomado la decisión, no hay manera de razonar contigo. Y claro, igual que Charlie, te apegas a lo que decides.

Y entonces dijo algo que jamás hubiera esperado escuchar de mi madre.

—No estás cometiendo un error, Bella. Da la impresión de que estás asustada, y me parece una tontería; adivino que es porque me tienes miedo —soltó unas risitas—. O te asusta lo que yo pueda pensar. Y ya sé que te he dicho un montón de cosas sobre el matrimonio y la estupidez, y no me voy a retractar, pero tienes que entender que esas cosas se aplican específicamente a mí. Tú eres una persona muy diferente. Tú cometes tus propios errores y estoy segura de que tendrás tu propia ración de cosas que lamentar en la vida, pero la irresponsabilidad nunca ha sido tu problema, corazón. Tienes una gran oportunidad para hacer este trabajo mejor que la de la mayoría de las cuarentonas que conozco —Renée se echó a reír de nuevo—. Mi niñita de mentalidad tan madura. Afortunadamente pareces haber encontrado un alma madura como la tuya.

—¿Te has vuelto... loca? ¿No piensas que cometo una equivocación monumental?

—Bueno, de acuerdo, habría preferido que esperaras unos años más. Quiero decir, ¿acaso te parezco suficientemente mayor como para ser una suegra? No contestes. Todo este asunto no tiene que ver conmigo, sino contigo. ¿Eres feliz?

—No sé. En este momento me siento como si esto fuera una especie de experiencia extracorporal.

Renée volvió a soltar unas risitas.

—¿Él te hace feliz, Bella?

—Sí, pero...

—¿Acaso piensas que podrías querer a algún otro?

—No, pero...

—¿Pero qué?

—¿No me vas a decir que sueno exactamente como cualquier adolescente caprichosa, tal como sucede desde el comienzo de los tiempos?

—Tú nunca has sido una adolescente, cielo. Sabes lo que te conviene.

En las últimas semanas Renée se había sumergido de forma totalmente inesperada en los planes de la boda. Todos los días se pasaba unas cuantas horas al teléfono con la madre de Edward, Esme, así que no hubo preocupación alguna acerca de cómo se llevarían las consuegras. Renée adoraba a Esme, pero claro, yo dudaba que alguien pudiera comportarse de otro modo con mi encantadora futura suegra.

Eso me libró del asunto. La familia de Edward y la mía se habían hecho cargo de los preparativos nupciales sin que yo tuviera que hacer, saber o pensar en nada.

Charlie, claro, se había enojado, pero lo mejor del caso era que no estaba furioso *conmigo*. La traidora había sido Renée, pues había contado con ella como el peor oponente a mis planes. ¿Qué iba a hacer ahora, cuando la última amenaza, contárselo a mi madre, se había vuelto totalmente en su contra? No tenía nada a qué agarrarse, y lo sabía. Así que se pasaba todo el día de un lado a otro por la casa, mascullando cosas como que no se podía confiar en nadie en este mundo…

—¿Papá? —dije mientras abría la puerta principal—. Ya llegué.

—Espera un momento, Bella, quédate ahí un momento.

—¿Eh? —pregunté deteniéndome inmediatamente.

—Dame un segundo. Auch, me pinchaste, Alice.

¿Alice?

—Lo siento, Charlie —respondió la voz vibrante de Alice—. ¿Cómo estás?

—Estoy manchando todo de sangre.

—Estás bien. No traspasó la piel, créeme.

—¿Qué está pasando? —exigí saber, vacilando en la entrada.

—Treinta segundos, por favor, Bella —me pidió Alice—. Tu paciencia será recompensada.

—¡Ja! —añadió Charlie.

Golpeé el suelo con un pie, contabilizando cada latido, y antes de que llegara a treinta, Alice gritó:

—¡Está bien, Bella, ya puedes entrar!

Avanzando con precaución, di vuelta a la esquina que daba a la sala.

—Oh —me enfurruñé—. ¡Oh, papá! Pareces…

—¿Estúpido? —me interrumpió Charlie.

—Estaba pensando más bien en *guapo*.

Él se ruborizó y Alice lo tomó por el codo y lo empujó ligeramente para que diera una vuelta lenta y luciera un poco el esmoquin de color gris claro.

—Vamos a terminar ya, Alice. Parezco un idiota.

—Nadie que yo haya vestido ha parecido jamás un idiota.

—Tiene razón, papá, ¡te ves fabuloso! ¿Y para qué es todo esto?

Alice puso los ojos en blanco.

—Es la última prueba para ver cómo queda. Para los dos.

Por primera vez aparté la mirada de un Charlie tan poco acostumbrado a vestirse elegante y vi el pavoroso vestido blanco extendido cuidadosamente sobre el sofá.

—Aaahh.

—Ve a tu paraíso personal, Bella. No tardaré mucho.

Tomé una gran bocanada de aire y cerré los ojos. Los mantuve cerrados y subí tropezando las escaleras hasta mi habitación. Me fui quitando la ropa hasta quedarme sólo con las prendas interiores y extendí los brazos.

—Parece como si te fuera a clavar astillas de bambú debajo de las uñas —masculló Alice en voz baja mientras me seguía.

No le presté atención, porque ya me había escabullido a mi paraíso personal…

… en donde todo el rollo de la boda había pasado ya y lo había dejado a mis espaldas. Ya estaba reprimido entre mis recuerdos y olvidado.

En él, Edward y yo estábamos solos. El escenario era borroso y las imágenes fluían constantemente, se transformaban y pasaban de un bosque neblinoso a una ciudad cubierta de nubes o a la noche ártica, porque Edward mantenía en secreto el lugar de nuestra luna de miel para darme una sorpresa, aunque la verdad es que no me interesaba especialmente *dónde* sería.

Edward y yo estábamos juntos por fin, y yo había cumplido por completo mi parte del compromiso. Me había casado con él, que era lo más importante, pero también había aceptado todos sus extravagantes regalos y me había inscrito, aunque no sirviera de nada, para asistir a la universidad de Dartmouth en el otoño. Ahora era su turno.

Antes de transformarme en vampiro, su principal compromiso, había otra cláusula que debía hacer realidad.

Edward tenía una especie de interés obsesivo por las cosas humanas que yo tendría que abandonar, las experiencias que no quería que me perdiera. La mayoría de ellas, como el baile de graduación, por ejemplo, me parecían tontas de verdad. Sólo había una experiencia humana que extrañaría. Y claro, era la única que él desearía que olvidara por completo.

Y ése era el punto, claro; sabía muy poco acerca de cómo sería cuando ya no fuera humana. Había visto con mis propios ojos cómo era un vampiro recién convertido y había oído a mi futura familia contar toda clase de historias sobre esos primeros días salvajes. Durante varios años, el principal rasgo de mi personalidad iba a ser la "sed". Me tomaría cierto tiempo poder volver a ser yo misma. E incluso cuando recuperara el control de mí misma, no volvería a sentirme exactamente igual que ahora.

Humana… y apasionadamente enamorada.

Quería tener la experiencia completa antes de cambiar mi cálido y vulnerable cuerpo dominado por las hormonas por algo hermoso, fuerte… y desconocido. Antes deseaba disfrutar de una *auténtica* luna de miel con Edward, y él estuvo de acuerdo en intentarlo a pesar del peligro en que, a su juicio, me ponía eso.

Apenas fui vagamente consciente de Alice y del modo en que se deslizó el satín sobre mi piel. No me importaba, de momento, que toda la ciudad estuviera hablando de mí. Tampoco pensaba en el espectáculo que tendría que protagonizar dentro de tan poco tiempo. No me preocupaba tropezar con la cola del vestido ni echarme a reír en el momento equivocado ni ser demasiado joven ni la audiencia sorprendida ni el asiento vacío donde debería haber estado mi mejor amigo.

Yo estaba con Edward en mi paraíso personal.

2. La larga noche

—Ya te estoy extrañando.

—No tengo por qué irme. Puedo quedarme…

—Hum…

Durante un buen rato se hizo el silencio, sólo roto por el golpeteo de mi corazón, rítmico como el de un tambor, la cadencia desacompasada de nuestras respiraciones y el susurro de nuestros labios mientras se movían de forma sincronizada.

Algunas veces era muy fácil olvidar que besaba a un vampiro. No porque pareciera normal o humano, ya que no podía olvidar ni por un segundo que tenía entre mis brazos a alguien más parecido a un ángel que a un hombre, sino porque él hacía que pareciera natural tener sus labios contra los míos, contra mi rostro y mi garganta. Él aseguraba haber superado hacía mucho la tentación de mi sangre, pues la idea de perderme lo había curado del deseo que sentía por ella, pero yo sabía que el olor de mi sangre aún le causaba dolor y que todavía ardía en su garganta como si inhalara llamas.

Abrí los ojos y me encontré los suyos también abiertos, clavados en mi rostro. Cuando me miraba de esa manera nada parecía tener sentido, como si yo fuera el premio, en vez de la afortunada ganadora por pura casualidad.

Nuestras miradas se entrelazaron durante un momento; sus ojos dorados eran tan profundos que me imaginé que en realidad estaba mirando el centro mismo de su alma. Me parecía una estupidez gigantesca que alguna vez se hubiera puesto en tela de juicio la existencia de su alma, incluso a pesar de que él fuera un vampiro, pues no conocía un ánima más hermosa que la suya, más aún que su mente aguda, su semblante inigualable o su cuerpo glorioso.

Me devolvió la mirada como si él también estuviera viendo mi alma y como si le gustara lo que veía.

Pero él no podía ver en el interior de mi mente como sí podía hacerlo dentro de la de los demás. Nadie sabía el motivo, pero algún problema extraño en mi cerebro me hacía inmune a todas las cosas extraordinarias y terroríficas que los inmortales podían hacer. Claro que sólo mi cerebro estaba a salvo, porque mi cuerpo todavía estaba sujeto a las habilidades de los vampiros que actuaban distinto de Edward, pero la verdad es que yo estaba muy agradecida de cualquier disfunción que fuera capaz de mantener mis pensamientos en secreto para él. La alternativa resultaba bastante embarazosa.

Acerqué su rostro al mío otra vez.

—Me quedaré de todas formas —murmuró un momento más tarde.

—No, no. Es tu despedida de soltero. Debes ir.

Dije las palabras, pero los dedos de mi mano derecha se enredaron en su cabello broncíneo, mientras presionaba la izquierda con fuerza contra la parte más estrecha de su espalda. Me acarició la cara con esas manos suyas, tan heladas.

—Las despedidas de soltero están diseñadas para quienes se entristecen por el fin de sus días de soltería. No podría desear más dejarlos atrás, así que realmente no tiene mucho sentido.

—Eso es verdad —suspiré contra la piel de su garganta, fría como el invierno.

Esto se parecía mucho a mi paraíso personal. Charlie dormía, ajeno a todo, en su habitación, así que era casi lo mismo que si estuviéramos solos. Estábamos acurrucados en mi pequeña cama, tan entrelazados como era posible, considerando la chamarra acolchada en la que estaba envuelta como si fuera un capullo. Odiaba la necesidad de envolverme en una manta, pero claro, lógicamente cualquier escena romántica se arruina cuando te empiezan a castañetear los dientes. Y por supuesto, Charlie se daría cuenta si ponía la calefacción en pleno agosto…

Al menos tenía la camiseta de Edward en el suelo si quería abrigarme más. Nunca lograba superar el shock que me producía la visión de su cuerpo tan perfecto, blanco, frío, pulido como el mármol. Deslicé la mano por su pecho duro como la piedra, recorriendo los lisos planos de su abdomen, maravillándome. Él se estremeció ligeramente y su boca buscó la mía de nuevo. Cuidadosamente, dejé que la punta de mi lengua presionara su labio liso como el cristal, y él suspiró. Su dulce aliento sopló, frío y delicioso, sobre mi rostro.

Comenzó a apartarse; ésa era su respuesta automática cuando decidía que las cosas estaban yendo demasiado lejos; era un reflejo, a pesar de que él era quien más deseaba continuar. Había pasado la mayor parte de su vida rechazando cualquier tipo de satisfacción física. Yo sabía que le aterrorizaba intentar cambiar esos hábitos ahora.

—Espera —le dije, sujetando sus hombros y abrazándome a él con fuerza. Liberé una pierna de una patada y le envolví con ella la cintura—. Sólo se consigue la perfección con la práctica.

Él se echó a reír entre dientes.

—Bueno, pues a estas alturas nosotros debemos estar bastante cerca de la perfección, ¿no crees? ¿Acaso has dormido algo en el último mes?

—Pero eso se debe al ensayo con el vestido —le recordé—, y sólo hemos practicado ciertas escenas. Aún no ha llegado el momento de jugar en serio.

Pensé que se iba a echar a reír, pero no contestó, y su cuerpo se quedó inmóvil debido a la tensión repentina. El color dorado de sus ojos pareció endurecerse y pasar de estado líquido a sólido.

Reflexioné sobre mis palabras y me di cuenta de lo que él habría oído en ellas.

—Bella… —susurró él.

—No empieces otra vez con eso —le contesté—. Un trato es un trato.

—No lo sé. Es muy difícil concentrarse cuando estamos juntos así. Yo… yo no puedo pensar con coherencia. No soy capaz de controlarme y podrías terminar herida.

—Estaré bien.

—Bella…

—¡Calla!

Apreté mis labios contra los suyos para contener el ataque de pánico. Ya había escuchado esto antes. No consentiría que rompiera nuestro acuerdo. No al menos después de que me insistiera en que primero me casara con él.

Me devolvió el beso durante un momento, pero estaba claro que ya no estaba tan sumergido en él como antes. Siempre preocupado, siempre. Qué diferente sería cuando no tuviera que preocuparse más por mí. ¿Qué haría con todo el tiempo que le iba a quedar libre? Tendría que buscarse un nuevo hobby.

—¿Cómo están tus pies? ¿Fríos?

—Calientitos —contesté de inmediato, sabiendo que no se refería a ellos de modo literal.

—¿De verdad? ¿No estás hablando en sentido figurado? No es demasiado tarde para que cambies de idea.

—¿Intentas dejarme plantada?

Se echó a reír entre dientes.

—Sólo me aseguro. No quiero que hagas algo de lo que no estés convencida.

—Estoy segura de ti; ya me las arreglaré con lo demás.

Él vaciló y me pregunté si no habría sido mejor que me metiera el pie en la boca.

—¿Podrás? —me preguntó en voz baja—, y no me refiero a la boda, porque estoy bastante convencido de que sobrevivirás a pesar de tus quejas, pero después de todo… ¿qué hay de Renée y de Charlie?

Suspiré.

—Pues que los voy a extrañar.

Peor aún, porque serían ellos los que me extrañarían a mí, pero no quería darle material para alimentar su reflexión.

—Y a Ángela, Ben, Jessica y Mike...

—Sí, también extrañaré a mis amigos —sonreí en la oscuridad—. Especialmente a Mike. ¡Oh, Mike! ¿Cómo voy a poder vivir sin él?

Él gruñó.

Me eché a reír, pero después me puse seria.

—Edward, ya hemos hablado de todo esto. Sé que será duro, pero de verdad es lo que quiero. Te quiero a ti y que sea para siempre. Simplemente, una sola vida no es bastante.

—Quedarse congelado para siempre a los dieciocho —susurró él.

—El sueño de cualquier mujer hecho realidad —bromeé.

—Nunca cambiarás… No avanzarás jamás.

—¿Qué quieres decir con eso?

Él respondió pronunciando lentamente las palabras.

—¿Te acuerdas de cuando le dijimos a Charlie que queríamos casarnos y él pensó que estabas… embarazada?

—Y pensó en pegarte un tiro —adiviné con una risita—. Admítelo… Lo consideró seriamente durante un segundo.

Él no contestó.

—¿Qué pasa, Edward?

—Nada; es que deseé… bueno, me habría gustado que fuera cierto.

—Ah, vaya —exclamé, sorprendida.

—Más aún: me gustaría que hubiera alguna manera de poder hacerlo realidad. Que tuviéramos esa posibilidad. Odio arrebatarte eso también.

Me tomó un minuto contestarle.

—Sé lo que estoy haciendo.

—¿Y cómo puedes saberlo, Bella? Mira a mi madre, y a mis hermanas. No es un sacrificio tan fácil como crees.

—Pues Esme y Rosalie lo enfrentan muy bien. Si luego se convierte en un problema, podemos imitar a Esme: adoptaremos.

Él suspiró, y entonces su voz se volvió feroz.

—¡Eso no está bien! No quiero que hagas sacrificios por mí. Deseo darte cosas, no quitártelas. No quiero robarte tu futuro. Si yo fuera humano…

Le puse la mano sobre los labios.

—Tú eres mi futuro, así que ya basta. No te pongas en plan deprimente o llamo a tus hermanos para que vengan y te lleven con ellos. Quizá realmente *necesitas* una despedida de soltero.

—Lo siento. Sueno deprimente, ¿verdad? Deben ser los nervios.

—¿Tienes los pies fríos?

—No en ese sentido. He estado esperando todo un siglo para casarme contigo, señorita Swan. La ceremonia de la boda es la única cosa para la que no puedo esperar... —se interrumpió a la mitad de la idea—. ¡Oh, por todos los cielos!

—¿Pasa algo malo?

Apretó los dientes con fuerza.

—No vas a tener que llamar a mis hermanos; parece que Emmett y Jasper no tienen intenciones de dejarme en paz esta noche.

Lo abracé muy fuerte durante un segundo y luego lo dejé ir. No tenía la más mínima posibilidad de ganarle a Emmett en un estira y afloja.

—Pásala bien.

Hubo un chirrido en la ventana. Alguien arañaba el cristal con unas uñas como el acero hasta provocar un sonido horroroso, de esos que te hacen taparte las orejas y te ponen los pelos de punta. Me estremecí.

—Si no haces que salga Edward —siseó Emmett con voz amenazadora, aún invisible en la oscuridad—, entraremos por él.

—Vete —me eché a reír—. Vete antes de que destruyan la casa.

Él puso los ojos en blanco, pero se levantó de un solo movimiento fluido y se puso la camiseta en otro. Se inclinó y me besó la frente.

—Duerme algo. Mañana te espera un buen día.

—¡Gracias! Seguramente eso me ayudará a relajarme.

—Te veré en el altar.

—Yo seré la de blanco —le sonreí por lo perfectamente displicente que soné.

Él se echó a reír y repuso:

—Muy convincente.

Y después se agachó, con los músculos contraídos para saltar, y se desvaneció por la ventana. Aterrizó tan rápidamente que mis ojos no pudieron seguirlo.

En el exterior se oyó un golpe sordo y apagado; a continuación, escuché maldecir a Emmett.

—Más vale que no lo hagan llegar tarde —murmuré, sabiendo que podían oírme.

Y entonces Jasper se asomó por mi ventana con su pelo del color de la miel brillando a la débil luz de la luna que se entreveía en las nubes.

—No te preocupes, Bella. Lo llevaremos a casa con tiempo suficiente.

De pronto me sentí muy tranquila y todas mis quejas dejaron de tener importancia. Jasper era, a su manera, igual de efectivo que Alice con sus predicciones extraordinariamente precisas. Lo suyo no era el futuro. Jasper tenía un don natural para manejar los estados de ánimo: por mucho que te resistieras, acababas sintiéndote exactamente como él deseaba.

Me senté con torpeza, todavía enredada en la manta.

—¿Jasper? ¿Qué hacen los vampiros en sus despedidas de soltero? No lo van a llevar a un club de *striptease*, ¿o sí?

—¡No le digas nada! —gruñó Emmett desde abajo, pero hubo otro golpe sordo y Edward se echó a reír por lo bajo.

—Tranquilízate —me sugirió Jasper, y así lo hice—. Nosotros, los Cullen, tenemos nuestra propia versión. Sólo unos cuantos pumas y un par de osos pardos. Casi como cualquier otra noche.

Me pregunté si yo llegaría a sonar igual de amable cuando hablara de la dieta vampírica "vegetariana".

—Gracias, Jasper.

Él me guiñó un ojo y desapareció de la vista.

Afuera no se oía absolutamente nada, sólo los ronquidos sofocados de Charlie a través de las paredes.

Me quedé echada en las almohadas, algo soñolienta. Entre mis párpados pesados miré fijamente las paredes de mi pequeña habitación, que brillaban con una palidez deslucida bajo la luz de la luna.

Era la última noche que pasaría en mi habitación. Mi última noche como Isabella Swan. Mañana por la noche sería Bella Cullen. Aunque todo el lío de la ceremonia matrimonial era como una lanza en el costado, debía admitir que me gustaba cómo sonaba.

Dejé que mi mente vagabundeara perezosamente durante un rato, a la espera de que el sueño me arrastrara con él, pero al cabo de unos cuantos minutos me encontré más alerta, mientras sentía cómo la ansiedad inundaba mi estómago, retorciéndolo de la forma más desagradable. La cama me parecía demasiado blanda, demasiado cálida sin Edward. Jasper estaba lejos y se había llevado con él todas las sensaciones de relajación y de paz.

Mañana iba a ser un día muy, pero muy largo.

Estaba consciente de que la mayoría de mis miedos eran estúpidos; simplemente, sólo tenía que superarlos, pero preocuparse era una parte inevitable de la vida y no siempre podías entrar en armonía con el ambiente así nada más. Lo cierto era que sí tenía una serie de problemas concretos perfectamente legítimos.

El primero era la cola del vestido de novia. Alice había dejado que su sensibilidad artística predominara claramente sobre las cuestiones prácticas. Maniobrar por las escaleras de los Cullen con tacones y una cola me parecía casi imposible. Debería haber practicado antes.

Y luego estaba la lista de invitados.

La familia de Tanya, el clan de Denali, llegaría en algún momento previo a la ceremonia.

Habría sido poco delicado poner a la familia de Tanya en la misma habitación que nuestros invitados de la reserva quileute, el padre de Jacob y los Clearwater. No es que los de Denali fueran muy amigos de los licántropos que digamos. De hecho, la hermana de Tanya, Irina, ni siquiera iba a venir a la boda. Todavía abrigaba el deseo de emprender una venganza contra los hombres lobo por haber matado a su amigo Laurent, justo cuando él se disponía a matarme a mí. Debido a esa disputa los de Denali habían abandonado a la familia de Edward en el momento de peor necesidad. Y había sido la alianza con los lobos quileutes, poco deseada por ambas partes, la que nos había salvado la vida a todos cuando nos atacó la horda de vampiros neófitos…

Edward me había prometido que no habría ningún peligro en tener a los de Denali cerca de los quileutes. Tanya y toda su familia, con excepción de Irina, se sentían terriblemente culpables por haberlos dejado abandonados a su suerte. Una tregua con los licántropos era un pequeño precio por aquella deuda, un precio que estaban dispuestos a pagar.

Y ése era el gran problema, aunque había otro más pequeño: mi frágil autoestima.

Nunca había visto a Tanya, pero estaba segura de que el encuentro no sería una experiencia nada agradable para mi ego. Hacía mucho tiempo, probablemente antes de que yo naciera, ella había intentado atraer a Edward. No es que yo la culpara a ella o a cualquier otra por quererlo. Aun así, seguramente sería por lo menos hermosa, y en el peor de los casos magnífica. Aunque claramente Edward me prefería —cosa que me costaba trabajo creer—, no podría evitar las comparaciones.

Le había refunfuñado un poco a Edward, que conocía mis debilidades, y eso me hacía sentir culpable.

—Somos lo más parecido que tienen a una familia —me recordó él—. Todavía se sienten huérfanos, ya sabes, después de todo este tiempo.

Así que cedí, ocultando mi descontento.

El clan de Tanya era ahora casi tan grande como el de los Cullen. Eran cinco: Tanya, Kate e Irina, a quienes se habían unido Carmen y Eleazar, de modo muy parecido al que se habían unido Alice y Jasper a los Cullen, todos vinculados por el deseo de vivir de un modo más humano que el que acostumbraban los vampiros.

Pero a pesar de la compañía, Tanya y sus hermanas se sentían solas en cierto sentido; todavía estaban de luto, porque hacía mucho tiempo también habían tenido una madre.

Podía imaginarme el vacío que su pérdida les había dejado, incluso después de mil años. Intentaba imaginarme a la familia Cullen sin su creador, su centro y su guía, su padre, Carlisle. No podía: ésa era la verdad.

Carlisle me había contado la historia de Tanya durante una de las muchas noches que me había quedado hasta tarde en casa de los Cullen, aprendiendo todo lo que podía, preparándome todo lo posible para el futuro que había elegido. La historia de la madre de Tanya era una entre muchas otras más, un cuento con moraleja que ilustraba una de las reglas de las que tenía que estar consciente cuando me uniera al mundo de los inmortales. Sólo había una regla, en realidad, una ley que luego se plasmaba en mil facetas diferentes: "Guarda el secreto".

Mantener el secreto significaba un montón de cosas: vivir sin llamar la atención, como los Cullen, mudándose a otro lugar antes de que los humanos descubrieran que no envejecían. O manteniéndose alejados de cualquier humano, excepto a la hora de la comida, claro, del modo en que habían vivido nómadas como James y Victoria, modo en el cual aún vivían los amigos de Jasper, Peter y Charlotte. Eso significaba mantener el control de los vampiros que hubieras creado, como había hecho Jasper cuando vivía con María, o como no había sido capaz de hacer Victoria con sus neófitos.

Y también significaba, en primer lugar, no crear cualquier cosa, porque algunas creaciones terminan siendo imposibles de controlar.

—No sé cual era el nombre de la madre de Tanya —admitió Carlisle, y sus ojos de color dorado, casi del mismo tono que el de su cabello claro, se pusieron tristes al recordar el dolor de Tanya—. Nunca hablan de ella si pueden evitarlo, ni piensan en ella por voluntad propia.

"La creadora de Tanya, Kate e Irina, quien supongo que también las amó, vivió muchos años antes de que yo naciera, en la época de una plaga que cayó sobre nuestro mundo, la plaga de los niños inmortales.

"No logro entender para nada en qué estarían pensando aquellos antiguos que convirtieron en vampiros a humanos que eran poco más que niños.

Me tragué la bilis que me subió por la garganta mientras me imaginaba lo que estaba describiendo.

—Eran muy hermosos —me explicó Carlisle rápidamente, viendo mi reacción—, tan simpáticos y encantadores que no te lo puedes ni imaginar. Bastaba su proximidad para quererlos, porque era prácticamente algo automático.

"Pero no se les podía enseñar nada. Se quedaban estancados en el nivel de desarrollo en el que estuvieran cuando se les mordía. Algunos eran adorables bebés de habla ceceante y llenos de hoyuelos que podían destruir un pueblo entero durante una rabieta. Si tenían hambre se alimentaban, y no había forma de controlarlos con ningún tipo de advertencias. Los humanos los vieron, comenzaron a circular historias, y el miedo se extendió como el fuego por la maleza seca...

"La madre de Tanya creó uno de esos niños, y como los demás antiguos, no tengo siquiera una lejana idea de cuáles fueron sus razones —respiró profunda y lentamente—. Y por supuesto, eso implicó a los Vulturi.

Yo siempre me encogía ante la mención de ese nombre, pero claro, la legión de vampiros italianos, algo así como la realeza vampírica según ellos mismos, era parte central de esta historia. No podía haber leyes si no había castigos, y no habría castigo sin alguien que lo impartiera. Los antiguos Aro, Cayo y Marco, controlaban las fuerzas de los Vulturi. Yo sólo me había topado con ellos en una ocasión, pero en aquel fugaz encuentro me había parecido que Aro, con su poderoso don para leer la mente, que funcionaba con un solo toque con el cual podía saber todo lo que contenía una mente, era su auténtico líder.

—Los Vulturi estudiaron a los niños inmortales, tanto en su hogar de Volterra como alrededor de todo el mundo. Cayo decidió que los más jóvenes eran incapaces de proteger nuestro secreto y que por eso debían ser destruidos.

"Ya te dije que eran adorables, y bueno, los clanes lucharon con todo para protegerlos, así que quedaron diezmados. La carnicería no se extendió tanto como las guerras del sur en este continente, pero a su modo fue más devastadora, porque afectó a clanes que llevaban mucho tiempo funcionando, viejas tradiciones, incluso amigos... Muchas cosas se perdieron en esa batalla. Al final, la práctica quedó completamente eliminada. Los niños inmortales se convirtieron en algo que no se debía mencionar, en un tabú.

"Cuando yo vivía con los Vulturi, me encontré con uno de esos niños inmortales, así que conozco personalmente su encanto. Aro estudió a los pequeños durante muchos años después de que ocurriera la catástrofe que habían causado. Ya sabes que siente una gran inclinación por las incógnitas, y tenía la esperanza de que pudieran dominarse, pero al final la decisión fue unánime: no se debía permitir que existieran niños inmortales.

Ya casi se me había olvidado la historia de la madre de las hermanas de Denali cuando él volvió a mencionarla.

—No quedó muy claro lo que ocurrió con la madre de Tanya —siguió contando Carlisle—. Tanya, Kate e Irina vivieron completamente ajenas a todo hasta el día en que los Vulturi fueron por ellas, por su madre y su creación ilegal, y las convirtieron en sus prisioneras. Lo que salvó la vida de Tanya y sus hermanas fue su ignorancia. Aro las tocó y descubrió que desconocían el asunto en su totalidad, de modo que no fueron castigadas como su madre.

"Ninguna de ellas había visto nunca antes al niño o soñado siquiera su existencia, hasta el día en que lo vieron arder en brazos de su madre. Sólo puedo suponer que su madre había mantenido el secreto para protegerlas precisamente de esa situación, pero la pregunta era, ¿por qué lo había creado? ¿Quién era ella y qué significaba esto para ella, puesto que no le importó cruzar la línea más prohibida de todas? Tanya y las otras nunca recibieron contestación a ninguna de estas preguntas, pero jamás dudaron de la culpabilidad de su madre y no creo que la hayan perdonado del todo.

"Cayo quería que las quemaran, incluso aunque Aro estaba completamente seguro de la inocencia de Tanya, Kate e Irina. Las consideraba culpables por asociación. Tuvieron mucha suerte de que Aro se sintiera aquel día lo bastante compasivo y fueron perdonadas. En sus corazones heridos les quedó un respeto muy sano por la ley...

No estoy segura cuándo fue que el recuerdo se transformó en un sueño. Durante un momento me pareció seguir escuchando a Carlisle en mi memoria, mirando su rostro, y luego, de pronto, estaba mirando un campo desierto, gris, y aspirando el denso olor del incienso quemado en el aire. Y no estaba sola allí.

Había un grupo de figuras en el centro del campo, todas envueltas en capas del color de la ceniza, y yo me habría aterrorizado, porque evidentemente no podían ser otros que los Vulturi y yo seguía siendo humana, en contra de lo que habían decretado en nuestro último encuentro. Pero yo sabía, como sólo se sabe en los sueños, que no podían verme.

Dispersas en montones por el suelo se veían piras que despedían humo. Reconocí su dulzura en el aire y no los examiné de cerca. No tenía ganas de ver los rostros de los vampiros que habían ejecutado, temiendo que pudiera reconocer a alguno en aquellas piras ardientes.

Los soldados de los Vulturi permanecían en círculo alrededor de algo o alguien, y escuché sus voces susurrantes que se alzaban muy agitadas. Me acerqué al borde de sus capas, empujada por el mismo sueño, a ver qué cosa o persona estaban examinando con tanto interés. Me deslicé sigilosamente entre dos de aquellos sudarios susurrantes y finalmente pude ver el objeto del debate sobre un pequeño montículo ante ellos.

Era hermoso y adorable, tal como Carlisle lo había descrito. Todavía era un niño pequeño, de poco más de dos años. Unos rizos de color marrón claro enmarcaban su rostro de querubín de mejillas redondeadas y labios llenos. Temblaba con los ojos cerrados, como si estuviera demasiado asustado de ver cómo se le acercaba la muerte cada segundo que pasaba.

Me abrumó una necesidad tan poderosa de salvar a aquel niño encantador y aterrorizado que dejaron de importarme los Vulturi a pesar de la devastadora amenaza que suponían. Pasé de largo a su lado, sin preguntarme si ellos se daban cuenta de mi presencia y salté hacia el niño.

Pero me quedé clavada en el sitio cuando tuve una vista más clara del montículo sobre el que estaba sentado. No era de roca y tierra, sino una pila de cuerpos humanos, vacíos de sangre y sin vida. Era demasiado tarde para no ver sus rostros. Los conocía a todos: Ángela, Ben, Jessica, Mike... Y justo al lado de aquel niño tan adorable estaban los cuerpos de mi madre y mi padre.

El niño abrió sus brillantes ojos del color de la sangre.

3. El gran día

Los párpados se me abrieron solos de sopetón.

Me quedé temblorosa y jadeante en mi cálida cama durante unos minutos, intentando liberarme del sueño. Fuera de mi ventana el cielo se volvió gris y después pasó al rosa pálido mientras esperaba que se calmara mi corazón.

Me sentí un poco molesta conmigo misma cuando regresé por completo a la realidad de mi desordenada habitación. ¡Vaya sueño para la noche antes de mi boda! Eso era lo que había logrado obsesionándome con escuchar historias perturbadoras a media noche.

Deseosa de sacudirme de encima la pesadilla, me vestí y me dirigí a la cocina mucho antes de lo necesario. Primero limpié las habitaciones que ya había ordenado, y luego, cuando Charlie se levantó, le preparé crepas. Estaba demasiado nerviosa para tener interés en comer, así que me senté en el borde del asiento mientras él desayunaba.

—Debes recoger al señor Weber a las tres en punto —le recordé.

—Pues no tengo muchas cosas más que hacer además de traer al sacerdote Bella. No creo que se me olvide el único trabajo que debo hacer —Charlie se había tomado todo el día libre por la boda, y efectivamente no tenía nada que hacer. De vez en cuando sus ojos se deslizaban furtivamente hacia el armario que había debajo de las escaleras, donde guardaba el equipo de pesca.

—Ése no es tu único trabajo. También debes estar vestido correctamente y presentable.

Él miró su plato con cara de pocos amigos y masculló entre dientes las palabras "traje de etiqueta".

Se oyó un golpeteo impaciente en la puerta principal.

—Y tú crees que la pasas mal —repuse yo, haciendo una mueca mientras me levantaba—. Alice no me va a dejar ni respirar en todo el día.

Charlie asintió pensativo, concediéndome que no le había tocado la peor parte en todo este lío. Me incliné para darle un beso en la parte superior de la cabeza mientras pasaba a su lado, él se ruborizó y refunfuñó, y luego caminé hasta la puerta donde estaba mi mejor amiga y futura cuñada.

El pelo corto de Alice no tenía su habitual aspecto erizado sino una apariencia suave en rizos ordenados alrededor de su rostro de duende que, sin embargo en contraste, mostraba una expresión de mujer muy atareada. Me arrastró fuera de la casa con apenas un "Hola, Charlie" exclamado por encima del hombro.

Alice me evaluó mientras subía a su Porsche.

—¡Oh demonios! ¡Mírate los ojos! —chasqueó la lengua haciendo un sonido de reproche—. ¿Qué hiciste? ¿Estuviste levantada toda la noche?

—Casi toda.

Me miró con cara de pocos amigos.

—No es que tenga mucho tiempo para dejarte asombrosa, Bella; la verdad es que podrías haber cuidado un poco mejor la materia prima.

—Nadie espera que esté asombrosa. Creo que el peor problema de todos será más bien que no me quede dormida durante la ceremonia, que no sea capaz de decir "sí, acepto" en el momento oportuno, y Edward aproveche el momento para huir de mí.

Ella se echó a reír.

—Te arrojaré mi ramo de flores cuando se acerque el momento.

—Gracias. Al menos mañana tienes un montón de tiempo para dormir en el avión.

Alcé una ceja. Mañana, musité para mis adentros. Si nos íbamos esta noche después de la recepción y todavía estaríamos en un avión mañana... bueno, entonces no iríamos a Boise, Idaho. A Edward no se le había escapado una sola pista. Yo no estaba demasiado emocionada por el misterio, pero era extraño no saber dónde dormiría mañana por la noche. O era de esperarse que quizá no durmiera...

Alice se dio cuenta de que me había dado en qué pensar y frunció el ceño.

—Supongo que hiciste la maleta y estás preparada —me dijo, con intención de distraerme.

Y funcionó.

—¡Alice, me gustaría que me dejaras empacar mis propias cosas!

—Creo que hablé demasiado.

—Y acabas de perder una oportunidad de ir de compras.

—Serás mi hermana oficialmente dentro de diez cortas horas... Ya va siendo hora de que abandones tu aversión a la ropa nueva.

Fulminé con la mirada el parabrisas, aunque un poco atontada, hasta que nos acercamos a la casa.

—¿Ya regresó? —le pregunté.

—No te preocupes, estará aquí antes de que empiece la música, pero tú no debes verlo, no importa cuándo regrese. Vamos a hacer todo esto a la manera tradicional.

Yo resoplé.

—¡Tradicional!

—Está bien, tradicional si dejamos a un lado a la novia y al novio.

—Ya sabes que él seguramente habrá echado un vistazo a escondidas.

—¡Oh, no! Yo soy la única que te ha visto con el vestido. He tenido mucho cuidado de no pensar en Edward cuando él ha andado cerca.

—Bueno —comenté mientras ella giraba hacia el sendero de la entrada—. Veo que reutilizaste la decoración de tu graduación —los cuatro kilómetros y medio que llevaban hasta la casa habían estado decorados con cientos de miles de luces titilantes, a las que esta vez había añadido lazos blancos de satín.

—Se desperdicia lo que no se sabe apreciar. Disfruta de esto, porque no te voy a dejar ver nada de la decoración del interior hasta que no llegue la hora.

Entró en el cavernoso garaje que estaba situado al norte de la casa principal. El enorme Jeep de Emmett aún no estaba ahí.

—¿Y desde cuándo no se le permite ver la decoración a la novia? —protesté yo.

—Desde que yo estoy a cargo de todo. Quiero que percibas todo el impacto cuando bajes las escaleras.

Me puso las manos sobre los ojos antes de dejarme entrar en la cocina e inmediatamente me asaltó el aroma.

—¿Qué es eso? —le pregunté mientras me guiaba por la casa.

—¿Crees que exageré? —la voz de Alice sonó repentinamente preocupada—. Eres el primer humano que entra. Espero haberlo hecho bien.

—¡Pero si huele delicioso! —le aseguré, aunque en realidad era algo intoxicante, pese a no ser totalmente abrumador, y el equilibrio de las diferentes fragancias era sutil e impecable—. Azahar... lilas... y algo más, ¿acerté?

—Muy bien, Bella. Sólo te faltaron las fresias y las rosas.

No me descubrió los ojos hasta que no llegamos a su gigantesco baño. Me quedé mirando fijamente la enorme repisa cubierta con toda la parafernalia de un salón de belleza y comencé a sentir los efectos de mi noche sin sueño.

—¿Realmente hace falta todo esto? De todos modos voy a parecer insignificante a su lado, no importa lo que hagas.

Ella me empujó hasta que me senté en una silla baja de color rosa.

—Nadie osará considerarte insignificante cuando haya acabado contigo.

—Sí claro, pero eso será sólo porque les dará miedo que les chupes toda la sangre —masculló entre dientes. Me incliné hacia atrás en la silla y cerré los ojos, esperando poder echar un sueñecito mientras tanto.

Me adormilé un poco y me desperté a ratos mientras ella ponía mascarillas, pulía y sacaba brillo a cada una de las superficies de mi cuerpo.

No fue hasta después del almuerzo cuando Rosalie se deslizó por la puerta del baño con una relumbrante bata plateada y con el cabello dorado apilado en una suave corona en la parte superior de la cabeza. Estaba tan hermosa que me dieron ganas de llorar. ¿Qué sentido tenía arreglarse tanto si Rosalie andaba por ahí?

—Ya regresaron —comentó ella, e inmediatamente se me pasó mi pequeño e infantil arranque de desesperación. Edward estaba en casa.

—¡Mantenlo fuera de aquí!

—No creo que se cruce hoy contigo —le aseguró Rosalie—. Valora mucho su vida. Esme los puso a terminar algunas cosas en la parte de atrás. ¿Necesitas ayuda? Puedo arreglarle el pelo.

Se me cayó la mandíbula y allí se quedó, balanceándose, mientras yo intentaba recordar cómo se cerraba.

Nunca había sido la persona más querida del mundo para Rosalie. Además, lo que hacía que la situación fuera aún más tensa entre nosotras era que ella se sentía personalmente ofendida por la decisión que yo había tomado. A pesar de poseer una belleza casi imposible, una familia que la quería y haber encontrado a un compañero del alma en Emmett, ella lo hubiera cambiado todo con tal de ser humana. Y aquí estaba yo, arrojando por la borda todo lo que ella deseaba en la vida sin ningún remordimiento, como si fuera basura. Realmente, eso no hacía que yo le cayera muy bien.

—Claro —respondió Alice con despreocupación—. Puedes empezar con las trenzas, quiero que estén muy bien entretejidas. El velo va aquí, justo debajo —sus manos comenzaron a deslizarse por mi cabello, sopesándolo, retorciéndolo e ilustrando con detalles lo que pretendía conseguir. Cuando terminó, las manos de Rosalie la reemplazaron, dándole forma a mi cabello con el tacto ligero de una pluma. Alice volvió a concentrarse en mi rostro.

Una vez que Rosalie recibió los elogios de Alice por mi peinado, la envió a traer mi vestido y después a buscar a Jasper, a quien habían encomendado recoger a mi madre y su marido, Phil, en su hotel. Escuchaba el ruido leve que producía la puerta en el piso de abajo al abrirse y cerrarse una y otra vez. Las voces comenzaron a elevarse hasta donde estábamos nosotras.

Alice me puso de pie, de modo que pudiera colocarme el vestido sobre el peinado y el maquillaje. Me temblaban tanto las rodillas que cuando abrochó la hilera de botones de perlas a mi espalda, el satín temblaba haciendo pequeñas ondas hasta llegar al suelo.

—Respira hondo, Bella —me recomendó Alice—, e intenta controlar tu pulso. Se te va a correr todo el maquillaje con el sudor.

Le dediqué la expresión más sarcástica que pude improvisar.

—Lo intentaré.

—Yo tengo que vestirme ahora. ¿Puedes arreglártelas sola un par de minutos?

—Hum… es posible.

Puso los ojos en blanco y salió disparada por la puerta.

Me concentré en la respiración, contando cada uno de los movimientos de mis pulmones y me quedé mirando fijamente los diseños que la luz del baño hacía en la tela brillante de mi falda. Me daba miedo mirarme al espejo, porque ver mi imagen vestida de novia seguramente me provocaría un ataque de pánico a gran escala.

Alice regresó antes de que contara doscientas respiraciones, con un vestido que flotaba alrededor de su cuerpo esbelto como una cascada plateada.

—Alice… guau.

—Nada, nada. Nadie se me va a quedar mirando hoy, al menos no mientras tú estés en la habitación.

—Ja, ja.

—Y ahora dime, ¿todo está bajo control o tengo que llamar a Jasper?

—¿Ya regresó? ¿Está aquí mi madre?

—Acaba de cruzar la puerta y viene hacia acá.

Renée había volado hacía dos días y yo había pasado todos y cada uno de los minutos que había podido con ella, claro, cada minuto que pude escatimarle a Esme y la decoración, en otras palabras. Por lo que podía apreciar, creo que se la estaba pasando tan bien con todo esto como un niño que se hubiera quedado encerrado en Disneylandia toda una noche. De algún modo yo también me sentía tan decepcionada como Charlie. Había pasado tanto miedo esperando su reacción…

—¡Oh, Bella! —gritó, demasiado efusiva antes incluso de haber entrado en la habitación—, ¡oh, cariño, qué hermosa estás! ¡Oh, creo que voy a llorar! ¡Alice, eres increíble! Tanto Esme como tú deberían dedicarse a organizar bodas si montaran un negocio. ¿Dónde encontraste ese vestido? ¡Es divino! Tan lindo, tan elegante. Bella, parece como si acabaras de salir de una película de Austen —la voz de mi madre sonaba ahora algo lejana y todo en la habitación se volvió ligeramente borroso—. Qué idea tan original, diseñar todo el tema de la decoración a partir del anillo de Bella, ¡es tan romántico! ¡Y pensar que ha pertenecido a la familia de Edward desde el siglo XVIII!

Alice y yo intercambiamos una mirada de entendimiento. Mi madre se había equivocado respecto al estilo de mi vestido por más de cien años. La boda realmente no se había centrado en el anillo, sino en el mismo Edward.

Se oyó un fuerte y brusco carraspeo en la entrada.

—Renée, Esme dice que es hora de que te instales allí abajo —comentó Charlie.

—Bueno, Charlie, ¡pero qué aspecto tan elegante! —replicó Renée en un tono que sonaba algo sorprendido. Eso quizá explicó la respuesta malhumorada de Charlie.

—Es cosa de Alice.

—¿Pero ya es hora? —dijo Renée como para sí misma, y sonó casi tan nerviosa como yo—. Todo ha sucedido tan rápido. Me siento un poco mareada.

Ya éramos dos.

—Dame un abrazo antes de que baje —insistió Renée—, con mucho cuidado, no vaya a ser que estropee algo.

Mi madre me apretó cariñosamente la cintura y después se precipitó hacia la puerta, donde se dio vuelta para mirarme de nuevo.

—¡Oh, cielos, casi se me olvida! Charlie, ¿dónde está la caja?

Mi padre rebuscó en sus bolsillos un momento y después sacó una pequeña caja blanca que ofreció a Renée, quien abrió la tapa y me la alargó.

—Algo azul —comentó.

—Y algo viejo también. Pertenecieron a tu abuela Swan —añadió Charlie—; hicimos que un joyero reemplazara los esmaltes con zafiros.

Dentro de la caja había dos pesadas peinetas de plata. Sobre los dientes montados entre los intrincados diseños florales, iban unos oscuros zafiros azules.

Se me hizo un nudo en la garganta.

—Mamá, papá… No debieron…

—Alice no nos dejó hacer nada más —replicó Renée—; cada vez que lo intentábamos parecía a punto de cortarnos el gaznate.

Se me escapó entre los dientes una risita histérica.

Alice apareció de pronto e insertó con rapidez las peinetas en mi pelo sobre el borde de las gruesas trenzas.

—Ya tenemos algo viejo y algo azul —reflexionó Alice, dando unos pasos hacia atrás para admirarme—, y tu vestido es nuevo. De modo que aquí...

Me lanzó algo y automáticamente yo alcé las manos para atraparlo, de modo que una vaporosa liga blanca aterrizó en mis palmas.

—Es mía y la quiero de vuelta —me comentó Alice.

Yo me ruboricé.

—Ah, qué bien —afirmó Alice satisfecha—. Un poco de color... justo lo que necesitabas. Ya estás oficialmente perfecta —volvió hacia mis padres con una pequeña sonrisa autosatisfecha—. Renée, tienes que bajar ya.

—Sí, señora —Renée me envió un beso y se apresuró a salir.

—Charlie, ¿te importaría ir por las flores, por favor?

Mientras Charlie se alejaba, Alice me quitó la liga de las manos y se inclinó bajo mi falda. Yo jadeé y me estremecí cuando su mano fría me cogió el tobillo para poner la liga en su sitio.

Ya estaba nuevamente de pie antes de que Charlie regresara con dos espumosos ramos de flores blancas. El aroma de las rosas, los azahares y las fresias me envolvió en una suave neblina.

Rosalie, la mejor música de la familia después de Edward, empezó a tocar el piano en el piso de abajo. El canon de Pachelbel. Comencé a hiperventilar.

—Cálmate, Bella —dijo Charlie. Se volvió hacia Alice con nerviosismo—. Parece un poco mareada, ¿crees que será capaz de hacerlo?

Su voz me sonó muy lejana y apenas sentía las piernas.

—Se pondrá mejor.

Alice se paró frente a mí, irguiéndose sobre las puntas de los pies para mirarme mejor a los ojos, y me tomó las muñecas con sus manos duras.

—Concéntrate, Bella. Edward te espera allí abajo.

Tomé una bocanada de aire, deseando recuperar pronto la compostura.

La música se transformó lentamente en una nueva canción. Charlie me dio un codazo.

—Bella, prepárate para batear.

—¿Bella? —inquirió Alice, aún pendiente de mi mirada.

—Sí —grité—. Edward, está bien —y la dejé que me sacara de la habitación con Charlie pegado a mi codo.

La música sonaba muy fuerte y subía flotando por las escaleras junto con la fragancia de un millón de flores. Me concentré en la idea de Edward esperando abajo para lograr poner los pies en movimiento.

La música me resultaba familiar, la marcha tradicional de Wagner rodeada de un flujo de florituras.

—Es mi turno —replicó Alice—. Cuenta hasta cinco y sígueme.

Ella comenzó una lenta danza llena de gracia mientras bajaba la escalera. Debería haberme dado cuenta de que tener a Alice como mi única dama de honor era un error. Sin duda iba a parecer mucho más descoordinada andando detrás de ella.

Una repentina fanfarria vibró a través de la música que sobrevolaba el lugar y reconocí mi entrada.

—No permitas que me caiga, papá —susurré y Charlie me colocó la mano sobre su brazo y la sujetó allí con firmeza.

Un paso a la vez, me dije a mí misma cuando comencé a descender al ritmo lento de la marcha. No levanté los ojos hasta que vi mis pies a salvo en el piso de abajo, aunque podía escuchar los murmullos y el susurro de la audiencia cuando aparecí a la vista de todos. La sangre se me subió a las mejillas con el sonido; claro que todo el mundo cuenta siempre con la ruborosa novia.

Tan pronto mis pies pasaron las traicioneras escaleras me quedé mirándolo. Durante apenas un segundo me distrajo la profusión de flores blancas que colgaban en guirnaldas de cualquier cosa que hubiera en la habitación que no estuviera viva, pendiendo de las largas líneas de vaporosos lazos, pero aparté los ojos del dosel en forma de enramada y busqué a través de las filas de sillas envueltas en raso, ruborizándome más profundamente mientras caía en la cuenta de aquella multitud de rostros, todos pendientes de mí, hasta que lo encontré al final de todo, de pie delante de un arco rebosante de más flores y más lazos.

Apenas era consciente de que Carlisle estaba a su lado y el padre de Ángela detrás de los dos. No veía a mi madre donde debía estar sentada, en la primera fila, ni a mi nueva familia ni a ninguno de los invitados. Tendrían que esperar hasta después.

Todo lo que ahora podía ver era el rostro de Edward, que llenó mi visión e inundó mi mente. Sus ojos brillaban como la mantequilla derretida, en todo su esplendor dorado, y su rostro perfecto parecía casi severo con la profundidad de la emoción. Y entonces, cuando su mirada se encontró con la mía, turbada, su rostro se iluminó con una sonrisa de júbilo que quitaba el aliento.

De repente fue sólo la presión de la mano de Charlie en la mía la que me impidió echar a correr hacia adelante atravesando todo el pasillo.

La marcha era tan lenta que luché para acompasar los pasos a su ritmo. Menos mal que el pasillo era muy corto, hasta que al final, por fin, llegué allí. Edward extendió su mano; Charlie tomó la mía y, en un símbolo tan antiguo como el mundo, la colocó sobre la de Edward. Yo rocé el frío milagro de su piel y me sentí en casa.

Hicimos votos sencillos con las palabras tradicionales que se habían dicho millones de veces, aunque jamás por una pareja como nosotros. Sólo le habíamos pedido al señor Weber que hiciera un pequeño cambio y él amablemente sustituyó la frase "hasta que la muerte nos separe" por una más apropiada, que decía: "Tanto como duren nuestras vidas".

En ese momento, cuando el sacerdote recitó esa parte, mi mundo, que había estado boca abajo durante tanto tiempo, pareció estabilizarse en la posición correcta. Comprendí lo tonta que había sido temiendo este momento, como si fuera un regalo de cumpleaños que no deseaba o una exhibición embarazosa como la del baile de graduación. Miré los ojos brillantes, triunfantes de Edward, y supe que yo también había ganado, porque nada importaba salvo que me quedaría con él.

No me di cuenta de que estaba llorando hasta que llegó el momento de escuchar las palabras que nos unirían para siempre.

—Sí, acepto —me las arreglé para pronunciar con voz ahogada, en un susurro casi ininteligible, parpadeando para aclararme los ojos de modo que pudiera ver su semblante.

Cuando fue su turno de hablar, sus palabras sonaron claras y victoriosas.

—Sí, acepto —juró.

El señor Weber nos declaró marido y mujer, y entonces Edward acunó mi rostro en sus manos cuidadosamente, como si fuera tan delicada como los pétalos blancos que se balanceaban sobre nuestras cabezas. Intenté comprender, a través de las lágrimas que me cegaban, el hecho surrealista de que esta persona asombrosa fuera *mía*. Sus ojos dorados también parecían llenos de lágrimas, a pesar de que eso era imposible. Inclinó su cabeza hacia la mía y yo me alcé sobre las puntas de los pies y arrojé mis brazos, con ramo y todo, alrededor de su cuello.

Me besó con ternura, con adoración, y yo me olvidé de la gente, el lugar, el momento y la razón... Sólo sabía que él me amaba, que me quería y que yo era suya.

Él comenzó el beso y él mismo tuvo que terminarlo, porque yo me colgué de él, ignorando las risitas disimuladas y las gargantas que carraspeaban ruidosamente. Al final, apartó mi cara con sus manos y se retiró, demasiado pronto, para mirarme. En la superficie su sonrisa fugaz parecía divertida, casi una sonrisita de suficiencia, pero debajo de su gesto divertido por mi exhibición pública de afecto había una profunda alegría que era un eco de la mía.

El gentío estalló en un aplauso y él movió nuestros cuerpos para ponernos de cara a nuestros amigos y familiares, pero yo no pude apartar la vista de la suya para mirarlos a ellos.

Los brazos de mi madre, con la cara surcada de lágrimas, fueron los primeros que me rodearon cuando finalmente retiré los ojos de Edward desganadamente. Y entonces me fueron pasando de mano en mano por toda la multitud, de abrazo en abrazo, y apenas fui consciente de a quién pertenecía cada par de brazos, pues mi atención permanecía prendida de la mano de Edward, que aferraba firmemente la mía. Reconocí con claridad la diferencia entre los blandos y cálidos abrazos de mis amigos humanos y los cariñosos y fríos de mi nueva familia.

Pero un abrazo abrasador destacó entre todos los demás: el de Seth Clearwater, que había afrontado una muchedumbre de vampiros para estar aquí, ocupando el lugar de mi amigo licántropo perdido.

4. El gesto

La boda se transformó con suavidad en la fiesta de recepción, prueba del plan intachable que Alice había trazado. En esos momentos se ponía el sol sobre el río, y la ceremonia había durado exactamente el tiempo necesario para permitir que el sol se desvaneciera entre los árboles. Las luces de los árboles relumbraban mientras Edward me conducía hacia los ventanales traseros, que hacían brillar las flores blancas. Allí había otras diez mil flores más, que ejercían la función de carpa fragante y aireada sobre la plataforma de baile que se había colocado sobre la hierba, entre dos de los cedros más antiguos.

Las cosas se volvieron pausadas, relajadas como la apacible tarde de agosto que nos rodeaba. El pequeño grupo de personas se extendió bajo la suave iluminación que ofrecían las luces titilantes, y los amigos que acabábamos de abrazar nos saludaron de nuevo. Ahora era tiempo de hablar, de reír.

—Felicidades, chicos —nos dijo Seth Clearwater, inclinando la cabeza bajo el borde de una guirnalda de flores. Su madre, Sue, estaba algo rígida de pie a su lado, vigilando a los invitados con cautelosa intensidad. Su rostro afilado era fiero, con una expresión que acentuaba su corte de pelo corto de un estilo severo; era tan bajita como su hija Leah y me pregunté si se lo había cortado del mismo modo como una forma de mostrar solidaridad. Billy Black, al otro lado de Seth, no estaba tan tenso como Sue.

Cuando miraba al padre de Jacob, siempre me sentía como si estuviera viendo a dos personas en vez de a una. Por un lado estaba el anciano en silla de ruedas de rostro arrugado y con la sonrisa blanca que todo el mundo podía ver; y por otro, estaba el descendiente directo de una larga línea de jefes de tribu poderosos y llenos de magia, envuelto en la autoridad con que había nacido. Aunque la magia había esquivado su generación, debido a la ausencia de un catalizador, Billy todavía formaba parte del poder y la leyenda, que fluía directamente de él y había pasado a su hijo, el heredero de la magia a la que había dado la espalda. Por eso ahora Sam Uley actuaba como jefe de las leyendas y la magia...

Billy parecía extrañamente cómodo, considerando la compañía y el suceso al que estaba asistiendo, pero sus ojos negros brillaban como si hubiera recibido buenas noticias. Me impresionó por su compostura. Esta boda debería haberle parecido algo muy malo, lo peor que le podía pasar a la hija de su mejor amigo, al menos a sus ojos.

Sabía que para él no era fácil contener sus sentimientos, considerando el desafío que esta unión iba a proyectar sobre el antiguo tratado entre los Cullen y los quileutes, el acuerdo que prohibía a los Cullen crear un nuevo vampiro. Los lobos sabían que se avecinaba una ruptura del tratado, y el clan no tenía idea alguna de cómo reaccionarían. Antes de la alianza habría supuesto un ataque inmediato, una guerra, pero ahora que se conocían mejor unos a otros, ¿habría alguna posibilidad de perdón?

Como si fuera una respuesta a esa idea, Seth se inclinó hacia Edward con los brazos extendidos y Edward le devolvió el abrazo con el brazo libre.

Vi cómo Sue se estremecía delicadamente.

—Me alegro de que te hayan salido tan bien las cosas, hombre —le dijo Seth—. Me siento feliz por ti.

—Gracias, Seth. Eso significa mucho para mí —Edward se apartó de Seth y miró a Sue y a Billy—. Gracias también a ustedes, por dejar que Seth viniera y por apoyar hoy a Bella.

—De nada —respondió Billy con su voz profunda y grave, y me sorprendió la nota de optimismo de su voz. Tal vez había una tregua más sólida en el horizonte.

Se estaba formando algo parecido a una fila, así que Seth se despidió con un gesto de la mano y empujó la silla de Billy hacia donde estaba la comida. Sue apoyó una mano sobre cada uno de ellos.

Ángela y Ben fueron los siguientes en reclamar nuestra atención, seguidos por los padres de Ángela, y después Mike y Jessica, quienes, para mi sorpresa, iban tomados de la mano. No me había enterado de que hubieran vuelto a estar juntos. Eso me parecía estupendo. Detrás de mis amigos humanos venían mis nuevos primos políticos, el clan vampiro de los de Denali. Me di cuenta de que estaba conteniendo la respiración cuando la vampira que los encabezaba, Tanya, supuse por el tono rojizo de sus rizos rubios, avanzó para abrazar a Edward. A su lado había otros tres vampiros de ojos dorados que me miraban fijamente con abierta curiosidad. Una de las mujeres tenía el pelo largo, de un rubio muy pálido, liso como las hebras del maíz. La otra mujer y su acompañante tenían ambos el cabello negro, con un matiz oliváceo en sus rostros de aspecto pálido como el yeso.

Y los cuatro eran tan hermosos que hicieron que me doliera el estómago.

Tanya seguía reteniendo a Edward.

—Oh, Edward —dijo ella—, te he extrañado.

Él se echó a reír entre dientes y maniobró para deshacerse del abrazo, colocando su mano ligeramente en su hombro y dando un paso hacia atrás, como si quisiera verla mejor.

—Cuánto tiempo ha pasado, Tanya. Tienes un aspecto magnífico.

—Tú también.

—Déjame que te presente a mi mujer —era la primera vez que Edward pronunciaba esa palabra desde que se había convertido en una verdad oficial, y parecía que iba a estallar de satisfacción al decirla. En respuesta, todos los de Denali se echaron a reír suavemente—. Tanya, ella es mi Bella.

Era tan hermosa como habían predicho mis peores pesadillas. Me echó una mirada que era más especulativa que resignada, y después alzó la mano para tomar la mía.

—Bienvenida a la familia, Bella —sonrió, algo compungida—. Nos consideramos también parte de la familia de Carlisle y lamento mucho el… ejem, reciente incidente en que no nos comportamos como tales. Deberíamos habernos conocido antes. ¿Podrás perdonarnos?

—Claro que sí —respondí casi sin aliento—, es genial conocerlos.

—Ahora los Cullen están igualados en número. Quizá sea nuestro turno, ¿eh, Kate? —dijo, y le sonrió a la rubia.

—Sigue soñando —le respondió la interpelada, haciendo girar sus ojos dorados, y tomando la mano que acababa de soltar Tanya, me la apretó cariñosamente—. Bienvenida, Bella.

La mujer de cabello oscuro puso su mano sobre la de Kate.

—Yo soy Carmen y él es Eleazar. De verdad estamos encantados de haberte conocido al fin.

—Y-yo también —tartamudeé.

Tanya echó una ojeada hacia la gente que estaba esperando detrás de ella, el ayudante de Charlie, Mark y su esposa, cuyos ojos miraban redondos y enormes al clan de Denali.

—Tendremos oportunidad de conocernos mejor más adelante. ¡Dispondremos de montones de tiempo para ello!

—Tanya se echo a reír cuando su familia y ella avanzaron.

Se respetaron todas las tradiciones. Me vi acribillada por el *flash* de muchas cámaras fotográficas mientras sostenía en alto el cuchillo sobre un pastel espectacular, demasiado grande, pensé, para el grupo relativamente íntimo de amigos y familia presentes. Nos turnamos para darnos pastel el uno al otro. Edward se tragó valientemente su trozo mientras yo lo miraba con incredulidad. Luego arrojé el ramo nupcial con una habilidad desconocida, justo hacia las manos sorprendidas de Ángela. Emmett y Jasper aullaron a carcajada limpia ante mi rubor mientras Edward me quitaba cuidadosamente con lo dientes la liga prestada, que yo había deslizado previamente casi hasta mi tobillo. Se la tiró a Mike Newton a la cara, volviéndose para enviarme un rápido guiño.

Y cuando comenzó la música, Edward me tomó en sus brazos para el acostumbrado primer baile. Yo lo seguí con ganas, a pesar del miedo que me daba bailar, especialmente en público, simplemente por el placer de estar entre sus brazos. Él hizo todo el trabajo y giramos sin esfuerzo aparente bajo el brillo de un dosel de luces y los relumbrantes *flashes* de las cámaras.

—¿Está usted disfrutando de la fiesta, señora Cullen? —me susurró al oído.

Me eché a reír.

—Creo que me va a costar un poco acostumbrarme a que me digan así.

—Creo que tendremos tiempo suficiente —me recordó, con la voz llena de alegría, y se inclinó para besarme mientras bailábamos. Las cámaras disparaban fotos de un modo casi febril.

La música cambió y Charlie le dio unos golpecitos en el hombro a Edward.

No era para nada tan fácil bailar con Charlie. Él no era mucho mejor que yo para esto, así que nos mecimos prudentemente de un lado al otro en una cerrada formación en cuadro. Edward y Esme giraron a nuestro alrededor como si fueran Fred Astaire y Ginger Rogers.

—Te voy a extrañar, Bella. Ya me siento solo.

Le respondí con un nudo en la garganta, intentando hacer una broma.

—Me siento fatal por hacer que tengas que cocinar para ti. Eso es prácticamente negligencia criminal; deberías arrestarme.

Él me dedicó una amplia sonrisa.

—Supongo que podré sobrevivir a la comida, pero llámame siempre que puedas.

—Te lo prometo.

Me pareció que había bailado con todo el mundo ya. Era genial ver reunidos a todos mis viejos amigos, pero lo que yo quería de verdad, más que ninguna otra cosa en el mundo, era estar con Edward. Me sentí feliz cuando volvió por mí, justo medio minuto después de que empezara una nueva canción.

—Todavía no te cae bien Mike, ¿eh? —comenté mientras Edward me alejaba de él dando vueltas.

—No cuando tengo que escuchar sus pensamientos. Tiene suerte de que no le haya dado una patada. O algo peor.

—Ah, sí, claro.

—¿No has tenido oportunidad de echarte un vistazo?

—Hum, no, creo que no. ¿Por qué?

—Entonces supongo que no te habrás dado cuenta de cuán profunda e impresionantemente hermosa estás esta noche. No me sorprende que Mike haya sido incapaz de evitar pensamientos impropios sobre una mujer casada. Estoy muy molesto porque Alice no se haya asegurado de que te miraras al espejo.

—Tú eres muy poco imparcial, ya lo sabes.

Él suspiró, hizo una pausa y se volvió para enfrentarse a la pared de cristal, que reflejaba la fiesta como un gran espejo. Edward señaló a la pareja que había en el espejo y se encontraba justo enfrente de nosotros.

—¿Que soy imparcial?

Capté un atisbo del reflejo de Edward, un perfecto duplicado de su rostro perfecto, con una belleza de pelo oscuro a su lado. Su piel era del color de la crema y las rosas y tenía los ojos muy grandes por la emoción, enmarcados por espesas pestañas. La cola de la estrecha funda que era el deslumbrante vestido blanco destelló sutilmente, casi como si fuera una azucena invertida, cortado de forma tan hábil que el cuerpo parecía elegante y gracioso, al menos mientras se quedaba inmóvil.

Antes de que pudiera pestañear y hacer que la belleza se volviera hacia mí, repentinamente Edward se puso rígido y giró automáticamente en otra dirección, como si alguien lo hubiera llamado por su nombre.

—¡Oh! —exclamó él. Frunció el ceño durante un instante y después lo suavizó casi igual de rápido.

De repente mostró una brillante sonrisa.

—¿Qué pasa? —pregunté.

—Un regalo de boda sorpresa.

—¿Eh?

Él no contestó, sino que comenzó a bailar de nuevo, girando en dirección opuesta a donde nos habíamos encaminado antes, lejos de las luces y después hacia la profunda franja de la noche que rodeaba la luminosa plataforma de baile.

No se detuvo hasta que alcanzamos el lado oscuro de uno de los gigantescos cedros. Entonces, Edward escrutó la parte más oscura de las sombras.

—Gracias —dijo Edward a la oscuridad—. Esto es muy… amable de tu parte.

—Soy la amabilidad personificada —una hosca voz familiar respondió desde la oscuridad—. ¿Me permites?

Mi mano voló hasta mi garganta, y si Edward no me hubiera estado sujetando, me habría caído.

—¡Jacob! —exclamé, casi ahogándome, cuando pude respirar—. ¡Jacob!

—Aquí estoy, Bella.

Avancé tambaleándome hacia el sonido de su voz. Edward mantuvo su mano bien firme bajo mi codo hasta que otro par de fuertes manos me sostuvo en la oscuridad. El calor de la piel de Jacob me quemó a través del fino traje de satín cuando me acercó a su cuerpo. No hizo ningún esfuerzo para bailar, simplemente me abrazó mientras enterraba mi rostro en su pecho. Se inclinó para presionar su mejilla contra la parte superior de mi cabeza.

—Rosalie no me perdonará si no le concedo su turno oficial en el baile —murmuró Edward y me di cuenta de que me iba a dejar un momento a solas con Jacob, haciéndome a su vez un regalo de su parte.

—Oh, Jacob —yo lloraba y no podía emitir las palabras con claridad—. Gracias.

—Deja de lloriquear, Bella, se te va a arruinar el vestido. Sólo soy yo.

—¿Sólo? ¡Oh, Jake! Todo está perfecto ahora.

Él resopló.

—Ah, sí, la fiesta puede empezar. El padrino finalmente lo logró.

—Ahora todos los que amo están aquí.

Sentí como sus labios rozaban mi pelo.

—Siento haber llegado tarde, cariño.

—¡Estoy tan feliz de que hayas venido!

—Ésa era la idea.

Eché una ojeada hacia los invitados, pero no podía ver entre los bailarines hacia el punto donde había visto por última vez al padre de Jacob. No sabía si él aún seguía aquí.

—¿Sabe Billy que estás aquí?

Tan pronto se lo pregunté, supe que seguramente así era; eso habría explicado perfectamente su animada expresión de antes.

—Estoy seguro de que Sam se lo dijo. Iré a verlo cuando… cuando se acabe la fiesta.

—Estará muy contento de que estés en casa.

Jacob se echó un poco hacia atrás y se puso rígido. Dejó la mano izquierda en la parte más estrecha de mi espalda y sujetó mi mano derecha con la otra. Acunó nuestras manos contra su pecho y pude sentir su corazón latir bajo la palma de su mano. Adiviné que no la había puesto allí de forma accidental.

—No sé si podré tener algo más que sólo un baile —me dijo él, y comenzó a empujarme en un círculo lento que no seguía el ritmo de la música que surgía detrás de nosotros—. Lo haré lo mejor posible.

Nos movimos según el ritmo de su corazón bajo mi mano.

—Estoy contento de haber venido —respondió Jacob con lentitud después de un momento—, aunque no pensé que sería así, pero es genial verte... una vez más. No es tan triste como me imaginaba.

—No quiero que estés triste.

—Ya lo sé. Y no he venido para hacerte sentir culpable.

—No, pero me hace muy feliz que hayas venido. Es el mejor regalo que podrías haberme dado.

Él se echó a reír.

—Eso es estupendo, porque no tuve tiempo de detenerme a comprar un regalo como Dios manda.

Mis ojos se estaban acostumbrando a la oscuridad y pude ver su semblante, a mayor altura de lo que esperaba. ¿Era posible que aún siguiera creciendo? Debía estar ya más cerca de los dos metros que del metro ochenta. Era un alivio ver sus rasgos familiares una vez más después de todo este tiempo, sus ojos profundamente encajados en sombras bajo sus hirsutas cejas negras, sus pómulos altos y sus labios llenos, que se estiraron sobre sus dientes brillantes con una sonrisa sarcástica que iba muy de acuerdo con el tono de su voz. Tenía los ojos tensos en las comisuras, cautelosos; podía ver que estaba teniendo mucho cuidado esta noche. Estaba haciendo todo lo posible para hacerme feliz, para que no, en un descuido, yo viera cuánto le estaba costando.

La verdad es que no sabía qué había hecho de bueno en mi vida para merecer un amigo como Jacob.

—¿Cuándo decidiste regresar?

—¿Consciente o inconscientemente? —inhaló profundamente antes de contestarse él mismo su propia pregunta—. ¿La verdad?, no lo sé. Supongo que había estado vagabundeando en esta dirección un tiempo, y quizá era porque algo me atraía hacia aquí, pero no fue hasta esta mañana cuando realmente empecé a correr. No sabía si llegaría a tiempo —se echó a reír—. No tienes idea de lo extraño que se siente uno andando sobre dos piernas otra vez. ¡Y con ropa! Y todavía es más raro sentirse extraño. No me esperaba esto. He perdido práctica con todo este rollo humano.

Ambos nos sentíamos incómodos.

—De todos modos, habría sido una pena que me perdiera verte así. Mereció el esfuerzo de venir. Te ves increíble, Bella. Estás muy hermosa.

—Alice invirtió en mí mucho tiempo, y también la oscuridad ayuda.

—No está tan oscuro para mí; ya sabes.

—Cierto —sus sentidos de hombre lobo, claro. Era fácil olvidar todas las cosas que él podía hacer, ya que parecía humano. Especialmente ahora.

—Te cortaste el pelo —comenté.

—Ah, sí. Me resulta más fácil, pensé que sería bueno aprovechar que puedo usar las manos.

—Te queda bien —le mentí.

Él resopló.

—Bueno, lo hice yo solo, con las tijeras oxidadas de la cocina —él sonrió ampliamente durante un momento, y entonces su sonrisa se desvaneció. Su expresión se volvió seria—. ¿Eres feliz, Bella?

—Sí.

—De acuerdo —sentí que encogía los hombros—. Creo que eso es lo más importante.

—¿Y qué tal estás tú, Jacob? Cuéntame.

—Estoy muy bien, Bella, de verdad. No quiero que te preocupes más por mí. Deja ya de acosar a Seth.

—Pues no es por ti por quien lo acoso, para que lo sepas. Me gusta Seth.

—Es un buen chico y mejor compañía que la mayoría de la gente. Y te voy a decir una cosa: si pudiera deshacerme algún día de las voces que tengo en la cabeza, esto de ser lobo sería casi perfecto.

Me eché a reír por el modo en que sonó.

—Ah, bueno, tendré que decirle a las mías que se callen también.

—En tu caso eso significaría que estás loca, pero claro, eso yo ya lo sabía —bromeó.

—Gracias.

—Después de todo, quizá sea mejor la locura que compartir la mente de una manada. Las voces de los cuerdos no te envían niñeras a vigilarte.

—¿Eh?

—Sam está ahí afuera, y también algunos de los otros. Sólo por si acaso, ya sabes.

—¿Por si acaso qué?

—Por si no puedo controlarme, o algo así. Por si me da por echar a perder la fiesta —por un momento flameó una rápida sonrisa ante lo que sin duda era para él un pensamiento de lo más atractivo—. Pero no vine hasta acá para reventarte la fiesta, Bella. Estoy aquí para… —su voz se desvaneció.

—Para que mi día sea perfecto.

—Eso es algo difícil de alcanzar.

—Pues menos mal que eres tan alto.

Gimió ante mi chiste malo y después suspiró.

—Simplemente estoy aquí porque soy tu amigo. Tu mejor amigo, una vez más.

—Sam debería confiar un poco más en ti.

—Bueno, puede que yo esté algo escamado, y quizá sea mejor que estén aquí, de todas maneras, para echarle un ojo a Seth. Aquí hay un montón de vampiros y Seth no se toma esas cosas suficientemente en serio.

—El chico sabe que aquí no corre peligro alguno, porque entiende a los Cullen mejor que Sam.

—De acuerdo, de acuerdo —replicó Jacob, intentando hacer las paces antes de que nos hubiéramos peleado en realidad.

Era extraño que, de los dos, el diplomático fuera él.

—Lamento lo de todas esas voces —comenté—. Me gustaría haberlo hecho mejor. En muchos sentidos.

—No es tan malo. Sólo me estoy quejando un poco.

—¿Eres… feliz?

—Ando bastante cerca, pero es suficiente para mí. Hoy tú eres la estrella —se echó a reír entre dientes—. Y apuesto a que estás encantada; con lo que te gusta ser el centro de la atención.

—Oh, sí, no me canso de tanto interés.

Se echó a reír y después clavó la mirada por encima de mi cabeza. Estudió el brillo deslumbrante de la recepción con los labios fruncidos, la gracia con que giraban los bailarines, los pétalos que revoloteaban al caer de las guirnaldas. Yo miré en la misma dirección. Todo parecía muy lejano desde aquel espacio tranquilo y oscuro. Era casi como observar las ráfagas blancas que giran dentro de una bola de nieve.

—Eso tengo que reconocerlo —comentó él—, esta gente sabe organizar una fiesta.

—Alice es una fuerza imparable de la naturaleza.

Él suspiró.

—Se terminó la canción. ¿Puedo pedirte otra, o es pedir demasiado?

Apreté la mano alrededor de la suya.

—Pide todos los bailes que quieras.

Se echó a reír.

—Eso suena interesante, aunque mejor nos limitamos a estos dos. No quiero empezar esa clase de conversación.

Dimos otra vuelta.

—No creas que ya me acostumbré a decirte adiós, al menos no de momento —murmuró él.

Intenté tragar el nudo que se me había formado en la garganta, pero no pude obligarlo a bajar.

Jacob me miró fijamente y puso mala cara. Pasó los dedos por mi mejilla, capturando las lágrimas que se deslizaban por ella.

—No tiene sentido que seas tú la que llores, Bella.

—Todo el mundo llora en las bodas —dije con tono compungido.

—Pero esto es lo que tú quieres, ¿no?

—Correcto.

—Entonces, sonríe.

Lo intenté y él se echó a reír ante la mueca que me salió.

—Voy a intentar recordarte con esta cara. Para que me sirva cuando…

—¿Cuándo qué? ¿Cuándo muera?

Él apretó los dientes. Estaba luchando consigo mismo para cumplir su propósito de hacer que su presencia fuera un regalo y no un juicio. Podía adivinar lo que quería decir.

—No —contestó finalmente—. Pero es así como yo te veo en mi mente, con tus mejillas rojas, el latido de tu corazón y dos pies izquierdos. Todo eso.

Le pisé el pie deliberadamente y con toda la fuerza que pude.

Él sonrió.

—Ésa es mi chica.

Abrió la boca para decir algo más y después la cerró con brusquedad. Luchaba de nuevo, con los dientes apretados, contra las palabras que no quería decir.

Mi relación con Jacob solía ser tan fluida, tan natural como respirar, pero desde que Edward había regresado a mi vida, se había convertido en una tensión continua. Porque a los ojos de Jacob, al escoger a Edward estaba escogiendo un destino que para él era peor que la muerte, o al menos equivalente.

—¿Qué pasa, Jake? Dímelo de una vez. Puedes decirme lo que quieras.

—Yo… yo… no tengo nada que decirte.

—Ay, por favor, escúpelo ya.

—Es verdad. Es que no… es que… es una pregunta. Quiero que me digas algo.

—Pregunta.

Luchó otro minuto más y después exhaló el aire.

—No debería. En realidad no importa, sólo es curiosidad morbosa.

Lo entendí, porque lo conocía muy bien.

—No va a ocurrir esta noche, Jacob —le susurré.

Jacob estaba incluso más obsesionado que Edward por mi humanidad. Atesoraba cada uno de los latidos de mi corazón, sabiendo que estaban contados.

—Oh —dijo él, intentando suavizar su alivio—, está bien.

Comenzó a sonar una nueva canción, pero esta vez él no notó el cambio.

—¿Cuándo? —murmuró él.

—No lo sé con seguridad. Una semana o dos, quizá.

Su voz cambió, adoptando un tono defensivo, burlón.

—¿Y a qué se debe la demora?

—Pues porque no quiero pasarme mi luna de miel retorciéndome de dolor.

—¿Y cómo la vas a pasar entonces? ¿Jugando a las damas? Ja, ja.

—Muy gracioso.

—No te engañes, Bella; con sinceridad, no le veo caso. No vas a tener una luna de miel de verdad con tu vampiro, así que, ¿por qué no hacerlo de una vez? Llama a las cosas por su nombre. Ésta no es la primera vez que lo pospones, lo cual me parece estupendo, la verdad —afirmó, repentinamente serio—. Que no te dé vergüenza.

—No estoy retrasando nada —le repliqué con brusquedad—, y ¡sí, quiero tener una luna de miel auténtica! ¡Puedo tener lo que quiera, así que déjame en paz!

Detuvo abruptamente nuestro giro lento. Durante un momento me pregunté si realmente se había dado cuenta del cambio en la música, y me estrujé la cabeza para encontrar la forma de arreglar nuestra pequeña pelea antes de que me dijera adiós. No podíamos separarnos dejando las cosas tal como estaban.

Y entonces los ojos se le salieron de las órbitas con una extraña mezcla de horror y confusión.

—¿Qué? —resopló él—. ¿Qué dijiste?

—¿Sobre qué…? Jake, ¿qué sucede?

—¿A qué te refieres con tener una luna de miel auténtica? ¿Siendo humana aún? ¿Estás bromeando? ¡Eso es un chiste malo, Bella!

Le puse mala cara.

—He dicho que me dejes tranquila, Jake. Ése no es asunto tuyo, y yo no debería… no debería haber hablado de ese tema. Es un asunto privado…

Sus enormes manos me sujetaron por la parte superior de los brazos, envolviéndolos por completo, hasta el punto de que sus dedos se solaparon.

—¡Ay, Jake!, ¡déjame!

Me sacudió.

—¡Bella! ¿Acaso has perdido la cabeza? ¡No puede ser que seas tan estúpida! ¡Dime que estás bromeando!

Me sacudió de nuevo y sus manos, tan apretadas como si fueran torniquetes, comenzaron a temblar, enviando una serie de vibraciones hacia mis huesos.

—¡Jake… basta!

De repente la oscuridad se llenó de gente.

—¡Quítale las manos de encima! —la voz de Edward sonó tan fría como el hielo y tan afilada como una navaja.

Detrás de Jacob se oyó un grave aullido que procedía de lo más negro de la noche, seguido de otro y otro, que se superpuso al primero.

—Jake, hermano, vámonos —escuché la voz de Seth, que le hablaba con tono apremiante—, te estás descontrolando.

Por un momento Jacob pareció tan paralizado como realmente estaba, con los ojos dilatados de puro horror y aún clavados en mí.

—Le vas a hacer daño —susurró Seth—. Suéltala.

—¡Ahora! —bramó Edward.

Las manos de Jacob cayeron a sus costados y cuando se me restauró repentinamente el flujo de la sangre a través de las venas, casi sentí dolor. Antes de que pudiera darme cuenta de nada más, unas manos frías reemplazaron a las calientes, y de pronto el aire que me rodeaba sopló con fuerza a mi lado.

Parpadeé y cuando me di cuenta estaba de pie a unos dos metros de donde había estado justo antes. Edward había adoptado una postura muy tensa delante de mí y había dos enormes lobos agazapados entre él y Jacob, aunque a mí no me parecieron agresivos. Más bien parecía como si estuvieran intentando evitar la pelea.

Y Seth, el desgarbado muchacho de quince años, había envuelto a Jacob con sus brazos, mientras su cuerpo temblaba e intentaba apartarlo de la escena, pero si Jacob entraba en fase tan cerca de Seth...

—Anda, Jake, vámonos.

—Te mataré —rugió Jacob, con la voz tan ahogada por la rabia que sonaba baja como un murmullo. Sus ojos, clavados en Edward, ardían de pura furia—. ¡Te voy a matar con mis propias manos! ¡Y va a ser ahora!

Seguía temblando convulsivamente.

El lobo más grande, el negro, soltó un aullido agudo.

—Seth, apártate —siseó Edward.

Seth abrazó de nuevo a Jacob. Éste estaba tan apabullado por la ira que Seth se las arregló para arrastrarlo unos metros más hacia atrás.

—No lo hagas, Jake; anda, vámonos.

Sam, el lobo más grande, el negro, se unió entonces a Seth. Apoyó su gigantesca cabeza contra el pecho de Jacob y empujó también.

Los tres, Seth jalando, Jake temblando y Sam empujando, desaparecieron rápidamente en la oscuridad.

El otro lobo los siguió con la mirada mientras desaparecían. Bajo aquella luz tan tenue no estaba segura del color de su piel, que parecía de color chocolate. ¿Era Quil, entonces?

—Lo siento —le susurré al lobo.

—Todo va a estar bien; ya, Bella —murmuró Edward.

El lobo se quedó mirando a Edward, y no era una mirada nada amigable. Edward le dedicó un seco asentimiento, al que el lobo respondió con un resoplido y volvió para seguir a los demás, desvaneciéndose, como los otros.

—Bien —dijo Edward para sus adentros, y después me miró—. Regresemos.

—Pero Jake...

—Sam lo tiene bajo control. Ya se fue.

—Edward, lo siento tanto, fui una estúpida...

—No hiciste nada malo...

—¡Yo y mi bocota! ¿Por qué no...? No debí dejar que llevara la conversación hasta ese punto. ¿En qué estaba pensando?

—No te preocupes —me tocó el rostro—. Tenemos que volver a la recepción antes de que alguien note nuestra ausencia.

Sacudí la cabeza, intentando concentrarme de nuevo. ¿Antes de que alguien se diera cuenta? ¿Cómo era posible que no se hubieran dado cuenta?

Entonces, cuando caí en la cuenta, entendí que el enfrentamiento que tan catastrófico me había parecido, en realidad se había producido casi en silencio y con rapidez acá, lejos, entre las sombras.

—Dame dos segundos —le supliqué.

Mi interior era un caos debido al pánico y el dolor, pero eso no importaba, porque ahora lo único que debía controlar era el exterior. Debía poner en escena un buen espectáculo, y tenía que poner todo mi empeño para que saliera a la perfección.

—¿Cómo está mi vestido?

—Te ves preciosa, no se te ha movido ni un cabello de su sitio.

Respiré profundamente un par de veces.

—De acuerdo, vamos.

Me rodeó con un brazo y me condujo hacia la luz. Cuando pasamos al lado de las luces titilantes, me hizo girar suavemente sobre el entarimado. Nos mezclamos con los otros bailarines como si jamás hubiéramos interrumpido nuestra danza.

Eché una ojeada a nuestros invitados, pero ninguno me dio la sensación de parecer asustado o sorprendido. Sólo los rostros muy pálidos mostraban algún signo de tensión, y la escondían muy bien. Jasper y Emmett estaban al borde del entarimado, juntos, y adiviné que habían estado cerca de nosotros durante el enfrentamiento.

—¿Cómo estás?

—Estoy bien —le aseguré—. No puedo creer que lo haya estropeado. ¿Por qué lo hago todo mal?

—Tú no tienes nada de malo.

Estaba tan contenta de que Jacob hubiera venido, a pesar de saber el sacrificio que suponía para él. Y al final lo había echado todo a perder, convirtiendo su regalo en un desastre. Deberían ponerme en cuarentena.

Pero mi idiotez no iba a arruinar nada más esta noche. Dejaría todo a un lado, lo metería en un cajón y lo cerraría para tratar con él más tarde. Habría tiempo de sobra para flagelarme por todo esto, y no podía hacer nada que ayudara.

—Se acabó —le dije—. No pensemos más en esto por esta noche.

Esperaba un rápido asentimiento de Edward, pero él se quedó en silencio.

—¿Edward?

Cerró los ojos y tocó mi frente con la suya.

—Jacob tiene razón —me susurró—. ¿En qué estaría yo pensando?

—Para nada —intenté mantener mi rostro tranquilo hacia la multitud de amigos que nos observaban—. Jacob tiene demasiados prejuicios como para poder ver con claridad.

Él masculló entre dientes algo que sonó casi como "debería haberlo dejado matarme sólo por haber pensado…".

—Basta ya —repuse con fiereza. Sujeté su rostro entre mis manos y esperé hasta que abrió los ojos—. Tú y yo. Eso es lo único que importa, la única cosa en la que tienes permitido pensar. ¿Me escuchaste?

—Sí —suspiró él.

—Olvídate de que ha venido Jacob —eso podía hacerlo y además, lo iba a hacer—. Por mí. Prométeme que vas a olvidar todo esto.

Me miró a los ojos fijamente durante un momento antes de contestar.

—Te lo prometo.

—Gracias. Edward, no tengo miedo.

—Pues yo sí —susurró él.

—Pues haces mal —inhalé profundamente y luego sonreí—. Además, a propósito: te amo.

Sonrió sólo un poco en respuesta.

—Ése es el motivo por el que estoy aquí.

—Estás monopolizando a la novia —intervino Emmett, acercándose a Edward por detrás de su hombro—. Déjame bailar con mi hermanita. Puede que ésta sea mi última oportunidad de ruborizarla —se echó a reír muy alto, como de costumbre muy poco afectado por la seriedad de cualquier situación que se presentara.

Resultó que había un montón de gente con la que no había bailado aún, lo cual me dio la oportunidad de recomponerme realmente y recuperar el dominio de mí misma. Cuando

Edward regresó conmigo, descubrí que el asunto de Jacob estaba bien encerrado, con llave, en el cajón correspondiente. Cuando me envolvió en sus brazos me sentí capaz de liberar la alegría que había sentido antes, así como la certeza de que todo en mi vida ocupaba ahora su lugar correcto. Sonreí y reposé la cabeza contra su pecho. Me atrajo con los brazos y me estrechó contra su cuerpo.

—Creo que podré acostumbrarme a esto —le dije.

—No me digas que ya superaste tus eternos prejuicios contra el baile.

—Bailar no es tan malo, al menos no contigo, pero más bien estaba pensando en esto —me apreté aún más contra él—. Y en no dejarte escapar nunca más.

—Nunca —prometió él, y se inclinó para besarme.

Y ése fue un beso de los serios, intenso, lento pero a pesar de ello, preludio de algo…

La verdad era que había olvidado dónde estaba cuando escuché la voz de Alice.

—¡Bella! ¡Es hora!

Sentí una ligera irritación hacia mi nueva hermana por interrumpirnos.

Edward la ignoró y sus labios se endurecieron contra los míos, con más urgencia que antes. Mi corazón comenzó una carrera enloquecida y las palmas de las manos se me humedecieron al deslizarse por su cuello marmóreo.

—¿Acaso quieren perder el avión? —nos apremió Alice, que ahora estaba justo a mi lado—. Estoy segura de que van a pasar una luna de miel estupenda acampando en el aeropuerto para esperar el siguiente vuelo.

Edward volvió el rostro lo suficiente para murmurar:

—Lárgate, Alice —y volvió a presionar mis labios con los suyos.

—Bella, ¿quieres subir al avión con este vestido? —me reclamó.

Yo no le presté mucha atención que digamos. En ese momento no me importaba en absoluto.

Alice gruñó en voz baja.

—Le voy a decir a dónde la llevas, Edward. Te juro que lo haré.

Él se quedó paralizado. Alzó su rostro, apartándolo del mío y le lanzó una mirada envenenada a su hermana favorita.

—Para ser tan chiquita eres de lo más irritante.

—No compré un vestido de viaje tan perfecto para ver cómo se desperdicia —le replicó con brusquedad, tomándome de la mano—. Ven conmigo, Bella.

Me resistí un poco a su tirón, estirándome sobre los dedos de los pies para besarlo una vez más. Ella volvió a jalarme del brazo con ademán impaciente, arrastrándome lejos de él. Se oyeron unas cuantas risitas ahogadas entre los invitados atentos a la escena. Entonces me rendí y la dejé conducirme hacia la casa vacía.

Ella parecía enfadada.

—Lo siento, Alice —me disculpé.

—Tú no tienes la culpa, Bella —suspiró—. Pareces incapaz de resistirte.

Se me escaparon unas risitas ante su expresión de martirio y ella me miró con cara de pocos amigos.

—Gracias, Alice. Ha sido la boda más bonita que nadie haya tenido —le dije con el corazón en la mano—; todo estuvo perfecto. Eres la mejor hermana, la más lista y la más talentosa de todas las hermanas del mundo.

Eso la derritió y me dedicó una enorme sonrisa.

—Me alegra que te haya gustado.

Renée y Esme me esperaban en el piso de arriba. Entre las tres me desnudaron con rapidez y me pusieron el conjunto de color azul intenso que me había comprado Alice. Sentí verdadero agradecimiento cuando alguien me quitó las horquillas del pelo y me lo soltó por la espalda, ondulado debido a las trenzas. Me habían ahorrado el dolor de cabeza de deshacérmelo luego yo. Mi madre no dejó de derramar lágrimas todo el rato.

—Te llamaré cuando sepa a dónde vamos —le prometí cuando la abracé para despedirme.

Me imaginaba que el secreto en torno al destino de nuestra luna de miel la estaría volviendo loca, ya que mi madre odiaba los secretos a menos que estuviera al tanto de ellos.

—Te lo diré cuando ella esté suficientemente lejos para no enterarse —le ofreció Alice con una sonrisita de suficiencia ante mi expresión herida. Me parecía de lo más desleal que dejara que yo fuera la última en saberlo.

—Tienes que visitarnos a Phil y a mí lo más pronto posible. Ahora es tu turno de ir al sur y ver el sol aunque sea sólo por una vez —comentó Renée.

—Hoy no llovió —le recordé, esquivando su demanda.

—Un milagro.

—Ya está todo preparado —intervino Alice—. Tus maletas están en el coche, Jasper las está poniendo allí —me empujó de vuelta a las escaleras junto con Renée, todavía abrazándome a medias.

—Te quiero, mamá —le susurré mientras descendíamos—, y estoy tan contenta de que estés con Phil. Cuídense bien el uno al otro.

—Yo también te quiero, Bella, cariño.

—Adiós, mamá, te quiero —repetí con un nudo en la garganta.

Edward me esperaba al pie de las escaleras. Tomé su mano extendida pero me incliné hacia un lado para escrutar a la pequeña multitud que nos esperaba para vernos marchar.

—¿Papá? —pregunté, buscándolo con los ojos.

—Por ahí anda —me murmuró Edward y me condujo entre los invitados, que se abrieron formando un pasillo.

Encontramos a Charlie detrás de todo el mundo, reclinado contra la pared, con aspecto incómodo, en cierto modo como si hubiera estado escondiéndose. Los bordes enrojecidos de sus ojos explicaban por qué.

—¡Oh, papá!

Lo abracé por la cintura mientras las lágrimas corrían de nuevo por mi rostro. Vaya que había llorado esta noche. Él me palmeó ligeramente la espalda.

—Ya está bien. No querrás perder ese avión.

Era difícil hablar de sentimientos con Charlie, con lo parecidos que éramos, siempre echando mano de trivialidades para evitar las demostraciones emocionales que tanto nos avergonzaban, pero no era el momento para comportarse con tanta timidez.

—Te querré siempre, papá —le dije—. No lo olvides.

—Yo también, Bella. Siempre te he querido y siempre te querré.

Lo besé en la mejilla al mismo tiempo que él besó la mía.

—Llámame —me pidió.

—Pronto —le prometí…

… sabiendo que eso era todo lo que podía prometerle: sólo una llamada por teléfono. Mi madre y mi padre no podrían volver a verme nunca más. Yo sería muy diferente y desde luego mucho, mucho más peligrosa.

—Anda, entonces —dijo con tono gruñón—. No quiero que llegues tarde.

Los invitados volvieron a hacernos otro pasillo y Edward me pegó a su costado para preparar nuestra huida.

—¿Estás preparada? —me preguntó.

—Lo estoy —repuse, y supe que ahora sí era verdad.

Todo el mundo aplaudió cuando Edward me besó en las escaleras de la entrada y luego me arrastró hacia el coche cuando comenzó la tormenta de arroz. La mayoría no nos alcanzó, salvo alguien, probablemente Emmett, que lo arrojó con una precisión asombrosa, pero le cayó una buena andanada de rebote de los que impactaron contra la espalda de Edward.

El coche estaba decorado con más flores que se extendían en hileras a todo lo largo, y grandes lazos de tejido ligero y vaporoso que iban atados a una docena de zapatos de diseño —que no parecían usados en absoluto—, que colgaban detrás del coche.

Edward me escudó de la lluvia de arroz mientras me subía; poco después entró él y nos alejamos a toda velocidad mientras yo me despedía por la ventanilla y gritaba "los quiero" al porche, donde se encontraba toda mi familia despidiéndome.

La última imagen que me quedó fue la de mis padres. Phil envolvía tiernamente a Renée con ambos brazos mientras ella tenía uno de los suyos muy apretado en torno de su cintura, pero con la mano libre extendida sujetaba con fuerza la mano de Charlie. Hay tantas clases de amor, y en este momento todas convivían de modo armonioso. Me pareció una imagen llena de esperanza.

Edward me apretó la mano a su vez.

—Te quiero —me dijo.

Recliné la cabeza contra su brazo.

—Ése es el motivo por el que estamos aquí —cité lo que él había dicho antes.

Él me besó el pelo.

Cuando nos volvimos hacia la oscura autopista y Edward presionó de verdad el acelerador, escuché un sonido sobre el ronroneo del motor, procedente del bosque que quedaba a nuestras espaldas. Si yo podía oírlo, desde luego él también, pero no dijo nada cuando el sonido se desvaneció lentamente en la distancia, y yo tampoco.

El agudo aullido que partía el corazón fue perdiendo volumen y después desapareció por completo.

5. Isla Esme

—¿Houston? —pregunté, alzando las cejas cuando llegamos a la entrada del aeropuerto de Seattle.

—Es sólo una parada en el camino —me aseguró Edward con una sonrisa de oreja a oreja.

Sentía como si apenas acabara de dormirme cuando él me despertó. Estaba medio atontada cuando me llevó por las terminales, luchando por recordar que tenía que volver a abrir los ojos después de cada parpadeo. Me tomó unos cuantos minutos captar lo que estaba sucediendo, cuando nos detuvimos en el mostrador de los vuelos internacionales para revisar los boletos de nuestro próximo avión.

—¿Río de Janeiro? —pregunté con algo de miedo.

—Otra parada —comentó él.

El viaje a Sudamérica se me hizo largo, pero muy cómodo en los amplios asientos de primera clase, acunada en los brazos de Edward. Me volví a dormir y luego me desperté, inusualmente alerta, cuando giramos hacia el aeropuerto con la luz del sol poniente entrando de forma sesgada por las ventanillas.

No nos quedamos en el aeropuerto para tomar otro vuelo, como yo esperaba. En vez de eso, abordamos un taxi para atravesar las atestadas calles de Río, un oscuro hervidero de vida. Fui incapaz de comprender una sola palabra de las que Edward le dirigió en portugués al conductor, y adiviné que nos dirigíamos hacia un hotel antes de la siguiente etapa de nuestro viaje. Cuando comprendí esto, sentí justo en la boca del estómago una aguda punzada de algo que se parecía mucho al miedo a salir a escena. El taxi continuó atravesando las multitudes como enjambres, hasta que éstas se fueron disipando de algún modo y pareció que nos acercábamos al borde exterior occidental de la ciudad, en dirección hacia el océano.

Nos detuvimos en los muelles.

Edward encabezó la marcha hacia la larga línea de blancos yates que flotaban amarrados sobre el agua negra como la noche. Se detuvo ante la embarcación más pequeña de todas, y también la más esbelta. Obviamente la habían construido pensando más en la velocidad que en el espacio. Aún así, tenía un aspecto lujoso y más gracioso que los demás. Él saltó dentro con ligereza, pese a las pesadas maletas que acarreaba. Las dejó caer sobre la cubierta y se volvió para ayudarme a pasar por encima de la borda.

Observé en silencio cómo aparejaba el navío para partir, sorprendida de lo habilidoso y acostumbrado que parecía a esta tarea, ya que nunca lo había oído mencionar que sintiera interés alguno por la navegación, pero claro, era bueno en casi todo lo que emprendía, como siempre.

Cuando nos dirigimos hacia el oriente por el océano abierto, revisé en mi mente mis conocimientos básicos de geografía. Por lo que podía recordar, no había gran cosa al este de Brasil… a menos que pensaras en ir a África.

Pero Edward aceleró mientras las luces de Río se atenuaban y luego desaparecían a nuestras espaldas. En el rostro tenía grabada una sonrisa llena de júbilo que resultaba familiar, la misma que le producía cualquier forma de velocidad. El barco cortaba las olas y me salpicaba con el rocío procedente del mar.

Al final no pude contener la curiosidad reprimida con tanta eficacia hasta ese momento.

—¿Vamos mucho más lejos? —pregunté.

No solía ocurrir que él olvidara que yo era humana, pero me pregunté si estaba planeando que viviéramos en aquel pequeño yate durante algún tiempo.

—Pues como una media hora más.

Clavó los ojos en mis manos, aferradas al asiento y sonrió.

Vaya, pensé para mis adentros; a fin de cuentas era un vampiro; lo mismo nos estábamos dirigiendo a la Atlántida.

Veinte minutos más tarde gritó mi nombre por encima del rugido del motor.

—Bella, mira hacia allá.

Y señaló justo delante de nosotros.

En un primer momento, únicamente vi la negrura de la noche acicalada por la estela blanca de la luna que pintaba rieles sobre las aguas, pero un examen más atento de la posición indicada me reveló una forma baja y oscura que se interponía en el reluciente trazo de la luna sobre el oleaje. Entrecerré los ojos al fijar la vista en la oscuridad y el contorno se perfiló con más claridad. La forma terminó convirtiéndose en un triángulo chato e irregular, con uno de sus lados más alargado que el otro, antes de hundirse en las olas. Nos acercamos más y pude comprobar que el contorno era tenue, oscilante ante la brisa ligera.

Entrecerré los ojos para escudriñar mejor hasta que todas las piezas cobraron sentido: delante de nosotros se erguía, por encima del mar, una islita donde se balanceaban las hojas de las palmeras y refulgía pálidamente una playa bajo la luz de la luna.

—¿Dónde estamos? —murmuré, maravillada, mientras él cambiaba la dirección para dirigirse al extremo norte de la isla.

Él me escuchó a pesar del ruido del motor, y mostró una amplia sonrisa que relumbró bajo la luna.

—Es la isla Esme.

El barco se deslizó hasta colocarse con exactitud en la posición adecuada: pegado a un corto muelle de planchas de madera tan deslustradas que adquirían un tono blanquecino a la luz de la luna. Reinó un silencio casi absoluto cuando el motor se detuvo, pues no había más sonido que el chapaleteo de las olas contra el casco de la nave y el susurro de la brisa entre las palmeras. El aire era cálido, húmedo y fragante, como el vapor que permanece después de una ducha de agua caliente.

—¿Isla Esme? —repetí con un hilo de voz, y aun así sonó demasiado alta y quebró la paz de la noche.

—Es un regalo de Carlisle, y Esme se ofreció a prestárnosla.

Un regalo. ¿Quién regala una isla? Fruncí el ceño. No me había dado cuenta de que la extrema generosidad de Edward era un comportamiento aprendido.

Dejó las maletas en el muelle y luego se volvió y esbozó aquella sonrisa perfecta suya mientras se me acercaba, pero en vez de darme la mano, me tomó directamente en brazos.

—¿No se supone que debemos esperar hasta llegar al umbral de la casa? —pregunté, sin aliento, cuando él saltó con agilidad fuera del barco.

Él sonrió con ganas.

—No soy nada si no lo hago todo a fondo.

Sujetando las manijas de las dos enormes maletas con una mano y acunándome en el otro brazo, se encaminó hacia el sendero de arena pálida que se perdía en la umbría vegetación.

Un corto tramo del trayecto estaba tan negro como la tinta, y el follaje era similar al de una jungla. Después pude ver una luz cálida más adelante. Estábamos a punto de llegar cuando me di cuenta de que aquella luz provenía de una casa, y que en realidad no era una sola sino dos brillantes cuadrados perfectos, dos grandes ventanas que enmarcaban la puerta delantera. El miedo escénico me abrumó de nuevo y con más fuerza que antes. El ataque fue peor que cuando pensaba que nos dirigíamos a un hotel.

Mi corazón latía de forma audible contra mis costillas, y el aliento se me quedó atascado en la garganta. Sentí los ojos de Edward clavados en mi rostro, pero evité encontrarme con su mirada. Clavé la vista justo adelante, sin ver nada en realidad.

No me preguntó qué estaba pensando, lo cual no era muy propio de su carácter. Adiviné que eso quería decir que estaba tan nervioso como yo me había sentido de repente.

Dejó las maletas en el ancho porche para abrir las puertas, que no tenían llave.

Él miró hacia abajo y buscó mi mirada hasta que nuestros ojos se encontraron; sólo después avanzó hasta cruzar el umbral.

Ambos permanecimos en silencio mientras me conducía a través de los cuartos, encendiendo las luces a su paso. Mi vaga impresión de la casa era que parecía demasiado grande para una isla tan pequeña, y era extrañamente familiar. Me había acostumbrado al esquema de colores que preferían los Cullen, claros y luminosos, y me hacía sentir como en casa. Sin embargo, no me pude concentrar en nada en particular. El pulso me latía detrás de las orejas con tal violencia que todo me parecía borroso.

Entonces Edward se detuvo y encendió la última luz.

La habitación era grande y blanca, y la pared más lejana era casi toda de cristal, el tipo de decoración estándar de mis vampiros. Afuera, la luna brillaba con fuerza sobre la arena blanca y, justo unos cuantos metros más allá de la casa, refulgían las olas. Pero apenas me di cuenta de eso. Estaba más concentrada en la tremendamente inmensa cama blanca que había en el centro de la habitación, sobre la que colgaban las nubes vaporosas de un mosquitero.

Edward me dejó en el suelo.

—Iré… por el equipaje.

La habitación era demasiado cálida y el ambiente estaba más cargado que la noche tropical del exterior. Se me formó una gota de sudor en la nuca. Caminé lentamente hasta que pude llegar y tocar la red espumosa. Por alguna razón sentía la necesidad de asegurarme de que todo era real.

No me di cuenta en qué momento regresó Edward. De repente, su dedo glacial acarició la parte posterior de mi cuello, restañando la gota de transpiración.

—Aquí hace un poco de calor —me dijo, como excusándose—. Pensé… que sería lo mejor.

—Perfecto —murmuré casi sin aliento, y él se echó a reír. Era un sonido nervioso, extraño en Edward.

—Intenté pensar en todo aquello que podría hacer esto… más fácil —admitió él.

Yo tragué saliva ruidosamente, todavía dándole la espalda. ¿Había habido alguna vez una luna de miel como la nuestra?

Sabía la respuesta a esa duda: no, no la había habido.

—Me estaba preguntando —intervino Edward en voz muy baja—, si… primero… ¿te gustaría darte un baño nocturno conmigo? —tomó aliento y su voz surgió con más naturalidad cuando volvió a hablar—. Seguro que el agua está muy caliente. Éste es el tipo de playa que estaba seguro que te encantaría.

—Suena genial —se me quebró la voz.

—Estoy seguro de que necesitarás un par de minutos para atender tus necesidades humanas... Ha sido un viaje muy largo.

Yo asentí, algo cohibida, aunque lo cierto era que me sentía poco humana en ese momento; quizá unos cuantos minutos a solas me ayudarían.

Me rozó la garganta con los labios, justo debajo de la oreja. Soltó una sola risita y su frío aliento hizo hormiguear mi piel sobrecalentada.

—No tarde demasiado, señora Cullen.

Di un pequeño respingo al oír la mención de mi nuevo apellido.

Sus labios se deslizaron por mi cuello hacia abajo, hasta el extremo de mi hombro.

—Te espero en el agua.

Pasó a mi lado en dirección a la ventana francesa que se abría justo sobre la arena de la playa. Por el camino se quitó la camiseta con un encogimiento de hombros y la dejó caer al suelo; después atravesó silenciosamente el umbral hacia la noche iluminada por la luna. El sofocante aire salino se removió en la habitación detrás de sus pasos.

¿Acaso me había estallado la piel en llamas? Tuve que mirar hacia abajo para comprobarlo. Ah, no, no se estaba quemando nada. Al menos no a la vista.

Me recordé a mí misma la necesidad de respirar y después avancé a trompicones hacia la maleta gigante que Edward había abierto sobre un bajo tocador blanco. Debía ser la mía, porque encima de todo estaba mi neceser con mis cosas de aseo y se veía un montón de ropa de color rosa, pero no reconocí una sola prenda. Mientras rebuscaba entre los montones de tejidos cuidadosamente doblados en busca de una prenda cómoda y que me resultara familiar, quizá un pantalón de deporte, me llamó la atención que tenía entre las manos una cantidad espantosa de encaje muy fino y transparente y diminutos artículos de satín. Lencería. Lencería francesa muy atrevida.

Alice iba a pagar por esto, no sabía cuándo ni cómo, pero algún día.

Me rendí y me fui al baño, donde escudriñé a través de las largas ventanas que se abrían a la misma playa a la que daban los ventanales. No podía verlo, así que supuse que ya estaría en el agua, sin tener que molestarse en emerger para buscar aire. En el cielo sobre nuestras cabezas, la luna tenía un contorno asimétrico, casi llena, y la arena brillaba con un color muy claro bajo su luz. Un movimiento ligero captó mi atención, el de sus ropas que colgaban de una protuberancia de una de las palmeras que rodeaban la playa, agitándose perezosamente con la brisa.

Otro relámpago de fuego cruzó de nuevo mi piel.

Hice un par de inhalaciones profundas y después me acerqué a los espejos que colgaban sobre la larga repisa encimera del baño. Tenía exactamente el aspecto de alguien que se ha pasado todo el día durmiendo en un avión. Encontré mi cepillo y lo hundí con rudeza en las marañas que tenía en la parte posterior del cuello, hasta que las desenredé y las cerdas quedaron llenas de pelo. También me cepillé los dientes meticulosamente, dos veces. Después me lavé la cara y me eché agua en la nuca, que me ardía febril. Esto me hizo sentirme tan bien que me lavé los brazos también y finalmente decidí meterme en la ducha. Sabía que era ridículo ducharse antes de nadar en la playa, pero necesitaba tranquilizarme y el agua caliente era la única forma confiable de lograrlo.

Y afeitarme de nuevo las piernas me pareció también una buenísima idea.

Cuando terminé tomé una enorme toalla blanca del armario del baño y me envolví en ella, anudándola bajo los brazos.

Entonces tuve que enfrentarme a un dilema que no había considerado hasta este momento. ¿Qué se suponía que tenía que ponerme ahora? Evidentemente, nada de traje de baño. Pero también me parecía estúpido ponerme la ropa otra vez. Y no quería ni pensar en qué cosas habría metido Alice en la maleta para mí.

Se me empezó a acelerar de nuevo la respiración y me temblaban las manos a pesar del efecto calmante de la ducha. Empecé a sentirme algo mareada, a punto de sufrir un ataque de nervios en forma. Me senté en el frío piso de baldosas envuelta en la gran toalla y puse la cabeza entre las rodillas. Recé para que no se le ocurriera venir a buscarme antes de que recuperara el autocontrol. Me imaginaba lo que pensaría si me veía desmoronarme así: no le resultaría difícil convencerse de que estábamos cometiendo un error.

Y yo no estaba nerviosa porque pensara que estábamos equivocándonos: para nada. El problema estaba en que no sabía cómo enfrentarme a esto y tenía miedo de salir de esta habitación y encararme a lo desconocido. Especialmente vestida con lencería francesa. Sabía que todavía no estaba preparada para eso.

Me sentía exactamente como si tuviera que caminar por el escenario de un teatro lleno de miles de personas sin tener ni idea de mi texto.

¿Cómo podía la gente hacer eso, tragarse todos sus miedos y confiar en otra persona sin reservas, con todas sus imperfecciones y sus miedos, apoyada sólo en el compromiso total que Edward me había ofrecido? Si no fuera él el que estaba ahí afuera, si no estuviera consciente hasta la última célula de mi cuerpo de que me amaba tanto como yo a él, incondicional e irrevocablemente y, para ser sincera, incluso irracionalmente, no sería capaz de levantarme del piso.

Pero era Edward quien estaba allí afuera, así que susurré las palabras "no seas cobarde" entre dientes y me arrastré hasta ponerme de pie. Me apreté la toalla con fuerza bajo los brazos y me dirigí con decisión a la puerta del baño. Pasé al lado de la maleta llena de encaje y de la enorme cama sin echarles ni una ojeada siquiera, y salí por la puerta de cristales abierta hacia la arena fina como el polvo.

Todo estaba bañado en negro y blanco, blanqueado hasta quedar desprovisto de color por la luz de la luna. Caminé lentamente por la cálida arena, haciendo una pausa al lado del árbol torcido donde él había dejado su ropa. Apoyé la mano contra la rugosa corteza y comprobé mi respiración para asegurarme de que era regular. O por lo menos no muy irregular.

Exploré las bajas ondas de la arena, negras en la oscuridad, buscándolo.

No fue difícil encontrarlo. Estaba de pie, dándome la espalda, sumergido hasta la cintura en el agua del color de la medianoche, con la mirada clavada en la luna ovalada. La pálida luz le confería a su piel una blancura perfecta, como la de la arena y la de la misma luna, haciendo que su cabello mojado tomara el color oscuro del océano. Estaba inmóvil, con las palmas de las manos descansando sobre el agua. Las débiles olitas rompían contra su cuerpo como si fuera de piedra. Me quedé mirando las suaves líneas de su espalda, sus hombros, sus brazos, su cuello, su forma intachable…

El fuego dejó de ser un rayo que me cruzaba la piel para convertirse ahora en algo sordo y profundo, que con su ardor consumía toda mi cobardía y mi tímida inseguridad. Me quité la toalla sin dudar, dejándola en el árbol con su ropa, y caminé hacia la luz blanca, que también me transformó en algo pálido como la misma arena.

No pude oír el sonido de mis pasos mientras caminaba hacia la orilla del agua, pero supuse que él sí, aunque no se volvió. Dejé que las suaves olitas rompieran contra los dedos de mis pies y noté que tenía razón respecto a la temperatura del agua: era cálida, como la del baño. Di varios pasos, avanzando con cautela por el suelo invisible del océano, aunque mi precaución era innecesaria, porque la arena seguía siendo igual de suave y descendía sin obstáculos en dirección a Edward. Vadeé la corriente ingrávida hasta que llegué a su lado, y entonces coloqué con ligereza mi mano sobre la mano fría que yacía sobre el agua.

—Qué hermoso —dije, mirando también hacia la luna.

—No está mal —contestó, como si para él no fuera nada del otro mundo.

Se volvió lentamente para enfrentarse a mí y su movimiento produjo leves olas que rompieron contra mi piel. Sus ojos tenían un tono plateado en su rostro del color del hielo. Volteó la mano y entrelazó sus dedos con los míos bajo la superficie del agua. Estaba tan caliente que su piel fría no me puso la carne de gallina.

—Pero yo no usaría la palabra "hermoso" —continuó él—. No cuando tú estás aquí y se puede comparar.

Sonreí a medias, y después levanté la mano libre, que ahora no temblaba y la coloqué sobre su corazón. Blanco sobre blanco; por una vez, encajábamos bien. Él se estremeció ligeramente bajo mi cálido contacto y su respiración se volvió áspera.

—Te prometí que lo *intentaría* —me susurró él, repentinamente tenso—, pero si... si hago algo mal, si te hago daño, debes decírmelo al instante.

Asentí con solemnidad, manteniendo mis ojos fijos en los suyos. Di un paso más hacia adelante a través de las olas e incliné la cabeza contra su pecho.

—No tengas miedo —le susurré—. Somos como una sola persona.

De pronto me abrumó la realidad de mis palabras. Ese momento era tan perfecto, tan auténtico. No había lugar para la duda.

Me rodeó con los brazos, me estrechó contra él y hasta la última de mis terminaciones nerviosas cobró vida propia.

—Para siempre —convino él y después nos sumergimos suavemente en el agua profunda.

El sol, caliente sobre la piel desnuda de mi espalda, me despertó al día siguiente. Era muy tarde, quizá más del mediodía, no estaba segura. Pero aparte de la hora, todo lo demás quedaba totalmente claro. Sabía exactamente dónde estaba, en aquella brillante habitación con la gran cama blanca, mientras los relucientes rayos del sol entraban por las puertas abiertas. Las nubes del mosquitero filtraban la luminosidad.

No abrí los ojos. Me sentía demasiado feliz para cambiar algo, sin importar lo poco que fuera. Los únicos sonidos que oía eran los de las olas allá afuera, el de mi respiración, el latir de mi corazón...

Me sentía tan cómoda, incluso bajo el sol ardiente. Su piel fría era el antídoto perfecto contra el calor. Acostada, atravesada sobre su pecho helado, ceñida apretadamente por sus brazos, me sentía muy a gusto, muy natural. Me pregunté perezosamente cómo había podido estar tan aterrorizada pensando en esta noche. Todos esos miedos me parecían ahora completamente estúpidos.

Sus dedos recorrían suavemente el contorno de mi columna, y supe que se había dado cuenta de que estaba despierta. Mantuve los ojos cerrados y cerré aún más los brazos en torno a su cuello, apretándome para acercarme más a él.

No dijo nada; sus dedos seguían deslizándose arriba y abajo por mi espalda, rozándola apenas mientras trazaba delicados dibujos sobre mi piel.

Me habría sentido completamente feliz si hubiera podido quedarme aquí para siempre, sin perturbar para nada el momento, aunque mi cuerpo tenía otras ideas. Me eché a reír al escuchar a mi estómago impaciente. Parecía prosaico tener hambre después de todo lo que había sucedido la noche anterior. Era como si te vieras obligado a aterrizar luego de haber estado a una gran altura.

—¿Qué te resulta tan divertido? —murmuró él, todavía acariciando mi espalda. El sonido de su voz, seria y hosca, me trajo de nuevo un diluvio de recuerdos de la noche y sentí cómo se me enrojecía el rostro y el cuello.

Mi estómago gruñó, como queriendo contestar la pregunta y yo me eché a reír de nuevo.

—Parece que no se puede escapar mucho rato del hecho de ser humano.

Yo esperé, pero él no se rió conmigo. Lentamente, emergiendo a través de las múltiples capas de dicha absoluta que nublaban mi mente, se abrió paso la conciencia de que había otra atmósfera completamente distinta fuera de mi propia esfera reluciente de felicidad.

Abrí los ojos, y lo primero que vi fue la pálida, casi plateada piel de su garganta, el arco de la barbilla sobre su rostro. Tenía la mandíbula tensa. Me apoyé en el codo para alzarme y ver su rostro.

Él tenía la mirada clavada en el vaporoso dosel que se alzaba sobre nosotros y no me miró mientras yo estudiaba sus rasgos severos. Su expresión fue un shock para mí, que envió una descarga a través de mi cuerpo.

—Edward —le dije, con un pequeño y extraño temblor en la garganta—. ¿Qué te pasa? ¿Qué sucede?

—¿Acaso necesitas preguntarlo? —su voz sonaba dura, cínica.

Mi primer instinto, producto de toda una vida de inseguridades, fue preguntarme qué era lo que yo había hecho mal. Pensé en todo lo que había ocurrido, pero no pude encontrar ninguna nota desagradable en el recuerdo. Todo había sido mucho más simple de lo que yo esperaba, puesto que ambos encajamos como dos piezas fabricadas precisamente para eso, para formar las partes de un todo. Esto me produjo una secreta satisfacción, el hecho de que fuéramos físicamente compatibles, del mismo modo que lo éramos en tantas otras cosas. El fuego y el hielo, coexistiendo ambos de algún modo sin destruirnos el uno al otro. No podía haber prueba más definitiva de que nos pertenecíamos.

No podía pensar en nada que lo hiciera sentirse de esa manera, tan severo y tan frío. ¿Acaso me había perdido algo?

Su dedo suavizó las líneas de preocupación que se habían formado en mi frente.

—¿En qué estás pensando? —murmuró.

—Estás enojado y no entiendo por qué. ¿Es que yo...? —no pude terminar la frase.

Sus ojos se entrecerraron.

—¿Estás muy malherida, Bella? Quiero la verdad, y no intentes restarle importancia.

—¿Malherida? —repetí; mi voz sonó más aguda de lo habitual porque la palabra me tomó por sorpresa.

Él alzó una ceja con los labios apretados formando una tensa línea.

Hice un rápido reconocimiento, estirando mi cuerpo automáticamente, contrayendo y relajando los músculos. Sentía una cierta rigidez y una cierta sensación de dolor también, eso era verdad, pero sobre todo tenía la extraña sensación de que tenía todos los huesos descoyuntados y de que su consistencia había cambiado de forma que ahora me parecía más a una medusa. Y no era para nada una sensación desagradable.

Entonces me molesté un poco, porque él estaba ensombreciendo la más perfecta de todas las mañanas con sus suposiciones pesimistas.

—¿Y llegaste a esa conclusión? En toda mi vida nunca me había sentido mejor que hoy.

Él cerró los ojos.

—Ya déjalo.

—¿Que deje qué?

—Deja de actuar como si yo no fuera un monstruo por haber permitido que ocurriera esto.

—¡Edward! —susurré, ahora sí realmente enojada. Estaba arrastrando mi maravilloso recuerdo a través de la oscuridad, manchándolo—. No se te ocurra decir eso.

No se dignó a abrir los ojos; era como si no quisiera verme.

—Mírate, Bella, y dime si no soy un monstruo.

Herida, atónita, obedecí su orden sin pensarlo y entonces se me escapó un jadeo.

¿Qué me había ocurrido? No comprendía qué era esa vaporosa nieve blanca que tenía pegada a la piel. Sacudí la cabeza y una cascada blanca cayó revoloteando desde mi pelo.

Tomé entre los dedos un trozo pequeño y suave de aquello blanco. Era plumón.

—¿Por qué estoy cubierta de plumas? —pregunté, confundida.

Él resopló con impaciencia.

—Mordí una almohada o dos. Pero no estoy hablando de eso.

—¿Que mordiste una almohada? ¡¿Por qué?!

—¡Mírate, Bella! —casi rugió. Me tomó la mano con mucho cuidado y me estiró el brazo—. Mira esto.

Esta vez me di cuenta de a qué se refería.

Bajo las plumas espolvoreadas se empezaban a formar en toda la extensión mi pálida piel grandes cardenales de color púrpura. Seguí con la mirada el trazo que hacían hasta mi hombro, y después vi cómo descendían por encima de mis costillas. Liberé la mano para presionar sobre un punto de piel descolorida en el antebrazo izquierdo, que desapareció repentinamente bajo el tacto, para reaparecer poco después. Sentí un ligero dolor punzante.

De una forma tan ligera que casi no parecía estar tocándome, Edward colocó la mano sobre los cardenales del brazo, y siguió su trazo uno por uno, acomodando sus largos dedos al diseño que formaban sobre mi piel.

—Oh —exclamé.

Intenté recordarlos, recordar el dolor que debían haberme producido, pero no pude. No pude recuperar un solo momento en que sus manos me hubieran apretado en exceso o en que fueran demasiado duras. Sólo recordaba que deseaba que me abrazara más fuerte, y que me sentí muy complacida cuando así lo hizo…

—Yo… lo siento tanto, Bella —susurró él, mientras yo miraba fijamente los cardenales—. Ya sabía que esto pasaría. No debería… —hizo un sonido bajo, de pura repulsión, con la parte más profunda de su garganta—. Lo siento tanto que apenas puedo decirte cuánto.

Cruzó el brazo sobre su rostro y se quedó completamente inmóvil.

Me senté durante un buen rato, completamente aturdida, intentando entender su desesperación, ahora que sabía lo que la había causado. Tenía tan poco que ver con la manera en que me sentía, que era difícil de procesar.

Se me pasó el aturdimiento poco a poco, sin dejar nada en su lugar, sólo un gran vacío. Tenía la mente en blanco. No podía pensar en qué debía decir. ¿Cómo podía explicárselo adecuadamente? ¿Cómo podía hacer que compartiera mi felicidad, o al menos, la que había sentido hasta hacía muy poco?

Le toqué el brazo, pero no respondió. Envolví su muñeca con los dedos e intenté apartarle el brazo del rostro, pero era como si hubiera intentado hacérselo a una estatua.

—Edward.

Él no se movió en absoluto.

—¿Edward?

Nada. Así que entonces esto iba a ser un monólogo.

—Pues yo no lo siento, Edward. Yo… no sé ni por dónde empezar. Soy tan feliz, pero eso no es bastante. No te enojes, por favor. De verdad, estoy b…

—No digas la palabra "bien" —su voz era tan fría como el hielo—. Si valoras en algo mi cordura, no digas la palabra "bien".

—Pero así es —susurré.

—Bella —casi gimió—. No lo hagas.

—No: no lo hagas tú, Edward.

Movió el brazo y sus ojos dorados me contemplaron con recelo.

—No me estropees esto —le pedí—. Soy-fe-liz.

—Ya lo estropeé —replicó él con otro susurro.

—Basta ya —repuse bruscamente.

Oí cómo encajaba los dientes de golpe.

—¡Arg! —gruñí—. ¿Por qué no puedes leer mi mente aunque sólo sea esta vez? ¡Qué cosa más inoportuna ser una muda mental!

Sus ojos se abrieron ligeramente, interesados a su pesar.

—Eso es nuevo. Siempre te ha encantado que no pueda leerte la mente.

—Pues hoy no.

Se me quedó mirando con fijeza.

—¿Por qué?

Lancé las manos hacia adelante de pura frustración, ignorando el dolor que sentía en el hombro, y las palmas aterrizaron sobre su pecho con un chasquido sonoro.

—¡Porque toda esta angustia sería completamente innecesaria si pudieras saber cómo me siento en estos momentos! ¡O mejor dicho, cómo me sentía hace cinco minutos! Me sentía perfectamente feliz, total y completamente llena de dicha. Ahora... bueno, me siento algo enojada, la verdad.

—*Deberías* estar enfadada conmigo.

—Bueno, pues sí lo estoy. ¿Eso te hace sentir mejor?

Él suspiró.

—No. No creo que haya algo que me haga sentir mejor en estos momentos.

—Eso es —repliqué con brusquedad—, eso es justamente por lo que estoy enojada. Me reventaste la burbuja de felicidad, Edward.

Puso los ojos en blanco y sacudió la cabeza.

Yo tomé una gran bocanada de aire. Sentía un poco más de dolor en ese momento, pero no era tan malo, más o menos como al día siguiente después de una sesión de levantamiento de pesas. Lo había hecho con Renée durante uno de sus periodos obsesivos por estar en forma. Sesenta y cinco levantamientos con cinco kilos en cada mano. Al día siguiente no podía ni caminar, aunque esto no era ni la mitad de doloroso de lo que había sido aquello.

Me tragué la irritación e intenté suavizar mi tono de voz.

—Los dos sabíamos que éste era un asunto peliagudo y pensé que ambos lo habíamos asumido. Y además, la verdad es que ha sido mucho más fácil de lo que pensé que sería. Y esto en realidad no ha sido nada —paseé los dedos a lo largo de mi brazo—. Y yo diría que para ser la primera vez, sin saber muy bien que tal resultaría, lo hicimos sorprendentemente bien. Con un poco más de práctica...

Su rostro se tornó súbitamente tan lívido que me interrumpí bruscamente a la mitad de la frase.

—¿Asumido? ¿Es que tú *esperabas* esto, Bella? ¿Acaso habías anticipado que te haría daño? ¿Consideras el experimento como un éxito sólo porque saliste de él andando con tus propios pies? Que no te haya roto un hueso, ¿constituye una victoria?

Esperé, porque quería que lo echara todo fuera. Y después esperé un poco más hasta que también se le tranquilizaron los ojos. Entonces le contesté, hablando con lenta precisión.

—No sabía lo que me aguardaba, pero lo que no esperaba de ninguna manera es lo... lo... maravilloso y perfecto que fue

—el volumen de mi voz bajó hasta convertirse en un susurro y mis ojos se deslizaron de su rostro hasta sus manos—. Quiero decir, no sé cómo habrá sido para ti, pero así fue para mí.

Un dedo frío me alzó la barbilla.

—¿Por eso estás preocupada? —dijo entre dientes—. ¿Por que yo no lo haya disfrutado?

No levanté la mirada.

—Sé que no es lo mismo porque tú no eres humano. Simplemente estaba intentando explicarte que, para un humano... bueno: no puedo imaginar que la vida pueda tener algo mejor que esto.

Se quedó quieto durante un rato tan largo que finalmente tuve que alzar la vista. Su rostro se había dulcificado, y estaba pensativo.

—Eso sólo significa que hay algo más por lo que tengo que disculparme —puso mala cara—. Lo que no podría haber soñado ni de lejos es la manera en que tú interpretarías el modo en que me siento por lo que te hice, como si la noche pasada no hubiera sido... bueno, la mejor noche de toda mi existencia. Pero no quiero pensar en que así fue, no cuando tú...

Se me torcieron un poco las comisuras de los labios.

—¿Ah, sí? ¿La mejor de todas? —pregunté con voz casi ahogada.

Él tomó mi rostro entre sus manos, todavía pensativo.

—Hablé con Carlisle después de que tú y yo hicimos nuestro trato, con la esperanza de que él me ayudara. Y por supuesto que me advirtió que esto sería muy peligroso para ti —una sombra cruzó por su rostro—. Pero él tenía fe en mí, una fe que, sin embargo, no he merecido.

Comencé a protestar y él puso dos dedos sobre mis labios antes de que pudiera decir algo.

—También le pregunté qué podía esperar yo. No sabía cómo sería para mí… siendo yo un vampiro —sonrió casi con desgana—. Carlisle me dijo que era una sensación poderosa, que no se podía comparar con nada. Me dijo que el amor físico no se puede tomar a la ligera, porque siendo nuestros temperamentos tan estables, las emociones fuertes pueden alterarnos permanentemente. Pero me dijo que no debía preocuparme por eso, que de todos modos tú ya me habías alterado por completo —y esta vez su sonrisa fue más genuina.

"También hablé con mis hermanos. Me dijeron que se sentía un gran placer, que sólo se compara con beber sangre humana —una línea cruzó su entrecejo—. Pero yo ya probé tu sangre, y no puede haber sangre alguna que sea más fuerte que *esto*… No creo que se equivoquen, la verdad, sino que simplemente es diferente para nosotros. Algo más.

—Fue *más*: lo fue todo.

—Pero eso no cambia el hecho de que estuvo mal. Incluso aunque sea verdad que te haya hecho sentir de esa manera.

—¿Qué quieres decir con eso? ¿Crees que estoy exagerando? ¿Por qué habría de hacerlo?

—Para que me sienta menos culpable. No puedo ignorar la evidencia, Bella. Ni las historias que inventas para sacarme del atolladero cuando meto la pata.

Sujeté con fuerza su barbilla y la incliné de tal modo que nuestros rostros quedaron a sólo unos centímetros.

—Escúchame bien, Edward Cullen. No estoy simulando nada por tu bien, ¿entiendes? No sabía que tendría que buscar alguna razón para hacer que te sintieras mejor hasta que empezaste a ponerte en ese plan. Nunca jamás he sido más feliz en toda mi vida, ni siquiera cuando decidiste que me amabas más que lo querías matarme, o aquella primera mañana cuando me desperté y tú estabas allí, esperándome... Ni cuando escuché tu voz en el estudio de *ballet* —él se encogió ante la mención del recuerdo de cuando me salvé por un pelo de un vampiro cazador, pero no me detuve—, o cuando dijiste "sí, acepto" y en ese momento me di cuenta, de alguna manera, de que te tendría para siempre. Ésos son los recuerdos más felices que tengo, pero éste es mejor que todos ellos. Así que acostúmbrate a la idea.

Tocó la línea fruncida entre mis cejas.

—Ahora te estoy haciendo infeliz y no quiero que te sientas así.

—Entonces no seas tú infeliz, porque eso es lo único que realmente anda mal por aquí.

Entrecerró los ojos, inhaló profundamente y asintió.

—Tienes razón. El pasado es el pasado y no podemos hacer nada para cambiarlo. No tiene sentido permitir que mi mal humor te amargue este momento. Haré lo que sea para hacerte feliz a partir de ahora.

Examiné su rostro con suspicacia y me devolvió su serena sonrisa.

—¿Cualquier cosa que me haga feliz?

Mi estómago gruñó al mismo tiempo que hacía la pregunta.

—Tienes hambre —repuso con rapidez y se levantó de la cama de un salto, agitando una nube de plumas, y entonces me lo recordó.

—Y bueno, ¿cuál fue la razón de que hayas decidido destrozar las almohadas de Esme? —le pregunté, sentándome y sacudiéndome más plumas del pelo.

Él ya se había enfundado unos amplios pantalones caquis y se detuvo en el umbral de la puerta, sacudiéndose el pelo para desalojar unas cuantas plumas más.

—No sé si lo que hice anoche fue *decidir* exactamente o no —masculló—; tenemos suerte de que fueran las almohadas y no tú —aspiró profundamente y después sacudió la cabeza, como si quisiera desprenderse de ese pensamiento sombrío. Una sonrisa de aspecto bastante auténtico se extendió por su rostro, pero adiviné que le había costado mucho trabajo fingirla.

Me deslicé cuidadosamente de aquella cama tan alta y me estiré de nuevo, ahora más consciente del dolor y de los puntos lastimados. Lo escuché jadear; volvió el rostro para no mirarme y sus manos se cerraron en puños, con los nudillos blancos.

—¿Es que tengo un aspecto tan horrible? —le pregunté, intentando mantener un tono casual. Contuvo el aliento, pero no se volvió, probablemente para ocultarme su expresión. Caminé hacia el baño para comprobarlo por mí misma.

Me quedé mirando mi cuerpo desnudo en el espejo de cuerpo entero que había detrás de la puerta.

Definitivamente había estado peor otras veces. Una sombra suave me cruzaba un pómulo y tenía los labios algo hinchados, pero por lo demás, a mi cara no le pasaba nada. El resto de mi cuerpo estaba decorado con manchas de color azulado y purpúreo; me concentré en los cardenales que sería más difícil esconder, los de los brazos y los hombros, pero no se veían tan mal, y lo cierto era que mi piel se quedaba marcada con facilidad. Para cuando el cardenal tomaba color casi siempre había olvidado cómo me lo había hecho. Éstos estaban sólo al principio de su desarrollo y tendrían peor aspecto mañana, lo cual no me facilitaría las cosas.

Me miré el pelo y entonces se me escapó un gemido.

—¿Bella? —apenas había proferido el sonido ya lo tenía pegado a mis espaldas.

—¡No lograré sacarme esto del pelo en toda la vida! —me señalé la cabeza, que tenía el aspecto de un nido donde hubiera estado criando pollos. Comencé a extraer las plumas.

—No sé cómo puedes estar preocupada por tu pelo —masculló él, pero permaneció de pie detrás de mí, quitándome las plumas a más velocidad.

—¿Por qué no te da risa? Tengo un aspecto ridículo.

Él no contestó, simplemente siguió extrayendo plumas. De todas formas yo ya sabía la respuesta: porque nada le hacía gracia cuando estaba de ese humor.

—Esto no va a funcionar —suspiré después de un minuto—. Se me pegaron todas. Voy a tener que lavármelo para que salgan —me di la vuelta, deslizando los brazos en torno a su cintura fría—. ¿Quieres ayudarme?

—Mejor voy y te hago algo de comer —me dijo en voz baja, y se deshizo de mi abrazo con suavidad. Suspiré cuando desapareció a toda prisa.

Tenía la sensación de que mi luna de miel había acabado. Y la idea me provocó un gran nudo en la garganta.

Cuando logré quitarme casi todas las plumas, me puse un vestido blanco de algodón con el que estaba poco familiarizada y que ocultaba la mayor parte de mis manchas violáceas, y caminé descalza, sin hacer ruido, hacia el lugar de donde procedía el olor de los huevos, el tocino y el queso cheddar.

Edward estaba ante una estufa de acero inoxidable, deslizando una tortilla en un plato azul claro que había colocado sobre la repisa. El olor de la comida me sobrecogió, porque me sentía capaz de comerme el plato y la sartén también, de paso; el estómago me rugió.

—Aquí lo tienes —dijo y se volvió hacia mí con una sonrisa en el rostro. Puso el plato en una pequeña mesa de azulejos.

Me senté en una de las dos sillas de metal que había y comencé a devorar los huevos calientes. Me quemé la garganta, pero no me preocupaba.

Se sentó frente a mí.

—Creo que no te alimento con suficiente frecuencia.

Tragué y luego le recordé.

—Estaba dormida. Y por cierto, esto está buenísimo. Impresionante, teniendo en cuenta que lo hizo alguien que no come.

—Ya sabes, con Internet todo es posible —comentó, haciendo relampaguear su sonrisa torcida, mi favorita.

Me alegró mucho verlo así de nuevo; me sentí feliz de que se pareciera un poco más a sí mismo.

—¿De dónde salieron los huevos?

—Le pedí al equipo de limpieza que surtieran la cocina, por primera vez, en este lugar. Tendré que pedir que vean qué pueden hacer con las plumas.

Su voz se desvaneció, mientras su mirada se fijaba en algún punto por encima de mi cabeza. Yo no contesté, intentando evitar decir cualquier cosa que lo volviera a alterar.

Me lo comí todo, aunque había preparado suficiente para dos.

—Gracias —le dije, y me incliné sobre la mesa para besarlo. Él me devolvió el beso de forma automática, pero de repente se puso rígido y se alejó de mí.

Apreté los dientes, y aquello que quería preguntarle sonó como si fuera una acusación.

—Imagino que no volverás a tocarme mientras estemos aquí, ¿verdad?

Vaciló y luego sonrió con desgana, alzando la mano para acariciarme la mejilla. Sus dedos rozaron suavemente mi piel y no pude evitar inclinar mi rostro sobre la palma de su mano.

—Ya sabes que no es eso lo que quería decir.

Él suspiró y dejó caer la mano.

—Lo sé. Y tienes razón —hizo una pausa, alzando ligeramente la barbilla, y después volvió a hablar sin mucha convicción—: no haré el amor contigo hasta que no te hayas transformado. No volveré a hacerte daño.

6. Distracciones

Mi entretenimiento se convirtió en la prioridad de nuestra estancia en isla Esme. Buceamos con esnórquel, aunque más bien fui yo quien lo hizo y él alardeó de su capacidad para permanecer sin oxígeno de forma indefinida. Exploramos la pequeña sección de selva que rodeaba el pequeño pico rocoso. Visitamos los papagayos que vivían en el verde dosel formado por la jungla para ver qué había en el extremo sur de la isla. Contemplamos el crepúsculo desde una cueva rocosa que había en la zona occidental. Nadamos con las marsopas que jugaban en las cálidas y tranquilas aguas que había allí. O al menos eso hice yo, porque cuando Edward estaba en el agua, las marsopas desaparecían como si hubiera un tiburón cerca.

Yo sabía qué pretendía: estaba intentando mantenerme ocupada, distraída, de modo que no siguiera fastidiándolo con el asunto del sexo. En el momento en que hacía el intento de abordarlo, sacaba uno de los millones de DVD que tenía bajo la pantalla gigante de plasma o me sacaba de la casa con palabras mágicas como "arrecifes de coral", "cuevas sumergidas" y "tortugas marinas". Estábamos todo el día de un lado para otro, de modo que cuando el sol se ponía estaba completamente exhausta.

Todas las noches casi me quedaba dormida sobre el plato cuando terminaba de cenar; incluso una vez me adormecí de verdad en la mesa y mi marido tuvo que llevarme a la cama en brazos. Parte del problema era que Edward hacía demasiada comida para una sola persona, pero yo tenía tanta hambre después de nadar y escalar todo el día, que me lo comía casi todo. Entonces, llena y molida, apenas podía mantener los ojos abiertos. Y todo eso era parte del plan, sin duda.

Mi agotamiento no ayudaba mucho en mis intentos de persuasión, pero no me rendía. Intentaba razonar con él, le suplicaba y rezongaba, pero todo en vano. Aunque la verdad es que generalmente quedaba inconsciente antes de que pudiera llevar mi caso muy lejos. Y entonces mis sueños se convirtieron en algo muy real, la mayoría eran pesadillas que se volvían más vívidas, suponía yo, por los colores demasiado brillantes de la isla, así que me levantaba cansada sin importar cuánto durmiera.

Más o menos una semana después de que llegamos a la isla, decidí intentar llegar a un compromiso, porque eso ya nos había funcionado en el pasado.

Ahora dormíamos en la habitación azul, porque el equipo de limpieza no llegaría hasta el día siguiente, así que la habitación blanca todavía estaba bajo una capa de plumón blanco como la nieve. La habitación azul era más pequeña, y la cama de unas proporciones más razonables. Las paredes eran oscuras, cubiertas con paneles de madera de teca, y todos los accesorios eran de una lujosa seda azul.

Me había acostumbrado a ponerme la colección de lencería de Alice para dormir en la noche, la cual no era tan reveladora como los breves bikinis que me había puesto en la maleta. Me pregunté si habría tenido alguna visión en la que podría haber visto que me iban a hacer falta cosas como ésas, y después me estremecí, avergonzada por la idea.

Comencé poco a poco, con inocentes prendas de satín color marfil, preocupada porque pudieran mostrar más de mi piel de lo que me convenía, aunque la verdad es que estaba dispuesta a probarlo todo. Edward no pareció notar nada; era como si siguiera usando los viejos pantalones deportivos raídos que solía ponerme en casa.

Los cardenales habían mejorado mucho para estas fechas: en unos sitios amarilleaban y en otros habían desaparecido completamente, de modo que esa noche me puse una de las piezas más impactantes mientras me preparaba para dormir. Era negro, de encaje, y daba vergüenza nada más de mirarlo, incluso sin ponérselo. Tuve cuidado de no mirarme al espejo antes de salir del baño, ya que no quería perder los ánimos.

Tuve la satisfacción de ver cómo se le ponían los ojos como platos justo un segundo antes de que consiguiera controlar su expresión.

—¿Qué te parece? —le pregunté, haciendo posturitas para que pudiera verlo desde todos los ángulos.

Él carraspeó.

—Estás muy hermosa. Como siempre.

—Gracias —contesté en un tono algo amargo.

Estaba demasiado cansada para resistir la tentación de subir con rapidez a la cama blandita. Me envolvió en sus brazos y me apretó contra su pecho, pero esto ya era una rutina, y hacía demasiado calor para dormirse sin su cuerpo frío tan cerca.

—Quiero hacer un trato contigo —le dije medio dormida.

—No voy a hacer ningún trato contigo —repuso él.

—Ni siquiera has oído lo que quiero proponerte.

—No importa.

Suspiré.

—Maldita sea. Realmente quería... bueno, está bien.

Puso los ojos en blanco.

Yo cerré los míos y dejé que el cebo actuara. Bostecé.

Pasó un minuto escaso, ni siquiera el tiempo suficiente para que me quedara frita.

—De acuerdo, ¿qué quieres?

Apreté los dientes un segundo, luchando por reprimir una sonrisa. Si había algo que no podía resistir era la oportunidad de darme algo.

—Bueno, estaba pensando... Sé que toda la historia esta de Dartmouth es simplemente una pantalla, pero para ser since-ra, creo que un semestre en la universidad no me matará —le comenté, haciéndome eco de las palabras que había pronun-ciado hacía ya tanto tiempo, cuando intentaba persuadirme de abandonar la idea de convertirme en vampiro—. Y te apuesto que Charlie se emocionará con el rollo ese de Dartmouth. Seguro que me sentiré avergonzada si no puedo seguirle el paso a todos esos cerebritos. Además... dieciocho, diecinueve, tampoco es tanta diferencia. No me voy a llenar de patas de gallo el año que viene.

Guardó silencio durante un buen rato. Después, en voz muy baja, me respondió:

—Estás dispuesta a esperar, a conservar tu humanidad.

Me sujeté la lengua, dejando que la oferta arraigara.

—¿Por qué me haces esto? —me preguntó entre dientes, en un tono súbitamente molesto—. ¿Acaso no es ya bastante duro tal como es? —sujetó un puñado de encaje que se había arrugado en mi muslo. Durante un momento pensé que lo iba a desgarrar, pero después su mano se relajó—, pero no impor-ta. No voy a hacer ningún trato contigo.

—Quiero ir a la universidad.

—No, no lo harás. Y no hay nada que valga la pena como para volver a arriesgar tu vida. Nada justifica que te haga daño.

—Pero yo quiero ir. Bueno, el asunto no es exactamente ir a la universidad, sino el hecho de que quiero seguir siendo humana un poco más.

Cerró los ojos y bufó.

—Vas a lograr volverme loco, Bella. ¿Acaso no hemos discutido esto un millón de veces y tú siempre me suplicabas que te convirtiera en vampiro sin demora?

—Sí, pero... bueno, ahora tengo una razón para ser humana que antes no tenía.

—¿Cuál?

—Adivina —respondí y me deslicé por las almohadas para besarlo.

Él me devolvió el beso, pero no de una manera que pudiera hacerme creer que había ganado. Más bien estaba destinado a no herir mis sentimientos. Estaba completa y enloquecedoramente bajo control. Dulcemente, me apartó después de un momento y me acunó contra su pecho.

—Eres *tan* humana, Bella, siempre arrastrada por tus hormonas —se echó a reír entre dientes.

—Pues ése es el asunto, Edward. Me gusta este aspecto de ser humana y no quiero perderlo tan pronto. No quiero tener que esperar un montón de años convertida en una neófita enloquecida por el deseo de sangre antes de volver a vivir algo como esto.

Bostecé y él sonrió.

—Estás cansada. Duérmete, amor —y comenzó a tararear la canción de cuna que había compuesto para mí cuando nos conocimos.

—Me pregunto por qué estoy tan cansada —mascullé entre dientes, en plan sarcástico—. No creo que esto forme parte de un plan ni nada parecido.

Soltó una sola risita y después volvió a tararear.

—Tú crees que cuanto más cansada esté, mejor dormiré.

La canción se detuvo de repente.

—Duermes como si estuvieras muerta, Bella. No has dicho una sola palabra en sueños desde que llegamos aquí. Si no fuera por los ronquidos, habría temido que hubieras entrado en coma.

Ignoré esa burla respecto a los ronquidos, porque yo no roncaba.

—¿Y no te he dado patadas? Qué extraño. Generalmente me muevo por toda la cama cuando tengo pesadillas, y grito.

—¿Tienes pesadillas?

—Unas muy vívidas. Por eso me siento tan cansada —bostecé de nuevo—. No puedo creer que no haya estado parloteando sobre eso toda la noche.

—¿De qué se tratan?

—Distintas cosas, pero parecidas por el colorido.

—¿Qué colorido?

—Todo es tan brillante, tan real. Generalmente cuando sueño sé quién soy, pero en éstas no sé que estoy dormida, lo cual las hace más terroríficas.

Sonó algo molesto cuando volvió a hablar de nuevo.

—¿Qué te asusta?

Me estremecí ligeramente.

—Principalmente... —vacilé.

—¿Principalmente? —me apremió.

No estaba segura por qué, pero no quería hablarle del niño que aparecía en mis pesadillas recurrentes; había algo que quería mantener en privado en ese horror concreto. Así que en vez de darle una descripción completa, simplemente le hablé de uno de los elementos. Ciertamente suficiente para asustarme a mí o a cualquiera.

—Los Vulturi —murmuré.

Él me abrazó con más fuerza.

—No nos van a molestar nunca más. Pronto serás inmortal y no tendrán motivo para ello.

Lo dejé que me consolara, sintiéndome un poco culpable porque él me había malinterpretado. Mis pesadillas no tenían exactamente que ver con eso, porque yo no temía por mí, sino por el niño.

No era el mismo chico que el del primer sueño, el niño vampiro con los ojos de color sangre sentado sobre una pila formada por gente muerta a la que yo amaba. El niño con el que había soñado al menos cuatro veces en la última semana era definitivamente humano; tenía las mejillas coloradas y sus grandes ojos eran verde claro. Pero al igual que el otro niño, temblaba de miedo y desesperación cuando se nos acercaban los Vulturi.

En este sueño, que era nuevo aunque parecido al anterior, yo simplemente lo único que *tenía* que hacer era proteger al niño desconocido. No había otra opción, pero al mismo tiempo yo sabía que terminaría fallando.

Él vio la desolación retratada en mi rostro.

—¿Qué puedo hacer para ayudarte?

Sacudí la cabeza negando.

—Son sólo sueños, Edward.

—¿Quieres que te cante? Cantaré toda la noche si eso mantiene a raya tus pesadillas.

—No son tan malas, algunas son estupendas, tan llenas de... colorido, bajo el agua, con los peces y el coral. Todo tiene el aspecto de estar sucediendo en la realidad, y no sé que estoy soñando. Quizá el problema sea la isla, porque aquí todo es tan alegre...

—¿Quieres volver a casa?

—No, no todavía. ¿Podemos quedarnos un poco más?

—Podemos quedarnos aquí todo el tiempo que tú quieras, Bella —me aseguró.

—¿Cuándo comienza el semestre? No me había preocupado por eso.

Él suspiró. Quizá había empezado a entonar la canción, pero antes de que pudiera asegurarme, ya no estaba en condiciones de hacerlo.

Más tarde, cuando me desperté en la oscuridad, estaba completamente aturdida. El sueño que había tenido era tan real, tan vívido, tan sensorial... Jadeé con fuerza, desorientada en la habitación oscura. Me pareció que sólo había sido un segundo más tarde cuando me había sentido bajo el sol brillante.

—¿Bella? —murmuró Edward, con los brazos apretados a mi alrededor, sacudiéndome con amabilidad—. ¿Te sientes bien, corazón?

—Oh —exclamé, jadeando: era sólo un sueño, no era real. Las lágrimas se derramaron de mis ojos sin previo aviso, para mi gran asombro, y resbalaron por mi cara.

—¡Bella! —exclamó él, en voz más alta, ahora un poco alarmada—. ¿Qué sucede? —enjugó las lágrimas de mis mejillas calientes con unos dedos fríos y frenéticos, pero a ésas les seguían más y más.

—Era sólo un sueño —no podía contener el sollozo sordo que quebraba mi voz. Aquellas lágrimas sin sentido me molestaban, pero no podía controlar el asombroso dolor que se había apropiado de mí. Quería tanto que ese sueño fuera real...

—Todo está bien, cielo, estás bien y yo estoy aquí —me meció hacia atrás y hacia adelante, tal vez demasiado rápido como para que realmente me ayudara a calmarme—. ¿Tuviste otra pesadilla? No es real, no lo es.

—No era una pesadilla —sacudí la cabeza, frotando el dorso de mi mano contra los ojos—. Era un buen sueño —y mi voz se quebró de nuevo.

—Entonces, ¿por qué lloras? —me preguntó, perplejo.

—Pues porque me desperté —gemí, envolviendo su cuello entre mis brazos con tanta fuerza que casi lo ahogaba, y sollozando contra su garganta.

Él se echó a reír ante mi lógica, pero el sonido tenía un matiz de tensión, debido a su interés por mi angustia.

—Todo está bien, Bella. Respira hondo.

—Es que era tan real —lloré yo—. Y yo *quería* que fuera real.

—Cuéntamelo —me pidió él—. Quizá eso te ayude.

—Estábamos en la playa... —mi voz se desvaneció, devolviendo la mirada de mis ojos llenos de lágrimas a su rostro de ángel lleno de ansiedad, apenas discernible en la oscuridad. Lo miré con amargura mientras aquel dolor irracional comenzaba a disminuir.

—¿Y? —insistió él.

Parpadeé para limpiarme los ojos de lágrimas, alicaída.

—Oh, Edward...

—Cuéntamelo, Bella —me suplicó él, con los ojos desencajados por la preocupación que le provocaba el dolor que destilaba mi voz.

Pero yo no podía. En vez de eso, estreché mis brazos de nuevo en torno a su cuello y trabé mi boca en la suya con un afán casi febril. No era deseo en absoluto, era pura necesidad, agudizada por el dolor. Su respuesta fue instantánea, pero seguida de su rechazo.

Luchó por deshacerse de mí con tanta dulzura como pudo debido a la sorpresa, y me apartó mientras me sujetaba por los brazos.

—No, Bella —insistió él, mirándome como si le preocupara que hubiera perdido la cabeza.

Dejé caer los brazos, derrotados, con aquellas lágrimas derramándose por mi rostro como un torrente fresco, y con un nuevo sollozo brotando de mi garganta. Él tenía razón, debía estar loca.

Me miró con ojos confundidos, llenos de angustia.

—Lo s-s-siento —tartamudeé.

Pero él me abrazó de nuevo, apretándome con fuerza contra su pecho marmóreo.

—¡No puedo, Bella, no puedo! —su gemido sonaba lleno de angustia.

—Por favor —supliqué, con la voz sofocada contra su piel—, por favor, Edward…

No puedo decir si fueron las lágrimas que temblaban en mi voz lo que lo conmovió o si era que no estaba preparado para resistirse a lo repentino de mi ataque, o simplemente que su necesidad era tan insoportable en ese momento como la mía. Fuera cual fuera la razón, presionó sus labios contra los míos, rindiéndose con un gemido.

Y comenzamos ahí donde había terminado mi sueño.

Me quedé muy quieta cuando me desperté por la mañana e intenté mantener la respiración acompasada. Tenía miedo de abrir los ojos.

Estaba acostada sobre el pecho de Edward, pero él estaba completamente inmóvil y no me había ceñido con sus brazos. Eso era mala señal. Tenía miedo de admitir que estaba despierta y enfrentarme a su ira, sin importar a quién la dirigiera en estos momentos.

Con cuidado, espié entre las pestañas. Tenía la mirada clavada en el techo oscuro. Los brazos detrás de la cabeza. Me alcé apoyándome sobre un codo para poder ver mejor su cara. Tenía una expresión tranquila, inexpresiva.

—¿Estoy en problemas? —le pregunté en voz baja.

—En uno muy grande —me respondió, pero volvió la cabeza y dejó ver una sonrisita de suficiencia.

Suspiré algo aliviada.

—Lo siento —confesé—, yo no quería... Bueno, no sé exactamente cómo fue la cosa anoche —sacudí la cabeza ante el recuerdo de mis lágrimas irracionales y aquella pena apabullante.

—Al final no me dijiste de qué se trataba tu sueño.

—Creo que no, pero creo que te mostré más o menos de qué se trataba —comenté y luego me eché a reír nerviosamente.

—Oh —respondió él y después parpadeó—. Qué interesante.

—Era un sueño muy muy bueno —murmuré yo. Él no hizo ningún comentario, así que unos cuantos segundos más tarde yo pregunté a mi vez—: ¿Ya me perdonaste?

—Lo estoy pensando.

Me senté planeando examinarme el cuerpo, aunque al menos esta vez no parecía estar llena de plumas. Pero cuando me moví, me asaltó un extraño mareo. Me tambaleé y caí de nuevo contra las almohadas.

—Guau… Se me va la cabeza.

Sus brazos me envolvieron de nuevo.

—Dormiste un montón de horas. Doce.

—¿Doce? —qué raro.

Me eché una rápida ojeada mientras hablaba, intentando que no se notara el examen. Tenía buen aspecto. Los cardenales de mis brazos amarilleaban ya porque tenían una semana de antigüedad. Me estiré para probar y seguía sintiéndome bien. En realidad, mejor que bien.

—¿Está completo el inventario?

Asentí algo avergonzada.

—Y parece que las almohadas han sobrevivido también.

—Desafortunadamente no podemos decir lo mismo de tu… ejem, camisón —señaló con la cabeza hacia los pies de la cama, donde se encontraban los restos de encaje negro destrozados sobre las sábanas de seda.

—Qué mal —repliqué—, ése me gustaba de verdad.

—A mí también.

—¿Hay alguna otra baja? —le pregunté con timidez.

—Tendré que comprarle a Esme una cabecera nueva —confesó, echando una ojeada sobre su hombro. Seguí la dirección de su mirada y me quedé atónita cuando vi que faltaban grandes trozos de madera de la parte izquierda de la cabecera, que parecían haber sido arrancados.

—Hum —fruncí el ceño—, supongo que debería haber oído eso.

—Creo que, en gran medida, pierdes la capacidad de observar cuando tienes la atención fija en alguna otra cosa.

—Sí, puede que estuviera algo absorta —admití, enrojeciendo hasta alcanzar un rojo profundo.

Él acarició mis mejillas, que parecían arder, y suspiró.

—De verdad voy a extrañar esto.

Me quedé mirando su rostro, esperando encontrar los signos de ira o de remordimiento que tanto temía. Me devolvió la mirada tranquilamente, con la expresión serena pero a pesar de todo ilegible.

—¿Cómo te sientes?

Él se echó a reír.

—¿Qué? —le exigí.

—Tienes un aspecto tan culpable… como si hubieras cometido un crimen.

—Es que me *siento* culpable —contesté entre dientes.

—Sólo porque sedujiste a un marido que, por otro lado, lo estaba deseando. Pues eso no parece un crimen capital.

Me dio la sensación de que estaba bromeando.

Se me enrojecieron aún más las mejillas.

—La palabra "seducir" implica una cierta cantidad de premeditación.

—Quizá sea una expresión equivocada —concedió él.

—¿No estás enojado?

Él sonrió con arrepentimiento.

—No estoy enojado.

—¿Por qué no?

—Bueno… —de pronto, enmudeció—. Para empezar, no te hice daño. Esta vez me resultó más fácil controlarme, canalizar los excesos —sus ojos regresaron de nuevo a la cabecera dañada—. Quizá porque tenía una idea más exacta de lo que podía esperar.

Una sonrisa esperanzada comenzó a extenderse por mi rostro.

—Te dije que todo era cuestión de práctica.

Él puso los ojos en blanco.

Mi estómago rugió y él se echó a reír.

—¿Hora de desayunar para los humanos?

—Por favor —rogué yo, saltando de la cama. Pero me moví con demasiada rapidez y tuve que trastabillar como borracha hasta recuperar el equilibrio. Él me sostuvo antes de que me tropezara con el tocador.

—¿Te sientes bien?

—Si no adquiero mejor sentido del equilibrio en mi próxima vida, presentaré una reclamación.

Esta mañana fui yo quien cocinó y me freí unos huevos, ya que estaba demasiado hambrienta para hacer algo más elaborado. Con impaciencia, los puse en un plato apenas unos minutos después.

—¿Desde cuándo te gustan los huevos fritos sólo por un lado? —me preguntó.

—Desde hoy.

—¿Sabes cuántos huevos te comiste la semana pasada? —sacó el basurero de debajo del fregadero, que estaba lleno de contenedores azules vacíos.

—Qué extraño —repliqué después de tragarme un bocado que quemaba—, este lugar me altera el apetito —y también parecía alterar mis sueños y mi ya dudoso equilibrio—. Pero me gusta estar aquí. Probablemente tendremos que irnos pronto, supongo, ¿no?, si queremos llegar a Dartmouth con tiempo. Guau, y también es de suponer que tendremos que buscar un sitio para vivir y todo eso.

Él se sentó justo a mi lado.

—Ya puedes dejar de fingir que quieres ir a la universidad, porque ya te saliste con la tuya. Y no hicimos ningún trato que ahora tengas que cumplir.

Resoplé.

—No estaba fingiendo nada, Edward. No me paso mi tiempo libre conspirando, como hacen algunos: "¿Qué podemos hacer hoy para dejar rendida a Bella?" —inquirí haciendo una pobre imitación de su voz. Él se echó a reír, sin rastro de culpabilidad—. Realmente tengo ganas de seguir siendo humana un poco más —me incliné para recorrer con la mano su pecho desnudo—. Todavía no he terminado contigo.

Él me dedicó una mirada cargada de suspicacia.

—¿Por esto? —preguntó, sujetando mi mano, que ahora se deslizaba hacia abajo por su estómago—. ¿El sexo ha sido siempre la clave de todo? —puso los ojos en blanco—. ¿Cómo no se me ocurrió? —masculló entre dientes en tono sarcástico—. Me hubiera ahorrado una gran cantidad de discusiones.

Me eché a reír.

—Ah, sí, ya lo creo, seguro que sí.

—Eres *tan* humana —insistió de nuevo.

—Ya lo sé.

Una sonrisa casi inexistente elevó ligeramente las comisuras de sus labios.

—¿Quieres que vayamos a Dartmouth? ¿De verdad?

—Probablemente me reprobarán en el primer semestre.

—Yo te daré clases —su sonrisa se hizo más amplia—. Te va a encantar la universidad.

—¿Y crees que a estas fechas todavía se podrá encontrar un apartamento?

Él hizo una mueca, con aspecto culpable.

—Bueno, ya tenemos una especie de casa allí. Ya sabes, sólo por si acaso.

—¿Compraste una casa?

—La propiedad inmobiliaria es una buena inversión.

Alcé una ceja, pero decidí no insistir.

—Así que estamos preparados, entonces.

—Tendré que ver si podemos conservar tu coche "de antes" un poco más...

—Sí, no quiera el cielo que tenga un coche sin protección antitanque.

Sonrió.

—¿Cuánto tiempo podemos quedarnos aquí? —le pregunté.

—Vamos bien de tiempo. Si quieres, unas cuantas semanas más. Y después podemos pasar a visitar a Charlie antes de irnos a New Hampshire. Podríamos pasar Navidad con Renée...

Sus palabras me pintaron un futuro inmediato muy feliz, uno libre de dolor para todos los implicados. El cajón donde estaba encerrado Jacob, aunque no lo había olvidado para nada, se agitó en mi memoria, así que corregí: al menos para *casi* todos.

Pero esto no iba a ser nada fácil. Una vez que había descubierto exactamente lo bien que me podía ir siendo humana, tenía la tentación de posponer indefinidamente mis planes hasta los dieciocho, los diecinueve o los veinte... ¿acaso en realidad tenía alguna importancia? Y continuar siendo humana con Edward a mi lado era algo que cada día se volvía más tentador.

—Unas cuantas semanas —accedí, y después, como nunca parecía bastante, añadí—. Estaba pensando... ¿recuerdas lo que te dije acerca de la práctica?

Él se echó a reír.

—No creo que vayas a dejar que se me olvide... pero escucho una lancha. El equipo de limpieza debe venir hacia acá.

Él tampoco quería que lo dejara olvidar; ¿eso quería decir que no se me iba a poner difícil en cuanto a la práctica? La idea me hizo sonreír.

—Déjame que le explique el desastre de la habitación blanca a Gustavo, y después podemos salir. Hay un sitio en la selva, al sur...

—No quiero salir; no me voy a pasar todo el día de excursión por la isla. Quiero quedarme aquí y ver una película.

Él apretó los labios, intentando contener la risa ante mi tono contrariado.

—De acuerdo, lo que tú quieras. ¿Por qué no vas escogiendo una mientras abro la puerta?

—No oí que tocaran.

Él inclinó la cabeza hacia un lado, atento. Medio segundo más tarde se escuchó un golpe ligero y tímido en la puerta. Sonrió y se volvió hacia el vestíbulo.

Me entretuve revisando las estanterías que había debajo de la gran televisión y comencé a leer los títulos. Era difícil decidir por dónde empezar: había más DVD que en un videoclub.

Escuché la voz aterciopelada de Edward mientras se acercaba por el vestíbulo, conversando fluidamente en lo que supuse sería un perfecto portugués. Otra voz humana, más áspera, le contestaba en la misma lengua.

Edward los hizo entrar en la habitación, señalando hacia la cocina. A su lado los dos brasileños parecían muy bajitos y de piel muy oscura. Uno era grueso y la otra una mujer delgada, ambos con los rostros arrugados. Edward hizo un gesto señalándome con una sonrisa orgullosa y percibí mi nombre mezclado con un chorro de palabras poco familiares. Me ruboricé un poco cuando pensé en el desastre de plumas que pronto encontrarían en la habitación blanca. El hombre bajito me sonrió educadamente.

Pero la pequeña mujer de piel color café no sonrió en absoluto. Se me quedó mirando con una mezcla de sorpresa, preocupación y, sobre todo, con ojos dilatados de espanto. Antes de que pudiera reaccionar, Edward les pidió que lo siguieran hacia aquel gallinero lleno de plumas y se fueron.

Cuando regresó, venía solo. Caminó con rapidez hasta mi lado y me envolvió en sus brazos.

—¿Qué le pasa a la mujer? —le susurré alarmada, recordando su expresión llena de pánico.

Él se encogió de hombros, imperturbable.

—Kaure es en parte una india ticuna. Por la forma en que se ha criado es muy supersticiosa, o quizá sería más apropiado decir que está más consciente de lo sobrenatural que el resto de la gente que vive en el mundo moderno. Sospecha lo que soy, o anda bastante cerca —sin embargo, no sonaba preocupado—. Aquí también tienen sus propias leyendas, el *Libishomen*, un demonio bebedor de sangre cuyas presas son exclusivamente mujeres hermosas —me dirigió una mirada procaz.

¿Sólo mujeres hermosas? Bueno, sin duda eso era adulación pura.

—Parecía aterrorizada —repuse.

—Y lo está, pero básicamente está preocupada por ti.

—¿Por mí?

—Tiene miedo de mis motivos para retenerte aquí, sola —se echó a reír entre dientes con actitud misteriosa y después se dirigió hacia la pared llena de películas—. Bueno, está bien, ¿por qué no escoges algo para que lo veamos? Es algo que podemos hacer y es propio de humanos.

—Sí, seguramente una película la convencerá de que tú eres humano —me eché a reír y junté las manos con firmeza alrededor de su cuello, estirándome sobre las puntas de los pies. Él se inclinó para que pudiera besarlo y entonces sus brazos se tensaron a mi alrededor, alzándome del suelo de modo que no tuviera que inclinarse.

—La película, vamos, la película —murmuré cuando sus labios se deslizaron hacia abajo por mi garganta, y yo retorcía los dedos entrelazados en su pelo de color bronce.

Se oyó un jadeo violento y él me puso en el suelo con brusquedad. Kaure estaba paralizada en el pasillo, con unas cuantas plumas enredadas en su pelo negro, un saco grande lleno en los brazos, y una expresión de horror pintada en el rostro. Se me quedó mirando con fijeza, con los ojos saliéndosele de las órbitas, mientras yo me ruborizaba y bajaba la mirada. Entonces ella se recobró de la impresión y murmuró algo que sonaba claramente a disculpa, incluso en aquel idioma que me era tan poco familiar. Edward sonrió y le contestó en un tono amigable. Ella apartó los ojos oscuros y continuó avanzando por el vestíbulo.

—Está pensando lo que creo que está pensando, ¿no? —mascullé.

Él se echó a reír ante mi frase retorcida.

—Sí.

—Ésta —dije, moviendo la mano al azar y tomando una película cualquiera—. Pon ésta y hagamos como que la vemos.

La portada mostraba un viejo musical lleno de rostros sonrientes y faldas amplias.

—Muy típico de una luna de miel —aprobó Edward.

Mientras en la pantalla los actores bailaban al son de una animada canción introductoria, yo me acomodé en el sofá, acurrucada en los brazos de Edward.

—¿Nos vamos a mudar a la habitación blanca? —le pregunté perezosamente.

—No sé… Ya destrocé sin remedio una cabecera en la otra habitación, así que será mejor que limitemos los destrozos a una sola área de la casa para que Esme no pierda el ánimo de volver a invitarnos en otro momento.

Sonreí con todas mis ganas.

—Así que habrá más destrozos, ¿eh?

Él se echó a reír al ver mi expresión.

—Creo que será más seguro si es premeditado, que si permitimos que me tomes por asalto otra vez.

—Sería sólo cuestión de tiempo —admití como quien no quiere la cosa, pero el pulso se aceleraba en mis venas.

—¿Le pasa algo a tu corazón?

—No. Está fuerte como un caballo —hice una pausa—. ¿Quieres que vayamos ahora a explorar la zona de desastre?

—Quizá sea más considerado si esperamos hasta que estemos solos. Puede que tú no te des cuenta de cuando me pongo a destrozar muebles, pero probablemente ellos se asustarían.

Para ser sincera, ya me había olvidado de la gente que estaba en la otra habitación.

—¡Demonios! Tienes razón.

Gustavo y Kaure se movían por toda la casa silenciosamente mientras yo esperaba impaciente a que terminaran. Intenté prestar atención al final tipo "y vivieron felices para siempre" en la pantalla. Empecé a sentirme adormilada, aunque según decía Edward, había dormido casi la mitad del día, pero me despertó una voz áspera. Él se sentó, manteniéndome contra su pecho, y le contestó a Gustavo en portugués. Gustavo asintió y caminó silenciosamente hacia la puerta principal.

—Ya terminaron —me dijo Edward.

—¿Eso quiere decir que ya estamos solos?

—¿Qué te parece si almuerzas primero? —me sugirió él.

Me mordí el labio, en duda ante el dilema. Tenía muchísima hambre.

Con una sonrisa, me tomó de la mano y me llevó a la cocina. Conocía mi rostro tan bien, que no importaba que no pudiera leerme la mente.

—Estoy perdiendo el control —me quejé cuando por fin quedé llena.

—¿Quieres que vayamos a nadar con los delfines esta tarde para quemar las calorías? —me preguntó.

—Quizá más tarde, porque ahora tengo otra idea para quemar calorías.

—¿Y cuál es?

—Bueno, nos queda un montón de cabecera todavía y…

Pero no pude terminar. Ya me había tomado en brazos y sus labios silenciaron los míos mientras me llevaba a una velocidad muy poco humana hacia la habitación azul.

7. Algo inesperado

La fila de hábitos negros avanzó hacia mí a través de una niebla que parecía un sudario. Percibía sus ojos oscuros reluciendo como rubíes de puro deseo, anhelantes de sangre. Sus labios se retraían sobre sus húmedos dientes agudos, mitad rugido, mitad sonrisa.

Escuché cómo gimoteaba el niño a mis espaldas, pero no me podía girar para mirarlo. Aunque estaba desesperada por comprobar que se encontraba a salvo, en esos momentos no podía permitirme ninguna falla en mi concentración.

Se aproximaron de forma fantasmal, con las ropas negras agitándose ligeramente por el movimiento. Vi cómo curvaban sus manos como garras del color de los huesos. Comenzaron a dispersarse para acercarse a nosotros desde todos los ángulos. Estábamos rodeados e íbamos a morir.

Y entonces, tras la explosión de luz de un rayo, toda la escena se transformó, aunque no había cambiado nada porque los Vulturi aún nos amenazaban, en postura de ataque. Lo que realmente cambió fue el modo en que yo contemplaba la imagen, porque repentinamente sentía un deseo incontrolable de que lo hicieran: *quería* que atacaran. El pánico se transformó en un ansia de sangre que me hizo encorvarme, con una sonrisa en el rostro y un rugido enredado entre mis dientes desnudos.

Me incorporé de un salto, aún aturdida por el sueño.

La habitación estaba a oscuras y hacía un calor bochornoso. Tenía el pelo empapado en las sienes y el sudor me corría por el cuello.

Aparté de una patada las sábanas mojadas y encontré la cama vacía.

—¿Edward?

Justo en aquel momento mis dedos tropezaron con algo de tacto suave, plano y rígido. Era una hoja de papel doblada a la mitad. Tomé la nota y caminé hacia el interruptor de la luz.

En la parte exterior de la nota alguien había escrito a quién estaba dirigida: a la señora Cullen.

Espero que no te despiertes y notes mi ausencia, pero si así fuera, quiero decirte que volveré muy pronto. Me fui al continente de cacería. Vuelve a dormirte y estaré de vuelta cuando te despiertes de nuevo. Te quiero.

Suspiré. Llevábamos aquí unas dos semanas, así que debería haber previsto que tendría que marcharse, pero no había estado pensando en el tiempo porque aquí parecíamos vivir al margen del reloj, a la deriva en un estado de perfección.

Me enjugué el sudor de la frente. Estaba completamente despierta ahora, aunque el reloj del tocador dijera que era más de la una. Sabía que no podría volver a dormir tan acalorada y sudorosa. Y eso sin mencionar el hecho de que si apagaba la luz y cerraba los ojos, veía aquellas figuras negras rondando en mi cabeza.

Me levanté y vagabundeé sin destino definido por la casa a oscuras, encendiendo luces. Me parecía tan grande y desierta sin Edward aquí. Tan diferente.

Terminé mi paseo en la cocina y decidí que quizá lo que necesitaba era comida para consolarme.

Revolví en el refrigerador hasta que encontré todos los ingredientes necesarios para hacer pollo frito. El chisporroteo y siseo del pollo en la sartén era un sonido hogareño y encantador, y cuando llenó el silencio hizo que me sintiera menos nerviosa.

Olía tan bien que comencé a comer directamente de la sartén, quemándome la lengua. Al quinto o sexto bocado, sin embargo, se había enfriado lo suficiente para disfrutarlo y mastiqué más lentamente. ¿Había algo raro en el sabor? Revisé la carne, y estaba blanca por todas partes, pero me pregunté si estaba bien cocida. Tomé otro bocado para comprobarlo y lo mastiqué dos veces. Ay, qué asco, de verdad. Me levanté de un salto para escupirlo en el fregadero. De repente el olor del pollo y el aceite frito me revolvieron el estómago. Tomé la sartén y la sacudí sobre la basura para tirar todo, y después abrí las ventanas para dispersar el olor. Una brisa fresca se había levantado en el exterior y era agradable sentirla contra la piel.

Me sentí repentinamente agotada, pero no quería volver a la habitación calurosa, así que abrí más ventanas en el cuarto de la televisión y me tumbé en el sofá que había justo enfrente. Puse otra vez la misma película que habíamos visto y me quedé rápidamente dormida cuando empezó la alegre canción inicial.

Cuando abrí los ojos de nuevo, el sol ya estaba a medio camino en el horizonte, pero no fue la luz lo que me despertó. Me sentía envuelta en la frescura de sus brazos, que me estrechaban contra él. Al mismo tiempo, un dolor repentino me retorció el estómago, casi como la réplica que se siente cuando recibes un golpe en las tripas.

—Lo siento —murmuraba Edward mientras frotaba su mano helada contra mi frente pegajosa—, tanta meticulosidad con todo y no se me ocurrió que tendrías mucho calor cuando yo me fuera. Haré que instalen un aparato de aire acondicionado antes de que me vaya otra vez.

No me podía concentrar en lo que me decía.

—¡Discúlpame! —jadeé, luchando por liberarme de sus brazos.

Él me soltó de forma casi automática.

—¿Bella?

Salí disparada hacia el baño, tapándome la boca con la mano. Me sentía tan mal que ni siquiera me preocupó, al principio, que estuviera conmigo cuando me agaché sobre la taza del baño y vomité violentamente.

—¿Bella...? ¿Qué te pasa?

No podía responder todavía. Él me sostenía, lleno de ansiedad, apartándome el pelo de la cara, esperando hasta que recuperé la respiración.

—Maldito pollo rancio —gemí.

—¿Estás bien? —su voz sonaba muy tensa.

—Bien —repliqué con voz entrecortada—. Es sólo que me intoxiqué con la comida. No es necesario que veas esto, vete.

—Por supuesto que no, Bella.

—Vete —gemí otra vez, luchando para levantarme y poder lavarme la boca. Él me ayudó cariñosamente, ignorando los débiles empujones que le propinaba.

Después de haberme limpiado, me llevó a la cama y me sentó allí cuidadosamente, sujetándome entre sus brazos.

—¿Una intoxicación de comida?

—Ay, sí —grazné—. Hice un poco de pollo anoche. Sabía raro, así que lo tiré, pero antes me comí unos cuantos bocados.

Me puso una de sus manos frías en la frente; era muy agradable.

—¿Qué tal te sientes ahora?

Lo pensé durante un momento. La náusea se me había pasado tan violentamente como había venido y me sentí como cualquier otra mañana.

—Estoy bastante bien. De hecho, estoy bastante bien. De hecho, incluso algo hambrienta. Me hizo esperar una hora y beberme un gran vaso de agua antes de freírme unos cuantos huevos. Me encontraba perfectamente normal, aunque un poco cansada después de haberme levantado en mitad de la noche. Él puso el canal de CNN, ya que habíamos perdido todo contacto con la realidad, tanto que podría haber estallado la Tercera Guerra Mundial sin que nos hubiéramos enterado, y me acurruqué soñolienta en su regazo.

Me aburría escuchando las noticias y me retorcí para besarle. Justo como por la mañana, un dolor agudo me atravesó el estómago cuando me moví. Me arrastré lejos de él, con la mano apretada con fuerza contra la boca. Me di cuenta de que no llegaría ahora hasta el cuarto de baño, así que me dirigí hacia el fregadero de la cocina.

Él me apartó el pelo de nuevo.

—Quizá deberíamos ir a Río, a que te vea un médico ósugirió lleno de ansiedad mientras me limpiaba los labios después.

Sacudí la cabeza y me dirigí hacia el vestíbulo. Los médicos significaban agujas.

—Me sentiré mucho mejor después de lavarme los dientes.

Cuando mejoró el sabor de mi boca, busqué en mi maleta el maletín de primeros auxilios que Alice me había preparado, lleno de cosas humanas como vendas, analgésicos y mi objetivo: Pepto-Bismol. Tal vez así se me asentara el estómago y Edward se sentiría más tranquilo.

Pero antes de encontrar el Pepto, encontré algo más que Alice había metido en la maleta. Tomé la pequeña caja azul y me quedé mirándola en mi mano, olvidándome de todo lo demás.

Entonces comencé a contar en mi cabeza. Una vez. Dos. Y otra vez.

El golpe me sobresaltó y la cajita se me cayó dentro de la maleta.

—¿Estás bien? —me preguntó Edward al otro lado de la puerta—. ¿Te mareaste otra vez?

—Sí y no —le dije, pero mi voz sonó estrangulada.

—¿Bella? ¿Puedo entrar, por favor? —inquirió, ahora en tono preocupado.

—Pues... sí.

Entró y evaluó mi postura, sentada con las piernas cruzadas al lado de la maleta, y mi expresión en blanco y ausente. Se sentó a mi lado y rápidamente me puso la mano en la frente.

—¿Qué sucede?

—¿Cuántos días han pasado desde la boda? —le susurré.

—Diecisiete —me contestó automáticamente—. Bella, ¿qué pasa?

Volví a contar de nuevo. Levanté un dedo para advertirle que esperara y articulé con los labios los números para mis adentros. Antes me había equivocado con los días, porque llevábamos aquí más tiempo de lo que yo creía. Comencé de nuevo.

—¡Bella! —susurró en tono apremiante—, me estás volviendo loco.

Intenté tragar, pero no funcionó. Así que me volví hacia la maleta y revolví por todos lados hasta que apareció la cajita azul de nuevo y la levanté en silencio.

Se me quedó mirando lleno de confusión.

—¿Qué? ¿Estás intentado hacerme creer que esto que te pasa es un simple síndrome premenstrual?

—No —me las arreglé para contestar sin sofocarme—, no, Edward. Estoy intentando decirte que el periodo se me ha retrasado cinco días.

La expresión de su rostro continuó impertérrita. Era como si no hubiera hablado.

—No creo que me haya intoxicado —añadí.

Él no contestó; se había convertido en una estatua.

—Las pesadillas —masaullé entre dientes, para mis adentros, con voz monótona—, todo el sueño que tenía, el llanto, toda esa hambre... Oh-oh. *Oh*.

La mirada de Edward se había vuelto vidriosa, como si fuera incapaz de verme.

La mano se me apoyó en el vientre de forma casi involuntaria, como si fuera un acto reflejo.

—Oh —exclamé de nuevo.

Me puse de pie tambaleándome, saliendo de entre las manos inmóviles de Edward. No me había quitado los pantaloncitos de seda azul y la camisola que me había puesto para dormir, así que levanté de un tirón la tela y me quedé mirándome fijamente la barriga.

—Imposible —susurré.

Aunque no tenía experiencia con embarazos, bebés o cualquier cosa relativa a ese mundo, no era ninguna idiota. Había visto suficientes películas y programas de televisión para saber que esto no funcionaba así. Sólo me había retrasado cinco días. Si de verdad estaba embarazada, mi cuerpo no podría haber registrado aún ese hecho. No podía tener mareos matutinos y, desde luego, no habrían cambiado mis rutinas de alimentación y de sueño.

Y especialmente no podía tener un pequeño, pero definido, bulto sobresaliendo entre las caderas.

Giré el torso hacia adelante y hacia atrás, examinándolo desde todos los puntos de vista, como si fuera a desaparecer según el modo en que incidía la luz. Recorrí aquel pequeño bulto casi imperceptible con los dedos, sorprendida por lo duro que se sentía bajo la piel.

—Imposible —repetí, porque con bulto o sin él, con periodo o sin periodo (y desde luego no había tal, porque jamás me había retrasado ni un solo día en toda mi vida), no había manera de que estuviera *embarazada*. La única persona con la que había tenido sexo en toda mi vida era un vampiro, para hablar claro.

Un vampiro que aún estaba paralizado en el suelo sin dar signo alguno de volver a moverse jamás.

Así que tenía que haber alguna otra explicación. Algo debía andar mal conmigo. Alguna extraña enfermedad sudamericana con los síntomas del embarazo, sólo que acelerados…

Y entonces recordé algo: una mañana en que hice una búsqueda en Internet. Parecía haber sucedido hace mucho tiempo. Sentada ante el viejo escritorio en mi habitación en casa de Charlie, con aquella luz gris mate brillando a través de la ventana y con la vista fija en mi viejísima computadora ronroneante, leí con avidez una página web llamada "Vampiros de la A a la Z". Habían pasado menos de veinticuatro horas desde que Jacob Black, intentando distraerme con aquellas leyendas quileutes en las que ni siquiera él creía, me había dicho que Edward era un vampiro. Yo había buscado con ansiedad en las primeras entradas del sitio, dedicado al mito de los vampiros en todo el mundo. El *danag* filipino, el *estrie* hebreo, el rumano *varacolaci*, los *stregoni benefici* italianos, una leyenda que en realidad se basaba en las primeras hazañas de mi nuevo suegro con los Vulturi, aunque en aquel momento yo no sabía nada de eso... Cada vez prestaba menos atención a las historias conforme se volvían menos verosímiles. Apenas recordaba vagos detalles de las últimas entradas, que parecían principalmente excusas ideadas para explicar cosas como los índices de mortalidad infantil y la infidelidad. "No, cariño, ¡no tengo una aventura! Esa mujer tan sexy que viste salir disimuladamente de la casa no era más que un perverso súcubo. ¡Tengo suerte de haber escapado con vida!" Desde luego, con lo que sabía ahora acerca de Tanya y sus hermanas, sospechaba que algunas de esas historietas no habían sido más que hechos. Había también algo para las señoras: "¿Cómo puedes acusarme de haberte estado engañando, sólo porque acabas de regresar de un viaje de dos años y estoy embarazada? Fue un íncubo, que me hipnotizó con sus místicos poderes vampíricos...".

Esto formaba parte de la definición de un íncubo: su capacidad para tener hijos con su desafortunada víctima.

Sacudí la cabeza, aturdida, pero...

Pensé en Esme, y especialmente en Rosalie. Los vampiros no podían tener hijos. Si eso fuera posible, a estas alturas Rosalie hubiera encontrado la forma. El mito del íncubo no era más que eso: una fábula.

A menos que... bueno, *había* una diferencia. Claro que Rosalie no podía concebir un hijo porque estaba paralizada en el estado en el cual había pasado de humana a inhumana, y nada podía *cambiar* en ella. Y los cuerpos de las mujeres humanas tenían que cambiar para tener bebés. En primer lugar, estaba el cambio constante del ciclo mensual, y después las grandes transformaciones necesarias para acomodar un bebé en crecimiento. El cuerpo de Rosalie no podía cambiar. Pero el mío sí podía, y de hecho lo estaba haciendo. Toqué el bulto que ayer no estaba en mi vientre.

Y los hombres humanos… bueno, ellos continuaban en el mismo estado desde la pubertad hasta la muerte. Recordé al azar una trivialidad que había sacado quién sabe de dónde: Charlie Chaplin rondaba los setenta cuando tuvo a su hijo más pequeño. A los hombres no les estorban cosas como los años o los ciclos de fertilidad para tener hijos.

Claro, ¿cómo podía alguien saber si los vampiros podían tener hijos, cuando sus compañeras no podían? ¿Qué vampiro en este mundo podía tener el autocontrol necesario —o la inclinación a hacerlo— para probar esa teoría con una mujer humana?

Sólo se me ocurría el nombre de uno.

La mitad de mi cabeza estaba intentando organizar hechos y recuerdos y compaginarlos con las especulaciones, mientras la otra mitad, la que controlaba la capacidad de mover hasta el músculo más pequeño, estaba tan aturdida que no era capaz de desempeñar ni la operación más sencilla. No podía mover los labios para hablar, aunque quería pedirle a Edward que me explicara *por favor* lo que estaba pasando. Necesitaba regresar a donde él estaba sentado, tocarlo, pero mi cuerpo no podía seguir instrucciones. Sólo podía mirar mis ojos atónitos en el espejo, mientras mis dedos apretaban con cuidado la pequeña hinchazón de mi vientre.

Y entonces, como había sucedido en la vívida pesadilla que había padecido la noche anterior, la escena se transformó repentinamente. Todo lo que veía en el espejo tenía un aspecto completamente diferente, aunque en realidad *nada* había cambiado.

Lo que hizo que todo cambiara fue sólo un suave y pequeño golpecito que chocó contra mi mano desde dentro de mi cuerpo.

Al mismo tiempo el teléfono celular de Edward sonó en tono agudo y exigente. Ninguno de los dos nos movimos. Sonó una y otra vez. Intenté dejar de escucharlo mientras presionaba los dedos contra mi vientre, esperando. En el espejo, la expresión de mi rostro ya no era de perplejidad, sino interrogante. Apenas noté las lágrimas silenciosas y extrañas que comenzaron a manar de mis ojos y a correr por mis mejillas.

El teléfono siguió sonando. Deseaba que Edward contestara de una vez, porque yo estaba ensimismada en el momento que estaba viviendo, quizá el más importante de mi vida.

¡Ring! ¡Ring! ¡Ring!

Finalmente el fastidio pudo más. Me arrodillé al lado de Edward —y noté que lo hacía con más cuidado, mil veces más consciente del modo en que percibía mis movimientos— y busqué en sus bolsillos hasta que encontré el teléfono. Casi esperé que me lo arrancara de las manos para contestar él mismo, pero continuaba perfectamente inmóvil.

Reconocí el número y pude adivinar con facilidad por qué llamaba.

—Hola, Alice —le dije. Mi voz no había mejorado mucho, así que me aclaré la garganta.

—¿Bella? ¿Bella, te encuentras bien?

—Esteee... sí. Hum. ¿Está Carlisle ahí?

—Sí, aquí está. ¿Cuál es el problema?

—No, no estoy cien por ciento... segura...

—¿Edward está bien? —me preguntó recelosa. Oí cómo llamaba a Carlisle apartándose del teléfono y luego siguió exigiendo saber: "¿Por qué no contestó el teléfono?", aun antes de que pudiera contestar su primera pregunta.

—No estoy segura.

—¿Bella, qué está pasando? Sólo vi ...

—¿Qué viste?

Se hizo un silencio.

—Ya llegó Carlisle —repuso finalmente.

Sentí como si me hubieran inyectado agua helada en las venas. Si Alice hubiera tenido una visión mía con un niño de ojos verdes y rostro de ángel en los brazos, me habría preguntado, ¿no?

Mientras esperaba que Carlisle comenzara a hablar, la visión que había imaginado por Alice bailoteó detrás de mis párpados: un diminuto y bello bebé, incluso más bello aún que el niño de mis sueños, un diminuto Edward en mis brazos. Una cierta calidez me inundó las venas, alejando la frialdad.

—Bella, soy Carlisle. ¿Qué pasa?

—Yo... —no sabía qué contestarle exactamente. ¿Se reiría de las conclusiones a las que había llegado, pensaría que estaba loca? ¿Sólo estaba teniendo otro de esos sueños a color?—. Estoy un poco preocupada por Edward... ¿los vampiros pueden entrar en estado de *shock*?

—¿Está herido? —la voz de Carlisle sonó repentinamente ansiosa.

—No, no —le aseguré—. Sólo... es efecto de la sorpresa.

—No entiendo, Bella.

—Creo... bueno, creo que... quizá... es que yo podría estar... —tomé aire profundamente—. Tal vez esté embarazada.

Como para reforzar mi afirmación, sentí otro golpecito en el abdomen. Mi mano voló hacia allí.

Después de una larga pausa, el entrenamiento médico de Carlisle entró en acción.

—¿Cuándo fue el primer día de tu último ciclo menstrual?

—Dieciséis días antes de la boda —había hecho los cálculos mentales a la perfección suficientes veces para poder contestar con certeza.

—¿Cómo te sientes?

—Extraña —le conté, pero la voz se me quebró y otro hilo de lágrimas comenzó a descender por mis mejillas—. Esto te va a sonar como una locura... mira, sé que es demasiado pronto para esto. Quizá me volví loca, pero tengo sueños muy raros y tengo hambre a todas horas, y no quiero más que llorar, y vomitar y... y... te juro que algo se *movió* justo ahora dentro de mi cuerpo.

La cabeza de Edward se alzó repentinamente.

Suspiré aliviada.

Edward extendió la mano para que le diera el teléfono, con el rostro pálido y endurecido.

—Hum, creo que Edward quiere hablar contigo.

—Dile que tome el teléfono —contestó Carlisle con voz contenida.

No estaba muy segura de que Edward pudiera hablar, pero puse el teléfono en su mano extendida.

Lo apretó contra su oreja.

—¿Eso es posible? —susurró él.

Escuchó durante un largo rato, mirando inexpresivamente hacia la nada.

—¿Y Bella? —preguntó y me envolvió con su brazo mientras hablaba, apretándome contra su costado.

Escuchó durante lo que pareció un rato muy largo y después dijo:

—Sí, sí; lo haré.

Apartó el teléfono de su oreja y presionó el botón de apagado. Enseguida marcó un número nuevo.

—¿Qué dijo Carlisle? —le pregunté con impaciencia.

Edward respondió con voz inanimada.

—Cree que estás embarazada.

Las palabras enviaron un cálido estremecimiento a través de mi columna. Aquel pequeño pateador se removió en mi interior.

—¿A quién estás llamando ahora? —inquirí mientras volvía a ponerse el teléfono en la oreja.

—Al aeropuerto. Regresamos a casa.

Edward estuvo al teléfono durante más de una hora sin parar. Supuse que estaría arreglando nuestro vuelo de regreso, pero no podía estar segura porque hablaba en otro idioma. Sonaba como si estuviera discutiendo, y habló entre dientes durante un buen rato.

Mientras discutía, iba haciendo las maletas. Revoloteaba por la habitación como un tornado furioso, pero dejando orden en vez de destrucción a su paso. Arrojó un puñado de ropa mía sobre la cama sin mirarla, así que supuse que era hora de vestirme. Él continuaba en plena discusión, gesticulando con movimientos repentinos y agitados, mientras yo me cambiaba.

Cuando ya no pude soportar más la violenta energía que irradiaba, abandoné la habitación en silencio. Su concentración maníaca me hacía sentir mareada, no como aquellas náuseas matutinas, sino de una forma desagradable. Esperaría en otro lugar a que se le pasara ese humor. No podía hablar con ese Edward concentrado y helado que, la verdad, me asustaba un poco.

Una vez más, terminé en la cocina. Había un paquete de galletas saladas en el armario. Comencé a masticarlas un poco ausente, mirando por la ventana hacia la arena, las rocas, los árboles y el océano, que todavía relucían bajo el sol.

Alguien me dio una ligera patadita.

—Ya lo sé —comenté—, yo tampoco me quiero ir.

Me quedé mirando por la ventana durante un momento, pero el pateador no contestó.

—No entiendo —murmuré—. ¿Qué es lo que está *mal*?

Era absolutamente sorprendente, a tal punto que me había dejado atónita. Pero, ¿*mal*?

No.

¿Entonces por qué estaba Edward tan furioso? Fue él quien estuvo más que dispuesto a que nos casáramos.

Intenté razonarlo.

Quizá no era tan confuso que Edward quisiera que nos fuéramos derechito a casa. Seguramente quería que Carlisle comprobara y se asegurara de que mi suposición era cierta, aunque a estas alturas realmente ya no me quedaba ninguna duda. Probablemente lo que querrían estudiar también era por qué estaba ya *tan* embarazada, con el bulto, las paraditas y todo eso. Eso no era normal.

Una vez que me puse a pensar en ello, estuve segura de haberlo comprendido. Debía estar preocupado por el bebé, aunque todavía no le había dado ninguno de sus ataques de preocupación. Mi cerebro trabajaba más lento que el suyo, porque aún estaba prendado de la maravillosa imagen que había conjurado antes: el niño diminuto con los ojos de Edward, verdes como los había tenido cuando era humano, acurrucado feliz y hermoso en mis brazos. Esperaba que tuviera el rostro de Edward, sin ninguna interferencia del mío.

Era divertido ver lo decisiva y completamente necesaria que se había vuelto esta visión. Ese primer toque ligero había cambiado todo mi mundo. Donde antes sólo había una sola cosa sin la cual no podía vivir, ahora había dos. No era como si me hubiera dividido entre los dos, no era que hubiera repartido mi amor: era más como si mi corazón hubiera crecido, se hubiera hinchado al doble de su tamaño, y que todo el espacio extra se hubiera llenado. El crecimiento casi daba mareo.

Antes tampoco había comprendido el dolor y el resentimiento de Rosalie. Nunca me había imaginado a mí misma en el papel de madre y jamás lo había querido. No había querido engatusar a Edward diciéndole que no me preocupaba el no poder tener hijos con él; la verdad es que no me lo había planteado. Los niños, en abstracto, jamás me habían atraído; me parecían criaturas chillonas, siempre chorreando alguna porquería, y además nunca había tenido mucho contacto con ellos. Cuando soñaba con que Renée me trajera algún hermanito, siempre me imaginaba un hermano mayor, alguien que me cuidara y no al revés.

Pero este niño, el hijo de Edward, era una historia completamente distinta.

Lo quería como quería aire para respirar. No como una elección, sino como una necesidad.

Quizá todo se debía a que siempre había tenido muy poca imaginación. Tal vez también por eso era incapaz de imaginar que me gustaría estar casada hasta que lo estuve, y quizá por lo mismo fui incapaz de ver que quería un bebé hasta que estuvo en camino...

Mientras ponía la mano en mi vientre, esperando la siguiente patada, las lágrimas se deslizaron de nuevo por mis mejillas.

—¿Bella?

Me volví, un poco recelosa debido al tono de su voz. Era demasiado frío, demasiado cauteloso, y la expresión de su rostro acompañaba a la voz, vacía e inexpresiva.

Y fue entonces cuando se dio cuenta de que estaba llorando.

—¡Bella! —cruzó la habitación como un rayo y puso sus manos alrededor de mi rostro—, ¿te duele algo?

—No, no...

Me estrechó contra su pecho.

—No tengas miedo, llegaremos a casa en dieciséis horas. Estarás bien. Carlisle estará preparado cuando lleguemos, nos haremos cargo de esto y tú estarás bien, muy bien.

—¿Hacernos cargo de esto? ¿A qué te refieres?

Se apartó y me miró directamente a los ojos.

—Vamos a sacar a esa cosa de ahí antes de que pueda hacerte daño. No te asustes: no dejaré que te haga daño.

—¿Esa "cosa"? —pregunté con un jadeo.

Apartó rápidamente la vista para mirar hacia la puerta principal.

—¡Maldita sea! Se me olvidó que Gustavo venía hoy. Me desharé de él y volveré —y salió disparado de la habitación.

Me apoyé en el mueble de la cocina en busca de apoyo porque me temblaban las rodillas. Edward había llamado "cosa" a mi pequeño pateador. Y decía que Carlisle me lo sacaría.

—No —susurré.

Me había equivocado: a él no le preocupaba el bebé en absoluto; quería hacerle *daño*. Aquella hermosa imagen de mi mente cambió de pronto y se convirtió en algo sombrío. Mi pequeño bebé lloraba y mis débiles brazos no bastaban para protegerlo...

¿Qué podía hacer? ¿Sería capaz de razonar con ellos? ¿Y qué pasaría si no era capaz? ¿Explicaría esto el extraño silencio de Alice al teléfono? ¿Era eso lo que ella había visto, que Edward y Carlisle mataban a mi pálido y perfecto bebé antes de que pudiera vivir?

—No —susurré de nuevo, con la voz más firme.

Imposible. Yo no lo permitiría.

Escuché a Edward hablando de nuevo en portugués y discutiendo otra vez. Su voz se acercaba y lo oí gruñir de pura desesperación. Entonces escuché la otra voz, baja y tímida, la voz de una mujer.

Entró en la cocina antes que ella y vino derecho hacia mí. Me limpió las lágrimas de las mejillas y murmuró en mi oído a través de la fina y tensa línea de sus labios.

—Insiste en dejarnos la comida que preparó, la cena —si hubiera estado menos tenso y menos furioso, sabía que habría puesto los ojos en blanco—. Es sólo un pretexto; lo único que quiere es asegurarse de que todavía no te he asesinado —al final su voz se volvió fría como el hielo.

Kaure apareció nerviosa en la puerta de la cocina, con un plato cubierto en las manos. Hubiera deseado poder hablar un poco de portugués, o que mi español fuera menos rudimentario, para poder agradecerle a esta mujer que se hubiera atrevido a sufrir la ira de un vampiro sólo por comprobar que yo estuviera bien.

Sus ojos se movieron inquietos del uno al otro. La vi evaluar el color de mi rostro, la humedad de mis ojos. Puso el plato en la barra, murmurando algo que no entendí.

Edward le replicó con brusquedad, y nunca antes lo había visto comportarse con tan poca educación. Ella se volvió para marcharse, y el revoloteo de su falda larga impulsó el olor de la comida hacia mi rostro. Era fuerte: cebollas y pescado. Sentí náuseas y me giré hacia el fregadero. Sentí las manos de Edward sobre mi frente y escuché su murmullo tranquilizador a través del rugido de mis oídos. Sus manos desaparecieron durante un segundo y oí el golpe de la puerta del refrigerador al cerrarse. Gracias al cielo, el olor desapareció con el sonido y las manos de Edward me refrescaron de nuevo el rostro pegajoso. Todo se me pasó con rapidez.

Me limpié la boca en el grifo mientras él me acariciaba un lado de la cara.

Sentí un tímido golpecito en mi útero.

Todo está bien, estamos bien, pensé en dirección al bulto.

Edward me dio la vuelta, abrazándome hasta que reposé la cabeza sobre su hombro. Mis manos, de forma instintiva, se posaron sobre mi barriga.

Escuché un ligero jadeo y levanté la mirada.

La mujer aún estaba allí, dudando en la entrada con las manos extendidas a medias, como si estuviera buscando alguna manera de ayudarme. Sus ojos se habían quedado clavados en mis manos, abiertos por la sorpresa, al igual que su boca.

Entonces Edward dio también un grito ahogado y repentinamente se volvió para enfrentarse a la mujer, empujándome ligeramente detrás de su cuerpo. Su brazo envolvió mi torso como si me estuviera sujetando a su espalda.

De repente, Kaure le gritó, en voz muy alta, con furia, mientras sus palabras ininteligibles volaban por la habitación como cuchillos. Levantó en el aire su pequeño puño y dio dos pasos hacia delante, sacudiéndolo en dirección a él. A pesar de su ferocidad, era fácil ver el terror retratado en sus ojos.

Edward dio también otro paso hacia ella, y yo me aferré a su brazo, asustada por la mujer. Pero cuando ella interrumpió sus gritos, la voz de él me tomó por sorpresa, en especial considerando lo desagradable que se había comportado con ella antes de que empezara a gritar. Ahora hablaba en voz baja, como si estuviera suplicando. No sólo eso: el sonido era diferente, más gutural, sin la misma cadencia. No creo que en ese momento estuviera hablando portugués.

Por un momento la mujer se le quedó mirando maravillada y después entrecerró los ojos mientras ladraba una larga pregunta en la misma lengua extraña.

Observé cómo el rostro de Edward se volvía más triste y serio, y asentía una vez. Ella dio un rápido paso atrás y se santiguó.

Él se le acercó, haciendo gestos en mi dirección, y después descansó la mano en mi mejilla. Ella replicó, de nuevo enojada, moviendo las manos acusadoramente contra él, y volvió a gesticular. Cuando terminó, él le suplicó otra vez con la misma voz baja y apremiante.

La expresión de ella cambió y se le quedó mirando con la duda reflejada en el rostro mientras replicaba; a veces sus ojos se dirigían rápidamente hacia mi cara confundida. Él dejó de hablar y ella parecía estar deliberando sobre algo. Nos miró alternadamente varias veces, y de pronto dio un paso hacia adelante, en apariencia de modo inconsciente.

Hizo un movimiento con sus manos, un gesto mímico como de un balón sobresaliendo de su vientre. Me le quedé mirando, porque al parecer sus leyendas sobre el predador bebedor de sangre incluían *eso*. ¿Sabría ella algo sobre lo que estaba creciendo dentro de mí?

Avanzó unos cuantos pasos, esta vez deliberadamente, y preguntó unas cuantas frases cortas, a las que él respondió muy tenso. Entonces fue él el que preguntó, una sola pregunta muy corta. Ella dudó y después sacudió lentamente la cabeza. Cuando él habló de nuevo, su voz expresaba una agonía tal, que alcé la mirada hacia él, sorprendida y asustada. Su rostro se contrajo, congestionado por el dolor.

En respuesta, ella avanzó lentamente hasta que estuvo lo suficientemente cerca para poner su mano diminuta sobre la mía, sobre mi barriga. Sólo dijo una palabra en portugués.

—"Morte" —dijo, suspirando silenciosamente. Entonces se volvió, con los hombros hundidos, como si la conversación la hubiera hecho envejecer, y abandonó la habitación.

Sabía bastante español para extrapolar y comprender esa palabra.

Edward se quedó paralizado de nuevo, con la mirada fija en el lugar por donde ella había salido, con una expresión torturada en el rostro. Unos minutos más tarde escuché cómo se encendía el motor de un bote y luego se desvanecía en la distancia.

Edward no se movió hasta que no me dirigí al baño, y entonces puso una mano sobre mi hombro.

—¿A dónde vas? —su voz era un susurro lleno de dolor.

—A lavarme otra vez los dientes.

—No te preocupes por lo que te dijo. No son más que leyendas, viejas mentiras para entretener a la gente.

—No entendí nada —le repliqué, aunque no era totalmente cierto. Como si yo pudiera descartar algo por el hecho de que fuera una leyenda; mi vida estaba rodeada de leyendas por todas partes, y todas eran ciertas.

—Ya guardé tus cosas en la maleta; te traeré el cepillo.

Caminó delante de mí en dirección a la habitación.

—¿Nos iremos pronto? —pregunté a sus espaldas.

—En cuanto estés lista.

Esperó a que terminara para guardar de nuevo mi cepillo de dientes, caminando lentamente alrededor de la habitación. Cuando acabé se lo di.

—Llevaré el equipaje a la lancha.

—Edward…

Él se volvió.

—¿Sí?

Yo dudé, intentando encontrar alguna excusa para poder quedarme unos segundos a solas.

—¿Te importaría… que nos lleváramos algo de comida? Ya sabes, por si me da hambre otra vez.

—Claro —replicó, con los ojos repentinamente dulces—. No te preocupes por nada. Estaremos con Carlisle en unas cuantas horas, y pronto todo habrá terminado.

Yo asentí con la cabeza, porque no confiaba en mi voz.

Él se volvió y salió de la habitación con una maleta enorme en cada mano.

Yo salí disparada hacia el teléfono que él había dejado en la cocina. Era muy raro que se le olvidara algo, como que Gustavo estaba a punto de llegar, o el teléfono que había abandonado ahí. Estaba tan nervioso que apenas era él mismo.

Lo abrí y busqué entre los números preprogramados. Me alegró que tuviera el sonido apagado, porque temía que pudiera descubrirme. ¿Estaría aún en la lancha o vendría de regreso? ¿Me escucharía desde la cocina si hablaba en susurros?

Encontré el número que quería, uno que no había usado nunca en mi vida. Presioné el botón de llamada y crucé los dedos.

—¿Hola? —contestó una voz que sonaba como campanillas de viento doradas.

—¿Rosalie? —murmuré—. Soy Bella. Por favor, tienes que ayudarme.

LIBRO DOS

⤜⤜⤜

Jacob

Con todo y eso, a decir verdad, en nuestros días
razón y amor no hacen buenas migas.
William Shakespeare

Sueño de una noche de verano, Acto III, escena 1ª

Prefacio

La vida es un asco, y por si fuera poco, te mata.

Sí, bueno, no tendré esa suerte.

8. A la espera de que empiece de una vez la maldita pelea

—Caray, Paul, ¿no te gusta *tu* casa?

El tipo se limitó a sonreírme sin hacer intento de moverse. Siguió apoltronado, ocupando por entero *mi* sofá, mientras contemplaba un estúpido partido de beisbol en *mi* destartalada tele. Luego, con deliberada lentitud, extrajo una fritura de la bolsa de Doritos que reposaba sobre su barriga y se la metió en la boca.

—Más vale que tú hayas traído esa bolsa.

Crunch, crunch.

—No —contestó sin dejar de masticar—. Tu hermana me dio luz verde para que me sirviera lo que se me antojara.

Hice un esfuerzo para que mi voz no delatara las muchas ganas que tenía de atizarle un buen golpe.

—Pero ahora Rachel no está aquí, ¿verdad?

No funcionó. Él percibió mis intenciones y metió la bolsa detrás de la nuca; crujió cuando la apretujó contra el cojín. Las frituras se rompieron en pedacitos con gran estrépito. Paul cerró las manos hasta convertirlas en puños y los alzó cerca del rostro, imitando el gesto de un púgil.

—Anda, acerca la cara, muchacho. No necesito la protección de Rachel.

Le bufé.

—¡Ja! Como si no te pegaras a ella a la menor oportunidad.

Él soltó una carcajada, bajó los puños y se recostó en el sofá.

—No voy a ir a lloriquearle a ninguna chica. Si tienes el valor de golpearme, eso queda entre nosotros, aunque tendría que ser recíproco, ¿de acuerdo?

Semejante invitación era todo un detalle. Simulé venirme abajo, como si hubiera cambiado de idea.

—Está bien.

Él fijó los ojos en la pantalla de la tele…

… y yo arremetí.

Me supo a gloria el crujido de su nariz cuando le di el puñetazo. Intentó agarrarme, pero me zafé antes de que pudiera atraparme, y con la mano izquierda me llevé la bolsa de Doritos.

—Me rompiste la nariz, ¡idiota!

—Eso queda entre nosotros, ¿no, Paul?

Puse lejos la bolsa de frituras y me di la vuelta. El agredido había parado la hemorragia y se estaba acomodando el tabique de la nariz para que no le quedara torcido. Después de limpiarse los labios y el mentón no daba la impresión de haber sangrado. Soltó una maldición y dio un respingo cuando empujó el cartílago.

—Eres un suplicio, Jacob, te lo juro; debería pasar más tiempo con Leah.

—¡Uy, caramba! Apuesto que Leah va a estar feliz de saber que vas a pasar más de tu valioso tiempo con ella. Se pondrá más contenta que unos cascabeles.

—Olvida que dije eso.

—Pues claro, hombre, no soy soplón.

—Uf —gruñó; luego, se reclinó sobre el sofá y frotó los restos de sangre del cuello de la camisa—. Eres rápido, chico. Eso tengo que reconocerlo.

A continuación centró su atención en el estúpido partido. Me quedé allí de pie como un imbécil y luego salí corriendo hacia mi habitación, murmurando tonterías sobre abducciones alienígenas.

En los viejos tiempos podías contar con Paul para armar una bronca de campeonato en cualquier momento; ni siquiera necesitabas pegarle, bastaba una palabrita más fuerte de la cuenta. No hacía falta mucho más para sacarlo de sus casillas. El muy idiota tenía que volverse blando ahora que me moría de ganas de disfrutar de una pelea como Dios manda, de esas en que rompes casi todo y dejas el resto hecho un desastre.

Como si no fuera suficientemente malo que se hubiera producido otra impronta en la manada, porque, en realidad, eso dejaba las cosas en cuatro a diez. ¿Cuándo se detendría esa locura? ¡Por el amor de Dios, según los mitos, las improntas ocurrían esporádicamente! Tanto amor a primera vista me daba asco.

¿Tenía que ser *mi* hermana? ¿Debía ser *Paul*?

Mi principal preocupación, cuando Rachel regresó del estado de Washington al final del semestre de verano —la muy sabelotodo se graduó antes de tiempo—, era lo duro que me iba a resultar guardar el secreto con ella cerca. No estaba acostumbrado a ocultar cosas en mi propia casa. Eso me hizo sentir una corriente de sincera simpatía hacia tipos como Embry y Collin, cuyos padres no tenían ni idea de su condición de licántropos. La madre de Embry pensaba que el pobre estaba pasando por la clásica etapa rebelde de la pubertad. Por cualquier cosa se tiraba en el suelo y se ponía a olisquear, y claro, no había remedio para eso. Ella se asomaba a su cuarto todas las madrugadas, y siempre lo encontraba vacío; luego le organizaba una escenita tremenda y él no decía ni mu, y así hasta el día siguiente. Hubiéramos hablado con Sam para que la madre estuviera enterada y Embry estuviera menos presionado, pero él aseguraba que no le importaba, y el secreto era demasiado importante.

Claro, por eso yo me estaba preparando para protegerlo, y de buenas a primeras Paul se encuentra con Rachel en la playa a los dos días de que ella regresó a casa, y ¡zaz!, ¡otro amor verdadero, instantáneo! Uno no guarda secretos cuando encuentra a su media naranja y puede darle toda esa información sobre hombres lobo.

Rachel se enteró de la historia completa y yo de que Paul iba a ser mi cuñado algún día. La perspectiva no le hacía mucha gracia a mi padre, aunque lo toleraba lo mejor posible. Por supuesto, ahora se escapaba a casa de los Clearwater más de lo habitual. La verdad, yo entendía qué ganaba con el cambio: se libraba de Paul, sí pero allá estaba Leah.

Si una bala me alcanzara la sien, ¿me mataría o sólo dejaría un revoltijo que después habría que limpiar?

Me eché en la cama. Estaba agotado, pues no había dormido nada desde mi última patrulla, pero sabía que no iba a conciliar el sueño. Tenía un embrollo demasiado grande en la cabeza. Los pensamientos revoloteaban dentro de mi cráneo como enjambres de abejas desorientadas, que además zumbaban como tales. De vez en cuando incluso me provocaban punzadas. Y esos pensamientos no dejaban de acosarme ni un momento.

Esta espera acabaría volviéndome loco. Habían transcurrido ya cuatro semanas. Esperaba haber tenido noticias de uno u otro modo. Me pasaba las noches en vela, imaginando qué forma elegirían.

Fantaseaba con la llamada del sollozante Charlie que nos decía que Bella y su esposo habían muerto en un accidente. ¿Podía ser que se hubiera estrellado el avión? Eso era demasiado difícil de organizar, a menos que las sanguijuelas no tuvieran inconveniente en sacrificar a un montón de testigos inocentes para darle autenticidad a la farsa, pero ¿por qué no habrían de hacerlo? Quizá utilizaran una avioneta; lo más probable era que incluso tuvieran una de la que pudieran prescindir.

¿O acaso el asesino volvería solo a casa luego de fracasar en su intento de convertirla en uno de ellos? Tal vez ni siquiera hubieran llegado muy lejos. Tal vez la había hecho pedacitos tan pequeños como las frituras de la bolsa de Doritos mientras la llevaba a cualquier sitio, gracias a su alocada forma de conducir. Porque a ése la vida de ella le importaba menos que su propio placer...

La historia iba a ser dramática: Bella moriría en un terrible incidente, víctima de un asaltante que se había equivocado, asfixiada durante la cena o a consecuencia de un accidente de tránsito, como mi madre. Era tan común... Sucedía todos los días.

¿La traería a casa? ¿La enterraría aquí como muestra de deferencia hacia Charlie? Tendría que ser una ceremonia con el féretro cerrado, por supuesto. El ataúd de mamá estaba muy bien sellado.

Mi única esperanza era que él regresara a Forks, que se pusiera a mi alcance.

También podía ocurrir que no se supiera nada. Quizá Charlie llamara por teléfono a mi padre para preguntarle si sabía algo del doctor Cullen, pues un día había dejado de ir al trabajo. La casa estaría abandonada y nadie contestaría cuando llamaran a los teléfonos de los Cullen. Algunos noticiarios locales incluirían ese misterio entre las novedades y especularían con la posibilidad de un crimen abyecto.

Es posible que la enorme casa blanca acabara quemada hasta los cimientos y que todos los miembros de la familia quedaran atrapados, aunque para realizar esa jugada iban a necesitar ocho cuerpos que, a grandes rasgos, tuvieran las dimensiones adecuadas. El incendio tendría que carbonizarlos hasta dejarlos irreconocibles e incluso hacer imposible el recurso de revisar los registros dentales para una posible identificación.

No me dejaría engañar por ninguna de esas tretas, pero iba a ser difícil encontrarlos si ellos no querían ser localizados. Yo disponía de todo el espacio del mundo para buscar, sin duda, y cuando tienes tiempo de sobra, puedes revisar todas las pajitas del pajar hasta descubrir cuál es la aguja.

En ese preciso momento no me molestaba tener que deshacer un pajar entero; así por lo menos tendría algo que hacer. Me molestaba pensar que tal vez estuviera desperdiciando mi oportunidad y que mi pasividad le diera tiempo de escapar a los chupasangre, si es que ése era su plan.

Podíamos ir esta noche y matar a todos los que encontráramos...

Me encantaba ese plan. Estaba seguro de que si yo acababa con algún miembro del clan, Edward lo sabría y vendría tras de mí en busca de venganza, y así yo tendría una oportunidad de acabar con él. No permitiría que mis hermanos lo derrotaran en manada: sería algo entre él y yo, y que ganara el mejor.

Pero Sam no querría ni oír el plan. "Nosotros vamos a respetar el tratado; que sean ellos quienes lo violen", me diría. Y total, nada más porque no teníamos prueba alguna de que los Cullen no habían hecho nada malo. Por ahora. Había que añadir eso. Todos sabíamos que era inevitable que lo hicieran, y Bella estaba a punto de regresar convertida en uno de ellos o de no regresar. De cualquier manera habrían tomado una vida humana y eso marcaría el comienzo del juego.

Paul se puso a rebuznar como demente en la otra habitación; debía de haber puesto una comedia o tal vez vio algún anuncio divertido. Lo que fuera, me sacaba de quicio.

Pensé en romperle otra vez la nariz, pero no quería pelearme con él. En realidad, no.

Intenté escuchar otros sonidos: el susurro del viento en los árboles, cuya sonoridad no se parece nada a lo que aprecian los oídos humanos. Había un millón de voces en el viento que yo era incapaz de oír en mi forma de hombre.

Pero tenía un sentido del oído muy aguzado. Podía escuchar los motores de los coches cuando entraban en la última curva, más allá de los árboles, desde la cual se podía ver la playa y la silueta de las islas, las rocas y el inmenso océano azul que se prolongaba hasta el horizonte. A los policías de La Push les encantaba tender emboscadas en ese sitio y repartir multas hasta hartarse, ya que, por lo general, los turistas no se fijaban en las señales indicadoras del límite de velocidad en las orillas de la carretera, y era obligatorio circular muy despacio.

Escuché voces procedentes de la playa en las inmediaciones de la tienda de recuerdos, el repiqueteo de la campanilla cada vez que se abría y se cerraba la puerta y el traqueteo de la caja registradora al imprimir cada recibo de compra.

También percibía el arrullo de la marea mientras lamía las rocas de la playa, y los gritos de los niños cuando el agua helada de las olas los sorprendía antes de que pudieran retirarse, y las quejas de las madres sobre la ropa empapada. Entonces descubrí una voz familiar...

Aguzaba el oído con toda mi concentración cuando la repentina carcajada del imbécil de Paul casi me hizo saltar de la cama.

—Largo de mi casa —rezongué.

Sabiendo que no me prestaba la menor atención, fui yo el que se largó. Abrí la ventana de un golpe seco y me subí al alféizar para irme sin tener que volver a ver a Paul. La tentación iba a ser demasiado grande: si lo volvía a ver iba a golpearlo de nuevo, y Rachel se enojaría mucho. Vería la sangre de su camisa y me echaría la culpa sin necesidad de más pruebas, y tendría razón, claro, pero igual se lo merecía.

Bajé a la playa paseando con las manos hundidas en los bolsillos. Nadie se molestó en voltear a mirarme cuando crucé el sucio garaje de First Beach. Ésa era una de las mejores cosas del verano: a nadie le importaba si sólo vestías unos shorts.

Seguí el sonido de una voz conocida y no tardé en toparme con Quil. Estaba en el extremo sur de la medialuna de la playa para evitar lo más grueso de la horda de turistas. Ahí estaba, lanzando un torrente de advertencias:

—Sal del agua, Claire. Vamos, no, no. Eh. Bien, bien. Le diré a Emily; ¿de veras quieres oírme gritar? No volveré a traerte a la playa nunca más si... ¿Ah, sí? No... Uf. Eso te parece divertido, ¿verdad? ¡Ja, ja! ¿Y ahora te da risa? ¿Eh, eh?

Cuando llegué hasta donde estaba, Quil sujetaba por el tobillo a una niña de risa tonta. La pequeña sostenía un balde en una mano; tenía los pantalones hechos una sopa y todo el frente de la camiseta empapado.

—Cinco pesos a favor de la niña —dije.

—Hola, Jake.

Claire dio un alarido y arrojó el balde a los pies de Quil.

—Abajo, abajo.

Él la depositó con mucho cuidado en la arena. La pequeña vino a gatas hasta mí y se aferró a mi pierna.

—Tito *Yeik.*

—¿Cómo la estás pasando, Claire?

—Quil *eztá mojao.*

—Ya lo veo. ¿Dónde está tu mamá?

—Ido, ido, *z'ha* ido —canturreó Claire—. *Cwair ze queda* con Quil *pada siempe.*

Me soltó y se fue corriendo hacia Quil. Éste la alzó en vilo y se la puso sobre los hombros.

—Parece que alguien acaba de cumplir la temible cifra de dos años…

—Tres —me corrigió Quil—. Te perdiste la fiesta temática. Fue de princesas. La niña hizo que me pusiera una corona y Emily tuvo la ocurrencia de que podían probar su nueva caja de maquillaje conmigo.

—Caray, de veras lamento no haber estado para ver eso.

—No te preocupes: Emily sacó fotos. De hecho, salí muy favorecido.

—Eres tan amanerado.

—Claire se la pasó en grande —repuso él, encogiéndose de hombros—, y de eso se trataba.

Puse los ojos en blanco. Es duro estar cerca de gente con la impronta, sin importar el estado de la relación, ya estuvieran a punto de culminar el enlace, como Sam, o se tratara de un caso como el de Quil, que se había convertido en una sufrida niñera. Irradiaban tanta paz y serenidad que daban ganas de vomitar.

Claire chilló sobre los hombros de Quil y señaló al suelo.

—*Queiello piedla onita, piedla onita, pada* mí, *pada* mí.

—¿Cuál, pequeña? ¿La roja?

—No, *doja* no.

Quil se dejó caer de rodillas. La niña dio otro chillido y le jaló los cabellos como si fueran las riendas de un caballo.

—¿La azulada?

—No, no, no —cantó la niña, encantada con el nuevo juego.

Lo más raro de todo es que Quil se lo estaba pasando genial, tanto o mejor que ella. Él no tenía la misma cara de tantos padres turistas que tenían escrita en el rostro la pregunta: ¿a qué hora es la siesta? En la vida había visto a un padre real tan encantado de jugar a cualquier tontería que se les ocurriera a sus mocosos. Yo había visto a Quil jugar al cucú durante una hora entera sin aburrirse.

Y ni siquiera podía burlarme de él por eso. Lo envidiaba mucho.

Aunque también pensaba que iba a tener que aguantarse sus buenos catorce años de celibato hasta que Claire le igualara la edad; lo bueno de ser hombre lobo es que no envejeces. Sin embargo, tener que esperar todo ese tiempo no parecía molestarle ni una pizca.

—¿Ni siquiera se te ocurre salir con alguien, Quil?

—¿Eh…?

—No, no, tú no —cacareó Claire.

—Ya sabes: salir con chicas de verdad, quiero decir, sólo por ahora, ¿no? Sólo en las noches libres de tus obligaciones de niñera.

Quil se quedó boquiabierto y me miró fijamente.

—¡*Pieda onita, pieda onita!* —se puso a gritar Claire en cuanto él dejó de ofrecerle alternativas, y empezó a golpearlo en la cabeza con los puñitos.

—Perdona, Claire, ¿y qué te parece esa preciosidad morada?

—No —dijo entre risas—. No *mo-dada*.

—Por favor, niña, dame una pista.

La pequeña lo pensó un segundo.

—*Ferde* —dijo al fin.

Quil miró detenidamente las rocas, estudiándolas. Eligió cuatro piedras con diferentes tonalidades de verde y se las ofreció.

—¿La quieres?

—*Zí.*

—¿Cuál?

—*Toas, toas.*

La chiquilla ahuecó las palmas y él dejó caer las piedrecillas en el hueco de las manos. Ella soltó una carcajada y lo golpeó con las piedras en la cabeza. Él hizo una exagerada mueca de dolor, se puso de pie y se dirigió al estacionamiento. Debía preocuparle que ella se resfriara con la ropa mojada. Era peor que cualquier madre paranoica y sobreprotectora.

—Disculpa si me porté un poco agresivo con lo de las chicas, hermano —me disculpé cuando volvió.

—No importa, está bien —repuso él—. Me tomó desprevenido, eso es todo. No había pensado en ello.

—Apuesto a que ella entendería que tú... ya sabes, mientras ella crece... No se enojará porque tú tengas una vida mientras ella use pañales.

—Sí, lo sé, lo sé; estoy seguro de que lo comprendería.

No dijo nada más.

—Pero no lo harás, ¿verdad? —aventuré.

—No me pasa por la cabeza, ni lo imagino —contestó con un hilo de voz—. Es sólo que... no veo a nadie más de ese modo; ya no veo a las chicas, ya no, no veo sus rostros.

—Pues si a eso le unes lo de la coronita y el maquillaje... No sé, no sé, tal vez Claire vaya a tener que preocuparse de otro género de competidores.

Quil soltó una carcajada y emitió un sonido de besitos en mi dirección.

—¿Estás libre el viernes, Jacob?

—Eso quisieras tú —repliqué, y le puse mala cara—. Sí, supongo que sí.

Vaciló un segundo antes de preguntar:

—¿Se te ha ocurrido salir con chicas?

Suspiré. Bueno, al fin y al cabo, yo había abierto esa puerta.

—Quizá deberías pensar en hacer tu vida, Jake.

Lo decía en serio y con tono compasivo, lo cual empeoraba todo un poco más.

—Tampoco yo veo las caras de las chicas, Quil, no las veo.

Él también suspiró.

En ese instante surgió un aullido del corazón del bosque, demasiado lejos y demasiado bajo para que ningún oído humano lo percibiera por encima del sonido de las olas.

—Maldición, ése es Sam —murmuró Quil, al tiempo que extendía las manos para tocar a Claire, como si quisiera asegurarse de que seguía allí—. ¡Y no sé dónde está su madre!

—Voy a ver de qué se trata. *Sitenecesitamos, teloharésaber* —farfullé las palabras a toda prisa, articulándolas mal—. Oye, ¿por qué no la llevas a casa de los Clearwater? Sue y Billy pueden encargarse de ella en caso de apuro, y tal vez ellos sepan dónde está la madre...

—De acuerdo. Ya vete, Jake.

Salí corriendo en línea recta hacia el bosque, en lugar de seguir el sucio sendero cubierto de maleza. Aparté violentamente la madera flotante acumulada por la marea y me abrí paso a través de las matas de brezo sin dejar de correr. Noté los rasguños conforme las espinas me desgarraban la piel, pero los ignoré. Sanarían antes de que llegara a los árboles.

Tomé un atajo por detrás de la tienda y me lancé como una bala hacia la carretera, donde al verme un conductor hizo sonar la bocina. Cuando estuve a salvo entre los árboles, alargué la zancada para correr todavía más deprisa. La gente no me hubiera quitado la vista de encima si lo hubiera hecho en plena playa, pues una persona normal es incapaz de correr a esa velocidad. A veces especulaba con lo divertido que sería participar en una carrera, en las pruebas de clasificación de los Juegos Olímpicos o algo por el estilo. Sería genial ver las caras de imbéciles de las estrellas del atletismo cuando los venciera a todos, pero estaba seguro de que en los análisis antidopaje acabarían encontrando algo realmente extraño en mi sangre.

Derrapé para frenar en cuanto llegué al bosque cerrado, libre de carreteras y de casas, para quitarme los shorts. Hice un atado con movimientos rápidos y prácticos y lo amarré a mi tobillo con un cordel de cuero. Comencé a transformarme incluso mientras terminaba los nudos. Una oleada de fuego me recorrió la columna, provocándome espasmos en brazos y piernas. La metamorfosis sucedió en un instante. La quemazón fluyó por todo mi cuerpo y yo sentí esa llama que hacía de mí algo más. Puse más fuerza en cada una de mis pesadas patas al pisar el suelo cubierto por la tupida vegetación y enderecé el lomo todo lo que pude.

El cambio de fase era de lo más fácil cuando me hallaba tan centrado como ese momento. El mal genio ya no me daba problemas y nada me sacaba de quicio, a menos que a alguien se le ocurriera mencionarlo, claro.

Durante medio segundo recordé la broma de mal gusto de la boda. Estuve a punto de enfurecer y el cuerpo se me descontroló. La rabia me hizo mella y sufrí convulsiones y fiebre alta. No logré transformarme y matar al monstruo, que estaba a unos metros de mí. Había sido de lo más confuso: me moría de ganas de matarlo, pero temía herirla a ella, y para ser sinceros, también a mis amigos. Luego, cuando al fin pude transformarme, llegó la orden del jefe de la manada. El edicto del líder. Habría matado allí mismo al asesino si aquella noche no hubiera estado Sam, si únicamente hubieran aparecido Quil y Embry…

Me fastidió que Sam hiciera prevalecer la ley así. Odiaba la sensación de no tener elección, de tener que obedecer.

Entonces tomé conciencia de que ya tenía audiencia. No estaba solo en mis pensamientos.

Siempre por tu cuenta, pensó Leah.

Sí, pero no lo oculto, Leah, repliqué.

Basta, niños, nos ordenó Sam.

Permanecimos en silencio. Noté la reacción molesta de Leah ante la palabra "niños". Andaba tan quisquillosa como de costumbre.

Sam optó por fingir que no se daba cuenta.

¿Dónde están Quil y Jared?

Quil tiene a Claire. La va a llevar a casa de los Clearwater.

Bien. Sue se hará cargo de ella.

Jared iba camino a la casa de Kim, informó Embry. *Hay muchas posibilidades de que no te haya oído.*

Un sordo gruñido de queja recorrió la manada. También yo me quejé. Cuando por fin Jared se dignara a aparecer, todavía tendría la mente puesta en Kim, y ninguno tenía ganas de una repetición de todo lo que habían hecho hasta ese momento.

Sam se sentó sobre los cuartos traseros y soltó otro alarido que rasgó el aire. Era una señal, y también una orden.

La manada se había reunido a escasos kilómetros de donde yo estaba. Corrí a grandes zancadas por el tupido bosque en dirección hacia ella. Leah, Embry y Paul también se esforzaban por llegar cuanto antes. Leah estaba tan cerca que podría oír sus pasos de un momento a otro. Continuamos nuestro avance paralelamente, pero evitamos correr juntos.

Bueno, no lo vamos esperar todo el día. Tendrá que alcanzarnos luego.

¿Qué pasa?, quiso saber Paul.

Tenemos que hablar. Sucedió algo.

Sentí una vacilación en los pensamientos de Sam respecto a mí, y no sólo en él: también en Seth, en Collin y en Brady. Los chicos nuevos, Collin y Brady, habían ido a patrullar con Sam hoy mismo, así que debían estar al tanto de lo que él supiera. No sabía por qué Seth ya estaba ahí y estaba al tanto del asunto. No era su turno.

Diles lo que oíste, Seth.

Apreté el paso, deseando estar presente. Escuché cómo Leah aceleraba su carrera. Odiaba que la dejaran atrás, pues según ella tenía el mérito de ser el miembro más rápido de la manada.

Iguala esto, tarado, siseó, y entonces echó a correr de verdad. Hundí las uñas en la tierra y me propulsé hacia delante.

Sam no parecía estar de humor para soportar nuestras tonterías de costumbre.

Jake, Leah, más despacio, ¿sí?

Ninguno de los dos aminoró el paso.

Sam gruñó, pero lo dejó pasar.

¿Seth?

Charlie estuvo llamando por teléfono a casa hasta que encontró a Billy.

Sí, yo hablé con él, añadió Paul.

El júbilo corrió por mis venas cuando escuché mencionar el nombre de Charlie. Listo: la espera había terminado. Corrí todavía más rápido, obligándome a respirar, a pesar de que súbitamente me noté sin aliento.

¿Cuál de las posibles historias iba a ser?

El jefe de la policía estaba como loco. Supongo que Edward y Bella llegaron a casa la semana pasada y...

El movimiento de mi pecho se ralentizó.

Ella estaba viva, o al menos no estaba muerta-muerta.

No comprendía qué diferencia podía significar para mí. Ahora me daba cuenta de que la había dado por muerta durante todo aquel tiempo. Noté que nunca había creído que Edward la trajera de vuelta con vida, pero eso daba igual, porque sabía qué iba a suceder a continuación.

Sí, tío, y ahora vienen las malas noticias: Charlie habló con ella y tenía muy mala voz. Bella le dijo que estaba muy enferma; luego Carlisle tomó el teléfono y le explicó que la joven había contraído en Sudamérica una enfermedad de lo más extraño, y que estaba en cuarentena. Charlie se puso como energúmeno cuando le dijo que ni siquiera él podía verla. Insistió en que quería verla sin importarle la posibilidad de contagiarse, pero Carlisle no dio su brazo a torcer: nada de visitas. Le explicó a Charlie que el caso era grave, pero que estaba haciendo cuanto estaba en sus manos. Charlie se lo ha estado guardando durante días, y al final se ha decidido a llamar a Billy. Le dijo que hoy su voz se escuchaba peor.

Se hizo un profundo silencio en las mentes de todos cuando Seth concluyó. Todos comprendimos.

Así que Bella iba a morir a causa de esa enfermedad, al menos hasta donde Charlie sabía. ¿Lo dejarían ver el cadáver de piel nívea, perfectamente inmóvil y sin respirar? No le permitirían tocar el cadáver para que no pudiera apreciar la dureza de los músculos. Los vampiros iban a tener que esperar hasta que ella fuera capaz de refrenarse y no matar ni a Charlie ni a los demás asistentes al funeral. ¿Cuánto tiempo sería necesario?

¿La enterrarían? ¿Saldría ella por sus propios medios o la sacarían del ataúd los propios chupasangre?

El resto de los lobos respondió con un silencio sepulcral a mis especulaciones. Yo era capaz de ahondar en ese tema mucho más que cualquier otro.

Leah y yo llegamos al claro prácticamente a la vez, aunque ella estaba segura de haberme ganado por medio hocico. La loba se sentó sobre los cuartos traseros junto a su hermano mientras que yo me dirigía a ocupar mi lugar a la derecha de Sam. Paul se movió para hacerme espacio en mi sitio.

Volví a ganar, pensó Leah, pero apenas si la oí, pues me preguntaba por qué era el único que estaba sobre las cuatro patas. Tenía erizada la pelambrera de los hombros a causa de la impaciencia.

Bueno, ¿y qué estamos esperando?, inquirí.

Nadie dijo nada, pero noté el zumbido de su vacilación.

Oh, vamos, ¡rompieron el tratado!

No tenemos prueba alguna, quizá esté enferma de verdad...

¡Por favor!

Está bien, de acuerdo, la evidencia es circunstancial y muy probable, pero aun así... El pensamiento de Sam se hizo más lento y vaciló. *¿Estás seguro de que eso es lo que quieres? ¿De veras es lo correcto? Todos sabemos que ése era el deseo de Bella.*

El tratado no menciona para nada las preferencias de la víctima, Sam.

¿Es una víctima de verdad? ¿Tú la consideras como tal?

¡Sí!

No son nuestros enemigos, Jake, terció Seth.

¡Cierra la boca, niño! Que sientas una adoración enfermiza por esa sanguijuela, como si fuera un héroe, no cambia la ley. Son nuestros adversarios. Están en nuestro territorio. Acabemos con ellos. Me importa poco si hace tiempo la pasaste bien luchando junto a él.

Bueno, ¿y qué vas a hacer cuando Bella luche a su lado, Jacob? ¿Eh?, inquirió Seth.

Ya no será Bella.

¿Y serás tú quien acabe con ella?

Di un respingo. Fui incapaz de evitarlo.

No, no serás tú, ¿verdad? ¿Y entonces qué?, ¿le guardarás eterno rencor a quienquiera que lo haga?

Yo no voy a…

Claro, por supuesto que no… No estás preparado para esta lucha, Jacob.

El instinto me superó y me agazapé, listo para dar un salto, sin dejar de gruñirle al lobo flacucho de pelaje color arena que se hallaba al otro lado del círculo.

¡Jacob! me regañó Sam. *Seth, cierra la boquita un rato, ¿quieres?*

El interpelado asintió con su enorme cabeza lobuna.

Maldita sea, ¿qué me perdí?, pensó Quil, que venía corriendo a toda prisa al lugar de la reunión. *Oí algo del telefonazo de Charlie…*

Estábamos a punto de irnos, le contesté. *¿Por qué no pasaste por la casa de Kim y te trajiste a Jared del cuello? Vamos a necesitar la participación de todos.*

Ven aquí sin desviarte, Quil, ordenó Sam. *Todavía no hemos decidido nada.*

Gruñí.

Jacob, debo pensar qué le conviene más a la manada. Tengo que elegir el mejor camino posible para la protección de todos, y los tiempos han cambiado desde que los ancestros sellaron el acuerdo; la verdad, no creo que los Cullen vayan a hacernos daño alguno. Además, también estamos seguros de que no se quedarán por aquí mucho tiempo. Lo más probable es que se larguen en cuanto hayan contado su historia, y entonces nuestras vidas volverán a la normalidad.

¿Normalidad?

Se defenderán si los atacamos, Jacob.

¿Tienes miedo?

¿Estás preparado para perder a un hermano? Hizo una pausa. *¿Y a una hermana?,* añadió, como si se le acabara de ocurrir ese pensamiento.

No le temo a la muerte.

Me consta, Jacob. Lo único que pongo en tela de juicio es la validez de tu criterio en este asunto.

Miré fijamente los ojos negros de Sam.

¿Pretendes respetar el tratado de nuestros padres o no?

Respeto a la manada. Hago lo mejor para ella.

Cobarde.

Se le tensaron los músculos del hocico y me enseñó los dientes.

Ya basta, Jacob. Esto es superior a ti. El tono de la voz mental de Sam cambió para adoptar un extraño tono que resultaba imposible desobedecer. La voz del alfa, el líder de la manada. Recorrió con la mirada a todos y cada uno de los lobos sentados en círculo. *La manada no va a atacar a los Cullen sin provocación previa. El espíritu del tratado está vigente, pues no representan peligro alguno para nuestro pueblo ni para la gente de Forks. Bella Swan hizo una elección consciente y estaba informada. No vamos a castigar a nuestros antiguos aliados por culpa de esa decisión.*

Escucha, escucha eso, pensó Seth con entusiasmo.

Creo haber dicho que te calles, Seth.

Oh. Perdóname, Sam.

¿A dónde crees que vas, Jacob?

Abandoné el círculo en dirección hacia el este para poder darle la espalda.

Voy a despedirme de mi padre. Al parecer no tiene sentido que siga pudriéndome aquí más tiempo.

Ay, Jake… ¡No lo hagas otra vez!

Cállate, Seth, pensaron varias voces al unísono.

No queremos que te vayas, me dijo Sam, dulcificando el tono anterior.

Doblega mi voluntad para evitar que me vaya, Sam. Conviérteme en un esclavo.

Sabes que no voy a hacerlo.

En ese caso, no hay nada más que decir.

Me alejé de ellos a la carrera, intentando con todas mis fuerzas no pensar en mi siguiente movimiento. En vez de eso, me concentré en los recuerdos de mis meses lobunos, cuando abandoné tanto el lado humano que fui más lobo que hombre: vivir el momento, comer si tenía apetito, dormir cuando estaba fatigado, beber cuando me azuzaba la sed, y correr, correr por correr. Deseos simples y respuestas sencillas a estímulos simples. El dolor se administra mejor cuando uno habita en formas elementales. El calvario del hambre. El suplicio de pisar el hielo con las patas. El daño inflingido por unas garras cuando la presa conserva las fuerzas intactas. Cada dolor tenía una respuesta simple, una acción clara para poner fin al sufrimiento.

Nada que ver con la forma humana.

Necesitaba mantener en privado mis pensamientos, por lo cual adopté la forma de hombre en cuanto estuve suficientemente cerca de mi casa como para llegar a ella de una carrera.

Desaté los shorts y me los puse. Luego eché a correr hacia la casa.

Lo había logrado: había ocultado mis pensamientos y ahora era demasiado tarde para que Sam pudiera detenerme, pues ya no podía escucharme.

Sam había dado una orden muy clara: la manada no iba a atacar a los Cullen. De acuerdo.

Sin embargo, no había dicho nada en contra de actuar en solitario.

No: la manada no iba a realizar ataque alguno el día de hoy.

Pero yo sí.

9. Tan seguro como que el infierno existe, que no ve lo que se avecina

La verdad era que no tenía intención alguna de despedirme de mi padre.

Después de todo, bastaría un telefonazo rápido a Sam para que me estropeara la jugada. Me interceptarían y me obligarían a retroceder. Probablemente intentarían hacerme enojar o herirme para que entrara en fase. Entonces, el líder de la manada daría otra orden con su voz de alfa.

Pero Billy me estaba esperando, pues intuía que mi estado de ánimo debía estar alterado.

Estaba en el patio, sentado en la silla de ruedas, con los ojos clavados en el lugar del bosque por donde yo había aparecido. Leí en su rostro cómo evaluaba la dirección que tomé: fui directo a mi garaje, sin pasar por la casa.

—¿Tienes un minuto, Jake? —dejé que mis pies acortaran la marcha hasta detenerme. Lancé dos miradas, una a él y otra al garaje—. Vamos, chico, por lo menos ayúdame a entrar.

Rechiné los dientes, pero supuse que probablemente él tendría menos problemas con Sam si pasaba con él unos minutos para lograr engañarlo.

—¿Y desde cuándo necesitas ayuda, viejito?

Soltó una de sus carcajadas retumbantes.

—Tengo los brazos cansados después de haber recorrido todo el camino desde casa de Sue.

—Pero si es colina abajo y estuviste de perezoso todo el día.

Empujé la silla, la subí por la pequeña rampa que le había hecho y entramos en la sala.

—No me sueltes... Parece que alcancé los setenta por hora. Uf, fue genial.

—La silla va a acabar convertida en un cacharro, y luego tendrás que arrastrarte sobre los codos.

—Ni lo sueñes. Tú tendrás que cargarme.

—Pues no sé por qué intuyo que no vas a ir a muchos lugares.

—¿Queda algo de comer? —preguntó mientras apoyaba las manos en las ruedas y se empujaba hasta el refrigerador.

—Tú permitiste que Paul se quedara aquí todo el día, así que no te quejes si no hay nada.

Billy suspiró.

—Habrá que empezar a esconder la comida si no queremos pasar hambre.

—Dile a Rachel que se quede aquí.

El tono bromista desapareció de la voz de Billy y su mirada de acero perdió parte de su dureza.

—Sólo viene a casa unas cuantas semanas al año y es la primera vez que está aquí desde hace mucho. Todo esto es más duro para tus hermanas porque eran mayores que tú cuando murió tu madre. Les resulta mucho más difícil hacer de este sitio su hogar.

—Lo sé.

Rebeca no había regresado desde su boda, aunque su excusa era de primera: los pasajes de avión desde Hawai costaban una fortuna. Washington estaba demasiado cerca para que Rachel tuviera el mismo pretexto. Se iba a clases directamente después de los semestres de verano, pero en vez de volver a casa doblaba turnos en algún restaurante o café del campus. Se hubiera largado de inmediato de no ser por Paul, y supongo que ése era el motivo por el cual Billy no le daba una patada.

—Bueno, tengo que ir a solucionar unas cositas —dije mientras me dirigía hacia la puerta trasera.

—Espera un momento, Jake. ¿No me vas a poner al corriente? ¿Acaso no los llamó Sam para informarles?

Permanecí de espaldas a él para ocultar el rostro.

—No pasó nada. Sam va a sacar el pañuelito para despedir a los Cullen. Supongo que ahora somos una pandilla de admiradores de esas sanguijuelas.

—Jake…

—No quiero hablar de eso.

—¿Te vas, hijo?

Se hizo el silencio en la habitación durante un largo rato mientras yo pensaba una contestación.

—Así Rachel podrá recuperar su cuarto. Sé cuánto odia esa colchoneta…

—Ella preferiría dormir en el suelo antes que perderte. Igual que yo.

Resoplé.

—Jacob, por favor, si necesitas un respiro, tómatelo, pero que no sea tan largo como la última vez. Y regresa.

—Tal vez, tal vez me aparezca para las bodas. Vendré a la de Sam y luego a la de Rachel, aunque tal vez Jared y Kim se casen antes. Probablemente necesite un traje o algo así…

—Mírame, Jake.

Me di la vuelta muy despacio.

—¿Qué?

Me miró a los ojos durante un minuto largo.

—¿A dónde vas?

—No tengo pensado un lugar específico.

Ladeó la cabeza y entrecerró los ojos.

—¿Ah, no?

Volvimos a mirarnos el uno al otro mientras transcurrían los segundos.

—Jacob —me dijo con voz suave—, no lo hagas, Jacob. No vale la pena.

—No sé de qué me hablas.

—Deja ir en paz a Bella y a los Cullen. Sam tiene razón.

Lo miré durante otro instante antes de cruzar la habitación de dos zancadas largas. Agarré el teléfono, desconecté el cable gris y me lo guardé en la palma de la mano.

—Adiós, papá.

—Jake, espera… —me llamó a mis espaldas. Pero yo ya había cruzado la puerta y estaba corriendo.

Iría más despacio en moto que a pie, pero resultaba más discreto. Me pregunté cuánto tiempo necesitaría Billy para impulsarse hasta la tienda y telefonear a alguien que pudiera darle un recado a Sam. Aposté a que éste todavía seguiría en forma lobuna. El problema sería que Paul regresara a nuestra casa antes de tiempo. Él podía transformarse en un segundo e informar a Sam de lo sucedido…

No me preocuparía; me daría toda la prisa posible y ya haría frente a ese problema cuando no me quedara más remedio… si es que me alcanzaban.

La moto cobró vida en cuanto di una patada al pedal, y descendí por la vereda enlodada sin mirar atrás cuando pasé delante de la casa.

Los coches de los turistas llenaban la carretera. Rebasé a varios por ambos lados del carril, lo que me permitió adelantar a los vehículos y me hizo acreedor a una buena serenata de bocinazos y el "saludo" de unos cuantos dedos. Enfilé hacia la 101 a ciento diez por hora sin molestarme en mirar a los lados y tuve que inclinarme hasta la línea de equilibrio para evitar la embestida de una pequeña camioneta. No me hubiera matado, pero sí me hubiera demorado, pues los huesos tardaban días en soldar, al menos los grandes, lo sabía bien.

El tránsito estaba un poco más fluido en la carretera sin peaje, así que subí a ciento treinta. No toqué el freno hasta que no estuve cerca del estrecho camino de entrada. Supuse que para entonces ya estaría a salvo; Sam no vendría tan lejos para detenerme. Era demasiado tarde.

No empecé a pensar en mi próximo movimiento hasta ese momento, cuando estuve seguro de que iba a poder llevarlo a cabo. Reduje a treinta y avancé haciendo eses entre los árboles con cuidado y a menor velocidad de la necesaria.

Me oirían llegar, lo sabía, razón por la cual el factor sorpresa estaba fuera de lugar, y tampoco había forma de disimular mis intenciones, ya que Edward leería mi mente en cuanto me acercara lo suficiente. Quizá ya lo había hecho, pero pensaba que las cosas podían salir bien: contaba con su ego a mi favor. Él querría luchar conmigo a solas.

Por eso me limité a caminar en busca de la famosa evidencia de Sam por mis propios medios antes de desafiar a Edward a un duelo.

Bufé. Probablemente el parásito disfrutaría de la carga dramática.

Una vez que hubiera matado a Edward, tenía intenciones de llevarme por delante a todos los vampiros que pudiera antes de que me aniquilaran. Y bueno, me preguntaba si Sam no consideraría mi muerte una provocación. Tal vez diría que me llevé mi merecido; era muy posible: no querría ofender a sus amigos del alma, los chupasangre.

El recorrido concluyó en un prado, donde recibí en pleno rostro el impacto de un hedor a putrefacción similar al de tomates echados a perder. Puaj. Vampiros apestosos. El estómago me dio un vuelco; sería difícil soportarlo así sin estar entremezclado con efluvio humano alguno, como había ocurrido en mis otras visitas, aunque no tan insoportable como si lo olisqueara siendo lobo.

No estaba muy seguro de qué podía esperar, pero no había indicio alguno de vida en torno de la gran cripta blanca. Por supuesto, ellos ya estaban enterados de mi presencia en el lugar.

Apagué el motor y agucé el oído en el silencio. Percibí tensión y enojo en los murmullos que surgieron al otro lado de la puerta. Había alguien en la casa. Sonreí al oír mi nombre, feliz de pensar que les estaba causando cierto desasosiego.

Respiré hondo y tomé una bocanada de aire puro, sabiendo que adentro iba a ser peor, y me planté en las escaleras del porche de un brinco.

El doctor abrió la puerta sin darme oportunidad de golpearla con el puño y permaneció en el umbral, mirándome con gesto grave.

—Hola, Jacob —saludó con más calma de la que yo había esperado—. ¿Cómo estás?

Tomé aire por la boca, ya que por la puerta entreabierta se filtraba una pestilencia abrumadora.

El recibimiento de Carlisle fue una decepción. Hubiera preferido que Edward cruzara la puerta con las fauces ya abiertas. El doctor Cullen era tan... humano, o algo por el estilo. Quizá fue por las visitas a mi casa que hizo la primavera pasada cuando yo estaba herido. Por eso me sentía muy incómodo mirándolo a la cara, sabiendo que mi intención era matarlo si podía.

—Supe que Bella regresó viva.

—Jacob, éste no es el mejor momento, de verdad —el medicucho parecía incómodo también, pero no como yo había previsto—. ¿Podemos arreglar esto más tarde?

Lo miré atónito. ¿Me estaba pidiendo que pospusiéramos un enfrentamiento a muerte hasta un momento más oportuno?

Entonces oí la voz quebrada y áspera de Bella y ya no pude pensar en nada más.

—¿Por qué no? —le preguntó ella a alguien—. ¿También le guardaremos el secreto a Jacob? ¿Para qué?

La voz de mi amiga no sonaba tal como yo había supuesto. Intenté recordar las voces de los vampiros contra quienes había combatido en primavera, pero mis recuerdos se limitaban a simples gañidos. Quizá esos neonatos no tenían la voz sonora y penetrante de los más antiguos. Quizá todos los vampiros recién convertidos hablaran con voz gutural.

Los ojos entornados de Carlisle se tensaron.

—Entra, por favor, Jacob —pidió ella con voz estridente.

Me pregunté si no estaría sedienta. También yo entrecerré los ojos.

—Disculpe —le dije al doctor, mientras lo rodeaba para entrar.

Era difícil dar la espalda a uno de ellos, iba contra todos mis instintos, pero lo hice. Si había algo parecido a un vampiro confiable, era aquel jefe suyo tan extrañamente amable.

Me apartaría de Carlisle cuando empezara la lucha. Podía dejarlo fuera y aun así habría suficientes vampiros para matar.

Entré con desconfianza en la casa, con la espalda pegada a la pared, y recorrí la sala con la mirada. No la reconocí. La última vez que había estado allí había sido el escenario de una fiesta. Ahora todo era de un blanco apagado, lo cual incluía al grupo de seis vampiros que se agrupaban en torno del sofá blanco.

Allí estaban, todos juntos, pero no fue eso lo que me heló la sangre en las venas e hizo que se me abriera la mandíbula hasta el suelo.

Fue Edward; él y la expresión de su rostro.

Lo había visto enojado y también arrogante, y en una ocasión con el semblante lleno de dolor, pero aquellas facciones estaban más allá de la agonía. El tipo estaba medio desquiciado. Ni siquiera alzó los ojos para mirarme. Mantenía la mirada fija en el sofá con una expresión que hacía creer que alguien le había prendido fuego, y no apartaba las manos crispadas del asiento.

Ni siquiera tuve oportunidad de saborear su angustia, pues sólo había una cosa capaz de ponerlo en semejante estado, así que seguí la dirección de su mirada.

La vi en cuanto percibí su aroma.

Un nítido y claro efluvio humano.

Bella se hallaba semioculta tras el brazo del sofá, hecha un ovillo flácido en posición fetal. Durante un segundo sólo pude ver que ella seguía siendo la joven que amaba: la piel mantenía ese suave tono melocotón y las pupilas de los ojos conservaban el color achocolatado. El corazón empezó a latirme de un modo extraño y desacompasado, a tal punto que me pregunté si no estaría viviendo algún sueño extraño del que estaba a punto de despertar.

Entonces la observé de verdad.

Tenía grandes ojeras debajo de unos ojos saltones a causa de lo chupado del rostro. ¿Estaba más delgada? La piel de su rostro parecía estirada, como si los pómulos fueran a rasgarla de un momento a otro. Tenía recogido el pelo revuelto y unos cuantos mechones de aspecto descuidado se le pegaban a la frente y al cuello. La debilidad de los dedos y las muñecas le conferían un aspecto tan frágil que daba miedo.

Estaba enferma. Muy enferma.

No era mentira. La historia que Charlie le había contado a Billy era cierta. Fue un milagro que los ojos no se me salieron de las cuencas, y mientras la miraba, su piel adquirió una tonalidad verdosa.

La sanguijuela rubia y atractiva, la tal Rosalie, se inclinó sobre ella de un modo protector que me pareció extraño, para impedir que la viera.

Eso no tenía sentido. Yo conocía a la perfección lo que Bella pensaba respecto a casi todo. Sus pensamientos eran de lo más obvio; a veces tenía la impresión de que los llevaba escritos en la frente; por eso no hacía falta que ella me contara todos los detalles de una situación para que yo entendiera todo. Sabía que a ella no le gustaba Rosalie por el modo en que fruncía los labios cuando hablaba de ella, y no sólo no le gustaba: le tenía miedo. O al menos así había sido antes...

Ahora no había rastro alguno de temor en Bella cuando alzó la vista hacia Rosalie. Su expresión parecía pedir disculpas o algo parecido. Entonces la vampira tomó una palangana del suelo y la puso a la altura del pecho justo a tiempo para que Bella pudiera vomitar en ella escandalosamente.

Edward se puso de rodillas junto a la enferma con un brillo atormentado en la mirada. Rosalie extendió un brazo para obligarlo a retroceder.

Nada de esto tenía sentido.

Bella me dirigió una débil sonrisa cuando al fin logró alzar la mano. Parecía un poco avergonzada.

—Lamento todo esto —admitió con un hilo de voz.

Edward soltó un quejido muy bajo mientras mantenía la cabeza hundida sobre las rodillas de Bella, que puso una mano sobre la mejilla de él como si lo estuviera consolando.

No comprendí que mis piernas habían actuado por voluntad propia y había avanzado hasta que Rosalie soltó un siseo y se interpuso entre el sofá y yo. Parecía un personaje de televisión. Daba igual que estuviera allí; no parecía real.

—No, Rose, no —susurró Bella—. Está bien.

La rubia se apartó de mi camino, aunque noté lo mucho que le molestaba la concesión. Me puso mala cara mientras se acuclillaba junto a la cabeza de Bella, con todos los músculos preparados para saltar. Ignorarla olímpicamente fue más fácil de lo que hubiera imaginado.

—¿Qué te pasa, Bella? —murmuré. Sin darme cuenta, casi sin pensarlo, yo también me había arrodillado y estaba inclinado sobre el respaldo del sofá, enfrente de su… esposo. Él no pareció percatarse de mi presencia y yo apenas si lo miré. Alargué las manos para tomar la mano libre de Bella. Estaba helada—. ¿Estás bien?

Era una pregunta estúpida, y no la contestó.

—Me alegra que hayas venido a verme hoy, Jacob.

Edward no era capaz de leer los pensamientos de Bella, pero la frase tuvo un significado para él que yo no entendí, pues se lamentó de nuevo. Ella se agitó bajo la manta que la cubría y acarició la mejilla de su marido.

—¿Qué te ocurre, Bella? —insistí mientras entrelazaba sus dedos fríos y frágiles entre los míos.

Ella miró a su alrededor en lugar de responderme. Daba la impresión de que buscaba algo con la mirada, en la que se entremezclaban una súplica y una advertencia. Seis pares de ojos dorados la contemplaron fijamente. Al final, ella se volvió hacia Rosalie.

—¿Me ayudas a levantarme, Rose? —pidió. La interpelada frunció los labios, dejando los colmillos al descubierto, y me fulminó con la mirada, como si quisiera rajarme la garganta. Estaba seguro de que ése era su deseo—. Por favor, Rose.

La rubia me dedicó un gesto de desprecio, pero volvió a inclinarse sobre ella, cerca de Edward, que no se movió ni un centímetro. Ella puso con cuidado su brazo debajo de los hombros de Bella.

—No, no la levantes… —susurré. Parecía tan débil.

—Responderé a tu pregunta —me dijo con un tono de voz más parecido al que solía usar para dirigirse a mí.

Rosalie la levantó del sofá. Edward se quedó donde estaba, aunque su cabeza fue resbalando hasta hundirse entre los almohadones. La manta cayó al suelo a los pies de Bella.

Ella tenía el vientre abultado y el torso se le había redondeado de un modo enfermizo, para nada normal. Se marcaba bajo la gastada sudadera gris que le quedaba muy ancha a la altura de hombros y brazos. El resto del cuerpo de la enferma parecía más chupado; daba la impresión de que el abombamiento hubiera crecido gracias a la sustancia que le había extraído a ella. Necesité unos momentos antes de comprender en qué parte se había producido la deformidad. No me di cuenta hasta que la vi deslizar con ternura los brazos alrededor del vientre hinchado. Arriba y abajo. Como si lo estuviera acunando.

Entonces lo vi, pero seguía sin dar crédito a mis ojos. La había visto hacía un mes exacto. No había forma de que ella pudiera estar embarazada, no tanto, no de ese modo.

Pero lo estaba.

No quise verlo ni darle vueltas al asunto. No deseaba imaginarlo a él dentro de ella. No quería enterarme de que alguien a quien odiaba tanto había echado raíces en el cuerpo que yo amaba con todas mis fuerzas. Sentí náuseas y tuve que tragar saliva y hacer un esfuerzo para no vomitar.

Pero era peor que eso, oh sí, mucho peor. El cuerpo quebrantado y ese rostro reducido a piel y huesos me hicieron suponer que ella tenía ese aspecto tan desmejorado y se hallaba en un estado de gestación tan avanzado porque fuera lo que fuera que tuviera en su vientre, le estaba sorbiendo la vida para alimentarse.

Porque era un monstruo, igual que el padre.

Siempre supe que Edward acabaría por matarla.

Él levantó la cabeza en cuanto leyó esas palabras en mi mente. Hacía un segundo los dos estábamos de rodillas, y al siguiente se había puesto de pie, irguiéndose sobre mí. Sus ojos eran intensamente negros y los círculos de las ojeras tenían un tinte amoratado.

—Sal de aquí, Jacob —gruñó.

Me puse de pie y lo miré. Él era la razón de mi presencia.

—Acabemos con esto —acepté.

El grandulón, Emmett, avanzó hasta ponerse a un lado de Edward, mientras el de aspecto ávido, Jasper, se colocaba justo detrás de él. No me importó. Quizá la manada encontrara mis restos cuando me hubieran despedazado; quizá no. Eso era irrelevante.

Durante una fracción de segundo alcancé a ver a los otros dos miembros de la familia situados detrás: Esme y Alice, menudas y de una feminidad perturbadora. Bueno, estaba seguro de que los varones me matarían antes de tener que enfrentarme a ellas. No quería matar mujeres, aunque fueran vampiras. Pero tal vez hiciera una excepción con esa rubia.

—No —pidió Bella, jadeante, lanzándose hacia adelante, tambaleándose, para sujetar el brazo de Edward.

Rosalie se movió con ella como si estuvieran encadenadas.

—Necesito hablar con él, sólo eso —contestó Edward en voz baja, dirigiéndose únicamente a ella. Alzó una mano para tocarle el rostro y acariciarla. Al contemplar ese gesto me encendí y lo vi todo rojo, todo en llamas. ¡Cómo podía tocarla de esa manera después de todo lo que le había hecho!—. Nada de esfuerzos —continuó con tono de súplica—. Descansa, por favor, los dos regresaremos en unos minutos.

Ella estudió el rostro de su esposo intentando averiguar sus intenciones. Luego asintió y se dejó caer en el sofá. Rosalie le ayudó a acomodarse sobre los cojines. Bella me contempló fijamente e intentó atrapar mi mirada.

—Pórtate bien —insistió—, y luego, regresa.

No le respondí. Hoy no podía prometer nada. Desvié la mirada y seguí a Edward hacia la puerta de la entrada.

Una vocecita me habló en la mente con un tono casual e inconexo, haciéndome notar que separarlo del clan no había sido tan difícil.

Él siguió caminando sin preocuparse por verificar si estaba a punto de abalanzarme sobre sus desprotegidas espaldas. Supuse que no necesitaba volverse para comprobar eso. Lo sabría en cuanto lo decidiera, lo cual significaba que cuando lo hiciera tendría que adoptar la resolución en un instante.

—Todavía no estoy listo para que me mates, Jacob Black —susurró mientras se alejaba de la casa con paso rápido—. Deberás tener paciencia.

Como si me importaran sus problemas de agenda. Solté un gruñido bajo.

—La paciencia no se me da bien.

Prosiguió andando, quizá unos doscientos metros más, por el camino en dirección opuesta a la casa, y yo le pisaba los talones. Yo ardía por dentro y los dedos me temblaban. Estaba al límite, listo y a la espera.

Se detuvo sin previo aviso y giró sobre sí mismo para darme la cara. Su expresión volvió a dejarme helado.

Durante un instante no fui más que un niño, un chiquillo que no ha salido de su pueblo minúsculo en toda su vida. Sólo un chiquillo. Lo supe porque iba a tener que vivir mucho y sufrir más para comprender la lacerante agonía que había en los ojos de Edward.

Levantó una mano como si fuera a secarse el sudor de la frente, pero los dedos se hundieron en su rostro y durante un instante dio la impresión de que se iba a arrancar esa piel de granito. Un fuego iluminaba sus ojos desorbitados, que parecían ver cosas que no estaban allí. Tenía la boca entreabierta, como si fuera a gritar, pero no profirió sonido alguno.

Era el semblante de un hombre consumido por el sufrimiento.

Durante unos segundos fui incapaz de articular palabra. Ese rostro era demasiado real. Lo había atisbado dentro de la casa, lo había visto en los ojos de ella y también en los de él, pero aquello era la confirmación. El último clavo en el ataúd de Bella.

—El feto la está matando, ¿no es así? Se está muriendo.

Cuando pronuncié esas palabras, supe que mi dolor era una versión levemente atenuada del suyo, atenuada y diferente. Era diferente porque en mi fuero interno yo la había perdido ya muchas veces y de formas muy distintas, y también porque no podía perder lo que nunca me había pertenecido.

Y distinto porque no era culpa mía.

—La culpa es mía —susurró Edward.

Se le doblaron las rodillas y se vino abajo, quedando delante de mí, en un estado de completa vulnerabilidad. Resultaba difícil concebir un objetivo más sencillo, pero ahora yo estaba frío como la nieve: ya no había fuego alguno en mí.

—Sí —gimió con la vista puesta en la tierra, como si se lo estuviera confesando al suelo—, sí, la criatura la está matando.

Su indefensión absoluta me enfureció. Yo buscaba una lucha, no una ejecución. ¿Dónde estaban ahora su superioridad y su condescendencia?

—¿Y por qué Carlisle no hace algo? —grité—. Es médico, ¿no? ¡Pues que se lo saque!

Entonces alzó la vista.

—Ella no nos lo permite —me contestó con voz cansada y la misma desgana del maestro que le explica por décima vez lo mismo a un niño de guardería.

Necesité un minuto largo para digerir aquello. Sufrir, sacrificarse y morir por el engendro del monstruo. ¡Muy propio de Bella!

—La conoces bien —susurró—. ¡Qué rápido lo notaste...! No me di cuenta, o al menos no a tiempo. Ella no me lo contó durante el viaje de regreso. Pensé que estaba asustada, lo cual era muy normal. Creí que se había enojado por haberla obligado a pasar por todo aquello, por poner en peligro su vida...

una vez más. Nunca sospeché sus verdaderas intenciones ni el propósito que había adoptado. No hasta que nos reunimos con mi familia en el aeropuerto y ella se lanzó corriendo a los brazos de Rosalie, ¡de Rosalie! Fue entonces cuando lo comprendí, cuando leí el pensamiento de Rosalie, sólo entonces. Y tú lo comprendiste al cabo de un segundo...

Dejó escapar lo que era en parte un suspiro y en parte un gemido.

—Alto, un momento, repite eso de que no los va a dejar... —la nota de sarcasmo de mi voz cargó de acidez la frase—. ¿Son estúpidos? ¿No se han dado cuenta de que ella tiene la fuerza normal de una chica de cincuenta kilos? Basta someterla y drogarla.

—Ésa fue mi intención, y Carlisle hubiera estado dispuesto...

¿Qué? ¿Ahora resulta que eran demasiado caballerosos?

—No es eso, Jacob, es que la guardaespaldas de Bella complica las cosas.

Ah. No le hallaba ni pie ni cabeza a la historia de Edward hasta ese momento, pero ahora sí me cuadraba todo: así que ése era el papel de la rubia, pero ¿qué interés tiene ella en todo este asunto? ¿Acaso la reina de la belleza quiere que Bella sufra esa muerte?

—Quizá —contestó Edward—. Rosalie no ve esto de la misma manera.

—Bueno, pues entonces primero se neutraliza a la rubia. Todos juntos pueden, ¿no? Meten a la fuerza la pieza faltante en el rompecabezas y se encargan de Bella.

—Emmett y Esme la apoyan. Emmett jamás nos dejaría tocarla, y Carlisle no me ayudará si Esme se opone... —la frase se desvaneció conforme la voz se iba consumiendo.

—Deberías haberla dejado conmigo.

—Sí.

Era un poquito tarde para eso. Quizá debería haber pensado todo esto antes de haberla dejado embarazada de ese engendro devorador de vida.

Pude notar que estaba de acuerdo conmigo cuando alzó la cabeza y me contempló desde su propio y personal infierno.

—No lo sabíamos. Jamás nos pasó por la imaginación —contestó con un hilo de voz—. No había precedente de algo similar a lo que ocurrió entre Bella y yo. ¿Cómo íbamos a saber que una humana era capaz de concebir un hijo de uno de nosotros...?

—... sobre todo cuando la chica debería haber terminado destrozada en el proceso, ¿no?

—Sí —coincidió con un susurro cargado de tensión—. Sádicos, como los íncubos y los súcubos, existen, están allá afuera; pero la seducción es un simple preludio del festín. Nadie sobrevive.

Sacudió la cabeza como si la idea le repugnara, como si él fuera diferente.

—No entiendo cómo es que no tienen un nombre para lo que tú eres —le espeté.

Alzó el rostro para mirarme; parecía el de alguien que hubiera vivido mil años.

—Ni siquiera tú, Jacob Black, puedes aborrecerme tanto como yo me odio a mí mismo.

Te equivocas, pensé, demasiado enfurecido para hablar.

—Matarme ahora no la salvará —replicó él con calma.

—¿Y qué?

—Debes hacer algo por mí, Jacob.

—¡Ni muerto, parásito!

No dejó de mirarme con esos ojos enturbiados en parte por la fatiga y en parte por la locura.

—¿Y por ella?

Apreté los dientes con fuerza.

—Hice todo lo posible por apartarla de ti. Todo. Ahora es demasiado tarde.

—Tú la conoces, Jacob. Mantienes con ella una relación a un nivel que yo ni siquiera soy capaz de comprender. Eres parte de ella y ella de ti. A mí no me escuchará; piensa que la subestimo. Bella se cree bastante fuerte para salir airosa de esto... —la voz se le quebró y se interrumpió. Se calmó y tragó saliva—. Puede que a ti te oiga.

—¿Y por qué a mí sí?

Se levantó tambaleándose. Me pregunté si no se le habría aflojado algún tornillo. ¿Los vampiros pueden enloquecer?

—Quizá —respondió tras leerme la mente—. No sé. Parece que sí —sacudió la cabeza—. Intento ocultarlo delante de ella porque la tensión hace que empeore. No puede soportar nada tan deprimente como esto. Tengo que guardar la compostura para no hacérselo más difícil, pero ahora todo esto importa muy poco. ¡Tiene que escucharte!

—No puedo decirle nada que tú no le hayas dicho antes. ¿Qué quieres que haga?, ¿asegurarle que es una tonta sin remedio? Lo más probable es que ya lo sepa. ¿Advertirle que se va a morir? Apuesto a que eso también lo sabe.

—Puedes ofrecerle algo que ella quiere.

Cullen daba palos de ciego, se había perdido. ¿Eso formaba parte de su locura?

—Sólo me interesa que su corazón no deje de latir —continuó, repentinamente muy centrado—. Si lo que quiere es un niño, lo tendrá; igual si desea una docena. Lo que quiera, cualquiera cosa —se detuvo un momento—. Puede tener cachorros si eso es lo que prefiere.

Nuestras miradas se encontraron durante un momento. Bajo una fina capa de autocontrol, su rostro era la viva imagen del terror. El ceño fruncido se me vino abajo y la boca se me abrió de sorpresa conforme empecé a asimilar el significado de sus palabras.

—¡Pero no así! —siseó antes de que pudiera recobrarme—. No con esa cosa que le absorbe la vida mientras yo estoy aquí, observando con impotencia cómo enferma y se consume, contemplando como *esa cosa* le hace daño —tomó una bocanada de aire, como si alguien le hubiera dado un puñetazo en la boca del estómago—. Debes hacerla razonar, Jacob. Ella ya no me escuchará. Rosalie no se aparta de su lado y no deja de alimentar su locura, de infundirle valor, y de protegerla. No, no la protege: cuida del engendro. La vida de Bella no significa nada para ella.

El sonido que salía de mi garganta sugería que me estaba asfixiando.

¿Qué había insinuado?, ¿que Bella debería... tener un bebé? ¿Mío? ¿Qué? ¿Cómo? ¿Me la estaba entregando o tal vez creía que a ella no le importaba ser compartida?

—Lo que sea y como sea, con tal de que siga viva.

—Es la estupidez más descomunal que has dicho hasta ahora —murmuré.

—Ella te quiere.

—No lo suficiente.

—Está dispuesta a morir por tener un hijo. Quizá acepte una alternativa menos radical...

—¿Acaso no la conoces?

—Lo sé, lo sé. Va a hacer falta una gran dosis de persuasión para convencerla; por eso te necesito. Sabes cómo piensa. Puedes hacerla entrar en razón.

No podía pensar en su sugerencia. Era excesiva. Imposible. Equivocada. Una aberración. ¿Qué proponía? ¿Tener en préstamo a Bella durante los fines de semana y luego devolverla el lunes como una película de alquiler? ¡Vaya lío!

Y demasiado tentador.

No deseaba sopesarlo ni imaginarlo siquiera, pero las imágenes vinieron a mi mente a pesar de todo. Había tenido ese tipo de fantasías con Bella muchas veces, en la época en que aún había una posibilidad para nosotros, y luego, cuando quedó claro que ese tipo de sueños no eran posibles y sólo dejaban heridas supurantes, se acabaron, pero hubo un tiempo en que no había sido capaz de evitarlo; ahora tampoco lograba contenerme para no especular con la posibilidad de tenerla entre mis brazos, de que ella suspirara al pronunciar mi nombre…

Y lo peor es que nunca antes había especulado con esta nueva imagen, una que de otra forma jamás hubiera existido para mí. Aún no. Una imagen que me iba a perseguir durante años si no me apresuraba a desterrarla de mi mente, donde ya había empezado a echar raíces como la mala hierba: venenosa e imposible de erradicar. Esa imagen mostraba a una Bella radiante y llena de vitalidad, la antítesis de su estado actual, pero había una cierta semejanza: su cuerpo no estaba desfigurado, pero había adoptado una silueta redondeada normal en una embarazada… de mí.

Hice un esfuerzo por escapar de la venenosa semilla que había germinado en mi mente.

—¿Hacer que Bella escuche razones? ¿Pero tú en qué mundo vives?

—Por lo menos inténtalo.

Me apresuré a negar con la cabeza. Sin embargo, él hizo caso omiso de mi respuesta y esperó, porque podía percibir el choque de mis pensamientos enfrentados.

—¿De dónde sacas esta basura psicológica? ¿Lo estás inventando sobre la marcha?

—No he dejado de pensar en posibles formas de salvarla desde que me percaté de sus planes y de que estaba dispuesta a morir para realizarlos, pero no sabía cómo ponerme en contacto contigo porque estaba seguro de que no tomarías el teléfono si te llamaba. Si no hubieras venido hoy, habría tenido que ir a buscarte, pero se me hace muy difícil separarme de ella, aunque sea sólo por unos minutos. La condición de Bella... Bueno, *eso* cambia muy deprisa, no deja de crecer. No puedo alejarme de ella mucho tiempo.

—¿Pero qué es *eso*?

—No tenemos idea, ninguno, pero ya es más fuerte que la madre —de pronto vi al monstruo por nacer rasgándola desde dentro para salir—. Ayúdame a detenerlo —susurró—, ayúdame a impedir que esto suceda.

—¿Cómo? ¿Ofreciéndole mis servicios como semental? —Edward no movió una pestaña al oír mis palabras, pero yo me estremecí—. Tú estás muy mal. Ella no querrá saber nada del tema.

—Haz la prueba. Total, no hay nada que perder. ¿Qué daño puede hacer?

Me podía hacer daño a mí. ¿Acaso Bella no me había hecho suficientes desaires como para recibir uno más?

—¿Un poquito de dolor a cambio de salvarla? ¿Es ése un precio muy alto?

—No va a funcionar.

—Tal vez no, pero quizá eso la confunda y su resolución flaquee. Todo lo que necesito es un momento de duda.

—Y entonces retirarás la oferta en el último minuto. ¿"Sólo era una broma, Bella"?

—Si ella quiere un niño, lo tendrá. No me voy a echar atrás.

No podía creer que estuviera considerando su proposición. Bella me daría otro puñetazo, pero eso no debía preocuparme, aunque se rompería la mano otra vez. No debería haber dejado hablar a Edward. Me había llenado la cabeza de humo. Debería limitarme a matarlo.

—No ahora —susurró—, todavía no. Equivocado o no, eso acabará con ella y tú lo sabes. ¿Cuál es la prisa? Tendrás tu oportunidad si ella no te escucha: te pediré que me mates cuando el corazón de Bella cese de latir.

—No tendrás que suplicar mucho.

El atisbo de una sonrisa desfigurada le curvó la comisura de los labios.

—Cuento con eso.

—Entonces es un trato.

Él asintió y extendió su fría y pétrea mano. Me tragué mi desagrado y alargué la mía para estrechársela. Cerré los dedos alrededor de la piedra y le di un único apretón.

—Es un trato —aceptó.

10. ¿Que por qué no me largué? Ah, sí, bueno: porque soy imbécil

Me sentí... Bueno, no sé cómo me sentí. Aquello no parecía real. Me sentía en la versión gótica de algún programa de televisión, pero en vez de ser el chico estudioso y marginado de la escuela que está a punto de pedirle a la jefa de las animadoras que sea su pareja en el baile de graduación, yo era el tipo que había quedado en segundo plano, el hombre lobo a punto de pedirle a la esposa del vampiro que nos arrejuntáramos para procrear. Genial.

No, no lo haría. Sería una metedura de pata y un comportamiento de lo más retorcido. Me olvidaría de todas las tonterías de Edward.

Pero sí hablaría con ella e intentaría que me hiciera caso.

Y ella me mandaría al demonio, como de costumbre.

Edward no hizo comentario alguno ni replicó a mis pensamientos mientras avanzaba delante de mí de regreso a la casa. ¿Por qué había elegido un lugar tan lejano para la conversación? ¿Había buscado un sitio suficientemente apartado de la casa como para que su familia no pudiera escuchar los susurros?

Era probable, a juzgar por las miradas llenas de recelo y confusión que nos lanzaron los demás Cullen en cuanto traspusimos el umbral. Ninguno parecía disgustado o enojado, lo cual me llevó a concluir que ninguno de ellos había oído nada del favor que solicitó Edward.

Vacilé en el quicio de la puerta sin saber qué hacer. Aquí estaba mejor, pues todavía llegaba del exterior algún soplo de aire respirable.

Edward se encaminó al grupo de vampiros con aire incómodo. Bella le dirigió una mirada ansiosa antes de mirarme a mí, y luego de nuevo a él.

La tez de sus mejillas adquirió un tono ceniciento. Entonces comprendí a qué se refería su marido cuando aseguraba que empeoraba en situaciones de estrés.

—Vamos a dejar que Jacob y Bella hablen en privado —anunció Edward con voz completamente inexpresiva, como la de un robot.

—Por encima de mi cadáver —replicó Rosalie con un siseo y sin apartarse del lado de Bella. Mantuvo una mano sobre la mejilla chupada de la enferma con gesto posesivo.

Edward ni la miró.

—Bella —prosiguió con el mismo tono monocorde—. Jacob quiere hablar contigo. ¿Tienes miedo de quedarte a solas con él?

La interpelada me miró con desconcierto y luego contempló a Rosalie.

—Está bien, Rose. Jake no nos hará daño. Ve con Edward.

—Quizá sea una trampa —la previno la rubia.

—No lo creo —contestó Bella.

—No nos perderás de vista ni a Carlisle ni a mí, Rosalie —intervino Edward. El timbre desapasionado de su voz dejó entrever, sin embargo, una nota de ira—. Es a nosotros a quienes Bella teme.

—No —replicó la aludida en voz baja. Tenía los ojos relucientes y las mejillas llenas de lágrimas—. No, Edward, yo no...

Él sacudió la cabeza y esbozó una leve sonrisa, pero daba pena mirarla.

—No pretendía expresarlo de ese modo, Bella. Estoy bien, no te preocupes por mí.

Deprimente. Él tenía razón cuando aseguraba que Bella se estaba castigando a sí misma por herir los sentimientos de su esposo. La chica era la típica mártir, pero había nacido en el siglo equivocado. Debía haber vivido hace un montón de años, cuando podía haberse ofrecido como comida para los leones por una buena causa.

—Salgamos todos —pidió Edward, señalando la puerta con un gesto tenso de la mano—. Por favor.

Intentaba mantener la compostura como deferencia hacia Bella, pero estaba a punto de perderla. Me di cuenta de lo cerca que estaba de ser otra vez el tipo consumido por el dolor que había visto afuera de la casa, y los demás también, así que se dirigieron a la puerta en silencio, y en un instante, porque en dos latidos de corazón sólo quedaron Rosalie, que dudaba en el centro de la sala, y Edward, expectante junto a la puerta.

—Quiero que salgas, Rose —aseguró Bella con un hilo de voz.

La rubia fulminó a su hermano con la vista y le indicó con el dedo que él debía abandonar la habitación primero. Él cruzó la puerta y la rubia lo siguió, no sin antes haberme dedicado una mirada de advertencia.

Una vez a solas, crucé la estancia y me senté en el suelo junto a Bella. Tomé sus heladas manos en las mías y se las froté con cuidado.

—Gracias, Jacob, qué gusto…

—No te mentiré, Bella: tienes un aspecto horrible.

—Lo sé —repuso con un suspiro—. Debo dar miedo.

—Más que *La cosa del pantano* —convine.

Ella se echó a reír.

—Cuánto me alegra tenerte aquí. Sonreír me sienta bien. No sé si sería capaz de soportar otro drama.

Puse los ojos en blanco.

—Está bien, está bien —admitió ella—. Soy yo la que siempre lo inicia.

—Sí, así es. ¿En qué estabas pensando, Bella? ¡De verdad…!

—¿Te pidió él que me eches un sermón?

—Algo así, pero no logro comprender por qué cree que me vas a hacer caso. Nunca lo has hecho.

Suspiró.

—Te lo dije… —empecé a decirle.

—¿Sabías que el "te lo dije" tiene un hermano, Jacob? —me preguntó, interrumpiéndome—. Se llama "cierra ese maldito pico".

—Ésa es buena.

La piel se le estiró hasta dejarle marcados los huesos de la cara cuando me dedicó una ancha sonrisa.

—No debo adjudicarme el crédito… Lo saqué de la repetición de un capítulo de *Los Simpson*.

—Me lo perdí.

—Era divertido.

Permanecimos en silencio durante un minuto. Mis manos calientes entibiaron un poco las suyas.

—¿De veras te pidió que platiquemos?

Asentí.

—Quiere que te meta algo de sentido común en la cabeza. Es una batalla perdida antes de empezar.

—Entonces, ¿por qué aceptaste?

No le contesté, pues no estaba seguro de saber hacerlo.

Sólo sabía que cada segundo transcurrido en compañía de Bella únicamente iba a servir para aumentar el dolor que experimentaría más tarde. Estaba llegando al día de hacer las cuentas, como un drogadicto con una reserva de drogas limitada. Mientras más tomara ahora, más duro iba ser cuando se acabara.

—Va a salir bien, ya verás —me aseguró al cabo de un minuto—. Estoy segura.

Eso me hizo enrojecer de rabia otra vez.

—¿La demencia es uno de los síntomas de tu enfermedad? —le espeté.

Ella se carcajeó, a pesar de que mi enfado era tan grande que empezaron a temblarme las manos, entrelazadas entre las suyas.

—Es posible —repuso—. No digo que las cosas vayan a ser fáciles, Jake, pero ¿cómo podría sobrevivir a todo lo que me ha pasado y no creer en la magia?

—¿Magia?

—Especialmente en lo que se refiere a ti —dijo con una sonrisa. Retiró una de las manos de entre las mías y me acarició la mejilla. Estaba más caliente que antes, pero me resultó fría al tacto, como todas las demás cosas—. Terminarás encontrando la magia y eso te permitirá poner orden en tu vida, puesto que nadie lo merece más que tú.

—¿Qué incoherencias estás diciendo?

—Edward me dijo una vez que era como dejar la impronta en las cosas —contestó sin perder la sonrisa—. Decía que era como

Sueño de una noche de verano, como la magia. Hallarás lo que buscas de veras, Jacob, quizá entonces todo esto tenga sentido.

Me habría puesto a gritar si ella no hubiera tenido un aspecto tan frágil.

Pero como lo tenía, me limité a soltarle un gruñido.

—Si piensas que esa impronta le dará sentido a este despropósito… —hice un esfuerzo en busca de las palabras adecuadas—. ¿De veras crees que esto va a estar bien sólo porque algún día yo pueda generar una impronta en una desconocida? —señalé su cuerpo hinchado con el dedo—. ¡Dime cuál es la lógica de que yo te ame y que tú lo ames cuando te hayas muerto, Bella! ¡Cómo van a volver estar bien las cosas! ¿Qué propósito tiene tanto dolor? ¡El tuyo, el mío, el de Edward! No es que tu marido me preocupe, pero también lo matarás a él —ella dio un respingo, pero no me detuve—. Por lo tanto, al final, ¿qué sentido tiene que retuerzas al máximo esta historia de amor? Si tiene alguna lógica, por favor, Bella, muéstramela ahora mismo, porque yo no se la veo.

Ella exhaló.

—Todavía no lo sé, Jake, pero presiento que todo va a acabar bien, aunque es difícil de aceptar viendo cómo pintan las cosas. Supongo que podrías llamarlo fe.

—Morirás en vano, Bella. ¡En vano!

Dejó caer la mano de mi rostro y la posó sobre el vientre hinchado con gesto de cariño. No tuvo que despegar los labios para que yo supiera lo que pasaba por su cabeza. Iba a sacrificarse por *eso*.

—No voy a morir —respondió entre dientes. Pude apreciar que repetía frases que ya debía haber dicho con anterioridad—. Lograré que mi corazón siga latiendo. Tengo fuerza suficiente para lograrlo.

—Todo eso son estupideces, Bella. Intentaste estirar más de la cuenta lo sobrenatural. Ninguna persona normal lo haría. No tienes suficiente vitalidad.

Tomé su rostro en mis manos. No necesité de recordatorio alguno para actuar con suavidad: todo en ella me recordaba su fragilidad.

—Puedo hacerlo, puedo hacerlo —murmuró.

—Pues no me da esa impresión, la verdad, así que dime: ¿cuál es tu plan? Espero que tengas uno.

Ella asintió, pero me rehuyó la mirada.

—¿Sabías que Esme se tiró de un despeñadero? Cuando era humana, quiero decir…

—¿Y…?

—Estuvo tan cerca de la muerte que ni siquiera se molestaron en llevarla a la sala de urgencias: la dejaron cerca de la morgue, pero su corazón todavía latía cuando Carlisle la encontró…

Ajajá, a eso se refería con lo de no permitir que el corazón dejara de latir.

—No tienes intenciones de sobrevivir a esto como humana —concluí lentamente.

—No, no soy idiota —buscó mis ojos la mirada—. Sin embargo, supongo que tienes una opinión diferente al respecto.

—Una vampirización de emergencia —murmuré.

—Funcionó con Esme, y con Emmett, y con Rosalie, incluso con Edward. Todos ellos estaban en las últimas. Carlisle los transformó únicamente porque era eso o la muerte. Él no puso fin a sus vidas: las salvó.

Noté una súbita punzada de culpabilidad al pensar en el buen vampiro del doctor, tal como me había ocurrido antes. Desterré la idea enseguida y comencé otra vez con las súplicas.

—Hazme caso, Bella, por favor, no hagas eso —tuve una noción clara de cuánto me importaba que ella siguiera con vida, al igual que había ocurrido antes, cuando la manada comentó el telefonazo de Charlie. Comprendí que necesitaba mantenerla viva de algún modo, de cualquier modo. Respiré hondo—. No esperes hasta que sea demasiado tarde, Bella. No vayas por ese camino. Vive, ¿de acuerdo? Tú limítate a seguir con vida. No me hagas esto. No se lo hagas a Edward —el volumen de mi voz subió y se volvió más duro—. Sabes lo que hará cuando tú mueras, ya lo has visto antes. ¿Deseas provocar el regreso de los asesinos italianos?

Ella se encogió en el sofá.

No mencioné que esta vez eso no iba a ser necesario.

Hice un esfuerzo por suavizar la voz antes de preguntar:

—¿Recuerdas tus palabras cuando me hirieron los neófitos?

—aguardé, pero ella no me contestó; apretó los labios con fuerza—. Me dijiste que me portara bien y le hiciera caso a Carlisle —le recordé—. ¿Y qué hice yo? Obedecer al vampiro. Por ti.

—Lo hiciste porque ésa era la decisión correcta.

—De acuerdo, pero lo hice, dejo a tu gusto el motivo.

Ella respiró hondo.

—Ahora no está en juego lo mismo —su mirada recayó sobre su enorme vientre redondeado y susurró muy bajo—: No voy a matarlo.

Volvieron a temblarme las manos.

—Ah, no había oído la buena noticia. Así que darás a luz un precioso niño, ¿verdad? Tal vez debería haber traído unos globitos azules.

Las facciones de Bella adquirieron una tonalidad rosácea tan hermosa que me provocó un retortijón en el estómago, como si alguien me hurgara en las tripas con un mugroso cuchillo oxidado de filo dentado.

—No sé si es un niño —admitió, algo avergonzada—, porque los ultrasonidos no funcionan. La membrana alrededor del bebé es demasiado dura, como la piel de los vampiros, así que sigue siendo un pequeño misterio, pero en mi mente siempre he visto un niño.

—Ahí dentro no llevas un precioso bebé, Bella.

—Ya veremos —refutó ella, muy segura de sí misma.

—Tú no —le recordé.

—Eres francamente pesimista, Jacob. Hay una oportunidad de que salga con bien de todo esto, no hay duda.

No logré articular la respuesta. Bajé la mirada y exhalé hondo y despacio en un intento de mantener controlada mi rabia.

—Esto va a salir bien, Jake —repitió, mientras me palmeaba el pelo y me acariciaba la mejilla—. Calla, que todo está bien.

No levanté la vista.

—No, no está nada bien.

Ella enjugó una lágrima de mi mejilla.

—Calla.

—¿Y qué pasa con tu deseo, Bella? —contemplé fijamente la alfombra nívea sobre la cual mis embarrados pies descalzos habían dejado manchas. Diablos—. Pensé que querías ser vampiro por encima de cualquier otra cosa en este mundo, y ¿justo ahora vas a renunciar? No tiene pies ni cabeza. ¿Cuándo te entró esa fiebre por ser madre? ¿Por qué te casaste con un vampiro si tanto anhelabas la maternidad?

Estaba peligrosamente cerca de ofrecerle lo que Edward me había pedido. Veía cómo las palabras me conducían inevitablemente por ese camino; era incapaz de cambiar de dirección.

Ella suspiró.

—Las cosas no son así. En realidad no me preocupaba tener un hijo ni me lo había planteado. El asunto no es tener un bebé, es... bueno, es *este* bebé.

—Es un asesino, Bella, mírate al espejo.

—No lo es. El problema soy yo, que soy humana y débil, pero seré capaz de sacar esto adelante, Jake, voy a poder.

—Vamos, Bella, cállate. Puedes contarle todas esas idioteces a tu chupasangre, pero a mí no me engañas: no lo lograrás.

Me lanzó una mirada intensa.

—Eso no lo sé, y claro que me preocupa.

—Te preocupa —repetí entre dientes.

Bella jadeó y se sujetó el vientre. Mi furia cesó con la misma velocidad que la luz en cuanto presionas el interruptor.

—Estoy bien —jadeó—. No es nada.

Sin embargo, no le presté atención. El movimiento de las manos había retirado la sudadera, lo que me dio oportunidad de verle la piel. Unos enormes derrames de color púrpura oscuro le salpicaban el vientre como si fueran manchas de tinta.

Se acomodó la prenda en cuanto se percató de mi gesto de espanto.

—Él es fuerte, nada más —repuso ella a la defensiva.

Esas manchas violáceas eran hematomas.

Contuve un ataque de náuseas y comprendí a qué se refería Edward cuando hablaba de ver cómo el feto le hacía daño. De pronto, yo mismo me sentí un tanto orate.

—Bella —empecé; ella notó un cambio de tono en mi voz y alzó los ojos, turbios por la confusión, y todavía respirando pesadamente—, Bella, no lo hagas.

—Jake...

—Escúchame y no te levantes otra vez, ¿de acuerdo? Tú sólo escucha; ¿y qué pasaría si...?

—¿Qué? ¿qué pasaría si qué?

—¿Y si no fuera un acontecimiento irrepetible? ¿Y si no hubiera que jugársela a todo o nada? ¿Qué pasaría si le hicieras caso a Carlisle como una buena chica y siguieras viva?

—No voy a...

—Aún no he terminado. Si lo hicieras, podrías seguir con vida e intentarlo de nuevo. Este embarazo no va a salir bien. Haz otro intento.

Frunció el ceño y se llevó una mano al punto de entrecejo donde se unía el trazo de las cejas. Se acarició la frente durante unos instantes mientras intentaba hallarle sentido a mis palabras.

—No entiendo a qué te refieres con hacer otro intento. ¿Acaso piensas que Edward lo permitirá? ¿Y cuál sería la diferencia? Estoy segura de que cualquier bebé...

—Sí, las cosas no cambiarán si él es el padre...

Eso aumentó la confusión que se leía en su semblante extenuado.

—¿Qué?

Pero ya no continué. No tenía sentido. Jamás sería capaz de salvarla de sí misma. Nunca en la vida.

Entonces, Bella parpadeó y pude ver que ya se había percatado de por dónde iba yo.

—Oh, uf, ¡Jacob, por favor! ¿Crees que voy a ser capaz de matar a mi bebé y reemplazarlo con cualquier otro sustituto, engendrado por inseminación artificial? —ahora estaba enojada—. ¿Por qué habría de querer el niño de un desconocido? Supongo que no hay diferencia alguna, ¿o acaso todos los bebés son iguales?

—No me refería a eso —musité—. No a un desconocido.

Se inclinó hacia adelante.

—En tal caso, ¿a qué te referías?

—Nada, no dije nada, como de costumbre.

—¿De dónde salió semejante idea?

—Olvídalo, Bella.

Ella frunció el ceño, recelosa.

—No te convenció él de que me dijeras eso, ¿verdad?

Vacilé unos segundos, sorprendido porque lo hubiera cazado al vuelo.

—No.

—Es cosa de Edward, ¿verdad?

—No, de veras, él no dijo nada sobre algo artificial…

Las facciones del semblante de Bella se suavizaron; entonces, se reclinó sobre los cojines y se hundió en ellos.

—Él haría cualquier cosa por mí, y yo estoy haciendo que la pase fatal —tenía el rostro ladeado y la mirada perdida en la pared. No me hablaba a mí. En absoluto—. ¿Pero qué estará maquinando? Que cambie esto —continuó mientras recorría su vientre con los dedos— por el hijo de un desconocido.

La última parte la dijo en un murmullo casi inaudible antes de que le fallara la voz. Los ojos se le llenaron de lágrimas.

—No tienes por qué herirlo —murmuré. Cualquier palabra en defensa de Edward me quemaba en los labios como si fuera ácido, pero yo estaba muy consciente de que era una de mis mejores oportunidades para mantenerla con vida. Aun así, las apuestas estaban mil a uno en mi contra—. Puedes hacerlo feliz de nuevo, Bella. Y creo que se le está zafando un tornillo, de veras que sí.

Mi amiga no parecía escucharme. Trazaba círculos sobre su vientre hinchado y permanecía pensativa, mordiéndose los labios. Permaneció en silencio durante un buen rato. Me pregunté si los Cullen estarían muy lejos y si habrían oído mis patéticos intentos de razonar con ella.

—No se refería a un desconocido —murmuró para sí misma. Di un respingo—. ¿Qué fue exactamente lo que te dijo Edward? —inquirió en voz baja.

—Nada, sólo pensó que tal vez a mí sí me escucharías.

—No me refería a eso, sino a lo de intentarlo de nuevo. Cuando se encontraron nuestras miradas comprendí que había ido demasiado lejos.

—Nada.

Entreabrió la boca.

—Vaya.

El silencio se prolongó durante unos segundos. Volví a fijar la vista en mis pies, incapaz de mirarla a los ojos.

—Está dispuesto a hacer cualquier cosa, ¿verdad? —susurró.

—Ya te dije que se le están aflojando los tornillos, y no es ninguna exageración, Bella.

—Me sorprende que no hayas contado el secreto enseguida para meterlo en un lío.

Descubrí una amplia sonrisa en su cara cuando levanté los ojos.

—Piénsalo un poco, ¿de acuerdo?

Hice un esfuerzo por devolverle una sonrisa tan grande como la suya, pero noté que se me quedaba congelada en la cara. Ella sabía la naturaleza de mi oferta y no lo pensaría dos veces. Sabía de antemano que no lo haría, pero aun así me dolió.

—No hay mucho que puedas hacer por mí, ¿eh? —susurró—. En realidad, no sé por qué te molestas. Tampoco soy digna de ti.

—Pero eso no va a cambiar nada, ¿verdad?

—No esta vez —Bella suspiró—. Me gustaría poder explicártelo de modo que lo comprendieras. No puedo herirlo

—prosiguió, señalando su vientre con el dedo—, como tampoco podría tomar una pistola y dispararte. Lo amo.

—¿Por qué siempre tienes que querer lo que está mal?

—A mí no me parece.

Carraspeé para deshacer el nudo de la garganta y poder imprimir a mi voz la dureza suficiente.

—Créeme.

Hice ademán de incorporarme.

—¿A dónde vas?

—No tengo nada que hacer aquí.

—No te vayas —me imploró con su pequeña mano tendida hacia mí.

Ella creaba dependencia, y fui consciente de que esa adicción me sometía e intentaba que no me apartara de su lado.

—Éste no es mi lugar. Debo regresar.

—¿Por qué viniste hoy? —quiso saber, todavía con el brazo débilmente extendido.

—Sólo para saber si estabas viva de verdad. No creí la historia de Charlie, eso de que estabas enferma.

Estudié su rostro, pero no me reveló si se había tragado o no mi mentira.

—¿Vendrás a visitarme de nuevo antes de que…?

—No voy a merodear por aquí para verte morir, Bella.

Dio un respingo.

—Tienes razón, tienes razón. Harías bien en irte —me encaminé hacia la puerta—. Adiós —se despidió ella en un susurro—. Te quiero, Jake.

Estuve a punto de regresar. Estuve a punto de dar media vuelta y postrarme de rodillas para empezar a suplicarle otra vez, pero sabía que debía renunciar a Bella y a su droga, antes de que me aniquilara igual que iba a hacerlo con Edward.

—Claro, claro —musité mientras me marchaba.

No vi a ninguno de los vampiros. Ignoré la moto, abandonada en medio del prado, pues ahora no era bastante veloz para mí. Mi padre estaría loco de preocupación, y también Sam. ¿Cómo reaccionaría la manada ante el hecho de no haberme oído cambiar de fase? ¿Habrían pensado que los Cullen me habían capturado antes de tener oportunidad de transformarme? Me desvestí sin preocuparme de la presencia de algún posible observador y eché a correr para salir de allí a trote lobuno.

Me estaban esperando, claro, obviamente. Me aguardaban.

Jacob, Jake, corearon ocho voces llenas de alivio.

Vuelve a casa ahora mismo, ordenó el alfa, el líder. Sam estaba furioso.

La súbita desaparición de Paul me indicó que Billy y Rachel aguardaban noticias de qué me había pasado. Paul tenía tantas ganas de darles la buena noticia de que yo no había terminado convertido en comida para vampiros, que no se quedó a escuchar la historia completa.

No hizo falta informar a los lobos de mi avance. Podían ver el bosque convertido en un borrón conforme yo corría frenéticamente hacia mi casa. Tampoco hizo falta decirles que iba medio enloquecido. La repulsión impresa en mi cabeza era evidente.

Vieron todo el horror: el vientre lleno de moretones y la voz quebrada de Bella: "Él es fuerte, nada más". El rostro de Edward, la viva imagen de un hombre consumido, "observando con impotencia cómo enferma y se consume, contemplando como *esa cosa* le hace daño". Rosalie agazapada sobre el cuerpo sin fuerzas de la embarazada. "La vida de Bella no significa nada para ella". Y por una vez, nadie tuvo nada que decir.

Su estupor resonó en mi mente como un grito silencioso y sin palabras.

¡¡!!
Había recorrido la mitad del camino de vuelta a casa antes de que alguno se hubiera recuperado. Luego, todos echaron a correr a mi encuentro.

Pronto sería noche cerrada y las nubes velaban el sol crepuscular casi por completo. Me arriesgué a cruzar la carretera y lo logré sin ser visto.

Nos reunimos en el bosque, en un claro de árboles talados por los leñadores, a poco más de quince kilómetros de La Push. El lugar, encajado entre las cumbres de dos montañas, estaba suficientemente retirado como para pasar inadvertido por cualquier observador.

Los barboteos en mi mente habían degenerado en una completa algarabía, pues todos gritaban a la vez.

Sam tenía erizada la pelambre del cuello y aullaba de forma incesante mientras iba de un lado a otro del círculo. Paul y Jared se movían detrás de él, como sombras, con las orejas pegadas a los lados de la cabeza. Todos los lobos del círculo se habían puesto de pie, profundamente agitados, y lanzaban gruñidos por lo bajo.

Al principio el blanco de su ira no estaba claro, y llegué a creer que la descargaban sobre mí. Estaba hecho un lío y no me preocupaba. Podían hacerme lo que les diera la gana por desobedecer las órdenes.

Y entonces el caótico conjunto de pensamientos empezó a tomar una dirección concreta.

¿Cómo puede ser? ¿Qué significa? ¿Qué va a ser esa criatura?
Nada seguro. Nada bueno. Peligrosa.
Antinatural. Monstruoso. Una abominación.
No podemos permitirlo.

Ahora todos los miembros de la manada, excepto yo y otro de los hermanos, caminaban y pensaban sincronizadamente. Me senté junto al otro lobo inmóvil, demasiado desconcertado como para mirar quién era ni buscar su identidad con el pensamiento mientras los demás daban más y más vueltas a nuestro alrededor.

El tratado no considera esto.

Ese bicho nos pone a todos en peligro.

Intenté comprender la espiral de voces y seguir el sinuoso sendero de pensamientos para ver a dónde querían ir a parar, pero no tenían el menor sentido. El centro de sus reflexiones lo ocupaban unas imágenes que eran mías, las peores de todas: los moretones de Bella y el rostro doliente de Edward.

También ellos temen al feto.

Pero no van a hacer nada al respecto.

Protegen a Bella Swan.

Eso no debe influirnos.

La seguridad de nuestras familias y de todos los que viven aquí es más importante que la vida de una sola persona.

Si no la matan ellos, tendremos que encargarnos nosotros.

Hay que defender a la tribu.

Protejamos a nuestras familias.

Debemos acabar con eso antes de que sea demasiado tarde.

Fue en ese momento cuando resonó en mi mente otro detalle, las palabras de Edward: "No deja de crecer, y además muy rápido".

Me estrujé los sesos en el intento de identificar cada una de las voces.

No hay tiempo que perder, empezó Jared.

Eso va a provocar una lucha, previno Embry, *y de las grandes.*

Estamos preparados, insistió Paul.

Necesitamos tener el factor sorpresa de nuestro lado, caviló Sam.

Si los sorprendemos cuando estén separados, podremos aniquilarlos por separado. Eso aumentará nuestras posibilidades de victoria, arguyó Jared, que empezaba a trazar una estrategia.

Sacudí la cabeza y me incorporé lentamente. Me sentía inestable; era como si el movimiento circular de los lobos me hubiera mareado. Mi compañero también se levantó y sostuvo mi lomo con el suyo a fin de apoyarme.

Un momento, pensé.

Dejaron de girar durante unos instantes y luego reanudaron su marcha en círculo.

Apenas hay tiempo, repuso Sam.

Pero ¿en qué están pensando? Esta misma tarde no iban a atacar a los Cullen porque no habían violado el tratado, ¿o no? ¿Y ahora planean una emboscada a pesar de que nadie ha infringido los términos del acuerdo?

El tratado no previó esta contingencia, respondió Sam. *Esto pone en peligro a todo ser humano de la zona. No sabemos qué clase de criatura van a criar los Cullen, pero sí tenemos noticias de su fortaleza y su rápido crecimiento, y también que va a ser demasiado joven como para regirse por ningún acuerdo. ¿Recuerdan a los vampiros neófitos contra los que combatimos? Eran salvajes, violentos e incapaces de someterse a la razón o a las órdenes. Imaginen uno de ese tipo, pero protegido por los Cullen.*

No sabemos si…, intenté interrumpirlo.

Cierto, no sabemos, admitió él, *y no vamos a correr riesgos con lo desconocido; no en este caso. Podemos tolerar la presencia de los Cullen mientras tengamos la certeza de que no van a ocasionar daños. Esa… cosa no es digna de confianza.*

A ellos no les gusta más que a nosotros.

Sam tomó de mi mente la imagen de Rosalie acuclillada junto al sofá y la proyectó en la de los demás.

Algunos están dispuestos a luchar por ella sin importar qué sea la criatura.

Sólo es un bebé, y se va a dedicar a berrear.

No por mucho tiempo, advirtió Leah.

Jake, hermano, este lío es tremendo, dijo Quil. *No podemos ignorarlo.*

Le dan una importancia que no tiene, argüí. *La única persona en peligro es Bella.*

Y nuevamente eso es por su propia elección, refutó Sam, *pero esta vez su decisión nos afecta a todos.*

No lo veo de ese modo.

No podemos correr semejante riesgo. No permitiremos que un bebedor de sangre ande a sus anchas por nuestras tierras.

Entonces hay que darles la oportunidad de irse, terció el lobo que todavía seguía sosteniéndome para impedir que cayera. Se trataba de Seth, por supuesto.

¿Y endosar a otros la amenaza? Destruiremos a los bebedores de sangre cuando crucen nuestras tierras, sin importar que su presa no sea humana. Vamos a proteger al mayor número de personas que sea posible.

Eso es una locura, repliqué. *Esta misma tarde temías poner en peligro a la manada.*

Porque esta tarde ignoraba que nuestras familias corrían peligro.

¡No puedo creerlo! ¿Cómo van a matar a esa criatura sin acabar también con la madre?

Reinó el mutismo, pero ese silencio estaba cargado de amenazas.

Proferí un aullido.

¡Bella también es humana! ¿No tiene derecho también a nuestra protección?

De todos modos, se está muriendo, pensó Leah, *así que en realidad únicamente estamos acortando el proceso.*

Eso me sacó de quicio; me alejé de Seth de un salto y me lancé contra su hermana con las fauces abiertas. Estaba a punto de atraparle la pata trasera izquierda cuando sentí la mordedura de Sam en el costado, obligándome a retroceder.

Aullé de dolor y rabia antes de revolverme contra él.

¡Quieto!, me ordenó con el tono del alfa, del líder de la manada.

Las patas se me doblaron y me removí antes de detenerme. Me mantuve de pie por pura fuerza de voluntad.

Apartó la mirada de mí.

No seas cruel, Leah, le ordenó. *El sacrificio de Bella es un alto precio a pagar, y* todos *debemos admitirlo. Estamos aquí para actuar contra todo aquello capaz de acabar con la vida humana, y cualquier excepción a ese código de conducta es de lo más desolador.* Todos *nosotros vamos a lamentar la acción de esta noche.*

¿Esta noche?, repitió Seth, muy sorprendido. *Creo que deberíamos hablar del tema un poco más y al menos consultar con los ancianos. En serio, no puedes pretender que vayamos a...*

Ahora no hay lugar para tu tolerancia hacia los Cullen ni tiempo para el debate, Seth. Tú harás lo que se te ordene.

Seth dobló las patas traseras y agachó la cabeza bajo el peso de la orden del alfa.

Sam caminó alrededor de nosotros dos, describiendo un círculo muy cerrado.

Necesitamos a toda la manada para llevar a cabo esta misión, Jacob, y tú eres el guerrero más fuerte. Esta noche vas a luchar con nosotros, pero comprendo que esto es muy duro para ti, razón por la cual te centrarás en los combatientes, Emmett y Jasper Cullen. Tranquilo, no te vas a ver envuelto con... la otra parte. Quil y Embry lucharán a tu lado.

Me temblaron las patas e hice un enorme esfuerzo por mantenerme de pie mientras la voz del alfa se imponía a mi voluntad.

Paul, Jared y yo nos encargaremos de Edward y de Rosalie, los posibles guardianes de Bella a juzgar por la información que ha aportado Jacob. Carlisle y Alice no estarán lejos, y otro tanto puede decirse de Esme. Brady, Collin, Seth y Leah se encargarán de ellos. Quienquiera que tenga acceso rápido a... la criatura, que lo aproveche. Todos nos percatamos de la vacilación de Sam a la hora de pronunciar el nombre de Bella. *Destruir a la criatura es nuestra prioridad.*

La manada gruñó su asentimiento con nerviosismo. Todos teníamos erizado el pelaje a causa de la tensión. Los pasos eran más rápidos y el sonido de las patas sobre el suelo salino era más agudo cada vez que las uñas lo arañaban.

Únicamente Seth y yo permanecimos inmóviles en el centro de una tormenta de dientes al descubierto y orejas gachas. Mi compañero casi tocaba la tierra, doblegado por las órdenes de Sam. Percibí su dolor ante el inminente acto de deslealtad, pues Seth había luchado junto a Edward Cullen en el pasado y había llegado a convertirse en un sincero amigo del vampiro.

Sin embargo, no albergaba intención alguna de oponerse. Iba a obedecer sin importar lo mucho que le doliera. No le quedaba alternativa.

¿Y cuál tenía yo? Ninguna. La manada sigue al alfa cuando éste habla.

Sam nunca había ido tan lejos a la hora de imponer su autoridad y yo sabía cuánto aborrecía ver a Seth postrado ante él como un esclavo de rodillas a los pies de su amo. Jamás habría forzado la situación hasta ese límite de no haber creído que se había quedado sin recursos. El vínculo mental que había entre las mentes de todos nosotros le impedía mentirnos y estábamos conscientes de la sinceridad de su convicción: nuestro deber era acabar con Bella y el monstruo que llevaba en sus entrañas; él creía de veras que no teníamos tiempo que perder, y lo creía a tal punto que estaba dispuesto a morir por ello.

Supe que planeaba enfrentarse a Edward él mismo, pues Sam creía que el don de Edward de leer el pensamiento lo convertía en la mayor amenaza de todas. El líder no tenía la intención de permitir que ningún otro asumiera semejante riesgo.

A su parecer, el segundo oponente de mayor peligro era Jasper, y por eso me lo había asignado, sabiendo que el miembro de la manada con más posibilidades de ganar esa pelea era yo. Había reservado los objetivos fáciles para los lobos jóvenes y Leah. La pequeña Alice no era tan peligrosa sin la guía de la visión premonitoria, y en los días de nuestra fugaz alianza habíamos llegado a saber que Esme carecía de dotes como luchadora. Carlisle podía llegar a ser todo un desafío, pero su rechazo a la violencia lo entorpecería.

Me sentí más enfermo aún que Seth cuando vi cómo Sam iba desgranando su plan, en un intento de contemplar todos los ángulos para brindar a cada elemento del grupo las máximas posibilidades de sobrevivir.

Todo estaba al revés. Había estado a punto de atacar a los Cullen esa misma tarde, pero Seth había tenido razón cuando dijo que no estaba preparado para esa lucha. Me había dejado cegar por el odio, que no me había permitido estudiar las cosas con calma; si lo hubiera hecho, podría haber sabido qué iba a ver.

Si miraba a Carlisle Cullen sin el velo de la animadversión, resultaba imposible decir que matarlo no era un asesinato. Era tan bueno como cualquiera de los hombres a los que protegíamos. Quizá incluso mejor. Y suponía que lo mismo ocurría con los otros, aunque el sentimiento no era tan fuerte respecto a ellos porque los conocía menos. Carlisle había renunciado a la violencia incluso para salvar su propia vida, y ésa era la razón por la que podíamos matarlo: él no quería acabar con nosotros, sus enemigos.

Aquello era un error, estaba mal… Y no sólo porque matar a Bella era como asesinarme a mí, como suicidarme.

Ve con los demás, Jacob, me ordenó Sam. *La tribu es más importante.*

Hoy me equivoqué, Sam.

En ese momento actuaste siguiendo criterios errados, pero ahora tenemos un deber que cumplir.

Me mantuve en mi sitio.

No.

Sam bufó y se acercó hasta plantarse delante de mí. Me miró fijamente a los ojos mientras un sordo gruñido se le filtraba entre los dientes.

Sí, decretó el alfa con esa doble voz suya que abrasaba con el fuego de su autoridad. *Esta noche no hay escapatoria posible. Tú, Jacob, vas a ayudarnos en la lucha contra los Cullen. Tú, Quil y Embry se encargarán de Jasper y Emmett. Estás obligado a proteger a la tribu, ésa es la razón de tu existencia, y vas a cumplir con esa obligación.*

Me fallaron las patas y se me hundieron las paletillas cuando la fuerza de su edicto cayó sobre mí. Acabé a sus pies, echado sobre la barriga.

Ningún miembro de la manada podía desobedecer al alfa.

11. Las dos primeras cosas de la lista de "lo que jamás querría hacer"

La manada comenzó a avanzar en formación siguiendo las órdenes de Sam mientras yo permanecía en el suelo. Embry y Quil me flanqueaban esperando que me recobrara y tomara la iniciativa.

Sentí la urgencia y la necesidad de ponerme de pie y liderarlos. La compulsión fue aumentando sin importar cuánto intentara reprimirla allí, en el suelo, encogido y con náuseas.

Embry me lloriqueó quedamente en la oreja. Él no quería pensar las palabras, temeroso de atraer otra vez hacia mí la atención de Sam. Percibí la muda súplica de que me levantara, me sobrepusiera y acabara con aquello de una vez.

Los miembros de la manada sentían pánico, no tanto por ellos mismos, sino por el conjunto. No podríamos siquiera imaginar que todos fuéramos a salir con vida aquella noche. ¿Qué hermanos íbamos a perder? ¿Qué personalidades se perderían para siempre? ¿A qué familias deberíamos consolar al día siguiente?

Mi mente comenzó a razonar al ritmo de los demás y a pensar al unísono mientras íbamos lidiando con esos miedos. Me incorporé de inmediato y enderecé el pelaje.

Embry y Quil lanzaron un resoplido de alivio. El segundo me tocó el lomo con el hocico.

El desafío de la misión y el objetivo asignado ocuparon sus mentes. Recordamos todos juntos las noches en que habíamos observado las prácticas de lucha de los Cullen para derrotar a los neófitos. Emmett era el más fuerte, pero Jasper nos daría más problemas con esos movimientos tan similares al zigzagueo de un relámpago: energía, velocidad y muerte, tres en uno. ¿Cuántos siglos de experiencia podía tener? Suficientes para que el resto de la familia lo considerara un guía.

Puedo lanzar un ataque frontal si tú prefieres el flanco, me ofreció Quil, mucho más entusiasmado que la mayoría de la manada. Quil se moría de ganas de poner a prueba sus habilidades contra el vampiro desde aquellas clases nocturnas de adiestramiento que impartió Jasper. Él consideraba todo esto como un concurso, y no cambiaría de punto de vista a pesar de saber que se estaba jugando el pellejo. Paul igual, y también los jóvenes Collin y Brady, que todavía no habían presenciado una batalla. Seth habría pensado lo mismo que ellos si los oponentes no fueran amigos suyos.

¿Cómo quieres que lo hagamos morder el polvo, Jake?, me preguntó Quil luego de atraer mi atención con el hocico.

Únicamente logré sacudir la cabeza, incapaz de concentrarme en nada. La compulsión a seguir las órdenes era tal que me sentía como un títere con alambres en todos los músculos del cuerpo. Debía dar un paso y luego otro.

Seth se vio arrastrado detrás de Collin y Brady, en un grupo en el que Leah había asumido el papel de lideresa. Ignoró a Seth mientras planeaba con los demás, y vi cómo lo dejaba fuera de la pelea. Había un punto maternal en los sentimientos que guardaba hacia su hermano pequeño, pues ella deseaba que Sam lo enviara a casa. Seth no se daba cuenta de las dudas de Leah, porque también él era una marioneta sujeta por alambres.

Quizá si dejaras de resistirte..., sugirió Embry tratando de disimular.

Concéntrate en nuestra parte: los grandulones. Podemos acabar con ellos, ¡sí podemos! Quil se estaba dando ánimos, como esos jugadores que se arengan a sí mismos antes del partido.

Me di cuenta de lo fácil que podía ser pensar exclusivamente en mi parte del trabajo. No me asustaba la idea de atacar a Jasper y Emmett. Habíamos estado a punto de hacerlo con anterioridad y había pensado en ellos como enemigos durante mucho tiempo. Podía hacerlo de nuevo.

Me bastaba con olvidar que ellos protegían lo mismo que yo había custodiado hasta hacía muy poco. Únicamente debía ignorar la razón por la cual podría desear que ganaran ellos.

Concéntrate en lo que hay que concentrarse, Jake, me advirtió Embry.

Moví las patas con desgana, oponiendo resistencia a los jalones de los alambres.

Toda rebeldía es inútil, insistió Embry.

Tenía razón. Yo iba a terminar acatando la voluntad de Sam si él estaba dispuesto a imponerla, y era obvio que el jefe se estaba empeñando en ello.

La existencia de la autoridad del alfa tenía un buen motivo: ni siquiera una manada tan nutrida como la nuestra era una fuerza relevante sin un líder. Debíamos movernos y pensar juntos en aras a la eficacia, y eso requería que el cuerpo tuviera una cabeza.

¿Y qué ocurría si Sam se equivocaba ahora? Nadie podía evitarlo, y nadie podía refutar su decisión.

A menos que...

Tuve una idea que nunca jamás había querido tener, pero ahora que tenía las cuatro patas sujetas por esos alambres invisibles, noté con alivio que había una excepción; no, más que alivio: con verdadero gozo.

Nadie excepto yo podía disputar la decisión del alfa.

No me había hecho acreedor de nada, pero tenía ciertos dones y había ciertas cosas que jamás había reclamado.

Nunca había querido liderar la manada, y tampoco albergaba ese deseo ahora. No deseaba que la responsabilidad descansara sobre mis hombros, y a Sam eso se le daba muy bien; era mucho mejor de lo que yo jamás sería.

Pero esta noche estaba equivocado, y yo no había nacido para arrodillarme ante él.

Las ataduras de mi cuerpo se aflojaron en el mismo momento en que reclamé mi derecho de nacimiento.

Gradualmente crecieron en mí dos sensaciones, una de libertad y otra más extraña: la de un poder vacío, hueco, ya que el poder de un alfa procede de su manada, y yo no tenía manada. La soledad me abrumó durante unos segundos.

Ahora no tenía manada.

Pero seguía de pie y recuperé las fuerzas mientras caminaba hacia donde Sam planeaba el ataque con Paul y Jared. El líder se volvió al escuchar el sonido de mi avance y entrecerró los ojos negros.

No, repetí.

Lo percibió de inmediato en la nota de mis pensamientos, supo de mi elección en cuanto escuchó la voz alfa de mis pensamientos.

Retrocedió medio paso con un aullido de sorpresa.

¿Qué hiciste, Jacob?

No te seguiré en una causa completamente errada, Sam.

240

Clavó en mí los ojos, estupefacto.

¿Antepondrías tus enemigos a tu familia?

No son... Sacudí la cabeza para aclararme las ideas. *No son nuestros enemigos y nunca lo han sido.* No vi esa verdad hasta que no lo pensé suficiente, cuando me propuse destruirlos de verdad.

Esto no tiene que ver con los Cullen, sino con Bella, me gruñó. *Ella nunca ha sido tuya y jamás te ha elegido, y ¡aun así continúas destruyendo tu vida por ella!*

Eran palabras muy duras, pero no menos ciertas. Tomé una bocanada de aire para digerirlas.

Tal vez tengas razón, pero vas a destruir a la manada por ella, Sam. No importa cuántos sobrevivan esta noche, siempre tendrán ese crimen sobre sus conciencias.

¡Debemos proteger a nuestras familias!

Entiendo tu decisión, Sam, pero tú no decides por mí. Ya no.

No puedes dar la espalda a la tribu, Jacob.

Percibí el doble eco de la orden impartida con su voz de alfa, pero no sentí el peso de la misma porque ya no causaba efecto alguno en mí. Apretó la mandíbula en un intento de obligarme a responder a sus palabras.

Miré fijamente sus ojos coléricos.

El hijo de Ephraim Black no ha nacido para seguir al de Levi Uley.

Ah, entonces, ¿es eso, Jacob Black? ¡La manada nunca te seguirá, aunque me venzas!

El pelo del cuello se le puso de punta al tiempo que Paul y Jared gruñían con el pelaje erizado.

¿Vencerte? Pero si no voy a pelear contigo, Sam.

En tal caso, ¿qué pretendes? No tengo la menor intención de hacerme a un lado para que puedas proteger a la progenie del vampiro a expensas de la tribu.

No te lo voy a pedir.

Si les ordenas que te sigan...

No se me ha ocurrido privar a nadie de su voluntad.

Sacudió el rabo de un lado a otro y se echó hacia atrás para evaluar el buen tino de mis palabras. Entonces avanzó un paso y quedamos frente a frente. Exhibió los dientes a unos centímetros de los míos. Hasta ese momento no me di cuenta de que había crecido hasta ser más grande que él.

No puede haber más de un alfa, y la manada me ha elegido a mí. ¿Vas a separarte de nosotros esta noche? ¿Darás la espalda a tus hermanos o vas a poner fin a esta locura y volverás a reunirte con nosotros?

Todas y cada una de las palabras venían envueltas en una nota de autoridad, pero no hicieron efecto alguno en mí.

Fue en ese momento cuando comprendí la razón por la cual jamás había más de un macho alfa en la manada. Todo mi ser respondía al desafío y noté cómo me embargaba el instinto de defender lo que era mío. La fibra de mi esencia lupina se aprestó a la batalla para dirimir la supremacía.

Hice un gran esfuerzo por controlar esa reacción: no me iba a enzarzar en una pelea con Sam, que seguía siendo mi hermano, incluso aunque le diera la espalda.

Esta manada sólo tiene un alfa y yo no voy a cuestionar eso. Voy a elegir mi propio camino, eso es todo.

¿Ahora perteneces a un clan de vampiros, Jacob?

Solté un respingo.

No sé, Sam, pero hay algo de lo que sí estoy seguro...

Él retrocedió, abrumado por el peso de mi voz alta, que le afectaba más que la suya a mí, ya que yo había nacido para mandar sobre él.

… me voy a interponer entre ustedes y los Cullen. No voy a quedarme de brazos cruzados mientras la manada extermina a gente inocente. Se me hacía duro aplicar esa palabra a los vampiros, pero era la verdad. *La manada no se merece eso. Guíala en la dirección correcta, Sam.*

Un coro de aullidos rasgó el aire a mi alrededor cuando le di la espalda.

Me alejé del escándalo que había provocado y hundí las patas en el suelo para correr más, pues no disponía de mucho tiempo. Leah era la única con posibilidades de sobrepasarme, y yo ya había tomado ventaja.

Los aullidos se fueron disipando con la distancia, pero que la algarabía siguiera rasgando el silencio de la noche me consolaba: todavía no me seguían.

Debía avisar a los Cullen antes de que la manada se reuniera y me detuviera. Si el clan estaba alerta, Sam tendría que pensarlo dos veces antes de que fuera demasiado tarde. Imprimí mayor velocidad a mi carrera en dirección a la casa blanca, un lugar que seguía odiando, mientras dejaba atrás mi hogar, pues esa morada ya no era mía. Había renunciado a todo eso.

Hoy había comenzado como cualquier otro día. Había patrullado durante la noche para volver a casa en cuanto surgió un alba lluviosa. Desayuné con Billy y Rachel, con el sonsonete de fondo de los programas malos de la tele, y discutí con Paul por una tontería. ¿Cómo podía haber dado un giro tan completo y surrealista? ¿Cómo era posible que todo se hubiera enredado y complicado a tal punto que ahora estuviera solo y fuera un alfa contra mi voluntad? ¿Cómo había podido cortar lazos con mis hermanos y preferido a los vampiros?

El sonido que tanto había esperado y temido interrumpió el hilo de mis pensamientos: el suave impacto de unas garras enormes contra el suelo detrás de mí, en pos de mis huellas. Aumenté la fuerza de mis zancadas y me lancé como poseído por el bosque sombrío. Bastaba con que lograra acercarme suficiente para que Edward pudiera leer en mi mente la señal de alarma. Leah no sería capaz de detenerme ella sola.

En ese momento percibí el hilo de los pensamientos situados detrás de mí. No había ira, sino entusiasmo; había un instinto gregario y no de caza.

Detuve la carrera y di un par de traspiés antes de recuperar el equilibrio.

Espérame, no tengo las patas tan largas como las tuyas.

¿SETH? ¿Qué estás haciendo? ¡VUELVE A CASA!

No me respondió, pero logré percibir su entusiasmo mientras seguía mis pasos sin vacilar, y fui capaz de ver a través de sus ojos igual que por los míos. Para él, la escena nocturna estaba llena de esperanza y para mí era de lo más sombría.

No me percaté de que había disminuido la velocidad y de pronto lo tuve a un flanco, corriendo junto a mí.

No estoy bromeando, Seth. Éste no es lugar para ti. Vamos, lárgate.

El lobo flacucho de pelaje color arena resopló.

Te sigo a ti, Jacob. A mi modo de ver, tienes razón, y no voy a permanecer con Sam cuando...

Maldita sea: ¡claro que vas a correr detrás de Sam! Ya puedes mover tu peludo trasero hacia La Push, y acata las órdenes de Sam.

No.

¡Vete, Seth!

¿Es una orden, Jacob?

Su pregunta me hizo detenerme en seco. Resbalé, y para detenerme hundí las uñas en el lodo hasta que dejé surcos en él.

Yo no ordeno nada a nadie. Me limito a decirte lo que tú ya sabes.

Mi acompañante se dejó caer a mi lado sobre los cuartos traseros.

Yo voy a decirte lo que sé: fíjate cuánto silencio... ¿No lo has notado?

Parpadeé y moví la cola en señal de intranquilidad en cuanto comprendí a qué se refería. El silencio no era absoluto: lejos, en el oeste, los aullidos seguían llenando la noche.

Y no han cambiado de fase, me recordó Seth.

Ya lo sabía. Ahora la manada estaría en alerta roja. Podían usar el vínculo mental para ver con claridad por todos los flancos, pero yo era incapaz de escuchar sus pensamientos. Únicamente podía oír a Seth, y sólo a él.

Da la impresión de que el vínculo no existe entre dos manadas diferentes, ¿no? Supongo que no había razón para que nuestros padres lo supieran, pues no existía posibilidad alguna de que hubiera dos manadas separadas: nunca había lobos suficientes para dos grupos. Vaya. Qué silencio. Provoca desazón pero, por otro lado, también se siente bien, ¿no te parece? Apuesto que era más fácil para Ephraim, Quil y Levi; sería como ahora entre nosotros. No hay tanto parloteo siendo tres; o nada más dos.

Cállate, Seth.

Sí, señor.

¡Basta ya! No hay dos grupos. La manada va por un lado y yo por otro. Eso es todo, así que anda: vete a casa.

Si no hubiera dos manadas, ¿por qué tú y yo podemos oírnos perfectamente y no escuchamos a los demás? Creo que hiciste un movimiento significativo cuando te apartaste de Sam, provocaste un cambio, y creo también que el hecho de seguirte ha tenido relevancia.

Tienes razón, admití, *pero los cambios también son reversibles.*

Se incorporó y comenzó a trotar hacia el este.

Ahora no hay tiempo para discutir del asunto. Deberíamos movernos para anticiparnos a Sam.

También en eso tenía razón: no teníamos tiempo para esa discusión. Eché a correr de nuevo, pero me impuse un ritmo menos duro. Seth me siguió muy de cerca en el flanco derecho, el lugar tradicional reservado al segundo de la manada.

Puedo ir a donde me plazca, me aseguró, al tiempo que agachaba levemente el hocico. *No te sigo en busca de ser promovido. Corre hacia donde te dé la gana. Me da exactamente igual.*

Los dos aumentamos la velocidad de nuestra carrera a pesar de que no oíamos sonido alguno de una posible persecución. Ahora estaba más preocupado: las cosas iban a ser más difíciles si no podía meter la oreja en las conversaciones de la manada, pues tenía las mismas posibilidades que los Cullen de prever un ataque.

Podemos hacer rondas, sugirió Seth.

¿Y de qué nos sirve eso si nos desafía el grupo?, entorné los ojos. *¿Atacarías a tu camada, y a tu hermana?*

No, sembramos alarma y nos replegamos.

Buena respuesta, pero ¿qué hacemos luego? No creo...

Lo sé, admitió, ahora con menos confianza. *Tampoco yo me veo capaz de pelear contra ellos, la idea de atacarnos les gusta a ellos tan poco como a nosotros. Eso podría bastar para contenerlos, y además, ahora sólo son ocho.*

Deja de ser tan... optimista. Necesité cerca de un minuto para elegir la palabra adecuada. *Me sacas de quicio.*

De acuerdo, no hay problema. ¿Quieres que sea un agorero aguafiestas, o sólo que me calle?

Que te calles.

Puedo hacerlo.

¿De verdad? Yo creo que no.

Al fin, se calló.

En ese momento cruzamos el camino y el bosque situado alrededor de la casa de los Cullen. *¿Podría Edward oírnos ya?*

Quizá deberíamos ir pensando en un saludo, algo así como "venimos en son de paz".

El que más te guste.

¿Edward?, dijo Seth a modo de prueba. *¿Estás ahí, Edward? Bueno, ahora me siento como un idiota.*

Y también lo pareces.

¿Crees que puede oírnos?

Estábamos a kilómetro y medio.

Eso creo. Estee... Edward, si puedes oírme, chupasangre, prepara las defensas. Tienes un problema.

Tenemos un problema, me corrigió Seth.

Irrumpimos en el prado, corriendo entre los árboles. La casa estaba a oscuras, pero no vacía. Edward estaba en el porche, entre Emmett y Jasper. Bajo la escasa luz de la noche, parecían de nieve.

—¿Jacob? ¿Seth? ¿Qué ocurre?

Primero disminuí la velocidad y luego retrocedí varios pasos a causa del hedor. El olor de los vampiros respirado a través de mi nariz de lobo quemaba como el ácido, de veras. Seth se lamentó en silencio, dubitativo, y acabó por ponerse detrás de mí.

A fin de responder a la pregunta de Edward, rememoré la discusión con Sam. Seth se metía de vez en cuando para llenar las lagunas y mostró la escena desde otro ángulo. Nos detuvimos cuando llegamos a la parte de la abominación, ya que Edward siseó con furia y abandonó el porche de un salto.

—¿Quieren matar a Bella? —bufó con voz apagada.

Los otros dos Cullen no habían oído la primera parte de la conversación y tomaron aquella pregunta, formulada sin inflexión alguna, como una afirmación. Un momento antes estaban junto a él, y un segundo después exhibieron los colmillos y se abalanzaron sobre nosotros.

—Ey, no ésos, sino los otros. La manada viene hacia acá.

Emmett y Jasper retrocedieron. El segundo nos vigilaba mientras el primero se volvía hacia Edward.

—Pero ¿cuál es su problema? —inquirió Emmett.

—El mismo que el mío —repuso él con voz sibilante—, pero ellos han planteado otra forma de manejarlo. Reúne a los otros y llama a Carlisle por teléfono para que él y Esme vuelvan aquí ahora mismo.

Aullé con frustración. El clan estaba disperso.

—No están lejos —aseguró Edward con la misma voz lánguida de antes.

Voy a echar un vistazo, anunció Seth. *Correré por el perímetro este.*

—¿Te estás exponiendo a algún peligro, Seth? —quiso saber Edward.

Él y yo intercambiamos una mirada.

No lo creo, pensamos ambos al unísono. Luego, yo agregué: *Quizá debería ir yo también, sólo por si acaso.*

Es menos probable que me desafíen si voy solo, observó Seth. *A sus ojos, soy sólo un niño.*

Y a los míos también, chico.

Iré hacia allá. Necesitarás coordinarte con los Cullen.

Giró en redondo y se perdió en la oscuridad con la rapidez de una bala. No pensaba ordenarle que merodeara por el entorno, así que lo dejé ir.

Edward y yo nos quedamos el uno frente al otro en la oscura pradera. Emmett murmuraba algo por el teléfono celular mientras Jasper vigilaba la zona del bosque por la cual se había desvanecido Seth. Alice apareció en el porche y, tras contemplarme fijamente, con la ansiedad reluciendo en los ojos, fue a unirse a Jasper. Supuse que Rosalie continuaba adentro acompañando a Bella, protegiéndola de los atacantes equivocados.

—No es la primera vez que contraigo una deuda de gratitud contigo, Jacob —susurró Edward—. Jamás te habría pedido algo semejante.

Entonces pensé en su petición de aquella misma tarde. En lo tocante a Bella, él se saltaba todas las barreras habidas y por haber.

Sí, sí lo habrías hecho.

Lo pensó un rato y luego asintió.

—Supongo que tienes razón.

Suspiré pesadamente.

Bueno, tampoco es la primera vez que hago esto por ti.

—Cierto —murmuró.

Lo siento, no ha sido mi día de suerte, pero te advertí que Bella no me escucharía.

—Lo sé. En realidad, jamás pensé que lo hiciera, pero...

... tenías que intentarlo. Lo entiendo. ¿Está un poco mejor?

La voz y los ojos se le quedaron vacíos cuando, tras un suspiro, contestó:

—Ha empeorado.

No quería asumir esas dos palabras, y por eso me alegró tanto la intervención de Alice:

—¿Te importaría cambiar de forma, Jacob? Quiero enterarme de lo que pasa.

Sacudí mi cabeza lupina al tiempo que Edward le contestaba por mí.

—Necesita seguir como lobo para mantener el contacto con Seth.

—Bueno, en ese caso, ¿tendrías la amabilidad de decirme qué está pasando?

—La manada... llegó a la conclusión de que Bella se ha convertido en un problema. Los hombres lobo prevén un peligro potencial por parte de... lo que ella lleva en el vientre —Edward se explicó con frases entrecortadas y desprovistas de emoción—. Se consideran obligados a eliminar ese peligro. Jacob y Seth se separaron de la manada para avisarnos de que los demás planean lanzar un ataque esta misma noche.

Alice se alejó de mí entre siseos. Emmett y Jasper intercambiaron una mirada y luego recorrieron los árboles con los ojos.

Por aquí no hay nadie, informó Seth. *Todo está en calma por el lado este.*

Quizá anden por ahí.

Voy a dar otra vuelta.

—Carlisle y Esme vienen en camino —anunció Emmett—. Estarán aquí en veinte minutos cuando mucho.

—Deberíamos adoptar una posición defensiva —sugirió Jasper.

Edward asintió.

—Vayamos adentro.

Recorreré el perímetro junto con Seth. Si estoy demasiado lejos para que me leas la mente, presta atención a mi aullido.

—Así lo haré.

Los vampiros se replegaron al interior de la casa sin dejar de lanzar miradas a todas partes. Di media vuelta y eché a correr hacia el oeste antes de que estuvieran adentro.

Sigo sin encontrar nada, me dijo Seth.

Yo me encargo de la mitad del perímetro. Movámonos deprisa para no darles la oportunidad de que se cuelen entre nosotros a escondidas.

Seth salió por patas en un repentino *sprint*.

Estuvimos corriendo en silencio y los minutos transcurrieron sin novedad. Yo permanecí atento a cuanto él percibía a fin de verificar una correcta interpretación.

Ey, alguien se acerca a toda velocidad, me avisó al cabo de quince minutos en silencio.

Voy. Estoy cerca.

Mantén la posición; me parece que no es la manada. Esto parece otra cosa...

Seth...

Un soplo de brisa trajo un efluvio. Le leí la mente.

Es un vampiro. Apuesto a que es Carlisle.

Retrocede, Seth. Tal vez sea algún otro...

No, son ellos. Reconozco el aroma. Espera, voy a cambiar de fase y se lo explico todo.

Seth, no me parece que eso sea una buena...

Pero ya se había marchado.

Corrí lleno de ansiedad a lo largo de la zona oeste. Con la suerte que traía, ¿qué tal que ni siquiera era capaz de cuidar de él durante aquella enloquecedora nochecita? ¿Y si le sucedía algo estando bajo mi tutela? Leah me haría picadillo.

Por lo menos el chico se mantenía cerca y en menos de dos minutos volví a leerle la mente.

Sí eran Carlisle y Esme. Vaya sorpresa se llevaron al verme, ¿eh? Probablemente ya estarán dentro de la casa. Carlisle me dio las gracias.

Es un buen tipo.

Sí. Ésa es una de las razones por las que hacemos bien al obrar así.

Eso espero.

¿Por qué están tan preocupados, Jake? Te apuesto lo que quieras a que Sam no va a lanzar a la manada contra los Cullen esta noche. No es de los que se lanza en una misión suicida.

Suspiré. De todos modos, tampoco parecía importar.

Ah, pensó, *no tiene nada que ver con Sam, ¿verdad?* Di la vuelta al llegar al final de mi ronda. Capté el efluvio de mi compañero por donde había pasado por última vez. No dejaríamos brechas. *Crees que de todos modos Bella va a morir,* concluyó Seth.

En efecto, así es.

Pobre Edward. Debe de haber enloquecido.

Tal como lo dices.

La mención del nombre de Edward trajo a un primer plano otros recuerdos más candentes que el joven leyó con asombro.

Y entonces se puso a aullar.

Caray, hermano. Ni de broma. No lo hiciste. ¿Pero tú estás en la luna o qué, Jacob? ¡Lo sabías perfectamente! No puedo creer que lo hicieras. ¿Qué pensabas? Debiste decirle que no.

Deja de aullar, idiota. ¡Los Cullen creerán que viene la manada!

Oh, no.

Se interrumpió a medio aullido.

Di media vuelta y comencé a correr hacia la casa.

No te metas en esto, Seth. Ahora hazte cargo de la vuelta entera.

Se enfurruñó, pero lo ignoré.

Falsa alarma, falsa alarma, pensé mientras me acercaba a la carrera. *Lo lamento. Seth es joven y se olvida de las cosas. Fue una falsa alarma.*

Pude ver a Edward mirando por una ventana a oscuras en cuanto llegué al prado. Me adentré a buen paso, queriendo asegurarme de que había recibido el mensaje.

Ahí afuera no pasa nada… ¿entendiste?

Él asintió una vez en silencio.

Sería mucho más fácil si la comunicación no fuera unidireccional. Sin embargo, luego, me alegré mucho de no estar en la cabeza de Edward.

Él miró hacia atrás, al interior de la casa. Un escalofrío le recorrió todo el cuerpo. Me despidió con un gesto de la mano y volvió adentro, fuera de mi vista.

¿Qué ocurre?

Como si fuera a obtener una respuesta.

Me quedé muy quieto en el prado y agucé el oído. Con aquellas orejas lobunas casi era capaz de escuchar las suaves pisadas de Seth en el bosque, a varios kilómetros de allí. Por lo tanto era fácil escuchar casi cualquier sonido del interior del edificio.

—Era una falsa alarma —explicó Edward con esa voz de sepulcro, repitiendo lo que yo acababa de decirle—. Algo alteró a Seth y se puso a aullar sin acordarse de que estábamos esperando una señal. Es muy joven.

—Qué bonito esto de tener niñitos protegiendo el fuerte —refunfuñó una voz más profunda. Intuí que sería Emmett.

—Esta noche nos han prestado un gran servicio, Emmett —le recordó Carlisle—, y a un alto precio personal.

—Sí, ya lo sé. Sólo son celos; me gustaría estar ahí fuera.

—Seth no cree que Sam vaya a atacarnos ahora —contestó Edward de forma mecánica—, no ahora que estamos prevenidos y tras de haber perdido dos miembros del grupo.

—¿Y qué piensa Jacob? —quiso saber Carlisle.

—No es tan optimista.

Nadie dijo nada. Percibí un goteo que no logré situar, y también la cadencia apenas audible de la respiración de los Cullen, lo cual me permitía diferenciarla de la de Bella, más laboriosa y áspera. Su respiración entrecortada se sucedía a intervalos irregulares. Mi sentido del oído era capaz incluso de oír los latidos de su corazón desbocado. Los comparé con los del mío, pero no estaba muy seguro de que fueran equiparables, pues tampoco yo era un tipo precisamente normal.

—No la toques. Vas a despertarla —susurró Rosalie.

Alguien suspiró.

—Rosalie… —musitó Carlisle.

—No empieces, Carlisle. Antes te permitimos hacerlo a tu manera, pero hasta ahí vamos llegar.

Tuve la impresión de que Rosalie y Bella utilizaban ahora la primera persona del plural, como si ellas dos formaran ahora su propia manada.

Caminé en silencio por delante de la casa. Cada paso me llevaba un poco más cerca. Las oscuras ventanas parecían ser un juego de pantallas de televisión instaladas en un oscuro recibidor. Era imposible apartar los ojos de ellas durante mucho tiempo.

Al cabo de escasos minutos de dar vueltas me había acercado tanto que rozaba un lado del porche con el pelaje.

A esa distancia era capaz de ver a través de las ventanas tanto el techo y la araña de cristal que pendía de él como la parte superior de las paredes. Tenía estatura suficiente; me bastaba con estirar un poco el cuello y, cuando mucho, tal vez apoyar una pata en el extremo del porche.

Eché un vistazo al interior de la enorme y despejada sala, esperando contemplar una imagen similar a la de la tarde, pero todo había cambiado tanto que al principio me sentí desorientado y llegué a creer que me había equivocado de habitación.

No había señal de la pared de cristal, que ahora parecía de metal, y habían retirado todo el mobiliario. Bella estaba hecha un ovillo en una estrecha cama situada en el centro del espacio abierto. No era una cama normal, sino una con barandales, como las de las clínicas. Había otro parecido hospitalario: los cables de los monitores sujetos con correas a su cuerpo y tubos pegados a su piel. Los indicadores luminosos de las pantallas parpadeaban, pero no se oía más sonido que el del goteo del catéter intravenoso fijado al brazo, por el que corría un fluido denso y blanco, no transparente.

Estaba sumida en un duermevela intranquilo y respiraba con cierta dificultad. Tanto Edward como Rosalie se movían a su alrededor y se inclinaban sobre ella. De vez en cuando gemía y sufría convulsiones. Rosalie deslizaba la mano sobre la frente de Bella mientras su hermano permanecía de espaldas a mí, rígido como un palo. No podía verlo, pero algo debía tener escrito en el rostro a juzgar por las veces que Emmett se interponía entre ellos, más rápido de lo que se tarda en parpadear. Apoyó las manos en Edward y dijo:

—No esta noche. Debemos atender otras preocupaciones.

El interpelado se alejó de ellos. Volvía ser ese hombre atormentado y consumido. Sus ojos se encontraron con los míos durante un instante. Entonces me dejé caer sobre las cuatro patas y corrí de regreso al bosque sombrío.

Salí volando para reunirme con Seth; me largué para alejarme de lo que dejaba atrás.

Peor, sí: Bella estaba peor.

12. Hay quienes no entienden el concepto de "non grato"

Estaba a punto de quedarme dormido.

El bosque había pasado del negro al gris, ya que hacía como una hora que el sol había asomado entre el velo de las nubes. Seth se había hecho bola y se había quedado dormido al instante a eso de la una. Yo debía despertarlo al alba para hacer el relevo. Incluso a pesar de haber estado corriendo toda la noche, me había resultado muy difícil calmar mi mente desbocada lo suficiente para conciliar el sueño. El correteo rítmico de Seth había ayudado un poco. Uno, dos, tres cuatro. Uno, dos, tres cuatro. *Dum. Dum. Dum. Dum.* El apagado sonido de sus patas sobre la tierra reblandecida por la humedad había sonado una y otra vez mientras efectuaba el amplio recorrido de la propiedad de los Cullen. Lo cierto es que de tanto pasar por los mismos sitios ya estábamos dejando una marca en el suelo. Seth había tenido la mente en blanco, excepto por una borrosa mancha gris o verde mientras corría por el bosquecillo. Era muy apacible y había resultado de gran ayuda, pues me permitió llenar la mente con las imágenes de lo que él veía en vez de permitir que mis propios recuerdos ocuparan una posición central.

Y entonces, cuando me hallaba semidormido, un penetrante aullido de Seth rompió la quietud de los primeros momentos del amanecer.

Me levanté con paso inseguro, pues intenté hacer un *sprint* con las patas delanteras antes de haber afianzado las traseras. Corrí hacia el lugar donde Seth se había quedado helado al oír pisadas de patas. Alguien acudía corriendo hacia nosotros.

Muy buenos días, chicos.

Seth soltó entre dientes un gemido de sorpresa.

¡Ay, Dios! ¡Lárgate, Leah!, gimió Seth.

Me detuve al llegar junto a él, que ya había echado la cabeza hacia atrás, preparado para soltar otro aullido, en esta ocasión para expresar su inconformidad.

Basta de ruido, Seth.

Está bien. ¡Puf, puf, puf! Gimoteó un poco y arañó el suelo, donde levantó grandes surcos.

Leah apareció trotando tras eludir los densos matorrales del bosque gracias a su menudo cuerpo gris.

Vamos, deja de lloriquear, Seth. No seas tan infantil.

Le solté un gruñido y pegué las orejas a la cabeza. Ella retrocedió un paso de inmediato.

¿Qué crees que estás haciendo, Leah?

La loba resopló de malas. *Me parece bastante obvio, ¿no? Me uno a esta mierda de manada, al grupo de los renegados, al de los perros guardianes de vampiros.*

Soltó por lo bajo una risa sarcástica.

Ni de broma. Lárgate por donde viniste antes de que te desgarre un tendón.

Como si pudieras alcanzarme, replicó la loba; me dedicó una amplia sonrisa *¿Tienes ganas de una carrera, oh, audaz líder?*

Respiré hondo y llené tanto los pulmones que se me marcaron los costados hinchados. Luego, cuando estuve seguro de que no iba a ponerme a gritar, solté todo el aire de un soplo.

Seth, ve a tranquilizar a los Cullen; diles que sólo es la tonta de tu hermana. Lancé esa idea con la mayor hostilidad posible. *Yo me haré cargo de esto.*

Enseguida.

El chico estaba feliz de poder quitarse de en medio. Se desvaneció en dirección a la casa.

Leah resolló y se inclinó hacia él con el pelo del lomo erizado.

¿Lo vas a dejar ir solo al encuentro de los vampiros?

El pobre preferiría que ellos lo atacaran antes que pasar otro minuto contigo, estoy seguro.

Cállate, Jacob. Uy, lo siento; quería decir: cállate, oh, el más poderoso de los machos alfa.

¿A qué diablos viniste?

¿Crees que voy a quedarme sentada en casa mientras mi hermanito se ofrece voluntariamente a ser un juguete de masticar para vampiros?

Seth no desea ni necesita de tu protección. De hecho, nadie te quiere aquí.

Ay, ay, qué disgusto tan grande, nunca lo olvidaré. ¡Ja!, estalló. *Dime una sola persona que me quiera por aquí y me iré.*

Así que, después de todo, no viniste a causa de Seth, ¿no?

Por supuesto que sí. Intentaba hacerte saber qué se siente que nadie te quiera. No es un incentivo; no si sabes a qué me refiero.

Rechiné los dientes e intenté mantener erguida la cabeza.

¿Te envió Sam?

No hubieran sido capaces de oírme si hubiera venido por orden de él. Ya no le debo lealtad a Sam.

Presté especial atención a los pensamientos que iban entremezclados con las palabras. Debería ser capaz de ver en ellos si se trataba de un movimiento de distracción o una estratagema, pero no había nada de eso. Su afirmación era la pura verdad, una verdad renuente, casi desesperada.

Entonces, ¿ahora eres leal a mí?, inquirí con profundo sarcasmo. *Sí, sí, ya, ya. De acuerdo.*

No tengo muchas alternativas. Juego con las cartas que me tocan. Confía en mí, disfrutaré esto más que tú.

Eso era mentira. Había un tipo de entusiasmo muy agudo en su mente. La situación le molestaba, sí, pero también se estaba embarcando en algo muy anómalo. Hurgué en su mente en busca de algo que me permitiera comprenderla.

La loba reaccionó ante la intrusión y se le pusieron los pelos de punta. Por lo general, solía ignorar a Leah y jamás había intentado buscarle lógica a sus actos.

Nos interrumpió Seth, que venía quebrándose la cabeza en busca de una explicación al aspecto de Edward. Leah soltó un gañido, llena de ansiedad. El recién llegado nos ofreció la imagen del vampiro asomado a la misma ventana de la noche pasada, cuyo rostro impasible no mostró reacción alguna ante las noticias. Era un semblante vacío y sin vida.

Uf, qué mal aspecto tenía, dijo Seth para sus adentros. No mostró reacción alguna ante la noticia y desapareció en el interior de la casa. Seth había vuelto derechito hacia nuestra posición. Leah se relajó un poco.

¿Qué ocurre?, preguntó la loba; *ponme al día enseguida.*

¿Y para qué? Tú no te quedarás.

De hecho, señor Alfa, me quedo. No vayas a creer que no he intentado independizarme, pero tú mejor que nadie sabes perfectamente que eso no es posible, y como da la impresión de que debo pertenecer a alguien, pues te elijo a ti.

Leah, tú no me gustas, y yo a ti menos.

Gracias, capitán Evidente. A mí eso me importa un reverendo cacahuate. Me quedo con Seth.

Tampoco te gustan los vampiros. ¿No te parece que hay un pequeño conflicto de intereses?

Como si a ti te gustaran.

Pero yo me comprometí en esa alianza, y tú no.

Pienso mantener las distancias. Puedo patrullar por el exterior, como Seth.

¿Y se supone que debo confiar en ti durante tus turnos?

Ella estiró el cuello y se sostuvo con las puntas de los dedos en un intento de igualarme en altura para poder mirarme a los ojos.

No voy a traicionar a mi manada.

Me dieron ganas de echar la cabeza hacia atrás y lanzar un buen aullido, tal como había hecho Seth.

Ésta no es tu manada porque ni siquiera es una manada, pero ¿qué les pasa a los Clearwater? ¿Por qué no pueden dejarme solo?

Seth surgió de pronto por detrás de nosotros y se puso a lloriquear, ofendido. Genial.

Pero fui útil, ¿no, Jake?

Tú solo no eres un estorbo, chico, pero si entran juntos en el trato tú y tu hermana, la única forma que tengo de librarme de Leah es mandándote a casa, ¿puedes echarme la culpa por querer que vuelvas a casa?

Puf, Leah, ¡lo estropeas todo!

Sí, lo sé, repuso ella.

Una enorme carga de desesperación lastraba ese pensamiento.

Sentí el dolor implícito en esas tres palabras tan cortas; era más de lo que había supuesto. No quería sentir aquello. No deseaba sentirme mal por ella. Los lobos no le habían dado tregua, claro, pero ella había acudido a la manada con esa carga de amargura que oscurecía todos sus pensamientos y convertían su mente en una auténtica pesadilla.

Seth también se sintió culpable.

Jake, no me enviarás de vuelta, ¿verdad? Leah no es tan mala, de veras, quiero decir: con su ayuda podemos extender el perímetro de vigilancia, y eso deja la manada de Sam en siete unidades. Sin ella no es posible que lance un ataque que nos sobrepase en número. Probablemente convenga...

Sabes que no es mi deseo liderar una manada, Seth.

Pues entonces no nos mandes, propuso Leah.

Resoplé.

Genial. Vamos, pónganse a correr alrededor de la casa.

Éste es mi lugar, Jake, intervino Seth. *Me caen bien esos vampiros, los Cullen. Los considero como si fueran personas, y voy a protegerlos porque se supone que ése es nuestro deber.*

Quizá sea tu lugar, chico, pero no el de tu hermana, y ella irá a donde tú vayas...

Me detuve en seco, porque me percaté de algo que no había visto antes, cuando estaba pronunciando esas palabras; algo sobre lo que la recién llegada había procurado no pensar.

Leah no iba a cualquier sitio.

Creí que esto tenía relación con Seth, pensé con aflicción.

Ella dio un respingo.

Vine aquí por Seth, por supuesto.

Y para alejarte de Sam.

Apretó con fuerza la mandíbula.

No tengo que explicarte mis razones; sólo debo atenerme a lo que digo. Pertenezco a tu manada, Jacob, y punto.

Me alejé de ella entre gruñidos.

Mierda. Jamás me la quitaría de encima. Por mucho que me detestara y por mucho que le molestara tener que proteger a los Cullen, cuando en realidad los aborrecía tanto que sería dichosa si fuéramos a matarlos a todos en ese mismo instante, la realidad era que nada de eso se comparaba con el sentimiento que le embargaba ante la posibilidad de librarse de Sam.

A Leah yo no le gustaba ni en pintura, así que no era extraño que yo deseara que desapareciera.

Ella amaba a Sam. Seguía queriéndolo, y que él deseara su desaparición dolía más de lo que ella estaba dispuesta a soportar ahora que tenía una alternativa. Leah iba a aceptar cualquier opción, aunque eso significara tener que convertirse en perrito faldero de los Cullen.

No sé si yo iría tan lejos, me atajó ella. Intentó imprimir a su pensamiento un tono agresivo y duro, pero había muchas fisuras en esa imagen de firmeza. *Estoy segura de que antes protagonizaría unos cuantos intentos de suicidio.*

Mira, Leah...

No, mira tú, Jacob: deja de discutir conmigo, porque esto no le va a hacer bien a nadie. Me mantendré apartada de tu camino, ¿de acuerdo? Haré todo lo que quieras, excepto volver a la manada de Sam y ser la patética antigua novia de la que él no puede deshacerse. Se sentó sobre los cuartos traseros y me miró fijamente a los ojos. *Si quieres que me vaya, tendrás que obligarme.*

Me pasé un largo minuto de mal humor y refunfuñando. Empezaba a sentir cierta simpatía por Sam a pesar de cómo se había comportado con Seth y conmigo. No me extrañaba que siempre estuviera dando órdenes. ¿De qué otro modo iba a lograr que se hicieran las cosas?

¿Te enojarías mucho conmigo si mato a tu hermana, Seth?

El aludido fingió considerarlo durante rato.

Bueno, probablemente sí.

Suspiré.

De acuerdo, entonces, señorita Hago-lo-que-se-me-antoja. ¿Por qué no empiezas siendo útil y nos cuentas lo que sabes? ¿Qué ocurrió anoche después de que nos fuimos?

Se armó un escándalo de aullidos, pero lo más probable es que oyeran esa parte. Fueron tan fuertes que nos tomó un buen rato descubrir que ya no podíamos escuchar sus pensamientos. Sam estaba... Las palabras le fallaron, pero no hacían falta: pudimos verlo con la mente. Tanto Seth como yo nos encogimos. *Después de eso, enseguida quedó claro que tendríamos que pensarlo dos veces. Sam tenía planeado hablar con los ancianos a primera hora de la mañana. Se suponía que íbamos a reunirnos y trazar un plan de acción, pero me atrevo a decir que él no tenía intención de lanzar un ataque inmediato, porque después de sus deserciones y con los vampiros sobre aviso, era un suicidio. No estoy segura de sus planes, pero si yo fuera un chupasangre no merodearía solo por el bosque. Se acaba de abrir la temporada de caza del vampiro.*

¿Decidiste largarte esta mañana?, le pregunté.

Pedí permiso para volver a casa y contarle a mi madre lo que había sucedido la noche anterior, cuando nos dividimos para patrullar.

¡Maldición! ¿Se lo contaste a mamá?, aulló Seth.

Deja a un lado el rollo familiar un momento, Seth. Continúa, Leah.

En cuanto adopté forma humana me tomé un minuto para darle vueltas a lo ocurrido; bueno, a decir verdad, me tomé toda la noche. Apuesto a que los demás pensaron que me había dormido, pero había mucho sobre lo cual reflexionar, todo esto de dos manadas separadas con dos mentes grupales diferentes. Al final, sopesé la seguridad de Seth y las... eh... demás ventajas, por un lado frente a la idea de convertirme en una traidora y soportar la pestilencia a vampiro por quién sabe cuánto tiempo. Ya sabes cuál fue mi decisión. Le dejé una nota a mi madre. Supongo que nos enteraremos del momento en que Sam se dé cuenta...

La joven Clearwater alzó una oreja hacia el oeste.

Sí, eso imagino, coincidí.

Así que eso es todo. ¿Y qué hacemos ahora?, preguntó ella.

Leah y su hermano me miraron expectantes.

Ése era el tipo de cosas que no deseaba tener que hacer.

Por ahora nos limitaremos a mantener los ojos abiertos. No podemos hacer nada más. Lo más probable es que quieras echar una siestecita, Leah.

Tú tienes tanto o más sueño que yo.

¿Pero no ibas a hacer lo que yo te dijera?

Está bien, de acuerdo, harás que me salgan canas, refunfuñó; luego, bostezó. *Bueno, lo que sea, no me preocupa.*

Voy a patrullar la línea fronteriza, Jake. No estoy cansado, para nada. Seth tenía tal alegría en el cuerpo porque no los hubiera obligado a volver a casa, pero no dejaba de hacer cabriolas de puro entusiasmo.

Sin duda, sin duda. Voy a hacer acto de presencia en casa de los Cullen.

Seth siguió el sendero recién impreso en la tierra reblandecida por la humedad. Leah lo miró con gesto pensativo.

Tal vez un par de rondas antes de quedar catatónica... Oye, Seth, ¿quieres ver cuántas lamidas soy capaz de darte?

¡No!

Leah se internó en el bosque a toda prisa en pos de su hermano. Aulló bajito mientras sofocaba una risita.

Expresé mi descontento con un gruñido, pero fue en vano: se acabaron el silencio y la paz.

Leah estaba haciendo un gran esfuerzo. Había reducido las burlas al mínimo mientras recorría el circuito de vigilancia, pero era imposible pasar por alto su actitud, que se excedía en confianza en sí misma. Me acordé entonces del dicho "dos son compañía". No se aplicaba a este caso. Yo solo ya tenía la mente bien ocupada, pero si éramos tres me resultaba difícil no pensar que estaba dispuesto a cambiarla por cualquier otro de la manada.

¿Y qué me dices de Paul?, sugirió ella.

Quizá, concedí.

Ella se rió para sus adentros, demasiado nerviosa y acelerada como para tomárselo a mal. Me pregunté cuánto le duraría el efecto de evitar la compasión de Sam.

Entonces, ése será mi objetivo, ser menos molesta que Paul.

Sí, haz la prueba.

Adopté forma humana cuando llegué a pocos metros del prado, a pesar de que no había planeado pasar mucho tiempo como hombre en esa zona, pero tampoco había contado con tener a Leah en mi cabeza. Me puse los raídos shorts y crucé el jardín.

La puerta se abrió antes de que pusiera un pie en las escaleras. Carlisle salió a mi encuentro. Me sorprendió que fuera él en vez de Edward. Llevaba escrito en el semblante el cansancio y la derrota. El corazón se me heló durante un instante y tropecé, incapaz de decir ni mu.

—¿Estás bien, Jacob? —inquirió el vampiro.

—¿Bella...? —pregunté con voz estrangulada.

—Ella está... estable, como la noche pasada. ¿Te asustó mi presencia? Lo siento... Edward me anunció que llegabas en forma humana y vine a recibirte, pues él no quiere separarse de Bella ahora que está despierta.

Edward no quería perderse ni un minuto de la compañía de Bella, ya que a ésta no le quedaba mucho tiempo de vida. Carlisle no lo dijo en voz alta, pero la idea flotaba en el aire como si lo hubiera hecho.

Habían pasado bastante horas desde que dormí, antes de mi última ronda, y fue entonces cuando sentí el bajón. Me adelanté un paso y me dejé caer sobre uno de los escalones del porche; apoyé la espalda en el barandal.

Carlisle se sentó en el mismo escalón, descansando el cuerpo sobre la otra barandilla, con ese sigilo que únicamente los vampiros poseen.

—La noche pasada no tuve oportunidad de darte las gracias, Jacob. No sabes cuánto aprecio tu… compasión. Sé que tu propósito es proteger a Bella, pero te debo la seguridad del resto de mi familia. Edward me contó lo que hiciste…

—No fue nada… —murmuré.

—Como prefieras.

Permanecimos sentados en silencio. Podía oír la conversación de los demás en el interior del edificio. Escaleras arriba, Emmett, Alice y Jasper hablaban en voz baja con tono serio. Esme tarareaba de forma disonante en otra habitación. Rosalie y Edward respiraban… No sabría explicar cuál era la diferencia, pero me sentía perfectamente capaz de apreciar la diferencia entre su aspiración y el resuello trabajoso de Bella, cuyos latidos arrítmicos también podía escuchar.

Era como si el destino se hubiera propuesto obligarme a llevar a cabo todo lo que había prometido no hacer en las últimas veinticuatro horas. Y yo estaba holgazaneando por allí, en espera de la noticia de su muerte.

No quise seguir escuchando. Hablar era mejor que oír.

—¿Considera a Bella una más de familia? —le pregunté a Carlisle. Había notado algo en su comentario anterior, cuando me había agradecido la ayuda que le había brindado al "resto de mi familia".

—Sí, ya la considero como otra hija más, una muy querida.

—Pero la dejará morir.

Se quedó en silencio durante tanto tiempo que acabé por alzar la vista. Su rostro reflejaba un enorme cansancio. Sabía cómo se sentía.

—Tengo una idea de tu opinión al respecto —contestó al final—, pero no puedo ignorar su voluntad. No sería correcto elegir por ella ni obligarla.

Me habría encantado enojarme con él, pero resultaba difícil. Era como si me estuviera devolviendo mis propias palabras, pero entremezcladas. Si antes eran válidas, ahora también, pero era difícil aceptarlo cuando Bella se estaba muriendo; aun así... Me acordé de cómo me sentía en el suelo, aplastado por la voz alfa de Sam, sin otra elección que verme involucrado en el asesinato de mi amada. Sin embargo, no era lo mismo. Sam se equivocaba y Bella amaba a las criaturas indebidas.

—¿Usted cree que tiene alguna posibilidad de lograrlo? Como vampiro, quiero decir, no como humana. Bella me contó de Esme.

—Yo diría que existe una posibilidad razonable —respondió con calma—. He visto obrar milagros al veneno del vampirismo, pero hay extremos que ni siquiera éste es capaz de superar. El corazón de Bella late ahora con demasiado esfuerzo; si le falla... No podré hacer mucho por ella.

El corazón de la embarazada palpitó de forma agitada e irregular, dándole un énfasis agónico a las palabras del médico.

Quizá el planeta había empezado a invertirse. Eso justificaría que ahora todo fuera lo contrario a como eran las cosas el día anterior, y la explicación de por qué confiaba en lo que antes me había parecido lo más abominable del mundo.

—Con exactitud, ¿qué le está haciendo esa *cosa*? —inquirí con un hilo de voz—. Anoche estaba mucho peor. Miré por la ventana y vi los tubos y toda la parafernalia…

—El feto no es incompatible con el cuerpo, pero sí demasiado fuerte. Por eso es posible que ella pueda soportarlo durante un tiempo. El mayor problema es que la criatura no le permite obtener el sustento necesario. El cuerpo de Bella rechaza cualquier forma de nutrición. He intentado aportarle nutrientes por vía intravenosa, pero no los asimila. La enfermedad se está acelerando. Observo al feto y también a ella, y la veo morir de inanición hora tras hora. No logro detenerlo ni que vaya más lento, y tampoco he sido capaz de descubrir el propósito del feto.

La voz fatigada se le quebró al final de la frase.

Me embargó el mismo sentimiento del día anterior, cuando vi los trazos morados en el vientre: rabia y algo de locura.

Cerré las manos hasta convertirlas en puños para controlar los temblores. Odiaba a esa cosa que le hacía daño. No le bastaba con golpearla desde adentro, no: ese monstruo también tenía que matarla de hambre. Probablemente sólo estaba buscando algo que morder, una garganta para succionar sangre, y como todavía no tenía el tamaño suficiente para matar a nadie de ese modo, se conformaba con irle absorbiendo la vida a Bella.

Yo podía decirle al doctor Cullen qué quería *eso*: muerte y sangre, sangre y muerte.

Se me pusieron los pelos de punta y me subió la temperatura de la piel. Inhalé y exhalé despacio, en un intento de recuperar la calma.

—Me gustaría poder tener una idea más precisa de qué es exactamente —susurró el doctor—, pero el feto está bien protegido. No he podido obtener imágenes ultrasónicas de él, y dudo que haya forma de introducir una aguja en las membranas del saco amniótico. De todos modos, Rosalie tampoco me dejaría intentarlo.

—¿Una aguja...? —musité—. ¿Y eso para qué serviría?

—Cuanto más sepa del embrión, más podré hacerme una idea aproximada de sus capacidades. Qué no daría yo por una simple muestra de líquido amniótico. Sólo con saber el número de cromosomas...

—No entiendo, doctor. ¿Podría simplificarlo un poco?

Carlisle se rió entre dientes, pero había una nota de agotamiento incluso en sus carcajadas.

—De acuerdo. ¿Qué sabes de biología? ¿Has estudiado los pares de cromosomas?

—Creo que sí. Tenemos veintitrés, ¿no?

—Los humanos, sí.

Hice gestos.

—¿Cuántos tiene usted?

—Veinticinco.

Clavé la mirada en los puños durante unos instantes.

—¿Y qué significa eso?

—En un principio llegué a creer que nuestras especies eran completamente diferentes, que tenían menos relación que dos felinos tan dispares como un león de la sabana y un gato doméstico, pero esta nueva vida... bueno, sugiere que a nivel genético somos más compatibles de lo que suponía a principio —suspiró con tristeza—. No les advertí porque lo ignoraba.

También yo suspiré. Había sido tan fácil odiar a Edward por semejante ignorancia, y seguía aborreciéndolo, pero se me hacía muy difícil sentir lo mismo contra Carlisle, tal vez porque las sombras de los celos no alcanzaban al doctor.

—El número de cromosomas podría ayudarnos a saber si el feto está más cerca de nuestra naturaleza o de la suya, y también sabríamos qué esperar —luego, se encogió de hombros—. Puede que no sirva de nada. Supongo que sólo deseo tener algo que hacer, cualquier cosa.

—Me pregunto cómo serán mis cromosomas —musité al azar.

Volví a darle vueltas a las pruebas de esteroides y *antidoping* para los atletas de las Olimpiadas. ¿Funcionaría conmigo un escáner de ADN?

Carlisle tosió con timidez.

—Tienes veinticuatro pares de cromosomas, Jacob.

Volví lentamente la cabeza para mirarlo fijamente y alcé las cejas en gesto de muda pregunta. El médico pareció avergonzado.

—Sentía… sentía una gran curiosidad. Me tomé la libertad de averiguarlo cuando te traté, en junio pasado.

Lo estuve sopesando durante un instante.

—Supongo que debería molestarme, pero no me importa.

—Lo siento; debí pedirte permiso.

—Está bien, doctor. No pretendía hacerme daño.

—No, te aseguro que jamás tuve esa intención. Es sólo que… Bueno, tu especie me parece fascinante. Su divergencia genética del género humano es muy interesante. Casi mágica.

—¡Abracadabra! —murmuré.

Ya iba a empezar él, igual que Bella, con toda esa monserga de la magia.

Carlisle soltó otra de sus risas lastradas por la fatiga.

Entonces escuchamos la voz de Edward en el interior de la casa y ambos hicimos una pausa para enterarnos mejor.

—Vuelvo enseguida, Bella. Quiero hablar un momento con Carlisle. De hecho, ¿podrías acompañarme, Rosalie?

La voz de Edward sonaba diferente, era menos sepulcral, había en ella una nota de vida, una chispa de algo, tal vez no se trataba exactamente de esperanza, pero quizá sí del deseo de una ilusión.

—¿Qué ocurre, Edward? —inquirió Bella con voz ronca.

—No debes preocuparte de nada, cariño. Será cosa de un segundo. ¿Vienes, Rose?

—¿Esme? —llamó la aludida—. ¿Puedes cuidar a Bella por mí?

Percibí un susurro similar al de un soplo de viento cuando Esme bajó corriendo las escaleras antes de contestar:

—Por supuesto.

Carlisle cambió de posición y se volvió para contemplar la puerta con expectación. Edward cruzó el umbral en primer lugar, seguido de Rosalie, que le pisaba los talones. A su rostro le sucedía lo mismo que a la voz: ya no era el de un muerto. Parecía intensamente concentrado mientras que Rosalie le lanzaba miradas recelosas.

Edward cerró la puerta.

—Carlisle... —empezó diciendo con un hilo de voz.

—¿Qué ocurre, Edward?

—Quizá hemos enfocado esto de un modo erróneo. Estaba escuchando su conversación sobre las intenciones del feto, y Jacob tuvo una ocurrencia muy interesante.

¿Yo? ¿Qué rayos había pensado yo? Me había limitado a expresar mi odio hacia la criatura. Al menos no era el único que pensaba de ese modo. Estaba seguro de que él mismo se las veía negras para usar un término tan suave como "feto".

—No lo hemos abordado desde ese ángulo —prosiguió Edward—. Hemos intentado satisfacer las necesidades de Bella y su cuerpo lo está aceptando tan "bien" como cualquiera de nosotros. A lo mejor deberíamos atender primero los apetitos del... feto. Tal vez la ayudemos con más eficacia si podemos satisfacer sus exigencias, no las de ella.

—No te entiendo, Edward.

—Piénsalo un momento, Carlisle: si la criatura tiene más de vampiro que de humano, ¿no te imaginas qué desea fervientemente? ¿Acaso no sabes qué le falta? Jacob lo adivinó.

¿Sí? Repasé la conversación que había mantenido con el doctor y los pensamientos que me había reservado. Lo recordé en el mismo instante en que Carlisle lo comprendió.

—Vaya —dijo con sorpresa—. ¿Crees que está... sediento?

Rosalie siseó hacia el cuello de su camisa, pero había abandonado todo recelo. Su rostro repulsivamente hermoso estaba iluminado de alegría y los ojos se le habían puesto como platos de puro entusiasmo.

—Por supuesto —murmuró—; Carlisle, tenemos guardada toda esa sangre del tipo O negativo para Bella. Es una idea estupenda —añadió sin dirigirme la mirada.

—Hum —Carlisle se llevó la mano al mentón, sumido en sus pensamientos—. Me pregunto, en tal caso, ¿cuál sería la mejor forma de administrársela?

Rosalie meneó la cabeza.

—No tenemos tiempo para ponernos creativos, ¿de acuerdo? Sugiero empezar por el sistema tradicional.

—Aguarda un minuto, espera, espera —murmuré—. ¿Estás sugiriendo que Bella... beba sangre?

—Fue idea tuya, perro —replicó Rosalie, que fue capaz de fruncirme el ceño sin mirarme.

La ignoré y observé a Carlisle. En sus ojos relucía el mismo juego de posibilidades y esperanzas que había visto en el semblante de Edward. Se mordió los labios, absorto.

—Es que me parece... —me detuve, incapaz de encontrar la palabra adecuada.

—¿Monstruoso? —sugirió Edward—. ¿Repulsivo?

—Algo por el estilo.

—Pero, ¿y si eso le ayuda? —inquirió en voz baja.

Sacudí la cabeza con furia.

—¿Qué van a hacer? ¿Meterle un tubo en la garganta?

—Antes que nada, tengo intención de pedirle su opinión, pero primero quería pedir el visto bueno de Carlisle.

Rosalie asintió.

—Ella va a estar dispuesta a hacer cualquier cosa si le dices que es en beneficio del bebé, incluso aunque eso signifique que tengamos que alimentarlos a través de un tubo.

En cuanto oí el tono meloso y sentimental con que pronunció la palabra "bebé", me di cuenta de que la muñeca iba a propiciar cualquier cosa que ayudara a la viabilidad del pequeño monstruo succionador de vida. ¿De eso se trataba? ¿Ése era el misterioso eslabón que las unía a ambas? ¿Quería el bebé para ella?

Con el rabillo del ojo vi que Edward asentía. Supe que estaba contestando a mis preguntas mientras fingía estar distraído y sin mirar en mi dirección.

Caramba. Jamás me habría imaginado que una Barbie tan fría y distante como ella tuviera un lado maternal. Todo ese rollo de proteger a la madre... Era muy probable que Rosalie le metiera a la fuerza el tubo a Bella en la garganta.

Edward frunció los labios en un seco gesto obstinado. Supe que había vuelto a acertar.

—Bueno, no tenemos tiempo para sentarnos a debatir el tema tranquilamente —saltó Rosalie, impaciente—. ¿Qué opinas, Carlisle? ¿Podemos intentarlo?

El interpelado respiró hondo y se puso de pie.

—Vamos a preguntarle a Bella.

La muñeca sonrió satisfecha, segura de que se saldría con la suya si la decisión se sometía a consideración de la madre.

Avancé a rastras por las escaleras y los seguí cuando entraron en la casa. No estaba muy seguro de mis motivos. Quizá era simple curiosidad morbosa, pues esto parecía una película de terror. Monstruos y sangre por todos lados.

O tal vez simplemente no podía resistir otro brusco descenso de mi esperanza cada vez más pequeña.

Bella yacía acostada en la cama de hospital. Su vientre parecía una montaña debajo de la sábana. El tono descolorido y traslúcido de su piel hacía que pareciera de cera. Se podría pensar que estaba muerta de no ser por el movimiento de su pecho, al ritmo de una respiración poco profunda, y por los ojos, que siguieron nuestro acercamiento con cautela.

El resto de los Cullen ya estaba junto a ella luego de haber cruzado la sala con movimientos súbitos y rápidos. La escena daba mala espina. Me acerqué sin prisa y con paso lento.

—¿Qué ocurre? —inquirió Bella con un hilo de voz rasposa al tiempo que alzaba una mano crispada para proteger su vientre con forma de balón.

—Jacob sugirió una idea de posible utilidad —contestó Carlisle. La verdad, podía haberme dejado fuera de esto. Yo no había propuesto nada; que le diera todo el mérito de la idea a su esposo, el chupasangre, que era el autor de la ocurrencia—. No será agradable, pero…

—… ayudará al bebé —se apresuró a interrumpir Rosalie—. Hemos pensado en una forma mejor de alimentarle. Bueno, tal vez…

Bella parpadeaba y luego empezó a reír entre dientes, lo cual acabó en un acceso de tos.

—¿Algo no muy agradable? —murmuró—. Vaya, qué gran cambio, ¿no?

Miró el tubo de su brazo y volvió a toser.

La Barbie se rió con ella.

Tenía fuertes dolores y, a juzgar por su aspecto, le quedaban pocas horas de vida; pese a todo, seguía haciendo bromas. Bella era así: siempre procuraba suavizar las situaciones y facilitarle las cosas a todo el mundo.

El marido sorteó a Rosalie sin el menor asomo de risa en su gesto de suma seriedad. Eso me gustaba; saber que la estaba pasando peor que yo ayudaba, aunque sólo fuera un poco. Le tomó la mano con la que no protegía la barriga hinchada.

—Bella, mi amor, te vamos a pedir que hagas algo monstruoso y repulsivo —le dijo Edward, utilizando los mismos adjetivos calificativos que me había sugerido a mí hacía un momento.

Bueno, al menos se lo decía clarito y sin rodeos.

Su respiración poco profunda se aceleró.

—¿Qué tan malo?

—Creemos que las preferencias alimentarias del feto podrían ser más propias de nuestra naturaleza que de los de la tuya. Sospechamos que está sediento.

Ella parpadeó.

—Oh. Oh.

—Tu estado se deteriora rápidamente; bueno, el de los dos. No hay tiempo que perder y debemos poner esto en marcha del modo más digerible posible. La manera más rápida de comprobar la teoría es que…

— …beba sangre —concluyó ella en un susurro. Luego asintió brevemente, ya que no le quedaban fuerzas más que para mover un poco la cabeza—. Puedo hacerlo, así voy practicando para el futuro, ¿eh?

Los labios agotados de la embarazada se estiraron hasta formar una débil sonrisa mientras miraba a Edward. Él no se la devolvió.

Rosalie empezó a dar golpecitos en el suelo con la punta del zapato. El sonido resultaba de lo más irritante. Me pregunté cómo reaccionaría si la estampaba contra la pared en ese mismo momento.

—Bueno, ¿quién me pasa un oso pardo? —bromeó Bella.

Carlisle y Edward intercambiaron una mirada rápida. Rosalie dejó de zapatear.

—¿Qué pasa? —preguntó Bella.

—La prueba sería más efectiva si tomáramos la vía rápida —contestó el doctor.

—Si lo que el feto desea es sangre —le explicó Edward—, no va a ser sangre de animal.

—Tú no notarás la diferencia, Bella —la animó Rosalie—. No le des vueltas.

Ella abrió los ojos como platos.

—¿Quién…? —inquirió con un suspiro, y su mirada revoloteó hacia mí.

—No vine como donante, Bella —refunfuñé—. Además, lo que esa cosa busca es sangre humana, y dudo que la mía le sirva…

—Disponemos de sangre —le informó Rosalie, dejándome con la palabra en la boca y actuando como si yo no estuviera allí—. Tenemos una reserva para ti, sólo por si acaso. No te preocupes de nada en absoluto. Todo va a salir bien. Tengo un buen presentimiento, Bella. Creo que el bebé estará mucho mejor.

Ella recorrió el vientre con la mano.

—Bueno —repuso con voz áspera—, tengo hambre, y apuesto a que él también —intentaba hacer otra broma—. Adelante, será mi primer acto vampírico.

13. Suerte que tengo estómago de hierro

Carlisle y Rosalie salieron disparados escaleras arriba en un abrir y cerrar de ojos. Los escuché discutir sobre la conveniencia de calentar o no la sangre antes de dársela. Puaj. Me pregunté qué tipo de utilería de casa del terror tendrían guardada por allí: un refrigerador lleno de bolsas de sangre. ¿Qué más podía haber? ¿Una sala de tortura? ¿La habitación de los féretros?

Daba la impresión de que a Edward le faltaba energía para mantener viva la llama de la esperanza que antes había prendido en él. Se quedó junto a su esposa. Ambos se tomaron de la mano y se miraron a los ojos, pero no era la típica escena acaramelada. Era como si estuvieran manteniendo una conversación. Me recordó a las de Sam y Emily.

No, no era acaramelada, pero eso lo hacía aún más duro.

Sabía que aquello era igual para Leah: tener que presenciarlo todo el tiempo y oírlo en la mente de Sam. Y todos nos sentíamos fatal por ella, por supuesto, no éramos monstruos; bueno, al menos no en ese sentido, pero supongo que sí podíamos culparla por lo mal que lo aceptaba, pues nos reprendía duramente a todos en un intento de hacernos sentir tan mal como ella.

Jamás volvería a echarle la culpa. ¿Cómo puede alguien no extender ese tipo de desdicha a su alrededor? ¿Cómo no va a intentar cualquier persona aliviar un poco su carga, descargando una parte sobre los demás?

Y si eso implicaba tener mi propia manada, ¿con qué derecho podía culparla por arrebatarme la libertad? Yo hubiera hecho exactamente lo mismo. Si hubiera una vía de escape para ese dolor, también yo la usaría.

Rosalie bajó como bólido al cabo de un segundo y pasó por la habitación como una racha de viento para dirigirse a la cocina, donde oí el chirrido de la puerta de una alacena y cómo vertía un líquido caliente.

Bella alzó las cejas con curiosidad, pero Edward se limitó a negar con la cabeza.

—No uses una transparente, Rosalie —murmuró Edward, y luego torció los ojos.

La interpelada volvió sobre sus pasos y desapareció de nuevo en la cocina.

—¿Fue idea tuya? —susurró Bella con voz rasposa haciendo el esfuerzo de hablar con el volumen necesario para que pudiera oírla, olvidando lo fino que tengo el oído; no me gustaba mucho que pasara por alto tan a menudo que yo no era completamente humano. Me acerqué un poco para no obligarla a hacer esfuerzo alguno.

—A mí no me culpes de esto. Tu vampiro eligió unos cuantos comentarios sarcásticos de mi mente.

—No esperaba verte de nuevo —admitió, sonriendo un poco.

—Tampoco yo —reconocí.

Me sentí un poco raro allí, de pie en esa sala. Los vampiros habían retirado todo el mobiliario para instalar un equipo médico. Imagino que eso no les molestaba. Estar de pie o sentado no importa mucho cuando eres de piedra. A mí también me hubiera dado lo mismo si no hubiera estado tan cansado.

—Edward me contó lo que tuviste que hacer. Lo siento.

—Está bien. Probablemente era cuestión de tiempo que yo estallara por alguna misión que me asignara Sam —le mentí.

—Y Seth —agregó ella en voz baja.

—De hecho, está encantado de poder echar una mano.

—Lamento meterte en problemas.

Solté una risotada que tenía más de ladrido que de risa. Bella suspiró débilmente.

—Supongo que esto no es nuevo, ¿verdad?

—No, la verdad no.

—No tienes que quedarte a ver esto —comentó, sin articular apenas las palabras.

Podía salir, y seguramente incluso era una buena idea, seguro, pero a juzgar por el aspecto de la enferma en aquel momento, si lo hacía podía perderme los últimos quince minutos de su vida.

—En realidad no tengo ningún sitio adonde ir —repliqué, haciendo un gran esfuerzo para que mi voz no delatara emoción alguna—. Eso de ser lobo es menos divertido desde que se nos unió Leah.

—¿Leah? —preguntó ella sin aliento.

—¿No se lo contaste? —inquirí a Edward.

Éste contestó encogiéndose de hombros y no apartó los ojos de Bella. Supuse que Leah no era una noticia relevante y que no la consideraba a la misma altura que los demás hechos que se estaban produciendo.

Bella no se lo tomó tan a la ligera. Parecía que lo consideraba una mala noticia.

—¿Por qué? —quiso saber.

No quise soltarle la versión entera, más larga que un domingo sin pan.

—Para tener vigilado a Seth.

—Pero ella nos odia —susurró Bella.

Nos. Se incluía ya entre los vampiros. Genial. Sin embargo, pude ver que tenía miedo.

—No va a molestar a nadie —*excepto a mí*, pensé—. Ahora forma parte de mi manada —hice una mueca al pronunciar esas palabras—; por lo tanto, acepta mi liderazgo —Puaj. Bella no pareció muy convencida—. ¿Te asusta Leah pero te haces amiga de la rubia psicópata?

Me llegó un siseo desde la cocina; genial: me había oído.

Bella puso cara de pocos amigos.

—No. Rose me... entiende.

—Sí, claro —refunfuñé—. Lo que ésa entiende es que vas a estirar la pata, y le importa un cacahuate mientras logre quedarse con el engendro mutante.

—Deja de comportarte como un burro, Jacob —replicó entre dientes.

Al parecer estaba demasiado débil para enojarse, así que le dediqué una sonrisa.

—Dices eso como si fuera posible.

Bella intentó no devolverme la sonrisa durante un segundo, pero al final no pudo evitarlo y sus labios blancos como caliza se curvaron en las comisuras.

Entonces aparecieron la mencionada psicópata y el doctor Carlisle. Éste llevaba en las manos una copa de plástico cubierta con una tapa y un popote flexible para beber. Claro: "No uses una transparente". Ahora lo entendía: Edward no deseaba que su esposa tuviera que pensar en sus actos más de lo necesario. El contenido de la copa no se veía, pero se olía.

Carlisle vaciló y mantuvo el brazo de la copa medio extendido. Su paciente lo miró. Otra vez tenía cara de pánico.

—Podemos intentar otro método —ofreció Carlisle con tranquilidad.

—No —susurró Bella—. Voy a probar este primero, no tenemos tiempo…

En un primer momento pensé que había visto algún indicio sobre el contenido y se había preocupado, pero luego había movido la mano sobre su vientre abultado.

Bella alargó la mano y tomó con mano algo temblorosa el recipiente que le ofrecían. Alcancé a oír el sonido de sus tripas. Intentó apoyarse sobre un codo, pero apenas logró alzar la cabeza. Una oleada de calor me subió por la espina dorsal cuando noté cuánto se había debilitado en menos de un día.

Rosalie pasó su brazo por debajo de los hombros de Bella y le sostuvo la cabeza, tal como se hace con los recién nacidos. Era toda una experta, parecían encantarle los niños.

—Gracias —musitó Bella, cuyos ojos se dirigieron hacia nosotros, todavía consciente de nuestra presencia. Apuesto que se hubiera puesto roja como un tomate si no hubiera tenido tan pocas fuerzas.

—Finge que no está —la animó Rosalie.

Eso me hizo sentir incómodo. Debí haberme ido cuando Bella me ofreció esa posibilidad. No pertenecía a aquel lugar ni formaba parte de aquello. Sopesé la posibilidad de salir corriendo, pero entonces comprendí que se la iba a poner más difícil a Bella con un movimiento como ése; le iba a resultar más duro hacerlo si sospechaba que estaba demasiado a disgusto como para quedarme, lo cual, por otra parte, casi era cierto.

Me quedé callado y quieto como un muerto. No pretendía reclamar la paternidad de la idea, pero tampoco quería ser un idiota y estropearla.

Bella alzó la copa hasta la altura de la nariz y olisqueó el extremo del popote. Dio un respingo e hizo un gesto.

—Bella, mi amor, podemos hallar una vía más sencilla —dijo Edward mientras tendía una mano para recoger el vaso de plástico.

—Tápate la nariz —sugirió Rosalie mientras miraba la mano tendida de su hermano como si se la fuera a arrancar de un mordisco.

Me dieron ganas de que lo hiciera. Apostaba a que él no se iba a quedar con los brazos cruzados, y me encantaría ver cómo le arrancaban una extremidad a la rubiecita.

—No, no es eso, es que… —Bella suspiró hondo—, huele bien —admitió avergonzada.

Hice un esfuerzo enorme por tragar saliva y ocultar mi disgusto.

—Eso es estupendo —le dijo la Barbie con entusiasmo—. Significa que vamos por el buen camino. Haz la prueba.

Después de ver la expresión de la rubia, me extrañó que no se pusiera a celebrarlo con ese bailecito que hacen los jugadores de americano cuando anotan un *touchdown*.

Bella se puso el popote entre los dientes, cerró los ojos con fuerza y arrugó la nariz. Pude oír el borboteo de la sangre. El pulso le temblaba de nuevo. Tomó un sorbo y soltó un gemido bajo sin abrir los ojos.

Edward y yo dimos un paso hacia adelante al mismo tiempo. Él le tocó el rostro y yo oculté las manos a mi espalda antes de cerrar los puños.

—Bella, cariño…

—Estoy bien —musitó. Abrió los ojos y lo miró con expresión de súplica y de disculpa. Estaba asustada—. También sabe bien.

Las tripas se me llenaron de bilis a tal punto que pensé en que iba a echar hiel por la boca. Apreté los dientes.

—Qué bueno —repitió la Barbie, todavía encantada—, es una buena señal.

Su esposo le acarició la mejilla, curvando los dedos para adaptarse a la forma de los frágiles huesos de Bella.

La enferma suspiró y se llevó el popote a los labios de nuevo; esta vez le dio un buen trago. Ya no la dominaba la debilidad. Era como si el instinto estuviera tomando el control.

—¿Qué tal el estómago? —quiso saber Carlisle—. ¿Tienes náuseas?

—No, ni una pizca —contestó ella con un hilo de voz, al tiempo que negaba con la cabeza—. Es un avance, ¿no?

—Excelente —Rosalie estaba radiante.

—Me parece prematuro sacar esa conclusión, Rosalie —la atajó el doctor.

Bella bebió otro largo trago de sangre y luego lanzó una mirada a Edward.

—¿Esto entra en mi expediente o empezamos a contabilizar hasta que sea vampiro?

—Nadie te lleva la cuenta, Bella, y en todo caso nadie murió a causa de esto —le dedicó una sonrisa desfallecida—. Tu hoja sigue en blanco.

No les entendía nada.

—Te lo explicaré más tarde —contestó Edward, hablando para sí.

—¿Qué? —susurró Bella.

—Nada, nada: hablaba conmigo mismo —mintió con voz suave.

Si aquel experimento tenía éxito y Bella vivía, Edward no iba a ser capaz de despistarla de ese modo, pues ella tendría unos sentidos tan agudos como los suyos. Tendría que hacer un esfuerzo para ser más sincero.

Los labios de Edward se curvaron, luchando por contener una sonrisa.

Bella tomó sin pausa unos cuantos tragos más con la vista fija en la ventana, sin mirarnos. Lo más probable era que fingiera que no estábamos allí. O tal vez sólo yo, pues era el único del grupo al que su conducta le parecía censurable, y lo más probable es que ellos estuvieran tratando de controlarse para no arrancarle el vaso de las manos.

Edward torció los ojos.

Caramba, ¿cómo podía alguien vivir con él? ¡Qué lástima que Edward no pudiera leerle los pensamientos a su esposa! Entonces andaría por ahí, contándoselos a todos, y ella no tardaría en acabar harta y lo abandonaría.

Edward soltó una risita entre dientes. Inmediatamente la enfermera volvió los ojos hacia él y esbozó media sonrisa al ver un asomo de humor en su rostro. Supuse que Bella no veía en él una nota de alegría en mucho tiempo.

—¿Qué te divierte tanto? —suspiró.

—Jacob —le contestó él.

Ella alzó la vista y me dedicó otra sonrisa que reflejaba su cansancio.

—Jake es muy gracioso —admitió.

Genial: ahora era el bufón de la corte.

—¡*Tatán*! —murmuré, en una mala imitación del sonido del platillo de la batería.

Me dedicó otra sonrisa y bebió otro trago de la copa. Me sobresalté cuando la succión de Bella provocó un borboteo audible, indicativo de que no había más líquido.

—Lo logré —anunció la enferma, que parecía complacida. Su voz era más clara y fuerte, no como el susurro con que había hablado desde el primer día hasta hoy—. Si tolero esto, ¿me quitarás las agujas, Carlisle?

—En cuanto sea posible —prometió él—. Lo cierto es que no están siendo de mucha utilidad.

Rosalie tocó la frente de Bella, y ambas intercambiaron una mirada de esperanza.

Estaba a la vista de todos que el vaso lleno de sangre humana había tenido un efecto inmediato. Bella estaba recuperando el color, ya podía verse una pincelada rosa en sus facciones de cera, y había dejado de necesitar la ayuda de Rosalie para sostenerse, respiraba con menos dificultad y yo habría jurado que el latido de su corazón era más fuerte y constante.

El espectro de la alegría en los ojos de Edward se había convertido en algo tangible.

—¿Quieres tomar un poco más? —la presionó Rosalie.

La aludida bajó los hombros.

Edward fulminó a su hermana con la mirada antes de dirigirse a Bella.

—No tienes por qué beber más ahora mismo.

—Sí, ya lo sé, pero… sí quiero —admitió con abatimiento.

Rosalie acarició el pelo de Bella con sus dedos largos y puntiagudos.

—No te avergüences, Bella. Tu cuerpo tiene necesidades, y todos lo entendemos —al principio habló con suavidad, pero luego su voz adquirió un tono ronco cuando agregó—: quienquiera que no lo comprenda, no debería estar aquí.

Lo decía por mí, obviamente, pero no iba a dejar que la Barbie me desplazara. La mejoría de Bella me alegraba, así que, ¿qué más daba si los medios para lograrlo me revolvían las tripas? Yo no diría ni media palabra.

Carlisle tomó la copa de las manos de Bella.

—Enseguida vuelvo —anunció.

Bella me miró en cuanto se marchó el doctor.

—¡Qué mal te ves, Jacob! —soltó con voz cascada.

—Mira quién habla.

—Lo digo en serio, ¿cuánto hace que no duermes?

Lo pensé por unos momentos.

—Esteee... no estoy muy seguro.

—Ay, Jake, no quiero echar a perder también tu salud. No hagas estupideces —rechiné los dientes. ¿Ella tenía permitido dejarse morir por un monstruo y yo no podía perder unas cuantas noches de sueño para vigilarla?—. Tómate un descanso, por favor —continuó—. Arriba hay unas cuantas camas, acuéstate en la que más te guste.

Rosalie puso una cara que dejaba bien claro que podía elegir cualquiera menos una, lo cual me llevó a preguntarme si la Bella Despierta necesitaría una cama. ¿O es que era muy posesiva con sus cosas?

—Gracias, Bella, pero preferiría dormir en el suelo, lejos del olor, ya sabes.

Hizo un gesto.

—De acuerdo.

Entonces regresó Carlisle; Bella extendió la mano distraídamente para recibir la nueva dosis de sangre, como si estuviera pensando en otra cosa, y empezó a beber con el mismo gesto ausente.

Ella tenía cada vez mejor aspecto. Se inclinó hacia adelante con mucho cuidado para no enredarse con los tubos y se deslizó hasta sentarse en la cama. La Barbie se inclinó sobre ella, con las manos preparadas para sostenerla si le fallaba el cuerpo, pero la embarazada ya no la necesitaba. Se terminó el segundo vaso de sangre enseguida, respirando hondo entre un trago y otro.

—¿Cómo te sientes? —preguntó Carlisle.

—Ya no me siento mal. Únicamente noto algo así como un antojo, aunque no estoy segura si se trata de hambre o de sed, ¿sabes a qué me refiero?

—Mírala un momento, Carlisle —murmuró Rosalie, tan segura de sí misma como un pavo real con la cola desplegada—. Es evidente qué le pide el cuerpo, ¿no? Debería beber más.

—Sigue siendo humana, Rosalie, y también necesita comida. Hay que darle un poco de tiempo para ver los efectos y luego quizá intentemos darle alimentos otra vez. ¿Hay algún platillo que te guste en especial, Bella?

—Los huevos —replicó de inmediato.

Luego intercambió una mirada y una sonrisa todavía frágil con su esposo, pero su rostro tenía mucha más vida que antes.

En ese momento se me empezaron a cerrar los ojos y casi olvidé abrirlos otra vez.

—Deberías dormir un poco, Jacob, de veras —me pidió Edward—. Como dijo Bella, eres bienvenido y puedes usar todas las comodidades de esta casa, aunque lo más seguro es que te sientas más a gusto afuera. No te preocupes por nada, te prometo ir a buscarte si surge cualquier necesidad.

—Claro, claro —mascullé; podía escaparme un rato ahora que a Bella parecían quedarle más de unas horas de vida. Me acurrucaría debajo de cualquier árbol suficientemente alejado como para que no llegara la pestilencia a vampiro. El chupasangre me despertaría si algo sucedía; lo había prometido.

—Y lo haré —me aseguró Edward.

Asentí al tiempo que ponía una mano sobre las de Bella, heladas como la nieve.

—Mejórate —le dije.

—Gracias, Jacob.

Ella volteó una mano para estrechar la mía. Sentí el aro fino del anillo de boda girando suelto en su dedo huesudo.

—Tápenla con una manta o algo por el estilo —comenté mientras me dirigía a la puerta.

Dos aullidos rasgaron el velo de la tranquila mañana antes de que hubiera salido de la casa. El tono urgente era inconfundible. Esta vez no cabía duda alguna.

—Maldita sea —bufé…

… crucé la puerta a toda velocidad y lancé todo mi cuerpo hacia adelante para atravesar el porche de un salto. Me dejé tomar por el fuego del cambio de fase mientras estaba el aire, y los pantalones acabaron hechos jirones. Demonios: no tenía más ropa. En fin, eso no importaba ahora. Caí sobre mis patas y me lancé hacia el oeste a la carrera.

¿Qué ocurre?, pregunté para mis adentros.

Tenemos invitados, contestó Seth. *Mínimo tres.*

¿Se dividieron?

Voy a recorrer el perímetro hacia Seth a la velocidad de la luz, aseguró Leah, a quien oí resoplar con furia mientras avanzaba a una velocidad vertiginosa que convertía el bosque circundante en una mancha borrosa. *Hasta ahora no hay otro punto de entrada.*

No los desafíes, Seth. Espérame.

*Disminuyeron la velocidad. Uf, qué rabia no poder oírlos...
Creo...*

¿Sí...?

Me da la impresión de que se detuvieron.

¿Para esperar al resto de la manada?

Calla. ¿Notas eso?

Absorbí las impresiones de mi compañero. Percibí un ligero y callado estremecimiento en el aire.

¿Alguno ha cambiado de fase?

Da esa impresión, coincidió Seth.

Leah volaba en dirección al espacio abierto donde su hermano esperaba. Hundía las uñas en el suelo y derrapaba como un coche de carreras.

Yo te cubro la espalda, hermano.

Se acercan, anunció Seth, sumamente nervioso. *Caminan despacio.*

Ya casi llego, les informé mientras intentaba correr tan deprisa como Leah. Tuve una sensación horrible al verme separado de Leah y de Seth cuando un peligro potencial se hallaba más cerca de ellos que de mí. Eso estaba mal. Yo debería estar con ellos, o entre ellos y el peligro que se avecinaba.

Mira quién se está volviendo paternal, pensó Leah con sarcasmo.

Concéntrate, Leah.

Son cuatro: tres lobos y un hombre, afirmó Seth. El chico tenía un oído muy agudo.

Llegué al claro en ese momento y me dirigí de inmediato al lugar donde se hallaba Seth, que suspiró de alivio, se enderezó y ocupó su lugar a mi flanco derecho. Leah se situó en el izquierdo con mucho menos entusiasmo.

Así que ahora estoy bajo las órdenes de Seth, refunfuñó para sus adentros.

Funciona por orden de llegada, pensó Seth, jubiloso. *Además, nunca antes habías sido el tercero de un alfa, así que de todas maneras ascendiste.*

¿Qué ascenso es ése de estar bajo las órdenes de mi hermano pequeño?

¡Cállense!, me quejé. *No me interesan sus posiciones. Guarden silencio y prepárense.*

Aparecieron ante nuestros ojos pocos segundos después. Venían caminando, tal como había intuido Seth. Jared iba al frente con las manos en alto. Paul, Quil y Collin lo seguían a cuatro patas. No había agresividad alguna en sus ademanes. Se mostraron vacilantes detrás de Jared, con las orejas tiesas; estaban alerta pero tranquilos.

Me extrañó que Sam enviara a Collin en vez de a Embry. Yo jamás haría ese movimiento si enviara una delegación en son de paz a territorio enemigo. No mandaría a un niño, sino al luchador con experiencia.

¿Y si es una maniobra de distracción?, preguntó Leah. ¿Estaban Sam, Embry y Brady realizando otra acción por su cuenta? No parecía muy probable. *¿Quieres que eche un vistazo? Puedo recorrer todo el perímetro y regresar en un par de minutos.*

¿Aviso a los Cullen?, inquirió Seth.

¿Y si el encuentro sólo pretende dividirnos?, le contesté. *Los Cullen saben que se está cocinando algo y están preparados.*

Sam no sería tan estúpido…, pensó Leah, mientras el miedo hacía mella en su ánimo, pues se imaginaba a Sam lanzando un ataque contra los vampiros con sólo dos lobos junto a él.

No, no lo es, le aseguré, aunque la imagen de su mente también me hizo sentir mal.

Jared y los tres lobos permanecieron mirándonos todo el tiempo, esperando nuestra reacción. Resultaba estremecedor no oír lo que se decían entre ellos. Las expresiones vacías de Quil, Paul y Collin eran inescrutables.

Jared carraspeó para aclararse la garganta y luego asintió en mi dirección.

—Bandera blanca de tregua… Venimos a hablar.

¿Crees que es cierto?, preguntó Seth.

Tiene sentido, pero…

Exacto, coincidió Leah: *pero.*

No hay que relajarse.

Jared hizo un gesto.

—Sería más fácil hablar si también pudiéramos escucharlos.

Clavé los ojos en él. No iba a cambiar de fase hasta que no me sintiera cómodo con la situación, hasta que tuviera sentido. ¿Por qué había enviado a Collin? Ésa era la parte que más me inquietaba.

—De acuerdo; supongo que entonces sólo voy a hablar yo —dijo Jared—. Queremos que vuelvas, Jake.

Quil soltó un gimoteo suave detrás de él, secundando su declaración.

—Separaste a la familia. Esto no tiene por qué ser así.

Yo no estaba totalmente en desacuerdo con eso, pero ése era justamente el problema: la existencia de unas cuantas diferencias de opinión pendientes entre Sam y yo.

—Conocemos tu forma de sentir, en especial en lo que se refiere a la situación de los Cullen. Estamos conscientes de que es un problema, pero tu reacción se pasó de la raya.

¿Y atacar a unos aliados sin previo aviso no se pasa de la raya?, refunfuñó Seth.

Seth, ¿sabes qué cosa es un rostro inmutable? Serénate.

Perdón.

La mirada de Jared se posaba en Seth y luego volvía a mí.

—Sam está dispuesto a arreglar esto tranquilamente, Jacob. Ya se calmó y habló con los ancianos de la tribu. Ellos decidieron que una acción inmediata no beneficia a nadie en este momento.

Traducción: ya perdieron el factor sorpresa, pensó Leah.

Era extraña la concepción tan diferente que teníamos de nuestra unión. La manada ya era la manada de Sam y nosotros ya nos referíamos a sus integrantes como "ellos", algo externo y ajeno, y resultaba especialmente anómalo que Leah pensara así y tenerla como una parte sólida del "nosotros".

—Billy y Sue están de acuerdo contigo, Jacob; creen que podemos esperar a que Bella… se separe del problema. Ninguno de nosotros se siente cómodo con la idea de matarla.

Aunque había regañado a Seth por gruñir hacía un instante, no pude contener un bufido. Así que ninguno se sentía "cómodo con la idea de matarla"; no me digas…

Jared alzó las manos de nuevo en ademán conciliador.

—Calma, Jake. Ya sabes a qué me refiero. El caso es que vamos a esperar y reconsiderar la situación; más tarde decidiremos si existe algún problema con… la criatura.

Ja, qué estupidez, replicó Leah.

¿No le crees?

Sé lo que traman, Jake, sé qué piensa Sam. Ellos dan por hecho que Bella va a morir de todos modos, y se imaginan que vas a estallar de ira y…

… que yo mismo encabezaré el ataque cuando eso suceda.

Agaché las orejas. Daba la impresión de que Leah había acertado, y sonaba muy plausible. Cuando esa cosa… Bueno, si esa cosa mataba a Bella, iba a ser muy fácil pasar por alto todo lo que yo sentía por la familia de Carlisle, y probablemente volvería considerarlos enemigos a todos; para mí, no pasarían de ser simples sanguijuelas chupasangre.

Yo te lo recordaré, apostilló Seth.

Sé que lo harás, muchacho; el caso es si yo te escucharé o no.

—¿Jake? —preguntó Jared.

Resoplé con furia.

Leah, haz una ronda para asegurarnos. Voy a tener que hablar con él y quiero estar seguro de que no hay nadie más por ahí mientras estoy en la otra fase.

Oh, vamos, Jacob. Puedes adoptar forma humana delante de mí. Aunque me he esforzado mucho por evitarlo, he tenido que verte desnudo. No significa mucho para mí, así que... no te preocupes.

No pretendo proteger la tierna inocencia de tus ojos, intento cuidarnos la espalda. Largo de aquí ahora mismo.

Ella resopló una vez y corrió en dirección al bosque. Escuché cómo sus patas abrían surcos en la tierra mientras adquiría más velocidad.

La desnudez era un inconveniente inevitable de la vida en manada al que no le dimos importancia alguna hasta que se incorporó Leah, momento a partir del cual resultó un tanto bochornoso. La chica tenía un control aceptable de sus nervios, y cuando los perdía, tardaba el tiempo habitual en estallar y romper la ropa para entrar en fase. Todos nosotros habíamos echado algún vistazo a su anatomía, y claro, la pregunta no era si verla valía la pena o no —que sí la valía—, sino si seguía valiendo la pena cuando Leah te sorprendía pensando en ella después.

Jared y los demás siguieron contemplando el lugar por donde la loba había desaparecido entre los matorrales con gesto de recelo.

—¿Adónde va? —quiso saber Jared.

Lo ignoré, cerré los ojos y recuperé mi ser. Sentí cómo el aire se estremecía a mi alrededor y se movía en torno a mi cuerpo en pequeñas ondas. Me levanté sobre los cuartos traseros y elegí el momento en que estaba totalmente erguido para adoptar mi forma humana.

—Vaya —dijo el portavoz de Sam—. Hola, Jake.

—¿Qué hay, Jared?

—Gracias por hablar conmigo.

—Ajá.

—Queremos que vuelvas, hermano.

Quil volvió a soltar uno de sus gimoteos.

—No creo que sea fácil, Jared.

—Ven a casa —pidió mientras se inclinaba hacia adelante con tono de súplica—. Podemos solucionar esto. Tú no perteneces a este lugar. Deja que Seth y Leah regresen también a su hogar.

Me eché a reír.

—Claro; como si no se lo hubiera pedido desde el principio.

Seth bufó detrás de mí.

Jared recapacitó sobre mi afirmación; volví a ver en sus ojos un asomo de cautela.

—Bueno, y entonces, ¿qué?

Le estuve dando vueltas a mi respuesta durante cerca de un minuto mientras él esperaba.

—No sé, pero tampoco estoy seguro de que las cosas puedan volver a ser como antes, Jared. No sé muy bien cómo funciona el asunto de los alfa, pero me da la impresión de que no es como encender y apagar un botón. Tiene aspecto de algo más… permanente.

—Tu sitio sigue estando a nuestro lado.

Enarqué las cejas.

—Dos alfas no pueden pertenecer al mismo lugar, Jared. ¿Recuerdas qué cerca estuvo la última noche…? El instinto es demasiado competitivo.

—¿Se quedarán por aquí el resto de su vida? —inquirió—. No tienen hogar en estas tierras y ya ni siquiera tienen ropa —apuntó—. ¿Van a permanecer en forma lupina todo el tiempo? Ya sabes que a Leah no le hace ni pizca de gracia comer así.

—Ella pueda hacer lo que le dé la gana cuando tenga hambre. Vino aquí por decisión propia y yo no pienso decirle a nadie lo que debe hacer.

Jared suspiró.

—Sam lamenta lo que te hizo.

Asentí.

—Ya no estoy enojado.

—¿Pero?

—Pero no tengo intención de volver; no por ahora. Vamos a esperar un poco, a ver cómo resultan las cosas, y también vamos a proteger a los Cullen todo el tiempo que sea necesario. Y esto, a pesar de lo que crean, no sólo es por Bella: protegemos a quienes hay que proteger, lo cual también se aplica a los Cullen.

Bueno, no a todos, pero al menos a un buen número de ellos.

Seth soltó un aullido en señal de que estaba de acuerdo.

Jared torció el gesto.

—Entonces no queda mucho más que decir.

—Por ahora no, pero ya veremos cómo se desenvuelven los acontecimientos.

Jared se volvió hacia Seth y se concentró sólo en él, sin hacerme caso.

—Sue me pidió que te diga que vuelvas a casa; bueno, no me lo pidió: me lo suplicó. Tiene el corazón destrozado por tu culpa, Seth. Está totalmente sola. No sé cómo Leah y tú pudieron hacerle esto, abandonarla así cuando tu padre acaba de morir…

Seth lloriqueó.

—Cuidado con lo que dices, Jared —le advertí.

—Le cuento las cosas como son, nada más.

Resollé.

—Claro —Sue era la persona más dura que había conocido en mi vida, más que mi padre y más que yo. Suficiente para jugar con los sentimientos de sus hijos si pretendía hacerlos volver a casa. Aun así, no estaba bien chantajear a Seth de esa manera—. En este momento, ¿cuánto tiempo hace que se enteró de la situación? ¿Y no ha pasado la mayor parte de ese tiempo en compañía de Billy, Quil El Viejo y Sam? Sí, claro, estoy seguro de que languidece de soledad. Eres libre de irte cuando quieras, Seth, eso ya lo sabes.

Seth sorbió por la nariz…

… y un segundo después alzó una oreja en dirección al norte. Su hermana debía hallarse muy cerca. Vaya, pues sí que era rápida. La loba irrumpió dos latidos después, frenó en seco al llegar a los matorrales de la orilla, a pocos metros del claro, y se detuvo. Entró trotando y se situó enfrente de Seth. Mantuvo el hocico erguido, para hacer evidente que no miraba en mi dirección.

Me gustó el detalle.

—¿Leah? —dijo Jared.

Las miradas del portavoz y de la loba se encontraron. La recién llegada entreabrió el hocico, mostrándole los dientes.

Jared no parecía sorprendido por su hostilidad.

—Sabes que en realidad no deseas estar aquí, Leah.

Ella le gruñó. Le lancé una mirada de advertencia a Leah, pero ella no la vio. Seth gimoteó y la rozó con el lomo.

—Perdón, no debería darlo por sentado, pero ustedes no tienen ningún vínculo con los chupasangre, ¿verdad?

Leah miró deliberadamente primero a su hermano y luego a mí.

—Quieres vigilar a tu hermano, está bien, eso lo entiendo —repuso Jared, quien me miró de refilón durante un segundo antes de concentrarse en ella, probablemente preguntándose, al igual que yo, el significado de esa segunda mirada—. Ahora bien, Jake no va a dejar que le pase nada y él no tiene miedo de quedarse aquí —Jared hizo un mohín—. De todos modos, por favor, Leah, vuelve. Queremos que regreses. Sam desea que vuelvas.

El rabo de la loba se tensó en señal de disgusto.

—Sam me dijo que te lo suplicara de rodillas si era necesario; tal como lo oyes. Desea que vuelvas adonde perteneces, Lee-lee.

Ella se sobresaltó cuando Jared empleó el viejo sobrenombre con que Sam se dirigía a ella; erizó la pelambre del cuello cuando el portavoz pronunció aquellas palabras y se puso a dar aullidos entre dientes. No necesitaba adoptar mi forma lobuna para leerle la mente y entender la sarta de palabrotas que le estaba dedicando a Jared, y éste tampoco. Casi podíamos oír las maldiciones de Leah.

Esperé a que terminara.

—Me arriesgaré a suponer que Leah pertenece adonde elija.

Leah gruñó mientras fulminaba a Jared con la mirada. Supuse que eso significaba que estaba de acuerdo.

—Mira, Jared, seguimos siendo una familia, ¿verdad? Debemos superar las desavenencias, pero convendría que no abandonaran su territorio hasta que eso suceda. Para evitar malentendidos, ¿de acuerdo? Nadie tiene ganas de bronca, ¿verdad? Eso no es lo que Sam quiere, ¿o sí?

—Por supuesto que no —me espetó Jared—. Nosotros seguiremos en nuestro territorio, pero ¿cuál es el tuyo? ¿La tierra de los vampiros?

—No, Jared; por el momento no tenemos casa ni hogar, pero no te preocupes, esto no va a durar para siempre. ¿De acuerdo? —tomé aire—. Ya no falta mucho, ¿de acuerdo? Luego, supongo que los Cullen se irán y Seth y Leah volverán a casa.

Leah y Seth aullaron al unísono, volviendo los hocicos hacía mí en perfecta sincronía.

—¿Y tú qué harás, Jake?

—Volveré al bosque; o eso pretendo. En realidad ya no puedo rondar por La Push. Dos machos alfas generarían demasiada tensión. Además, yo ya había seguido ese camino antes de que se armara este lío.

—¿Y qué hacemos si necesitamos hablar con ustedes? —inquirió Jared.

—Aúllen, pero desde su lado de la frontera, ¿de acuerdo? Nosotros acudiremos; ah, y otra cosa: Sam no necesita enviar una delegación tan numerosa. No buscamos pelea.

Jared puso cara de pocos amigos, pero asintió. Le reventaba que yo le impusiera condiciones a Sam.

—Nos estaremos viendo por ahí, Jake; bueno, o no —concluyó mientras se despedía con la mano sin entusiasmo alguno.

—Aguarda, Jared. ¿Embry se encuentra bien?

La sorpresa asomó al rostro del emisario.

—¿Embry? Claro que sí, está perfectamente. ¿Por qué?

—Me preguntaba por qué Sam había enviado a Collin en vez de a él, nada más.

Estudié su reacción. Continuó mostrándose receloso hasta que un brillo fugaz en sus ojos me indicó que había comprendido por dónde iba, pero no respondió como yo esperaba.

—Eso ya no es de tu incumbencia, Jake.

—Supongo que no; era simple curiosidad.

Observé con el rabillo del ojo cómo uno de los lobos torcía el hocico, pero fingí no darme cuenta para no desenmascarar a Quil, que había reaccionado de inmediato ante la simple mención.

—Informaré a Sam de tus… instrucciones. Adiós, Jacob.

Suspiré.

—Está bien. Adiós, Jared. Oye, dile a mi padre que estoy bien, ¿lo harás? Y dile también cuánto lo siento y que lo quiero.

—Se lo diré.

—Gracias.

—Vámonos, chicos —ordenó Jared.

Dio media vuelta y se alejó de nosotros antes de cambiar de fase, debido a la presencia de Leah. Paul y Collin le pisaron los talones, pero Quil vaciló. Aulló quejumbroso. Me acerqué un paso.

—Sí, yo también te extraño, hermano.

Quil vino trotando, meneando la cabeza con lentitud. Le palmeé el lomo.

—Estaré bien.

Él gimoteó.

—Dile a Embry que extraño tenerlos a mis flancos.

Asintió y me acarició la frente con el hocico. Quil alzó los ojos cuando Leah resopló, pero no la miró a ella, sino detrás de él, hacia el lugar por donde se habían marchado los demás.

—Sí, vuelve a casa —le dije.

Quil aulló otra vez y luego echó a correr en pos de los otros. Aposté a que Jared no lo esperaría con mucha paciencia. Busqué el calor en mi interior y lo estiré para que fluyera por mis extremidades. Tras un estallido de calor, volví a estar en cuatro patas.

Por un momento pensé que ibas a besarlo, se burló Leah.

La ignoré.

¿Qué tal lo hice?, les pregunté. Me preocupaba haber hablado por ellos de ese modo, cuando no podía oír su mente y, por tanto, ignoraba qué pensaban. No deseaba dar nada por hecho. No quería parecerme a Jared en eso. *¿Dije algo que hubieran preferido que callara? ¿Me faltó algo que debería haber dicho?*

¡Estuviste genial, Jake!, me alentó Seth.

Podías haberle dado un golpe a Jared, agregó Leah. *No me hubiera molestado.*

Supongo que ahora sabemos por qué no dejaron venir a Embry, pensó Seth.

No entendí.

¿No lo dejaron?

¿Viste a Quil, Jake? Estaba hecho polvo, ¿sabes? Apostaría diez a uno a que a Embry le sucede lo mismo, o peor, pero Embry no tiene a Claire, no hay nada que lo retenga. No hay forma de que Quil elija irse de La Push, pero Embry sí podría. Por eso Sam no se va a arriesgar a que se deje convencer de cambiar de bando. No desea que nuestra manada sea mayor de lo que ya es.

¿De veras? ¿Tú crees? Embry no dudaría en despedazar a algunos de los Cullen.

Pero él es tu mejor amigo, Jake. Él y Quil preferirían apoyarte en una lucha antes que enfrentarse a ti.

Bueno, me alegra que Sam lo retenga en casa. Esta manada ya es bastante grande. Suspiré. *De acuerdo; por ahora estamos bien como estamos. Seth, ¿podrías mantenerte alerta? Leah y yo necesitamos echar una siestecita. Jared y los demás parecían de fiar, pero nunca se sabe. Quizá sea una maniobra para distraernos.*

No siempre había sido tan paranoico, pero recordaba lo obstinado que era Sam y su obsesión por destruir todo peligro que se ponía al alcance de su mirada. ¿Se aprovecharía del hecho de que ahora podía mentirnos?

¡Por supuesto! Seth estaba demasiado deseoso de colaborar. *¿Quieres que me dé una vuelta para explicarle a los Cullen? Probablemente estarán nerviosos.*

Yo lo haré; de todos modos, quiero saber cómo van las cosas.

Ellos empezaron a tomar imágenes de mi cerebro extenuado. Seth aulló de sorpresa.

Vaya.

Leah movía la cabeza adelante y atrás en un intento de alejar la imagen.

Es la cosa más horripilante y repulsiva que he visto en la vida. Puaj. Habría vomitado de haber tenido algo en el estómago.

Son vampiros, supongo, se permitió decir Seth al cabo de un minuto para compensar la reacción de Leah. *Es decir, tiene sentido, y si eso de la copa de sangre ayuda a Bella, es algo positivo, ¿no?*

Tanto Leah como yo lo miramos fijamente.

¿Qué?

A mamá se le cayó muchas veces cuando era pequeño, me confió Leah.

Y parece que todos los porrazos se los dio en la cabeza...

También solía roer y chupetear los barrotes de la cuna.

¿Tenían pintura con plomo?

Al parecer sí, respondió ella.

Seth bufó.

Muy divertido. ¿Por qué no cierran el pico y se van a dormir los dos?

14. Te enteras de lo mal que están las cosas cuando te sientes culpable por ser malo con un vampiro

Nadie me esperaba en el porche para recibir mi informe la siguiente vez que acudí a la casa blanca. ¿Seguían en estado de alerta?

Todo está en calma, pensé con fastidio.

Enseguida noté un pequeño cambio en un escenario ahora muy conocido: un montón de prendas de colores claros sobre el escalón más bajo del porche. Aceleré el paso para investigar cuanto antes. Contuve el aliento, ya que la pestilencia a vampiro se aferraba a la ropa como una garrapata. Revolví el montón con el hocico.

Alguien las había colocado allí. Tal vez Edward. Debía haber notado mi irritación cuando hice trizas los shorts al salir a toda prisa por la puerta. Bueno, aquello era un detalle bonito, y de lo más extraño.

Anduve con pies de plomo mientras tomaba la ropa entre los dientes, puaj, y me oculté detrás de los árboles por si sólo era una bromita de la rubia psicópata y había un montón de chicas por ahí. Le encantaría ver el asombro en mi rostro humano mientras me encontraba desnudo sosteniendo uno de esos trajes de playa que usan las chicas.

Solté el montón de ropa pestilente y recobré la forma humana una vez que estuve a salvo de miradas detrás de los árboles. Agité las prendas y luego intenté quitarles el olor golpeándolas contra un árbol. No había duda de que eran prendas de hombre: pantalones de color café y camisa blanca con botones. Parecían muy largas, pero se amoldaron a mi cuerpo como un guante. Debían pertenecer a Emmett. Doblé los puños de la camisa, pero poco podía hacer con el dobladillo de los pantalones. En fin.

Tuve que admitir que me sentía mejor con ropa, incluso aunque olieran mal y no fueran de mi talla. Era duro no poder volver a casa y tomar un par de pantalones de deporte usados cuando los necesitas. Otra vez el asunto de andar sin casa y no tener adónde regresar, mucho menos posesiones. Ahora no me preocupaba lo más mínimo, pero lo más probable era que acabara por ser una lata más pronto que tarde.

Me ajusté mi lujosa ropa de segunda mano y ascendí los escalones del porche muy despacio a causa de la fatiga, pero al llegar a la puerta dudé. ¿Debía llamar? Era una estupidez, pues ellos estaban enterados de mi presencia. Me pregunté por qué nadie me prestaba atención y me decía "entra" o "lárgate". Me encogí de hombros y entré.

Había más cambios en la sala. Había recuperado la normalidad con respecto a los últimos veinte minutos. La pantalla de plasma volvía a estar encendida, aunque el volumen estaba muy bajo. Pasaban una de esas películas que le gusta a las mujeres, pero nadie la veía. Carlisle y Esme estaban de pie junto a las ventanas de la parte posterior, las que tenían vista al río, nuevamente abiertas. Alice, Jasper y Emmett no estaban a la vista, pero escuchaba sus murmullos escaleras arriba. Bella estaba en el sofá, al igual que ayer. Le habían quitado todos los tubos, excepto uno, y la botella de suero estaba detrás del sofá. Un par de gruesas faldas la envolvían como la tortilla a los frijoles y la carne de un burrito. Junto a su cabeza, estaba Rosalie, sentada en el suelo con las piernas cruzadas. Edward se sentaba en el extremo y tenía en su regazo las piernas envueltas en las faldas. Él alzó la vista y curvó levemente los labios a modo de sonrisa cuando yo aparecí, como si se alegrara de verme.

Bella no me había oído. Levantó la vista cuando lo hizo su esposo; entonces me dedicó otra sonrisa. Lo hizo con verdadera energía y el rostro iluminado por la felicidad. No podía recordar cuánto tiempo hacía que no mostraba semejante alegría al verme.

¿Qué le pasaba? Yo sabía qué era: ¡estaba casada! Y más todavía, felizmente casada. Su amor por el vampiro iba más allá de los límites de la cordura, y era incuestionable. Y también estaba embarazada, embarazadísima.

Por eso, ¿a qué venía tanto júbilo al verme? A juzgar por su reacción, parecía que le había salvado el maldito día por el simple hecho de haber cruzado la puerta.

Sería mucho más fácil permanecer lejos si a ella no le importara, o mejor aún, si no me quisiera por allí cerca.

Edward parecía estar de acuerdo con el hilo de mis pensamientos. Daba la impresión de que en las últimas horas él y yo estábamos en la misma longitud de onda. El vampiro torció el gesto al estudiar el rostro de su esposa mientras Bella me sonreía resplandeciente.

—Venían a hablar, nada más —informé, arrastrando la voz a causa de la fatiga—. No preveo ataque alguno durante los próximos días.

—Sí —repuso Edward—. Escuché la mayor parte de la conversación.

La frase me despertó un poco. El encuentro había ocurrido a unos buenos cinco kilómetros de ahí.

—¿Cómo es pos…?

—Ahora te leo la mente con más claridad. Es cuestión de familiaridad y concentración. Además, es más fácil sintonizar tus pensamientos cuando adoptas forma humana. Oí casi todo lo que hablaron.

—Ah —me sentó como una patada, y no por un motivo concreto. Me encogí de hombros—. Bien. No me gusta repetirme.

—Te diría que durmieras un poco —intervino Bella—, pero supongo que saldrías por la puerta en seis segundos, así que probablemente pedírtelo no tenga sentido.

Resultaba asombrosa la gran mejoría que había experimentado y cómo había recuperado la fuerza. Seguí el olor de sangre fresca hasta ver otra copa en manos de la enferma. ¿Cuánta habría bebido para recuperarse? La reserva se les iba a acabar en algún momento. ¿Necesitarían merodear por el vecindario en busca de más?

Me encaminé hacia la puerta, y mientras caminaba, llevaba la cuenta de los segundos en voz alta para que Bella la oyera.

—Todos cuentan hasta seis en el arca de Noé: uno… dos… tres…

—¿Dónde está el diluvio, perro callejero? —dijo Rosalie.

—¿Sabes cómo se ahoga a una rubia, Rosalie? —le pregunté sin detenerme ni voltear a mirarla—. Pega un espejo en el fondo de un charco.

Mientras cerraba de un portazo, alcancé a escuchar que Edward se reía entre dientes; sus cambios de humor coincidían exactamente con la evolución de la salud de Bella.

—Ya lo había oído —gritó Rosalie detrás de mí.

Bajé pesadamente los escalones sin otro objetivo que arrastrarme hasta los árboles, lo bastante lejos para que el aire volviera a ser puro y respirable. Planeé enterrar la ropa a una distancia conveniente de la casa para usarla en el futuro, lo cual me convenía más que atarlas a la pata, pues así tampoco tendría que olerlas. Mientras jugueteaba con los engorrosos botones de la camisa, me di cuenta por qué nunca estarían de moda entre los hombres lobo.

—¿Adónde vas? —preguntó Bella.

—Olvidé decirle algo.

—Deja dormir a Jacob, lo que sea puede esperar.

Sí, por favor, deja dormir a Jacob.

—Será sólo un momento.

Me volví lentamente. Edward ya había salido por la puerta y se acercó a mí con una expresión de disculpa escrita en las facciones.

—Demonios, ¿y ahora qué?

—Lo siento —se disculpó.

Y entonces pareció dudar, como si no lograra verbalizar lo que le pasaba por la cabeza.

¿Qué tienes que decir, lector de mentes?

—He estado retransmitiendo a Carlisle, Esme y los demás los detalles de tu encuentro con los delegados de Sam —murmuró—. Están preocupados...

—Mira, no nos vamos a relajar, ¿de acuerdo? No tienen que creerle como nosotros, pero en todo caso, mantendremos los ojos bien abiertos.

—No, no, Jacob, no tiene nada que ver con eso. Confiamos en su buen juicio. La cosa va por otro lado: las incomodidades que debe pasar tu manada le causaron una gran turbación a Esme, quien me pidió que hable contigo en privado.

Eso me sorprendió sobremanera.

—¿Incomodidades?

—Me refería sobre todo a las privaciones propias de vivir sin un hogar. Le preocupa que estén tan... desvalidos.

Bufé. La vampiresa resultaba ser como una gallina clueca con sus polluelos...

—Somos duros. Dile que no se preocupe.

—Aun así, le gustaría hacer todo lo posible. Tengo la impresión de que Leah prefiere no alimentarse en su forma lobuna, ¿es cierto?

—¿Y qué? —inquirí.

—Bueno, tenemos comida normal en casa, Jacob. La compramos para cubrir las apariencias y, por supuesto, para Bella. Leah es bienvenida si así lo desea. Todos lo son.

—Se lo diré.

—Leah nos odia.

—¿Y...?

—Por favor intenta transmitirle esta información de una forma que le permita considerarlo y aceptar, si no te molesta.

—Haré lo que pueda.

—Y también está el asunto de la ropa.

Bajé la mirada hacia las prendas que llevaba.

—Ah, sí, gracias.

Me imaginaba que no sería muy educado de mi parte mencionarle la pestilencia de su ropa.

Él esbozó una leve sonrisa.

—Bueno, nos resultaría muy fácil ayudarles a cubrir ciertas necesidades. Alice rara vez nos permite usar la misma ropa dos veces. Tenemos montones y montones de prendas destinadas a las tiendas de ropa y artículos de segunda mano. Además, según mis cálculos Leah es del tamaño de Esme, más o menos...

—No estoy seguro de cómo tomará eso de aceptar ropa usada de los chupasangre. No es tan práctica como yo.

—Confío en que a la hora de presentarle la oferta sabrás dorarle la píldora. La oferta se extiende a cualquier otra necesidad física que puedan tener, como transporte u otra cosa, como bañarse, puesto que prefieren dormir al aire libre. Por favor, no se consideren privados de los beneficios de un hogar.

Pronunció la última línea en voz baja. Esta vez no intentaba aparentar calma, quería controlar alguna emoción real.

Lo miré fijamente durante un segundo, bizqueando de sueño.

—Esteee… bueno… Muy amable de su parte. Dile a Esme que apreciamos la… idea, pero que el río pasa varias veces por el perímetro, así que podemos mantenernos bastante limpios; gracias de todos modos.

—De cualquier forma, te agradecería que informaras de la oferta a tus compañeros.

—Claro, claro.

—Gracias.

Di media vuelta para alejarme de su lado, pero me quedé seco, como si me hubiera caído un rayo, al oír un débil gemido de dolor procedente de la casa blanca. Para cuando volví la vista atrás, el vampiro se había esfumado.

¡¿Y ahora qué pasaba?!

Fui tras él, arrastrando los pies como un zombi y usando el mismo número de neuronas que uno. Me abrumó la sensación de no tener alternativa. Algo iba mal y yo debía averiguar qué era. No podría hacer absolutamente nada y entonces me sentiría todavía peor.

Parecía irremediable.

Me arrastré de nuevo hasta el interior de la casa. Bella jadeaba, hecha un ovillo alrededor de la protuberancia de su vientre. Rosalie la sostenía mientras Edward, Carlisle y Esme revoloteaban alrededor. Mis ojos captaron un movimiento: era Alice en lo alto de las escaleras, desde donde miraba la sala mientras mantenía las manos fijas en las sienes. Resultaba de lo más chocante; era como si tuviera vedada la entrada.

—Dame un segundo, Carlisle —jadeó Bella.

—Oí un chasquido, muchacha. Tengo que examinarte.

—Lo más seguro... Au... es que sea una costilla. Ay. Uf. Sí, justo ahí.

Ella señaló un punto en el costado izquierdo, teniendo mucho cuidado de no tocarlo.

La cosa había empezado a romperle los huesos.

—Necesito una placa de rayos X. Tal vez haya astillas y no queremos que perforen nada.

Bella respiró hondo.

—De acuerdo.

Rosalie levantó a Bella en vilo con sumo cuidado. Edward hizo ademán de discutir, pero su hermana le enseñó los colmillos y le espetó:

—Yo la llevo.

Ahora Bella tenía más fuerza, pero el feto también. Era imposible hacer morir de hambre a uno sin que el otro corriera la misma suerte, y a la hora de fortalecerlos ocurría exactamente lo mismo. No había victoria posible.

La Barbie llevó a Bella escaleras arriba. Edward y Carlisle le pisaban los talones. Ninguno de ellos se percató de mi presencia en el umbral, donde me quedé sin habla.

¿Tenían los Cullen un banco de sangre y un aparato de rayos X? Supuse que el doctor se llevaba trabajo a casa.

No me quedaban fuerzas ni para seguirlos ni para irme. Me apoyé en la pared y me dejé caer hasta el suelo. Había dejado la puerta abierta, y hacia ella orienté mi nariz, agradecido por el soplo de aire fresco que se colaba por la abertura. Recliné la cabeza contra el marco y agucé el oído.

Escuché el zumbido del aparato de rayos X en el piso superior, o tal vez sólo fue un sonido cualquiera y me imaginé que era eso. En ese momento, unas pisadas ligeras descendieron por las escaleras. No miré para saber cuál vampiro bajaba.

—¿Quieres una almohada? —me preguntó Alice.

—No —farfullé.

¿Qué se proponía con esa hospitalidad tan insistente? Se acercó con sigilo.

—Esa postura no parece muy cómoda —observó.

—No lo es.

—Entonces, ¿por qué no te mueves?

—Estoy exhausto. ¿Por qué no vas arriba con los demás? —le solté.

—Por la jaqueca —respondió.

Apoyé la cabeza en la pared y volteé para observarla.

Alice era realmente menuda. Parecía del tamaño de uno de mis brazos.

—¿Los vampiros tienen jaquecas?

—Los normales, no.

Resoplé. Vampiros normales.

—¿Por qué ya nunca estás con Bella? —quise saber, formulando la pregunta con tono de acusación. Hasta ese momento no se me había ocurrido, porque tenía la cabeza muy ocupada con otros asuntos, pero se me hacía extraño que Alice jamás estuviera junto a Bella. Si así fuera, quizá Rosalie no estaría ahí—. Pensé que eran uña y carne.

Junté dos dedos.

—Ya te dije: es por la jaqueca.

Se sentó en una baldosa, a poca distancia de mí, y rodeó sus delgadas piernas con sus brazos, no menos finos.

—¿Bella te provoca jaqueca?

—Sí.

Torcí el gesto. Creo que no estaba para adivinanzas. Dejé rodar la cabeza para que recibiera el aire fresco y cerré los ojos.

—En realidad, no es Bella —rectificó—. Se trata del... feto.

Ah, alguien más sentía lo mismo que yo. Y era fácil darse cuenta. Ella había pronunciado la palabra "feto" a regañadientes, igual que Edward.

—No puedo verlo —me hablaba a mí, pero en realidad podría estar conversando consigo misma, como si yo ya me hubiera ido—. No veo nada acerca de él. Me ocurre igual que contigo.

Di un respingo y apreté los dientes. No me agradaba que me comparara con la criatura.

—Bella está envuelta en el influjo del feto, por eso la noto... poco definida, como la imagen de una tele que recibe mal la señal. Es como intentar fijar los ojos en los actores borrosos de la pantalla. Verla me destroza la cabeza, y no lo soporto más que unos minutos al día. El feto forma parte importante de su futuro. Cuando ella decidió... Bella desapareció de mi vista en cuanto decidió que quería tenerlo. Me llevé un susto de muerte —Alice guardó silencio durante un segundo, y luego agregó—: tengo que admitir que es un alivio tenerte cerca a pesar de que hueles a perro mojado. Todas las imágenes se borran de mi mente; es como si cerrara los ojos. El dolor de cabeza se adormece...

—Encantado de servirle, señorita —murmuré.

—Me pregunto qué puede tener en común contigo la criatura... No entiendo por qué están en la misma onda.

De pronto, una oleada de calor estalló en el centro de mi anatomía y tuve que cerrar los puños para controlar los temblores.

—No tengo nada en común con ese devorador de vida —repliqué entre dientes.

—Bueno, ahí hay *algo*.

No le contesté. El calor empezaba a atenuarse y estaba demasiado agotado como para seguir enojado.

—No te molesta que me siente cerca de ti, ¿verdad? —inquirió.

—Supongo que no. El hedor está por todas partes.

—Gracias —contestó—. Ésta es la mejor cura de todas, supongo, puesto que a mí no me hacen efecto las aspirinas.

—¿Podrías callarte? Intento dormir.

Ella no contestó, pero se sumió en un silencio absoluto. Quedé fulminado en cuestión de segundos.

Soñé que me moría de sed y tenía un gran vaso de agua helada frente a mí. La condensación se acumulaba en el exterior del recipiente. Lo agarré y bebí un gran trago, sólo para averiguar enseguida que no era agua, sino lejía. La escupí de golpe y lo salpiqué todo. El efluvio se me metió por la nariz, quemándola hasta hacerme sentir que estaba en llamas.

El dolor nasal me despertó suficiente como para acordarme de que me había quedado dormido. El olor era fuerte tomando en cuenta que había sacado la cabeza y tenía la nariz fuera de la casa. Uf. Había mucho ruido. Alguien se estaba riendo con demasiada fuerza. Las carcajadas me resultaban familiares, pero ningún olor definido procedía del que reía. Ningún efluvio emanaba de esa persona.

Gemí y abrí los ojos. Era de día, a juzgar por el color gris apagado del cielo, pero no había indicios que me permitieran determinar la hora. Tal vez estuviera a punto de anochecer, dada la escasez de luz.

—Ya era hora —murmuró la Barbie no muy lejos de allí—. Estaba harta del escándalo de tus ronquidos.

Giré sobre mí mismo y me contorsioné para sentarme en el suelo. En el proceso averigüé de dónde procedía el hedor. Alguien me había puesto debajo de la cabeza un cojín de plumas en un probable intento de ser amable, supuse, a menos que hubiera sido cosa de Rosalie.

Percibí otros aromas en cuanto alejé el rostro de la pestilencia de las plumas. El aire olía a canela y a tocino, todo entremezclado con el efluvio a vampiro.

Parpadeé mientras intentaba captar la estancia.

Las cosas no habían cambiado mucho, excepto porque ahora Bella estaba sentada en medio del sofá y le habían quitado las agujas intravenosas. La rubia estaba sentada a sus pies, con la cabeza apoyada en las rodillas de la embarazada. Era una tontería, dadas las circunstancias, lo sabía bien, pero me seguía poniendo los pelos de punta la forma en que los vampiros tocaban a Bella. Edward estaba junto a ella y la tomaba de la mano. Alice se hallaba en el suelo, igual que Rosalie. Su rostro no mostraba contrariedad alguna y era fácil saber el motivo: había encontrado otro "analgésico".

—Oye, Jake, ven aquí —cacareó Seth.

El pequeño de los Clearwater estaba sentado al otro lado de Bella y le había pasado el brazo por los hombros con ademán despreocupado. Sostenía en el regazo un plato de comida lleno hasta el borde.

¿Qué rayos…?

—Vino a buscarte —me aclaró Edward mientras yo me ponía de pie— y Esme lo convenció de que se quedara a desayunar.

Seth me miró y se dio cuenta de mi desconcierto, así que se apresuró a explicarse.

—Exacto, Jake. Vine a ver si estabas bien, porque ni siquiera habías cambiado de fase y Leah ya se estaba preocupando. Le dije que probablemente te habías quedado dormido en tu forma humana, pero ya la conoces. Y claro, bueno, ellos tenían aquí toda esta comida y... caramba —continuó mientras se volvía hacia Edward—, tú sí que sabes cocinar, ¿eh?

—Gracias —murmuró el aludido.

Respiré despacio mientras intentaba calmarme y dejar de apretar los dientes, pero no podía apartar la vista del brazo de Seth en torno de Bella.

—Bella estaba perdiendo calor —explicó Edward en voz baja.

De acuerdo. En cualquier caso, no era de mi incumbencia, ya que ella no me pertenecía.

Seth escuchó el comentario de Edward, miró mi cara de pocos amigos y de pronto se acordó de que necesitaba las dos manos para comer. Retiró el brazo y se puso a tragar con verdadero entusiasmo. Caminé hasta quedar a un par de metros del sofá mientras seguía intentando recobrar la compostura.

—¿Leah sigue vigilando? —le pregunté a Seth, con voz aún pastosa a causa de la modorra.

—Sí —contestó él sin dejar de masticar. El joven Clearwater también llevaba ropa nueva, y además le quedaban mejor que a mí—. Sigue atenta, no te preocupes. Aullará si ocurre algo. Nos turnamos a eso de la medianoche. He corrido doce horas.

El tono de voz dejaba en claro cuánto se enorgullecía de ello.

—¿Medianoche? Espera un momento, ¿qué hora es?

—Está a punto de amanecer —contestó él tras lanzar una mirada por la ventana para asegurarse.

Maldición. Había dormido el resto del día y una noche entera. No había cumplido mi parte.

—Demonios. Lo siento mucho, Seth. De verdad. Deberías haberme despertado de una patada.

—No, hermano, necesitabas dormir de verdad. ¿Desde cuándo no te habías tomado un descanso? ¿Desde la noche que patrullaste para Sam? ¿Lo dejamos en cuarenta horas? ¿Cincuenta? No eres una máquina, Jake. Además, no te perdiste nada de nada.

¿Nada de nada? Lancé una rápida mirada hacia Bella. Había recobrado el color y ahora estaba como yo la recordaba: pálida, sí, pero con esa pincelada sonrosada en la piel y los labios también rosáceos. Incluso el pelo estaba más lustroso. Me evaluó con la mirada y luego me dedicó una ancha sonrisa.

—¿Qué tal la costilla?

—Vendada y sujeta. Ni siquiera la siento —me contestó.

Torcí los ojos mientras oía cómo Edward rechinaba los dientes. Imaginé que esa actitud de querer quitarle importancia al asunto le disgustaba tanto como a mí.

—¿Y qué desayunaste? —inquirí, un poco sarcástico—. ¿O negativo o AB positivo?

Me sacó la lengua. Había vuelto a ser ella.

—Tortilla de huevos —contestó, pero con la mirada baja… y vi la copa de sangre entre su pierna y la de Edward.

—Desayuna algo, Jake —me animó Seth—. Hay un montón de cosas ricas en la cocina. Debes tener el depósito vacío.

Examiné el plato de comida situado en su regazo. Una tortilla de queso ocupaba la mitad del plato, y en la otra mitad había un rollo de canela del tamaño de mi puño. Mi estómago empezó a sonar, pero lo ignoré.

—¿Qué almorzó Leah? —le pregunté con tono de reproche.

—Oye, le llevé comida antes de probar bocado —se defendió Seth—. Aseguró que prefería comerse un animal atropellado en la carretera, pero te apuesto a que al final cede. ¡Estos rollitos de canela...!

Pareció extraviarse en esas palabras.

—En ese caso, iré a cazar con ella.

Seth suspiró mientras daba media vuelta con intenciones de marcharme.

—¿Tienes un momento, Jacob?

Era Carlisle quien me lo pedía, así que mi rostro fue bastante menos irrespetuoso de lo que se habría topado cualquier otro que hubiera pretendido detenerme.

—¿Sí?

El doctor se me acercó mientras Esme se dirigía a otra habitación. Carlisle se detuvo un poco más lejos de lo habitual entre dos personas que conversan. Le agradecí que me concediera ese espacio.

—Hablando de cacería —empezó con tono lúgubre—, verás, este tema va a ser de cierta importancia en mi familia. Doy por hecho que en las circunstancias actuales el armisticio no está vigente, así que deseaba pedirte consejo. ¿Sam irá tras nosotros si salimos del perímetro que creaste? No deseamos correr el riesgo de herir a nadie de tu familia ni de perder a uno de los nuestros. Si te pusieras en nuestros zapatos, es decir, si estuvieras en nuestro lugar, ¿cómo actuarías?

Me quedé pasmado y retrocedí cuando me soltó aquello. ¿Qué iba yo a saber de los caminos de los vampiros ni de sus zapatos de lujo? Bueno, no obstante, conocía a Sam perfectamente.

—Corren un riesgo —contesté, procurando olvidar que todos los demás habían fijado en mí la mirada, y seguí hablándole únicamente a él—. Sam se ha calmado un poco, pero estoy seguro de que en su fuero interno considera el tratado un simple papel. En cuanto se le meta entre ceja y ceja que la tribu o cualquier otro humano están en peligro, no se va a cruzar de brazos, no sé si me explico, pero mientras tanto, su prioridad sigue siendo La Push. Ahora no son suficientes como para vigilar a la gente y al mismo tiempo organizar partidas suficientemente grandes como para causarles un daño real. Apostaría a que se quedará cerca de casa.

Carlisle asintió con ademán festivo.

—Entonces supongo que podemos llegar a la conclusión de que no hace falta salir juntos a cazar; tal vez convendría que ustedes fueran de día, ya que a nosotros nos esperan de noche a causa de todas esas supersticiones sobre los vampiros. Son rápidos, pueden peinar las montañas y cazar lo bastante lejos como para que no haya oportunidad de algún posible encuentro con alguien que él haya enviado lejos de la reserva.

—¿Y dejar a Bella desprotegida?

Bufé.

—¿Qué?, ¿acaso estamos pintados?

Carlisle rió, pero luego su semblante adoptó la seriedad de antes.

—No puedes enfrentarte a tus hermanos, Jacob.

Entorné los ojos.

—No digo que vaya a ser fácil, pero seré capaz de detenerlos si vienen con intenciones de matarla.

Carlisle sacudió la cabeza, presa de la ansiedad.

—No, no, no quiero decir que seas incapaz, sino que sería un error muy grave. No podría cargar ese peso en mi conciencia.

—El peso estaría en la mía y no en la suya, doctor, y yo lo puedo asumir sin problemas.

—No, Jacob. Vamos a asegurarnos de que nuestras acciones hagan imposible esa situación —frunció el ceño con gesto pensativo—. Probablemente es lo mejor que podemos hacer.

—Lo dudo, doctor. La división en dos grupos no me parece la mejor estrategia.

—Contamos con algunos dones adicionales que igualarán las cosas. Si Edward es uno de los tres cazadores, puede brindarnos varios kilómetros de seguridad.

Ambos nos volvimos hacia el recién casado, cuya expresión hizo que Carlisle reconsiderara sus palabras.

—Y estoy seguro de la existencia de otros caminos —agregó Carlisle, pues quedaba claro que en ese momento no había fuerza capaz de separar a Edward de Bella—. Alice, imagino que podrías saber qué rutas debemos evitar, ¿no?

—Es muy fácil —contestó ella, asintiendo—, las que desaparezcan de la visión.

Edward se había puesto muy tenso con la primera parte del plan, pero luego se relajó bastante. Bella miraba con tristeza a Alice, que había fruncido el ceño como hacía siempre que estaba estresada.

—Está bien —acepté—. Está decidido. Iré por mi lado. Seth, te espero de regreso al anochecer para que puedas dormir un rato, ¿de acuerdo?

—Claro, Jake, cambiaré de fase en cuanto me haya terminado esto. A menos que... —vaciló y se volvió para mirar a Bella—. ¿Me necesitas?

—Tiene mantas —le espeté.

—Estoy bien, Seth, gracias —se apresuró a decir Bella.

Esme regresó con su andar rápido. Traía un plato cubierto en las manos. Se detuvo, indecisa, al llegar junto a Carlisle y fijó en mi rostro sus enormes ojos oscuros. Me tendió el plato y dio un paso hacia mí con timidez.

—Estoy consciente de que la idea de comer aquí te resulta poco apetecible, Jacob, dado que el olor te desagrada —dijo con voz menos aguda que la de los demás—, pero me sentiría mucho mejor si te llevaras algo de comida cuando te fueras. Sé que no puedes volver a casa por culpa nuestra. Por favor, alivia un poco mi remordimiento. Acepta algo de comer.

Me tendió la comida con una muda súplica escrita en sus suaves facciones, y no sé cómo lo hizo, porque a pesar de tener una apariencia de veintitantos años y un rostro blanco marfileño, de pronto su expresión me recordó a mi madre.

Demonios.

—Estee, claro, claro —murmuré—. Supongo, bueno, tal vez Leah todavía tenga apetito...

Tomé el plato y lo sostuve con una mano, manteniéndolo lo más lejos posible, todo lo que mi brazo daba de sí. Tendría que vaciarlo al pie de un árbol o algo así. No quería que se sintiera mal.

Entonces me acordé de Edward.

¡No le digas ni pío a Esme! Déjala creer que me lo comí.

No lo miré para ver si estaba o no de acuerdo; más le valía estarlo. El chupasangre me lo debía.

—Gracias, Jacob —repuso Esme con una sonrisa. Cielo santo, ¿cómo podía tener hoyuelos un rostro de piedra?

—Eee... de nada —contesté con las mejillas al rojo vivo, más calientes de lo habitual.

El problema de alternar con vampiros era que terminabas acostumbrándote a ellos y acababas por hacerte un lío en cuanto a la forma de ver el mundo, y al final, pensabas en ellos como amigos.

—¿Volverás luego, Jake? —preguntó Bella mientras yo intentaba huir.

—Eee... no sé.

Frunció los labios para contener una sonrisa.

—Por favor, ¿y si me da frío?

Inhalé profundamente y al instante me di cuenta de que no era una buena idea: la peste a vampiro se me metió por la nariz. Contraje la cara a causa del asco.

—Puede que sí.

—¿Jacob? —me llamó Esme. Retrocedí hacia la puerta mientras ella proseguía a unos cuantos pasos de mí—: dejé una cesta de ropa en el porche. Es para Leah. Las prendas están recién lavadas y procuré tocarlas lo menos posible —frunció el ceño—. ¿Te molestaría llevársela?

—Por supuesto —murmuré.

Enseguida me escabullí por la puerta antes de que nadie me hiciera sentir culpable por algo más.

15. Tic, tac, tic, tac, tic, tac

Oye, Jake, tenía entendido que querías que volviera al anochecer. *¿Por qué no le dijiste a Leah que me despertara antes de que se quedara dormida?*

Porque no necesité tu ayuda. Todavía sirvo para esto.

Seth ya se estaba dirigiendo hacia la mitad norte del perímetro, la que había elegido.

¿Alguna novedad?

No. Nada de nada.

¿Estuviste explorando?

Se había percatado de uno de mis trayectos alternativos. Se fue derecho hacia el nuevo sendero.

Sí, fui a dar una vuelta por ahí, ya sabes, sólo para comprobar si los Cullen iban a salir a cazar.

Bien pensado.

Seth dio media vuelta y se encaminó hacia el perímetro principal.

Resultaba más cómodo correr con él que con Leah. Todos los pensamientos de la joven Clearwater tenían un punto cortante a pesar de que ella intentaba controlarse, y lo intentaba de verdad, pero la verdad era que la muchacha no quería estar allí y toleraba a regañadientes mi postura moderada hacia los vampiros; lo malo era que sus ideas no dejaban de rondarme por la cabeza, y tampoco acababa de digerir la confortable camaradería que se había establecido entre su hermano y los Cullen, entre quienes los vínculos de amistad eran cada día más fuertes.

Era muy curioso, porque había temido ser yo el principal obstáculo. La loba y yo siempre habíamos andado de pleito cuando estábamos en la manada de Sam, pero ahora no había antagonismo alguno contra mí, sólo contra los Cullen y Bella. ¿Por qué? Tal vez se debía a una cuestión de mera gratitud por no obligarla a irse, o quizá porque ahora yo comprendía mejor su hostilidad. Como fuera, patrullar con Leah no resultaba tan malo como había esperado, para nada.

Aunque seguía siendo quisquillosa en todo lo demás. La comida y la ropa que había enviado Esme habían ido a parar inmediatamente al río, a pesar de que yo me había comido mi parte para dar ejemplo de abnegación y sacrificio, sólo por eso y no porque tuviera un olor muy apetitoso una vez lejos del ulcerante hedor vampírico. Además, cerca del mediodía había cazado un alce pequeño, pero la presa no había satisfecho del todo su apetito y eso la había puesto de peor humor aún, porque Leah odiaba comer carne cruda.

¿Y si pasamos rápido por el este?, sugirió Seth. *Nos adentramos bien hondo y verificamos si están o no en esa zona.*

Algo así estaba pensando, coincidí, mientras empezábamos a corretear; *pero lo haremos cuando estemos despiertos los tres. No quiero bajar la guardia. En todo caso, deberíamos hacerlo antes de que salgan los Cullen. Tendrá que ser pronto.*

Está bien.

Aquello me hizo pensar.

Si los vampiros eran capaces de abandonar sin percances las inmediaciones de la casa, en realidad no tenían problema para seguir adelante. Lo mejor habría sido que se hubieran marchado en cuanto vinimos a avisarles. Seguro que tenían medios para establecer otras guaridas, y también contaban con amigos en el norte. La respuesta era evidente: "Tomen a Bella y váyanse". Parecía la solución obvia a todos sus problemas.

Tal vez lo sugiriera yo, aunque tenía pánico de que me hicieran caso, pues no deseaba que Bella desapareciera de allí y no saber jamás si lo había logrado o no.

No, eso era una estupidez. Debía aconsejarles que se marcharan. La permanencia de los Cullen en Forks carecía de sentido y sería mejor para mí que Bella se marchara. No es que fuera a dolerme menos, pero sería más saludable.

Ahora bien, era muy fácil decirlo allí, cuando Bella no estaba presente, ella, que se estremecía de alegría al verme, aunque no debía olvidar que se aferraba a la vida con uñas y dientes.

Ah, eso ya se lo pregunté a Edward, me informó Seth.

¿Qué?

Quería saber por qué no se habían ido todavía. Podían haberse largado con el clan de Tanya o algo parecido, a cualquier sitio lo bastante lejos como para que Sam no los persiguiera.

Me obligué a no olvidar que yo mismo había decidido dar ese consejo a los vampiros por ser la opción más adecuada y, por tanto, no debía enojarme con él si me había librado del muerto. Así que nada de malos modos.

¿Qué te dijo? ¿Esperan el momento oportuno para escapar?

No, no se irán.

Aquello no tenía aspecto de ser precisamente una buena noticia.

¿Por qué no? Quedarse es una estupidez.

En realidad, no, repuso Seth, ahora a la defensiva. *Requiere cierto tiempo acondicionar un lugar con los medios técnicos que Carlisle tiene aquí, donde dispone de todo el material necesario para cuidar a Bella y las credenciales para conseguir más. Ésa es una de las razones por las que quieren planear una salida. Carlisle cree que pronto va a necesitar más sangre para Bella, pues está a punto de terminarse todas las bolsas que había acumulado para ella. No le gusta el ritmo al que disminuye la reserva de O negativo y va a ir a comprar más. ¿Sabías que puedes comprar sangre si eres médico?*

Todavía no estaba preparado para mostrarme lógico.

Me sigue pareciendo una completa estupidez. ¿Acaso no pueden llevarse la mayoría de las cosas? Además, pueden robar lo que les falte, vayan donde vayan. ¿A quién diablos le importa la estúpida ley cuando es un inmortal?

Edward no quiere correr el riesgo de moverla.

Ya está mucho mejor.

Es verdad, coincidió Seth. *Pero tampoco es que se pueda mover demasiado: la cosa esa no deja de dar patadas, y se las está haciendo pasar negras.*

La garganta se me llenó de bilis y tuve que hacer un esfuerzo por tragar para que volviera al estómago.

Sí, ya lo sé.

Le rompió otra costilla, me confió con tono sombrío.

Me fallaron las patas y la cadencia del trote bajó. Me tambaleé un poco antes de recuperar mi ritmo.

Carlisle la vendó de nuevo. Dijo que sólo es otra fractura, y entonces Rosalie se puso a explicar no se qué sobre que es muy sabido que hasta los bebés humanos normales a veces le rompen alguna costilla a la madre. Edward la fulminó con la mirada como si fuera a arrancarle la cabeza.

Lo malo es que no lo hizo.

Seth se había puesto en modo "obtención de información", pues sabía cuánto me interesaba todo eso aunque yo jamás le había pedido que parara la oreja a ver qué pescaba.

Bella ha tenido fiebre intermitente a lo largo del día. Unas décimas. Suda, tiene frío, y así... Carlisle no está muy seguro de cómo actuar. Podría ser una simple náusea. Quizá los mecanismos del sistema inmunológico de la madre no están en su mejor momento.

Sí, estoy seguro de que es una coincidencia.

Ella está de muy buen humor, a pesar de todo. No deja de hacer bromas cuando habla con Charlie, y se ríe y todo eso.

¿Charlie? ¿Qué...? ¿A qué te refieres con eso de que habla con Charlie?

Ahora le tocó a Seth vacilar. Mi rabia lo sorprendió.

Imagino que él llama diariamente para charlar con ella, y a veces también su madre. Ahora Bella tiene mucho mejor aspecto, y eso se nota en la voz, así que ella le asegura que está en vías de reponerse.

¿Reponerse? ¿En qué diablos están pensando los Cullen? ¿Cómo pueden alentar las esperanzas del padre para que todo sea peor cuando ella muera? ¡Pensé que lo estaban preparando para lo peor e intentaban que el pobre hombre se fuera haciendo a la idea! ¿Por qué Bella engaña así a su padre?

Quizá no muera, apuntó Seth con cuidado.

Respiré hondo y procuré calmarme.

Si sale bien de todo esto, Bella jamás volverá a ser una mujer, Seth. Ella lo sabe tan bien como los demás. Si no se muere, va a tener que hacer una imitación muy convincente de un cadáver, muchacho. Eso o desaparecer. Creí que intentarían ponérsela fácil a Charlie. ¿Por qué?

Me da la impresión de que es idea de Bella. Su marido prefería hacer organizar las cosas más bien así como tú dices.

Una vez más estaba en la misma longitud de onda que esa sanguijuela.

Corrimos en silencio durante unos minutos. Comencé a recorrer un nuevo camino mientras exploraba un poco hacia el sur.

No te alejes demasiado.

¿Por qué?

Bella me pidió que te pidiera que la visites.

Encajé con fuerza los dientes, apretando las mandíbulas.

Y Alice también quiere verte. Me dijo que está harta de andar dando vueltas por el ático como un murciélago en el campanario de una iglesia. Seth soltó una carcajada. *¿Sabes? Me había estado turnando con Edward para que Bella mantenga una temperatura estable: le aportamos frío o calor, según lo requiriera la ocasión. Puedo regresar si tú no quieres ir.*

No, yo iré, le espeté.

Está bien.

Seth no hizo más comentarios y se concentró con mucha intensidad en el bosque vacío.

Continué corriendo hacia el sur en busca de alguna novedad y no di media vuelta hasta estar cerca de los primeros indicios de población; todavía no estábamos cerca de Forks, pero quería evitar que resurgieran los rumores sobre avistamientos de lobos. Ya llevábamos bastante tiempo siendo invisibles.

A nuestro regreso crucé el perímetro y me dirigí hacia la casa. Fui incapaz de detenerme pese a que sabía que estaba cometiendo una estupidez. Yo debía ser masoquista o algo por el estilo.

Eres un tipo muy normal, Jake; lo que pasa es que la situación es muy atípica.

Cierra tu bocota, Seth, por favor.

Cerrada.

Esta vez no vacilé en el umbral y lo crucé como si estuviera en mi propia casa. Supuse que eso haría enojar a Rosalie, pero mi esfuerzo fue en vano, porque ni la Barbie ni Bella estaban a la vista. Miré en todas direcciones con la esperanza de no haber reparado en ellas, pero no estaban. El corazón empezó a golpetearme las costillas de un modo alocado y extraño cuando no las encontré.

—Ella está bien —musitó Edward—, o estable, debería decir...

El vampiro se hallaba en el sofá, con la cabeza entre las manos. No levantó la mirada ni siquiera cuando me dirigió la palabra. Esme no se apartaba de su lado y le apretaba con fuerza los hombros.

—Hola, Jacob —me saludó—. Me alegra tenerte de vuelta.

—Y a mí también —dijo Alice con un hondo suspiro.

Bajó las escaleras contoneándose y me dedicó un gesto de reproche, como si llegara tarde a una cita.

—Estee... Hola —contesté. Me sentí muy raro mientras me esforzaba por ser amable—. ¿Dónde está Bella?

—En el baño —me respondió—. Buena parte de su dieta es líquida, ya sabes. Además, tengo entendido que ése es uno de los efectos del embarazo.

Me quedé allí como un idiota, balanceándome adelante y atrás.

—Qué bien —refunfuñó Rosalie. Volteé a tiempo para verla salir de un cuarto semioculto por las escaleras. Acunaba a Bella en los brazos con ternura, pero a mí me puso mala cara—. Sabía que algo apestaba.

Y entonces, igual que la otra vez, el rostro de Bella se iluminó como el de un niño en la mañana de Navidad. Me miró como si le hubiera traído el mejor regalo.

Aquello era muy injusto.

—Viniste, Jacob —jadeó.

—Hola, Bella.

Esme y Edward se levantaron. Observé el cuidado con que la Barbie depositaba a la embarazada en el sofá. A pesar de su esmero, Bella se puso blanca como la cal y contuvo la respiración, como si se hubiera propuesto no emitir queja alguna por intenso que fuera el dolor.

Edward le tocó la frente con los dedos y luego deslizó la mano al cuello. Intentó que pareciera como si le estuviera arreglando el pelo, pero para mí fue más bien una inspección médica formal.

—¿Tienes frío? —murmuró.

—Estoy bien.

—Recuerda el consejo de Carlisle, Bella: no le restes importancia a las molestias —le advirtió Rosalie—. Eso no nos ayuda a cuidarte.

—De acuerdo: tengo un poco de frío. ¿Puedes pasarme esa manta, Edward?

Torcí los ojos.

—¿No está eso un poco fuera de lugar si yo estoy aquí?

—Acabas de llegar, y seguramente te has pasado el día entero de un lado a otro —repuso Bella—. Descansa un minuto. Seguramente el frío se me pasará en un segundo.

La ignoré y me senté en el suelo, junto al sofá, mientras ella todavía me estaba diciendo lo que debía hacer, aunque de pronto no supe cómo moverme, pues tenía un aspecto tan frágil que me daba miedo la idea de moverla o incluso pasarle el brazo por el hombro, así que finalmente me acomodé en el sofá, me recliné con sumo cuidado contra ella y dejé que mi brazo descansara sobre toda la extensión del suyo, al tiempo que le tomaba la mano. Entonces puse la otra mano sobre su rostro. No era fácil determinar si estaba más fría de lo habitual.

—Gracias, Jake —agradeció con una nota de escalofrío en la voz.

—De nada —repuse.

Edward se sentó junto al brazo del sofá, a los pies de Bella, y no perdía de vista el rostro de su esposa.

Era mucho pedir que nadie oyera los gruñidos de mi estómago con los oídos tan finos que tenían todos los presentes en la habitación.

—¿Por qué no le traes a Jacob algo de comida, Rosalie? —pidió Alice, a quien no podía ver porque se había situado detrás del respaldo del sofá.

Rosalie no salía de su asombro y dirigió una mirada fulminante hacia el sitio de donde provenía la voz.

—Te lo agradezco mucho, Alice, pero preferiría no comer nada sobre lo que Rosalie haya podido escupir. Seguro que mi cuerpo metaboliza el salivazo como si fuera veneno.

—Rosalie jamás avergonzaría a Esme con semejante falta de hospitalidad.

—Por supuesto que no —espetó la rubia con voz aterciopelada, y al instante desconfié de ella. Se levantó y salió corriendo de la habitación.

Edward suspiró.

—Me dirás si le echa veneno, ¿no? —le pregunté.

—Sí —prometió él.

Y no sé por qué extraña razón le creí.

Se oyó un escándalo en la cocina; era un ruido extraño, como si el metal protestara por el maltrato. Edward suspiró otra vez, pero una sonrisa le curvó un poco los labios. Rosalie regresó antes de que yo pudiera seguir cavilando. Con una burlona sonrisa de complacencia, depositó un cuenco plateado en el suelo, junto a mí.

—Vamos, disfrútalo, perrito.

Aquello debía de haber sido una fuente o una ensaladera, pero ella la había volteado al revés hasta lograr que tuviera exactamente la forma de un plato para perro. La rapidez y la habilidad me impresionaron, no pude evitarlo; también me impactó el amor al detalle que demostró Rosalie, quien había escrito la palabra *Fido* en un costado con una caligrafía excelente.

La comida parecía magnífica: nada menos que un bistec con papas y una guarnición completa. Por eso le dije:

—Gracias, rubiecita.

Ella me bufó.

—Oye, ¿sabes cómo se le dice a una rubia con cerebro? —le pregunté, y sin esperar respuesta añadí—: Golden retriever.

—Ése también lo había oído —repuso, ya sin sonreírme.

—Seguiré intentando —le prometí, antes de concentrarme en la comida.

Ella torció el gesto con desagrado y puso los ojos en blanco. Luego se sentó en uno de los brazos del sofá y comenzó a zapear en la enorme televisión, a tal velocidad que era absolutamente imposible que estuviera buscando algún programa.

La comida estaba buenísima a pesar del hedor a vampiro que flotaba en el ambiente; la verdad, empezaba a acostumbrarme, aunque no muriera de ganas de adquirir ese hábito. En fin.

Estuve considerando la posibilidad de ponerme a lamer el plato sólo para molestar a la Barbie, pero en ese momento noté los dedos helados de Bella recorriéndome el pelo hasta llegar al final del cuello.

—Tal vez llegó la hora de cortármelo, ¿no te parece?

—Te estás poniendo muy peludo, sí —dijo ella—, tal vez...

—Déjame adivinar: alguien de por aquí ha cortado el pelo en una peluquería parisina.

Ella rió entre dientes.

—Es probable.

—No, gracias —la atajé antes de que pudiera hacerme una oferta en firme—. Todavía aguanta unas cuantas semanas.

Aquel diálogo me llevó a preguntarme durante cuánto tiempo iba a estar bien ella, y empecé a darle vueltas a cuál sería el modo más amable de formular esa pregunta.

—Hum... Oye, ¿cuándo es la gran fecha? Ya sabes, el día previsto para que nazca el monstruito —me dio un manotazo en la nuca que me hizo el mismo efecto que el roce de una pluma al caer. Pero no me respondió—. Hablo en serio —le insistí—; me gustaría saber cuánto tiempo voy a tener que andar por aquí.

Y cuánto tiempo te vas a quedar tú, añadí para mis adentros. Entonces, me volví para mirarla. Había vuelto a fruncir el ceño y tenía un brillo pensativo en los ojos.

—No sé —admitió en un murmullo—. No con exactitud. Es obvio que aquí no se van a aplicar los nueve meses convencionales, y los ultrasonidos tampoco nos sacan de dudas, así que Carlisle hace cálculos tomando como referencia el volumen de mi vientre. Se supone que en los embarazos normales se llega a unos cuarenta centímetros cuando el bebé está completamente desarrollado —me informó mientras ponía el dedo en el centro de su abultada barriga—. Eso da un centímetro por semana, ¿no? Pues esta mañana volví a estar muerta de sed y gané dos centímetros en un solo día. Y a veces he aumentado incluso más...

¿El feto crecía en un día lo de dos semanas? Los días pasaban volando. La vida se le iba a marchas forzadas. ¿Cuántos días podían quedarle a Bella si la cuenta terminaba al llegar a los cuarenta centímetros? ¿Cuatro? Pasó más de un minuto antes de que me acordara de respirar.

—¿Estás bien? —me preguntó Bella.

Me limité a asentir, pues no estaba muy seguro de que me saliera la voz.

Edward miró en otra dirección cuando escuchó mis pensamientos, pero pude ver su semblante en el reflejo de la pared de cristal. Otra vez era el de un hombre consumido.

Resultaba curioso cómo al tener una fecha límite se hacía aún más intolerable la posibilidad de irme o de que ella se fuera. Me alegraba que Seth me hubiera puesto al tanto, pues así sabía que se iban a quedar allí. Habría sido insoportable estar preguntándome si se irían en uno, dos o tres de esos cuatro días. Mis cuatro días.

También era extraño que estuviera cada vez más apegado a ella, más y no menos, incluso sabiendo que todo estaba a punto de terminar. Daba la impresión de que tenía cierta relación con su creciente barriga, como si al engordar ganara también fuerza gravitatoria.

Intenté mirarla con cierta distancia durante cerca de un minuto para mitigar su fuerza de atracción. Noté que no era cosa de mi imaginación, que mi necesidad de ella era más fuerte que nunca. ¿Y eso por qué sería? ¿Porque se estaba muriendo o porque sabía que incluso si sobrevivía, en el mejor de los casos, cambiaría hasta convertirse en otra cosa, algo que no iba a comprender ni a conocer?

Bella recorrió mi pómulo con un dedo. Cuando me tocó, yo tenía el rostro bañado en sudor.

—Todo saldrá bien —me canturreó.

No importaba que esas palabras carecieran de significado; las pronunció como quien canta esas canciones de cuna sin sentido a los niños. Duérmete niño, duérmete ya.

—Claro —musité.

Ella se reclinó sobre mi brazo y apoyó la cabeza en mi hombro.

—Todavía no puedo creer que hayas venido. Seth me lo aseguró, y Edward también, pero no les creía.

—¿Por qué no? —pregunté con cierta brusquedad.

—No estás a gusto aquí, pero de todas maneras viniste.

—Querías que viniera.

—Lo sé, pero no tenías que haber venido, porque no está bien que yo desee tenerte aquí. Debería haberlo comprendido.

Se hizo el silencio durante cerca de un minuto. Edward volvió a la posición anterior, con el rostro mirando hacia la televisión mientras Rosalie seguía cambiando de un canal a otro. Debía llevar por lo menos seiscientos. Me pregunté cuánto tardaría en volver al primer canal.

—Gracias por venir —susurró Bella.

—¿Puedo preguntarte algo?

—Por supuesto.

Edward fingía no prestarnos atención alguna, pero él sabía cuál era mi pregunta; a mí no me engañaba.

—¿Por qué quieres que esté aquí? Seth podía haberte mantenido caliente y probablemente el pequeño rebelde habría estado feliz de poder rondar por aquí. Pero cuando cruzo esa puerta tú sonríes como si yo fuera tu preferido en el mundo entero.

—Eres uno de mis preferidos.

—Eso duele, y tú lo sabes.

—Sí —suspiró—; lo siento.

—Está bien, pero sigues sin responder: ¿por qué?

—Me siento completa cuando estás cerca. Tengo esa sensación que se tiene cuando toda la familia está reunida… Bueno, quiero decir, la sensación que se debe sentir, porque nunca antes había tenido una familia numerosa. Es genial —sonrió durante una fracción de segundo—. Y no está completa si faltas tú.

—Bella, yo jamás he formado parte de tu familia.

Podía haber ocurrido y habría estado a gusto en ese lejano futuro que murió antes de tener una oportunidad de vivir.

—Tú siempre has formado parte de mi familia —discrepó ella.

Rechiné los dientes.

—Qué respuesta tan tonta.

—¿Y cuál habría sido buena?

—Algo así como: "Disfruto de tu dolor, Jacob".

Ella dio un respingo.

—¿Te parece una mejor respuesta?

—Más cómoda y tolerable, por supuesto que sí. Podría comprenderlo, sería capaz de asumirlo.

Bajé los ojos para contemplar su rostro, tan cerca del mío. Apretaba con fuerza los párpados cerrados y fruncía el ceño.

—En algún momento perdimos el hilo, Jacob. Nos descompensamos. Se suponía que tú ibas a formar parte de mi vida. Puedo sentirlo y tú también —hizo una pausa de un segundo sin abrir los ojos, como si estuviera esperando que yo lo negara. Como no dije nada, continuó—; pero no de este modo. Hicimos algo mal. Yo lo hice. Cometí un error y dejamos de estar en la misma onda.

Se le apagó la voz y el ceño de preocupación se suavizó hasta que se volvió una simple arruga. Esperé a que ella echara más vinagre en mis heridas, pero en ese momento, desde el fondo de su garganta llegó un leve ronquido.

—Está agotada —intervino Edward en voz baja—. Fue un día largo y duro. Creo que se hubiera dormido antes, pero te estaba esperando.

No lo miré.

—Seth me dijo que tiene otra costilla rota.

—Sí, y eso le dificulta la respiración.

—Genial.

—Avísame cuando vuelva a subirle la temperatura.

—Sí.

El brazo que estaba en contacto con mi cuerpo se había entibiado, pero Bella tenía el otro de carne de gallina. Apenas había levantado la cabeza para buscar una manta, cuando Edward tomó una del brazo del sofá y la extendió para cubrirla.

En ocasiones la capacidad telepática de Edward ahorraba algunos momentos difíciles. Tal vez yo no hubiera sabido presentar bien el caso de lo que estaban a punto de hacer con Charlie. Qué lío. Él únicamente tuvo que hacerse eco de mi rabia...

—Sí, no es una buena idea —coincidió.

—En tal caso, ¿por qué?

¿Por qué Bella le contaba a su padre que estaba en vías de recuperación cuando a la larga eso únicamente lo haría sentir más miserable?

—No soporta la ansiedad de Charlie...

—¿Y por eso es mejor?

—No, no es mejor, pero en este momento no voy a obligarla a hacer nada que la entristezca. Ella se siente mejor actuando así. Me encargaré del futuro en su momento.

Aquello no se veía bien. No era propio de Bella sacarle la vuelta y posponer el dolor de Charlie para que otra persona tuviera que hacerse cargo. Incluso aunque estuviera agonizante, esa actuación no parecía suya. O yo no la conocía, o ella tenía otro plan.

—Está muy convencida de que va a salir bien de esta —dijo Edward.

—Pero no como humana —protesté.

—No, como humana no, pero de todos modos espera ser capaz de ver a Charlie de nuevo.

Demonios, la cosa se ponía cada vez mejor.

—¿Ver… a… Charlie? —al final, lo miré echando chispas por los ojos—. Muy fácil, ¿verdad? ¿Cómo va a ver a Charlie cuando tenga la piel de un blanco centelleante y unos relucientes ojos rojos? Yo no soy una sanguijuela y tal vez me equivoque, pero elegir a Charlie como su primera comida me parece de lo más extraño, la verdad.

Edward suspiró.

—Está consciente de que no va a poder acercarse a su padre durante por lo menos un año. Tiene la esperanza de que podrá darle largas y decirle que tuvo que ir a un hospital especial al otro lado del mundo. Vamos, mantener el contacto a través de llamadas telefónicas…

—Eso es una locura.

—Sí.

—Charlie no es estúpido. Incluso aunque Bella no lo mate, ¿crees que no notará la diferencia?

—Pues ella confía en algo por el estilo —lo fulminé con la mirada esperando una explicación—. Ella no va a envejecer, por supuesto, así que tiene un tiempo limitado, incluso aunque Charlie se trague todas las mentiras que justifiquen sus alteraciones —esbozó una sonrisa casi imperceptible—. ¿Recuerdas cuando intentaste contarle a Bella lo de tu transformación? ¿Cómo lograste que lo adivinara?

Cerré la mano libre hasta convertirla en un puño.

—¿Ella te contó eso?

—Sí, cuando me estuvo explicando su... idea. Verás: no se le permite contarle la verdad a su padre, pues eso sería demasiado peligroso para él, pero Charlie es un hombre listo y práctico, así que Bella supone que él será capaz de crearse su propia explicación. Da por hecho que su padre llegará a una conclusión equivocada —Edward lanzó un bufido—. Finalmente es difícil que los Cullen encajen en el estereotipo de los vampiros; seguramente hará alguna conjetura errónea sobre nosotros, igual que ella en un principio, y nosotros la vamos a secundar. Ella espera poder verlo en persona... de vez en cuando.

—Es una locura...

—Sí —admitió otra vez.

Dejar que Bella hiciera planes al respecto para tenerla contenta era pura debilidad de Edward. No saldría bien.

Lo cual me hacía pensar que lo más probable era que él no esperara que su esposa viviera para poner en práctica su disparatado plan. Entretanto, la aplacaba para que fuera feliz un poco más.

Algo así como cuatro días más.

—Lidiaré con ese problema cuando sea el momento —susurró; luego, volvió el rostro y miró a lo lejos para que ni siquiera pudiera ver el reflejo de su semblante—. Ahora no quiero causarle el menor dolor.

—¿Son cuatro días?

—Más o menos —repuso sin voltear a verme.

—Y luego, ¿qué?

—¿A qué te refieres?

Me acordé de las palabras de Bella sobre el feto envuelto y protegido por unas membranas tan fuertes como la piel de vampiro. ¿Y cómo funcionaba eso? Dicho de otro modo: ¿cómo saldría ese feto del útero materno?

—No hemos podido investigar mucho, pero a juzgar por la información que tenemos, parece que las criaturas usan los dientes para escapar de la matriz —susurró.

Necesité un momento para tragar la bilis.

—¿Investigar? —pregunté con voz decaída.

—Por eso no has visto a Jasper ni a Emmett por aquí, y eso es lo que está haciendo Carlisle en este momento: descifrar antiguas historias y mitos para tener algún punto de referencia. Buscan cualquier cosa que pueda ayudarnos a predecir la conducta de la criatura.

¿Historias? Si había mitos antiguos, eso significaba...

—... que tal vez no sea la primera de su tipo —comentó Edward, anticipándose a mi pregunta—. Quizá. Todo es muy impreciso. Es fácil que muchos mitos se originen a partir del miedo, y en una imaginación excesiva, aunque... —al llegar a este punto la voz le flaqueó—. Los mitos humanos son ciertos, ¿no? Bueno, tal vez éstos también lo sean. Parecen estar localizados y vinculados...

—¿Cómo los encontraron?

—Conocimos a una mujer sudamericana que sabía las tradiciones de su pueblo. Estaba enterada de las advertencias contra tales criaturas en las viejas historias que habían pasado de una generación a otra.

—¿En qué consistían las advertencias?

—Había que matar a la criatura en cuanto naciera, antes de que ganara demasiada fuerza.

Exactamente lo que pensaba Sam. ¿Y si al final tenía razón?

—Las leyendas dicen lo mismo de nosotros, por supuesto, que somos unos asesinos desalmados y debemos ser destruidos.

Auch.

Edward soltó una risotada entre dientes.

—¿Qué cuentan esas historias acerca de las mamás?

El dolor crispó las facciones de Edward, quien puso una cara que te daba ganas de llorar. Supe que no me respondería. Dudaba que fuera capaz de articular palabra.

Rosalie había permanecido callada y tan quieta que casi me había olvidado de su presencia, pero fue ella quien intervino para responder.

—Ninguna sobrevivió, por supuesto —contestó sin hacer el intento de ocultar la nota burlona procedente del fondo de su garganta. "Ninguna sobrevivió". Directa e indiferente—. Parir en medio de los pantanos infestados de enfermedades sin más ayuda que la de un brujo que les untaba la cara con saliva de perezoso para alejar a los malos espíritus nunca ha sido un método muy seguro. La mitad de los partos normales acababan mal. Ninguno de ellos tuvo a su disposición lo mismo que este bebé: cuidadores con una idea de sus necesidades, capacitados para atender sus carencias, un médico con un conocimiento inigualable sobre la naturaleza vampírica, y un plan pensado para conservar al niño lo más a salvo posible. El bebé va a estar bien y la madre cuenta con la ponzoña de vampiro para reparar los daños. Es muy probable que esas otras mamás hubieran sobrevivido si hubieran contado con los mismos medios... si es que han existido, porque de eso no estoy nada convencida.

Olisqueó con desdén.

Otra vez: el bebé, el bebé. Era como si nada más importara. La vida de Bella era un detalle sin importancia para Rosalie, algo de lo que uno podía desentenderse.

El rostro de Edward estaba blanco como la pared y tenía las manos crispadas como garras. Rosalie se giró en su sillón para quedar de espaldas a él, con un egoísmo absoluto y total indiferencia. Él cambió de postura y se inclinó hacia delante.

Sígueme, le sugerí.

Hizo una pausa y enarcó una ceja.

Recogí el plato de perro del suelo en silencio y luego lo lancé con un fuerte y veloz giro de muñeca contra la nuca de la Barbie, donde se impactó de lleno con gran estruendo antes de salir rebotado y cruzar toda la habitación para acabar partiendo el tope redondeado del grueso poste de la escalera, que cayó al pie de la misma.

Bella se agitó, pero no llegó a despertarse.

—Estúpida rubia —murmuré.

Rosalie volvió la cabeza muy despacio. Sus ojos llameaban.

—Me manchaste el pelo de comida.

Pues sí, eso había hecho: empezar una bronca. Me alejé de Bella para no perturbarla, y me reí con tantas ganas que acabaron escurriéndome unos lagrimones por la cara. Enseguida noté la risa musical de Alice, que se unía a mis risas desde detrás del sofá.

Me pregunté por qué Rosalie no saltaba, pues me esperaba algo así, pero entonces me di cuenta de que mis carcajadas habían terminado por despertar a Bella, a pesar de que en otras ocasiones ella dormía sin que le afectara el ruido del ambiente.

—¿Cuál es la gracia? —murmuró.

—Le llené el pelo de comida —le dije, riendo de nuevo en voz alta.

—No voy a olvidar esto, perro —siseó Rosalie.

—Es muy fácil borrarle la memoria a una rubia —repliqué—. Basta con soplarle por el oído: tiene la cabeza tan hueca que se le van las ideas.

—A ver si buscas chistes nuevos —me espetó.

—Vamos, Jake, deja en paz a Rosal… —Bella se interrumpió a mitad de la frase e inhaló con un ruido agudo.

Edward tomó impulso apoyándose en mí y se acercó a ella en un instante, rompiendo la manta en el camino. Su esposa parecía tener convulsiones y arqueaba la espalda, que ya no reposaba sobre el respaldo del sofá.

—Sólo se está estirando —jadeó ella. Tenía los labios blancos como la cal y apretaba con fuerza las mandíbulas; daba la impresión de que intentaba contener los gritos.

Edward le puso una mano en cada mejilla.

—¿Carlisle? —llamó al patriarca con voz baja y tensa.

—Aquí estoy —contestó el doctor.

Ni lo había oído venir.

—Estoy bien, creo que ya pasó —dijo Bella. Seguía respirando con dificultad—. El pobre niño no tiene suficiente espacio, eso es todo. Está creciendo mucho.

Había que tener agallas para soportar el tono de adoración con que hablaba de la criatura que la iba a rasgar, sobre todo después de la insensibilidad que había mostrado Rosalie. Me dieron ganas de arrojarle algo también a Bella.

Ésta no se dio cuenta de mi estado de ánimo.

—¿Sabes? Me recuerda a ti —dijo entre jadeos, todavía con esa voz azucarada.

—No me compares con esa cosa —le espeté entre dientes.

—Sólo me refería al estirón que pegaste —replicó; mi comentario pareció herir sus sentimientos. Excelente—. De pronto te volviste altísimo. Cada minuto eras más alto, podías verlo. Él también es así: crece demasiado rápido.

Me mordí la lengua para no decirle lo que pensaba, pero con tanta fuerza que me sangró. Sanaría antes de que terminara de tragarla, por supuesto. Eso era lo que Bella necesitaba: ser fuerte como yo y tener capacidad para curarse...

Respiró con un poco más de calma y, otra vez en el sofá, se acostó con el cuerpo flojo.

—Hum —murmuró Carlisle.

Cuando alcé la vista descubrí los ojos del doctor fijos en mí.

—¿Qué? —inquirí.

Edward ladeó la cabeza cuando supo la idea que le rondaba al médico por la cabeza.

—Como sabes, me estrujaba los sesos pensando en la composición genética de las células fetales, Jacob, y sobre los cromosomas del feto.

—¿Y qué?

—Bueno, tomando en cuenta sus semejanzas...

—¿Semejanzas? ¿Qué semejanzas? —refunfuñé. No me gustaba ni una pizca el uso del plural.

—El crecimiento acelerado y la imposibilidad de que Alice te vea.

Me quedé pasmado. Había olvidado totalmente la otra.

—Bueno, me estaba preguntando si a partir de ahí era factible obtener una respuesta, si las similitudes son genéticas.

—Veinticuatro pares de cromosomas —concluyó Edward en voz baja.

—No lo sabe.

—No, pero es una hipótesis interesante para especular —dijo Carlisle con voz conciliadora.

—Sí, claro, fascinante.

Bella reanudó su suave ronquido, acentuando a la perfección el sarcasmo de mi frase.

Entonces se enfrascaron en una conversación sobre genética tan profunda que llegó un momento en que únicamente comprendía los artículos y las preposiciones, además de mi propio nombre, por supuesto. Alice se unió a ellos, haciendo algún que otro comentario con su vocecita de pájaro llena de vida.

A pesar de que era el tema de la conversación, no intenté averiguar las conclusiones a las que estaban llegando. Tenía otras preocupaciones, otros hechos que debía analizar.

Primer hecho: Bella había mencionado la existencia de una membrana fuerte como la piel de un vampiro; protegía a la criatura y era impenetrable tanto para los ultrasonidos como para las agujas.

Segundo dato: Rosalie había mencionado un plan para conseguir sacar a la criatura sana y salva.

Tercer hecho: Edward había hablado de la existencia de otras criaturas similares a este engendro en los mitos, seres que se abrían camino desde el útero materno a mordiscos.

Me estremecí.

Eso era lo que hacía que la lógica de todo aquello estuviera retorcida, porque —cuarto dato— había muy pocas cosas capaces de cortar algo tan duro como la piel de un vampiro. Los dientes de la criatura a medio formar eran bastante fuertes, a juzgar por los mitos. Yo tenía unos dientes muy fuertes.

Y un vampiro también.

Era muy difícil hacerse de la vista gorda, pero me hubiera encantado hacerlo, porque se me ocurría una idea bastante aproximada del método que había ideado Rosalie para sacar del útero a esa cosa sana y salva.

16. Alerta, exceso de información

Me había pegado una buena desmañanada y llevaba mucho tiempo de pie cuando despuntó el alba. Apenas había dado unas cuantas cabezadas mal recostado sobre un lado del sofá, pues Edward me había despertado cuando le subió la fiebre a Bella, que tenía rojas las mejillas, y ocupó mi lugar para bajarle la calentura con su gélida temperatura corporal. Me desperecé y decidí que ya había descansado suficiente para ponerme a hacer algo.

—Gracias —me dijo Edward en voz baja al leer mis intenciones—. Saldrán hoy si la ruta está despejada.

—Te mantendré informado.

Fue una delicia volver a mi naturaleza animal. Tenía el cuerpo agarrotado después de haber estado sentado tanto tiempo. Troté a buen paso para eliminar los calambres.

Buenos días, Jacob, me saludó Leah.

¿Estás levantada? Genial. ¿Cuánto hace que se fue Seth?

Todavía sigo aquí, contestó él, soñoliento. *Ya casi estoy listo. ¿Qué necesitas?*

¿Te queda energía en el cuerpo para otra horita?

Cuenta con ello, no hay problema. Seth se puso de pie de inmediato y sacudió la pelambre.

Vamos a recorrer la ruta larga, le informé a Leah. *Seth, encárgate del perímetro.*

Trabaja perímetro.

El joven Clearwater inició un trote muy ligero y se fue.

Vamos a hacerles otro favorcito a los vampiros, ¿no?, se quejó su hermana.

¿Te molesta?

No, por supuesto. De hecho me encanta mimar a nuestras apreciadas sanguijuelas.

Bien, veamos qué tan rápido somos capaces de correr.

Estupendo, eso sí me anima.

Leah se hallaba en el extremo más oriental del perímetro. Se negó a acortar el camino y avanzar en línea recta para evitar la cercanía con la casa de los vampiros y se mantuvo pegada a la línea mientras corría a mi encuentro. Yo eché a correr hacia el este, sabiendo que si me relajaba un segundo, ella acabaría adelantándome incluso aunque ahora le llevara ventaja.

Acerca la nariz al suelo y olfatea, Leah. Esto no es una carrera, sino una misión de reconocimiento.

Soy capaz de hacer ambas cosas y de darte un cabezazo.

En eso tenía toda la razón.

Lo sé.

Ella se echó a reír.

Seguimos un sendero zigzagueante a través de las montañas orientales. Conocíamos la zona como la palma de la mano, pues la incorporamos a nuestra zona de vigilancia para proteger mejor a la gente del lugar cuando los Cullen se fueron, hacía como un año, aunque nos vimos obligados a mover la frontera después del regreso de los vampiros. Según el tratado, esa tierra era suya, lo cual ahora no tenía valor alguno para Sam, para quien el acuerdo ya no existía. Hoy en día el asunto era hasta qué punto estaba dispuesto a extender sus fuerzas.

¿Tenía intención de acosar a algún miembro de la familia Cullen y cazarlo en su tierra? ¿Jared había dicho la verdad o se estaban aprovechando del silencio que reinaba entre las dos manadas?

Nos adentramos más y más en la sierra sin hallar rastro alguno de los otros lobos; sólo hallamos alguna pista antigua de vampiros; ahora que me pasaba todos los santos días respirando sus efluvios estaba muy familiarizado con esos aromas.

Me topé con una fuerte concentración de señales recientes en un camino en particular, por el cual habían ido y venido todos los Cullen, excepto Edward. Según mis cálculos, esa concurrencia debía haber pasado a la historia cuando Edward regresó con su esposa, embarazada y agonizante. Rechiné los dientes. Fuera lo que fuera, no tenía nada que ver conmigo.

Leah no me adelantó, aunque podía haberlo hecho sin problema. Yo prestaba más atención a cualquier posible olor nuevo que a una carrera. Caminó a mi costado derecho, me acompañó sin intentar ningún *sprint*.

Ya nos alejamos bastante, comentó.

Cierto. Si Sam ha merodeado en busca de algún vampiro desprevenido y solo, ya deberíamos habernos cruzado con su rastro.

En este momento tiene más sentido que se atrinchere allá abajo, en la reserva, opinó Leah. *Está consciente de que estamos respaldando a las sanguijuelas de tal manera que será incapaz de sorprenderlos.*

En realidad esto no es más que una simple precaución.

No queremos que nuestros preciosos chupidópteros se arriesguen para nada.

Pues no, admití, haciendo caso omiso del sarcasmo.

Demonios, cómo has cambiado, Jacob; hablas como si hubieras dado un giro de ciento ochenta grados.

Tampoco tú eres la misma Leah de siempre, la que conocí y tanto quise.

Cierto. ¿Te molesto menos que Paul?

Sorprendentemente, sí.

Ah, qué dulce es el éxito.

Felicidades.

Continuamos avanzando en silencio. Lo más probable era que hubiera llegado el momento de dar media vuelta, pero la idea de regresar no nos seducía a ninguno de los dos, pues nos sentíamos muy a gusto correteando sin rumbo por el bosque; estábamos hartos de andar olfateando el mismo círculo todo el tiempo. Poder estirar las patas en un terreno escarpado era una delicia. Se me ocurrió que quizá podríamos cazar algo de regreso, pues no teníamos prisa alguna y Leah estaba muerta de hambre.

Ñam, ñam, pensó la loba con amargura.

Eso son manías tuyas, le repliqué. *Los lobos se alimentan de la caza. Es lo natural y además sabe bien. Si no te empeñaras en verlo desde una perspectiva humana...*

Ahórrate el sermón, Jacob. Si hay que cazar, cazaré, pero no tiene por qué gustarme.

Claro, claro, acepté sin complicarme la vida. Si tenía ganas de sufrir, ese era su problema.

Ella no comentó nada durante algunos minutos, hasta que me empezó a rondar por la cabeza la posibilidad de regresar.

Gracias, me espetó Leah sin que viniera al caso, en un tono diferente al que había empleado antes.

¿Por...?

Por dejar que me quede, por aceptarme. Te has portado mejor de lo que tenía derecho a esperar, Jacob.

Ah, está bien. Lo que en realidad quería decir es que tu presencia no me ha fastidiado tanto como yo pensaba.

Ella soltó un bufido, pero había en él una nota traviesa.

¡Lo tomaré como un cumplido!

Que no se te suba a la cabeza.

De acuerdo, si tú tampoco dejas que se te suba lo que voy a decirte. Hizo una pausa de un segundo. *Creo que eres un buen alfa; no te desenvuelves como Sam, tienes un estilo propio, pero eres digno de ser seguido, Jacob.*

La sorpresa fue tal que me quedé pasmado y tardé un momento en recobrarme lo suficiente como para poder contestar.

Vaya, gracias. No sé si podré contener la euforia. ¿De dónde sacas semejante ocurrencia?

La loba no respondió enseguida, así que tuve que seguir el hilo de sus pensamientos. Leah pensaba en el futuro y en lo que yo le había dicho a Jared la mañana anterior, cuando le aseguré que este lío se terminaría enseguida y le anuncié mi intención de regresar a los bosques, y en mi promesa de que ella y Seth regresarían a la manada cuando se fueran los Cullen.

Quisiera quedarme contigo, me dijo.

El estupor me corrió patas abajo y me engarrotó las articulaciones. Ella no se dio cuenta de que me había dejado clavado en el suelo y continuó avanzando hasta que notó que me había dejado atrás. En ese momento frenó y regresó con paso lento hasta donde yo estaba.

Prometo no ser una molestia. No pulularé a tu alrededor. Tú irás adonde te dé la gana y yo haré lo mismo. Sólo deberás soportarme pacientemente cuando ambos seamos lobos. Leah caminaba de un lado a otro, moviendo la larga cola gris con nerviosismo. *Además, es posible que eso no ocurra a menudo, pues planeo dejarlo tan pronto como logre dominarlo...*

No supe qué responderle.

Soy más feliz ahora que formo parte de tu manada de lo que he sido en años.

Yo también quiero quedarme contigo, pidió Seth. Hasta ese momento no me di cuenta de cuánta atención nos había prestado mientras corría por el perímetro. *Me gusta esta manada.*

Ey, un momento. Esto no va a seguir siendo una manada por mucho tiempo, Seth. Intenté poner en orden las ideas para que le sonaran convincentes. *Ahora tenemos un propósito, pero yo voy a llevar una existencia de lobo cuando todo esto acabe. Eres un tipo genial, la clase de persona que siempre tiene una misión, pero ahora no hay forma de que te vayas de La Push. Terminarás la escuela y harás algo con tu vida. Debes hacerte cargo de Sue. Mis problemas no tienen que estropear tu futuro.*

Pero...

Jacob tiene razón, me secundó Leah.

¿Estás de acuerdo conmigo?

Por supuesto que sí, pero nada de eso se aplica a mí; de todos modos yo ya tengo mis planes: voy a conseguir un trabajo en algún sitio lejos de La Push y quizá haga algún curso. Me meteré a clases de yoga y de meditación hasta que pueda controlar mi genio. No sabes qué bien le sienta a mi coco formar parte de esta manada. ¿Lo entiendes, no, Jacob? Ni tú ni yo nos fastidiamos el uno al otro y todo el mundo es feliz.

Me di la vuelta y eché a andar despacio hacia el oeste.

Todo esto es una sorpresa para mí, Leah. Déjame pensarlo, ¿de acuerdo?

Claro, tómate tu tiempo.

El viaje de regreso duró más que el de ida. No hice esfuerzo alguno por apretar el paso, pues tenía puestos los cinco sentidos en no abrirme la cabeza contra la rama de algún árbol, mientras Seth no dejaba de refunfuñar en un rincón de mi mente, y yo no lograba ignorarlo. El chico sabía que yo tenía razón. No podía abandonar a su madre. El caso era que yo no veía problema alguno en el cumplimiento de sus obligaciones: Seth podía regresar a la reserva y proteger a la tribu.

Pero ése no era el caso de Leah. Simplemente no la veía haciendo lo mismo, y eso me asustaba.

¿Una manada de dos lobos? La distancia física era irrelevante a la hora de evaluar la intimidad de la situación. Yo ni la imaginaba, lo cual me llevaba a preguntarme si ella lo había pensado de veras o simplemente se volvía loca por ser libre.

La loba no intervino mientras yo buscaba el modo de abordar semejante problemón. Con esa actitud, Leah parecía querer indicarme lo fácil que iba a ser todo si estábamos a solas ella y yo.

Nos topamos con un grupo de ciervos de cola negra poco después de que apareciera el sol e iluminara levemente las nubes situadas a nuestra espalda. Leah suspiró en su fuero interno, pero no vaciló. Su arremetida fue limpia y eficiente, incluso grácil. Se lanzó por el macho, el más grande del grupo, y lo abatió antes de que el sorprendido herbívoro se hubiera percatado del peligro.

Para no quedarme atrás, me abalancé sobre el siguiente más grande de la manada, una hembra a la que le partí en dos el cuello para no hacerla sufrir de forma innecesaria. Percibí cómo en Leah se enfrentaban el asco y el hambre, por lo cual intenté ponérsela más fácil y dejé salir al lobo que habitaba en mí, pues había vivido bajo forma lupina el tiempo suficiente como para saber cómo comportarme en todo como un lobo, para pensar y verlo todo como tal. Dejé aflorar los prácticos instintos de depredador para que ella también los sintiera. Al principio vaciló, pero luego, a modo de prueba, pareció relajar sus defensas e intentó verlo igual que yo. Fue de lo más raro cuando nuestras mentes se unieron en una sola, más cerca de lo que lo habían estado jamás, porque ambos habíamos intentado pensar juntos y en sintonía.

Y, por extraño que parezca, funcionó. La loba rasgó con los dientes la piel del lomo de su víctima y desgarró un trozo de carne chorreante de sangre. En vez de retroceder con asco, como habría correspondido a los instintos humanos que tanto apreciaba, se dejó llevar por su lado lobuno. Fue como un sopor, un aletargamiento que le permitió comer en paz.

Me resultó muy fácil hacer lo mismo, y me alegró mucho no haber olvidado ese instinto, ya que dentro de poco así sería mi vida.

¿Y si Leah formaba parte de esa existencia? La idea hubiera estado más allá del horror hacía apenas una semana y me hubiera parecido insoportable, pero ahora la conocía mejor, e independientemente de que siguiera siendo un dolor de cabeza, Leah no era ni la misma loba ni la misma chica.

Nos dimos un atracón y no paramos hasta estar llenos.

Gracias, me dijo después de haberse limpiado el hocico y las patas en la hierba húmeda. Yo ni me molesté, pues había empezado a caer una fina llovizna y debíamos vadear el río durante el viaje de vuelta. *No está tan mal si lo ves desde tu punto de vista.*

Bienvenida.

Seth se caía de cansancio cuando llegamos al perímetro, así que le indiqué que se fuera a dormir mientras Leah y yo lo relevábamos. El joven Clearwater se quedó dormido en cuestión de segundos.

¿Vas a volver a la casa de los vampiros?, inquirió Leah.

Tal vez.

Es duro estar allí, pero la pasas mal cuando no estás. Sé cómo te sientes.

Bueno, Leah, tal vez quieras pensar mejor lo que de verdad quieres. Mi cabeza no es el lugar más alegre del mundo y vas a tener que soportarlo conmigo.

La loba pensó la respuesta.

Uf, quizá te parezca mal, pero siendo francos, será más fácil afrontar tus penas que las mías.

Justamente.

Sé que será difícil, Jacob. Eso lo entiendo mejor de lo que tú crees. Ella no me agrada, pero ella es tu Sam. Es todo lo que tú deseas y todo lo que no puedes tener.

No pude responderle.

Sé que para ti es peor, pues al menos Sam es feliz y está sano y salvo. Lo amo suficiente como para desearle lo mejor. Suspiró. *Yo lo único que quiero es no estar cerca de él y tener que verlo.*

¿Es necesario hablar de esto?

A mi entender, sí, porque deseo hacerte comprender que yo no voy a empeorarte las cosas. Demonios, tal vez incluso te sirva de ayuda. No nací para ser una arpía despiadada; antes era una chica de lo más amable, y tú lo sabes.

Mi memoria no llega tan atrás.

Nos echamos a reír al mismo tiempo.

Lamento todo esto, Jacob. Siento que estés dolido, me fastidia que las cosas vayan a empeorar y no a mejorar.

Gracias, Leah.

Ella pensaba que las cosas se iban a torcer más, daba por buenas las imágenes más negras de mi mente, mientras que yo había intentado no prestarle atención. Leah era capaz de verlas con cierta distancia, con perspectiva, y tuve que admitir que eso fue de gran ayuda, pues supuse que tal vez yo también pudiera verlo de ese modo en unos pocos años.

Ella vio el lado divertido del fastidio que era tratar a diario con los vampiros. Le gustaban mis escaramuzas con Rosalie y se doblaba de risa, e incluso se le ocurrieron varios chistes sobre rubias para que yo pudiera usarlos, pero de pronto sus pensamientos adquirieron un matiz serio y se demoraron sobre el rostro de Rosalie de un modo que me dejó confuso.

¿Sabes cuál es la mayor locura de todas?, me preguntó.

Bueno, en este momento casi todo es una locura, pero ¿a qué te refieres?

No sabes hasta qué punto puedo ponerme en lugar de la vampira rubia que te cae tan mal.

Por un momento pensé que intentaba contarme un chiste, de pésimo gusto, por cierto, pero luego, cuando me di cuenta de la seriedad de sus palabras, me invadió una rabia tan grande que me costó controlarla. Qué bueno que nos distanciamos un poco para ir a patrullar, porque de haberla tenido cerca, vaya mordisco que le hubiera pegado...

¡Espera, tiene una explicación!

No quiero oírla. Me largo.

¡Espera, espera!, me suplicó cuando me recuperé lo suficiente para cambiar de fase. *¡Vamos, Jake!*

Leah, ésta no es la mejor forma de convencerme de que en el futuro pase horas y horas en tu compañía.

¡Oh, sí! Lo que ocurre es que te estás confundiendo, ni siquiera sabes a qué me refiero.

Bueno, pues dime, ¿a qué te refieres?

Ella se sintió abrumada por el dolor que la había curtido en el pasado.

Te estoy hablando de ser un punto muerto genético, Jacob.

La nota cortante de sus palabras me hizo titubear. En el tapete de nuestra discusión, no esperaba que ella tuviera una carta mejor que mi mal humor.

No te entiendo.

Me comprenderías si no fueras como los demás, si no salieras corriendo como un macho estúpido ante la mención de mis "asuntos femeninos". El sarcasmo presidió sus pensamientos al mencionar esas dos palabras. *Así que por lo menos ahora podrías prestar atención a su significado.*

Oh.

Cierto, a ninguno nos gustaba darle vueltas a ese asunto. ¿A quién le iba a gustar? Por supuesto, me acordaba del pánico de Leah durante el mes posterior a su incorporación a la manada, y también de mi predisposición a hacerme tonto, como todos los demás. Ella no podía embarazarse, no a menos que ocurriera una especie de milagro y concibiera gracias a la intervención de alguna divinidad.

Ella no había estado con nadie más que con Sam, y comprendió que su cuerpo no iba a seguir los patrones biológicos normales cuando al paso de las semanas no sucedió nada. Entonces se preguntó llena de pánico, en qué se había convertido. ¿Había cambiado su cuerpo por culpa de la licantropía o era una loba porque su cuerpo estaba mal? Era la única mujer lobo de la historia. ¿Y si eso se debía a que no era una mujer como se debe?

Ninguno de nosotros quería tener nada que ver con aquella anomalía, y resultaba obvio que no podíamos ponernos en la piel de Leah.

Ya sabes cuál es la razón de las improntas, según Sam, pensó, ahora mucho más tranquila.

Claro: perpetuar el linaje.

Exacto: asegurar otra camada de lobeznos. Este rollo se trata de la supervivencia de la especie, y se reduce a puro control genético. Te sientes atraído por la persona con mayores posibilidades de transmitir el gen de la licantropía.

Me quedé esperando que me dijera a dónde quería llegar con todo aquello.

Yo habría atraído a Sam si hubiera sido apta.

Su dolor era tan tangible que interrumpí mis pasos.

Y no le atraje. Algo fallaba en mí. No podía transmitir el gen a pesar de una ascendencia estelar, y eso hizo de mí un monstruo, me convirtió en la chica lobo de un espectáculo sólo para hombres, alguien que no valía para nada. Yo era un punto muerto genético y ambos lo sabíamos.

No lo sabemos, le repliqué. *Ésa es una teoría de Sam. No se conoce la causa de la imprimación. Billy sospecha que hay algo más.*

Lo sé, lo sé. Tu padre cree que sirve para hacer lobos más fuertes, animalejos descomunales como tú y Sam, que son más grandes que sus padres, pero da igual de todos modos, porque sigo sin ser candidata apta. A los veinte años soy menopáusica, y como en realidad esto funciona como si tuviera la menopausia anticipada…

Uf. Con razón no quería yo mantener esta conversación.

No lo sabes, Leah. Lo más probable es que todo se deba al asunto ese de la suspensión en el tiempo, y estoy seguro de que las cosas mejorarán cuando se acabe lo de ser lobo y envejezcamos de nuevo; sí, entonces todo… volverá… a ser…

Tal vez aceptaría esa posibilidad si no fuera porque no despierto la impronta en nadie, sin importar mi impresionante pedigrí. ¿Sabes que Seth sería el macho con mejores opciones para ser el alfa si no estuvieras tú?, comentó pensativa. *Bueno, al menos por cuestión de linaje. A mí nadie me tomaría en cuenta, por supuesto…*

¿De veras quieres dar o recibir la impronta, o como sea?, inquirí. *¿Qué tiene de malo salir y enamorarse como las personas normales, eh? La impronta no es más que una forma de alejar de ti a quien elijas.*

A Sam, Jared, Paul y Quil no parece importarles ni pizca.

Ninguno de ellos tiene ni pizca de personalidad.

¿No deseas la impronta?

¡Diablos, no!

Dices eso porque estás enamorado de Bella, pero la imprimación te alejaría de ella, y ya no tendrías que sufrir por su causa.

¿Acaso quieres tú olvidar lo que sientes por Sam?

Ella le dio vueltas durante unos instantes.

Creo que sí.

Suspiré. Su mente era un lugar mucho más saludable que la mía.

Pero volviendo a mi afirmación del principio, Jacob, comprendo a la perfección por qué tu Barbie es tan fría; en un sentido figurado, claro. Ella está obsesionada. Tiene los ojos puestos en el trofeo, ¿lo ves? Lo que más quieres es lo que nunca puedes tener.

¿Te comportarías como Rosalie? ¿Llegarías al asesinato? Porque lo que hace con Bella no tiene otro nombre, ya que garantiza su muerte al impedir cualquier interferencia. ¿Llegarías a ese extremo para tener un bebé? ¿Desde cuándo te has vuelto criadora como una coneja?

Deseo las opciones que están a mi alcance, Jacob. Quizá jamás me habría dado cuenta si no hubiera algo mal en mi cuerpo.

¿Llegarías a matar por eso?, inquirí, sin dejar que se escabullera sin contestar a mi pregunta.

No es eso lo que ella hace. A juzgar por su comportamiento, me da la impresión de que está viviendo la experiencia de la maternidad a través de otro, de Bella, y si ella me pidiera ayuda en este caso… Hizo una pausa para considerarlo. *Lo más probable es que hiciera lo mismo que la sanguijuela, incluso a pesar de que no estimo mucho a Bella.* Solté un gruñido entre dientes. *Mira, si se invirtieran los papeles, me gustaría que Bella hiciera lo mismo por mí, y así es como se comporta Rosalie. Ambas haríamos lo mismo.*

¡Bah, eres tan mala como ellas!

Eso es lo más irónico cuando sabes que no puedes tener algo: te convierte en un desesperado.

Mira, éste es mi límite, hasta aquí. La conversación ha terminado.

Está bien.

No me bastaba con que estuviera de acuerdo en dejar la conversación. Necesitaba poner punto final a aquello con mayor contundencia.

Me hallaba a kilómetro y medio de donde había dejado la ropa, de modo que cambié de fase y me encaminé hacia allí tras adoptar mi forma humana. No pensé en nuestra conversación, y no por falta de temas sobre los que reflexionar, sino porque no lo aguantaba. Yo no compartía los puntos de vista de Leah, y no era fácil distanciarse de todo aquello una vez que ella me había metido en la cabeza esas ideas y emociones.

No correría con ella cuando todo esto acabara. Podía ser desdichada en La Push. Me bastaría dar una simple orden con mi voz de alfa; nadie moriría porque yo diera un mandato como cabeza de la manada.

Era muy temprano cuando llegué a la casa. Lo más probable era que Bella continuara dormida. Pensé que iba a asomar la cabeza para ver qué se cocinaba allí adentro, y les daría luz verde para que fueran de caza. Luego me buscaría una zona de hierba mullida para dormir como humano a pierna suelta. No pensaba volver a mi forma lupina hasta que Leah hubiera conciliado el sueño.

A juzgar por la cantidad de murmullos procedentes de la casa, Bella se había desvelado. Entonces oí el sonido de una máquina procedente de lo alto de la escalera. ¿El aparato de rayos X? Genial. Parecía que el día cuatro de la cuenta regresiva empezaba con una bronca.

Alice me abrió la puerta antes de que pudiera entrar.

Asintió en señal de reconocimiento.

—Hola, lobo.

—Hola, pequeñina —la gran sala se hallaba vacía y todos los murmullos se escuchaban en el segundo piso—. ¿Qué sucede ahí arriba?

Ella encogió sus pequeños hombros puntiagudos.

—Quizá le rompió algo más —sugirió con fingida indiferencia, aunque la delataban los bordes enrojecidos de los ojos. Aquel tormento no estaba consumiendo únicamente a Edward y a mí. Alice también quería a Bella.

—¿Otra costilla? —pregunté con voz ronca.

—No, esta vez fue la pelvis.

Resultaba curioso lo mucho que me afectaba. Cada novedad era una sorpresa. ¿Cuándo iba a salir de ese permanente asombro? A posteriori, cada nuevo desastre parecía algo más que obvio.

Alice miró fijamente mis manos, víctimas de un temblor incontrolable.

Entonces se escuchó la voz de Rosalie en el piso de arriba.

—¿Lo ves? Te dije que no había oído ningún chasquido. Necesitas revisarte los oídos, Edward.

No hubo respuesta.

La vampira hizo un mohín.

—Edward terminará haciendo picadillo a Rosalie; sí, eso creo. Me sorprende que ella no se dé cuenta, o tal vez piensa que Emmett podrá frenarlo.

—Puedo encargarme de Emmett —me ofrecí—. Tú puedes ayudar a Edward a destrozar a Rosalie.

Alice esbozó una media sonrisa.

La comitiva descendió las escaleras en ese momento. Esta vez era Edward quien llevaba en brazos a Bella, blanca como la pared, que sostenía con ambas manos una copa de sangre. Pude notar lo dolorida que estaba por mucho que él tratara de compensar las sacudidas.

—Jake —me saludó con un hilo de voz.

Me sonrió a pesar del dolor y yo me quedé mirándola, sin decir nada.

Edward la depositó con sumo cuidado en el sofá y se sentó en el suelo, junto a su cabeza. Se me ocurrió de pronto por qué no la dejaban en el piso de arriba, pero luego supuse que sería idea de Bella: ella querría actuar con la mayor normalidad posible, lejos de la parafernalia de un hospital, y su marido le seguía la corriente, por supuesto.

Carlisle bajó la escalera con paso lento y la preocupación escrita en el rostro, hasta el punto de que por primera vez aparentaba tener edad más que suficiente para ser médico.

—Llegamos casi hasta medio camino de Seattle sin hallar rastro alguno de la manada, Carlisle —anuncié—. Tienen el paso libre.

—Gracias, Jacob. La noticia llega en un buen momento —dirigió una mirada a la copa que Bella sujetaba con todas sus fuerzas y agregó—: nuestra necesidad es grande.

—Creo que pueden ir en grupos de más de tres, de veras. Estoy convencido de que Sam permanece acuartelado en La Push.

Carlisle asintió con la cabeza. Me asombraba la facilidad con que aceptaba mi consejo.

—Si así lo crees, Alice, Esme, Jasper y yo iremos primero. Luego, Alice puede llevarse a Emmett y Rosal...

—Ni de broma —siseó Rosalie—. Emmett puede acompañarte ahora.

—Tú deberías ir de caza —repuso Carlisle con voz amable.

El ademán conciliador del doctor no suavizó el tono de Rosalie.

—Y lo haré, pero en el mismo grupo que él —refunfuñó mientras señalaba a Edward con un movimiento brusco de la cabeza; luego, se echó hacia atrás el cabello.

Carlisle suspiró.

Jasper y Emmett bajaron los escalones en un abrir y cerrar de ojos y Alice se unió a ellos cerca de la puerta trasera abierta en la pared de cristal. Esme se dirigió enseguida hacia Alice.

Carlisle me puso una mano en el brazo. El toque helado de su palma no me hizo gracia, pero aun así no me aparté. Me quedé ahí, helado, quieto, en parte de puro asombro y en parte porque no deseaba herir sus sentimientos.

—Gracias —repitió.

Luego salió disparado por la puerta en compañía de los otros cuatro vampiros.

Los seguí con la vista mientras atravesaban el prado a toda prisa. Desaparecieron antes de darme tiempo de respirar otra vez. Su necesidad debía de ser más urgente de lo que había imaginado.

Durante cerca de un minuto no se escuchó nada. Noté que alguien me taladraba con la mirada y adiviné quién debía ser. Tenía pensado largarme a dormir a pata suelta, pero la posibilidad de echarle a perder la mañana a Rosalie parecía demasiado buena como para dejarla pasar.

Por eso me acerqué al brazo del sofá en donde se había sentado Rosalie, y al tomar asiento, me estiré de tal modo que mi cabeza se inclinó hacia Bella y el pie izquierdo acabó delante del rostro de Rosalie.

—Puaj, que alguien saque al perro —murmuró, al tiempo que arrugaba la nariz.

—A ver si te sabes este chiste, psicópata. ¿Cómo muere la neurona de una rubia?

Ella no dijo ni mu.

—¿Y bien? —inquirí—. ¿Te sabes el remate del chiste o no?

La Barbie no apartó la mirada de la pantalla y me ignoró con toda premeditación.

—¿Se lo sabe? —le pregunté a Edward, en cuyas facciones no había atisbo alguno de humor; sin embargo, me contestó:

—No.

—Impresionante. Seguro que este chiste te encanta, sanguijuela… La neurona de una rubia muere… en soledad.

Rosalie siguió sin dirigirme una sola mirada.

—He matado cientos de veces más que tú, perro sarnoso. No lo olvides.

—Algún día te cansarás de las amenazas, oh, reina de la belleza. Te aseguro que muero de ganas de que eso ocurra.

—Ya basta, Jacob —terció Bella.

Bajé la mirada mientras ella fruncía el ceño. Parecía que la buena disposición de ayer había desaparecido.

Bueno, tampoco tenía mayor interés en fastidiarla.

—¿Quieres que me vaya? —le ofrecí.

Ella parpadeó y relajó el ceño para que yo no temiera o supusiera que se había hartado de mí. Parecía totalmente sorprendida de que hubiera llegado a semejante conclusión.

—No, por supuesto que no.

Se me escapó un suspiro, y a Edward otro, aunque casi imperceptible. Su marido habría preferido que ella me despidiera, yo lo sabía bien, pero jamás le habría pedido a Bella nada que la hubiera hecho sentir desdichada.

—Te ves cansado —comentó Bella.

—Estoy hecho polvo —admití.

—A mí me gustaría hacerte polvo a palos; me encantaría —murmuró la Barbie, demasiado bajo como para que su protegida alcanzara a oírla.

Me acomodé bien a gusto en el sofá y me puse a menear los pies desnudos ante la nariz de Rosalie, que se puso tiesa como una escoba. Bella le pidió a Rosalie que le rellenara la copa y la rubia salió disparada hacia las escaleras en busca de más sangre. Reinaba un silencio sepulcral. Supuse que tal vez podría echar una siestecita.

—¿Dijiste algo? —preguntó entonces Edward con un tono de evidente perplejidad.

Era extraño, ya que nadie había abierto el pico y él tenía un oído tan fino como el mío y sabía que ninguno había dicho nada.

Clavó los ojos en Bella, que le devolvió la mirada. Ambos parecían confundidos.

—¿Yo? —inquirió al cabo de un segundo—. No dije nada.

Se volvió hasta quedar de rodillas y se inclinó hacia adelante con expresión súbitamente concentrada. Fijó los ojos oscuros en el rostro de su esposa.

—¿Qué acabas de pensar?

Ella lo miró totalmente confundida.

—Nada. ¿Qué pasa?

—¿En qué pensabas hace un minuto? —insistió.

—Pues sólo en… Isla Esme… y en plumas.

Aquello me parecía un enredo de primera, pero entonces ella se puso roja como un tomate y tuve la corazonada de que era mejor no saberlo.

—Di algo, lo que sea —pidió él en un susurro.

—¿Como qué? ¿Qué ocurre, Edward?

El rostro del interpelado volvió a alterarse e hizo algo que me hizo abrir la boca y me dejó con la mandíbula colgando; detrás de mí oí una exclamación entrecortada; era Rosalie, que había vuelto y estaba tan alucinada como yo.

Edward se movió con sumo cuidado mientras colocaba ambas manos sobre el enorme vientre redondeado.

—El fet… —tragó saliva—. Al bebé le gusta el sonido de tu voz.

Reinó un silencio sepulcral durante una fracción de segundo. No podía mover un músculo ni pestañear.

—¡Cielo santo, puedes oírlo! —gritó Bella.

Pero un segundo después contrajo la cara a causa del dolor.

Edward movió la mano hasta el punto más prominente de la barriga y acarició con suavidad la zona donde la cosa debía haber propinado la patada.

—Calla —musitó—. Lo asustaste.

Ella abrió los ojos desmesuradamente por el asombro y luego palmeó un costado del vientre.

—Lo siento, peque.

Edward permaneció escuchando con la cabeza ladeada hacia la barriga de su mujer.

—¿En qué está pensando? —quiso saber Bella con avidez.

—El fet… Él o ella está… —hizo una pausa y alzó la vista para mirar los ojos de Bella—. Está feliz —declaró Edward con una nota de incredulidad en la voz.

La madre contuvo la respiración. Era imposible no ver en sus ojos un brillo fanático, de adoración y devoción. Gruesas lágrimas le desbordaron los ojos y le corrieron en silencio por las mejillas y los labios curvados en una sonrisa.

Cuando miraba a su esposa, el rostro de Edward ya no mostraba temor, enfado, tormento o ninguno de los sentimientos que lo habían desgarrado desde que habían vuelto. Estaba fascinado con ella.

—Claro que eres feliz, bonito, por supuesto que sí —canturreó con las mejillas bañadas en lágrimas mientras se acariciaba el vientre—. ¿Cómo no ibas a serlo, estando sano y salvo, y siendo tan querido? Te quiero mucho, pequeño EJ… Claro que eres feliz.

—¿Cómo le dijiste? —preguntó Edward con curiosidad.

Ella volvió a sonrojarse.

—Le puse un nombre, en cierto modo… No pensé que tú quisieras, bueno, ya sabes…

—¿EJ?

—Tu padre también se llamaba Edward, ¿no?

—Sí, así es, pero ¿qué significa? —hizo una pausa y luego dijo—: Vaya.

—¿Qué?

—A él también le gusta mi voz.

—Claro que sí —por el tono de su voz parecía que estaba alcanzando la cima de la dicha—. Tienes la voz más hermosa del mundo. ¿A quién no le iba a gustar?

—¿Tienes una alternativa? —preguntó Rosalie—. ¿Qué ocurre si él resulta ser ella?

Bella se enjugó las lágrimas con el dorso de la mano.

—He estado haciendo algunas combinaciones. He jugado con Renée y Esme. Estaba pensando en algo así como… Ruh-nez-may.

—¿Ruhnezmay?

—R-e-n-e-s-m-e-e. ¿Es demasiado raro?

—No, me gusta —le aseguró Rosalie.

—Pero sigo pensando en mi criatura como si fuera un niño, un Edward.

Su marido se quedó como en el limbo, con el rostro inexpresivo, mientras escuchaba.

—¿Qué? —preguntó Bella, con un rostro tan resplandeciente que se veía desde lejos—. ¿Qué piensa ahora?

Él no contestó de inmediato, pero luego, dejándonos anonadados a todos, apoyó tiernamente la oreja sobre el vientre de Bella.

—Te quiere —susurró Edward, que parecía encandilado—. Te adora por completo.

En ese momento supe que estaba totalmente solo.

Quise darme de bofetadas cuando me di cuenta de qué tanto había contado con aquel aborrecible vampiro. ¡Qué idiota! Era como confiar en una sanguijuela. Al final me iba a traicionar. Por supuesto.

Había contado con tenerlo de mi lado y que las pasara negras, peor que yo, y sobre todo, había contado con él para odiar aún más que yo a esa cosa revoltosa que mataba a Bella. Había confiado en él para eso.

Ahora ellos estaban juntos, inclinados sobre el invisible retoño de monstruo cuya existencia les encendía chispitas en los ojos.

Ahora yo estaba solo con todo el odio y el dolor, tan atroces que era como estar sometido a tortura, como arrastrarse lentamente sobre un montón de cuchillos afilados, tan insoportable que recibirías a la muerte con una sonrisa sólo para librarte de una cosa así.

El calor me permitió eliminar el engarrotamiento de los músculos y ponerme de pie.

Tres cabezas se alzaron de pronto. Presencié cómo mi sufrimiento hacía ondular las facciones de Edward, como si se tratara de la superficie de un estanque, cuando él me leyó la mente.

—Ay —exclamó con voz estrangulada.

No sabía qué hacer. Estaba allí parado, temblando de los pies a la cabeza, listo para salir corriendo a la menor oportunidad.

Edward se dirigió enseguida con movimientos sinuosos hacia una mesita en una esquina y extrajo algo de uno de los cajones; luego me lo lanzó y yo lo tomé por puro reflejo.

—Vete, Jacob, sal de aquí.

No me habló con dureza, sino más bien como alguien que salva una vida. Me estaba ayudando a encontrar la anhelada vía de escape.

Miré la palma de mi mano, donde descansaban las llaves de un coche.

17. ¿Cómo me veo? ¿Acaso parezco el mago de Oz? ¿Qué quieres, mi cabeza o mi corazón? Pues vamos, tómalos, llévate todo lo que tengo

Tenía algo similar a un plan mientras corría hacia el garaje de los Cullen. La segunda parte del mismo se centraba en el coche del chupasangre durante mi viaje de regreso.

Pulsé el botón del control remoto del vehículo y me quedé impresionado cuando me di cuenta de que el automóvil de luces parpadeantes del que procedían el sonido de alerta no era el Volvo de Edward, sino otro coche, uno que sobresalía en la larga fila de vehículos que te hacían babear, cada uno a su manera.

¿Tenía alguna intención en especial al entregarme las llaves de un Aston Martin V12 Vanquish, o era simple casualidad?

No me detuve a considerarlo para no cambiar la segunda parte de mi proyecto; me limité a dejarme caer en el suave asiento de piel y puse en marcha el motor mientras me peleaba con el volante, que me rozaba las rodillas. Cualquier otro día hubiera gemido de gusto al oír el ronroneo de ese motor, pero en aquel instante lo único que podía hacer era concentrarme al máximo para poder conducirlo.

Encontré el botón para ajustar el asiento y me hundí hacia atrás mientras le daba un pisotón al acelerador. El deportivo salió disparado hacia adelante, rápido como una bala.

Recorrí el estrecho y sinuoso camino en un suspiro, pues el coche respondía del tal modo que daba la impresión de que estuviera conduciendo con la mente en vez de con las manos.

Por un instante alcancé a ver el lobuno rostro gris de Leah asomado con preocupación entre los helechos cuando salí del camino flanqueado por la frondosa vegetación y me desvié hacia la carretera.

Durante unos segundos me pregunté qué pensaría y luego me di cuenta de que me importaba un comino.

Conduje hacia el sur, porque hoy no tenía humor ni paciencia para soportar el tráfico, los transbordadores o cualquier otra cosa que me exigiera quitar el pie del acelerador.

Aquel era mi maldito día de suerte, si se entiende por fortuna tomar a doscientos por hora una amplia carretera sin indicios de un solo policía ni de zonas de control de velocidad de los que hay en las inmediaciones de los núcleos urbanos, donde no se podía rebasar los cincuenta. Qué bajón. Me habría venido bien una pequeña persecución policiaca, por no mencionar que el permiso del coche estaba a nombre de la sanguijuela. Seguro que se las habría arreglado para salir bien librado, pero quizá le hubiera ocasionado uno que otro inconveniente.

La única señal de vigilancia con que me topé fue el pelaje café que vislumbré entre el bosque, y que corrió paralelo a mí durante unos pocos kilómetros en el área meridional de Forks. Tenía todo el aspecto de ser Quil. Y también debió verme, porque al cabo de un minuto desapareció sin dar la voz de alarma. Me pregunté qué habría sido de él antes de que me invadiera de nuevo una absoluta indiferencia.

Recorrí la larga carretera en forma de "U" rumbo a la ciudad más grande que hubiera. Ésa era la primera parte de mi plan.

Aquello parecía no tener fin, probablemente porque seguía dando vueltas sobre un montón de cuchillos afilados, pero la verdad es que no pasaron ni siquiera dos horas antes de que me encontrara conduciendo por esa expansión urbana descontrolada que era en parte Tacoma y en parte Seattle. En ese momento levanté el pie del acelerador, ya que no deseaba atropellar a ningún peatón.

El plan era una auténtica estupidez y no iba a funcionar, pero recordaba las palabras de Leah cada vez que me quebraba la cabeza en busca de una solución a mi dolor: "La imprimación te alejaría de ella, y ya no tendrías que sufrir por su causa".

Al parecer, lo peor del mundo no era quedarte sin opciones; lo peor que podía pasarle a uno era sentirse así.

Pero yo había visto a todas las chicas de La Push y de la reserva de los makah y de Forks. Necesitaba ampliar el terreno de la caza.

¿Pero cómo encontrar a tu alma gemela por azar en medio del gentío? Bueno, para empezar necesitaba una multitud. Por eso estaba dando un paseo en coche, buscando un lugar adecuado. Pasé enfrente de un par de centros comerciales que probablemente hubieran sido lugares estupendos para encontrar chicas de mi edad, pero no quise detenerme. ¿De veras quería experimentar la impronta con una chica que se pasara todo el día metida en un centro comercial?

Continué hacia el norte, donde había más y más gente. Al final encontré un enorme parque lleno de niños, familias, aficionados a la patineta, ciclistas, niños jugando a volar cometas, gente haciendo picnic y un poco de todo. El día estaba precioso, pero no lo había notado hasta ese momento. Hacía sol y la gente había salido a disfrutar de un día despejado. Dejé el deportivo en medio de dos sitios para minusválidos, sólo mientras iba a recoger el boleto, y me uní a la multitud. Estuve caminando por la zona por tiempo indefinido, pero se me hizo eterno. Di tantas vueltas que el sol cambió de lado en el cielo. Estudié la cara de todas las chicas que pasaron cerca de mí y me obligué a mirarlas de verdad, a advertir cuál era guapa, cuál tenía ojos azules, a cuál le quedaba bien el top de tirantes y cuál se había maquillado en exceso. Hice un gran esfuerzo por encontrar algo interesante en cada rostro para asegurarme de que lo había intentado de verdad, y estuve pensando en cosas como: "Qué nariz, eso es una nariz griega"; "ésa debería quitarse el pelo de los ojos"; "si aquélla tuviera un rostro tan bonito como sus labios, podría hacer comerciales de lápices de labios…".

Una que otra me devolvía la mirada. A veces parecían asustadas; a juzgar por su cara parecían pensar: "¿Quién es esa bestia peluda que me está mirando?". Sin embargo, otra veces, algunas mostraban cierto interés; quizá era cosa de mi ego, que andaba un tanto descontrolado.

De un modo u otro, el resultado fue el de siempre: nada, no sentí absolutamente nada, ni siquiera cuando mis ojos se encontraron con los de la chica más guapa del parque, pero por mucho, probablemente la más guapa de la ciudad, y ella me contempló con un gesto especulativo que quizá fuera interés. Bueno, sí sentí algo: la misma urgencia de buscar una salida a mi dolor.

Comencé a percibir ciertos defectos en los semblantes a medida que transcurría el tiempo; todos me recordaban a Bella. Una tenía el mismo color de pelo. El parecido de los ojos de esa otra era excesivo. Los pómulos de aquella otra se marcaban en su rostro del mismo modo. El ceño de la de ahí enfrente era igualito, lo cual me llevaba a preguntarme qué le preocuparía...

Fue entonces cuando me rendí. Era una estupidez muy cercana a la locura pensar que había elegido el lugar y el momento oportunos y que me toparía con mi alma gemela mientras daba un paseo sólo porque estaba desesperado.

De todos modos, encontrarla allí sería ilógico. Si Sam tenía razón, el mejor lugar para encontrar a mi compañera genética era La Push, donde tenía muy claro que ninguna daba el tipo. Y si era Billy quien tenía razón, ¿quién sabía qué haría de mí un lobo más fuerte?

Caminé distraído de vuelta al coche. Me recargué en él y estuve jugueteando con las llaves.

Es posible que yo fuera eso que Leah pensaba de sí misma, un punto muerto genético, algo que no debía pasar a la siguiente generación. O también podía ser que mi vida fuera una broma macabra y cruel y no hubiera forma de escapar al destino.

—Oye, tú, el del coche robado... ¿Estás bien?

Tardé un poco en darme cuenta de que la voz se dirigía a mí, y otro poco más en decidirme a levantar la cabeza.

Una chica de aspecto normal me estudiaba con la mirada. Parecía un poco ansiosa. Lo sabía porque reconocía su rostro, ya lo había catalogado después de una tarde entera de mirarlas a todas: chica de piel blanca, pelo rojo dorado y ojos color canela, con la nariz y las mejillas llenas de pecas.

—Si sientes remordimientos por haber robado ese coche, puedes entregárselo a la policía —continuó ella, con una sonrisa tan grande que se le formó un hoyuelo en la barbilla.

—No lo robé, me lo prestaron —le espeté con una voz espantosa, como si hubiera estado llorando o algo así. Patético, hermano.

—Seguramente podrás decirle eso al juez.

La fulminé con la mirada.

—¿Necesitas algo?

—En realidad, no. Oye, amigo, era broma lo del coche. Es que... Tienes aspecto de estar preocupado y... Ah, perdón, me llamo Lizzie —me tendió la mano y yo la contemplé hasta que la bajó—. Bueno, me preguntaba si podía ayudarte —continuó, bastante cohibida—. Parecías estar buscando a alguien...

La chica señaló el parque con un gesto y se encogió de hombros.

—Sí.

Ella esperó.

—No necesito ayuda —suspiré—. Ella no está aquí.

—Vaya, lo siento.

—También yo —murmuré.

Le dirigí una segunda mirada. Lizzie. Era mona y lo suficiente amable como para intentar echarle una mano a un desconocido gruñón que parecía estar más loco que una cabra. ¿Por qué no podía ser ella? ¿Por qué todo tenía que ser tan complicado? Una chica guapa, agradable y con aspecto de ser divertida. ¿Por qué no?

—Es un deportivo precioso —comentó—. Es una lástima que hayan dejado de fabricarlos. Quiero decir, el diseño del Vantage también es estupendo, pero hay algo que sólo lo tiene el Vanquish...

Una chica agradable y además *sabe de coches*. Caramba. La miré a la cara con más intensidad, muriéndome de ganas de saber cómo hacer que funcionara lo de la impronta. *Vamos, Jake, impróntala ya...*

—¿Qué tal se conduce? —quiso saber.

—Mejor de lo que imaginarías —le aseguré.

Me dedicó una de esas amplias sonrisas, adornada con un hoyuelo, claramente satisfecha de haber logrado sacarme una respuesta medio civilizada. A regañadientes, pero acabé devolviéndole la sonrisa.

Pero la sonrisa de Lizzie no lograba calmar el dolor que infligían los cuchillos afilados. No importa cuánto lo intentara: no lograría juntar los pedazos de mi existencia de ese modo.

Yo no podía alcanzar esa fase más serena y cuerda en la que se hallaba Leah. Tampoco iba a ser capaz de enamorarme de una chica normal, no cuando suspiraba por otra persona. Tal vez habría sido capaz de sobreponerme a toda la aflicción y recomponer mi vida si el corazón de Bella hubiera dejado de latir diez años atrás. En tal caso, quizá habría podido invitar a Lizzie a dar una vuelta en un deportivo y hablar de marcas y de modelos para saber algo más de ella y ver si le gustaba como persona, pero eso no iba pasar, ahora no.

La magia no iba a salvarme. Iba a tener que soportar el suplicio como un hombre. No había escapatoria.

Lizzie esperó, tal vez con la esperanza de que le ofreciera dar la vuelta, o tal vez no.

—Será mejor que le devuelva el coche a quien me lo prestó —murmuré.

—Me alegra saber que tomarás el buen camino —repuso con una sonrisa.

—Sí, me convenciste.

Me vio subir al coche, todavía con la preocupación reflejada en el semblante, pues yo debía tener el aspecto de quien se va a tirar por un barranco. Y quizá lo habría hecho si eso hubiera servido para un hombre lobo. Ella se despidió con la mano mientras seguía el coche con la mirada.

Conduje con más prudencia durante los primeros kilómetros, pues no tenía prisa ni un destino. Volvía a esa casa y a ese bosque, al dolor del que había escapado. Regresaba a la angustia de pelear a solas con esa criatura.

De acuerdo: estaba armando un drama. No iba a estar completamente solo, pero la cosa iba a estar difícil. Leah y Seth iban a tener que pasarla conmigo. Me alegraba que no fuera a durar mucho, porque el chico no se merecía que le arruinara la paz de espíritu para siempre, y tampoco Leah, claro, pero al menos se trataba de algo que ella comprendía. El padecimiento no era ninguna novedad para Leah.

Suspiré con fuerza al recordar lo que la joven Clearwater quería de mí, sobre todo porque sabía que se iba a salir con la suya. Seguía molesto con ella, pero no podía dar la espalda al hecho de que estaba en mis manos hacerle la existencia más fácil, y ahora que la conocía mejor pensaba que, si los papeles estuvieran invertidos, probablemente ella sí lo haría por mí. Al menos sería tan interesante como extraño tener a Leah de compañera, y de amiga, pues estaba seguro de que nos íbamos a meter el uno en la piel del otro, y mucho. Ella no dejaría que me revolcara en el suelo de dolor, y eso yo lo valoraba positivamente. Lo más probable era que yo necesitara a alguien que me sacudiera de vez en cuando, pero a la hora de la verdad, ella era la única amiga que tenía alguna oportunidad de comprender por lo que yo estaba pasando.

Pensé en la cacería matutina y la cercanía mental que habíamos logrado durante un momento. No había estado mal. Era algo diferente. Asustaba un poco, pero aunque fuera algo raro, no había resultado desagradable.

Yo tenía por qué estar completamente solo.

Y también sabía que a Leah le sobraban agallas para encarar conmigo los meses por venir. Meses y años. Me sentía cansado sólo de pensarlo. Me invadía una sensación similar a la del nadador que contempla el océano que debe cruzar para ir de una orilla a otra antes de poder descansar otra vez.

Había mucho tiempo por delante, y aun así, qué poco faltaba para que todo comenzara. Quedaban tres días y medio antes de empezar, antes de arrojarme a ese océano, y ahí estaba yo, malgastando el escaso tiempo restante.

Volví a conducir a toda velocidad.

Vi a Sam y a Jared apostados como centinelas, uno a cada lado de la carretera, mientras subía por el camino que conducía a Forks. Se habían escondido con cuidado entre las densas ramas del sotobosque, pero los estaba esperando y sabía qué buscaban. Los saludé con un gesto de cabeza cuando pasé entre ellos, sin que me preocupara lo más mínimo qué había hecho durante mi viaje.

También saludé a Leah y a Seth cuando circulé a velocidad moderada por el camino de acceso a la casa de los Cullen. Empezaba a oscurecer y de este lado del estrecho los nubarrones eran espesos, pero pude ver el brillo de sus ojos cuando reflejaron las luces de los faros. Más tarde les explicaría todo. Me iba a sobrar tiempo.

Me sorprendió que Edward me esperara en el garaje. No lo había visto separarse de Bella en días, y a juzgar por la expresión de su rostro, a ésta no le había pasado nada malo. De hecho, su semblante era mucho más tranquilo que antes. Se me hizo un nudo en el estómago cuando recordé de dónde procedía esa paz.

Le había estado dando tantas vueltas en la cabeza al otro asunto que se me había olvidado la segunda parte del plan: estampar el coche. ¡Qué mal! Bueno, probablemente tampoco hubiera tenido el valor de destrozar este estupendo coche; tal vez él se lo había imaginado y por eso me lo había prestado.

—Debemos hablar de un par de cosas, Jacob —me soltó en cuanto apagué el motor.

Respiré hondo y esperé cerca de un minuto antes de salir del coche y lanzarle las llaves.

—Gracias por el préstamo —contesté con acritud; al parecer, debía devolver el favor—. ¿Qué quieres ahora?

—En primer lugar, sé cuánto te molesta imponer tu autoridad en la manada, pero…

Parpadeé sorprendido de que se le hubiera ocurrido hablar de eso.

—¿Qué?

—Si no puedes o no quieres controlar a Leah, entonces yo…

—¿Leah? —lo interrumpí, hablando entre dientes—. ¿Qué pasó?

—Vino a la casa para averiguar por qué te habías ido tan de repente —contestó con rostro severo—. Intenté explicárselo. Supongo que no tenía caso.

—¿Qué hizo?

—Cambió de fase y se convirtió en mujer para…

—¿De veras? —lo interrumpí esta vez, francamente sorprendido.

¿Leah había bajado la guardia en la guarida del enemigo? No creía lo que estaba escuchando.

—Quería hablar con… Bella.

—¿Con Bella?

—No permitiré que vuelva a desquiciarla —ahora sí, Edward sacó todo el mal humor y el enojo acumulado—. Me da igual que ella crea que tiene miles de razones. No le hice daño, por supuesto, pero la expulsaré de la casa si esto vuelve a suceder. Pienso tirarla de cabeza al río…

—Espera. ¿Qué dijo?

Nada de aquello tenía sentido. Edward aprovechó que tomaba aliento para recobrar la compostura.

—Leah empleó un tono de innecesaria crueldad. No voy a fingir que comprendo las razones por las que Bella no te deja ir, pero sé que no se comporta de ese modo con el propósito de hacerte daño. Ella sufre por el dolor que nos inflige a ti y a mí al pedirte que te quedes. Las recriminaciones de Leah estaban fuera de lugar y de tono, y Bella se echó a llorar…

—Espera un momento… ¿me estás diciendo que Leah se puso a gritarle a Bella por mí?

El vampiro asintió una sola vez con brusquedad.

—Tienes una defensora muy vehemente.

Demonios.

—Yo no se lo pedí.

—Lo sé.

Torcí los ojos. Por supuesto que lo sabía: el telépata estaba enterado de todo lo que pasaba.

Pero esto tenía que ver con Leah. Ver para creer. ¿Quién se la habría imaginado metiéndose con su forma humana en la madriguera de los chupasangre para quejarse por el mal trato que me daban?

—No puedo prometerte que voy a controlar a Leah —repuse—. No pienso hacerlo, pero sí tengo intención de hablar con ella muy en serio, ¿está bien? Y no creo que se repita. Leah no es de las que se muerden la lengua y se quedan calladas, así que seguramente lo soltó todo hoy.

—Eso te lo puedo asegurar.

—De todos modos, también hablaré con Bella. No debe sentirse mal, pues esto sólo tiene que ver conmigo.

—Ya se lo dije.

—Por supuesto que se lo dijiste. ¿Está bien?

—Ahora está durmiendo. Rose está con ella.

Así que la psicópata ahora se llamaba "Rose". Él se había pasado completamente al lado oscuro.

Ignoró ese pensamiento y continuó explayándose a gusto a la hora de contestar a mi pregunta.

—En cierto modo, ahora está mejor, si dejamos a un lado el ataque de culpabilidad que le provocaron las acusaciones de Leah —mejor. Claro. Los dos tortolitos estaban acaramelados ahora que Edward ya oía al monstruo. Qué bonito—. Es algo más que eso —continuó él con un hilo de voz—. Ahora que puedo oír los pensamientos del bebé, sabemos que él, o ella, goza de unas facultades mentales muy desarrolladas. Nos entiende; bueno, hasta cierto punto.

Me quedé boquiabierto.

—¿Hablas en serio?

—Sí. Parece tener una vaga noción de lo que le hace daño a la madre e intenta evitarlo hasta donde es posible. El bebé ya la ama.

Le lancé una mirada fulminante, con unos ojos que estaban a punto de salírseme de las cuencas. Debajo de ese escepticismo identifiqué de inmediato el factor clave: Edward había cambiado de opinión cuando el feto lo había convencido del amor que sentía hacia la madre. Él no podía odiar a lo que amaba a Bella, y ésa era la razón por la que probablemente tampoco me odiaba a mí, aunque, sin embargo, había una diferencia sustancial: yo no la estaba matando.

El vampiro siguió adelante, haciendo caso omiso de todos aquellos pensamientos míos.

—El desarrollo es mayor que lo estimado, o eso creo. En cuanto regrese Carlisle...

—¿No ha vuelto el grupo de caza? —lo atajé bruscamente mientras pensaba de inmediato en las siluetas de Sam y Jared, de guardia a los costados de la carretera. ¿Tenían curiosidad por saber qué estaba pasando?

—Alice y Jasper, sí. Carlisle envía toda la sangre conforme la adquiere, pero esperaba conseguir más... Al ritmo que aumenta su apetito, Bella habrá consumido este suministro en otro día más, cuando mucho. Carlisle se quedó para probar suerte con otro vendedor. Yo creo que es innecesario, pero él desea cubrir cualquier eventualidad.

—¿Y por qué es innecesario? ¿Y si necesita más?

Vigilaba todos los detalles de mi reacción cuando me lo soltó:

—Voy a intentar convencer a Carlisle para que saque al bebé en cuanto regrese.

—¿Qué?

—El pobre parece hacer todo lo posible por evitar movimientos bruscos, pero le resulta muy difícil porque ha crecido mucho. Esperar es una locura, pues el feto se ha desarrollado mucho más de lo que había supuesto Carlisle. Bella es demasiado frágil para esperar.

El anuncio me dejó fuera de combate y tuve suerte de que no se me doblaran las piernas. Antes había contado con que el aborrecimiento que Edward le tenía a la cosa actuara a mi favor. Ahora, yo había considerado el plazo de cuatro días como algo hecho y seguro. Contaba con esos días.

Ante mí se extendió un infinito océano de pesar.

Hice lo posible por recobrar el aliento.

Edward esperó. Identifiqué otro cambio en su semblante mientras me esforzaba por normalizar mi respiración.

—Crees que lo logrará —murmuré.

—Sí, también de eso quería hablar contigo —no logré articular palabra, así que él prosiguió al cabo de un minuto—. Sí —repitió—. Hemos esperado a que el feto se hubiera formado completamente, lo cual ha sido una verdadera locura a juzgar por los peligros… Cualquier demora podría resultar fatal en este momento, pero no veo razones para que todo acabe mal si adoptamos las medidas oportunas con antelación y actuamos con rapidez. Conocer los pensamientos del bebé resulta ser una ayuda invaluable. Por suerte, Bella y Rose están de acuerdo conmigo. Nada nos impide actuar ahora que las convencí de que el pequeño está a salvo si procedemos…

—¿Cuándo volverá Carlisle? —inquirí, todavía en voz baja, pues no había recuperado el aliento.

—Mañana al mediodía.

Las piernas se me doblaron y hubiera terminado en el suelo si no me hubiera agarrado del coche. Edward hizo ademán de tenderme las manos, pero luego lo pensó mejor y bajó los brazos.

—Lo lamento de veras, Jacob, lamento el dolor que eso te causa. Aunque me odies, tengo que admitir que no siento lo mismo hacia ti. Te considero como un… pariente en muchos sentidos, o al menos un hermano de armas. Me duele tu sufrimiento más de lo que percibes, pero Bella va a sobrevivir —añadió con una nota fiera e incluso violenta en la voz—, y yo sé cuánto te importa eso…

Lo más probable es que tuviera razón. Era difícil saberlo. La cabeza me daba vueltas.

—Por eso detesto hacer esto en el preciso momento en que debes enfrentar tantas cosas, pero hablando claro, se nos acaba el tiempo. Tengo que pedirte algo, suplicártelo si es preciso.

—Ya no me queda nada —repuse con voz ahogada.

De nuevo alzó una mano, con la aparente intención de ponérmela en un hombro, pero luego volvió a dejarla caer como antes y suspiró.

—Estoy consciente de lo mucho que nos has dado —continuó—, pero hay algo que tú y sólo tú puedes hacer. Le pido esto al verdadero alfa de la manada, Jacob, se lo ruego al heredero de Ephraim.

Callé, claro; no estaba en condiciones de contestarle.

—Solicito tu permiso para desviarnos de los términos del tratado que sellamos con Ephraim. Deseo tu permiso para hacer una excepción. Quiero tu autorización para salvarle la vida. Sabes que lo haré de todos modos, pero no deseo traicionar tu confianza si existe una forma de evitarlo. Jamás hemos tenido intenciones de echarnos atrás en la palabra dada, y no lo haremos ahora, al menos no a la ligera. Apelo a tu comprensión, Jacob, porque tú sabes exactamente las razones que me impulsan a obrar. Deseo que la alianza entre nuestros clanes sobreviva cuando esto concluya.

Intenté tragar saliva.

Sam, pensé, *necesitas a Sam*.

—No. Sam ostenta una autoridad usurpada. La tuya es auténtica. Nunca se la arrebatarás, lo sé, pero sólo tú puedes concederme lo que te estoy pidiendo.

Esa decisión no es cosa mía.

—Lo es, Jacob, y tú lo sabes. Tu palabra en este asunto nos absolverá o nos condenará a todos. Eres el único capaz de concederme esto.

No lo sé. Soy incapaz de hilvanar dos ideas seguidas.

—No tenemos mucho tiempo —volvió la vista atrás, en dirección a la casa.

No, no lo había. Mis días habían disminuido hasta convertirse en horas.

No sé. Déjame pensar. Dame un momento, ¿de acuerdo?

—Sí.

Eché a andar en dirección a la casa y él me siguió. La facilidad con que me había puesto a caminar en la oscuridad con un vampiro pisándome los talones me pareció una locura, pero aun así no me sentía incómodo, la verdad. La sensación se parecía a caminar con cualquier otra persona; bueno, cualquier persona que oliera mal.

Se produjo un movimiento de ramas en los arbustos del lindero del bosque con el prado y luego se oyó un aullido lastimero. Seth se contorsionó para pasar entre los helechos y se acercó corriendo a grandes zancadas.

—Hola, chico —murmuré.

Bajó la cabeza y yo le di unas palmadas en el lomo.

—Todo va de película —le mentí—. Luego te cuento. Perdona que haya salido corriendo así.

Me dedicó una gran sonrisa.

—Ah, y dile a tu hermana que se relaje un poco, ¿de acuerdo? Ya basta por ahora.

Seth asintió una vez.

—Vuelve al bosque —esta vez lo empujé un poco por el lomo—. Enseguida te lo explico con detalle.

Seth se frotó contra mis piernas y luego dio media vuelta para salir disparado entre los árboles.

—Tiene una de las mentes más puras y sinceras que he leído jamás —musitó Edward cuando el lobo hubo desaparecido—. Eres afortunado de compartir sus pensamientos.

—Lo sé —refunfuñé.

Reanudamos la caminata hacia la casa. Alzamos la cabeza en cuanto oímos el gorgoteo de alguien que bebía con un popote. A mi acompañante le entró toda la prisa del mundo y subió las escaleras del porche antes de perderse en el interior de la residencia.

—Bella, cielo, pensé que dormías —lo oí decir—. Lo siento. No me habría ausentado de haberlo sabido.

—No te preocupes. Me desperté por culpa de la sed. Es muy bueno saber que Carlisle va a traer más sangre. El niño la necesitará cuando esté fuera.

—Cierto, bien pensado.

—Me pregunto si va a necesitar algo más.

—Supongo que no tardaremos en averiguarlo.

Crucé el umbral.

—Al fin —dijo Rosalie.

Bella volvió los ojos hacia mí de inmediato y su rostro quedó dominado por esa sonrisa suya tan irresistible, pero duró sólo un instante; luego, le temblaron los labios y la alegría desapareció. A continuación, frunció los labios, como si intentara no gritar.

Me dieron ganas de darle un bofetón a Leah en esa estúpida bocota.

—Hola, Bella —me apresuré a decir—. ¿Cómo va todo?

—Estoy bien —contestó.

—Fue un gran día, ¿no? Hay un montón de novedades.

—No tienes que hacerlo, Jacob.

—No sé de qué me hablas —repuse.

Me encaminé hacia ella y me senté en el brazo del sofá más cercano a su cabeza. Edward ya se había sentado en el suelo. Bella me dirigió una mirada de reproche.

—Soy tan estup… —comenzó a decir.

Hice un gesto a modo de pinza con los dedos índice y pulgar y le pellizqué los labios.

—Jake —farfulló mientras intentaba apartar mi mano.

El intento tuvo tan poca fuerza que me costó trabajo creer que lo intentara de verdad. Negué con la cabeza.

—Te dejaré hablar cuando no seas estúpida.

—De acuerdo, no lo diré —logró responder entre dientes.

Retiré la mano.

—¡Perdón! —se apresuró a decir, y luego sonrió.

Torcí los ojos, pero le devolví la sonrisa, y cuando la miré a los ojos vi en ellos todo lo que había estado buscando en el parque.

Mañana sería otra persona diferente; si todo jugaba a su favor seguiría viva, y al fin y al cabo eso era lo importante, ¿o no? Ella me miraría con los mismos ojos, o casi. Sonreiría con los mismos labios, más o menos. Y seguiría conociéndome mejor que nadie, salvo los telépatas capaces de leerme la mente.

Puede que Leah resultara una compañía interesante e incluso una amiga de verdad, alguien dispuesta a dar la cara por mí, pero no era mi mejor amiga, no de la misma manera que Bella. Si dejábamos a un lado mi amor imposible hacia ella, existía también el vínculo de la amistad, y éste me salía de lo más hondo.

Mañana podía ser mi enemiga o tal vez mi aliada, y a juzgar por las cosas, cualquiera de las dos cosas sería mi decisión.

Suspiré.

De acuerdo, pensé, entregando lo último que me quedaba por dar. *Adelante, sálvala.* Aquello me hizo sentirme vacío. *El heredero de Ephraim te da su permiso y tienes mi palabra de que esto no será considerado como una violación del tratado. Los demás van a tener que echarme la culpa, pero tienes razón, nadie puede negar que esté en mi derecho de otorgar esta aprobación.*

—Gracias —respondió Edward en voz tan baja que Bella no pudo oírlo.

Pero pronunció esa palabra con tal fervor que pude ver por el rabillo del ojo cómo el resto de los vampiros se volvían a mirarlo.

—Bueno, ¿y qué tal te fue hoy? —inquirió Bella, haciendo un esfuerzo por que la pregunta sonara lo más informal posible.

—Estupendo. Di una vuelta en coche y luego estuve paseando por un parque.

—Suena bien.

—De primera.

De pronto hizo un mohín.

—¿Rose?

—¿Otra vez? —la Barbie soltó una risa nerviosa.

—Creo que me bebí dos litros en la última hora —me explicó Bella.

Edward y yo nos quitamos de en medio mientras Rosalie acudía para levantar a Bella del sofá y llevarla al baño.

—¿Me dejan caminar? —pidió Bella—. Tengo las piernas engarrotadas.

—¿Estás segura? —le preguntó su marido.

—Rose me sostendrá si me tropiezo, y es muy posible, porque con esta barriga no veo dónde piso.

Rosalie la puso de pie con sumo cuidado y no retiró las manos de los hombros de la embarazada, que alargó los brazos hacia delante e hizo una ligera mueca de dolor.

—Qué bien se siente... —suspiró—. Uf, estoy enorme —y era cierto: estaba tremenda. La barriga parecía un continente propio e independiente de Bella—. Aguanta un día más —dijo mientras se daba unas palmaditas en el vientre.

De pronto me abrumó una oleada de horrible congoja; no pude evitarlo, pero hice de tripas corazón para eliminar de mi rostro toda huella de sufrimiento. Podía ocultarlo un día más, ¿no?

—De acuerdo, entonces. Yupi... Oh, no.

Bella había dejado el vaso encima del sofá, y acababa de volcarse en ese mismo momento, derramando la sangre de intenso color rojo sobre la tela blanca del asiento.

A pesar de que tres manos intentaron impedirle cualquier movimiento, ella se agachó inmediatamente y alargó la mano para recogerlo.

En la estancia se escuchó una débil rasgadura de lo más extraño. Provenía del centro del cuerpo de Bella.

—¡Vaya! —jadeó.

Entonces Bella perdió el equilibrio y se precipitó hacia el suelo. Rosalie reaccionó de inmediato y la sostuvo, impidiendo que cayera. Y su esposo también estaba allí, con las manos tendidas por si acaso. Todos habían olvidado la mancha del sofá.

—¿Bella? —preguntó Edward con los ojos desorbitados y las facciones dominadas por el pánico.

Medio segundo después Bella soltó un alarido.

En realidad no era un alarido: era un grito de dolor que helaba la sangre en las venas.

Un gorgoteo sofocó aquel horrible aullido. Sus ojos giraron hasta acabar mirando hacia el interior de las cuencas, mientras su cuerpo se retorcía y se doblaba en dos en los brazos de Rosalie. Entonces, Bella vomitó un chorro de sangre.

18. Esto no tiene nombre

Rosalie sostuvo en brazos el cuerpo de Bella. Ésta chorreaba sangre y se estremecía, presa de sacudidas tan bruscas que daba la impresión de estar siendo electrocutada. Su rostro estaba en blanco, pues había perdido la conciencia. Era la furibunda agitación del usurpador que llevaba en el centro de su vientre la que zarandeaba el cuerpo inerte.

Los dos hermanos Cullen se quedaron helados durante una milésima de segundo, y luego entraron en acción como torbellinos. Rosalie sujetó el cuerpo de la embarazada entre sus brazos y se puso a dar de gritos muy rápido, pero sin vocalizar, y así no había forma de entender la mayoría de sus palabras. Entretanto, Edward subió los escalones como un bólido hasta llegar al segundo piso.

Salí corriendo detrás de ellos.

—¡Morfina! —le gritó Edward a Rosalie.

—Llama a Carlisle, Alice —gritó la Barbie.

Los seguí hasta la biblioteca, cuyo centro se parecía mucho al área de emergencias de un hospital. Luces de un blanco cegador iluminaban a la parturienta, acostada encima de una mesa; bajo los focos, la piel le brillaba de un modo fantasmagórico. La pobre se agitaba como un pez en la arena. Rosalie la sujetó a la mesa y de un tirón le rasgó la ropa mientras Edward le inyectaba algo con una jeringa.

¿Cuántas veces me la había imaginado desnuda? Yo qué sé. Y sin embargo, ahora no podía mirarla, pues temía no ser capaz de sacarme esas imágenes de la cabeza.

—¿Qué ocurre, Edward?

—¡Se está asfixiando!

—Debe haberse desprendido la placenta.

Bella recuperó el sentido en algún momento de ese proceso y reaccionó a esas palabras con un chillido que me perforó los tímpanos.

—¡SÁCAMELO! —gritó—. ¡No puede respirar! ¡Hazlo YA!

Mientras hablaba a gritos, vi estallar las venas oculares que, ya rotas, se extendieron como arañas rojas por el blanco de los ojos.

—La morfina... —gruñó Edward.

—No, no... ¡AHORA!

Otro borbotón de sangre sofocó los alaridos de la parturienta. Su esposo le alzó la cabeza mientras le limpiaba la boca desesperadamente para que ella pudiera respirar de nuevo. Alice retrocedió un paso con los ojos dorados abiertos hasta la desmesura, ardientes y ávidos de sangre. Rosalie siseaba al teléfono como si estuviera poseída.

La piel de Bella parecía más amoratada que blanca bajo el chorro de luz de los focos, y líquidos de un rojo intenso fluían debajo de la epidermis del abultado vientre. Rosalie apareció con un escalpelo en la mano.

—Espera a que le haga efecto la morfina —le pidió Edward a gritos.

—No hay tiempo —le replicó Rosalie—. El bebé se muere.

Bajó la mano hasta situarla sobre el vientre de Bella y con la afilada hoja practicó una incisión en la piel, por donde brotó un chorro de sangre negruzca. Era como si alguien hubiera volcado un cubo lleno hasta los bordes o hubiera abierto un grifo. Bella se retorció, pero no gritó, porque seguía sofocándose.

Entonces, Rosalie perdió el control y le cambió la expresión mientras echaba hacia atrás los labios para dejar paso a los colmillos. Los ojos le relumbraron de pura sed.

—¡No, Rose! —chilló Edward.

Él no estaba en condiciones de reaccionar porque tenía los brazos ocupados, pues mantenía a su esposa incorporada en un intento de evitar que se asfixiara.

Me lancé contra Rosalie de un salto, sin molestarme en entrar en fase. El bisturí se me hundió bien hondo en el brazo izquierdo cuando le caí encima y choqué contra su cuerpo de piedra, empujándola hacia la puerta. Le puse la mano derecha en la cara, inmovilizando sus mandíbulas y tapándole la nariz.

Aproveché que la tenía bien sujeta por la cara para darle la vuelta al cuerpo de la rubia y poder patearle a gusto las tripas, pero, demonios, las tenía tan duras que era como darle puntapiés al cemento. Acabó golpeando el marco de la puerta, uno de cuyos lados se pandeó. El audífono del teléfono reventó en cien mil pedacitos. Alice apareció en ese momento y la sujetó por el pescuezo para arrastrarla hacia el pasillo.

Algo sí tuve que reconocerle a Barbie: no se empleó a fondo en la pelea. Quería que ganáramos, y por eso me dejó zarandearla de esa manera, para que salváramos a Bella; bueno, mejor dicho, para que salváramos a la cosa.

Extraje el escalpelo de un tirón.

—¡Sácala de aquí, Alice! —gritó Edward—. Entrégasela a Jasper y mantenla fuera... ¡Jacob! ¡Te necesito!

No vi cómo Alice terminaba el trabajo porque di media vuelta para regresar junto a la mesa de operaciones, donde Bella se estaba poniendo azul y nos miraba con ojos redondos como platos.

—¿Masaje cardiaco? —me gruñó Edward, con tono urgente y perentorio.

—¡Va!

Estudié las facciones del vampiro en busca de algún indicio de que fuera a perder el dominio de sí como Rosalie, pero no había en él más que una determinación feroz y sin asomo de duda.

—¡Haz que siga respirando! Debo sacar al bebé antes de…

Dentro del cuerpo de la agonizante resonó otro chasquido de esos que suenan cuando se produce un gran destrozo. Fue más estruendoso que los anteriores, tanto que Edward y yo nos quedamos como imbéciles esperando que ella reaccionara y soltara un alarido. Nada. Antes había flexionado las piernas como reacción ante el dolor, pero ahora estaba despatarrada de un modo muy poco natural, y las extremidades descansaban flácidas sobre la mesa de operaciones.

—Eso era la columna vertebral —exclamó con voz ahogada.

—¡Sácaselo, ahora ya no va a sentir nada! —refunfuñé, al tiempo que le lanzaba el escalpelo.

Me incliné sobre Bella para estudiar sus vías respiratorias, y no vi obstrucción alguna. Le tapé la nariz con los dedos, le abrí bien la boca y la cubrí con la mía antes de soplar con fuerza para insuflar aire a sus pulmones. Su cuerpo se agitó; así supe que no había obstrucción alguna en la garganta.

Sus labios sabían a sangre.

Percibí el latido desacompasado de su corazón. *Aguanta, Bella*, le pedí con fiereza mientras le insuflaba otro soplo de aire a su cuerpo. *Lo prometiste. Que tu corazón no se detenga.*

Escuché un chapoteo, el del escalpelo al deslizarse por el vientre, y el goteo incesante de la sangre sobre el suelo.

El siguiente sonido, inesperado y aterrador, hizo que me estremeciera. Sonaba igual que cuando se abría una grieta en una superficie metálica.

Al oírlo, mi memoria retrocedió en el tiempo, a la pelea que meses atrás sostuvimos con los neófitos; su carne chasqueaba del mismo modo cuando los desgarrabas. Me atreví a echar una miradita. Vi el rostro de Edward pegado al bulto. Los dientes de vampiro eran una herramienta infalible para destrozar la piel de vampiro.

Me estremecí cuando insuflé más aire a la parturienta.

Ella reaccionó tosiéndome en la cara. Parpadeó y movió los ojos, medio cegada.

—¡Quédate conmigo, Bella! —le grité—. ¿Me oyes? ¡Quédate, no me dejes! Haz que tu corazón siga latiendo.

Movió los ojos, hacia mí o hacia él, pero sin ver nada.

Pese a todo, yo sí le devolví la mirada y la mantuve allí, clavada en sus ojos.

Entonces, de pronto me encontré con su cuerpo entre los brazos; la respiración había retomado una cadencia más o menos normal y el corazón seguía latiéndole. Entonces comprendí el significado de aquella calma: había terminado, el zarandeo interior había acabado. La criatura debía estar fuera.

Y así era.

—Renesmee —susurró Edward.

Bella se había equivocado. No era el niño con el que había fantaseado, lo cual no me sorprendía lo más mínimo. ¿En qué no se había equivocado, la pobre?

Sin dejar de mirar aquellos ojos salpicados de puntos rojos, noté cómo levantaba débilmente las manos.

—Dámela... —pidió con voz rasposa— dámela.

Debería haber sabido que él le concedería cualquier petición, sin importar lo estúpida que fuera, pero ni en sueños habría pensado que le iba a hacer caso en ese momento. Sólo por eso no pensé en detenerlo.

Algo tibio me rozó el brazo, lo cual debería haberme llamado la atención, pues no parecía haber nada capaz de calentarme.

No aparté la mirada del rostro de Bella. Ella parpadeó y al final fijó la mirada en algo. Entonó un extraño y débil canturreo.

—Renes... mee. Qué... bonita... eres.

Entonces, jadeó, jadeó de dolor.

Ya era tarde cuando eché un vistazo. Edward había tomado a la cosa caliente y ensangrentada de los débiles brazos de Bella. Recorrí con la mirada la piel de Bella, bañada en sangre: la de su propio vómito, la de la criatura, que había salido embadurnada, y la procedente de dos puntitos situados encima del pecho derecho; parecían mordiscos con forma de medialuna.

—No, Renesmee —murmuró Edward con un tono de voz que sonaba como si estuviera enseñando modales al monstruito.

No desperdicié una mirada en ninguno de los dos. Sólo veía a la madre cuando se le extravió la mirada y el corazón, tras una última sístole casi sin fuerza, falló y se sumió en el silencio.

Bella no debió perder ni medio latido desde que su corazón dejó de palpitar hasta que me puse a darle un masaje cardiaco. Llevaba la cuenta en un intento de mantener constante el ritmo de compresión y relajación.

Uno. Dos. Tres. Cuatro.

Lo dejé durante un segundo y otra vez le di respiración de boca a boca.

No podía ver nada más, pues tenía la vista borrosa por las lágrimas, pero estaba muy atento a los sonidos de la habitación: el gorgoteo de su corazón bajo mis compresiones, el latido de mi propio corazón y otro, más vibrante, ligero, rápido, que no pude ubicar.

Me obligué a introducir más aire en la garganta de Bella.

—¿Qué estás esperando? —le grité, mientras, ya sin aliento, reanudaba el masaje cardiaco.

Uno. Dos. Tres. Cuatro.

—Vigila a la niña —oí decir a Edward con tono apremiante.

—Tírala por la ventana.

Uno. Dos. Tres. Cuatro.

Alguien se unió a la conversación y dijo sencillamente:

—Dénmela a mí.

Edward y yo le gruñimos al mismo tiempo.

Uno. Dos. Tres. Cuatro.

—Ya me tranquilicé —prometió Rosalie—. Dame a la niña, Edward. Me encargaré de ella hasta que Bella...

Le di respiración de boca a boca a la madre mientras los hermanos se pasaban a la hija. Aquel latido frenético se fue apagando: *tump, tump, tump.*

—Quita de ahí esas garras, Jacob.

Levanté la vista de los ojos en blanco de Bella sin dejar de masajear su corazón, y me encontré con Edward, que sostenía una jeringa enorme, toda de plata, como si estuviera hecha de metal.

—¿Qué es eso?

Su mano de hierro apartó las mías. Se oyó un ligero chasquido cuando el manotazo me rompió el meñique. Luego hundió la aguja en el corazón.

—Mi ponzoña —respondió, mientras presionaba el émbolo de la jeringa.

El corazón de Bella dio un brinco; lo oí, como si le hubieran dado un susto con el pinchazo.

—Sigue con el masaje —ordenó con voz helada y vacía.

Hablaba con fiereza y de forma impersonal, como si fuera una máquina.

Ignoré el dolor del dedo roto y continué masajeándole el corazón. Resultaba cada vez más difícil, como si la sangre se le detuviera en las venas, se le congelara y se espesara. Observé el comportamiento de Edward mientras yo me esforzaba por que esa sangre, ahora viscosa, siguiera circulándole por las arterias.

Parecía estar besándola. Le rozó con los labios la garganta, las muñecas y el pliegue interior del codo.

Escuché una y otra vez las obscenas perforaciones de los colmillos en la piel de Bella. Su marido estaba inoculándole veneno en el cuerpo por el mayor número de puntos posible. Alcancé a ver cómo le lamía las heridas sangrantes. Antes de que me dieran ganas de vomitar o me enojara, comprendí su propósito: sellar las heridas con saliva para impedir que salieran la sangre o la ponzoña.

Le di respiración, pero ya no había vida en ese cuerpo. El pecho reaccionaba subiendo tras cada insuflación. Seguí con el masaje mientras él trabajaba como un demente sobre ella en su desesperado intento de traerla de vuelta.

Allí no había nadie más: sólo él y yo.

Nos esforzábamos encima de un cadáver.

No quedaba nada de la chica que ambos habíamos amado, excepto esos restos quebrantados, ensangrentados y desfigurados, que no bastarían para lograr traerla a la vida otra vez.

Supe que era demasiado tarde y que había expirado cuando noté que la atracción había desaparecido. No encontré razón alguna para seguir junto al cuerpo ahora que ella ya no lo habitaba, pues esa carne ya no podía atraerme. La absurda necesidad de estar cerca de Bella había desaparecido.

Tal vez desaparecido no era la palabra exacta. El tirón, la atracción, se había desplazado y ahora me empujaba en la dirección opuesta. Me instaba a bajar las escaleras y salir por la puerta. Sentí el anhelo de irme de allí para siempre, para no volver jamás.

—Vete, pues —me espetó Edward.

Volvió a apartar de un golpe mis manos del cuerpo para sustituirme. Genial: ahora tenía tres dedos rotos.

Los estiré con cierta torpeza, sin importarme las punzadas de dolor.

El vampiro masajeaba su corazón detenido más deprisa que yo.

—No está muerta —gruñó—. Se va a recobrar.

No estaba muy seguro de que me estuviera hablando a mí.

Me di la vuelta y me fui por la puerta con paso lento, muy lento, pues no era capaz de arrastrar los pies más rápido.

Entonces ése era el océano de dolor y ésta, la orilla al otro lado de las aguas que borboteaban, tan lejana que había sido incapaz de verla y de imaginarla.

Me sentí vacío ahora que había perdido todo objetivo en la vida. Salvar a Bella había sido mi propósito durante mucho tiempo, y ahora no podía ser salvada. Ella se había sacrificado voluntariamente para que esa bestezuela la rasgara en dos. Había perdido la batalla y la guerra había acabado.

Mientras bajaba la escalera, sufría escalofríos cada vez que oía el sonido procedente de arriba, el de un corazón quieto al que se le quería obligar a funcionar a golpes.

Qué no habría dado yo por poder verter lejía en mi cerebro hasta consumir todas las neuronas y quemar con ellas los minutos finales de Bella. Aceptaría las lesiones cerebrales si lograba librarme de esos recuerdos: los gritos, las hemorragias, los crujidos y los chasquidos mientras el monstruo la desgarraba desde dentro para salir.

Mi deseo habría sido salir corriendo, bajar los escalones de diez en diez y cruzar el umbral de esa casa como una bala, pero los pies me pesaban como si fueran de plomo y nunca había estado tan agotado. Bajé la escalera arrastrando los pies, como un viejo tullido.

Tomé un respiro en el último escalón, haciendo acopio de las últimas fuerzas para salir por la puerta.

Rosalie estaba de espaldas a mí, sentada en la esquina limpia del sofá blanco. Sostenía en brazos a la criatura, envuelta en una manta, al tiempo que la arrullaba y le hacía mimos. Debía haber oído cómo me detenía al pie de la escalera, pero optó por ignorarme, entregada al goce de una maternidad robada. Tal vez fuera feliz ahora que tenía lo que quería y Bella jamás vendría a quitarle a la niña. Me pregunté si no sería eso lo que había estado esperando esa arpía rubia durante todo este tiempo.

Sostenía algo oscuro en las manos además de la pequeña asesina, que sorbía con avidez.

Olfateé el olor dulzón de sangre en el ambiente. Sangre humana. Rosalie la estaba alimentando. El engendro ese deseaba sangre, ¿con qué otra cosa se puede alimentar a un monstruo capaz de mutilar brutalmente a su madre? Era como si estuviera bebiendo sangre de Bella. Tal vez incluso lo era.

Me volvieron las fuerzas cuando oí los sorbidos de la pequeña asesina mientras se alimentaba.

Una oleada de fuerza, odio y calor, un calor rojo, cruzó por mi mente, quemándolo todo y sin borrar ni un recuerdo. Las imágenes seguían en mi mente, calentándose al fuego vivo de aquel infierno, pero sin consumirse. Los temblores me hicieron estremecer de la cabeza a los pies, y no hice esfuerzo alguno por detenerlos.

Rosalie seguía absorta con el aborto ese, sin prestarme atención. Con lo distraída que estaba no iba a ser suficientemente rápida como para detenerme.

Sam tenía razón. Esa cosa era una abominación, y su existencia un hecho antinatural. Eso era un demonio maligno y desalmado, un ser sin derecho a existir.

Algo que debía ser destruido.

Después de todo, parecía que esa pulsión, esa atracción, no me había conducido hasta la puerta, pues ahora podía sentirla en mi interior, animándome, empujándome a avanzar. Me instaba a acabar con aquello y librar al mundo de esa excrecencia.

La Barbie intentaría matarme cuando la cosa hubiera muerto, y yo me defendería. No estaba muy seguro de que tuviera tiempo de aniquilarla antes de que los demás acudieran en su ayuda. Tal vez sí, tal vez no. Me importaba un comino.

En todo caso, me tenía sin cuidado si los lobos me vengaban o si consideraban la actuación de los Cullen como una reacción justificada. Ahora todo daba igual. Sólo me importaba mi propia justicia. Mi venganza. No iba a dejar vivir ni un minuto más a la responsable de la desaparición de Bella.

Ella me habría odiado por eso; es más: habría querido matarme personalmente si hubiera sobrevivido.

Me daba igual. Me había infligido un gran daño al dejarse degollar como un animal. ¿Acaso le había importado a ella? En tal caso, ¿por qué habría de tener en cuenta sus sentimientos ahora?

Y luego estaba Edward, ahora demasiado ocupado para leer mis pensamientos mientras se empeñaba como un demente, negándose a aceptar esa muerte y seguía intentando revivir a un cadáver.

Tal como se veía la cosa, no iba a tener oportunidad de cumplir mi promesa de matarlo, a menos que me las arreglara para ganar una lucha contra Rosalie, Jasper y Alice, tres contra uno, y ni yo apostaría a favor. Ahora bien, no tenía intención de matarlo incluso aunque ganara y tuviera la oportunidad.

Me faltaba compasión para eso. No tenía sentido liberarlo del peso de sus actos. ¿No sería mucho más justo y satisfactorio dejarlo vivir sin absolutamente nada?

Estaba tan lleno de odio que la simple posibilidad me hizo sonreír. No tendría a Bella ni a su progenie asesina ni algunos miembros de su familia, a todos los que me pudiera llevar por delante. Por supuesto, y a diferencia de Bella, que no podía revivir, Edward podía recomponerlos, pues no pensaba quedarme para incinerar los pedazos.

Me pregunté si podría arreglar a la criatura cuando hubiera acabado con ella. Yo tenía serias dudas. Había una parte de Bella en el engendro, así que debía haber heredado una parte de su vulnerabilidad. Podía escuchar el redoble de su corazoncito.

El corazón del engendro latía y el de la madre, no.

Tomé todas esas decisiones en sólo un segundo.

Las sacudidas aumentaban en intensidad y rapidez. Tensé los tobillos y me encogí para saltar mejor sobre la vampira rubia y usar los dientes para arrebatarle de los brazos a la criatura asesina.

Rosalie volvió a hacerle cariños al engendro tras dejar a un lado la botella de metal. Entonces alzó a la niña en el aire para acariciarle la nariz con la mejilla.

¿Qué más podía pedir? La nueva posición era perfecta para mi golpe. Me incliné hacia adelante. Noté cómo el fuego empezaba a cambiarme en el preciso momento en que la pulsión hacia la asesina crecía. Nunca había sentido la atracción con tanta fuerza, hasta tal punto que me recordó el efecto de una orden impartida por un alfa, como si fuera a aplastarme si no obedecía la orden.

En esta ocasión quería hacerlo.

La asesina miró por encima del hombro de Rosalie y clavó la vista en mí. Nunca había visto a un recién nacido concentrar la mirada de esa forma.

Tenía los ojos castaños, del color del chocolate con leche. Eran iguales a los de Bella.

De pronto se calmaron los temblores que sacudían mi cuerpo. Me inundó una nueva oleada de calor, más intenso que el de antes, pero era una nueva clase de fuego, uno que no quemaba.

Era un destello.

Todo se derrumbó en mi interior cuando contemplé fijamente al bebé semihumano y semivampiro con rostro de porcelana. Vi cortadas de un único y veloz tajo todas las cuerdas que me ataban a mi existencia, con la misma facilidad que si hubieran sido los cordeles de un atado de globos.

Todo lo que me había hecho ser como era: mi amor por la chica muerta escaleras arriba, mi amor por mi padre, mi lealtad hacia mi nueva manada, el amor hacia mis hermanos, el odio hacia mis enemigos, mi casa, mi vida, mi cuerpo, desconectado en ese instante de mí mismo, *clac, clac, clac...* se cortó y salió volando hacia el espacio.

Ya no flotaba a la deriva. Un nuevo cordel me ataba a mi posición.

Y no uno solo, sino un millón, y no eran cordeles, sino cables de acero. Sí, un millón de cables de acero me fijaban al mismísimo centro del universo.

Ahora podía ver perfectamente cómo el mundo entero giraba en torno de ese punto. Nunca antes había visto la simetría del universo, pero ahora me parecía evidente.

La gravedad de la Tierra ya no me ataba al suelo que pisaba.

Lo que ahora hacía que tuviera los pies en el suelo era la niñita que estaba en brazos de la vampira rubia.

Renesmee.

Un sonido nuevo llegó procedente del segundo piso, y en ese momento interminable era el único capaz de llegarme al alma.

Un golpeteo frenético, un latido alocado...

Un corazón en proceso de cambio.

LIBRO TRES

◄◄·►►

Bella

Índice

Prefacio 411
19. Febril 413
20. Nuevo 432
21. La primera cacería 454
22. La promesa 477
23. Recuerdos 502
24. Sorpresa 522
25. Un favor 539
26. Soy brillante 568
27. Planes de viaje 582
28. El futuro 598
29. Deserción 612
30. Irresistible 632
31. Talentos 656
32. En compañía 669
33. Falsificación 693
34. Declaración 714
35. Fin del plazo 732
36. Ansia de sangre 747
37. Argucias 771
38. Poder 797
39. Y vivieron felices para siempre 815

*El afecto personal es un lujo que sólo puedes permitirte
una vez que han sido eliminados tus enemigos.
Hasta ese momento, tus seres queridos se convierten en rehenes,
minando tu coraje y corrompiendo tu juicio.*

Orson Scott Card
Imperio. Una mirada incómoda a un futuro posible

Prefacio

Ahora ya no era una pesadilla, porque la fila de capas negras avanzaba hacia nosotros a través de la niebla helada, agitada por sus pies.

Vamos a morir, pensé llena de pánico. Sentía una gran desesperación por aquel ser precioso que yo protegía, pero incluso pensar en ello era una falta de concentración que no me podía permitir.

Se aproximaron de forma fantasmal, con las ropas negras agitándose ligeramente por el movimiento. Curvaron las manos como garras del color de los huesos. Comenzaron a dispersarse para acercarse a nosotros desde todos los ángulos. Estábamos rodeados e íbamos a morir.

Y entonces, tras la explosión de luz de un rayo, toda la escena se transformó, aunque no había cambiado nada, porque los Vulturi aún nos amenazaban, en posición de ataque. Lo que realmente se alteró fue el modo en que yo veía la escena, porque de pronto sentía un deseo incontrolable de que lo hicieran: *quería* que atacaran. El pánico se transformó en un ansia de sangre que me hizo encorvarme, con una sonrisa en el rostro, y un rugido enredado en mis dientes desnudos.

19. Febril

El dolor era desconcertante.

Y era exactamente eso: me sentía desconcertada. No podía entender, no le encontraba sentido a lo que estaba ocurriendo.

Mi cuerpo intentaba rechazar el suplicio, pero una oscuridad que me evitaba segundos o incluso minutos enteros de agonía, me absorbía una y otra vez, haciendo aún más difícil mantenerse en contacto con la realidad.

Intenté hacer que se separaran, el dolor y la realidad.

La irrealidad era negra y en ella no me dolía tanto.

Pero la realidad era roja y me hacía sentir como si me rebanaran por la mitad, me atropellara un autobús, me golpeara un boxeador, me pisotearan unos toros y me sumergieran en ácido, todo a la vez.

La realidad era sentir que mi cuerpo se retorcía y enloquecía aunque yo posiblemente no podía moverme debido al mismo dolor.

La realidad era saber que había algo mucho más importante que toda esta tortura, pero ser incapaz de recordar qué era.

La realidad había llegado demasiado rápido.

En un momento todo era como debía ser, rodeada por la gente que amaba, y sus sonrisas. De alguna manera era como si, aunque en realidad no fuera así, hubiera logrado todo aquello por lo que había luchado.

Sin embargo, sólo una pequeña cosa, insustancial, había salido mal.

Observé la inclinación de la copa, que vertió la sangre oscura hasta manchar la blancura inmaculada del sofá. Me tambaleé hacia el desastre en un acto reflejo, aunque ya había visto las otras manos, más rápidas, pero mi cuerpo había continuado estirándose, intentando alcanzarlo...

Pero dentro de mí, algo jalaba en dirección opuesta. Desgarrándome. Quebrándome. Una agonía.

La negrura se había apoderado de todo y me había arrastrado en una ola de tortura. No podía respirar; ya antes había estado a punto de ahogarme, pero esto era diferente porque me ardía la garganta.

Me estaba haciendo pedazos, partiéndome, cortándome... Más oscuridad.

Las voces, esta vez, gritaban cuando regresó el dolor.

—¡Se desprendió la placenta!

Algo más agudo que un cuchillo me rasgó, con lo cual las palabras adquirieron sentido a pesar de todas las otras torturas. Sabía lo que significaba la expresión "placenta desprendida". Eso quería decir que mi bebé se estaba muriendo en mi interior.

—SÁCAMELO —le grité a Edward; ¿por qué no lo había hecho ya?—. ¡No puede respirar! ¡Hazlo YA!

—La morfina...

¿Él quería esperar a darme analgésicos mientras nuestro bebé se moría?

—¡No, no! AHORA... —repuse casi ahogándome, incapaz de terminar la frase.

La luz de la habitación se cubrió de puntos negros cuando la fría punzada de un nuevo ataque de dolor me atravesó el estómago como una cuchillada helada. Todo estaba saliendo mal… Luché automáticamente para proteger mi útero, mi bebé, a mi pequeño Edward Jacob, pero estaba muy débil. Me dolían los pulmones, porque ya había quemado todo el oxígeno.

El dolor se desvaneció de nuevo, aunque esta vez yo intenté aferrarme a él. Mi bebé, mi bebé se estaba muriendo…

¿Cuánto tiempo había pasado? ¿Segundos o minutos? El dolor se había ido y me había dejado aturdida, sin sentir nada. Tampoco podía ver nada, aunque sí escuchar. Había recuperado el aire en mis pulmones; entraba y salía en forma de gruesas burbujas que me raspaban la garganta.

—¡Quédate conmigo, Bella! ¿Me oyes? ¡Aguanta! ¡Quédate, no me dejes! Haz que ese corazón tuyo siga latiendo.

¿Jacob? Jacob seguía aquí, todavía intentaba salvarme.

Claro, me hubiera gustado decirle. Claro que haría que mi corazón siguiera latiendo. ¿Acaso no se lo había prometido a los dos?

Intenté sentir mi corazón, encontrarlo, pero me hallaba completamente perdida dentro de mi propio cuerpo. No podía sentir las cosas como solía hacerlo antes, porque nada parecía estar en su sitio habitual. Parpadeé y supe dónde tenía los ojos, podía ver la luz. No era lo que estaba buscando, pero era mejor que nada.

Mientras mis ojos luchaban por adaptarse, Edward susurró:

—Renesmee.

¿Renesmee?

¿No era el niño pálido y perfecto de mi imaginación? Sentí pánico por un momento y después un flujo cálido.

Renesmee.

Quería poner mis labios en movimiento, quería que las burbujas de aire se convirtieran en murmullos en mi lengua. Forcé mis manos entumecidas a alzarse.

—Dámela… Dámela…

La luz se movió, destrozando las manos cristalinas de Edward. Las chispas estaban teñidas de púrpura por la sangre que cubría su piel. Y había aún más rojo sobre sus manos. Algo pequeño, que se movía, lo manchaba de sangre. Acercó el cuerpecito cálido a mis débiles brazos, casi como si yo la sostuviera en brazos. La piel húmeda ardía, estaba tan caliente como la de Jacob.

Mis ojos se enfocaron; de pronto, todo me pareció perfectamente claro.

Renesmee no lloraba, pero respiraba con rápidos y sorprendidos jadeos. Tenía los ojos abiertos, con una expresión tan sorprendida que parecía casi divertida. Su pequeño rostro de una redondez perfecta estaba cubierto de una espesa capa de rizos ensangrentados, enmarañados y apelmazados. Sus pupilas me resultaban familiares, aunque de un sorprendente color chocolate. Bajo toda aquella sangre, su piel parecía pálida, de un cremoso color marfil, toda menos sus mejillas, que llameaban coloradas.

Aquel rostro diminuto era tan absolutamente perfecto que me dejó aturdida. Era incluso más hermosa que su padre. Algo increíble, imposible.

—Renes… mee —susurré—. Qué… bonita… eres.

Ese rostro imposible sonrió repentinamente con una sonrisa ancha y deliberada. Detrás de sus labios como conchas rosadas había un juego completo de dientes de leche del color de la nieve.

Inclinó la cabeza hacia adelante, contra mi pecho, buscando acurrucarse contra el calor de mi cuerpo. Tenía la piel cálida y sedosa, pero distinta de la mía.

Y entonces el dolor volvió de pronto, una sola cuchillada nueva, y jadeé.

Se la llevaron. Mi bebé con cara de ángel ya no estaba en ningún sitio. No podía verla ni sentirla.

¡No!, quise gritar, *¡devuélvanmela!*

Pero era víctima de una gran debilidad. Durante un momento sentí los brazos como si fueran mangueras de goma vacías y después ya no percibí nada más. No podía sentirlos en absoluto. No podía siquiera sentirme a mí misma.

La oscuridad se extendió sobre mis ojos con más solidez que antes, hasta que me los veló por completo, como una gruesa venda, firme y apretada, que no sólo me cubría los ojos, sino todo mi ser, con un peso aplastante. Intentar apartarla era un esfuerzo agotador. Sabía que sería mucho más fácil rendirme, dejar que la oscuridad me aplastara hacia abajo, abajo, abajo, hasta un lugar donde no hubiera dolor ni cansancio ni preocupación ni miedo.

Si hubiera sido sólo por mí, no hubiera sido capaz de luchar durante mucho más tiempo. Era nada más una humana, con sólo fuerzas humanas. Había intentado convivir con lo sobrenatural durante demasiado tiempo, tal como había dicho Jacob.

Pero esto no sólo tenía que ver conmigo.

Porque si quisiera ponérmela fácil, nada más tenía que dejar que aquella nada oscura me tragara, pero si lo hacía, les haría daño.

Edward, Edward, su vida y la mía estaban ahora retorcidas una en torno de la otra hasta formar un solo hilo. Si uno se cortaba, quedarían cortados los dos. Si él se iba, yo no podría sobrevivir a eso. Si la que se iba era yo, tampoco podría con ello. Y un mundo sin Edward parecía algo absolutamente sin sentido. Edward *debía* existir.

Jacob, aquel que siempre me decía adiós, una y otra vez, pero que seguía acudiendo siempre que lo necesitaba. Jacob, a quien había herido tantas veces que deberían juzgarme como a un criminal. ¿Acaso consideraría siquiera hacerle daño de nuevo, de la peor manera posible? Él se había quedado conmigo a pesar de todo. Lo único que me había pedido es que yo hiciera lo mismo.

Pero aquí estaba tan oscuro que ni siquiera podía ver sus rostros. Nada parecía real, y eso dificultaba mucho seguir en la lucha.

Seguí empujando contra la oscuridad, aunque era casi un acto reflejo. Ya no intentaba alejarla, sino simplemente aguantarla, para no dejar que me aplastara por completo. Yo no era el gigante Atlas y la oscuridad parecía tan pesada como la bóveda celeste; no podía cargarla sobre los hombros. Todo lo que podía hacer era no dejar que acabara conmigo por completo.

Ésta era una especie de patrón que se había aplicado a toda mi vida: nunca había sido suficientemente fuerte para enfrentarme a las cosas que estaban fuera de mi control, como atacar a mis enemigos o vencerlos. Y evitar el dolor. Siempre débil y humana, lo único que había logrado era seguir adelante. Soportarlo todo. Sobrevivir.

Si había sido capaz de llegar hasta este punto, hoy también debía ser capaz. Soportaría todo hasta que llegara la ayuda.

Sabía que Edward haría todo lo posible y no se rendiría. Pues yo tampoco.

Mantuve a raya la oscuridad de la inexistencia por unos centímetros.

Pero no era suficiente, no bastaba con mi determinación. Conforme el tiempo avanzaba, la oscuridad le iba ganando décimas y centésimas a mis pocos centímetros, pero necesitaba algo de donde poder extraer más fuerza.

Ni siquiera podía ubicar el rostro de Edward ante mi vista. Ni los de Jacob, Alice, Rosalie, Charlie, Renée, Carlisle o Esme... Nada. Eso me aterrorizó y me pregunté si no sería ya demasiado tarde.

Sentí cómo me deslizaba, como si no hubiera nada a lo que pudiera agarrarme.

¡No! Tenía que sobrevivir a esto. Edward dependía de mí. Y Jacob. Charlie Alice Rosalie Carlisle Renée Esme...

Y Renesmee.

Y entonces, aunque no podía ver nada, repentinamente pude sentir algo. Como si fueran fantasmales, creí que podía sentir de nuevo mis brazos y en ellos algo pequeño, duro y muy, muy cálido.

Mi bebé. Mi pequeña pateadora.

Lo había logrado. Contra todo pronóstico, había sido suficientemente fuerte para sobrevivir a Renesmee, y quería mantenerme a su lado hasta que fuera bastante fuerte para vivir sin mí.

Ese punto de calor en mis brazos espectrales parecía tan real... Me apreté a él un poco más. Era exactamente donde debía estar mi corazón. Agarrándome fuerte al cálido recuerdo de mi hija, supe que sería capaz de luchar contra la oscuridad todo lo que fuera necesario.

Aquella calidez al lado de mi corazón se hizo cada vez más real, más y más cálida. Más caliente. Ese calor era tan real que costaba creer que fuera simplemente cosa de mi imaginación.

Más caliente.

Ahora me sentía incómoda a causa del calor excesivo. Uf, demasiado calor.

Como si estuviera sosteniendo el extremo equivocado de unas tenazas para rizar el pelo, mi respuesta automática fue dejar caer aquello que me quemaba los brazos, pero no había nada en ellos. Mis brazos no estaban doblados sobre mi pecho: eran cosas muertas que yacían en alguna parte a mis costados. El calor estaba en mi interior.

La sensación de quemadura aumentó, se intensificó, alcanzó el tope y volvió a incrementarse otra vez, hasta que sobrepasó todo lo que había sentido alguna vez en mi vida.

Sentí el pulso latir detrás del fuego que arreciaba, ahora en mi pecho, y comprendí que había encontrado mi corazón de nuevo, justo cuando hubiera preferido no haberlo hecho nunca. En este momento deseé haber abrazado la oscuridad cuando tuve la oportunidad. Quería alzar los brazos y desgarrarme el pecho hasta abrirlo para poder arrancarme el corazón, lo que fuera con tal de poder desprenderme de esta tortura, pero no sabía dónde tenía las extremidades y no podía mover ni uno de mis dedos desaparecidos.

James rompiéndome una pierna con su pie. Aquello había sido nada en comparación, era como un lugar suave, como descansar en una cama de plumas. Lo habría preferido cientos de veces. Cien fracturas de pierna. Las habría preferido e incluso me habría sentido agradecida.

La sensación que experimenté cuando el bebé me astilló las costillas y se abrió paso hacia la superficie, destrozándome en el camino, tampoco había sido nada en comparación con esto. Era como flotar en una piscina de agua fría. Lo habría preferido mil veces, oh, sí, y habría estado agradecida.

El fuego despidió más calor y quise gritar, suplicar que alguien me matara ahora, antes que vivir un segundo más con aquel dolor, pero no podía mover los labios porque el peso aún estaba allí, aplastándome.

Me di cuenta de que no era la oscuridad la que me presionaba hacia abajo, sino mi cuerpo, que se había vuelto muy pesado... Me enterraba en las llamas que se abrían paso desde mi corazón, expandiéndose con un dolor imposible a través de mis hombros y mi estómago, escaldando el trayecto hasta mi garganta y lamiendo mi rostro.

¿Por qué no me podía mover? ¿Por qué no podía gritar? Esto no formaba parte de ninguna leyenda.

Mi mente estaba insoportablemente lúcida, aguzada por aquel fiero dolor, y vi la respuesta casi tan rápido como formulé la pregunta.

La morfina.

Parecía que habían pasado ya millones de muertes desde que lo habíamos discutido Edward, Carlisle y yo. Edward y Carlisle habían tenido la esperanza de que con suficientes analgésicos fuera posible luchar contra el dolor que producía la ponzoña. Carlisle lo había intentando con Emmett, pero el veneno había quemado la medicina y le había achicharrado las venas. No había habido tiempo suficiente para que se extendiera.

Mantuve mi rostro relajado y asentí y agradecí a mis escasas estrellas de la suerte que Edward no pudiera leerme la mente.

Porque antes la morfina y la ponzoña habían convivido en mi sistema y por ello sabía la verdad. Sabía que el aturdimiento de la droga era completamente irrelevante mientras la ponzoña ardiera en mis venas, pero no se me ocurriría siquiera mencionar este hecho, ni cualquier otro que lo indujera a echarse para atrás y no transformarme.

No hubiera adivinado ese posible efecto de la morfina: inmovilizarme y amordazarme. Mantenerme paralizada mientras me quemaba.

Conocía todas las historias. Sabía que Carlisle se había mantenido lo más quieto posible mientras ardía para evitar que lo descubrieran. Sabía que no era bueno gritar, como me había contado Rosalie. Yo había esperado poder comportarme como Carlisle, y creer las palabras de Rosalie y mantener la boca cerrada. Porque sabía que cada grito que escapara de mis labios sería un tormento para Edward.

Y ahora parecía un horrible chiste que mis deseos se hubieran cumplido.

Pero si no podía gritar, *¿cómo iba a poder pedirles que me mataran?*

Sólo deseaba morir, o mejor: no haber nacido nunca. Toda mi existencia no podía compensar este dolor. No valía la pena vivir todo esto sólo a cambio de un latido más de mi corazón.

Déjenme morir, déjenme morir, déjenme morir.

Y durante un lapso que parecía que no se acabaría nunca, eso fue todo lo que sucedió. Sólo una tortura ardiente y mis gritos insonoros, suplicando la muerte. Nada más; ni siquiera sentía pasar el tiempo, que se hizo infinito, sin principio ni final. Sólo un inacabable momento de dolor.

El único cambio ocurrió cuando repentinamente el dolor se redobló de forma casi imposible. La mitad inferior de mi cuerpo, más insensibilizada por la morfina, de pronto se prendió también en llamas. Alguna conexión rota debía haberse curado, entretejiéndose en ese momento con las lenguas abrasadoras del fuego.

Aquella quemazón infinita me abrasó con saña.

Pudieron haber pasado segundos o días, semanas o años, pero en algún momento el tiempo volvió a adquirir significado.

Ocurrieron tres cosas a la vez, que surgieron unas de otras de modo que no tenía idea de cuál había sido la primera: el tiempo reanudó su marcha, el peso que causaba la morfina desapareció y me sentí más fuerte.

Podía sentir cómo recuperaba el control de mi cuerpo poco a poco, y esos pequeños logros fueron mis primeros indicadores del paso del tiempo. Lo supe cuando pude mover los dedos de mis pies y los de las manos, que pude convertir en puños. Lo supe, pero no hice nada.

Aunque el incendio no disminuyó un solo grado. De hecho, más bien comencé a desarrollar una nueva capacidad para experimentarlo, una nueva sensibilidad para poder apreciarlo, para percibir por separado cada una de aquellas abrasadoras lenguas de fuego que lamían mis venas. Sin embargo, pude pensar.

Recordé por qué no debía gritar. Recordé el motivo por el cual me había obligado a soportar esta agonía indescriptible. Y también me acordé de que había algo por lo que valía la pena enfrentar semejante suplicio, aunque ahora pareciera casi imposible.

Eso sucedió justo a tiempo para sostenerme cuando los pesos abandonaron mi cuerpo. Para cualquiera que me estuviera observando, no hubo cambio alguno, pero para mí, mientras luchaba por mantener los gritos a raya y aquella paliza encerrada en los límites de mi cuerpo, donde no pudiera hacer daño a nadie más, me hizo sentirme como si en vez de estar amarrada a la estaca donde ardía, me estuviera aferrando a ella para mantenerme pegada al fuego.

Sólo me quedaba fuerza para mantenerme allí, inmóvil, mientras me achicharraba viva.

El sentido del oído se aguzó más y más, y pude contar los latidos retumbantes y frenéticos de mi corazón marcando el tiempo. Podía contabilizar también la respiración superficial que jadeaba entre los dientes.

También pude contar las sordas respiraciones regulares que procedían de alguien que estaba muy cerca, a mi lado. Éstas se movían con más lentitud, así que me concentré en ellas para calcular el tiempo con más facilidad. Más regulares aun que el péndulo de un reloj, aquellas respiraciones me empujaron a través de los segundos achicharrantes hacia el final.

Continué sintiéndome más fuerte, y mis pensamientos se aclararon. Luego percibí nuevos ruidos, y me puse a escuchar.

Eran pasos ligeros, y el susurro del aire agitado por una puerta abierta. Los pasos se acercaron más y sentí presión sobre la parte interior de mi muñeca. No pude percibir la frialdad de sus dedos. La quemazón había arrasado todo recuerdo de lo que era el frescor.

—¿Todavía no hay ningún cambio?

—Ninguno.

Sentí la ligera presión de un aliento contra mi piel abrasada.

—No queda ningún resto del olor de la morfina.

—Ya lo sé.

—Bella, ¿puedes oírme?

Supe, sin lugar a dudas, que si destrababa los dientes perdería y comenzaría a gritar, a chirriar y retorcerme y sacudirme. Si abría los ojos, incluso si sólo movía un dedo de una mano, cualquier cambio fuera el que fuera, sería el final de mi autocontrol.

—¿Bella? ¿Bella, amor? ¿Puedes abrir los ojos? ¿Puedes apretarme la mano?

Una nueva presión sobre mis dedos. Me parecía aún más difícil no responder a esta voz, pero permanecí paralizada. Sabía que el dolor que se percibía en su voz no era nada comparado con el que sufriría si él se daba cuenta; porque ahora sólo *temía* que pudiera estar sufriendo.

—Quizá, Carlisle, quizá haya llegado demasiado tarde.

Su voz sonaba amortiguada y se quebró al llegar a la palabra "tarde". Mi decisión flaqueó durante un segundo.

—Escucha su corazón, Edward. Late con más fuerza que el de Emmett en su momento. Nunca había escuchado nada tan lleno de vida. Ella va a estar perfecta.

Sí, había tenido razón al permanecer quieta. Carlisle le devolvería la seguridad en sí mismo. No necesitaba sufrir conmigo.

—¿Y la… la columna?

—Sus heridas no eran peores que las de Esme, así que la ponzoña la curará igual que a ella.

—Pero está tan quieta. *Debo* haber hecho algo mal.

—O quizá algo bien, Edward. Hijo, hiciste lo mismo que yo hubiera hecho, y más. No estoy seguro de que yo hubiera tenido la persistencia, la fe necesaria para salvarla. Deja ya de reprocharte a ti mismo. Bella va a estar bien.

Se oyó un susurro quebrado.

—Debe estar pasando un verdadero calvario.

—No lo sabemos. Ha tenido una gran cantidad de morfina en su sistema y no sabemos qué efecto habrá tenido en su experiencia de transformación.

Sentí una ligera presión en el pliegue del codo y otro susurro.

—Bella, te amo. Bella, lo siento.

Deseaba tanto poder contestarle... pero no quería hacerle sentir más dolor. No mientras me quedaran fuerzas para mantenerme inmóvil.

Mientras eso sucedía, el fuego incontrolable continuó abrasándome. Pero ahora había más espacio en mi cabeza. Espacio para reflexionar sobre su conversación, para recordar lo que había ocurrido y para mirar hacia el futuro, con un espacio infinito también para sufrir por ello.

Y para preocuparme.

¿Dónde estaba mi bebé? ¿Por qué no estaba ella aquí? ¿Por qué no hablaban de ella?

—No, yo me voy a quedar aquí —susurró Edward, contestando a una pregunta que no se había formulado—. Ya se las arreglarán como puedan.

—Una situación muy interesante —replicó Carlisle—. Y yo que pensaba que ya lo había visto todo.

—Me ocuparé de eso más tarde. *Nos* ocuparemos —algo presionó suavemente mi palma abrasada.

—Estoy seguro de que entre los cinco podemos evitar que esto termine en un derramamiento de sangre.

Edward suspiró.

—No sé de qué lado ponerme. Me dan ganas de azotarlos a los dos. Bueno, más tarde.

—Me pregunto qué pensará Bella de esto... de qué lado se pondrá —musitó Carlisle.

Se oyó una risita sorda, contenida.

—Estoy seguro de que me sorprenderá. Siempre lo hace.

Los pasos de Carlisle se alejaron de nuevo y me sentí frustrada porque no explicó nada más. ¿Acaso estaban hablando de forma tan misteriosa sólo para molestarme?

Volví a contar las respiraciones de Edward para marcar el paso del tiempo.

Diez mil novecientas cuarenta y tres respiraciones más tarde, unos pasos que sonaban distintos se deslizaron con un susurro en la habitación. Más ligeros. Más... rítmicos. Era extraño que pudiera distinguir aquellas sutiles diferencias entre pasos que nunca había sido capaz de escuchar en toda mi vida.

—¿Cuánto más falta? —preguntó Edward.

—Ya no debe ser mucho —le contestó Alice—. ¿Ves cómo se le aclara la piel? La veo mucho mejor —suspiró.

—¿Todavía sientes un poco de amargura?

—Sí, y gracias por recordármelo —gruñó ella—. Tú también deberías estar avergonzado; si te dieras cuenta de que estás maniatado por tu propia naturaleza... Veo mejor a los vampiros porque soy una; también veo bien a los humanos porque fui una. Pero no puedo con esas razas mestizas porque no son nada que yo haya experimentado. ¡Bah!

—Céntrate, Alice.

—De acuerdo. Ahora Bella se ve casi demasiado bien.

Se hizo un largo silencio y después Edward suspiró. Era un sonido nuevo, más feliz.

—Parece verdad que se va recuperar —dijo luego de respirar hondo.

—Claro que sí.

—Hace dos días no eras tan optimista.

—Hace dos días no podía ver bien. Pero ahora que ella está libre de todos los puntos ciegos, es un verdadero caramelo.

—¿Podrías concentrarte un poco, por mí? Sobre el tiempo... dame una estimación.

Alice suspiró.

—Qué impaciente. Está bien; dame un segundo…

Una respiración silenciosa.

—Gracias, Alice —su voz sonó más alegre.

¿Cuánto tiempo quedaba? ¿Acaso no podían decirlo en voz alta para que pudiera enterarme? ¿Era pedir demasiado? ¿Cuántos segundos más seguiría ardiendo? ¿Diez mil? ¿Veinte? ¿Otro día más, ochenta y seis mil, cuatrocientos? ¿Más aún?

—Se va a convertir en una belleza deslumbrante.

Edward gruñó bajo.

—Siempre lo ha sido.

Alice resopló.

—Ya sabes lo que quiero decir. *Mírala*.

Edward no contestó, pero las palabras de Alice me concedieron la esperanza de que quizá no tuviera aspecto de trozo de carbón como yo creía. A mí me parecía que a estas alturas no debería ser más que una pila de huesos calcinados. Cada célula de mi cuerpo se había visto reducida a cenizas.

Escuché el aire agitarse cuando Alice se fue. Distinguí claramente el siseo de la tela cuando se movió, al rozar. Oía también, claramente, el silencioso zumbido de la luz que colgaba del techo. Escuché la ligera brisa que soplaba en el exterior de la casa. Podía percibirlo *todo*.

En el piso de abajo, alguien estaba viendo un partido de beisbol. Los Marineros ganaban por dos carreras.

—Es mi turno —oí que le decía Rosalie con brusquedad a alguien, y en respuesta recibió un gruñido bajo.

—Oye, tú —advirtió Emmett.

Alguien siseó.

Me esforcé para ver si podía oír algo más, pero no se percibía nada más que el partido. El beisbol no era suficientemente interesante para distraerme del dolor, así que volví a quedarme pendiente de las respiraciones de Edward, contando los segundos.

El daño cambió veintiún mil novecientos diecisiete y medio segundos más tarde.

Mirando el lado bueno de las cosas, pareció disminuir de las puntas de los dedos de los pies y de las manos. *Lentamente,* pero al menos era una novedad. A lo mejor esto era lo que tenía que ocurrir, que el dolor empezara a desvanecerse…

Pero después llegaron las malas noticias: el fuego de mi garganta no era igual que antes, porque ahora también me hacía sentir muerta de sed y seca como un hueso. Tan sedienta… Ardiendo por culpa del fuego y ahora también por la sed…

Y una mala noticia más: el fuego de mi corazón ardió con más virulencia.

¿Pero cómo era *posible?*

Los latidos de mi corazón, ya demasiado rápidos, incrementaron su ritmo, pues el fuego los impulsaba a una marcha casi frenética.

—Carlisle —llamó Edward. Su voz sonaba baja, pero muy clara. Supe que Carlisle podría oírla y que estaría en la casa o en sus inmediaciones.

El fuego se retiró de las palmas de mis manos, dejándolas dichosamente libres de dolor y frescas, pero se dirigió a mi corazón, que ardía con tanta fuerza como el sol y latía a una furiosa e increíble velocidad.

Carlisle entró en la habitación junto con Alice. Sus pasos eran tan distintos, que incluso podía decir que el que iba a la derecha era Carlisle, y un paso por delante de Alice.

—Escuchen —les indicó Edward.

El sonido más fuerte que se oía en la habitación era el de mi corazón desenfrenado, que latía al ritmo del fuego.

—Ah —dijo Carlisle—, ya casi termina.

El alivio que sentí ante sus palabras fue superado por el insoportable dolor de mi corazón.

Tenía las muñecas libres, y también los tobillos. El fuego se había extinguido allí por completo.

—Muy pronto —reiteró Alice con impaciencia—. Traeré a los demás. ¿Le pido a Rosalie...?

—Sí. Es preferible que mantenga al bebé alejado.

¿Qué? No. ¡No! ¿Qué significaba eso de mantener al bebé alejado? ¿En qué estaba pensando?

Se me retorcieron los dedos porque la irritación amenazó con destruir mi fachada perfecta. La habitación quedó en completo silencio mientras todos reaccionaban dejando de respirar un segundo.

Una mano apretó mis dedos desobedientes.

—¿Bella? ¿Bella, amor?

¿Podría contestarle sin gritar? Lo consideré durante un momento y entonces el fuego rasgó mi pecho, inundándolo de más calor extraído de mis codos y mis rodillas. Sería mejor no intentarlo.

—Les diré que suban ya —dijo Alice con un toque de urgencia en la voz, y escuché el siseo del aire cuando se precipitó fuera.

Y entonces... ¡Oh!

Mi corazón despegó girando como la hélice de un helicóptero, con el sonido de una sola nota sostenida. Parecía que se abriría camino a través de mis costillas. El incendio llameó en el centro de mi pecho, absorbiendo los restos de llamas de todo mi cuerpo para alimentar el más abrasador de los rescoldos. El suplicio fue tan intenso que me aturdió e hizo que me soltara de la estaca a la que había estado fuertemente agarrada.

La espalda se me arqueó, doblándome como si el fuego me estuviera alzando desde el corazón.

No dejé que ninguna otra parte de mi cuerpo se rebelara hasta que mi torso se derrumbó en la mesa.

Una batalla se inició dentro de mí: mi corazón que aceleraba contra el fuego que lo atacaba, y ambos iban perdiendo. El fuego se volvió dócil, porque ya había consumido todo lo que era combustible, y mi corazón galopaba hacia su último latido.

El fuego se encogió, concentrándose en aquel órgano que era lo último humano que quedaba en mí, con una última oleada insoportable. A esa llamarada respondió un profundo golpe sordo, que sonó como a hueco. Mi corazón tartamudeó un par de veces y después latió sordamente sólo una vez más.

Y ya no hubo ni un sonido más. Ni una respiración, ni siquiera la mía.

Durante un momento, lo único que pude comprender fue la ausencia de dolor.

Y entonces abrí los ojos y miré maravillada hacia arriba.

20. Nuevo

Se percibía todo con una inusitada claridad.

Los contornos eran precisos y definidos.

Encima de mi cabeza refulgía una luminosidad cegadora, a pesar de lo cual todavía podía ver los hilos incandescentes de los filamentos dentro del globo de la bombilla, y distinguía todos los colores del arco iris en la luz blanca, y en el borde del espectro, un octavo color cuyo nombre no conocía.

Más allá de la luz pude distinguir los granos individuales de la madera oscura en el techo que nos cubría. Debajo de él, veía las motas de polvo flotar en el aire, en aquellos lugares a los que llegaba la luz, distintos y separados de los oscuros. Giraban como pequeños planetas, moviéndose unos alrededor de los otros en un baile celestial.

El polvo era tan hermoso que inhalé sorprendida. El aire se deslizó silbando por mi garganta, haciendo girar las motas de polvo como en un embudo. Me pareció que algo estaba mal. Reflexioné y me di cuenta de que el problema era que no sentía ningún alivio al haber realizado la acción: ya no necesitaba el aire, y mis pulmones ya no me lo pedían. Es más, reaccionaban de forma diferente al llenarse.

No necesitaba el aire, pero me gustaba, porque me permitía saborear la habitación que me rodeaba, aquellas encantadoras motas de polvo, la mezcla del aire viciado con el flujo de una brisa ligeramente más fresca que venía de la puerta abierta. Probé también un olorcillo suntuoso a seda. De igual modo percibí el gusto tenue de algo cálido y deseable, algo que podría ser húmedo, pero que no lo era... Ese olor hizo que la garganta me ardiera por la sequedad, como un ligero eco del ardor de la ponzoña, aunque estuviera mezclado con el tufo penetrante del cloro y el amoniaco. Y por encima de todo pude saborear un aroma mezcla de miel, lilas y sol, que era el que predominaba sobre todos. El más cercano a mí.

Escuché el sonido de los demás, que volvían a respirar de nuevo ya que yo también lo había hecho. Su aliento se mezcló con el de miel, lilas y luz de sol, mostrando otros ingredientes. Canela, jacinto, pera, agua salada, pan fermentado, pino, vainilla, cuero, manzana, musgo, lavanda, chocolate... Necesité hacer más de una docena de comparaciones en mi mente, aunque ninguna encajaba a la perfección; era algo tan dulce y agradable...

La televisión del piso inferior estaba apagada, y escuché a alguien, ¿a Rosalie?, cambiar su peso de un pie a otro en la planta baja.

También escuché un tenue ritmo como golpeteo, mientras una voz replicaba con enfado al sonido. ¿Música de rap? Me sentí desconcertada durante un momento, y después el sonido se desvaneció como si fuera el de un coche que pasara con las ventanillas bajadas.

Con un respingo, me di cuenta de que seguramente eso era. ¿Acaso podía oír la carretera desde aquí?

No me di cuenta de que alguien me sujetaba la mano hasta que ese alguien me la apretó con dulzura. Del mismo modo que antes había tenido que ocultar el dolor, mi cuerpo se cerró de nuevo debido a la sorpresa. Ése no era el contacto que había esperado. La piel era suave, pero la temperatura estaba equivocada, porque no era fría.

Después de ese primer segundo de sorpresa que me paralizó, mi cuerpo respondió al tacto poco familiar de un modo que me chocó aún más.

El aire siseó por mi garganta y salió disparado entre mis dientes apretados con un ruido sordo y amenazante que sonó como el de un enjambre de abejas. Antes de que el sonido se apagara, mis músculos se agruparon y arquearon, reaccionando para alejarse de lo desconocido. Giré sobre mi espalda tan rápidamente que debería haber convertido la habitación en un borrón incomprensible, pero no fue así. Seguí viendo cada una de las motas de polvo, cada astilla de las paredes cubiertas de paneles de madera, cada hilo suelto con detalles tan microscópicos que también mis ojos giraron.

Reaccioné a la defensiva y me agazapé, pegada a la pared, hasta que unas décimas de segundo más tarde comprendí qué me había asustado y por qué había tenido una reacción tan exagerada.

Oh. Claro. Edward ya no me daría la sensación de estar frío. Ahora ambos teníamos la misma temperatura.

Mantuve la postura durante una décima de segundo más, adaptándome a la escena que tenía ante mí.

Edward estaba inclinado sobre la mesa de operaciones que se había convertido en mi hoguera, con la mano extendida hacia mí y la expresión llena de ansiedad.

El rostro de Edward era lo más importante para mí, pero mi visión periférica clasificó todo lo demás, sólo por si acaso. Algún extraño instinto defensivo se había disparado en mí, y automáticamente busqué algún signo de peligro.

Mi familia de vampiros esperaba con cautela contra la pared más alejada de la puerta, con Emmett y Jasper al frente. Como si realmente hubiera algún peligro. Las aletas de mi nariz se agitaron, buscando la amenaza. No podía oler nada que estuviera fuera de lugar. El tenue resto del aroma de algo delicioso, pero estropeado por el olor de fuertes productos químicos, hormigueó de nuevo en mi garganta, dejándola ardiente y dolorida.

Alice miraba desde detrás del codo de Jasper con una gran sonrisa en el rostro; la luz brillaba en sus dientes, como un arco iris de ocho colores.

Aquella sonrisa me tranquilizó y entonces todas las piezas encajaron. Acababa de comprender que Jasper y Emmett estaban delante de todos los demás para protegerlos. Lo que no había captado al principio es que el peligro era yo.

Pero todo esto era un asunto colateral. La mayor parte de mis sentidos y mi mente todavía estaban concentrados en el rostro de Edward.

Nunca lo había visto así antes.

¿Cuántas veces me había quedado mirando a Edward y me había maravillado de su belleza? ¿Cuántas horas, días, semanas de mi vida había pasado soñando con lo que entonces yo había considerado perfección? Creía que conocía su rostro mejor que el mío. Había pensado que ésa era la única verdad física de mi mundo entero: la perfección absoluta del rostro de Edward.

Pero era como si en realidad hubiera estado ciega.

Por primera vez, habiendo sido eliminadas de mis ojos las sombras borrosas y las limitantes debilidades de mi condición humana, vi su rostro. Jadeé y después luché con mi vocabulario, porque era incapaz de hallar las palabras apropiadas. Necesitaba palabras mejores.

Al llegar a este punto, la otra parte de mi mente había comprobado que no había aquí ningún otro peligro que no fuera yo, así que abandoné mi postura agazapada y me erguí. Había pasado casi un segundo entero desde que aún estaba sobre la mesa de operaciones.

De momento, lo que más me preocupaba era la forma en que se movía mi cuerpo. En el instante en que había considerado la idea de ponerme derecha, ya estaba erguida. No había un fragmento de tiempo entre concebir la idea y realizarla: la transición se producía instantáneamente, como si no hubiera habido ningún tipo de movimiento.

Continué mirando fijamente el rostro de Edward, nuevamente inmóvil.

Lentamente rodeó la mesa, y cada paso le llevó apenas medio segundo, fluyendo sinuosamente, como el agua de un río sobre las piedras de contornos suaves del fondo y con la mano aún extendida.

Observé la gracia de su avance, absorbiéndola con mis nuevos ojos.

—¿Bella? —preguntó con un tono de voz bajo, tranquilizador, aunque la preocupación teñía mi nombre de tensión.

No pude contestar de inmediato por hallarme perdida en las capas de terciopelo de su voz. Era la sinfonía más perfecta, una de un solo instrumento, el más profundo jamás creado por el hombre...

—¿Bella, amor? Lo lamento, sé que uno se siente desorientado, pero estás bien y luego todo va a ir mejor.

¿Todo? Mi mente giró, regresando en una espiral cerrada a mi última hora como humana. El recuerdo parecía ya tenue, como si lo viera a través de un espeso velo oscuro, debido a que mis ojos humanos habían estado medio ciegos. Ahora todo se veía tan borroso...

Cuando él decía que todo iba a estar bien, ¿eso incluía a Renesmee? ¿Dónde estaba ella? ¿Con Rosalie? Intenté recordar su rostro; ya sabía que era muy hermoso, pero era irritante intentar verlo a través de mis recuerdos humanos. Su rostro estaba envuelto en la oscuridad, tan pobremente iluminado...

¿Y Jacob? ¿Estaba bien? Mi mejor amigo, después de haber sufrido tanto, ¿me odiaba ahora? ¿Había regresado con la manada de Sam? ¿Y Seth y Leah también?

¿Los Cullen estaban a salvo o mi transformación había encendido una guerra con la manada? ¿La total seguridad en sí mismo que mostraba Edward en realidad buscaba tapar todo eso? ¿Estaba simplemente intentando calmarme y nada más?

¿Y Charlie? ¿Qué le iba a decir ahora? Debe haber estado llamando mientras ardía. ¿Qué le habían contado? ¿Qué pensaba él que me había ocurrido?

Mientras yo deliberaba en una centésima de segundo qué pregunta formular en primer lugar, Edward levantó la mano con vacilación y me acarició la mejilla con las yemas de los dedos. Era suave como el satín, suave como una pluma y ahora se ajustaba exactamente a la temperatura de mi piel.

Su tacto parecía atravesar en un barrido la superficie de mi piel, justo hasta los huesos de mi cara. La sensación era de cosquilleo, eléctrica y saltaba a través de mis huesos, bajándome por la columna hasta alojarse temblando en mi estómago.

Un momento, pensé cuando el temblor floreció y se convirtió en una calidez, un anhelo ¿No se suponía que esto tenía que perderse? ¿Desprenderse de estas sensaciones no era una parte del trato?

Era un vampiro neonato; de hecho, la sequedad, el dolor abrasador que sentía en la garganta eran prueba de ello. Y sabía lo que conllevaba serlo. En algún momento las emociones y deseos humanos regresarían de alguna forma para ser parte de mí, pero yo había asumido que no las sentiría desde el principio. Sólo sed. Ése era el trato, el precio que yo había aceptado pagar.

Pero cuando la mano de Edward se curvó hasta adoptar la forma de mi rostro como acero cubierto de raso, el deseo corrió por mis venas resecas, cantando desde el cráneo hasta la punta de los dedos de mis pies.

Él arqueó una ceja perfecta, esperando a que dijera algo.

Yo lancé mis brazos en torno a su cuerpo.

Nuevamente, me pareció que no se había producido ningún movimiento. En un momento yo estaba erguida e inmóvil como una estatua, y en el mismo instante lo tenía entre mis brazos.

Mi primera percepción fue de calor, o al menos eso me pareció. Y luego, aquel dulce aroma delicioso que nunca había sido capaz de disfrutar realmente con mis débiles sentidos humanos, pero que era el uno por ciento de Edward. Presioné el rostro contra su pecho suave.

Y entonces él cambió la distribución de su peso, incómodo, y se apartó de mi abrazo. Me quedé mirándolo fijamente a la cara, confundida y asustada por su rechazo.

—Hum... Ten cuidado, Bella. Ay.

Bajé los brazos y los puse detrás de mi espalda tan pronto comprendí.

Ahora era demasiado fuerte.

—Ups —dije apenas sin hacer sonido, sólo con un movimiento de labios.

Él esbozó esa clase de sonrisa que me hubiera detenido el corazón si aún siguiera latiendo.

—Que no te dé un ataque de pánico ahora, amor —repuso, alzando la mano para tocar mis labios, separados en una mueca horrorizada—. Simplemente en este momento eres un poco más fuerte que yo.

Fruncí las cejas hasta que se unieron. Ya sabía eso también, pero me parecía totalmente surrealista, más que cualquier otra cosa igual de increíble de las que me estaban ocurriendo últimamente. Era más fuerte que Edward. Había hecho que exclamara "ay".

Su mano acarició de nuevo mi mejilla y yo olvidé mi angustia por completo, porque otra ola de deseo recorrió mi cuerpo inmóvil.

Estas emociones eran mucho más intensas que aquellas a las que estaba acostumbrada, y era difícil concentrarse en un solo hilo de pensamientos a pesar del espacio extra que había en mi cabeza. Cada nueva sensación me embargaba por completo. Recordé que Edward me había dicho alguna vez, aunque entonces su voz era una débil sombra de la claridad cristalina y musical de la de ahora, que su especie, *nuestra* especie, se distraía con facilidad. Ahora entendía por qué.

Hice un esfuerzo coordinado para concentrarme. Había algo que quería decir, lo más importante.

Muy cuidadosamente, con tanto cuidado que el movimiento apenas se notó, saqué el brazo derecho de detrás de mi espalda y alcé la mano para tocar su mejilla. No permití que el color perlado de mi mano, la suave seda de su piel o la descarga eléctrica que silbaba en la punta de mis dedos desviara mi atención.

Clavé mis ojos en los suyos y escuché mi voz por primera vez.

—Te amo —le dije, pero sonó como si lo hubiera cantado. Mi voz repicaba y resplandecía como la de una campana.

La sonrisa con que me respondió me encandiló mucho más que cuando era humana, porque ahora podía verlo de verdad.

—Como yo a ti —contestó él.

Tomó mi rostro entre sus manos e inclinó el suyo hacia el mío, con la lentitud suficiente para recordarme que debía tener cuidado. Me besó, con la suavidad de un suspiro al principio y después con una fuerza repentina, con fiereza. Intenté recordar que debía ser cuidadosa con él, pero era muy difícil hacer memoria de cualquier cosa bajo el asalto de la sensación, muy difícil mantener cualquier tipo de pensamiento coherente.

Era como si nunca antes me hubiera besado, como si fuera nuestro primer beso. Y la verdad, jamás me había besado así antes.

Casi me hizo sentir culpable. Seguramente estaba rompiendo alguna cláusula del contrato, porque se suponía que tampoco tendría esto.

Aunque ahora no necesitaba oxígeno, mi respiración cobró velocidad, se aceleró tanto como cuando me estaba quemando, aunque éste era un tipo de fuego distinto.

Alguien carraspeó. Emmett. Reconocí el sonido profundo a la primera, burlón y enojado a la vez.

Se me había olvidado que no estábamos solos. Y entonces me di cuenta de que la forma en que mi cuerpo se incrustaba en el de Edward no era exactamente el apropiado cuando se tiene compañía.

Avergonzada, di un paso hacia atrás con otro movimiento instantáneo.

Edward se echó a reír entre dientes y dio el paso conmigo, manteniendo sus brazos firmemente apretados en torno a mi cintura. Su rostro relucía, como si hubiera una llama blanca detrás de su piel diamantina.

Inhalé una bocanada de aire innecesaria para recuperarme.

¡Qué diferente era esta forma de besar! Leí su expresión mientras comparaba mis confusos recuerdos humanos con esta clara e intensa sensación. Él parecía... orgulloso de sí mismo.

—Te has estado conteniendo por mí —lo acusé con mi voz cantarina, con los ojos un poco entrecerrados.

Él soltó una carcajada, radiante de alivio porque ya todo había pasado, el miedo, el dolor, las inseguridades, la espera, todo estaba ya a nuestras espaldas.

—Entonces era necesario —me recordó él—. Ahora es tu turno de no hacerme pedazos —y se echó a reír de nuevo.

Puse mala cara cuando pensé en ello, y entonces no fue sólo Edward el que se echó a reír.

Carlisle dio un paso rodeando a Emmett y caminó hacia mí con rapidez; sus ojos tenían una ligera expresión precavida, pero Jasper se movió detrás de él como si fuera su sombra. Nunca había visto realmente el rostro de Carlisle antes, al menos no de verdad. Sentí una extraña necesidad de parpadear, porque era como mirar al sol.

—¿Cómo te sientes, Bella? —me preguntó Carlisle.

Lo pensé durante una milésima de segundo.

—Abrumada. Hay *demasiado*... —mi voz se desvaneció, con su tono como de campanillas.

—Sí, puede llegar a ser bastante confuso.

Asentí con un rápido movimiento de cabeza, nervioso.

—Pero sigo sintiéndome yo misma, o al menos algo parecido. No esperaba esto.

Los brazos de Edward se apretaron un poco más alrededor de mi cintura.

—Te lo dije —me susurró.

—Estás muy controlada —reflexionó Carlisle—. Mucho más de lo que yo esperaba, incluso con todo el tiempo que tuviste para prepararte mentalmente.

Pensé en los violentos cambios de humor, la dificultad para concentrarme y murmuré.

—No estoy tan segura de eso.

Él asintió con seriedad y sus ojos como joyas relumbraron interesados.

—Me parece que esta vez hicimos algo bien con la morfina. Dime, ¿qué recuerdas del proceso de transformación?

Yo dudé, muy consciente de cómo el aliento de Edward me rozaba la mejilla, enviando chispas eléctricas por toda mi piel.

—Todo lo recuerdo... muy borroso. Recuerdo que el bebé no podía respirar...

Miré a Edward, momentáneamente asustada por la imagen.

—Renesmee está sana y muy bien —me aseguró, con un resplandor que jamás había visto en sus ojos. La nombró con fervor, como con reverencia. Del mismo modo que la gente devota habla de sus dioses—. ¿Qué recuerdas después de eso?

Me concentré en mantener una expresión inescrutable. Las mentiras nunca habían sido mi fuerte.

—No es fácil acordarse. Estaba todo tan oscuro. Y entonces... abrí los ojos y pude verlo *todo*.

—Sorprendente —musitó Carlisle, con los ojos iluminados.

El disgusto me invadió por todos lados y esperé que el calor inundara mis mejillas y me pusiera en evidencia. Luego recordé que nunca volvería a ruborizarme. Tal vez eso sirviera para proteger a Edward de la verdad.

Pero tenía que encontrar la manera de decirle a Carlisle. Algún día, por si necesitaba crear un nuevo vampiro. Esa posibilidad parecía muy lejana, lo cual me hizo sentir mejor a pesar de la mentira que acababa de contar.

—Quiero que pienses, que me cuentes todo lo que recuerdes —me presionó Carlisle, entusiasmado, y no pude evitar la mueca que contrajo mi rostro. No quería seguir mintiéndole, porque probablemente terminaría descubriéndome. Y además no quería pensar en la quemazón. A diferencia de mi memoria humana, esta parte estaba perfectamente clara y noté que podía recordarla con una precisión indeseada—. Oh, lo lamento tanto, Bella —se disculpó Carlisle rápidamente—. Seguramente te sientes muy incómoda por la sed. Esta conversación puede esperar.

Hasta que él no lo mencionó, la sed no me pareció particularmente difícil de manejar. Había tanto espacio en el interior de mi cabeza. Una parte separada de mi cerebro vigilaba el ardor de mi garganta, casi como un acto reflejo. Del mismo modo que mi viejo cerebro se las había arreglado con la respiración y el parpadeo.

Pero la suposición de Carlisle trajo esa quemazón a la parte central de mi mente. De pronto no fui capaz de pensar más que en el dolor y la sequedad, y mientras más lo contemplaba, más me dolía. Mi mano voló hacia mi garganta, donde se pegó, adaptándose a ella, como si de ese modo pudiera sofocar las llamas desde el exterior. Sentía la piel del cuello extraña bajo mis dedos, tan suave que parecía blanda; sin embargo, era dura como la piedra.

Edward dejó caer los brazos y me tomó de la otra mano, tirando de ella con ternura.

—Vamos a cazar, Bella.

Los ojos se me abrieron como platos y el dolor de la sed cedió, mientras la sorpresa lo sustituía. *¿Yo? ¿Cazando? ¿Con Edward? Pero… ¿cómo?* No sabía qué hacer.

Él leyó la alarma en mi expresión y sonrió dándome ánimos.

—Es muy fácil, amor, casi instintivo, así que no te preocupes, yo te enseñaré cómo —al ver que no me movía, torció la sonrisa y alzó las cejas—. Tenía la impresión de que siempre habías querido verme cazar.

Me eché a reír con una súbita explosión de buen humor (parte de mí aún atendía maravillada al sonido como de repique de campanas) mientras sus palabras me recordaban una nube brumosa de conversaciones humanas. Y me tomó todo un segundo recorrer con rapidez en mi mente aquellos primeros días con Edward, el verdadero comienzo de mi vida, para no olvidarlos nunca. No había esperado que me resultara tan incómodo recordar. Era como intentar buscar algo en medio del agua turbia. Ya sabía por la experiencia de Rosalie que si pensaba a menudo en mis recuerdos humanos, no los perdería con el paso del tiempo. No quería olvidar uno solo de los minutos que había pasado con Edward, ni siquiera ahora, cuando la eternidad se extendía ante nosotros. Debía buscar la manera de asegurarme de que aquellos recuerdos humanos quedaran pegados con cemento en mi infalible mente de vampira.

—¿Vamos? —me preguntó Edward, y alzó la mano para tomar la mía, que aún reposaba en mi cuello. Sus dedos acariciaron mi garganta—. No quiero que le hagas daño a nadie —añadió en un murmullo sordo. Eso también era algo que no había pensado que podría escuchar.

—Estoy bien —le contesté para no variar mi hábito humano—. Espera. Hay otra cosa primero.

En realidad no era una cosa, sino tantas. No había podido hacer mis preguntas porque había cosas más importantes que el dolor.

Esta vez fue Carlisle el que habló.

—¿Sí?

—Quiero verla, a Renesmee.

Era extrañamente difícil decir su nombre. *Mi hija*; incluso era complicado pensar estas palabras. Todo parecía tan lejano. Intenté recordar cómo me había sentido hacía tres días, y automáticamente mi mano se liberó de la de Edward y se posó sobre mi vientre.

Estaba plano, vacío. Estrujé la seda pálida que me cubría la piel, sintiendo de nuevo aquel pánico, mientras una parte insignificante de mi mente registraba el hecho de que Alice debía haberme cambiado de ropa.

Sabía que ya no había nada en mi interior y recordaba lejanamente la escena de la sangrienta extracción, pero la prueba física todavía era difícil de asumir. Todo lo que sabía hacer era seguir amando a mi pequeña pateadora dentro de mí. En el exterior parecía como algo que fuera producto de mi imaginación. Una fantasía elusiva, un sueño que era a medias una pesadilla.

Edward y Carlisle intercambiaron miradas aprehensivas mientras yo luchaba por salir de mi confusión. Los descubrí.

—¿Qué? —exigí saber.

—Bella —comenzó Edward con voz tranquilizadora—, no es una buena idea. Ella es medio humana, amor. Su corazón late y corre sangre por sus venas. No querrás ponerla en peligro hasta que no hayas controlado tu sed de verdad, ¿o sí?

Puse mala cara. Claro que no quería eso.

¿Acaso estaba fuera de control? Confundida, puede que sí. Me desconcentraba con facilidad, eso también, pero, ¿peligrosa? ¿Para ella? ¿Para mi hija?

No estaba completamente segura de que la respuesta fuera no, así que tendría que ser paciente. Eso sonaba difícil, porque hasta que no la viera de nuevo, no sería algo real para mí, sólo un sueño que se desvanece... de una extraña...

—¿Dónde está? —escuché con atención y entonces oí el corazón que latía en el piso que estaba debajo de nosotros.

Podía oír la respiración de más de una persona, silenciosa, como si ellos también estuvieran escuchando. También se oía un fuerte latido, como el de un tambor, que no lograba ubicar...

Y el latido de aquel corazón sonaba tan húmedo y atractivo que se me empezó a hacer agua la boca.

Así que sin duda tendría que aprender a cazar antes de ver a mi bebé, que era como una extraña.

—¿Está con Rosalie?

—Sí —respondió Edward contrariado, y me di cuenta de que había pensado en algo que le molestaba. Yo creía que él y Rosalie habían superado sus diferencias, aunque, ¿habían vuelto a sentir desagrado el uno por el otro? Antes de que pudiera preguntar, él apartó mis manos de mi barriga plana y me jaló cariñosamente otra vez.

—Espera —protesté de nuevo, intentando concentrarme— ¿Y qué pasa con Jacob? ¿Y con Charlie? Cuéntenme todo lo que me he perdido. ¿Cuánto tiempo he estado... inconsciente?

Edward no pareció darse cuenta de que había vacilado en la última palabra. En cambio, estaba intercambiando otra mirada preocupada con Carlisle.

—¿Pasa algo malo?

—Nada está *mal* —contestó Carlisle, enfatizando la última palabra de un modo extraño—. Nada ha cambiado sustancialmente, la verdad, y tú sólo has estado sin conciencia durante unos días. Ha sido bastante rápido, si se tiene en cuenta lo que suelen tardar estas cosas. Edward hizo un trabajo excelente, bastante innovador: inyectar la ponzoña directamente en el corazón fue idea suya —hizo una pausa para sonreír orgullosamente a su hijo y después suspiró—. Jacob sigue por aquí, y Charlie cree que sigues enferma. Le dijimos que en estos momentos estás en Atlanta, realizándote algunas pruebas en el Centro para el Control y la Prevención de Enfermedades. Le dimos un número equivocado y se siente frustrado. Ha estado hablando con Esme.

—Debería llamarle… —murmuré para mis adentros, pero al escuchar mi propia voz comprendí la dificultad que esto implicaría, porque no la reconocería y no lo tranquilizaría. Y entonces resurgió la sorpresa anterior—. Espera un momento… ¿Jacob todavía está aquí?

Intercambiaron otra mirada.

—Bella —intervino Edward con rapidez—. Hay muchas cosas en qué pensar, pero primero tenemos que encargarnos de ti. Debes estar pasándola mal…

Cuando señaló ese hecho, recordé la quemazón en mi garganta y tragué con dificultad.

—Pero Jacob…

—Tenemos todo el tiempo del mundo para las explicaciones, cariño —me recordó con dulzura.

Claro. Podía esperar un poco más para obtener las respuestas, y me resultaría más fácil escuchar cuando el fiero dolor que me producía aquella sed ardiente no dispersara mi concentración.

—De acuerdo.

—Espera, espera, espera —gorjeó Alice desde el umbral. Bailoteó avanzando hacia el centro de la habitación, graciosa y con aspecto soñador. Como me había sucedido con Edward y Carlisle, me quedé atónita al verla realmente por primera vez. Era tan encantadora—. ¡Me prometiste que yo estaría presente la primera vez! ¿Y qué pasa si corren cerca de algo que sea reflejante?

—Alice… —protestó Edward.

—¡Sólo me tomará un segundo! —y con esa afirmación, Alice salió disparada de la habitación.

Edward suspiró.

—¿De qué habla?

Pero Alice ya estaba de vuelta, trayendo desde la habitación de Rosalie un enorme espejo de marco dorado que tenía casi dos veces su altura y varias veces su ancho.

Apenas había notado la presencia de Jasper hasta este momento, pues había permanecido tan inmóvil y silencioso que no me fijé en él hasta que siguió a Carlisle. Se movió alrededor de Alice con idéntico sigilo, sin apartar los ojos de la expresión de mi rostro. Allí el peligro era yo.

Supuse que también estaría comprobando el estado de ánimo a mi alrededor, así que debió percibir la sorpresa que experimenté mientras estudiaba su rostro, mirándolo atentamente por primera vez.

Las cicatrices de su vida anterior entre los ejércitos de neófitos en el sur eran casi invisibles a mis imperfectos ojos humanos. Sólo habría podido percibirlas usando una luz intensa para darles relieve; únicamente de ese modo habría sabido de su existencia.

Ahora que podía ver de verdad, las cicatrices eran el rasgo dominante de Jasper. Era difícil apartar la mirada de su cuello y su mandíbula destrozados, y era difícil creer que incluso un vampiro hubiera podido sobrevivir a todas aquellas marcas de dientes que le marcaban la garganta.

Instintivamente, me puse tensa para defenderme. Cualquier vampiro que viera a Jasper habría experimentado la misma reacción. Las cicatrices eran como un anuncio luminoso que avisaba "peligro". ¿Cuántos vampiros habían intentado matar a Jasper? ¿Cientos, miles? El mismo número que sin duda había muerto en el intento.

Jasper vio y sintió mi reconocimiento, mi cautela y sonrió con gesto irónico.

—Edward me regañó por no haberte puesto frente a un espejo antes de la boda —dijo Alice, distrayendo mi atención de su aterrador amante—. Y esta vez no volverá a hacerlo.

—¿Te regañé? —preguntó Edward con escepticismo, levantando una ceja.

—Quizá estoy exagerando un poco —murmuró ella con aire ausente, mientras giraba el espejo para que pudiera mirarme.

—Yo más bien diría que esto sólo tiene que ver con tu propia satisfacción de *voyeur* —contraatacó él.

Alice le guiñó un ojo.

Sólo registré ese intercambio con la menor parte de mi cerebro. La extraña criatura que veía en el cristal era indescriptiblemente hermosa, tanto como Alice o Esme en todos sus detalles. Su contorno era fluido incluso en reposo, y su rostro impecable era pálido como la luna contra el marco de su cabellera espesa y oscura. Tenía las extremidades esbeltas y fuertes, y su piel relucía sutilmente, luminosa como una perla.

Su segunda reacción fue de horror.

¿Quién era ella? A primera vista no podía encontrar mi propio rostro en los suaves planos perfectos de sus rasgos. ¡Y sus ojos! Aunque sabía que debía esperarlo, esos ojos hacían que me recorriera un escalofrío de terror.

Mientras yo me estudiaba en el espejo y reaccionaba de este modo, su rostro se mantuvo perfectamente sereno, como la estatua de una diosa. Sin mostrar nada de la agitación que se revolvía en mi interior. Y entonces se movieron sus labios llenos.

—¿Y estos ojos? —susurré, sin la más mínima gana de decir "mis ojos"—. ¿Cuánto tiempo estarán así?

—Se oscurecerán en unos cuantos meses —repuso Edward con una voz dulce, consoladora—. La sangre animal diluye el color con más rapidez que una dieta de sangre humana. Primero se volverán de color ambarino y más tarde, dorados.

¿Que mis ojos centellearían con estas despiadadas llamas rojas durante *meses*?

—¿Meses? —el tono de mi voz se elevó una octava a causa de la tensión. En el espejo, aquellas cejas perfectas se arquearon con incredulidad sobre los relumbrantes ojos escarlatas, más brillantes que los que jamás había visto en mi vida.

Jasper dio un paso adelante, alarmado por la intensidad de mi repentina ansiedad. Lo cierto es que conocía a los jóvenes vampiros demasiado bien, así que, ¿presagiaría esta emoción algún mal paso por mi parte?

Nadie contestó a mi pregunta. Yo aparté la mirada hacia Edward y Alice. Ambos tenían los ojos ligeramente desenfocados, en reacción a la inquietud de Jasper, pendientes de lo que la había causado, escudriñando el futuro inmediato.

Inhalé otra profunda bocanada de aire, totalmente innecesario.

—No, estoy bien —les aseguré. Mis ojos se desplazaron desde la extraña del espejo hacia ellos y nuevamente hicieron el mismo recorrido—. Es sólo que… es muy difícil hacerse a la idea.

Jasper frunció el ceño, poniendo de relieve las dos cicatrices que tenía sobre el ojo izquierdo.

—No lo sé —murmuró Edward.

La mujer del espejo puso mala cara.

—¿Qué pregunta me perdí?

Edward sonrió ampliamente.

—Jasper se pregunta cómo lo haces.

—¿Cómo hago qué?

—Controlar tus emociones, Bella —respondió Jasper—. Nunca había visto a un neonato hacer eso, frenar una emoción en seco de ese modo. Estabas molesta, pero cuando viste nuestra preocupación te detuviste y recobraste el control sobre ti misma. Yo estaba preparado para ayudar, pero no lo has necesitado.

—¿Y eso está mal? —inquirí. Automáticamente mi cuerpo se puso rígido, esperando el veredicto.

—No —repuso, pero su voz sonaba insegura.

Edward deslizó su mano a lo largo de mi brazo, como si intentara animarme a que me relajara.

—Impresiona mucho, Bella, porque no lo entendemos. No sabemos cuanto durará.

Reflexioné durante una milésima de segundo. ¿Acaso en cualquier momento podría morder a alguien? ¿Convertirme en un monstruo?

No lo veía venir por ningún lado. Tal vez no había manera de anticiparse a una cosa como esa.

—Pero, ¿qué opinas? —preguntó Alice, algo impaciente, señalando el espejo.

—No estoy segura —repliqué, intentando evitar el tema y sin querer admitir lo asustada que estaba en realidad.

Me quedé mirando a aquella hermosa mujer con esos ojos tan terroríficos, intentando encontrar en ella algún rastro de mí. Había algo en la forma de sus labios, si dejabas a un lado la belleza impactante, y era verdad que el labio superior estaba un poco desequilibrado, un poco demasiado lleno como para encajar perfectamente en el inferior. Encontrar ese rasgo familiar me hizo sentir un poquito mejor. Quizá también estaba por ahí el resto de mi persona.

Alcé la mano a modo de experimento, y la mujer del espejo copió mi movimiento, tocándose también su rostro. Sus ojos de color escarlata me observaban con cautela.

Edward suspiró.

Trasladé la mirada de ella a él, alzando una ceja.

—¿Decepcionado? —le pregunté, con mi voz cantarina impasible.

Él se echó a reír.

—Sí —admitió.

Sentí que la conmoción quebraba la máscara perfecta de mi rostro, seguida inmediatamente del dolor de la herida.

Alice gruñó. Jasper se inclinó de nuevo hacia delante, esperando que saltara para morder.

Pero Edward los ignoró y envolvió apretadamente en sus brazos mi nueva forma paralizada, presionando sus labios contra mi mejilla.

—Más bien esperaba ser capaz de leer tu mente, ahora que se parece más a la mía —murmuró—. Y aquí estoy, frustrado como siempre, preguntándome qué se estará fraguando dentro de tu cabeza.

De repente me sentí mucho mejor.

—Ah, bueno —repuse con ligereza, aliviada de que mis pensamientos continuaran siendo sólo míos—. Supongo que mi cerebro nunca funcionará bien, pero al menos soy bonita.

Me iba resultando cada vez más fácil bromear con él mientras me adaptaba, y también pensar correctamente. Volver a ser yo misma.

Edward gruñó en mi oreja.

—Bella, tú *nunca* has sido sólo bonita.

Entonces, su rostro se apartó del mío y suspiró.

—De acuerdo, de acuerdo —le replicó a alguien.

—¿Qué? —pregunté.

—Estás poniendo a Jasper más nervioso cada minuto que pasa. No se va a relajar un poco hasta que no hayamos ido a cazar.

Observé la expresión preocupada de Jasper y asentí. No quería morder a nadie aquí, si es que el momento se estaba acercando. Mejor estar rodeada de árboles que de familia.

—Esta bien, vámonos de cacería —acepté, mientras mi estómago se estremecía con un escalofrío producido por los nervios y la anticipación. Me solté de los brazos de Edward, que aún me envolvían, y tomando una de sus manos le di la espalda a la extraña belleza del espejo.

21. La primera cacería

—¿Por la ventana? —inquirí mientras miraba hacia abajo desde la planta alta.

Nunca me había asustado la altura, pero poder ver todos los detalles con tanta claridad hacía que la perspectiva fuera menos atractiva. Los ángulos de las rocas que se extendían abajo se veían más agudos de lo que había imaginado.

Edward sonrió.

—Es la salida más conveniente. Si tienes miedo, puedo cargarte.

—¿Tenemos toda la eternidad por delante y a ti te preocupa el tiempo que perderemos si salimos por la puerta de atrás?

Él frunció un poco el ceño.

—Renesmee y Jacob están en la planta baja...

—Ah.

Claro, debía mantenerme lejos de los olores que podrían disparar mi lado salvaje ahora que yo era el monstruo, en especial, de la gente que amaba, incluyendo a aquellos que aún no conocía.

—¿Renesmee está... bien... con Jacob ahí abajo? —susurré. Un poco tarde me di cuenta de que debía ser el corazón de Jacob el que había escuchado allí abajo. Me puse a escuchar con toda atención, pero sólo se distinguía un pulso rápido—. No creo que ella le agrade mucho.

Los labios de Edward se tensaron de una manera extraña.

—Confía en mí; ella está completamente a salvo. Sé perfectamente lo que está pensando Jacob.

—Claro —murmuré y miré de nuevo hacia el suelo.

—¿Estás agobiada?

—Un poco. No sé cómo...

Estaba muy consciente de la presencia de toda la familia allí a mis espaldas, observando en silencio. O de la mayoría. Emmett ya había empezado a reírse entre dientes una vez, para que yo no lo oyera. Si cometía un solo error, se revolcaría en el suelo de la risa. Y entonces empezarían los chistes sobre el único vampiro torpe del mundo...

Por otra parte, Alice debía haber aprovechado que la quemazón me había dejado aturdida y no podía darme cuenta de que me ponía aquel vestido: no era lo que una se habría puesto para saltar o cazar. ¿Una cosa de seda color azul hielo tan ajustada? ¿Para qué pensaba ella que iba a necesitar esto? ¿Acaso luego habría un coctel?

—Mira cómo lo hago —dijo Edward y entonces, sin esfuerzo aparente, dio un paso hacia delante desde la alta ventana abierta y saltó.

Observé cuidadosamente, analizando el ángulo en que dobló las rodillas para absorber el impacto. El sonido de su aterrizaje fue muy suave, un golpe sordo que podía haber sido igual que el de una puerta que se cierra despacio o un libro que se deja en una mesa con suavidad.

No *parecía* difícil.

Apreté los dientes mientras me concentraba e intenté copiar su paso casual hacia el vacío.

¡Ja! Me acerqué tan despacio al suelo que no tuve problema alguno en posicionar bien los pies, y entonces me di cuenta...

Pero, pero ¡¿qué zapatos me había puesto Alice?! ¿Cómo se le ocurría elegir unos con tacón de aguja? Esa mujer había enloquecido. El único problema a la hora de hacer contacto con el suelo fue colocar aquellos estúpidos zapatos de tal forma que el aterrizaje no fuera diferente de lo que es avanzar un paso en una superficie plana.

Absorbí el impacto del golpe con los talones porque no quería romper los finos tacones, y me salió tan suave como a él. Le sonreí con ganas.

—Muy bien. Qué fácil.

Él me devolvió la sonrisa.

—¿Bella?

—¿Sí?

—Lo hiciste con mucha agilidad, incluso para un vampiro.

Reflexioné en ello durante un momento, y después sonreí abiertamente. Si sólo lo hubiera dicho por decirlo, Emmett estaría partiéndose de risa. Pero a nadie le pareció gracioso su comentario, así que debía haber sido cierto. Era la primera vez que alguien me aplicaba la palabra "ágil" en toda mi vida… o bueno, en toda mi existencia.

—Gracias —le contesté.

Entonces me quité los zapatos de satín plateado uno después del otro y los lancé hacia lo alto a través de la ventana abierta. Quizá con un poco más de fuerza que la necesaria, pero oí que alguien los atrapaba antes de que estropearan los paneles de madera.

Alice gruñía.

—Su sentido de la moda no parece haber mejorado tanto como su equilibrio.

Edward me tomó de la mano y yo no pude menos que maravillarme de la suavidad y la agradable temperatura de su piel.

Después nos lanzamos a través del patio trasero hacia la orilla del río. Yo lo seguí sin tener que hacer grandes esfuerzos. El aspecto físico de todo esto estaba resultando de lo más fácil.

—¿Vamos a nadar? —le pregunté cuando nos detuvimos a la orilla del agua.

—¿Y estropear ese vestido tan bonito? No. Saltaremos.

Yo apreté los labios, considerando la idea. La otra orilla del río estaba como a unos cuarenta metros de distancia.

—Tú primero —le dije.

Él me tocó la mejilla, dio dos pasos rápidos hacia atrás y después usó ese espacio para impulsarse y saltar sobre una piedra plana firmemente anclada en el talud de la orilla. Estudié el movimiento, rápido como un rayo, del arco que trazó sobre el agua y remató con una voltereta antes de desaparecer entre los grandes árboles que había al otro lado del río.

—Pero qué fanfarrón —me quejé entre dientes, y escuché su risa invisible.

Retrocedí unos cinco pasos, sólo por si acaso, y tomé una gran cantidad de aire.

De repente volví a sentir una gran ansiedad. No por caerme o hacerme daño, sino más preocupada por si le hacía algo al bosque.

Había ido llegando con lentitud, pero ahora podía sentir por completo la cruda fuerza titánica que hacía estremecer mis miembros. De pronto estuve segura de que si quería hacer un túnel bajo el río, abriéndome camino con las garras o a mordiscos a través de la roca del lecho del río, no me costaría mucho trabajo. Los objetos que me rodeaban, los árboles, los arbustos, las rocas, la casa misma, empezaban a parecerme muy frágiles.

Esperando que Esme no le tuviera especial cariño a ninguno de los árboles que bordeaban el río, comencé mi primera zancada. Y entonces me percaté de la abertura del ajustado traje de seda, a unos doce centímetros de la rodilla. ¡Alice!

Bueno, Alice solía tratar las prendas como si fueran de usar y tirar, y que nadie fuera a ponérselas más de una vez, así que seguramente esto no le molestaría. Me incliné para tomar cuidadosamente el dobladillo por la costura del lado derecho, y ejerciendo la más pequeña presión posible, desgarré el vestido hasta la parte superior del muslo. Y luego hice lo mismo con el otro lado.

Mucho mejor.

Pude oír las risas sofocadas en alguna parte de la casa, e incluso el sonido de alguien que rechinaba los dientes. Las carcajadas venían tanto del piso superior como del inferior, y reconocí fácilmente las risitas rudas y guturales de la planta baja, tan distintas de las otras.

¿Jacob también estaba observando? No me podía imaginar lo que estaba pensando ahora ni qué rayos hacía aquí. Podía representarme mentalmente nuestra reunión, si es que algún día llegaba a perdonarme, en un futuro muy lejano, cuando yo estuviera más estable y el tiempo hubiera cerrado las heridas que le había infligido a su corazón.

No me volví para mirarlo ahora, preocupada por mis cambios de humor. No sería nada bueno dejar que una emoción cualquiera se adueñara por completo de mi estado de ánimo. Los miedos de Jasper también me habían puesto nerviosa a mí. Debía ir a cazar antes de poder enfrentar cualquier otra cosa. Intenté olvidarme de todo para poder *concentrarme*.

—¿Bella? —me llamó Edward entre los árboles, mientras su voz se acercaba más—. ¿Quieres hacerlo de nuevo?

Lo recordaba perfectamente, claro, y no quería darle motivo a Emmett para divertirse a costa de mi educación. Esto era algo físico, y seguro que era instintivo. Así que volví a tomar una gran bocanada de aire y corrí hacia el río.

Sin el estorbo de la falda, me bastó un salto largo para alcanzar la orilla del río en una milésima de segundo, y aun me sobró tiempo, ya que mis ojos y mi mente se movieron con tanta rapidez que sólo necesité un paso. Me resultó muy sencillo apoyar únicamente el pie derecho sobre la piedra plana y ejercer la presión necesaria para impulsar mi cuerpo por el aire, pero le había prestado más atención a la dirección que a la fuerza y fallé en la cantidad necesaria, aunque al menos no en el lado que me hubiera dejado chorreando. La distancia de cuarenta metros parecía haber sido demasiado corta…

Fue algo extraño, electrizante, vertiginoso, pero muy breve. Me quedaba todavía un segundo entero y ya había cruzado el río.

Esperaba que los árboles tan juntos fueran un problema, pero al contrario: fueron una ayuda. Fue sólo cuestión de adelantar una mano con seguridad y caí hacia la tierra en la parte más densa del bosque, agarrándome de la primera rama que encontré a la mano. Me balanceé en la rama y después aterricé sobre la punta de los dedos de mis pies, todavía a unos cinco metros del suelo, en la amplia rama de un pino.

Fue fabuloso.

Pude escuchar el sonido de la carrera de Edward aproximándose a mí sobre el repique de campanas de mis carcajadas de alegría. Mi salto había duplicado la longitud del suyo. Cuando me alcanzó junto al árbol, tenía los ojos abiertos como platos. Me dejé caer con habilidad desde la rama, aterrizando a su lado sin ruido, sobre los talones.

—¿Me salió bien? —pregunté, con la respiración acelerada por la excitación.

—Muy bien —la sonrisa aprobatoria y el tono ligero de su respuesta no correspondían a la expresión sorprendida de sus ojos.

—¿Podemos hacerlo de nuevo?

—Concéntrate, Bella... Estamos en una expedición de caza.

—Ah, bueno —asentí—. Caza, sí.

—Sígueme... si puedes.

Sonrió con ganas; repentinamente su expresión se volvió provocadora, y echó a correr.

Él era más rápido que yo. No podía imaginar cómo movía las piernas a esa cegadora velocidad; estaba más allá de mi capacidad comprender eso. Sin embargo, yo era más fuerte, y cada una de mis zancadas equivalía a tres de las suyas. Así que ambos volamos a través de aquella red verde llena de seres vivientes, al parejo, sin que esta vez tuviera que seguirlo. Mientras corría no pude evitar echarme a reír por la emoción, pero las carcajadas no me hicieron perder velocidad ni desconcentrarme.

Finalmente pude comprender por qué Edward nunca se golpeaba contra los árboles cuando corría, algo que siempre había sido un misterio para mí. Era una sensación peculiar, un equilibrio entre la velocidad y la claridad de la percepción de las cosas. Porque aunque atravesábamos aquella densa masa de color jade a la velocidad de un cohete, y eso debería haber convertido todo lo que nos rodeaba en un borrón verde irregular, podía ver con toda claridad hasta la hoja más diminuta de todas las pequeñas ramas de cada uno de los insignificantes arbustos a cuyo lado pasaba.

Iba a tal velocidad que levantaba un viento en alas del cual se agitaban detrás de mí, como una crin, mi cabello y el vestido roto, y aunque yo sabía que no debería ser así, lo sentía cálido contra mi piel. Del mismo modo que tampoco debería percibir el suelo áspero del bosque como terciopelo bajo las plantas desnudas de los pies, ni los brazos que movía a ambos lados de mi cuerpo como látigos, como plumas acariciadoras.

El bosque estaba mucho más vivo de lo que siempre supuse, lleno de pequeñas criaturas cuya existencia nunca habría adivinado y que abarrotaban las plantas que había a mi alrededor. Todos se quedaban en silencio cuando pasábamos, conteniendo el aliento con miedo. Los animales tenían una reacción mucho más sabia a nuestro olor que los humanos. Ciertamente, tenía el efecto opuesto en mí.

Estuve esperando el momento en que me quedaría sin aliento, pero éste salía y entraba sin esfuerzo. Esperé también sentir cómo me ardían los músculos, pero mi fuerza parecía incrementarse mientras me acostumbraba a mi propia zancada. Ésta se fue haciendo cada vez más larga, hasta que él tuvo que empezar a esforzarse por mantener mi paso. Me eché a reír de nuevo, satisfecha, cuando oí que se retrasaba. Mis pies descalzos ya tocaban el suelo con tan poca frecuencia, que me sentía más como si estuviera volando que corriendo.

—Bella —me llamó con sequedad.

La voz de mi marido sonaba monótona, incluso desganada. No escuché nada más; se había detenido. Se me ocurrió la posibilidad de rebelarme, pero luego, con un suspiro, giré y di un salto ligero para situarme a su lado, unos cien metros atrás. Lo miré expectante. Sonreía, levantando una ceja. Se veía tan hermoso que no podía quitarle los ojos de encima.

—¿Quieres quedarte en este país? —me preguntó, divertido—. ¿O planeas continuar hasta Canadá esta tarde?

—Ya está bien —admití, concentrándome menos en lo que estaba diciendo que en la manera hipnótica en que se movían sus labios cuando hablaba. Era difícil no distraerse con todas las cosas nuevas que veían mis nuevos ojos, tan eficaces—. ¿Qué vamos a cazar?

—Alces. Estaba pensando en algo fácil por ser tu primera vez...

Su voz se desvaneció cuando mis ojos se entrecerraron ante la mención de la palabra "fácil", pero no me iba a poner a discutir: estaba demasiado sedienta. Tan pronto comencé a pensar en la reseca quemazón de mi garganta, se convirtió en lo *único* en lo que podía pensar, y cada vez se ponía peor. Tenía la boca como si fueran las cuatro de la tarde en pleno junio en el Valle de la Muerte.

—¿Dónde? —le pregunté, examinando los árboles con impaciencia. Ahora que le había otorgado mi atención a la sed, ésta parecía contaminar cualquier otro pensamiento que me pasara por la cabeza, filtrándose en las cosas más agradables, como correr, los labios de Edward, sus besos... y la sed abrasadora. No podía huir de ella.

—Quédate quieta un minuto —me dijo, poniéndome las manos suavemente sobre los hombros. La urgencia de la sed cedió momentáneamente a su contacto.

—Ahora cierra los ojos —murmuró. Cuando le obedecí, alzó las manos hasta mi rostro, acariciándome los pómulos. Sentí cómo se me aceleraba la respiración y esperé durante un momento a que se produjera el rubor que no se produciría.

—Escucha —me instruyó Edward—. ¿Qué oyes?

Me dieron ganas de contestarle "todo". Su voz perfecta, su aliento, el roce de sus labios cuando hablaba, el susurro de los pájaros atusándose las plumas en las copas de los árboles, sus corazoncillos aleteantes, la caída de las hojas de los arces, el ligero chasquido de las hormigas siguiéndose unas a otras en una larga línea mientras subían por la corteza del árbol más cercano; pero yo sabía que se refería a algo específico, así que dejé que mis oídos se extendieran a todo mi alrededor, buscando algo distinto del pequeño zumbido de la vida que me rodeaba. Había un espacio abierto cerca de nosotros, y podía percibirlo porque el viento sonaba diferente al pasar sobre la hierba expuesta, y un pequeño arroyo de lecho rocoso. Y allí, cerca del ruido del agua, se oía el chasquido que producían unos animales bebiendo a lengüetazos y el fuerte batir sonoro de sus pesados corazones, impulsando densas corrientes de sangre...

Sentí como si se me hincharan las paredes de la garganta.

—¿Al lado del arroyo, hacia el noreste? —le pregunté, con los ojos todavía cerrados.

—Sí —su tono era de aprobación—. Ahora espera que te llegue otra vez la brisa; ¿qué hueles?

Lo olía sobre todo a él, ese extraño perfume mezcla de miel, lilas y luz de sol, pero también el aroma rico de la tierra, de la putrefacción y del musgo, de la resina de los árboles perennes, el cálido efluvio como a nueces de los pequeños roedores guarecidos debajo de las raíces, y después, al extender de nuevo el radio de percepción, el olor limpio del agua, que me resultaba sorprendentemente poco apetecible a pesar de mi sed. Me centré en el agua y encontré el olor que me había pasado inadvertido con el sonido de los lengüetazos y del latir de los corazones. Había otro olor cálido, complejo y penetrante, más fuerte que todo lo demás, pero tan poco atrayente como el mismo arroyo. Arrugué la nariz.

Él se echó a reír entre dientes.

—Ya lo sé, cuesta un poco acostumbrarse.

—¿Tres? —intenté adivinar.

—Cinco. Hay dos más en los árboles que tienen detrás.

—¿Y cómo le hago?

Su voz sonaba como si estuviera sonriendo.

—¿Cómo crees que se podría hacer?

Pensé en ello, todavía con los ojos cerrados, mientras escuchaba y aspiraba el olor. Otro ataque de sed ardiente se inmiscuyó en mi conciencia, y repentinamente el olor cálido y penetrante me pareció menos desagradable. Al menos podría llevarme algo caliente y húmedo a la boca reseca. Se me abrieron los ojos de golpe.

—No lo pienses —me aconsejó, mientras quitaba las manos de mi rostro y daba un paso atrás—. Simplemente sigue tus instintos.

Me dejé llevar a la deriva por el olor sin estar muy consciente de mis movimientos, mientras me deslizaba como un fantasma por la pendiente inclinada hacia el estrecho prado por donde fluía la corriente. Mi cuerpo cambió automáticamente de postura hasta agazaparme muy pegada al suelo, mientras dudaba en el límite del bosque cubierto por los helechos. Justo al borde de la corriente vi un gran ciervo macho con dos docenas de puntas en la cornamenta que coronaba su cabeza, y los contornos punteados por las sombras de otros cuatro que se dirigían al interior del bosque, en dirección al este, a paso lento.

Me concentré en el olor del macho, en aquel punto caliente de su cuello peludo donde el pulso latía con más fuerza. Eran sólo unos treinta metros, dos o tres saltos, lo que había entre nosotros. Me tensé para dar el primer salto.

Pero el viento cambió cuando contraje los músculos para prepararme y sopló desde el sur con más fuerza. No me detuve a pensar, sino que pasé volando en un camino perpendicular a mi plan original, asustando al ciervo, que salió disparado hacia el bosque, mientras yo descubría una nueva fragancia, tan atractiva que no me dejaba otra elección. Era imposible evitarla.

El olor me dominó por completo. Cuando lo rastreé me volví totalmente decidida, consciente sólo de la sed y del olor que prometía saciarla. La sed empeoró y se volvió tan dolorosa que confundió todos mis pensamientos y empezó a recordarme la quemazón de la ponzoña en mis venas.

Había sólo una cosa que tenía alguna posibilidad de alterar mi concentración ahora, un instinto mucho más poderoso, más básico que la necesidad de saciar aquel fuego: el instinto de protegerme del peligro. La supervivencia.

Noté que me seguían, lo cual me puso alerta de pronto. El empuje del aroma irresistible luchó con el impulso de volverme y defender mi presa. Me surgió una burbuja de sonido del pecho y los labios se me retiraron por sí mismos para exponer mis dientes como advertencia. Mis pasos fueron perdiendo velocidad porque la necesidad de protegerme la espalda luchaba contra el deseo de saciar mi sed.

Entonces pude escuchar cómo mi perseguidor ganaba ventaja y el instinto de defensa venció. Cuando giré, el sonido que había ido subiendo por mi pecho se abrió paso a través de mi garganta y salió.

El rugido salvaje que salió de mi propia boca fue tan inesperado que me dejó clavada en el suelo. Eso me desestabilizó, me aclaró la cabeza durante un segundo y la niebla provocada por la sed cedió, aunque ésta continuó ardiendo.

El viento cambió, trayendo el olor de tierra húmeda y de lluvia a punto de caer y lo estampó contra mi rostro, liberándome además del fiero dominio del olor, un olor tan delicioso que sólo podía ser humano.

Edward se detuvo dudando a unos cuantos pasos, con los brazos extendidos, como si fuera a abrazarme o a sujetarme. Su rostro estaba atento y cauteloso, y me quedé helada, horrorizada.

Me di cuenta de que había estado a punto de atacarlo. Con una fuerte sacudida, me enderecé, abandonando mi postura defensiva. Contuve el aliento cuando volví a concentrarme, temiendo el poder de la fragancia que giraba procedente del sur.

Él comprobó en mi rostro cómo regresaba la razón a mi mente, y dio un paso hacia mí, bajando los brazos.

—Tengo que irme de aquí —escupí entre dientes, usando el aliento que me quedaba.

Él me miró con asombro.

—¿Acaso serías capaz de irte?

No tuve tiempo de preguntarle qué quería decir con eso. Comprendí que la habilidad de razonar con claridad me duraría tanto como pudiera evitar pensar en ello...

Eché a correr de nuevo, en una carrera acelerada y frenética hacia el norte, concentrándome solamente en la incómoda sensación de la disminución sensorial que parecía ser la única respuesta de mi cuerpo a la falta de aire. Mi único objetivo era huir lo más lejos posible de aquel olor hasta que se perdiera totalmente. Que fuera imposible encontrarlo, incluso aunque cambiara de idea...

Una vez más fui consciente de que alguien me seguía, pero esta vez estaba cuerda. Luché contra el instinto de respirar para usar los ingredientes del aire y constatar que era Edward. No tuve que luchar mucho, aunque estaba corriendo mucho más que nunca antes, disparada como una flecha por el camino más derecho que pude encontrar entre los árboles. Edward me alcanzó en menos de un minuto.

Se me ocurrió una nueva idea, y me quedé quieta como una piedra, plantada sobre mis pies. Estaba segura de que aquí estaba a salvo, pero contuve el aliento sólo por si acaso.

Edward pasó volando a mi lado, sorprendido por mi súbita parada. Revoloteó por allí y llegó a mi lado en un segundo. Puso las manos sobre mis hombros y me miró fijamente a los ojos, atónito ante la emoción que dominaba mi rostro.

—¿Cómo hiciste eso? —exigió saber.

—Antes me dejaste ganar, ¿verdad? —repliqué, pasando por alto su pregunta—. ¡Y yo que pensaba que lo estaba haciendo muy bien!

Cuando abrí la boca probé el sabor del aire, que ahora no estaba contaminado por nada, sin traza alguna del perfume absorbente que atormentaba mi sed. Inhalé con cuidado.

Él se encogió de hombros y sacudió la cabeza, rehusándose a cambiar de tema.

—Bella, ¿cómo lo hiciste?

—¿Correr?

Contuve el aliento.

—Pero, ¿por qué dejaste de cazar?

—Cuando viniste tras de mí… lo lamento tanto.

—¿Por qué te disculpas conmigo? Fui terriblemente descuidado. Asumí que no habría nadie cerca de los senderos, pero debería haberlo comprobado primero. ¡Qué error tan estúpido! No tienes nada de qué disculparte.

—¡Pero te gruñí! —todavía estaba aterrorizada por haber sido capaz de tan horrible blasfemia.

—Claro que lo hiciste. Eso es natural, pero no entiendo por qué huiste.

—¿Qué otra cosa podía hacer? —le pregunté. Su actitud me confundía. ¿Qué quería él que hubiera ocurrido?—. ¡Podía haber sido alguien que conociera!

Me sorprendió cuando repentinamente estalló en un ataque de fuertes carcajadas, echando la cabeza hacia atrás y dejando que el sonido hiciera eco en los árboles.

—¿Por qué te ríes de mí?

Se detuvo de pronto, y pude ver que su expresión de volvía cautelosa otra vez.

¡Mantén el control!, pensé para mí misma. Tenía que vigilar mi temperamento; me comportaba más como un joven hombre lobo que como un vampiro.

—No me estoy riendo de ti, Bella. Me río porque estoy en estado de *shock*, y eso se debe a que estoy asombrado de verdad.

—¿Por qué?

—No deberías ser capaz de hacer nada de esto. No deberías ser tan… racional. No deberías estar aquí discutiendo conmigo con toda calma y frialdad. Y sobre todo, no deberías ser capaz de detenerte en plena cacería porque percibiste el olor a sangre humana en el aire. Incluso los vampiros maduros tienen dificultades con eso; siempre tenemos mucho cuidado de que en los lugares donde cazamos no haya nada capaz de convertirse en una tentación para nosotros. Bella, te estás comportando como si tuvieras décadas en vez de horas.

—Oh, pero yo sabía que todo iba a ser muy difícil, y por eso estaba tan a la defensiva. Esperaba que fuera así de duro.

Otra vez puso sus manos en mi rostro, y sus ojos estaban llenos de asombro.

—No sé lo que daría por poder mirar dentro de tu mente justo en este momento.

Qué emociones tan poderosas. Estaba preparada para la parte de la sed, pero no para esto. Había estado tan segura de que no sería igual cuando él me tocara... Bueno, para ser sincera, no era lo mismo.

Era mucho más fuerte.

Alcé una mano para trazar los planos de su rostro y mis dedos se detuvieron en sus labios.

—Pensé que no me iba a sentir así durante mucho tiempo —mi inseguridad hizo que esas palabras parecieran una pregunta—. Pero todavía te quiero.

Él parpadeó asombrado.

—¿Y cómo puedes concentrarte en eso? ¿No sientes una sed insoportable?

¡Claro que sí, ahora que él había sacado el tema a relucir!

Intenté tragar y luego suspiré, cerrando los ojos como había hecho antes para ayudarme a concentrarme. Dejé que mis sentidos se extendieran a mi alrededor, tensa esta vez ante la posibilidad de un nuevo ataque de aquel delicioso aroma prohibido.

Edward dejó caer los brazos, sin respirar siquiera, mientras escuchaba más y más lejos extendiéndome por las redes verdes de vida, buscando a través de todos los olores para identificar algo que no fuera totalmente repelente para aplacar mi sed. Había una ligera traza de algo diferente, un tenue rastro que se dirigía hacia el este...

Se me abrieron los ojos de golpe, pero mi interés aún estaba centrado en mis sentidos más desarrollados cuando di media vuelta y me lancé silenciosamente hacia el este. El terreno ascendió abruptamente y corrí agachada en postura de caza, cerca del suelo, aproximándome a los árboles, donde eso resultaba más fácil. Sentí, más que oí, a Edward detrás de mí, fluyendo silenciosamente a través del bosque, dejándome guiar a mí.

La vegetación iba raleando conforme ascendíamos; el olor de la brea y la resina se volvió cada vez más intenso, como la pista que seguía: un olor cálido, más intenso que el del alce y mucho más atractivo. Unos cuantos segundos más tarde pude escuchar el golpeteo sordo de unas patas inmensas, mucho más sutiles que el crujido de los cascos. El sonido se percibía arriba, en las ramas, más que en el suelo. Automáticamente me lancé hacia las ramas, ganando una posición más estratégica, en la parte media de un imponente pino plateado.

El golpeteo sordo y furtivo de las patas continuó escuchándose, ahora debajo de mí. El suculento efluvio se percibía ya muy cerca. Mis ojos localizaron el movimiento que había provocado el sonido, y vi la piel leonada de un gran felino deslizándose por una amplia rama de otro pino, justo debajo y hacia la derecha de donde yo me encontraba. Era grande, fácilmente cuatro veces mi tamaño. Tenía los ojos clavados en algo que había en el suelo debajo de nosotros; sin duda estaba cazando, como yo. Capté el aroma de algo más pequeño que se hallaba en un arbusto a los pies del árbol, pero era insulso comparado con el olor de mi presa. La cola del puma se agitaba espasmódicamente; se preparaba para saltar.

Con un pequeño impulso, volé por el aire y aterricé al lado del puma. Él sintió temblar la rama y se volvió, chillando sorprendido y desafiante. Acortó el espacio que había entre nosotros, con los ojos brillantes de furia. Yo, que estaba ya medio enloquecida por la sed, ignoré sus colmillos expuestos y las garras engarfiadas y salté sobre él, haciéndolo caer en el suelo del bosque.

No fue ninguna gran lucha.

Sus garras afiladas hubieran podido ser dedos cariñosos y habrían tenido el mismo impacto en mi piel. Tampoco sus dientes tuvieron mucho que hacer contra mi hombro o mi garganta, y su peso no era nada para mí. Mis dientes buscaron certeros su garganta y su resistencia instintiva fue tristemente débil contra mi fuerza. Encontré con facilidad el punto exacto donde el flujo de calor se concentraba.

Me costó menos esfuerzo que si hubiera mordido un trozo de mantequilla. Mis dientes eran como cuchillas de acero. Cortaron a la piel, la grasa y los tendones como si no estuvieran allí.

El sabor no era muy bueno, pero la sangre, caliente y húmeda, suavizó la sed aguda y desesperada mientras bebía con apresurada impaciencia. Los intentos de lucha del puma se hicieron cada vez más débiles y sus gritos se ahogaron con un gorgoteo. La calidez de su sangre irradió por todo mi cuerpo, calentándome hasta la punta de los dedos de pies y manos.

El puma murió antes de que yo terminara. La sed ardió de nuevo cuando se quedó seco, y yo alejé de mi cuerpo su carcasa vacía, disgustada. ¿Cómo podía sentirme sedienta después de todo esto?

Me erguí completamente en un solo movimiento rápido. Una vez de pie, me di cuenta de que estaba hecha un desastre. Me limpié la cara con el dorso del brazo e intenté arreglarme la ropa. Las garras que tan ineficaces habían sido contra mi piel, habían tenido bastante éxito con la fina seda.

—Mmm —ronroneó Edward. Alcé la mirada y lo vi reclinado con aire casual contra el tronco de un árbol, observándome con una mirada pensativa en el rostro.

—Creo que debería haberlo hecho mejor —estaba cubierta de polvo, con el pelo enredado, el vestido manchado de sangre y colgando en harapos. Edward no regresaba de sus expediciones de caza con este aspecto.

—Lo hiciste estupendamente —me aseguró—. Es sólo que... me resultó mucho más difícil observar de lo que debería haber sido.

Levanté las cejas, confundida.

—Va en contra de mis principios —me explicó—, eso de dejarte luchar con pumas. No sabes el ataque de ansiedad que padecí todo el rato.

—Qué tonto.

—Ya lo sé, pero no es fácil desprenderse de los viejos hábitos. De todas formas, me gustan los nuevos arreglos de tu vestido.

Si hubiera podido ruborizarme lo habría hecho, así que cambié de tema.

—¿Por qué todavía tengo sed?

—Porque aún eres muy joven.

Suspiré.

—Y supongo que no hay ningún otro puma por aquí.

—Hay ciervos por todas partes.

Hice un mohín.

—No huelen ni la mitad de bien.

—Son herbívoros. Los carnívoros huelen más parecido a los humanos —volvió a explicarme.

—No se acercan ni un poquito a los humanos —le discutí, intentando no recordarlo.

—Podemos regresar —comentó con seriedad, aunque había una chispa divertida en sus ojos—; fueran quienes fueran los que andaban por ahí, si son hombres lo más probable es que no les hubiera importado que los mataran si fueras tú quien lo hiciera —su mirada recorrió de nuevo mi vestido destrozado—. De hecho, probablemente pensarían que habían muerto y llegado al cielo en cuanto te vieran.

Puse los ojos en blanco y resoplé.

—Anda, vamos a cazar algunos de esos malolientes herbívoros.

Encontramos un gran rebaño de ciervos mulo mientras corríamos de regreso a casa. Esta vez él cazó conmigo, ahora que yo ya había captado la técnica. Arremetí contra un macho enorme, y organicé un desastre casi tan grande como con el puma. Él acabó con dos antes de que yo hubiera terminado con el primero, sin que se le moviera un pelo y sin que le cayera una mancha en su camiseta blanca. Perseguimos a la manada aterrorizada y dispersa, pero en vez de alimentarme de nuevo, esta vez yo observé cuidadosamente para ver cómo se las arreglaba para hacerlo tan pulcramente.

Todas las veces que había deseado que Edward no me dejara atrás mientras cazaba, secretamente me había sentido un poco aliviada. La verdad es que estaba segura de que verlo sería aterrador, espantoso. Definitivamente, verlo cazar me lo mostraría como el vampiro que en realidad era.

Pero claro, era muy distinto desde esta perspectiva, siendo vampira yo también. Aun así, dudaba de que incluso a mis ojos humanos la belleza de todo esto les hubiera pasado inadvertida.

Era una experiencia sorprendentemente sensual observar a Edward cazar. Su salto suave era como el ataque sinuoso de una serpiente. Sus manos eran tan seguras, tan fuertes, tan absolutamente ineludibles; sus labios llenos lucían perfectos cuando se separaban elegantemente para mostrar sus dientes relumbrantes. Era glorioso. Sentí un estremecimiento tanto de deseo como de orgullo. Era mío. Nada lo separaría de mí a partir de ahora. Era demasiado fuerte como para que alguien pudiera arrancarme de su lado.

Fue muy rápido. Se volvió hacia mí y observó con curiosidad mi mirada de deleite.

—¿Ya no tienes más sed? —me preguntó.

Yo me encogí de hombros.

—Me distrajiste. Eres mucho mejor en esto que yo.

—Siglos de práctica —me sonrió. Sus ojos mostraban un encantador y desconcertante matiz dorado en este momento.

—Sólo uno —le corregí.

Él se echó a reír.

—¿Terminaste por hoy o quieres continuar?

—Creo que ya terminé —me sentía muy llena, incluso a punto de reventar. No estaba segura de cuánto líquido más me cabría en el cuerpo, aunque la quemazón de mi garganta sólo había sido aplacada. Otra vez comprendí que la sed era parte inevitable de esta vida.

Y valía la pena.

Me sentía bajo control. Quizá esa seguridad era falsa, pero me sentía realmente capaz de no matar a nadie hoy. Si podía resistirme a unos humanos completamente extraños, ¿no sería capaz de arreglármelas con el licántropo y el bebé medio vampiro que amaba?

—Quiero ver a Renesmee —le dije. Ahora que mi sed parecía domesticada (casi cerca de haber sido erradicada), podía olvidar mis antiguas preocupaciones. Quería unir a esa extraña que era mi hija con la criatura que había amado hasta hacía unos tres días. Era tan extraño, tan feo no tenerla aún dentro de mi cuerpo... De pronto me sentí vacía e incómoda.

Me tendió la mano y la tomé, sintiéndola más cálida que antes. Sus mejillas parecían ligeramente ruborizadas, y ya no había sombras debajo de sus ojos.

Fui incapaz de resistirme a acariciar su rostro una vez más. Y otra.

Casi se me olvidó que estaba esperando una respuesta a mi petición cuando me hundí en sus relumbrantes ojos dorados.

Era casi tan difícil como resistirse al olor de la sangre humana, pero de algún modo mantuve en mi mente la clara necesidad de tener cuidado cuando me paré sobre la punta de los pies y lo envolví con mis brazos. Con cuidado.

Pero él no vaciló tanto en sus movimientos. Sus brazos se cerraron en torno a mi cintura y me apretó con fuerza contra su cuerpo. Sus labios aplastaron los míos, pero los sentí suaves. Los míos ya no buscaron su lugar en los suyos, sino que siguieron su propio camino.

Como antes, fue como si el tacto de su piel, sus labios y sus manos se hundieran a través de mi suave y dura piel hasta llegar a mis nuevos huesos y al centro mismo de mi cuerpo. No había imaginado que pudiera amarlo más de lo que lo había amado hasta ahora.

Mi vieja mente no hubiera sido capaz de soportar un amor tan excesivo. Tampoco mi corazón era bastante fuerte como para haberlo aguantado.

Tal vez ésta era la parte de mí que se intensificaría en mi nueva vida. Como la compasión de Carlisle o la devoción de Esme. Probablemente jamás sería capaz de hacer nada interesante ni especial como Edward, Alice o Jasper. Quizá mi único mérito sería amar a Edward más de lo que nadie hubiera amado a otro en toda la historia del mundo.

Podía soportarlo.

Recordaba algo de esto, como entrelazar mis dedos en su pelo o trazar los planos de su pecho, pero algunas otras cosas eran tan nuevas... Él era nuevo para mí. Era una experiencia completamente distinta que me besara sin miedo y con tanta fuerza. Respondí a su intensidad, y de pronto caímos al suelo.

—Ups —exclamé, y él se echó a reír debajo de mí—. No quería aplastarte de este modo ¿Estás bien?

Él acarició mi cara.

—Algo mejor que bien —y poco después una expresión de perplejidad cruzó su rostro—. ¿Renesmee? —preguntó con inseguridad, intentando discernir qué era lo que más deseaba en estos momentos. Era difícil decidir, porque quería demasiadas cosas a la vez.

No sabría decir si realmente se oponía a dejar para más tarde nuestra excursión de regreso, porque me resultaba muy difícil pensar en otra cosa que no fuera su piel contra la mía, teniendo en cuenta que del vestido ya no quedaba mucho. Pero mi recuerdo de Renesmee, antes y después de su nacimiento, se iba pareciendo cada vez más a un sueño. Más increíble. Todos mis recuerdos de ella eran recuerdos humanos y los rodeaba un aura de artificialidad. Lo que no había visto con estos ojos ni tocado con estas manos me parecía irreal.

Cada minuto, la realidad de aquella pequeña extraña se me iba perdiendo más y más.

—Renesmee —reconocí, compungida, y me puse de nuevo de pie, tirando de él.

22. La promesa

Pensar en Renesmee la colocó en el centro del escenario en que se había convertido mi extraña, nueva y espaciosa mente, que con tanta facilidad se distraía. Eran tantas las preguntas que tenía...

—Cuéntame sobre ella —insistí cuando me tomó de la mano. Ir unidos no parecía hacernos ir más lento.

—No hay nada como ella en el mundo —me aseguró, y una vez más percibí en su voz algo parecido a la devoción.

Sentí un agudo pinchazo de celos de esa extraña. Él la conocía y yo no. No me parecía justo.

—¿Cuánto se parece a ti? ¿Y a mí? ¿Se parece a mí cuando era humana?

—Mitad y mitad.

—Tiene la sangre caliente —recordé.

—Sí, le late el corazón, aunque un poco más rápido que el de los humanos. Su temperatura es un tanto más alta que lo normal, también. Y duerme.

—¿En serio?

—Bastante bien para un recién nacido. Somos los únicos padres que no necesitan dormir y nuestra hija ya duerme toda la noche —se echó a reír entre dientes.

Me gustó la manera en que decía "nuestra hija". Las palabras la hacían más real.

—Tiene exactamente el mismo color de tus ojos, así que eso no se ha perdido, menos mal —me sonrió—. Son tan hermosos.

—¿Y la parte de vampiro? —le pregunté.

—Su piel parece tan impenetrable como la nuestra. Aunque no haya nadie que imagine probar si es así.

Parpadeé un poco sorprendida.

—Claro que nadie se atrevería —me aseguró de nuevo—. Su dieta... bueno, prefiere beber sangre. Carlisle intenta convencerla de que tome alguna fórmula preparada para bebés, pero ella no tiene mucha paciencia al respecto. No puedo decir que la culpe por eso: incluso para ser comida humana, es algo que huele fatal.

Me quedé con la boca abierta. Por lo que decía, me parecía entender que tenían conversaciones.

—¿Convencerla?

—Es sorprendentemente inteligente y progresa a un ritmo tremendo. Aunque no habla todavía, se comunica de una manera bastante eficaz.

—No habla, *¿todavía?*

Él hizo disminuir el ritmo de nuestros pasos para permitirme asimilar esto.

—¿Qué quieres decir con que "se comunica de forma eficaz"? —quise saber.

—Creo que es más fácil que lo veas por ti misma. Es bastante difícil describirlo.

Reflexioné sobre el asunto. Sabía que había muchísimas cosas que necesitaba ver con mis propios ojos antes de convencerme de que eran reales. No estaba segura de saber para cuántas cosas estaba realmente preparada, así que mejor cambié de tema.

—¿Por qué sigue aquí Jacob? —le pregunté—. ¿Cómo puede soportarlo? ¿Por qué lo hace? —mi voz cantarina tembló un poco—. ¿Por qué debe sufrir más?

—Jacob no está sufriendo —respondió con un extraño tono de voz—, aunque me gustaría que eso cambiara —añadió entre dientes.

—¡Edward! —gruñí, jalándolo hasta detenerlo. Debo admitir que me sentí satisfecha cuando vi que podía hacerlo—. ¿Cómo puedes decir eso? ¡Jacob ha dado *todo* por protegernos! Mira por todo lo que lo hemos hecho pasar —me encogí ante aquel oscuro recuerdo de vergüenza y culpa. Ahora me parecía muy extraño haberlo necesitado tanto. Esa sensación de ausencia que sentía cuando él no estaba cerca había desaparecido. Probablemente se debía a algún tipo de debilidad humana.

—Ya verás por qué lo digo —masculló Edward—. Le prometí que lo dejaría explicarte, pero dudo que lo veas diferente de como lo veo yo. Aunque, claro, con frecuencia me equivoco en lo que respecta a tus ideas, ¿o no? —frunció los labios y me echó una mirada.

—¿Explicarme qué?

Edward sacudió la cabeza.

—Se lo prometí. Aunque no sé si realmente le debo algo en absoluto…

Apretó aún más los dientes.

—Edward, no entiendo nada.

La frustración y la indignación invadieron mi cabeza. Me acarició la mejilla y sonrió con ternura cuando mi rostro se suavizó en respuesta, mientras el deseo hacía desaparecer momentáneamente el enojo.

—Es más difícil para ti de lo que demuestras, lo sé. Y lo recordaré.

—No me gusta sentirme confundida.

—Ya lo sé. Así que mejor hay que regresar a casa, para que puedas ver todo por ti misma —sus ojos recorrieron los restos de mi vestido mientras hablaba de volver a casa y puso mala cara, pero después de pensarlo durante medio segundo, desabotonó su camisa blanca y me la pasó para que metiera los brazos en ella.

—¿Tan mal me veo?

Sonrió de oreja a oreja.

Deslicé los brazos dentro de las mangas y me la abotoné rápidamente sobre el corpiño desgarrado. Esto, claro, lo dejó a él desnudo de la cintura para arriba, y era imposible no distraerse con tal espectáculo.

—Te reto a una carrera —le dije, y después lo previne—, ¡y esta vez nada de dejarme ganar!

Me soltó la mano y sonrió.

—En sus marcas…

Encontrar el camino de regreso a mi nueva casa fue más sencillo que andar por la calle de Charlie, donde vivía antes. Nuestro olor había dejado un rastro claro y fácil de seguir, incluso corriendo tan rápido como podía.

Edward me ganó antes de llegar al río, pero aproveché mi oportunidad y salté antes, en un intento de usar mi fuerza superior para ganarle.

—¡Ja! —exclamé satisfecha cuando oí cómo mis pies tocaban la hierba primero.

Mientras aguardaba que aterrizara, escuché algo que no esperaba, algo que sonaba con fuerza y muy cerca: el sonido del latido de un corazón.

Al mismo tiempo, Edward llegó a mi lado, y aferró con firmeza la parte superior de mis brazos.

—No respires —me advirtió rápidamente.

Intenté no dejarme llevar por el pánico mientras me interrumpía a la mitad de una inhalación. Lo único que se movía en mi rostro eran los ojos, que giraban de forma instintiva para localizar la fuente de aquel sonido.

Jacob estaba en la línea donde el bosque tocaba el prado de los Cullen, con los brazos cruzados sobre el cuerpo y la mandíbula apretada con fuerza. Invisibles detrás de él, escuché dos grandes corazones más y el ligero crujido de los helechos bajo unas patas enormes que caminaban impacientes de un lado para otro.

—Ten cuidado, Jacob —le advirtió Edward. Un rugido se levantó en el bosque para corear la preocupación que denotaba su tono de voz—. Quizá ésta no sea la mejor manera…

—¿Crees que es mejor dejarla que se acerque primero al bebé? —lo interrumpió Jacob—. Es más seguro ver primero qué hace Bella conmigo. Yo me curo rápido.

¿Se trataba de una prueba? ¿Querían asegurarse de que no mataría a Jacob antes de ver a Renesmee? Me invadió un extraño mareo, pero no tenía nada que ver con mi estómago, sólo con mi mente. ¿Todo esto había sido idea de Edward?

Ansiosa, le eché una ojeada a su rostro. Edward pareció reflexionar durante un momento, pero entonces su rostro se contrajo; algo más le preocupaba. Se encogió de hombros y, de manera hostil, replicó:

—Supongo que es tu cuello lo que está en juego.

El gruñido del bosque se volvió más furioso esta vez; Leah, sin lugar a dudas.

¿Qué le pasaba a Edward? Después de todo lo que había sucedido, ¿no sentía ni un poco de afecto por mi mejor amigo? Pensé, quizá estúpidamente, que Edward sería ya un poco amigo de Jacob también. Debo haber malinterpretado.

¿Qué estaba haciendo Jacob? ¿Por qué se ofrecía como una prueba para proteger a Renesmee?

Nada tenía sentido para mí. Incluso aunque nuestra amistad hubiera sobrevivido...

Y cuando mis ojos se encontraron con los de Jacob, pensé que quizá así había sido. Todavía parecía mi mejor amigo, pero él no había cambiado. ¿Cómo me vería él ahora?

Entonces se le escapó esa sonrisa tan familiar, la sonrisa de un alma gemela, y estuve segura de que nuestra amistad estaba intacta. Era como antes, cuando pasábamos nuestro tiempo libre en su garaje improvisado, sólo como dos amigos disfrutando el momento. Todo fácil y normal. Otra vez me di cuenta de que la extraña necesidad que sentía por él antes de cambiar había desaparecido por completo. Era sólo mi amigo, tal como debía ser.

Sin embargo, aún no entendía lo que estaba haciendo. ¿Realmente era tan poco egoísta que intentaría protegerme, arriesgando su vida, de hacer en un momento de descontrol algo que lamentaría horriblemente y para siempre? Esto iba mucho más allá de la mera tolerancia hacia aquello en que me había convertido, o una manera milagrosa de poder mantener nuestra amistad. Jacob era una de las personas que mejor conocía, pero me parecía excesivo aceptar algo como esto, viniera de quien viniera.

Su sonrisa se amplió, y se estremeció ligeramente.

—Tengo que decirlo, Bella: eres un verdadero espectáculo para fenómenos.

Le devolví la sonrisa, y recobré con facilidad nuestra vieja camaradería. Ésta era la parte de él que mejor comprendía.

Edward gruñó.

—Ten cuidado, perro.

El viento sopló a mis espaldas, así que pude llenar rápidamente los pulmones con aire limpio y responderle.

—No importa, tiene razón. Especialmente los ojos, ¿verdad?

—Realmente espeluznantes, pero no tienes tan mal aspecto como pensé que tendrías.

—Oye... ¡gracias! Vaya cumplido.

Él torció los ojos.

—Ya sabes lo que quiero decir. Todavía pareces tú, o casi. No es tanto cómo te ves, sino que... sigues *siendo* Bella. No creí sentir como si aún siguieras aquí —me sonrió otra vez sin rastro de amargura ni resentimiento. Entonces se echó a reír entre dientes—. De todas formas, supongo que me acostumbraré pronto a esos ojos.

—¿Estás seguro? —le pregunté, confundida. Era maravilloso comprobar que aún éramos amigos, pero no me parecía que fuéramos a pasar mucho tiempo juntos.

La más extraña de las miradas cruzó su rostro y le borró la sonrisa. Parecía... ¿culpa? Sus ojos enfocaron a Edward.

—Gracias —le dijo—. No sabía si serías capaz de no decírselo, lo hubieras prometido o no. Como siempre le das todo lo que ella quiere...

—Quizá no he perdido la esperanza de que se enoje tanto que te arranque la cabeza —sugirió Edward.

Jacob bufó.

—¿Pero qué pasa aquí? ¿Acaso me están guardando algún secreto? —les exigí, incrédula.

—Te lo explicaré más tarde —dijo Jacob de forma casi inconsciente, como si realmente no lo hubiera planeado así. Entonces cambió de tema—. Primero, que empiece el espectáculo —su sonrisa era un reto apenas empezó a avanzar lentamente.

Se escuchó un grito de protesta, y entonces el cuerpo gris de Leah salió de detrás de él. Seth, más grande y de color arena, estaba justo a sus espaldas.

—Tómenlo con calma, chicos —comentó Jacob—. No se metan en esto.

Me alegré de que no lo escucharan, aunque lo siguieron algo más lentamente.

El viento se había calmado y no alejaría su olor de mí.

Se me acercó tanto que pude sentir el calor de su cuerpo en el aire que había entre nosotros. En respuesta, la garganta me ardió.

—Vamos, Bella, pórtate mal.

Leah siseó.

No quería respirar. Me parecía mal aprovecharse de Jacob de este modo tan peligroso, aunque él se hubiera ofrecido, no me importaba. Además, no podía apartarme de la lógica: ¿En qué me ayudaría esto?, ¿acaso me aseguraba que no le haría daño a Renesmee?

—Me van a salir raíces, Bella —me provocó Jacob—. Bueno, no técnicamente, pero creo que me entiendes, ¿verdad? Vamos, atrapa el olorcito.

—Sujétame —le pedí a Edward, pegándome a su pecho.

Sus manos se aferraron a mis brazos.

Puse los músculos en posición, esperando ser capaz de mantenerlos inmóviles. Estaba decidida a hacerlo por lo menos tan bien como durante la cacería. En el peor de los casos, dejaría de respirar y me echaría a correr. Aspiré un poco de aire por la nariz, nerviosa, pero preparada para lo que fuera.

Me dolió un poco, pero mi garganta ya ardía sordamente de todas formas. Jacob no olía más humano que el puma. Había un matiz animal en su sangre que me repelía de forma

484

instantánea, aunque el sonido húmedo y fuerte de su corazón era atractivo, no así el olor que lo acompañaba, el cual me hizo arrugar la nariz. En realidad, su olor hacía que me fuera más fácil calmar mi reacción al sonido y calor de su sangre pulsante.

Respiré de nuevo y me relajé.

—Vaya, veo que todo sigue igual por aquí. Apestas, Jacob.

Edward estalló en carcajadas y sus manos se deslizaron de mis brazos para enredarse en torno de mi cintura. Seth ladró una risotada baja que armonizó con la de Edward y se acercó un poco más, mientras que Leah se alejaba varios pasos. Y entonces noté al resto de la audiencia cuando escuché las carcajadas diferentes y bajas de Emmett, sofocadas por la pared de cristal que había entre nosotros.

—Mira quién habla —replicó Jacob, apretándose la nariz teatralmente.

Su rostro lobuno no se retorció para nada cuando Edward me abrazó, ni siquiera cuando se me acercó y me susurró "te quiero" al oído. Jacob continuó sonriendo como si nada. Esto me hizo recuperar la esperanza de que todo estuviera bien entre nosotros, tal como había sido durante tanto tiempo. Tal vez podríamos ser amigos de verdad ahora que tanto le disgustaba físicamente, porque así no me amaría como antes. Quizá eso era todo lo que hacía falta.

—Bueno, pues ya pasó, ¿no? —repuse—. ¿Y ahora me vas a contar el gran secreto?

La expresión de Jacob se llenó de nerviosismo.

—No es nada de lo que debas preocuparte por el momento…

Escuché otra vez la risita de Emmett… un sonido anticipatorio.

Debí haber presionado más, pero mientras escuchaba a Emmett, percibí también otros sonidos: la respiración de siete personas y un par de pulmones que se movían con mayor rapidez que los otros, acompañados de un solo corazón que latía como las alas de un pájaro, ligero y rápido.

Me distraje por completo. Mi hija estaba justo del otro lado de aquella fina pared de cristal. No podía verla, porque la luz se reflejaba en los cristales como si fueran un espejo. Sólo podía verme a mí misma, con aquel aspecto tan extraño, tan blanca y tan inmóvil, comparada con Jacob, o con Edward, era igual.

—Renesmee —susurré. La tensión me convirtió de nuevo en una estatua. Seguramente ella no olería como un animal. ¿La pondría en peligro?

—Acércate y ya veremos —me murmuró Edward—. Sé que lo vas a hacer muy bien.

—¿Me vas a ayudar? —le susurré con los labios inmóviles.

—Claro que sí.

—¿Y también Emmett y Jasper? Sólo por si acaso.

—Te cuidaremos, Bella. No te preocupes, estaremos preparados. Ninguno de nosotros pondría en peligro a Renesmee. Creo que te sorprenderá la rapidez con que se ha adueñado de nosotros. Estará totalmente a salvo, no importa lo que pase.

Mi anhelo de verla, de comprender la adoración que destilaban sus labios, rompió la inmovilidad de mi postura. Di un paso hacia adelante.

Y entonces Jacob me interceptó, con el rostro convertido en una máscara preocupada.

—¿Estás seguro, chupasangre? —le exigió a Edward, con voz casi suplicante. Nunca había oído que le hablara a Edward de esa manera—. Esto no me gusta nada. Quizá debería esperar…

—Ya hiciste tu prueba, Jacob.

¿Así que la prueba había sido idea de Jacob...?

—Pero... —comenzó él otra vez.

—Pero nada —le contestó Edward, repentinamente exasperado—. Bella necesita ver a nuestra hija. Apártate, ya.

Jacob me echó una mirada extraña, frenética; después volteó y casi echó a correr hacia la casa delante de nosotros.

Edward gruñó.

No le veía sentido a su enfrentamiento, pero tampoco podía concentrarme en él. Sólo podía pensar en la imagen borrosa de la bebé en mis recuerdos y luchar contra esa vaguedad, para intentar recordarla con exactitud.

—¿Vamos? —me dijo Edward, otra vez con voz dulce.

Asentí con nerviosismo.

Me tomó la mano con fuerza y me guió hacia la casa.

Me esperaban en una fila sonriente que era al mismo tiempo amigable y defensiva. Rosalie estaba varios pasos detrás de los demás, cerca de la puerta principal. Estaba sola hasta que Jacob se le unió y se colocó delante de ella, más cerca de lo normal. No había nada casual ni cómodo en esa cercanía, más bien los dos parecían avergonzados ante esa proximidad.

Algo muy pequeño se inclinaba en los brazos de Rosalie e intentaba ver algo alrededor de Jacob. De inmediato captó toda mi atención, todos mis pensamientos, como nada había logrado hacerlo desde el momento en que abrí los ojos.

—¿Pero no tiene sólo dos días? —pregunté con un jadeo, incrédula.

El extraño bebé recostado en los brazos de Rosalie parecía tener semanas, incluso meses. Tenía dos veces el tamaño del bebé de mi vaga memoria, y levantaba su pequeño cuerpo con facilidad mientras se estiraba hacia mí. Su brillante cabello color bronce caía en rizos más allá de sus hombros, y sus ojos color chocolate me examinaban con un interés que tenía muy poco de infantil. Era un aire adulto, consciente y lleno de inteligencia. Levantó una mano, moviéndola en mi dirección durante un momento, pero luego se giró para tocar la garganta de Rosalie.

Si su rostro no hubiera sido tan asombroso en su belleza y perfección, no habría podido creer que era el mismo bebé. Mi bebé.

Pero los rasgos eran los de Edward, y las mejillas y el color de sus ojos eran míos. Incluso Charlie estaba representado en sus espesos rizos, aunque fueran del color del pelo de Edward. Debía ser nuestra; era imposible, pero cierto.

De todos modos, la visión de esta personita inesperada no la hacía más real; en todo caso, sí más fantástica.

Rosalie acarició la manita que tenía contra el cuello y murmuró.

—Sí, es ella.

Los ojos de Renesmee se engarzaron en los míos y entonces, tal como había hecho a los pocos segundos de su violento nacimiento, me sonrió. Un rayo brillante de diminutos dientes blancos y perfectos.

Mientras temblaba en mi interior, di un paso indeciso hacia ella.

Todo el mundo se movió a toda velocidad.

Emmett y Jasper estaban justo enfrente de mí, hombro con hombro, con las manos preparadas. Edward me sujetó desde atrás, con los dedos tensos alrededor de mis brazos. Incluso Carlisle y Esme se movieron para cubrir los costados de Emmett y Jasper, mientras Rosalie retrocedía hacia la puerta, con los brazos fieramente apretados en torno de Renesmee. Jacob se movió también, manteniendo su postura protectora delante de ellas.

Alice fue la única que se quedó en su lugar.

—Por favor, por lo menos denle una oportunidad —los regañó—. No le va a hacer nada. Sólo quiere verla un poco más de cerca.

Alice tenía razón. Estaba bajo control. Me habían detenido por nada, porque su olor no se parecía en absoluto al de los humanos del bosque. La tentación no se podía comparar. La fragancia de Renesmee equilibraba perfectamente el olor del más hermoso de los perfumes con el de la comida más deliciosa. Había suficiente del dulce olor vampírico para contrarrestar la parte humana.

Podía arreglármelas. Estaba segura.

—Estoy bien —les aseguré, palmeando la mano de Edward sobre mi brazo. Entonces dudé y añadí—. De todas formas, quédense cerca, sólo por si acaso.

Los ojos de Jasper estaban entrecerrados, concentrados. Sabía que estaba probando mi estado emocional y yo me esforzaba por mantener una firme calma. Sentí cómo Edward liberaba mis brazos y leí el asentimiento de Jasper, pero aunque éste lo sabía de primera mano, no parecía estar completamente seguro.

Cuando escuchó mi voz, aquella criatura demasiado lista para su edad luchó por desprenderse de los brazos de Rosalie, extendiéndolos en mi dirección. De alguna manera, su expresión mostró impaciencia.

—Jasper, Emmett, déjenla. Bella lo logró.

—Pero Edward, el riesgo... —comenzó Jasper.

—Es mínimo. Escucha, Jasper: cuando estábamos de caza captó el olor de unos excursionistas que estaban en el lugar y el momento equivocados...

Escuché cómo Carlisle tragaba aire, sorprendido. El rostro de Esme se llenó de pronto de cierto interés cariñoso mezclado con compasión. Jasper abrió mucho los ojos como platos, pero asintió ligeramente, como si las palabras de Edward hubieran respondido a alguna pregunta en su cabeza. La boca de Jacob se torció en una mueca de disgusto. Emmett se encogió de hombros. Rosalie mostró aun menos interés que su compañero, ya que intentaba sujetar a la bebé que luchaba en sus brazos.

La expresión de Alice me dijo que a ella no la engañaba. Sus ojos entrecerrados, concentrados con una intensidad ardiente en mi camisa prestada, parecían más preocupados por lo que le había hecho a mi vestido que por cualquier otra cosa.

—¡Edward! —le recriminó Carlisle—. ¿Cómo pudiste ser tan irresponsable?

—Ya lo sé, Carlisle, ya lo sé. Me comporté como un estúpido. Debí haberme tomado mi tiempo para comprobar que estábamos en una zona segura, antes de dejarla suelta.

—Edward —lo interrumpí entre dientes, avergonzada por la forma en que me miraban. Era como si intentaran encontrar un rojo más brillante en mis ojos.

—Tiene toda la razón del mundo para regañarme, Bella —repuso Edward con una mueca—. Cometí un error terrible. El hecho de que tú hayas mostrado más fortaleza que nadie que haya conocido no cambia nada.

Alice torció los ojos.

—Un chiste de buen gusto, Edward.

—No es broma. Sólo intento explicarle a Jasper por qué sé que Bella puede con esto. No es mi culpa que todos se hayan apresurado a sacar conclusiones.

—Espera —lo interrumpió Jasper con un jadeo—. ¿Acaso ella no fue tras los humanos?

—Empezó a seguirlos —replicó Edward, disfrutando claramente de la historia. Yo apreté los dientes—. Estaba totalmente concentrada en la caza.

—¿Y qué pasó? —intervino Carlisle. Sus ojos brillaron repentinamente, mientras una sonrisa asombrada comenzaba a formarse en su rostro. Me recordó al momento en que me preguntaba por los detalles de mi transformación: la emoción de la información nueva.

Edward se inclinó hacia él, animado.

—Me escuchó ir detrás de ella y reaccionó a la defensiva. Tan pronto como mi persecución interrumpió su concentración, la abandonó bruscamente. Nunca había visto nada igual. Se dio cuenta de lo que estaba pasando, *y entonces contuvo el aliento y huyó.*

—Guau —comentó Emmett—. ¿En serio?

—No lo está contando bien —refunfuñé yo entre dientes, aún más avergonzada que antes—. Olvidó la parte en la que le gruñí.

—¿Y no le diste un par de buenos puñetazos? —me preguntó Emmett con alegría.

—¡No! Claro que no.

—¿No? ¿En serio no? ¿De verdad no lo atacaste?

—¡Emmett! —protesté.

—Ah, vaya, que lástima —gruñó él—, eres la única persona del mundo que podría haberlo logrado, porque él no estaría en sus cabales para evitarlo, y además tenías una excusa perfecta —suspiró—. Me muero por ver cómo le haría sin esa ventaja.

Lo miré con cara de muy pocos amigos y ojos helados.

—Ni se me ocurriría.

El ceño fruncido de Jasper captó mi atención; parecía incluso más molesto que antes.

Edward tocó ligeramente con su puño el hombro de Jasper, en un ademán burlón.

—¿Te das cuenta de lo que quiero decir?

—Esto no es natural —rezongó Jasper.

—Podría haberse vuelto contra ti... Sólo tiene horas —lo regañó Esme, poniéndose la mano sobre el corazón—. Creo que deberíamos haber ido contigo.

Yo no ponía mucha atención ahora que Edward ya había disfrutado suficiente de su chiste. Seguía mirando a la preciosa bebé que estaba al lado de la puerta, que a su vez continuaba pendiente de mí. Sus pequeñas manos llenas de hoyuelos se levantaban hacia mí, como si supiera exactamente quién era yo. De forma automática, las mías se alzaron también, imitando las suyas.

—Edward —le dije, inclinándome hacia un lado de Jasper para verla mejor—. ¿Por favor?

Jasper tenía los dientes firmemente apretados y no se movió.

—Jasper, esto no es nada parecido a lo que hayas podido ver antes —le comentó Alice con voz tranquila—, confía en mí.

Sus ojos se encontraron durante un breve segundo, y después Jasper asintió. Se apartó de mi camino, pero me puso una mano en el hombro y me siguió mientras avanzaba lentamente.

Pensaba en dar cada paso antes de darlo, analizaba mi estado de ánimo, la quemazón de mi garganta y la posición de los demás a mi alrededor. Evaluaba qué fuerte me sentía yo y qué tan capaces serían ellos de contenerme. Fue una procesión muy lenta.

Y entonces la bebé con expresión cada vez más irritada que luchaba en los brazos de Rosalie, soltó un aullido agudo y cantarín. Todo el mundo reaccionó como si nunca antes hubiera escuchado su voz.

Todos se reunieron a su alrededor en un segundo y me dejaron allí sola, de pie, paralizada en mi lugar. El sonido del llanto de Renesmee me atravesó, clavándome en el suelo. Los ojos me picaban de la manera más extraña, como si quisiera llorar.

Parecía como si todo el mundo quisiera ponerle la mano encima para intentar consolarla. Todos menos yo.

—¿Qué pasa? ¿Está herida? ¿Qué pasó?

La voz de Jacob sonaba más alta que cualquier otra, y se elevaba llena de ansiedad sobre las de los demás. Observé horrorizada que la cargaba y luego, con un horror aún más profundo, cómo Rosalie se rendía y la dejaba en sus brazos sin luchar.

—No, está bien —le aseguró Rosalie.

¿Ahora Rosalie le daba explicaciones a Jacob?

Renesmee se fue con Jacob con bastantes ganas; empujaba su cara con su mano diminuta y después se retorcía de nuevo para estirarse en mi dirección.

—¿Ya ves? —le dijo Rosalie—, sólo quiere a Bella.

—¿Ella quiere venir conmigo? —susurré.

Los ojos de Renesmee —mis ojos— se clavaron en mí con impaciencia.

Edward salió disparado hasta donde yo estaba. Puso las manos con suavidad en mis brazos, y me empujó hacia delante.

—Te ha estado esperando durante casi tres días —me dijo.

Ahora estábamos apenas a unos cuantos pasos de ella. De su cuerpo parecían surgir temblorosas columnas de calor que casi llegaban hasta mí.

O quizá era Jacob quien temblaba. Vi cómo se sacudían sus manos conforme me acercaba. A pesar de eso y de su obvia ansiedad, su rostro permaneció más sereno de lo que lo había visto en mucho tiempo.

—Jake, estoy bien —le dije. Comenzaba a sentir pánico al ver a Renesmee en sus manos temblorosas, pero procuré mantenerme bajo control.

Me puso mala cara, con los ojos entrecerrados, como si él temiera a su vez dejar a Renesmee en mis manos.

La niña lloriqueaba con impaciencia, seguía estirándose y cerraba sus pequeñas manos en forma de puños una y otra vez.

En ese momento, algo en mí encajó en su lugar. El sonido de su llanto, la familiaridad de sus ojos, la forma en que parecía más impaciente que yo de reunirse conmigo, todo se entretejió en uno de los patrones más naturales, mientras ella intentaba agarrar el aire que había entre nosotras. De repente fue absolutamente real: por supuesto que la conocía. Fue de lo más normal que yo diera el último paso para cargarla, que pusiera mis manos exactamente donde encajarían mejor, y que la acercara a mi cuerpo con ternura.

Jacob dejó que los largos brazos se extendieran para que pudiera acunarla, pero no la soltó completamente. Temblaba un poco cuando nuestras pieles se rozaron. Su piel, que siempre me había parecido tan cálida, me parecía ahora una llama viva. Tenía casi la misma temperatura que Renesmee, o quizá sólo un par de grados de diferencia.

La niña pareció totalmente indiferente a la frialdad de mi piel, o al menos muy acostumbrada a ella.

Levantó la mirada y me sonrió otra vez, mostrándome sus pequeños dientes cuadrados y sus dos hoyuelos. Entonces, con toda intención, me tocó la cara.

En el momento en que ella hizo eso, todas las manos que me sujetaban se tensaron, anticipándose a mi reacción. Yo apenas me di cuenta.

Jadeaba, aturdida y asustada por la extraña y alarmante imagen que llenaba mi mente. Se sentía como un recuerdo muy fuerte, tanto que me parecía estar viéndolo con mis propios ojos mientras lo observaba en mi mente, aunque me resultaba completamente desconocido. Observé la expresión expectante de Renesmee, intentando comprender lo que estaba pasando, luchando desesperadamente por mantener la calma.

Además de ser desconcertante y desconocida, algo en la imagen estaba incorrecto, porque casi podía reconocer mi propio rostro en ella, mi antiguo rostro, pero lo veía afuera, al revés. Rápidamente comprendí que más que un reflejo, estaba viendo mi rostro como lo veían los demás.

El rostro de mi recuerdo estaba deformado, destrozado, cubierto de sangre y sudor. A pesar de ello, la expresión de mi visión tenía una sonrisa de adoración. Mis ojos cafés relucían en medio de unos profundos círculos. La imagen se agrandó y mi rostro se acercó desde un punto de vista desconocido; después se desvaneció bruscamente.

La mano de Renesmee se apartó de mi mejilla. Sonrió más aún, luciendo de nuevo sus hoyuelos.

Excepto por los latidos de los corazones, se hizo un silencio profundo en la habitación. En realidad, sólo respiraban Jacob y Renesmee. El silencio se prolongó; parecía como si esperaran a que yo dijera algo.

—¿Qué… fue… *eso*?

—¿Qué viste? —me preguntó Rosalie con curiosidad, inclinándose a un lado de Jacob, que parecía ausente de ese lugar y momento—. ¿Qué te mostró?

—¿Ella me lo mostró? —susurré.

—Te dije que era difícil de explicar —murmuró Edward en mi oído—, pero bastante efectivo como medio de comunicación.

—¿Qué fue? —preguntó Jacob.

Parpadeé rápidamente varias veces.

—Pues... A mí. Creo. Pero tenía un aspecto horrible.

—Es el único recuerdo que tiene de ti —explicó Edward. Era obvio que él también había visto lo que me mostró, mientras ella lo pensaba. Todavía le afectaba y se le había puesto áspera la voz al revivir el recuerdo—. Quiere que sepas que ya hizo la conexión y sabe quién eres.

—¿Pero cómo hace eso?

Renesmee parecía indiferente a mis expresión pasmada. Ella sonreía ligeramente y jalaba un mechón de mi cabello.

—¿Cómo puedo escuchar los pensamientos de otros? ¿Cómo ve Alice el futuro? —preguntó Edward retóricamente, y después se encogió de hombros—. Ella tiene un don.

—Es un giro interesante —le dijo Carlisle a Edward—, como si ella hiciera exactamente lo opuesto de lo que tú eres capaz de hacer.

—Interesante —admitió Edward—, me pregunto...

Yo sabía que estaban especulando, pero no me preocupé. Yo miraba el rostro más hermoso del mundo. La sentía caliente entre mis brazos, y me recordaba el momento en que la oscuridad casi había vencido, cuando no quedaba nada en el mundo a qué aferrarse. Nada suficientemente fuerte como para empujarme a salir de aquella oscuridad que me aplastaba. Fue en aquel momento cuando pensé en Renesmee y encontré algo que nunca dejaría ir.

—Yo también te recuerdo —le dije en voz baja.

Me pareció de lo más natural inclinarme y presionar los labios contra su frente. Olía maravillosamente. El aroma de su piel me dejó ardiendo la garganta, pero fue fácil de ignorar. Nada me quitaría la alegría de este momento, porque Renesmee era real y al fin la conocía. Ella era la misma por la cual yo había luchado desde el principio. Mi pequeña pateadora, aquella a quien había amado desde que estaba en mi interior. La mitad de Edward, perfecta y adorable. Y la otra mitad mía también, lo cual, sorprendentemente, hacía que fuera mejor y no peor.

Yo había tenido razón: había valido la pena.

—Está bien —murmuró Alice, probablemente dirigiéndose a Jasper. Vi que estaban atentos, aún sin confiar en mí.

—¿No son ya suficientes experimentos para un día? —preguntó Jacob con la voz un poco más aguda que lo normal debido a la tensión—. Bueno, es cierto que Bella lo ha hecho muy bien, pero no hay que forzar las cosas.

Irritada, le eché una mirada con mala intención. Jasper se inquietó a mi lado. Todos estábamos amontonados tan cerca unos de otros, que cualquier movimiento, por pequeño que fuera, parecía muy brusco.

—¿Cuál es tu *problema*, Jacob? —le exigí saber. Jalé ligeramente a Renesmee y él simplemente se acercó un paso más, hasta que quedó apretado contra mí, con Renesmee en medio, tocando nuestros pechos.

Edward le murmuró algo.

—No te echo a la calle, Jacob, porque lo entiendo, pero Bella lo está haciendo extraordinariamente bien, así que no le arruines el momento.

—Y yo le ayudaré a echarte, perro —aseguró Rosalie, con la voz hirviendo de indignación—. Te debo una buena patada en el estómago.

Obviamente nada había cambiado en esa relación, a menos que consideráramos el empeoramiento como cambio.

Le eché una mirada envenenada a la ansiosa expresión casi enfadada de Jacob. Tenía los ojos clavados en el rostro de Renesmee. Con todo el mundo apretado a su alrededor, debía estar en contacto físico con al menos seis vampiros diferentes en ese momento, pero eso ni siquiera parecía molestarle.

¿Realmente estaba dispuesto a pasar por todo esto simplemente para protegerme de mí misma? ¿Qué había ocurrido durante mi transformación, durante mi trueque en algo que él odiaba, como para que se hubiera ablandado tanto hacia la razón de todo esto?

Me quebré la cabeza pensando en el asunto, mientras lo observaba mirar a mi hija. La miraba como si fuera un ciego que viera el sol por primera vez.

—¡No! —grité.

Los dientes de Jasper se juntaron y los brazos de Edward se cerraron en torno a mi pecho como boas constrictoras. En ese mismo segundo Jacob había sacado a Renesmee de mis brazos, y yo no intenté retenerla porque sentí venir el ataque que todos ellos habían estado esperando.

—Rose —dije entre dientes, muy lentamente y con precisión—. Llévate a Renesmee.

Rosalie extendió los brazos y Jacob le entregó a mi hija sin dudarlo. Los dos se apartaron de mí, andando hacia atrás.

—Edward, no quiero lastimarte, así que por favor suéltame. Él dudó.

—Ve y ponte delante de Renesmee —le sugerí.

Él lo pensó, y después me soltó.

Me incliné hasta adoptar mi posición de ataque, en cuclillas, y di dos pasos lentamente hacia Jacob.

—¿Cómo lo hiciste? —le rugí.

Él retrocedió, con las palmas de las manos hacia arriba, intentando razonar conmigo.

—Ya sabes que es algo que no puedo controlar.

—¡*Perro estúpido*! ¿Cómo *pudiste* hacerlo? ¡Es mi *bebé*!

Salió retrocediendo por la puerta principal mientras yo lo acosaba, casi corriendo.

—¡Bella, no fue mi idea!

—Yo la he tenido en mis brazos sólo una vez, ¿y ya te crees con derecho a no sé qué estúpida reclamación lobuna? ¡Es mía!

—Podemos compartirla —me dijo con voz suplicante, mientras se alejaba por el prado.

—Paga —escuché decir a Emmett a mis espaldas. Una pequeña parte de mi cerebro se preguntaba quién había apostado en contra de este resultado. No desperdicié mucha atención en él. Estaba demasiado furiosa.

—¿Cómo te atreviste a improntar a *mi* bebé? ¿Perdiste la cabeza, o qué?

—¡Fue involuntario! —insistió él, adentrándose de espaldas entre los árboles.

Y en ese momento dejó de estar solo; de pronto, dos enormes lobos lo flanquearon. Leah me gruñó.

Un rugido terrorífico, dirigido a ella, surgió entre mis dientes. El sonido me molestó, pero no suficiente como para detener mi avance.

—Bella, ¿podrías escucharme sólo un segundo? ¿Por favor? —suplicó Jacob—. Leah, lárgate —añadió.

Leah curvó su labio superior en mi dirección y no se movió.

—¿Por qué tengo que escucharte? —protesté. La furia dominaba mi cabeza y nublaba cualquier otra cosa.

—Porque tú fuiste quien me dijo eso. ¿No te acuerdas? ¿Acaso no dijiste que nuestras vidas nos pertenecían el uno al otro? Que éramos familia. Tú dijiste que así era como se suponía que tenía que ser. Así que... aquí estamos. Es lo que tú querías.

Le lancé una mirada feroz, aunque en verdad recordaba vagamente aquellas palabras. Pero mi nuevo y rápido cerebro iba dos pasos adelante de aquel sinsentido.

—¿Y pretendes formar parte de mi familia, ser mi yerno? —le grité. Mi voz cantarina ascendió dos octavas y repiqueteó, pero aun así siguió sonando como música.

Emmett se echó a reír.

—Detenla, Edward —murmuró Esme—, porque ella será infeliz si lo lastima.

Pero yo no sentí que nadie saliera a perseguirme.

—¡No! —insistía Jacob al mismo tiempo—. ¿Cómo puedes verlo de esa manera? ¡Es sólo una bebé!

—¡Pues eso es lo que yo digo! —aullé.

—¡Tú sabes que no pienso en ella de esa manera! ¿Crees que Edward me habría dejado vivir tanto si así fuera? Lo único que quiero es que ella esté a salvo y sea feliz... ¿Acaso es tan malo? ¿Es tan diferente de lo que tú quieres? —me gritó en respuesta.

Más allá de las palabras, le lancé un rugido.

—Es sorprendente, ¿verdad? —oí que murmuraba Edward.

—No se le ha lanzado a la garganta ni una sola vez —admitió Carlisle, que sonaba extrañado.

—Está bien, tú ganas —reconoció Emmett a regañadientes.

—Te vas a mantener alejado de ella —le espeté a Jacob.

—¡No puedo hacer eso!

Le respondí entre dientes:

—*Inténtalo*, y empieza *ahora mismo*.

—Eso es imposible. ¿Acaso no recuerdas cuánto querías que estuviera a tu lado hace tres días? ¿Lo difícil que nos resultaba estar separados? ¿Ahora todo eso no significa nada para ti?

Lo miré con mala cara, sin estar segura de lo que pretendía.

—Era por ella —me dijo él—. Desde el principio de todo. Teníamos que estar juntos, incluso entonces.

Entonces lo recordé, y comprendí. Una pequeñísima parte de mí se sintió aliviada de que aquella locura tuviera explicación, pero ese alivio sólo me hizo sentirme más furiosa. ¿Él esperaba que eso fuera suficiente? ¿Creía que esa pequeña aclaración haría que me pareciera bien?

—Huye mientras puedas —lo amenacé.

—¡Vamos, Bella! Yo también le gusto a Nessie —insistió él.

Me quedé helada y mi respiración se detuvo. Percibí el silencio que su ansiosa reacción había ocasionado a mis espaldas.

—¿Qué? ¿*Cómo*… la llamaste?

Jacob dio un paso más hacia atrás, intentando parecer avergonzado.

—Bueno —balbució—, ese nombre que inventaron es un trabalenguas y…

—¿Apodaste a mi hija con el nombre del monstruo del Lago Ness? —grité.

Y después le salté a la garganta.

23. Recuerdos

—Lo siento mucho, Seth. Debería haber estado más cerca.

Edward seguía disculpándose, y a mí no me parecía justo ni apropiado. Después de todo, *Edward* no había perdido el control de su temperamento por completo y de forma inexcusable. *Edward* no había intentado arrancarle la cabeza a Jacob, quien ni siquiera había entrado en fase para protegerse, y entonces le había roto el hombro y la clavícula a Seth cuando saltó entre nosotros. *Edward* no había sido quien casi había matado a su mejor amigo.

Tampoco era que su mejor amigo no tuviera que responder a unas cuantas cosas; obviamente, nada de lo que Jacob hubiera podido hacer habría servido para atemperar mi comportamiento.

¿Entonces no debería haber sido yo la que se disculpara? Lo intenté otra vez.

—Seth, yo...

—No te preocupes, Bella, estoy muy bien —dijo Seth al mismo tiempo que Edward replicaba:

—Bella, amor, nadie te está juzgando, lo estás haciendo muy bien.

Todavía no me habían dejado ni terminar una frase.

Edward estaba teniendo muchas dificultades para eliminar la sonrisa de su rostro, lo cual empeoraba las cosas. Sabía que

Jacob merecía mi reacción exagerada, pero Edward parecía encontrar satisfacción en ello. Quizá simplemente aprovechaba la excusa de que yo era una neonata para desahogar físicamente su irritación contra Jacob.

Intenté extraer la ira de mi sistema por completo, pero me resultaba difícil, pues sabía que en este momento el licántropo estaba afuera con Renesmee para mantenerla a salvo de su madre, la loca neonata.

Carlisle ajustó el cabestrillo del brazo de Seth y éste hizo un gesto de dolor.

—¡Lo siento, lo siento! —alcancé a decir entre dientes, pues sabía que nunca lograría articular una disculpa completa.

—No te alteres, Bella —dijo Seth, palmeándome la rodilla con la mano buena, mientras Edward me acariciaba el brazo desde el otro lado.

Seth no parecía sentir aversión por tenerme sentada allí al lado en el sofá mientras Carlisle lo curaba.

—Estaré bien en media hora —continuó él, todavía dándome palmaditas en la rodilla, como si no sintiera su textura dura y fría—. Cualquiera habría hecho lo mismo, porque eso de Jake y Ness... —se detuvo súbitamente a mitad de la frase y cambió de tema rápidamente—. Quiero decir que por lo menos no me mordiste ni nada. Eso habría sido terrible.

Enterré mi cabeza entre mis manos, y me estremecí ante esa posibilidad tan real. Podría haber ocurrido tan fácilmente... Y ahora acababan de decirme que los licántropos no reaccionan igual que los humanos ante la ponzoña de los vampiros, porque los envenena.

—Soy una mala persona.

—Claro que no lo eres. Yo tendría que haber... —comenzó Edward.

—No digas nada —suspiré. No quería que se pasara todo el tiempo echándose la culpa como siempre lo hacía por todo.

—Qué suerte tiene Ness... Renesmee de no estar cargada de veneno —dijo Seth después de un segundo de extraño silencio—.¡Todo el día se la pasa mordiendo a Jake!

Se me cayeron las manos.

—¿Eso hace?

—Claro, cuando él y Rose no le meten la comida en la boca lo suficientemente rápido. A Rose le hace mucha gracia.

Lo miré sorprendida, y me sentí culpable porque, tenía que admitirlo, esto me agradaba de una manera un poquito petulante.

Pero, claro, ya sabía que Renesmee no tenía ponzoña porque yo había sido la primera persona a la que había mordido. No hice esta observación en voz alta, como si estuviera simulando una cierta amnesia de los hechos más recientes.

—Bueno, Seth —comentó Carlisle, que se levantó para salir de la habitación—, creo que esto es todo lo que puedo hacer. Intenta no moverte en, digamos, unas cuantas horas... supongo —se echó a reír—. Ojalá el tratamiento en los humanos fuera igual de gratificante —dejó reposar la mano durante un momento sobre el pelo negro de Seth—. Quédate quieto —le ordenó y después desapareció escaleras arriba. Escuché cómo se cerraba la puerta de su despacho, y me pregunté si ya habían eliminado los restos de mi estancia allí.

—No veo ningún problema en quedarme sentado un ratito —asintió Seth cuando Carlisle ya se había ido, y después abrió la boca en un gran bostezo.

Con cuidado, asegurándose de no colocar el hombro en mala postura, Seth inclinó la cabeza en el respaldo del sofá y cerró los ojos. Unos segundos más tarde se quedó dormido con la boca abierta.

Mantuve mi mala cara ante su rostro sereno durante otro minuto. Como Jacob, Seth parecía tener el don de quedarse dormido a voluntad. Sabía que no podría disculparme durante otro buen rato, así que me levanté. El movimiento no movió el sofá en lo más mínimo. Todo lo físico era tan fácil, pero lo demás…

Edward me siguió hasta las ventanas traseras y me tomó de la mano.

Leah paseaba impaciente a lo largo del río, parándose aquí y allá y mirando una y otra vez hacia la casa. Era fácil distinguir cuándo buscaba a su hermano y cuándo a mí, pues alternaba miradas ansiosas y miradas asesinas.

Escuché que Jacob y Rosalie discutían tranquilamente en las escaleras de la entrada principal a quién le correspondía el turno de alimentar a Renesmee. Su relación era tan antagonista como siempre, ya que lo único en lo que estaban de acuerdo era en que tenían que apartar a la bebé de mí hasta que estuviera ciento por ciento recuperada de mi ataque temperamental. Edward había discutido ese veredicto, pero yo les di por su lado. Yo también quería estar segura. Me preocupaba que su ciento por ciento y el mío no coincidieran en todo.

Excepto por la pelea, la lenta respiración de Seth y el jadeo enojado de Leah, todo lo demás estaba muy tranquilo. Emmett, Alice y Esme estaban de cacería. Jasper se había quedado aquí para vigilarme. Estaba apoyado discretamente contra un poste del porche, intentando no portarse desagradable en ese asunto.

Me aproveché de la tranquilidad para pensar en todas las cosas que Edward y Seth me habían contado mientras Carlisle le curaba el brazo a este último. Me había perdido un montón de cosas mientras ardía, y ésta era la primera oportunidad real que tenía de enterarme.

Lo principal era el fin de la enemistad con la manada de Sam, motivo por el cual los otros se sentían libres de ir y venir a su antojo otra vez. La tregua era más fuerte que nunca. O quizá los vinculaba más, según el punto de vista que uno asumiera, o eso creía yo.

Los vinculaba porque la más absoluta de todas las leyes de la manada era que ningún lobo mataría al objeto de la impronta de otro lobo. El dolor que esto le ocasionaría sería intolerable para el resto de la manada. La falta, tanto si fuera intencionada como accidental, jamás sería perdonada, porque los lobos implicados lucharían hasta la muerte, y no había otra opción. Algo así ya había ocurrido hacía mucho tiempo, me contó Seth, pero fue un accidente. Ningún lobo destruiría intencionalmente a un hermano de ese modo.

Así que Renesmee se había vuelto intocable en virtud de lo que Jacob sentía por ella. Intenté concentrarme en el alivio que representaba este hecho, más que en el disgusto, pero no era fácil. Había suficiente espacio en mi mente para alojar ambas emociones intensamente y a la vez.

Así que Sam tampoco se podía tomar a mal mi transformación, porque la había permitido Jacob, el legítimo alfa. Lo que me dolía era darme cuenta una y otra vez de lo mucho que le debía a Jacob, cuando lo que más deseaba era dejarme llevar por la furia.

Deliberadamente dirigí mis pensamientos en otra dirección para controlar mis emociones. Consideré otro fenómeno interesante: aunque el silencio entre las dos manadas continuaba, Jacob y Sam habían descubierto que los alfas podían comunicarse en su forma lobuna. No era como antes, pero podían oír sus pensamientos igual que antes de separarse. Seth había dicho que era mejor que hablar en voz alta. Sam sólo podía escuchar los pensamientos que Jacob quería compartir y viceversa. Ahora que habían vuelto a hablarse de nuevo también habían descubierto que podían transmitir a largas distancias.

Todo eso lo descubrieron cuando Jacob fue solo, a pesar de las objeciones de Seth y Leah, a explicarle a Sam lo que había sucedido con Renesmee. Ésa fue la única ocasión en que se apartó de la niña desde la primera vez que la vio.

Una vez que Sam comprendió que esto cambiaba todo completamente, regresó con Jacob para hablar con Carlisle. Hablaron en forma humana, porque Edward se había negado a dejarme para actuar de traductor, y el tratado se había renovado. El sentido amistoso de la relación, sin embargo, quizá nunca volvería a ser el mismo.

Otra preocupación menos.

Pero había otra cosa que, aunque no era tan peligrosa físicamente como una manada de lobos enojados, me parecía aún más urgente.

Charlie.

Había hablado con Esme temprano en la mañana, pero eso no lo había disuadido de volver a llamar, sólo unos minutos después de que Carlisle curara a Seth. Carlisle y Edward habían dejado sonar el teléfono sin contestar.

¿Qué era lo mejor que le podía decir? ¿Tendrían razón los Cullen? ¿Decirle que había muerto era lo mejor, la forma menos dolorosa? ¿Sería capaz de quedarme inmóvil en un ataúd mientras mi madre y él lloraban por mí?

Eso no me parecía bien, pero poner en peligro a Charlie o a Renée a causa de la obsesión de los Vulturi por el secreto estaba completamente fuera de discusión.

Todavía quedaba mi idea de dejar que Charlie me viera cuando yo estuviera preparada, y permitir que él llegara a sus propias conclusiones erróneas. Técnicamente, de ese modo las reglas de los vampiros no se romperían. ¿No sería mejor para Charlie saber que yo estaba viva y más o menos feliz? ¿Incluso aunque tuviera un aspecto extraño, diferente y probablemente aterrador para él?

Mis ojos, en particular, se habían vuelto espeluznantes. ¿Cuánto tardarían mi autocontrol y el color de mis ojos en ser adecuados para Charlie?

—¿Qué te pasa, Bella? —me preguntó Jasper en voz baja; él percibía mi creciente tensión—. Nadie está enojado contigo —un gruñido bajo procedente de la orilla del río lo desmintió, pero él lo ignoró—, vamos, ni siquiera desconcertado. Bueno, supongo que sí estamos sorprendidos de que fueras capaz de reaccionar con tanta rapidez. Lo hiciste muy bien, mejor de lo que todos esperábamos.

El ambiente de la habitación se volvió muy tranquilo mientras él hablaba. La respiración de Seth se transformó en un sordo ronquido. Me sentí más serena, pero no olvidé mi angustia.

—En realidad, estaba pensando en Charlie.

Afuera, la discusión cesó.

—Ah —murmuró Jasper.

—La verdad es que de todas formas tendremos que irnos, ¿no? —le pregunté—. Al menos durante algún tiempo, para fingir que estamos en Atlanta o algo así.

Pude sentir la mirada de Edward clavada en mi rostro, pero yo miraba a Jasper. Y él fue quien me contestó, con tono grave:

—Sí, es la mejor manera de proteger a tu padre.

Le di vueltas al asunto durante un momento.

—Lo voy a extrañar muchísimo, a él y a todo el mundo, la verdad.

"Jacob", pensé, a pesar de mí misma. Aunque ese anhelo había quedado aclarado a la vez que se desvanecía, y yo me sentía muy aliviada de que así fuera, él seguía siendo mi amigo. Alguien que me conocía de verdad y me aceptaba. Incluso siendo un monstruo.

Pensé en lo que había dicho Jacob, cuando me suplicó antes de que lo atacara: "¿No dijiste que nuestras vidas nos pertenecían el uno al otro?, ¿que éramos familia? Tú dijiste que así se suponía que debía ser. Así que… aquí estamos. Es lo que tú querías".

Sin embargo, ahora las cosas no parecían ser exactamente como yo deseaba. Retrocedí muy atrás en mi memoria, a los enredados y débiles recuerdos de mi vida humana, hasta llegar a la parte más dura de recordar, al tiempo que pasé sin Edward, un lapso tan oscuro que había intentado sepultarlo en mi mente. Había olvidado las palabras exactas; sólo recordaba el deseo de que Jacob fuera mi hermano para que pudiéramos querernos sin confusión ni dolor, como familia. Pero jamás se me habría ocurrido incluir a una hija en la ecuación.

Un poco más tarde recordé una de las muchas veces que le había dicho adiós a Jacob, preguntándome en voz alta con quién terminaría él, quién le arreglaría la vida después de lo que yo le había hecho. Me acuerdo que dijo que, fuera quien fuera ella, no sería lo bastante buena para él.

Resoplé y Edward alzó una ceja interrogante, pero simplemente sacudí la cabeza.

A pesar de que extrañaría a mi amigo, sabía que existía un problema aún mayor. ¿Habían podido soportar Sam, Jared o Quil un día entero sin ver al objeto de su fijación, Emily, Kim o Claire? *¿Podían?* ¿Qué le causaría a Jacob la separación de Renesmee?, ¿dolor?

Todavía quedaba bastante de esa ira mezquina en mi sistema para alegrarme por eso; no por su dolor, sino por la idea de alejarlo de Renesmee. ¿Cómo iba a aceptar que pudiera pertenecerle a Jacob, si apenas me pertenecía a mí?

El sonido de movimiento en el porche interrumpió mis pensamientos. Los escuché levantarse y entraron. Exactamente al mismo tiempo, Carlisle bajó las escaleras con las manos llenas de cosas extrañas: una cinta de medir, una balanza. Jasper salió disparado para ponerse junto a mí. Me sentí como si me hubiera perdido alguna señal; incluso Leah se sentó afuera y miró fijamente a través de la ventana con la expresión de quien espera algo habitual y a la vez carente de interés.

—Deben ser las seis —comentó Edward.

—¿Ya? —pregunté, con los ojos fijos en Rosalie, Jacob y Renesmee, que estaban en la entrada, la niña en brazos de la vampira. Rose tenía un aspecto precavido y Jacob parecía preocupado. Renesmee lucía hermosa e impaciente.

—Hora de medir a Ness… digo… a Renesmee —explicó Carlisle.

—¡Oh! ¿Hacen esto todos los días?

—Cuatro veces al día —me corrigió Carlisle con aire distraído, mientras hacía que los demás se movieran hacia el sofá. Creí ver suspirar a Renesmee.

—¿Cuatro veces? ¿Todos los días? ¿Por qué?

—Ella crece muy rápidamente —me murmuró Edward, con la voz serena y contenida. Me apretó la mano y su otro brazo me envolvió la cintura con seguridad, casi como si necesitara apoyarme en él.

No pude apartar mis ojos de Renesmee para observar su expresión.

Tenía un aspecto perfecto, muy sano. Su piel brillaba como si fuera alabastro iluminado, y el color de sus mejillas hacía pensar que tenía adheridos allí pétalos color de rosa. No podía haber nada malo en una belleza tan radiante. Seguramente en su vida no había nada más peligroso que su propia madre, ¿o podía haberlo?

La diferencia entre la niña a la que yo había dado a luz y aquella con la que me había encontrado hacía una hora habría sido evidente para cualquiera, pero la que había entre la Renesmee de hacía una hora y ésta era más sutil. Unos ojos humanos jamás habrían podido percibirla, aunque allí estaba.

Su cuerpo era ligeramente más largo y sólo un poco más esbelto. Ya no tenía el rostro tan redondo, se volvía más ovalado a cada minuto. Sus rizos colgaban un par de centímetros más cerca de sus hombros. Se estiró obedientemente en brazos de Rosalie mientras Carlisle extendía la cinta a lo largo de su cuerpo, y después medía el perímetro de su cráneo. No tomó ninguna nota: lo recordaría perfectamente.

Estaba consciente de que Jacob tenía los brazos cruzados con gran fuerza sobre su pecho, mientras que los de Edward estaban firmemente trabados a mi alrededor. Sus cejas fruncidas formaban una sola línea sobre sus ojos hundidos.

Ella había pasado de ser una simple célula a ser un bebé de tamaño normal en unas cuantas semanas. Iba camino de convertirse en una bebé de un par de años de edad apenas algunos días después de haber nacido. Si seguía ese ritmo de crecimiento…

Mi mente vampírica no tenía problema alguno con las matemáticas.

—¿Qué vamos a hacer? —susurré horrorizada.

Los brazos de Edward se tensaron, porque comprendió exactamente lo que estaba preguntando.

—No lo sé.

—Va un poco más despacio —masculló Jacob.

—Necesitaremos unos cuantos días más de medidas para poder determinar la pauta, Jacob. No puedo prometer nada.

—Ayer creció seis centímetros. Hoy, menos.

—Apenas una centésima de centímetro, si mis medidas son correctas —replicó Carlisle con tranquilidad.

—Haz que sean correctas, doc —repuso Jacob, y sus palabras sonaron casi amenazadoras. Rosalie se tensó.

—Sabes que lo hago lo mejor que puedo —le aseguró Carlisle.

Jacob suspiró.

—Supongo que eso es todo lo que puedo pedir.

Me sentí enojada de nuevo, como si Jacob me estuviera robando lo que yo tendría que haber dicho, y además diciéndolo todo mal.

Renesmee también parecía irritada. Comenzó a retorcerse y después levantó la mano imperiosamente hacia Rosalie. Ella se inclinó para que pudiera tocarle la cara. Después de un segundo, Rose suspiró.

—¿Qué quiere? —le exigió Jacob, de nuevo robándome las palabras.

—A Bella, por supuesto —le contestó Rosalie, y sus palabras hicieron que sintiera algo de calidez en mi interior. Entonces me miró—. ¿Cómo estás?

—Preocupada —admití, y Edward me dio otro apretón.

—Todos lo estamos, pero no me refiero a eso.

—Estoy bajo control —le prometí. La sed iba descendiendo rápidamente varios sitios en mi lista. Además, Renesmee olía muy bien, pero de un modo no apetecible como comida.

Jacob se mordió el labio, pero no hizo nada para impedir que Rosalie me ofreciera a la niña. Jasper y Edward dudaron, pero lo permitieron. Podía ver lo tensa que estaba Rose y me pregunté cómo sentiría Jasper el ambiente ahora, ¿o estaría tan concentrado en mí que no podía sentir a los demás?

Renesmee y yo nos acercamos, ella con una sonrisa cegadora iluminando su pequeño rostro. Ella encajaba tan fácilmente en mis brazos como si éstos hubieran sido diseñados especialmente para eso. Inmediatamente me puso su manita caliente en la mejilla.

Aunque estaba preparada, todavía me hizo emitir un jadeo de sorpresa ver el recuerdo como una visión dentro de mi mente, tan brillante y llena de colorido, pero completamente transparente.

Ella recordaba cómo había arremetido contra Jacob a través del prado que había frente a la casa y a Seth saltando entre nosotros. Lo había visto y oído todo con total claridad. Yo no parecía yo, sino un predador lleno de gracia que saltaba sobre su presa como una flecha disparada con un arco. Debía ser alguna otra persona. Eso me hizo sentirme un poco menos culpable, mientras Jacob estaba allí, indefenso, con las manos levantadas, unas manos que no temblaban.

Edward rió entre dientes, observando los pensamientos de Renesmee conmigo. Y ambos dimos un respingo cuando escuchamos el chasquido de los huesos de Seth.

Renesmee exhibió su brillante sonrisa, pero en el recuerdo sus ojos no se apartaron de Jacob durante el alboroto que siguió. Noté un nuevo ingrediente en el recuerdo, no exactamente protector, sino más bien posesivo, mientras observaba a Jacob. Percibí claramente que estaba contenta de que Seth se hubiera atravesado en mi salto. Ella no quería que nadie hiriera a Jacob, porque era *suyo*.

—Vaya, genial —gruñí—. Perfecto.

—Estoy seguro de que es porque él tiene mejor sabor que todos nosotros —me aseguró Edward, con la voz tensa a causa del disgusto.

—Ya les dije que le gusto —bromeó Jacob desde el otro lado de la habitación, con los ojos fijos en Renesmee. Su broma fue desganada; el tenso ángulo de sus cejas no se había relajado.

Renesmee palmeó mi mejilla con impaciencia, exigiendo mi atención. Otro recuerdo: Rosalie pasaba tiernamente un peine por sus rizos. La hacía sentirse bien.

También apareció Carlisle con la cinta de medir, y ella sabía que tenía que estirarse y quedarse quieta, pero no le parecía nada interesante.

—Es como si te estuviera pasando un resumen de todo lo que te has perdido —me comentó Edward al oído.

Arrugué la nariz cuando ella me inundó con el siguiente recuerdo. El olor venía de una extraña taza de metal, lo suficientemente dura para que no fuera fácil de morder. Un ramalazo de fuego lamió mi garganta. Ay.

De pronto, Renesmee estuvo fuera de mis brazos y éstos se hallaron sujetos a mi espalda. No luché con Jasper; simplemente miré el rostro asustado de Edward.

—¿Qué hice?

Edward miró a Jasper, que estaba a mis espaldas, y después a mí otra vez.

—Es que ella estaba recordando la sed —masculló Edward, con la frente llena de arrugas—. Estaba recordando el sabor de la sangre humana.

Los brazos de Jasper apretaron con más fuerza los míos, uno contra el otro. Parte de mi mente registró el hecho de que esto no era particularmente incómodo, ya no digamos doloroso, como sin duda lo habría sido para un humano. Simplemente era perturbador. Estaba segura de que podía evadir su presión, pero no iba a luchar por eso.

—Sí —admití—. ¿Y…?

Edward me miró otra vez con el ceño fruncido y entonces su expresión se relajó. Soltó una carcajada.

—Pues parece que nada de nada. Esta vez fui yo quien reaccionó de forma exagerada. Suéltala, Jasper.

Las manos que me restringían desaparecieron. Alargué los brazos para cargar a Renesmee apenas me vi libre. Edward me la devolvió sin dudar.

—No entiendo —replicó Jasper—. No lo soporto.

Observé sorprendida cómo Jasper retrocedió hasta la puerta trasera. Leah se apartó para darle un amplio margen mientras caminaba hacia el río, al cual se arrojó de un solo salto.

Renesmee me tocó el cuello, repitiendo la escena de su partida, como en una repetición instantánea. Pude sentir la pregunta en su pensamiento, como un eco de la mía.

Ya me había recuperado de la sorpresa de su pequeño y extraño don. Parecía que era algo enteramente natural para ella, casi como si fuera algo que hubiera que esperar. Quizá ahora que yo también era parte de lo sobrenatural, no volvería a ser escéptica nunca más.

¿Pero cuál era el problema con Jasper?

—Ya regresará —dijo Edward, no supe si dirigiéndose a mí o a Renesmee—. Sólo necesita un momento a solas para poder reajustar su punto de vista sobre la vida —una sonrisa asomaba en las comisuras de su boca.

Otro recuerdo humano: Edward contándome que Jasper se sentiría mucho mejor si "no le costara tanto trabajo adaptarse" a ser un vampiro. Esto fue en el contexto de una conversación sobre cuánta gente llegaría a matar en mi primer año de neófita.

—¿Está furioso conmigo? —le pregunté en voz baja.

Los ojos de Edward se abrieron como platos.

—No, ¿por qué tendría que estarlo?

—¿Pues entonces qué le pasa?

—Está furioso consigo mismo, Bella. Le preocupan… las expectativas cumplidas, se podría decir.

—¿Por qué? —preguntó Carlisle antes de que yo lo hiciera.

—Se pregunta si la locura de los neonatos es realmente tan difícil de superar, como siempre hemos pensado, o si, por el contrario, con la orientación y la preparación adecuadas cualquiera podría desempeñarse tan bien como Bella. Incluso ahora él experimenta una dificultad tan grande sólo porque cree que es natural e inevitable. Tal vez si esperara más de sí mismo, tendría la oportunidad de cumplir sus expectativas. Tú has provocado que se replantee varias cosas que dábamos por hecho y que nos parecía imposible cuestionar, Bella.

—Pero eso es injusto —repuso Carlisle—. Todos somos diferentes, cada quien tiene sus propios retos. Es posible que el comportamiento de Bella se salga de lo natural, pero quizá ése sea su don, por así decirlo.

Me quedé helada de la sorpresa. Renesmee notó el cambio en mi estado de ánimo y me tocó. Recordó el último segundo y preguntó por qué.

—Es una teoría muy interesante y bastante plausible —repuso Edward.

Por un diminuto momento me sentí disgustada. ¿Qué?, ¿no había visiones mágicas ni formidables capacidades ofensivas, como por ejemplo, lanzar rayos por los ojos o algo así? ¿Nada útil ni divertido?

Y entonces me di cuenta de lo que eso podría significar, si mi "superpoder" no era más que un autocontrol excepcional. En primer lugar, por lo menos tenía un don; bien podía no haber tenido ninguno.

Pero mucho más allá de eso, si Edward tenía razón entonces podría saltarme la parte a la que más le temía.

¿Qué pasaría si no tenía que comportarme como un neonato? Al menos no tendría que ser una desquiciada máquina de matar. ¿Qué pasaría si pudiera encajar correctamente en la familia Cullen desde el primer día? ¿Qué pasaría si no tenía que esconderme en algún lugar remoto durante un año mientras "maduraba"? ¿Y qué si, como Carlisle, nunca mataba a una sola persona? ¿Qué, si podía ser un vampiro bueno desde el primer momento?

¡Podría ver a mi padre!

Suspiré en cuanto la realidad se filtró a través de la esperanza. Tampoco podría verlo tan pronto. Los ojos, la voz, el rostro perfeccionado. ¿Qué le iba a decir?, ¿por dónde empezar siquiera? Sentía un secreto alivio de tener alguna excusa para no abordar este tema durante un tiempo. Del mismo modo que quería encontrar un forma de mantener a Charlie en mi vida, me aterrorizaba ese primer encuentro, ver cómo sus ojos se abrían repentinamente al tocar mi nuevo rostro, mi nueva piel, sabiendo que se asustaría, preguntándome qué extraña explicación se formaría en su cabeza.

Era lo bastante cobarde para esperar un año, mientras mis ojos se enfriaban. Ja: la que pensaba que no le tendría miedo a nada cuando fuera indestructible.

—¿Habías visto alguna vez el autocontrol como un don? —le preguntó Edward a Carlisle—. ¿Crees realmente que es un don o sólo producto de toda su preparación?

Carlisle se encogió de hombros.

—Es ligeramente similar a lo que Siobhan era capaz de hacer, aunque ella nunca lo llamó "don".

—Siobhan, ¿tu amiga de aquel clan irlandés? —inquirió Rosalie—. No tenía idea de que tuviera algo especial. Pensé que la que tenía un don especial en aquel grupo era Maggie.

—Sí, Siobhan creía lo mismo, pero ella tenía ese modo de definir sus objetivos y casi convertirlos en realidad con sólo *desearlo*... Ella consideraba que era sólo el resultado de una buena planeación, pero yo siempre me he preguntado si no era algo más. Como cuando ella incluyó a Maggie, por ejemplo. Liam era muy territorial, pero Siobhan quería que eso funcionara y así fue.

Edward, Carlisle y Rosalie se acomodaron en unas sillas mientras continuaba la conversación. Jacob se sentó al lado de Seth con ademán protector, pero parecía estar aburrido. Por el modo en que se le empezaron a caer los párpados, estaba segura de que quedaría inconsciente de un momento a otro.

Escuché, pero mi atención estaba dividida. Renesmee seguía contándome lo que había hecho este día. Me ubiqué al lado de la pared de cristal, meciéndola automáticamente en mis brazos mientras nos mirábamos a los ojos.

Comprendí que los demás no tenían motivo para sentarse. Yo estaba perfectamente a gusto de pie y me resultaba tan cómodo como estirarme en una cama. Sabía que era capaz de estar así durante una semana sin moverme, y que al final de los siete días me sentiría tan relajada como lo estaba al principio. Se sentaban por costumbre. Los humanos notarían algo raro en alguien que fuera capaz de estar horas sin siquiera cambiar el peso de un pie a otro. Incluso ahora, veía cómo Rosalie se pasaba los dedos entre el pelo y a Carlisle cruzar las piernas. Eran pequeños movimientos que les evitaban estar completamente inmóviles y les permitían parecer menos vampiros. Tendría que poner atención a lo que hacían y empezar a practicar.

Apoyé el peso en la pierna izquierda y me sentí un poco tonta.

Quizá sólo pretendían darme un ratito a solas con mi bebé, tan a solas como fuera posible, sin poner en riesgo su seguridad.

Renesmee me contó todo lo que había hecho, minuto por minuto, ese día, y tuve la sensación de que quería que yo conociera hasta el último detalle. Le preocupaba que me hubiera perdido algo, como los gorriones que se le habían acercado a saltitos mientras Jacob la sostenía, los dos muy quietos junto a uno de los grandes pinos, ya que los pájaros jamás se le acercarían a Rosalie. O aquella pegajosa y rarísima cosa blanca, la fórmula para bebés que Carlisle había servido en su taza, que olía a una especie de tierra agria. O la canción que Edward le había cantado en voz baja, tan bonita que Renesmee me la enseñó dos veces. Estaba sorprendida de haber participado en el entorno de ese recuerdo, perfectamente inmóvil, pero con un aspecto bastante desencajado. Me estremecí al recordar aquel momento desde mi propia perspectiva. Aquel odioso fuego…

Después de casi una hora, mientras los otros seguían completamente absortos en su conversación y Seth y Jacob roncaban armónicamente en el sofá, el ritmo de los recuerdos de Renesmee comenzó a disminuir. Se volvieron ligeramente borrosos en los bordes y se descentraron antes de terminar. Estaba a punto de interrumpir a Edward, aterrorizada, pues no sabía si le pasaba algo, cuando sus párpados temblaron y se cerraron. Bostezó, con sus rosados labios rechonchos formando una "o" perfecta, y los ojos permanecieron definitivamente cerrados.

Se le cayó la mano de mi mejilla mientras se reacomodaba para dormir, y sus párpados parecían tener el mismo tono lavanda pálido de las nubes justo antes de la salida del sol. Con mucho cuidado para no molestarla, levanté su manita y la apoyé contra mi piel con curiosidad. Al principio nada, pero luego, después de unos cuantos minutos, aparecieron unos colores fluctuantes como un puñado de mariposas que fuera volando entre sus pensamientos.

Hipnotizada, seguí observando sus sueños, que no tenían sentido alguno. Sólo colores, formas y rostros. Me agradó ver lo a menudo que aparecía mi rostro, ambas caras, la espantosa humana y la gloriosa inmortal, en sus pensamientos inconscientes. Más que Edward o Rosalie. Tanto como Jacob, pero procuré que eso no me afectara.

Por primera vez comprendí cómo Edward había podido pasar noche tras noche observándome dormir, sólo para tener oportunidad de escucharme hablar en sueños. Yo podría estar observando dormir a Renesmee toda mi vida.

El cambio en el tono de voz de Edward captó mi atención cuando dijo "por fin" y se volvió para mirar por la ventana. Era de noche, una noche cerrada de color morado, pero podía ver tan lejos como siempre. Nada quedaba oculto en la oscuridad, simplemente había cambiado de color.

Leah, aún enojada, se levantó y se escabulló furtivamente entre los arbustos cuando Alice apareció al otro lado del río, columpiándose hacia adelante y hacia atrás en una rama como una artista del trapecio, con los dedos de los pies pegados a las manos, antes de arrojarse al río con una graciosa pirueta. Esme hizo un salto mucho más convencional, mientras que Emmett arremetía contra el agua, chapoteando de tal modo que las salpicaduras llegaron hasta las ventanas traseras. Para mi sorpresa, Jasper los siguió, con su propio y eficaz salto, de aspecto sobrio y sutil en comparación con los de los demás.

La amplia sonrisa que estiraba el rostro de Alice me resultó familiar de una oscura y extraña manera. Todo el mundo me sonreía de pronto: Esme con dulzura, Emmett excitado, Rosalie con expresión de suficiencia, Carlisle indulgente y Edward expectante.

Alice se deslizó dentro de la habitación antes que todos los demás, con la mano extendida delante de ella y una impaciencia que casi la rodeaba como un aura. En la palma de su mano había una llave de bronce de aspecto común, amarrada con una enorme cinta de satín rosa.

Me ofreció la llave y yo automáticamente sostuve a Renesmee con más firmeza en mi brazo derecho, para poder estirar el izquierdo y recibirla. Alice dejó caer la llave en mi mano.

—¡Feliz cumpleaños! —canturreó.

Puse los ojos en blanco.

—Nadie empieza a contar su cumpleaños el día de su nacimiento —le recordé—. El primer cumpleaños se celebra al año de haber nacido, Alice.

Su gran sonrisa se volvió astuta.

—No estamos celebrando tu cumpleaños como vampira, al menos no todavía. Hoy estamos a trece de septiembre, Bella. ¡Felices diecinueve años!

24. Sorpresa

—¡Ah, no! ¡Eso no, de ninguna manera! —sacudí la cabeza furiosamente y después volteé a ver la sonrisita de suficiencia de mi marido de diecisiete años—. Eso no cuenta: hace tres días que dejé de cumplir años y tendré dieciocho para siempre.

—Sea como sea —replicó Alice, quien rechazó mi protesta con un rápido encogimiento de hombros—, vamos a celebrarlo, te guste o no.

Suspiré. Rara vez tenía sentido discutir con Alice, cuya sonrisa creció hasta lo imposible cuando leyó la rendición en mis ojos.

—¿Estás lista para abrir tu regalo? —canturreó.

—Regalos —la corrigió Edward, y sacó otra llave de su bolsillo, plateada y más larga, con un lazo azul menos aparatoso.

Luché para no poner los ojos en blanco. Supe enseguida que ésa debía ser la llave de mi coche "de después". Me pregunté si debía sentirme emocionada, porque no parecía que convertirme en vampiro me hubiera producido ningún interés repentino por los coches deportivos.

—El mío primero —dijo Alice, y le sacó la lengua, adivinando su respuesta.

—El mío está más cerca.

—Pero mira cómo está vestida —las palabras de Alice sonaron casi como un gemido—. Me ha estado molestando desde que la vi por la mañana. Claramente el mío es un asunto prioritario.

Levanté las cejas mientras me preguntaba cómo con una llave me vestiría con ropa nueva. ¿Sería que había conseguido un baúl lleno?

—¡Ya sé qué vamos a hacer! —sugirió Alice—. Vamos a jugar a piedra, papel o tijeras.

Jasper se echó a reír entre dientes y Edward suspiró.

—¿Por qué no nos dices simplemente quién va a ganar? —inquirió él irónicamente.

Alice mostró una sonrisa deslumbrante.

—Yo. Excelente.

—De todas formas, tal vez sea mejor que yo me espere hasta mañana —convino Edward, que me dedicó una sonrisa de lado y después asintió hacia Jacob y Seth, quienes al parecer se quedarían a dormir esa noche; me pregunté cuánto tiempo llevarían de pie esta vez—. Creo que sería mucho más divertido si Jacob estuviera despierto cuando ocurra la gran revelación, ¿no crees? Quizá así haya alguien que exprese el nivel adecuado de entusiasmo.

Le devolví la sonrisa. Qué bien me conocía.

—Vamos —canturreó Alice—. Bella, entrégale a Ness... Renesmee a Rosalie.

—¿Dónde suele dormir ella?

Alice se encogió de hombros.

—En los brazos de Rose, en los de Jacob o en los de Esme. Ya te puedes imaginar. No creo que se haya acostado en toda su vida. Se va a convertir en la semivampira más malcriada de la historia.

Edward se echó a reír, mientras Rosalie cargaba a Renesmee con movimientos expertos.

—También es la menos mimada de todas las semivampiras del mundo —replicó Rosalie—. Eso es lo bueno de ser única en su especie.

Luego me dedicó una gran sonrisa. Ese gesto me confirmó que todavía perduraba la camaradería establecida entre nosotras. Había estado completamente segura de que duraría sólo el tiempo en que la vida de Renesmee hubiera dependido de mí, pero quizá habíamos luchado tanto tiempo en el mismo bando que podríamos ser ya amigas para siempre. Finalmente, yo había hecho la misma elección que ella habría hecho de estar en mi lugar, y eso parecía haber borrado todo su resentimiento por cualquiera de mis otras decisiones pasadas.

Alice puso la adornada llave en mi mano y me tomó del codo, empujándome hacia la puerta trasera.

—Vamos, vamos —gorjeó.

—¿Está afuera?

—Algo así —replicó Alice, mientras me empujaba hacia el exterior.

—Disfruta tu regalo —me dijo Rosalie—, es de parte de todos nosotros, especialmente de Esme.

—¿Nadie viene conmigo? —me di cuenta de que ninguno se había movido.

—Te permitiremos que lo disfrutes a solas —replicó Rosalie—. Más tarde nos dirás qué te parece.

Emmett soltó una gran risotada. Algo en su risa me avergonzó, y sentí que me ruborizaba, aunque no estaba segura por qué.

Me percaté del sinnúmero de cosas que no habían cambiado en absoluto, como la profunda aversión a las sorpresas y el disgusto por los regalos en general. Era un alivio y una revelación descubrir cuántos de mis rasgos esenciales habían permanecido conmigo en este cuerpo nuevo.

Nunca esperé continuar siendo yo misma. Sonreí con verdadera alegría.

Alice me empujó el codo y no pude dejar de sonreír mientras la seguía a través de la noche púrpura. Sólo Edward nos acompañaba.

—Ése es el entusiasmo que me gusta —murmuró Alice con aprobación. Entonces dejó caer los brazos, dio dos ágiles saltos y aterrizó del otro lado del río.

—Vamos, Bella —me llamó desde la orilla opuesta.

Edward saltó al mismo tiempo que yo, y fue tan divertido como en la tarde. Quizá un poco más, porque la noche transformaba todo y le aplicaba nuevos y ricos colores.

Alice salió disparada en dirección al norte, y la seguimos. Era más fácil guiarse por el susurro de sus pasos sobre el suelo y por el fresco aroma que dejaba a su paso, que por el rastro de su silueta entre la densa vegetación.

Ante algo que no pude ver, se dio la vuelta y salió disparada hacia donde yo me había detenido.

—No me ataques —me previno y saltó sobre mí.

—¿Qué haces? —le exigí, encogiéndome cuando saltó sobre mi espalda y me puso las manos sobre los ojos. Sentí la necesidad de quitármela de encima, pero me controlé.

—Me aseguro de que no veas nada.

—Puedo encargarme de eso sin tantas complicaciones —ofreció Edward.

—Tú la dejarías hacer trampa. Tómala de la mano y guíala hacia delante.

—Alice, yo…

—No fastidies, Bella. Vamos a hacer esto a mi manera.

Sentí cómo los dedos de Edward se entrelazaban con los míos.

—Son sólo unos segundos más, Bella. Después se largará a maltratar a otro.

Me empujó hacia adelante y yo me dejé llevar sin oponer resistencia. No me daba miedo darme un golpe contra un árbol, ya que no sería yo quien sufriría las consecuencias.

—Deberías ser un poco más agradecido —le recriminó ella—. Al fin y al cabo es tanto para ella como para ti.

—Eso es cierto. Gracias de nuevo, Alice.

—Bueno, bueno, está bien —Alice gritó de pronto, llena de emoción—. Detente aquí. Voltéala sólo un poco hacia la derecha. Sí, así está bien. Perfecto, ¿estás preparada? —chilló.

—Sí, lo estoy —se percibían aquí nuevos olores que despertaron mi interés y aumentaron mi curiosidad. No eran aromas propios de lo más profundo de un bosque. Enredaderas, humo, rosas y… ¿aserrín? También algo metálico. La riqueza del olor de la tierra fértil, recién cavada y expuesta al aire. Me incliné hacia el misterio.

Alice se bajó de mi espalda de un salto y me quitó las manos de los ojos.

Miré fijamente en la oscuridad color violeta. Allí, acurrucada en un pequeño claro del bosque, había una casita de campo hecha de piedra gris que resplandecía a la luz de las estrellas.

La cabaña *pertenecía* con tanta naturalidad a aquel lugar, que era como si hubiera surgido de la roca misma, como si fuera una formación natural. Las enredaderas vestían una de las paredes como una cortina que subía hasta cubrir las gruesas vigas de madera. Unas rosas tardías de verano florecían en un jardín del tamaño de un pañuelo bajo las oscuras ventanas profundamente incrustadas en la pared. Había un caminito de piedras planas, que brillaban en la noche con un reflejo de color amatista, el cual conducía a la vistosa puerta de madera en forma de arco.

Sorprendida, apreté con fuerza la llave que sostenía en la mano.

—¿Qué te parece? —inquirió Alice con tal suavidad, que encajó perfectamente con la serenidad de la escena, como si estuviera dentro de un cuento para niños. Abrí la boca, pero no fui capaz de articular palabra.

—Esme pensó que nos gustaría tener un lugar para nosotros solos durante un tiempo, pero no quería que nos fuéramos demasiado lejos —murmuró Edward—. Y ya sabes que le encanta tener cualquier excusa para remodelar cosas. Este lugar, tan pequeño, llevaba ya casi un siglo cayéndose a pedazos.

Yo seguí con la mirada fija y la boca abierta como si fuera un pez.

—¿Te gusta? —la expresión de Alice cambió—. Quiero decir que, si quieres, podemos arreglarla de otra manera completamente distinta. Emmett quería que le añadiéramos unos cientos de metros, con un segundo piso, columnas y una torre, pero Esme pensó que te gustaría más si mantenía su aspecto original —empezó a alzar la voz y a acelerarse—. Si estaba equivocada, podemos poner otra vez manos a la obra; no creo que nos lleve mucho…

—¡Silencio! —conseguí exclamar por fin.

Alice apretó los labios y esperó. Me llevó varios segundos recuperarme.

—¿Me estás regalando una casa por mi cumpleaños? —susurré.

—Todos nosotros —me corrigió Edward—. Y no es más que una cabaña. Creo que la palabra "casa" implica más espacio.

527

—No te metas con mi casa —le susurré.

La sonrisa de Alice relumbró.

—¿Te gusta?

Asentí con la cabeza.

—¿Te encanta?

Asentí de nuevo.

—¡No puedo esperar a contárselo a Esme!

—¿Por qué no vino ella?

La sonrisa de Alice se desvaneció un poco, torciéndose de un modo que expresaba que era difícil contestar mi pregunta.

—Bueno, ya sabes... todos se acuerdan de cómo eres con los regalos. No querían presionarte mucho para que dijeras que te gustaba.

—Pero me encanta, de verdad. ¿Cómo podría no gustarme?

—Ellos se van a poner muy contentos —me dio unas palmaditas en el brazo—. De cualquier modo, el armario está lleno hasta el tope. Úsalo bien, y... creo que eso es todo.

—¿No vas a entrar?

Ella dio un par de zancadas hacia atrás, como si lo hiciera de forma casual.

—Edward conoce bien todo esto. Volveré más tarde. Llámame si no sabes cómo combinar la ropa —me echó una mirada dubitativa y después sonrió—. Jasper quiere ir de cacería. Nos vemos.

Salió disparada entre los árboles como una bala llena de gracia.

—Qué extraño —comenté en cuanto se desvaneció el sonido de su carrera—. ¿Realmente soy tan mala? No necesitaban quedarse atrás. Ahora me siento culpable. Ni siquiera le di las gracias de forma adecuada. Hay que regresar para decirle a Esme...

—Bella, no seas tonta. Nadie piensa que tu comportamiento fuera inadecuado.

—Entonces, ¿qué?

—Su otro regalo es que podamos tener un poco de tiempo para nosotros solos. —Alice intentaba sugerirlo de forma sutil.

—Ah...

Eso fue todo lo que hizo falta para que la casa desapareciera. Podríamos haber estado en cualquier otro lugar: ya no veía los árboles, las piedras ni las estrellas. Sólo a Edward.

—Permíteme enseñarte lo que hicieron —me instó jalándome de la mano.

¿Acaso no se daba cuenta del modo en que una corriente eléctrica parecía recorrer mi cuerpo, como si tuviera la sangre llena de adrenalina?

Una vez más sentí que había perdido el equilibrio y esperaba que mi cuerpo reaccionara de un modo que ya era imposible. Normalmente, mi corazón estaría ahora retumbando de forma ensordecedora con su latido, como si fuera una máquina de vapor a punto de atropellarnos. Y mis mejillas se habrían puesto de un brillante color rojo.

Por otro lado, era natural que estuviera agotada. Éste había sido el día más largo de mi vida.

Cuando me di cuenta de que el día no terminaría nunca, me eché a reír; apenas una pequeña y suave risita de asombro.

—¿Por qué no me cuentas el chiste?

—No es muy bueno que digamos —repliqué, mientras él me conducía hasta la pequeña puerta en arco—. Simplemente pensaba que hoy es el primer y el último día de la eternidad. Me resulta muy difícil asumir esa idea, incluso con todo el espacio extra que hay en mi mente —me eché a reír de nuevo.

Él coreó mis risas. Hizo un gesto de invitación con la mano hacia la cerradura para que hiciera el honor de ser la primera en entrar. Metí la llave y le di vuelta.

—Te lo tomas todo con tanta naturalidad, Bella, que a veces se me olvida lo nuevo que debe resultar todo esto para ti. Me gustaría poder *oírlo* —se inclinó y me tomó en sus brazos tan rápido que apenas lo vi venir... y vaya que eso era difícil.

—¡Ey!

—Ir más allá de los límites es parte de mi trabajo —me recordó—, pero tengo curiosidad. Dime, ¿dónde está tu cabeza en estos momentos?

Abrió la puerta, que apenas chirrió, y dio un paso hacia adentro de la pequeña sala de piedra.

—Mi cabeza está en todo —contesté—, te imaginarás, en todo a la vez. En las cosas buenas, en las preocupantes, en las que son nuevas y en el modo en que he ido acumulando superlativos. Justo en estos momentos, pienso que Esme es una artista, ¡todo quedó tan perfecto...!

La sala de la cabaña parecía haber salido de un cuento de hadas. El suelo parecía un loco edredón de suaves piedras planas. El techo bajo exponía las vigas de modo que alguien tan alto como Jacob seguramente se daría un golpe. En unos lugares las paredes eran de madera de tono cálido, y en otros tenían un mosaico de piedras. La chimenea en forma de colmena que había en una esquina mostraba las brasas de un ardiente fuego lento. Lo que se quemaba era madera que había estado flotando a la deriva en el mar, y las llamas eran azules y verdes debido a la sal.

Estaba amueblado con diferentes estilos: ninguna pieza hacía juego con otra, pero la habitación no perdía por ello la armonía: una silla tenía un aspecto vagamente medieval; el sofá que estaba al lado de la chimenea era de estilo más contemporáneo, y la estantería llena de libros situada junto a la ventana más lejana me recordaba a algunas películas italianas. De algún modo, cada mueble encajaba con los otros como si fuera un gran rompecabezas tridimensional. Reconocí unas cuantas pinturas en las paredes, entre ellas se encontraban algunas de mis favoritas de la casa grande. Eran valiosos originales, sin duda, pero también parecían pertenecer a este lugar, como todo lo demás.

Cualquiera habría dado por cierta la existencia de la magia en un paraje como ése; no me habría sorprendido en lo más mínimo de ver aparecer a Blancanieves con una manzana en la mano o ver que un unicornio se detuviera a mordisquear los rosales.

Edward siempre había pensado que él formaba parte del mundo de los cuentos de terror, pero claro, yo sabía que estaba completamente equivocado. Era obvio que él pertenecía a este lugar, a un cuento de hadas. Y ahora yo compartía el cuento con él.

Estaba a punto de aprovecharme de que él no hubiera vuelto a ponerme en el suelo, y de que su rostro —hermoso hasta hacerte perder la cabeza— estaba a pocos centímetros del mío, cuando dijo:

—Tenemos suerte de que Esme pensara en añadir una habitación. Nadie había planeado que apareciera Ness... Renesmee.

Le puse mala cara y mis pensamientos se fueron por un rumbo mucho menos agradable.

—Tú también...—me quejé.

—Lo siento, mi amor. Ya sabes, lo escuché en sus pensamientos todo el tiempo. Me contagiaron.

Suspiré. Cómo se atrevía a llamar a mi bebé con el nombre de una serpiente marina. Quizá ya no había remedio. Bueno, de todos modos yo no pensaba rendirme.

—Estoy seguro de que te mueres por ver el armario. O al menos, eso le diré a Alice para que se sienta bien.

—¿Debería asustarme?

—Más bien aterrorizarte.

Me llevó por un estrecho pasillo de piedra con pequeños arcos en el techo, como si estuviéramos en nuestro propio castillo en miniatura.

—Es la habitación de Renesmee —comentó, mientras señalaba con la cabeza hacia una estancia vacía con piso de madera clara—. No han tenido mucho tiempo para decorarlo, con todos esos licántropos enojados…

Me reí entre dientes, asombrada de cómo todo tenía ahora un aspecto tan bueno, cuando apenas hacía una semana había sido como una pesadilla.

Maldito Jacob por hacerlo tan perfecto, pero a *su* manera.

—Aquí está nuestra habitación. Esme intentó dejarnos algo de su isla aquí, suponiendo que nos traería buenos recuerdos.

La cama era grande y blanca, con nubes vaporosas como telarañas que flotaban del dosel hasta el suelo. El luminoso suelo de madera armonizaba con el de la otra habitación, y comprendí que imitaba con notable precisión el color de una playa virgen. Las paredes eran del blanco casi azulado de un día brillante y con sol, y la pared trasera tenía grandes puertas de cristal que se abrían a un pequeño y escondido jardín. Había un estanque redondo tan liso como un espejo, rodeado de piedras relucientes y de rosas que escalaban las paredes. Un diminuto océano en calma sólo para nosotros.

—¡Oh! —fue todo lo que pude decir.

—Lo sé —susurró él.

Estuvimos allí quietos durante un minuto, recordando. Aunque aquellos recuerdos eran humanos y por lo tanto nebulosos, absorbieron mi mente por completo.

Él mostró una amplia y reluciente sonrisa, y después se echó a reír.

—El armario está detrás de esas puertas dobles. Te lo advierto, es más grande que esta habitación.

Ni siquiera miré las puertas. En estos momentos no había nada más que él en el mundo, con sus brazos sosteniéndome, su dulce aliento en mi rostro y sus labios apenas a centímetros de los míos. Tampoco había nada que pudiera distraerme, fuera un vampiro neonato o no.

—Le vamos a decir a Alice que fui corriendo a ver los vestidos —le susurré, mientras retorcía los dedos entre su pelo y acercaba mi rostro al suyo—, y también que me pasé horas jugando a probármelo todo. Le vamos a *mentir*.

Él captó mi estado de ánimo al instante, o tal vez ya estaba de ese humor, y sólo intentaba que disfrutara al máximo mi regalo de cumpleaños, como un caballero. Atrajo mi rostro hacia el suyo con repentina fiereza y un gemido bajo en la garganta. Ese sonido lanzó una corriente eléctrica a través de mi cuerpo hasta ponerme casi frenética, como si no pudiera acercarme a él suficientemente rápido.

Escuché cómo se desgarraba la tela bajo nuestras manos, y me alegré de que al menos mi ropa ya estuviera destrozada. Para la suya fue demasiado tarde. Me pareció casi una grosería ignorar la bonita cama blanca, pero no tuvimos tiempo de llegar hasta allá.

Esta segunda luna de miel no fue como la primera.

El tiempo que pasamos en la isla había sido el mejor momento de mi vida humana, el mejor de todos. Había estado dispuesta a alargar mi existencia como humana sólo para prolongar lo que tenía con él, pues la parte física de nuestra relación no volvería a ser igual nunca más.

Debía haber adivinado, después de un día como éste, que iba a ser incluso mejor.

Ahora podía apreciarlo de verdad, podía ver con propiedad cada una de las líneas de su rostro perfecto, cada ángulo y plano de su cuerpo esbelto e impecable con la precisión de mis nuevos ojos. Podía saborear también su puro y vívido olor con la lengua y sentir la increíble sedosidad de su piel de marfil bajo la delicada punta de mis dedos.

También mi piel mostraba la misma sensibilidad bajo sus manos.

Era una persona por completo desconocida la que entrelazaba su cuerpo con el mío con gracia infinita en el suelo del color pálido de la arena, sin precaución y sin restricción alguna. Y también sin miedo, especialmente eso. Podíamos hacer el amor juntos, participando ahora los dos activamente. Por fin, como iguales.

Del mismo modo que había sucedido antes con sus besos, su contacto también era mucho mejor que aquel al que me había acostumbrado, porque él se había contenido muchísimo. En aquel momento era necesario, pero no podía creer todo lo que me había perdido.

Intenté no olvidarme de que ahora era más fuerte que él, pero era difícil concentrarse en algo con esas sensaciones tan intensas, que a cada segundo atraían mi atención en un millón de lugares distintos de mi cuerpo. Si le hice daño, él no se quejó.

Una parte muy, muy pequeña de mi mente consideró el interesante acertijo que suponía esta situación. No me iba sentir cansada jamás, y Edward tampoco. No teníamos que detenernos a recuperar el aliento, a descansar, comer o incluso a usar el baño, puesto que ya no teníamos más necesidades humanas. Él tenía el cuerpo más hermoso, más perfecto del mundo, y era todo para mí, y no me sentía precisamente como si pudiera llegar el momento en que se me ocurriera pensar, "bueno, ya fue suficiente por hoy". Siempre iba a querer más y este día no iba a acabarse nunca. En una situación como ésta, ¿cómo íbamos a parar alguna vez?

No me molestó en absoluto no tener una respuesta.

Noté cuando el cielo comenzó a iluminarse. Nuestro pequeño océano de afuera cambió de negro a gris y una alondra empezó a cantar en algún lugar muy cercano, como si tuviera su nido entre las rosas.

—¿Lo extrañas? —le pregunté, cuando terminó de cantar.

No era la primera vez que hablábamos, pero tampoco manteníamos una conversación hilada ni mucho menos.

—¿Extrañar qué? —murmuró él.

—Todo eso: el calor, la piel blanda, el olor sabroso... Yo no echo nada de menos, pero me preguntaba si no te entristecía a ti haberlo perdido.

Él se rió, con un sonido bajo y lleno de dulzura.

—Sería difícil encontrar a alguien menos triste que yo en estos momentos. Me atrevería a decir que es casi imposible. No hay mucha gente que logre todo lo que desea, además de otras cosas con las que ni siquiera había soñado, y todo en el mismo día.

—¿Estás evitando el tema?

Él puso su mano contra mi rostro.

—Eres *cálida* —repuso.

Eso era cierto, al menos en un sentido. Para mí, su mano también era cálida. No era lo mismo que tocar la piel ardiente como llama de Jacob, pero sí más agradable, más natural.

Deslizó los dedos muy lentamente por mi cara, hacia abajo, siguiendo levemente el contorno de mi mandíbula hasta mi garganta, y después más abajo aún, hasta llegar a mi cintura. Los ojos casi se me pusieron en blanco otra vez.

—Eres suave.

Sentí sus dedos como seda contra mi piel, y comprendí qué quería decir.

—Y en cuanto al olor, bueno, yo no diría que lo echo de menos. ¿Recuerdas el olor de aquellos excursionistas cuando salimos de cacería?

—Estoy haciendo un gran esfuerzo para no recordarlo.

—Imagínate besar eso.

Mi garganta ardió en llamas como si hubiéramos tirado de la cuerda de un globo de aire caliente.

—Ah...

—Exacto, y la respuesta es no. Estoy lleno de pura alegría, porque no extraño nada. Nadie tiene más que yo ahora.

Estuve a punto de informarle de la única excepción a esa afirmación, pero mis labios volvieron a ocuparse con rapidez.

Cuando el pequeño estanque adquirió un tono perlado con el amanecer, pensé en hacerle otra pregunta.

—¿Cuánto durará todo esto? Quiero decir: Carlisle y Esme, Emmett y Rose, Alice y Jasper... Ellos no se pasan todo el día encerrados en sus habitaciones. Viven una vida pública completamente vestidos todo el tiempo —me retorcí para pegarme más a él, lo que era algo parecido a un cumplido, en realidad, para dejar bien claro de qué hablaba—. ¿Acaso esta ansia se acaba alguna vez?

—Es difícil decirlo. Todo el mundo es distinto y, bueno, tú eres, por mucho, la más diferente de todos. El vampiro neonato promedio está demasiado obsesionado con la sed para notar alguna otra cosa durante un tiempo. Parece que eso no se aplica a ti. Para el vampiro promedio, después del primer año aparecen otras necesidades. En realidad, ni la sed ni cualquier otro deseo desaparecen. Es simplemente cuestión de aprender a equilibrarlos, aprender a priorizarlos y a manejarlos.

—¿Cuánto tiempo?

Él sonrió, arrugando un poco la nariz.

—Los peores fueron Rosalie y Emmett. Me llevó una larga década poder soportar acercarme a ellos a menos de un radio de dos kilómetros. Incluso Carlisle y Esme tuvieron dificultades para digerirlo. De hecho, de vez en cuando echaban a la feliz pareja. Esme también les construyó una casa. Era más grande que ésta, pues Esme sabía lo que le gusta a Rose, tal como supo lo que te gustaría a ti.

—Así que... ¿unos diez años? —estaba bastante segura de que Emmett y Rosalie no tenían nada que ver con nosotros, pero podría haber sonado presuntuoso de mi parte querer alargar la cosa más de una década—. ¿Después todo el mundo se vuelve normal? ¿Cómo son ahora?

Edward sonrió de nuevo.

—Bueno, no estoy seguro de lo que consideras "normal". Tú has visto a mi familia desenvolverse en una vida que casi podríamos considerar humana, pero te has pasado las noches durmiendo —me guiñó un ojo—. Cuando no tienes que dormir, hay una cantidad tremenda de tiempo disponible, lo cual hace bastante fácil equilibrar tus intereses. Hay un motivo por el cual yo soy el mejor músico de la familia, o por el cual, aparte de Carlisle, soy el que más libros ha leído, o por la que puedo hablar con fluidez la mayoría de los idiomas. Puede que Emmett te haya hecho creer que soy un sabelotodo porque leo la mente, pero la verdad es que soy el que ha tenido más tiempo libre.

Nos echamos a reír al mismo tiempo, y el movimiento que provocaron nuestras carcajadas tuvo como consecuencia cosas bastante interesantes, debido al modo en que nuestros cuerpos estaban conectados, preparados para dar por concluida la conversación de forma muy eficaz.

25. Un favor

Un poco más tarde, Edward me recordó mis prioridades. Sólo bastó una palabra: Renesmee.

Suspiré. Ella se despertaría pronto, ya que debían ser casi las siete de la mañana. ¿Me buscaría entonces? Me quedé helada cuando repentinamente me asaltó una sensación cercana al pánico. ¿Qué aspecto tendría hoy?

Edward percibió el modo en que el estrés me había distraído por completo.

—Todo va a estar bien, mi amor. Vístete y regresaremos a la casa en menos de dos segundos.

La manera en que salté debió ser muy parecida a la de un dibujo animado. Entonces me volví hacia él, a su cuerpo como de diamante relumbrando ligeramente bajo la luz difusa, y después nuevamente al oeste, donde nos esperaba Renesmee. Volví a mirarlo y luego otra vez hacia ella, girando la cabeza de un lado a otro más de una docena de veces en menos de un segundo. Edward sonrió, pero no se rió. Era un hombre fuerte.

—Todo consiste en el equilibrio, mi amor. Todo te está saliendo tan bien que creo que no tardarás mucho en poner las cosas en la perspectiva adecuada.

—Pero tendremos todas las noches para nosotros, ¿no es así?

Él sonrió con más ganas.

—¿Crees que podría soportar ver cómo te vistes ahora si supiera que no va a ser así?

Eso bastó para hacerme salir a la luz del día. Podría equilibrar este deseo irresistible y arrasador para poder ser una buena... Resultaba difícil pensar la palabra. Aunque Renesmee era algo real y muy presente en mi vida, todavía no lograba pensar en mí como madre. Supongo que sin haber tenido nueve meses para hacerse a la idea, cualquiera se habría sentido igual, especialmente con un bebé que cambiaba cada hora.

En un instante, la idea del crecimiento acelerado de Renesmee me estresó. Ni siquiera me detuve ante las puertas dobles de madera ornamentada del armario, para quedarme sin aliento ante lo que Alice había hecho. Simplemente me sumergí allí en busca de cualquier cosa que ponerme. Debí saber que no sería tan fácil.

—¿Cuáles son los míos? —murmuré.

Tal como lo había asegurado, la habitación era más grande que nuestro dormitorio. Más bien, habría que decir que superaba en tamaño a la casa entera. Lo asimilé poco a poco, e intenté tomarlo de forma positiva. Sentí un breve malestar mental en el que contemplé cómo Alice persuadía a Esme de que ignorara las proporciones clásicas de un armario, para permitir esta monstruosidad. Y me pregunté cómo Alice había logrado ganar en esto.

Todo estaba envuelto en bolsas para ropa impecable y sin etiquetar, fila tras fila.

—Según lo que me han contado, todo lo que ves aquí es tuyo —y señaló una barra que se extendía a la izquierda de la puerta, como a la mitad de la pared—. Menos este perchero de aquí.

—¿Todo esto?

Él se encogió de hombros.

—Alice —dijimos a la vez, él en tono explicativo y yo como si fuera una palabrota.

—Genial —mascullé y abrí el cierre de la bolsa más cercana. Gruñí para mis adentros cuando vi el vestido de seda que llegaba hasta el suelo, de un tono rosa como para bebé.

¡Me iba a tardar todo el día en encontrar algo normal que ponerme!

—Déjame ayudarte —se ofreció Edward.

Olfateó cuidadosamente el aire y después siguió algún aroma hasta la parte trasera de la gran habitación. Allí había un ropero empotrado. Se detuvo a oler otra vez y abrió un cajón. Con un guiño triunfal, sacó unos pantalones de mezclilla artísticamente desgastados.

Revoloteé hasta llegar a su lado.

—¿Cómo le hiciste?

—La mezclilla tiene un olor particular, como casi todas las cosas, y ahora… ¿algodón con lycra?

Siguió su olfato hasta un estante donde se topó con una camiseta de algodón blanca de manga larga, y me la ofreció.

—¡Gracias! —le dije con fervor.

Olí cada una de las telas, y memoricé su aroma peculiar para futuras búsquedas en aquella casa de locos. Recordé el de la seda y el del satín, para evitarlos cuidadosamente.

A él sólo le tomó unos segundos encontrar su ropa y, si no lo hubiera visto desnudo, habría jurado que no existía nada más hermoso que Edward con sus pantalones color caqui y un suéter beige. Me tomó de la mano y salimos disparados hacia el jardín escondido; saltamos con ligereza el muro de piedra y nos internamos en el bosque en una carrera mortal. Le solté la mano para que no pudiera jalarme, pero aun así me ganó esta vez.

Renesmee estaba despierta, sentada en el suelo mientras Rose y Emmett la cuidaban. Jugaba con un montón de cacharros de plata inservibles. Tenía una cuchara doblada en la mano derecha. Tan pronto me vio a través del cristal, soltó de golpe la cuchara en el suelo, donde dejó una marca en la madera, y señaló imperiosamente en mi dirección. Su público se echó a reír. Alice, Jasper, Esme y Carlisle estaban sentados en el sofá, y la observaban como si fuera la más apasionante de las películas.

Crucé la puerta antes de que sus carcajadas empezaran, cubrí el espacio de un salto, y la alcé del suelo en un solo segundo. Nos sonreímos con ganas la una a la otra.

Había cambiado, pero no mucho. Estaba un poco más alta, y sus proporciones se iban transformando de las propias de un bebé a las de una niña. El pelo le había crecido casi un centímetro y sus rizos saltaban como resortes con cada movimiento. Había dejado mi imaginación suelta en el camino de regreso a la casa y me había imaginado todo peor que como lo encontré. Gracias a mis miedos exagerados, sus pequeños cambios fueron casi un alivio. Incluso sin tomar en cuenta los pronósticos de Carlisle, estaba segura de que las transformaciones eran más lentas que las del día anterior.

Renesmee me dio una palmada en la cara y yo hice un gesto de dolor. Tenía hambre otra vez.

—¿Cuánto tiempo lleva levantada? —pregunté, mientras Edward desaparecía por la puerta de la cocina. Estaba segura de que había ido a buscar su desayuno, pues había percibido sus pensamientos tan claramente como yo. Me pregunté si él sería capaz de notar su pequeña singularidad si fuera el único que la conociera. Para él, probablemente habría sido como escuchar la mente de cualquiera.

—Sólo unos cuantos minutos —repuso Rose—. Los íbamos a llamar pronto. Ha preguntado por ti continuamente, aunque "exigido" sería una descripción más exacta. Esme sacrificó su segundo mejor servicio de plata para mantener a este pequeño monstruo entretenido —Rose le sonrió a Renesmee con un afecto tan lleno de deleite que la crítica perdió sentido por completo—. No queríamos molestarlos.

Rosalie se mordió el labio, apartó la mirada e intentó no reírse. Pude sentir las carcajadas silenciosas de Emmett a mis espaldas, que enviaban las vibraciones a través de los cimientos de la casa.

Mantuve la frente en alto.

—Pronto tendremos lista tu habitación en la cabaña —le dije a Renesmee—. Te va a gustar mucho. Es un lugar mágico —levanté la mirada hacia Esme—. Gracias, Esme, muchísimas gracias. Es absolutamente perfecta.

Antes de que ella respondiera, Emmett se rió una vez más, pero esta vez no fue en silencio.

—Ah, pero, ¿todavía está en pie? —logró decir entre carcajadas—. Estaba seguro de que a estas alturas la habrían reducido a escombros. ¿Qué hicieron anoche? ¿Discutieron los detalles de la deuda nacional? —aullaba de risa.

Yo apreté los dientes y me recordé a mí misma las consecuencias negativas de haber dejado mi temperamento en libertad el día anterior. Aunque, claro, Emmett no era tan frágil como Seth...

Al pensar en él, me vinieron a la mente nuevas preguntas.

—¿Dónde están los lobos? —eché un vistazo a través de la pared de cristal, pero ahí no había ni rastro de Leah.

—Jacob se fue por la mañana muy temprano —me contó Rosalie, con una ligera arruga en la frente—, y Seth lo siguió.

—¿Qué le preocupa tanto? —preguntó Edward cuando regresó a la habitación con la copa de Renesmee. Seguramente había más cosas en la memoria de Rosalie que las que yo había captado en su expresión.

Devolví a Renesmee con Rosalie, sin respirar. Puede que mi don fuera un autocontrol superlativo, quizá, pero no me sentía capaz de alimentarla. Al menos no todavía.

—No sé, ni me preocupa —gruñó Rosalie, pero respondió más extensamente a la pregunta de Edward—. Estaba observando cómo dormía Nessie, con la boca abierta como el tarado que es, cuando de pronto se puso de pie de un salto, al parecer sin motivo alguno, y salió disparado. Me dio mucho gusto deshacerme de él. Entre más tiempo pasa en la casa, menos posibilidades hay de que logremos sacar de aquí la peste.

—Rose —la reprendió Esme con suavidad.

Rosalie se apartó bruscamente el pelo.

—Supongo que no importa. No nos quedaremos aquí mucho tiempo más.

—Estaba diciendo que podríamos irnos directamente a New Hampshire para dejar que las cosas se tranquilizaran —comentó Emmett, y continuó una conversación que obviamente habían comenzado antes—. Bella ya se matriculó en Dartmouth y así no parecerá que se toma demasiado tiempo para incorporarse a las clases —se volvió hacia mí con una sonrisa burlona—. Estoy seguro de que serás la número uno de tu clase… Aparentemente no tienes nada interesante que hacer por las noches, aparte de estudiar.

Rosalie soltó una risita.

No pierdas los nervios, no pierdas los nervios, entoné para mis adentros. En ese momento me sentí muy orgullosa de poder mantener la cabeza fría, así que me llevé una gran sorpresa al ver que Edward no. Rugió con un repentino y sorprendente sonido chirriante, y la más negra de las furias cruzó por su expresión, como nubes de tormenta.

Antes de que ninguno de nosotros pudiera responder, Alice se puso de pie.

—¿Pero qué *hace*? ¿Qué está haciendo ese *perro* para estropearme el día? ¡No puedo ver *nada*! ¡No! —me lanzó una mirada torturada—. ¡Mira qué aspecto tienes! ¡*Necesitas* que te enseñe cómo usar tu armario!

Durante un segundo sentí un gran agradecimiento por cualquier cosa que hubiera emprendido Jacob.

Y entonces las manos de Edward se cerraron en forma de puños y bramó:

—Se lo dijo a Charlie; cree que lo está siguiendo y que viene hacia aquí, hoy.

Alice dijo una palabra que sonó muy extraña en su voz tan femenina, y después se puso en movimiento con tanta rapidez que apenas se pudo percibir su silueta, y salió disparada hacia la puerta trasera.

—¿Se lo dijo a Charlie? —pregunté con un jadeo—, pero… ¿acaso no lo entiende? ¿Cómo pudo hacer eso? —¡Charlie no podía saber nada de mí, y menos sobre vampiros! Eso lo pondría entre los primeros lugares en la lista de condenados, y ni siquiera los Cullen podrían salvarlo—. ¡No puede ser!

Edward habló entre dientes.

—Jacob ya viene en camino.

Seguramente había empezado a llover más lejos, hacia el este, porque cuando Jacob cruzó la puerta se sacudía el pelo mojado como un perro, y dejaba caer gotas en la alfombra y en el sofá, donde quedaron unas pequeñas manchas grises que destacaban contra lo blanco. Sus dientes relucían entre sus labios oscuros. Sus ojos brillantes resplandecían llenos de excitación. Caminaba a saltitos, como si estuviera entusiasmado con la idea de destruir la vida de mi padre.

—Hola, chicos —saludó con una sonrisa en la boca.

Se hizo un silencio profundo.

Leah y Seth se deslizaron a sus espaldas en forma humana, al menos de momento, ya que las manos de ambos temblaban por la tensión que reinaba en la habitación.

—Rose —dije, mientras extendía los brazos. Sin una palabra, Rosalie me tendió a Renesmee. La apreté cerca de mi corazón inmóvil, y la sostuve como un talismán para evitar un ataque por mi parte. La tendría en mis brazos hasta que estuviera segura de que mi decisión de matar a Jacob se basaba completamente en un juicio racional, más que en la furia.

Ella estaba muy quieta, observaba y escuchaba. ¿Qué tanto entendería de todo esto?

—Charlie llegará pronto —anunció Jacob como que no quiere la cosa—, algo más despierto que lo normal. Supongo que Alice fue a buscarte unos lentes para el sol o algo así, ¿no?

—Tus conclusiones van demasiado lejos —escupí entre dientes—. ¿Qué-has-hecho?

La sonrisa de Jacob cambió, pero estaba demasiado nervioso como para contestar con seriedad.

—La rubiecita y Emmett me despertaron esta mañana hablando como locos de que todos ustedes se iban al otro lado del país, como si yo pudiera dejarlos ir. Charlie era el punto más importante del asunto, ¿no? Bueno: problema resuelto.

—¿Acaso no te *das cuenta* de lo que hiciste? ¿Sabes en qué peligro lo has puesto?

Él resopló.

—Yo no lo puse en peligro, salvo en lo que a ti se refiere, pero tú tienes alguna especie de autocontrol sobrenatural, ¿no? No tan bueno como leer la mente, si quieres mi opinión, y bastante menos emocionante.

Entonces Edward se movió, cruzando aceleradamente la habitación para encarar a Jacob. Aunque era casi media cabeza más bajo que Jacob, éste se echó hacia atrás, para evitar su impetuosa ira, como si Edward se alzara por encima de él.

—Ésa es sólo una teoría, perro sinvergüenza —rugió—, ¿crees que la vamos a poner a prueba con Charlie? ¿Consideraste por un momento el dolor físico que le harás pasar a Bella, incluso aunque ella pueda resistirlo? ¿O el dolor emocional, si es que no puede? ¡Supongo que lo que le suceda a Bella ya no te importa! —y soltó la última palabra como un escupitajo.

Renesmee me presionó la cara con sus dedos ansiosamente, y la angustia coloreó la repetición de la escena en su mente.

Las palabras de Edward finalmente atravesaron el estado de ánimo extrañamente colérico de Jacob. Apretó la boca.

—¿Bella sufrirá dolor?

—¡Como si le pusieras una plancha de hierro al rojo vivo contra la garganta!

Yo me encogí, al recordar el aroma de la sangre humana pura.

—No sabía eso —susurró Jacob.

—Pues sería mejor que hubieras preguntado primero —le gruñó Edward entre dientes en respuesta.

—Pudiste haberme detenido.

—Más bien tú debiste pensar antes de actuar.

—Esto no tiene nada que ver conmigo —lo interrumpí. Me quedé muy quieta, y me mantuve pegada a Renesmee y a la cordura—. Tiene que ver con Charlie, Jacob. ¿Cómo pudiste ponerlo en peligro de esta manera? ¿No te das cuenta de que no le dejas ninguna alternativa entre la muerte o volverse vampiro también? —mi voz tembló con las lágrimas que mis ojos ya no podían derramar.

Jacob todavía estaba preocupado por las acusaciones de Edward, así que las mías no parecieron alterarlo.

—Tranquilízate, Bella. No le dije nada que tú no hubieras planeado decirle.

—¡Pero viene hacia acá!

—Ah, sí, pues ésa es la idea. ¿No se suponía que dejaríamos que sacara las conclusiones equivocadas? Me parece que le ofrecí una pista falsa perfecta, si me permites decirlo.

Mis dedos se apartaron de Renesmee y los cerré a mi espalda, por seguridad.

—Dilo ya de una vez, Jacob. No tengo paciencia para esto.

—No le dije nada de ti, Bella. En serio, no. Le hablé de mí, bueno, más bien se lo *mostré*, para ser más precisos.

—Entró en fase enfrente de Charlie —protestó Edward.

—¿Que tú qué? —susurré.

—Es valiente, tanto como tú. No se desmayó ni se asustó ni nada. La verdad es que me dejó impresionado. Tendrías que haber visto su cara cuando empecé a quitarme la ropa. ¡No tuvo precio! —se rió satisfecho.

—¡Eres un estúpido! ¡Le pudiste haber causado un ataque al corazón!

—Charlie está perfecto. Es fuerte. Si te detienes a pensarlo un minuto, verás el favor que te acabo de hacer.

—No entiendes nada, Jacob —mi voz sonaba monótona y acerada—. Tienes treinta segundos para explicármelo todo con lujo de detalles antes de que le entregue a Renesmee a

Rosalie y te arranque tu miserable cabeza. Y Seth no podrá detenerme esta vez.

—¡Caray, Bella! Nunca te había visto tan melodramática. ¿Es una cosa de vampiros o qué?

—Veintiséis segundos.

Jacob puso los ojos en blanco y se dejó caer en la silla más cercana. La pequeña manada tomó posiciones a sus flancos, nerviosos por el aspecto que él mostraba; los ojos de Leah estaban fijos en los míos, y mostraban ligeramente los dientes.

—Fue así: esta mañana llamé a la puerta de Charlie y le pregunté si quería venir a dar un paseo conmigo. Pareció confundido, pero, en cuanto le dije que tenía que ver contigo y que estabas de vuelta en la ciudad, me siguió hasta el bosque.

"Le dije que ya no estabas enferma y que la situación se había complicado, pero que todo mejoraría. Estaba a punto de salir disparado para venir a verte, pero le dije que tenía que enseñarle algo antes. Y entonces entré en fase —Jacob se encogió de hombros.

Sentí como si una prensa me apretara unos dientes contra otros.

—Quiero que me lo digas palabra por palabra, monstruo.

—A ver, acabas de decirme que sólo tenía treinta segundos; está bien, cálmate —mi expresión debió convencerlo de que no estaba de humor para bromas—. Vamos a ver… Revertí la fase y me vestí; entonces, cuando comenzó a respirar de nuevo le dije: 'Charlie, no vives en el mundo en que creías vivir. Las buenas noticias son que nada ha cambiado, excepto que ahora lo sabes. La vida seguirá igual que siempre. Ahora sólo vuelve a hacer como que no crees en nada de esto'. Bueno, le dije eso o algo parecido.

"Le llevó por lo menos un minuto recuperarse. Entonces quiso saber realmente qué te había pasado, con todo ese cuento de la enfermedad rara. Le dije que en serio *habías* estado enferma, pero que ya estabas bien ahora, sólo que habías cambiado un poquito en el proceso de recuperación. Entonces quiso saber qué quería decir con 'cambiado', y le contesté que ahora te parecías un poco más a Esme que a Renée.

Edward suspiró mientras yo lo miraba aterrorizada. Todo esto se estaba yendo en la dirección más peligrosa.

—Después de unos cuantos minutos, me preguntó, muy tranquilamente, si también te habías convertido en un animal, y yo le dije: "¡Ya querría ella ser algo tan divertido!".

Y Jacob se echó a reír de nuevo.

Rosalie profirió un sonido de disgusto.

—Empecé a contarle más cosas sobre los hombres lobo, pero ni siquiera logré pronunciar la palabra entera, cuando Charlie me interrumpió para decirme que prefería ahorrarse los detalles. Luego me preguntó si tú sabías en qué te metías al casarte con Edward y le contesté: "Lo sabía de sobra; ha estado consciente desde hace años, desde que pisó Forks". Eso no le gustó para nada. Lo dejé despotricar hasta que se desahogó todo lo que quiso. Ya calmado sólo quería dos cosas: la primera era verte, así que le dije que sería mejor que me dejara venir primero para explicarte la situación.

Yo inhalé profundamente.

—¿Y qué más quería?

Jacob sonrió.

—Esto te va a gustar: su principal requerimiento es saber lo menos posible de todo esto. Quiere que le cuentes sólo lo absolutamente esencial. Lo único que quiere es saber cómo estás.

Sentí alivio por primera vez desde que Jacob había cruzado la puerta.

—Creo que puedo arreglármelas con eso.

—Por otro lado, él sólo quiere mantener la apariencia de que las cosas son normales —la sonrisa de Jacob se volvió presumida, quizá porque sospechaba que comenzaría a sentir en este momento los primeros y ligeros indicios de gratitud por su actuación.

—¿Qué le contaste sobre Renesmee? —luché por mantener un tono agresivo en mi voz, en un esfuerzo por rechazar el agradecimiento. Aún era prematuro. Todavía quedaban muchas cosas negativas implícitas en esta situación, incluso aunque la intervención de Jacob hubiera provocado una mejor reacción en Charlie, más de lo que yo hubiera esperado.

—Ah, sí, claro. También le conté que Edward y tú habían heredado una pequeña boca que alimentar —le echó una ojeada a Edward—. Es una huérfana pupila de él, como Bruce Wayne y Dick Grayson[1] —Jacob resopló—. No creo que les importe que haya mentido, al fin y al cabo, es parte del juego, ¿no? —Edward no respondió a su comentario, así que él continuó—. A estas alturas Charlie ya no estaba para bromas, pero me preguntó si la habías adoptado: '¿Cómo?!, ¿una hija? ¿Soy una especie de abuelo?', preguntó, palabra por palabra. 'Bien por ti, abuelito', le contesté. El resto fue por el estilo; incluso sonrió un poco y todo.

Otra vez sentí que los ojos me ardían, pero esta vez ya no de miedo ni de angustia. ¿Charlie sonrió ante la idea de ser abuelo? ¿Charlie había pedido ver a Renesmee?

---

[1] Referencia a los superhéroes de DC Cómics, Bruce Wayne (Batman) y Dick Grayson (Robin). [N. de los T.]

—Pero es que ella cambia tan rápido… —susurré.

—Le dije que ella era más especial que todos nosotros juntos —replicó Jacob en voz baja. Se levantó, caminó hacia mí, y despidió a Leah y a Seth cuando empezaron a seguirlo. Renesmee le tendió las manos, pero yo la abracé con más fuerza, para retenerla—. Y añadí: "Confía en mí, no querrás saber nada más de esto, pero si puedes hacer como que no existe todo lo que te resulte extraño, estarás bien. Ella es la persona más maravillosa del mundo". Y entonces le conté que, si podía adaptarse a esto, se quedarían aquí un poco más de tiempo y tendría la oportunidad de conocerla. Pero si todo esto era demasiado para él, se tendrían que ir. Y él repuso que mientras nadie le diera más información que la que podía digerir, aceptaba.

Jacob se me quedó mirando con una media sonrisa, expectante.

—No te voy a dar las gracias —repliqué—. Aun así, estás exponiendo a Charlie a un peligro muy grande.

—Perdóname si te duele. Yo no sabía que eso era así. Bella, las cosas son diferentes ahora entre nosotros, pero siempre serás mi mejor amiga, y yo siempre te querré, aunque ahora de una manera mejor. Finalmente hay un equilibrio entre nosotros; ahora los dos tenemos gente sin la cual no podemos vivir —me dedicó su mejor sonrisa "estilo Jacob"—. ¿Seguimos siendo amigos?

Tuve que devolverle la sonrisa, aunque intenté resistirme por todos los medios. Con todo, fue una sonrisa diminuta.

Él extendió la mano: una oferta de paz.

Yo tomé una bocanada de aire y me puse a Renesmee sobre un solo brazo. Puse mi mano izquierda sobre la suya, y él ni siquiera se estremeció al contacto de mi piel fría.

—Si no mato a Charlie esta noche, consideraré perdonarte por lo que hiciste.

—*Cuando* no mates a Charlie esta noche, estarás en deuda conmigo.

Puse los ojos en blanco.

Luego extendió su otra mano en dirección a Renesmee, esta vez con una petición.

—¿Puedo?

—En realidad, en este momento la llevo en brazos para no tener las manos libres para matarte, Jacob. Quizá más tarde.

Él suspiró, pero no me presionó. Era listo.

Alice entró a toda velocidad por la puerta, con las manos llenas de cosas y una expresión que prometía violencia.

—Tú, tú, y tú —increpó con brusquedad, mientras les lanzaba una mirada envenenada a los licántropos—. Si se van a quedar, párense en aquella esquina y prometan que se quedarán ahí quietos un ratito. Necesito ver... Bella, será mejor que le des el bebé. De todas formas, necesitas tener las manos libres.

Jacob sonrió triunfalmente.

Me asaltó un miedo concentrado que se extendió por mi estómago ante la dificultad de lo que tenía que hacer. Iba usar a mi auténtico padre humano como conejillo de Indias para probar mi dudoso autocontrol. Las palabras que Edward acababa de pronunciar volvieron con fuerza: "¿Has considerado por un momento el dolor físico que le harás pasar a Bella, incluso aunque ella pueda resistirlo? ¿O el dolor emocional, si es que no puede?".

No podía imaginarme el dolor si fallaba. Mi respiración se convirtió en una sucesión de jadeos.

—Cárgala —murmuré, mientras deslizaba a Renesmee en los brazos de Jacob.

Él asintió, pero la preocupación fruncía su frente. Le hizo un gesto a los otros, y todos caminaron hacia la esquina más lejana de la habitación. Seth y Jacob se acomodaron en el suelo a la vez, pero Leah sacudió la cabeza y apretó los labios.

—¿Tengo permiso para irme? —refunfuñó ella. Parecía incómoda en su aspecto humano, vistiendo la misma camiseta sucia y los pantalones de algodón que llevaba cuando me gritó el otro día, con su pelo corto, tieso, en mechones irregulares. Todavía le temblaban las manos.

—Claro que sí —repuso Jake.

—Traten de quedarse cerca del este para que no se crucen en el camino con Charlie —añadió Alice.

Leah no miró a Alice, simplemente cruzó la puerta trasera y se lanzó sobre los arbustos para entrar en fase.

Edward regresó a mi lado y me acarició el rostro.

—Puedes hacerlo, sé que puedes. Yo te ayudaré, y los demás también.

Busqué los ojos de Edward mientras sentía cómo me dominaba el pánico. ¿Tendría la fuerza suficiente para detenerme si hacía algún mal movimiento?

—Si pensara que no puedes arreglártelas sola, desapareceríamos hoy mismo, en este mismo instante. Pero sé que puedes, y serás mucho más feliz si logras mantener a Charlie en tu vida.

Intenté calmar mi respiración.

Alice levantó una mano, en la cual descansaba una pequeña caja blanca.

—Esto te irritará los ojos. No te hará daño, aunque te nublará la visión. Es un fastidio, no se parecerá a tu antiguo color de ojos, pero al menos será mejor que el rojo brillante, ¿no crees?

Lanzó la caja de lentes de contacto y yo la atrapé.

—¿Cuándo la conseguiste?

—Cuando se fueron de luna de miel. Estaba preparada para varias posibles versiones del futuro.

Asentí y abrí el contenedor. Nunca había usado lentes de contacto, pero no debía ser tan difícil. Escogí unos color café y me los puse, con la parte cóncava hacia el interior de los ojos.

Pestañeé y una capa interceptó mi vista. Podía ver a través de ellos, sin duda, pero también se veía la textura de la delgada pantalla. Mi ojo se concentró en los rayones microscópicos y las secciones combadas.

—Ya sé lo que quieres decir —murmuré mientras me ponía el otro. Intenté no pestañear esta vez y mis ojos intentaron deshacerse del estorbo automáticamente.

—¿Cómo me veo?

Edward sonrió.

—Algo extravagante. Aunque, bueno...

—Sí es cierto, ella siempre tiene ese aspecto peculiar —Alice completó su pensamiento con impaciencia—. Es mejor que el rojo y eso es todo lo que puedo decir en su favor. Es de un color café lodoso, y tu café era mucho más bonito. Ten presente que estos lentes no duran para siempre, porque el veneno de tus ojos los disolverá en unas cuantas horas. Así que si Charlie se queda aquí más tiempo, tendrás que disculparte e ir a cambiártelos. Lo cual, de todos modos, es una gran idea, porque los humanos necesitan ir al baño de vez en cuando —sacudió la cabeza—. Esme, dale algunas recomendaciones sobre cómo actúan los humanos, mientras yo pongo en el baño más lentes de contacto.

—¿Cuánto tiempo tengo?

—Charlie llegará aquí en unos cinco minutos. No te pongas difícil.

Esme asintió una sola vez y me tomó de las manos.

—Lo más importante es no quedarse demasiado quieto o moverse demasiado rápido —me dijo.

—Siéntate cuando él lo haga —intervino Emmett—. A los humanos no les gusta estar parados.

—Deja que tus ojos vaguen de un lado a otro cada treinta segundos más o menos —añadió Jasper—. Los humanos no se quedan viendo fijamente las cosas durante mucho tiempo.

—Cruza las piernas durante cinco minutos y luego cambia y junta los tobillos durante otros cinco —comentó Rosalie.

Asentí a cada una de las sugerencias que me hicieron. El día anterior ya había notado que ellos hacían esas cosas. Pensé que sería capaz de imitar sus movimientos.

—Y pestañea por lo menos tres veces por minuto —aconsejó Emmett. Frunció el ceño y después se dirigió a toda velocidad hacia donde estaba la televisión por satélite, en el extremo de la mesa. La encendió y puso un partido de futbol universitario. Asintió para sí.

—También mueve las manos. Apártate el pelo de la cara o haz como si te estuvieras rascando algo —aportó Jasper a su vez.

—Dije "Esme" —se quejó Alice cuando regresó—. La van a confundir entre todos.

—No, creo que todo me sirvió —asentí—: sentarme, mirar alrededor, parpadear, acomodarme de vez en cuando.

—Muy bien —aprobó Esme, y me apretó los hombros.

Jasper puso mala cara.

—Debes contener el aliento tanto como sea posible, pero debes mover un poco los hombros para que *parezca* que respiras.

Inhalé una vez más, y después asentí de nuevo.

Edward me abrazó por el costado que tenía libre.

—Puedes hacerlo —me repitió, murmurándome las palabras de ánimo al oído.

—Dos minutos —anunció Alice—. Quizá deberías echarte en el sofá. Después de todo, has estado enferma. Así, al principio él no notará si te mueves bien o no.

Alice me empujó hacia el sofá. Yo intenté moverme lentamente, hacer que mis extremidades parecieran más torpes. Ella torció los ojos, por lo que supuse que no estaba haciendo un buen trabajo.

—Jacob, necesito a Renesmee —le dije.

Jacob puso mala cara y no se movió.

Alice sacudió la cabeza.

—Bella, eso no me ayuda a ver.

—Pero yo la necesito. Me ayuda a mantener la calma —el filo de pánico que denotaba mi voz era inconfundible.

—Perfecto —gruñó Alice—. Sostenla lo más quieta que puedas y yo intentaré ver a su alrededor —suspiró preocupada, como si se le hubiera pedido que trabajara horas extras en vacaciones. Jacob suspiró también, pero me trajo a Renesmee, y después se retiró con rapidez ante la cara de pocos amigos de Alice.

Edward tomó asiento a mi lado y nos abrazó a ambas. Se inclinó hacia delante y miró a la niña muy seriamente a los ojos.

—Renesmee, va a venir alguien especial a verte, a ti y a tu mamá —dijo con una voz muy solemne, como si esperara que ella entendiera palabra por palabra. ¿Era así? Ella le devolvió la mirada con sus ojos claros y graves—. Pero él no es como nosotros, ni siquiera como Jacob. Debes tener mucho cuidado con él. No le digas cosas de la manera que nos las dices a nosotros.

Renesmee le tocó la cara.

—Exactamente —dijo él—. Y va a hacer que sientas mucha sed, pero no debes morderlo. No se cura como Jacob.

—¿Crees que te entendió? —le susurré.

—Claro que me entiende. Vas a tener cuidado, ¿verdad, Renesmee? ¿Nos ayudarás?

La niña lo tocó de nuevo.

—No, no me preocupa que muerdas a Jacob. Eso me parece perfecto.

El aludido se rió entre dientes.

—Quizá deberías irte, Jacob —Edward se dirigió a él con voz muy fría, mirándolo de mala manera.

Edward no había perdonado a Jacob, porque sabía que, independientemente de lo que sucediera ahora, yo iba a sufrir de todos modos. Pero soportaría el ardor con alegría, si eso era lo peor a lo que tenía que enfrentarme esa noche.

—Le dije a Charlie que estaría por aquí —repuso Jacob—. Necesita un poco de apoyo moral.

—¿Apoyo moral? —se burló Edward—. Según lo que sabe Charlie, el monstruo más repulsivo que hay por aquí eres tú.

—¿Repulsivo? —protestó Jake, y después se rió para sus adentros.

Escuché los neumáticos dar vuelta en la carretera para tomar el camino de tierra húmeda de la entrada de los Cullen, y mi respiración se aceleró de nuevo. Si hubiera sido humana, mi corazón se habría puesto a martillar como loco. Me puso muy nerviosa que mi cuerpo no reaccionara como debía.

Me concentré en el acelerado ritmo del corazón de Renesmee para tranquilizarme, lo cual funcionó con bastante rapidez.

—Bien hecho, Bella —me susurró Jasper, aprobando mi esfuerzo.

Edward tensó su brazo sobre mis hombros.

—¿Estás seguro? —le pregunté.

—Seguro. Tú puedes hacer casi cualquier cosa —me sonrió y me besó.

No fue precisamente un besito en los labios, y mis salvajes reacciones vampíricas me tomaron desprevenida. Los labios de Edward eran como una dosis de algún compuesto químico extraño que entraba directamente en mi sistema nervioso. Casi de forma instantánea, ansiaba más y más. Me costó un gran esfuerzo de concentración recordar que tenía a la bebé en brazos.

Jasper percibió mi cambio de humor.

—Oye, Edward, sería mejor que no la distraigas justo en este momento. Necesita estar concentrada.

Edward se apartó.

—Ups —exclamó.

Me eché a reír. Ése había sido siempre mi problema desde el principio de todo esto, desde el primero de todos los besos.

—Más tarde —le dije, y la anticipación me estrujó el estómago hasta dejármelo hecho nudo.

—Concéntrate, Bella —me presionó Jasper.

—De acuerdo —dije, e hice a un lado mis estremecedoras sensaciones. Lo importante era mantener a salvo a Charlie hoy. Luego tendríamos toda la noche...

—Bella...

—Perdóname, Jasper.

Emmett se echó a reír.

El sonido del coche patrulla de Charlie se acercó más y más. El momento de distracción pasó y todo el mundo se quedó inmóvil. Crucé las piernas y practiqué los parpadeos.

El coche se estacionó ante la entrada de la casa, aunque el motor se mantuvo en marcha durante unos segundos. Me pregunté si Charlie estaría tan nervioso como yo. Entonces el motor se apagó y sonó un portazo. Luego tres pasos por la hierba y después el eco de ocho golpes sordos en los escalones de madera. Cuatro pasos más atravesaron el porche. Y luego silencio. Charlie inhaló profundamente dos veces.

Toc, toc, toc.

Yo también tomé aire por última vez. Renesmee se acurrucó más profundamente entre mis brazos, escondiendo el rostro entre mi pelo.

Carlisle salió a la puerta. Su expresión tensa se transformó en una de bienvenida, como si la televisión hubiera cambiado de canal.

—Hola, Charlie —dijo, aparentando estar un tanto avergonzado. De todas formas, se suponía que estábamos en Atlanta, en el Centro para la Prevención de Enfermedades, y Charlie sabía que le habíamos mentido.

—Carlisle —lo saludó Charlie con frialdad—. ¿Dónde está Bella?

—Estoy aquí, papá.

¡Uf! Sin querer, mi voz había sonado demasiado fuerte. Además, había usado parte de mi reserva de aire. Tragué apresuradamente un poco más, contenta de que el olor de Charlie no hubiera saturado la habitación todavía.

El rostro inexpresivo de Charlie me indicó lo fuera de lugar que había estado mi tono de voz. Se le pusieron los ojos redondos como platos cuando me vio.

Leí todas las emociones conforme se deslizaban por su rostro. Sorpresa. Incredulidad. Dolor. Pérdida. Miedo. Ira. Sospecha. Más dolor.

Me mordí el labio. Esto fue divertido porque mis nuevos dientes eran más agudos contra mi piel de granito que mis otros dientes contra mis blandos labios de antes.

—¿Eres tú, Bella? —susurró él.

—Sí —me estremecí ante mi voz como de campanillas—. Hola papá.

Él tomó una gran bocanada de aire para tranquilizarse.

—Hola, Charlie —lo saludó Jacob desde la esquina de la habitación—, ¿cómo estás?

Charlie miró con muy mala cara a Jacob, se estremeció ante el recuerdo y después volvió a clavar en mí la mirada.

Lentamente, cruzó la habitación hasta que estuvo a pocos pasos de mí. Echó una mirada acusadora sobre Edward, y después sus ojos se fijaron en mí. El calor de su cuerpo me golpeaba con cada latido de su corazón.

—¿Bella? —preguntó de nuevo.

Hablé con voz más baja, para intentar contener el tono cantarín.

—Soy yo, de verdad.

Sus mandíbulas se tensaron.

—Lo siento, papá —añadí.

—¿Estás bien? —me preguntó en tono exigente.

—Pues más que bien, de verdad —le aseguré—. Sana como un toro.

Y aquí se me acabó el oxígeno.

—Jake me dijo que había sido… necesario. Que te estabas muriendo —pronunció las palabras como si no creyera ni una sílaba.

Me armé de valor, me concentré en el peso cálido de Renesmee, me incliné hacia Edward para encontrar apoyo, e inhalé profundamente.

El olor de Charlie era como un puñado de llamas que me perforaba garganta abajo. Pero era mucho más que dolor.

También había una aguda punzada de deseo, porque Charlie olía más delicioso que cualquier otra cosa que pudiera haber imaginado. Era una tentación doble, pues por una parte era tan atractivo como los excursionistas anónimos que encontramos el día que estuve cazando, y por el otro estaba sólo a unos cuantos pasos, dispersando un calor y una humedad que me hacían agua la boca en el aire seco del lugar.

Pero ahora no estaba de cacería, y se trataba de mi padre.

Edward me apretó los hombros en ademán de simpatía y Jacob me lanzó una mirada de disculpa desde el otro lado de la habitación.

Intenté recuperarme, ignorar el dolor y el ansia de la sed. Charlie esperaba mi respuesta.

—Jacob te dijo la verdad.

—Entonces están de acuerdo —gruñó Charlie.

Tenía la esperanza de que Charlie pudiera ver a través de los cambios de mi rostro el remordimiento.

Debajo de mi pelo, Renesmee olisqueó el aroma de Charlie al mismo tiempo que yo. La sujeté con más fuerza.

Charlie vio cómo bajaba la mirada con ansiedad y la siguió.

—Ah, entiendo —exclamó, y la ira desapareció de su rostro, para quedar sólo la sorpresa—. Es ella, la huérfana que Jacob me dijo que habían adoptado.

—Mi sobrina —mintió Edward en voz baja. Seguramente se dio cuenta de que el parecido entre él y la niña era demasiado grande para pasarlo por alto. Mejor decir que eran parientes desde el principio.

—Creí que habías perdido a toda tu familia —replicó Charlie, mientras el tono de acusación volvía a su voz.

—Perdí a mis padres. Mi hermano mayor fue adoptado, como yo. Nunca lo volví a ver, pero un tribunal me localizó cuando él y su mujer murieron en un accidente de coche; la niña no tiene a nadie más.

Edward era tan bueno para estas cosas. Su voz era monótona, con la cantidad exacta de inocencia. Yo iba a necesitar mucha práctica para poder hacer lo mismo.

Renesmee observaba por entre mi pelo, olisqueando de nuevo. Miró a Charlie con timidez bajo sus largas pestañas y se escondió de nuevo.

—Ella es... bueno... es preciosa.

—Sí —admitió Edward.

—Es una gran responsabilidad, de todos modos, y ustedes dos apenas empezaron una vida juntos.

—¿Qué otra cosa podíamos hacer? —Edward frotó ligeramente los dedos sobre la mejilla de Renesmee y luego vi que tocaba sus labios durante un momento, en forma de recordatorio—. ¿Tú la habrías rechazado?

—Hum. Bueno... —sacudió la cabeza de manera ausente—, Jake dice que la llaman Nessie.

—No, no es así —repliqué con la voz aguda y cortante—. Se llama Renesmee.

Charlie volvió a dirigir su atención hacia mí.

—¿Y cómo te sientes al respecto? Quizá Carlisle y Esme podrían...

—Es mía —lo interrumpí—. La *quiero*.

Charlie puso mala cara.

—¿Quieres que sea abuelo tan joven?

Edward sonrió.

—También Carlisle es abuelo.

Charlie lanzó una mirada incrédula hacia Carlisle, que aún estaba de pie junto a la puerta de entrada. Parecía el hermano menor, y muy guapo, del dios Zeus.

Charlie bufó y después se echó a reír.

—Supongo que eso debería hacerme sentir un poco mejor —sus ojos regresaron a Renesmee—. Desde luego, es algo que vale la pena ver —su cálido aliento cubrió con ligereza el espacio que había entre nosotros.

Renesmee se inclinó para percibir mejor el olor, desprendiéndose de mi pelo y mirándolo fijamente a la cara, por primera vez. Charlie se agitó.

Sabía lo que él veía. Mis ojos, sus ojos, copiados con exactitud en aquel pequeño rostro perfecto.

Charlie comenzó a hiperventilar. Sus labios temblaron y pude leer en ellos los números que musitaba. Estaba contando hacia atrás, intentando encajar los nueve meses en uno solo. Intentaba ordenar la evidencia, pero no era capaz de encontrarle sentido.

Jacob se le se acercó para darle una palmadita en la espalda. Se inclinó para susurrarle algo al oído, sin saber que todos podíamos oírlo.

—No necesitas saberlo, Charlie. Créeme, todo está bien. Te lo aseguro.

Charlie tragó saliva y asintió. Pero después sus ojos llamearon y dio un paso hacia Edward con los puños firmemente cerrados.

—No quiero saberlo todo, ¡pero ya me harté de sus mentiras!

—Lo siento —replicó Edward con voz tranquila—, pero más que conocer la verdad, necesitas estar al tanto de la historia que haremos pública. Si vas a formar parte de este secreto, la historia que le diremos a todo el mundo es la única que cuenta. Es para proteger a Bella y a Renesmee, tanto como al resto de nosotros. ¿Podrás soportar las mentiras por ellas?

La habitación se quedó llena de estatuas y yo crucé los tobillos.

Entonces Charlie puso mala cara y me miró furioso.

—Niña, deberías haber buscado la forma de avisarme.

—¿Y crees que eso habría hecho todo esto más fácil?

Su gesto no mejoró. Se arrodilló frente a mí. Pude captar el movimiento de la sangre en su cuello, por debajo de la piel. También sentí su cálida vibración.

Y lo mismo hizo Renesmee. Sonrió y alzó una de sus manitas rosadas hacia él. Yo la sujeté y me puso la otra mano en la garganta; me mostró así su sed, su curiosidad y cómo se presentaba Charlie en sus pensamientos. Había un sutil matiz en su mensaje que me hizo pensar que ella había entendido las palabras de Edward a la perfección. Reconoció la sed, pero hizo caso omiso de ella en el mismo pensamiento.

—Vaya —exclamó Charlie con voz ahogada, y los ojos fijos en sus dientes perfectos—, ¿qué edad tiene?

—Creo que...

—Tres meses —repuso Edward, y después añadió lentamente—; bueno, por lo menos tiene el tamaño de un bebé de tres meses, más o menos. En algunos sentidos es más pequeña, y más madura en otros.

Renesmee lo saludó con la mano, intencionalmente.

Charlie parpadeó como si se hubiera vuelto tarado.

Jacob le dio un codazo.

—Te dije que era especial, ¿o no?

Él se encogió ante el contacto.

—Por favor, Charlie —gruñó Jacob—. Soy la misma persona de siempre, simplemente haz como si esta tarde no hubiera sucedido nunca.

El recuerdo hizo que los labios se le pusieran blancos, pero asintió una sola vez.

—Sólo por curiosidad, ¿cuál es exactamente tu papel en todo esto, Jake? —le preguntó—. ¿Qué tanto sabe Billy? ¿Por qué estás aquí? —miró a Jacob, quien a su vez observaba maravillado a Renesmee.

—Bueno, eso sí te lo puedo decir. Billy está al tanto de todo, pero eso tiene que ver con un montón de cosas sobre los licántro…

—¡Basta! —protestó Charlie, cubriéndose las orejas—, no importa.

Jacob mostró una amplia sonrisa.

—Todo va a estar bien, Charlie. Simplemente no creas nada de lo que veas.

Mi padre masculló algo ininteligible.

—¡Eso! —retumbó la voz grave de Emmett—. ¡Vamos, Gators[2]!

Jacob y Charlie se levantaron de un salto. Los demás nos quedamos quietos.

Charlie se recuperó y después miró a Emmett por encima del hombro.

—¿Va ganando Florida?

—Acaba de anotar el primer *touchdown* —confirmó Emmett. Lanzó una mirada en mi dirección, alzando las cejas como si fuera el villano en una obra de teatro—. Parece que por acá también alguien se anotó un tanto a su favor últimamente.

---

[2] Florida Gators es el equipo de la Universidad de Florida, campeones de futbol americano y basquetbol. [N. de los T.]

Contuve mi desaprobación como pude. ¿Lo decía aquí, enfrente de Charlie? Eso era pasarse de la raya.

Pero éste no entendía indirectas. Volvió a inhalar profundamente, tragando el aire con tanta desesperación como si intentara hacerlo llegar hasta la punta de sus pies. Lo envidié. Se tambaleó, rodeó a Jacob y prácticamente se dejó caer en una silla vacía.

—Bien —lanzó un suspiro—. Veamos si son capaces de mantener la ventaja.

26. Soy brillante

—No sé qué tanto contarle a Renée —admitió Charlie, titubeando con un pie ya del otro lado de la puerta. Se estiró y entonces su estómago gruñó.

Yo asentí.

—Ya lo sé, pero esperemos que no le dé un ataque. Además, así la protegemos. Estas cosas no son para gente cobarde —sus labios se torcieron hacia un lado en ademán de arrepentimiento—. Habría intentado protegerte a ti también, de haber sabido cómo. Pero supongo que tú nunca has entrado en la categoría de los cobardes, ¿o sí?

Le devolví la sonrisa, impulsando un aliento abrasador a través de mis dientes.

Charlie se palmeó el estómago con gesto ausente.

—Ya se me ocurrirá algo. Todavía hay tiempo para discutir esto, ¿verdad?

—Sí, todavía —le aseguré.

En algunos sentidos había sido un día muy largo, pero en otros, demasiado corto. A Charlie se le había hecho tarde para cenar; Sue Clearwater iba a cocinar para él y para Billy. Ésa sería, sin duda, una tarde algo incómoda, pero al menos cenaría comida de verdad. Estaba contenta de que alguien intentara salvarlo de morir de inanición, dada su poca habilidad como cocinero.

La tensión había hecho que los minutos pasaran lentamente a lo largo del día, tanto así, que Charlie no había relajado un solo momento los hombros, pero tampoco parecía tener prisa por irse. Vio dos partidos completos y, gracias a los cielos, estuvo tan absorto en sus pensamientos que no hizo caso de los sugerentes chistes de Emmett, que a cada momento se alejaban más del futbol y se cargaban de doble intención. También se quedó a ver los comentarios después del partido, y también las noticias. De hecho, no se le ocurrió moverse hasta que Seth le recordó la hora.

—No piensas plantar a mi madre y a Billy, ¿verdad, Charlie? No te preocupes, Bella y Nessie estarán aquí mañana. ¿Por qué no vamos por algo de comer?, ¿eh?

En los ojos de Charlie se leía su desconfianza ante la afirmación de Seth, pero lo dejó salir primero. La duda seguía presente cuando se detuvo. Las nubes se adelgazaban y la lluvia había desaparecido. Al parecer, el sol saldría justo para meterse de nuevo.

—Jake me dijo que se iban por mí —dijo entre dientes al salir.

—No quería hacer eso si había alguna manera de evitarlo. Por eso aún estamos aquí.

—Me dijo que se podrían quedar un poco más si era capaz de resistirlo y mantener la boca cerrada.

—Sí, pero no puedo prometerte que no tengamos que irnos en otra ocasión, papá. Es bastante complicado.

—No necesito saberlo —me recordó.

—Está bien.

—Entonces, ¿irás a visitarme si se tienen que ir?

—Te lo prometo, papá. Ahora que ya sabes lo suficiente, creo que esto puede funcionar. Me mantendré tan cerca como quieras.

Se mordió el labio durante medio segundo y después se inclinó lentamente hacia mí con los brazos extendidos de forma cautelosa. Cambié a Renesmee de brazo, ahora que estaba dormida, hacia el izquierdo, apreté los dientes, contuve el aliento y pasé mi brazo derecho sin apretar mucho alrededor de su cálida y blanda cintura.

—Pues mantente cerca de verdad, Bella —murmuró entre dientes—. Cerca de verdad.

—Te quiero, papá —susurré, también entre dientes.

Él se estremeció, se apartó, y yo dejé caer el brazo.

—Yo también te quiero, nena. Sea lo que sea que haya cambiado, eso sigue igual —tocó con un dedo la mejilla rosada de Renesmee—. Se parece muchísimo a ti.

Mantuve una expresión aparentemente despreocupada, y sólo comenté:

—Se parece más a Edward, creo —dudé, y después añadí—; tiene tu cabello rizado.

Charlie comenzó a decir algo, pero luego bufó.

—Hum. Supongo que sí. Vaya, conque abuelo... —sacudió la cabeza con incredulidad—. ¿Podré cargarla alguna vez?

Parpadeé sorprendida y luego me recuperé. Después de considerarlo durante medio segundo y evaluar el aspecto de Renesmee, que estaba profundamente dormida, decidí que podía forzar mi suerte al máximo, ya que las cosas parecían estar yendo tan bien…

—Toma —le dije, y se la pasé.

Automáticamente creó una torpe cuna con los brazos y yo coloqué allí a Renesmee, cuya piel no estaba tan caliente como la suya, pero hizo que me hormigueara la garganta al sentir cómo fluía el calor bajo la fina membrana. Allí donde mi piel rozó la suya, se le puso la carne de gallina. No estaba segura de si era una reacción a la temperatura de mi piel o algo totalmente psicológico.

Charlie gruñó por lo bajo cuando sintió su peso.

—Está… muy fuerte.

Yo puse mala cara, porque para mí era ligera como una pluma, aunque quizá mi capacidad de sopesar no era muy útil en este caso.

—Pero eso es muy bueno —comentó Charlie, al ver mi expresión. Y entonces murmuró para sus adentros—: más le vale ser dura, rodeada de toda esta demencia —meció los brazos lentamente, de un lado a otro—. Es la niña más bonita que he visto en mi vida, incluyéndote a ti, nena. Lo siento, pero es la verdad.

—Ya sé que así es.

—Qué bebé más precioso —repitió de nuevo, pero en este caso era algo más parecido a un arrullo que a otra cosa.

Lo vi en su rostro, pude observar cómo iba creciendo allí. Charlie era tan vulnerable a la magia que desprendía mi hija como el resto de nosotros. Dos segundos en sus brazos y ya era suyo.

—¿Puedo volver mañana?

—Claro que sí, papá. Aquí vamos a estar.

—Eso espero —dijo con dureza, aunque la expresión de su rostro era dulce, pues todavía miraba a Renesmee—. Nos vemos mañana, Nessie.

—¡No!, ¿tú también? ¡No!

—¿Qué?

—Se llama Renesmee. Como Renée y Esme, juntos. Y no hay variaciones —luché por mantener la calma, esta vez sin respirar profundamente como antes—. ¿Quieres saber cuál es su segundo nombre?

—Claro que sí.

—Carlie, con "ce". Como Carlisle y Charlie juntos.

Aquella sonrisa de Charlie que llenaba sus ojos de arruguitas me tomó desprevenida.

—Gracias, Bella.

—Gracias a ti, papá. Han cambiado tantas cosas y tan deprisa que a veces la cabeza no deja de darme vueltas. Si no te tuviera aquí conmigo, no sabría cómo mantenerme cerca de… la realidad —había estado a punto de decir "quien siempre he sido", pero probablemente era más información que la que él necesitaba.

El estómago de Charlie gruñó.

—Ve a cenar, papá. Estaremos aquí —y entonces recordé lo que se sentía hacer esa primera e incómoda inmersión en la fantasía, una sensación de que todo podría desaparecer a la luz del sol.

Charlie asintió y me devolvió a Renesmee a regañadientes. Echó una ojeada a la casa a mis espaldas y sus ojos se disgustaron al pasear la mirada por la gran sala. Todos seguían ahí, incluido Jacob, a quien escuché hacer una incursión en el refrigerador de la cocina. Alice estaba acomodada en el último peldaño de la escalera, con la cabeza de Jasper en su regazo; Carlisle tenía la cabeza inclinada sobre un grueso libro que había apoyado en sus muslos; Esme tarareaba para sus adentros mientras dibujaba en un cuaderno, y Rosalie y Emmett ponían los cimientos de una monumental casa de naipes bajo las escaleras. Edward se había instalado ante su piano y tocaba algo muy bajito para sí mismo. No había evidencia alguna de que el día estuviera a punto de terminar, de que fuera hora de cenar o de comenzar la preparación de las actividades apropiadas para el final de un día. Algo intangible había cambiado en la atmósfera. Los Cullen no estaban intentando parecer humanos con tanto interés como habitualmente lo hacían, y aunque la puesta en escena se había relajado muy poco, fue suficiente para que Charlie sintiera la diferencia.

Se estremeció, sacudió la cabeza y suspiró.

—Nos vemos mañana, Bella —luego hizo un gesto extraño y añadió—. Quiero decirte que no es que no te veas... bien. Creo que podré acostumbrarme.

—Gracias, papá.

Charlie asintió y caminó pensativo hacia su coche. Lo observé mientras se alejaba. Y sólo hasta que sentí que los neumáticos pisaban la autopista, me di cuenta de que lo había logrado. Había pasado todo el día sin lastimar a Charlie. Yo solita. ¡Quién decía que yo no tenía un superpoder!

Parecía demasiado bueno para ser cierto. ¿Sería posible tener a mi nueva familia y conservar algo de la pasada? Y yo que había pensado que el día anterior había sido perfecto.

—Guau —susurré. Parpadeé y sentí cómo se disolvía el tercer par de lentes de contacto.

El sonido del piano se detuvo de repente, los brazos de Edward me envolvieron por la cintura, y su barbilla se apoyó en mi hombro.

—Me quitaste la palabra de la boca.

—¡Edward, lo logré!

—Claro que sí. Eres increíble. Toda esa preocupación por convertirte en una neófita y resulta que todo sale a la perfección —se rió bajito.

—Yo ni siquiera estoy seguro de que Bella sea un vampiro de verdad, mucho menos de que sea uno reciente —intervino Emmett desde las escaleras—. Es demasiado moderada.

Volvieron a resonar en mis oídos todos los comentarios embarazosos que había hecho delante de mi padre, y probablemente fue una suerte seguir teniendo a Renesmee en brazos. Pero fui incapaz de controlar del todo mi reacción, así que le rugí entre dientes.

—Uy, qué susto —se rió Emmett.

Yo siseé y Renesmee se inquietó en mis brazos. Parpadeó varias veces y luego miró alrededor, con una expresión llena de confusión. Olfateó y después levantó la mano hasta mi cara.

—Charlie volverá mañana —le aseguré.

—Excelente —replicó Emmett, y esta vez Rosalie se rió con él.

—No estuviste especialmente brillante, Emmett —replicó Edward con resentimiento, mientras extendía las manos para que le diera a Renesmee. Él me guiñó un ojo cuando yo vacilé y, un poco confundida, se la entregué.

—¿Qué quieres decir? —exigió Edward.

—¿No te parece un poco tonto de tu parte hacer enojar al vampiro más fuerte que hay en la casa?

Emmett echó la cabeza hacia atrás y resopló.

—¡Por favor!

—Bella —murmuró Edward, dirigiéndose a mí mientras Emmett trataba de escuchar—, ¿te acuerdas de que hace unos cuantos meses te pedí que me hicieras un favor cuando fueras inmortal?

Esto hizo sonar unas campanas lejanas en mi mente. Buceé en aquellas borrosas conversaciones humanas. Un momento más tarde, recordé y exclamé:

—¡Oh...!

Alice entonó una larga risita, parecida al repicar de las campanas, y Jacob asomó la cabeza por la esquina, con la boca llena de comida.

—¿Qué? —gruñó Emmett.

—¿De verdad? —le pregunté a Edward.

—Confía en mí —replicó él.

Yo tomé una gran bocanada de aire.

—Emmett, ¿hacemos una pequeña apuesta?

Se levantó de inmediato.

—Genial. Vamos.

Me mordí el labio un segundo: él era tan grande...

—Claro, a menos que tengas miedo —sugirió él.

Me enderecé.

—Te reto a unas vencidas en la mesa del comedor. Ahora mismo.

La sonrisa de Emmett se extendió de oreja a oreja.

—Pero, Bella... —se apresuró a intervenir Alice— creo que a Esme le gusta mucho esa mesa. Es una antigüedad.

—Gracias —replicó Esme sin voz, articulando la palabra con los labios.

—No hay problema —repuso Emmett con una sonrisa resplandeciente—. Sígueme, Bella.

Cruzamos juntos la puerta trasera hacia el garaje y escuché cómo nos seguían los demás. Había una gran roca de granito entre un montón de piedras al lado del río. Claramente, ése era el objetivo de Emmett. Aunque la roca era algo redondeada e irregular, serviría para la ocasión.

Emmett puso su codo sobre la roca y me hizo un ademán con la otra mano para que me acercara.

Me puse nerviosa cuando vi contraerse los gruesos músculos de su brazo, pero mantuve una expresión indiferente. Edward me había asegurado que sería la más fuerte de todos, por lo menos durante una temporada, y parecía muy confiado en esa idea. Además, yo me sentía muy fuerte, pero ¿*tan fuerte?*, me pregunté al mirar los bíceps de Emmett. Yo no tenía ni siquiera dos días, y eso debía servir para algo, aunque claro, hasta ahora conmigo nada había resultado normal. Quizá no fuera tan fuerte como cualquier otro neonato y por eso me resultaba tan fácil mantener el control.

Intenté parecer despreocupada cuando puse mi codo sobre la piedra.

—De acuerdo, Emmett: si gano, no volverás a hablar de mi vida sexual con nadie, ni siquiera con Rose. Ninguna alusión ni indirectas ni nada.

Entrecerró los ojos.

—Trato hecho. Pero si yo gano, las cosas se pondrán bastante *peor* para ti.

Oyó cómo mi respiración se detenía bruscamente y sonrió con verdadera maldad. Vi en sus ojos que no estaba alardeando.

—¿Te vas a echar para atrás tan fácilmente, hermanita? —me provocó—. No hay mucho de salvaje en ti, ¿verdad? Apuesto a que no le han hecho ni un rasguño a esa cabaña —se echó a reír—. ¿No te ha contado Edward cuántas casas destruimos Rose y yo?

Apreté los dientes y agarré su mano gigantesca.

—Una, dos...

—Tres —gruñó él y empujó contra mi mano.

No ocurrió nada. Bueno, sólo que podía sentir la presión que ejercía, pero nada más. Mi mente nueva parecía bastante buena en toda clase de cálculos, así que podía afirmar con toda claridad que, si no hubiera encontrado algún tipo de resistencia, su mano se habría incrustado en la roca sin ninguna dificultad. La presión se incrementó y me pregunté al azar si un camión de cemento que fuera a sesenta kilómetros por hora cuesta abajo habría tenido la misma fuerza. ¿Y si fueran setenta y cinco? ¿Y ochenta? Probablemente era más.

Pero no lo suficiente para moverme. Su mano empujaba contra la mía con una fuerza demoledora, pero no me parecía nada desagradable. Extrañamente, incluso me sentía bien. Había tenido tanto cuidado con todo desde la última vez que me desperté, había intentado con tanto interés no romper nada, que esto era un extraño alivio para mis músculos. Podía dejar fluir la fuerza con naturalidad, no había necesidad de retenerla todo el tiempo.

Emmett gruñó, se le arrugó la frente y todo su cuerpo se tensó en una línea rígida contra el obstáculo de mi mano inmóvil. Lo dejé sudar, en sentido figurado, durante un buen rato, mientras disfrutaba de aquella fuerza enloquecida que corría por mi brazo.

Sin embargo, esto duró sólo unos cuantos segundos, pues terminé por aburrirme un poco. Entonces flexioné el brazo y Emmett perdió unos centímetros.

Me eché a reír. Emmett rugió ásperamente entre dientes.

—Sólo se trata de que mantengas la boca cerrada —le recordé, y entonces aplasté su mano contra la roca. Un crujido ensordecedor proyectó un eco entre los árboles.

La roca se estremeció y un trozo, de aproximadamente la octava parte de su masa, se desprendió a lo largo de una invisible línea de fractura y cayó al suelo con gran estruendo. De hecho, cayó sobre el pie de Emmett, y yo me reí para mis adentros. Alcancé a escuchar también las risas sofocadas de Edward y Jacob.

Emmett pateó los trozos de roca hacia el río, que partieron en dos un joven arce antes de chocar con un golpe sordo contra la base de un gran pino, donde rebotaron para terminar sobre un último árbol.

—Quiero la revancha. ¡Mañana!

—No va a desaparecer tan rápidamente —le dije—; quizá sería mejor que te diera un mes.

Emmett rugió, mostrando los dientes.

—Mañana.

—Bueno, bueno, lo que te haga feliz, hermano.

Mientras se alejaba a grandes zancadas, Emmett golpeó el granito, lo cual produjo una gran avalancha de fragmentos y polvo. Era como una especie de rabieta infantil.

Fascinada por la prueba innegable de que era más fuerte que el vampiro más fuerte que había conocido en mi vida, puse mi mano con los dedos bien extendidos contra la roca. Entonces apreté los dedos lentamente, aplastando más que excavando y la consistencia me recordó a la del queso duro. Terminé con un montón de grava en las manos.

—Genial —masculté.

Con una sonrisa creciente en el rostro, giré repentinamente y le di un golpe de karate a la roca con el borde de la mano. La roca chirrió, crujió y, en medio de una gran nube de polvo, se partió en dos.

Se me escaparon unas risitas.

No le puse atención a las otras risitas que se oían a mis espaldas, cuando golpeé y pateé el resto de la gran roca hasta que la reduje a fragmentos. Me la estaba pasando genial, sin dejar de reírme todo el rato. Sólo hasta que escuché la última risita, como un repique muy agudo de campanitas, dejé mi tonto juego.

—¿Ella acaba de reírse?

Todo el mundo se había quedado viendo a Renesmee con el mismo asombro que debía mostrar mi rostro.

—Sí —dijo Edward.

—¿Pero quién no se iba a reír? —masculló Jacob, poniendo los ojos en blanco.

—Dime que tú no te alocaste un poco en tu primera carrera, perro —bromeó Edward, sin que hubiera una rivalidad real en su voz.

—Eso es distinto —repuso Jacob, y observé sorprendida cómo le dio un puñetazo amistoso en el hombro a Edward—. Se supone que Bella es una mujer madura, casada, madre y todo eso. ¿No debería mantener una actitud más digna?

Renesmee puso mala cara y tocó el rostro de Edward.

—¿Qué quiere? —pregunté.

—Menos dignidad —replicó Edward con una gran sonrisa—. Se la pasó muy bien viendo cómo disfrutabas; tanto como yo.

—¿Acaso tengo un aspecto gracioso? —le pregunté a Renesmee, acercándome rápidamente y tendiendo mis brazos hacia ella del mismo modo que ella me los tendía a mí. La saqué de los brazos de Edward y le ofrecí el trozo de roca que tenía en la mano—. ¿Quieres probar tú?

Ella sonrió con aquella reluciente sonrisa suya y tomó la piedra con las dos manos. La apretó y se formó una pequeña arruga entre sus cejas mientras se concentraba.

Se escuchó un pequeño sonido, como un chirrido, y vimos un poco de polvo. Ella puso mala cara y me devolvió el trozo.

—Yo lo haré —le dije, y aplasté la piedra hasta reducirla a polvo.

Ella aplaudió y se rió, y ese sonido delicioso hizo que todos nos uniéramos a ella.

El sol salió repentinamente entre las nubes, lanzando unos largos rayos de color oro y rubí sobre nosotros diez. De inmediato me perdí en la belleza de mi piel a la luz del crepúsculo, asombrada por el espectáculo.

Renesmee acarició las suaves facetas que brillaban como un diamante, y después puso su brazo al lado del mío. Su piel tenía una tenue luminosidad, sutil y misteriosa. Nada que la obligara a recluirse en pleno día soleado como las refulgentes chispas que yo despedía. Me tocó el rostro, pensando en la diferencia que había entre nosotras, y se sintió contrariada.

—Pero tú eres la más hermosa —le aseguré.

—Pues yo no estoy completamente de acuerdo en eso —replicó Edward y cuando me volví para responderle, el reflejo de la luz del sol en su rostro me aturdió tanto que permanecí en silencio.

Jacob se había puesto la mano sobre los ojos, simulando protegerlos del fulgor.

—Bella, la chica fenómeno —comentó.

—Qué criatura tan sorprendente —murmuró Edward, como si estuviera de acuerdo con él, aunque más bien tomó el comentario de Jacob como un cumplido. Estaba tan deslumbrante como deslumbrado.

Y éste era un sentimiento extraño para mí (no debía sorprenderme, suponía yo, puesto que ahora todas las cosas eran extrañas para mí), el que esto se sintiera como algo natural. Cuando era humana, nunca había sido la mejor en nada. Junto a Renée yo parecía muy hábil, pero probablemente mucha gente lo hubiera hecho mejor que yo. De hecho, Phil parecía estar haciéndolo mucho mejor. Yo era buena estudiante, pero nunca la mejor de la clase, y obviamente nunca se podía contar conmigo para nada que tuviera que ver con el deporte. Tampoco tenía ningún talento particular en lo artístico ni en lo musical. Nadie me dio nunca un trofeo por leer libros y después de dieciocho años de mediocridad, estaba perfectamente acostumbrada a estar en la medianía. En ese momento me di cuenta de que hacía mucho tiempo que me había resignado a no brillar jamás en nada. Hacía lo mejor que podía con lo que tenía, pero no terminaba de encajar totalmente en mi propio mundo.

Pero esto era completamente distinto. Me había vuelto algo sorprendente, tanto para ellos como para mí misma. Era como si hubiera nacido para ser vampiro. Esa idea me dio ganas de reír, pero también de cantar. Había encontrado mi verdadero lugar en el mundo, el lugar en el que por fin encajaba, el lugar donde podía brillar.

27. Planes de viaje

Desde que me había convertido en vampiro me tomaba la mitología mucho más en serio.

Cuando recordaba mis primeros tres meses como inmortal, solía imaginar el aspecto que tendría el hilo de mi destino en el telar de las Parcas, porque claro, ¿quién podía saber si existían o no en realidad? Estaba convencida de que mi hilo había cambiado de color; pensaba incluso que podía haber comenzado como un tono beige encantador, algo insulso y combinable, algo que resultaría bien como fondo de las cosas. Ahora debía ser de un tono escarlata intenso o tal vez un dorado refulgente.

Las hebras de mi familia, amigos y vecinos se entretejían hasta formar un hermoso tapiz, deslumbrante, integrado por sus propios y brillantes colores.

Me sorprendían algunas de las hilazas que había terminado por incluir en mi vida. Por ejemplo, los licántropos, con sus colores amaderados, intensos, no eran algo que hubiera podido esperar, como Jacob y Seth, por supuesto, pero mis viejos amigos Quil y Embry acabaron por convertirse también en parte de la tela cuando se unieron a la manada de Jacob, e incluso Sam y Emily terminaron por mostrar una cierta cordialidad. Las tensiones entre nuestras familias se redujeron en buena parte gracias a Renesmee, que era adorable.

También se entrelazaron en nuestras vidas los hilos de Sue y Leah Clearwater, otros dos que no había previsto. Sue parecía haber tomado en sus manos la tarea de suavizar la transición de Charlie hacia un mundo de fantasía. Solía acompañarlo a casa de los Cullen casi todos los días, aunque en realidad nunca pareció sentirse cómoda con el comportamiento de su hijo en particular y con la manada de Jacob en general. No acostumbraba hablar; se limitaba a merodear en torno de Charlie con ademán protector. Ella era la primera persona a la que él miraba cuando la niña hacía algo inquietante, excesivamente avanzado para su edad, lo cual sucedía a menudo. En respuesta, Sue le dirigía una mirada significativa a Seth, como si le dijera: "Muy bien: tendrás que explicarme a qué se debe esto".

Leah estaba aún más incómoda que Sue y era el único miembro de nuestra recientemente ampliada familia que se mostraba abiertamente hostil a la fusión. Sin embargo, ella y Jacob habían desarrollado una nueva camaradería que la mantenía en conexión con todos los demás. Una vez le pregunté a él, no sin cierta vacilación, pues no quería entrometerme, pero la relación que había entre ellos era tan distinta de como solía ser, que me hizo sentir curiosidad. Él se encogió de hombros y me contó que era un asunto de la manada. Ahora ella era su segunda al mando, su "beta", como decía desde hacía tiempo.

—Supongo que mientras deba andar metido en este rollo de alfa y creérmelo y todo eso —me explicó Jacob—, será mejor que cumpla con las formalidades.

Esa nueva responsabilidad hacía que a menudo Leah sintiera la necesidad de controlar el paradero del jefe de su manada, y teniendo en cuenta que él estaba siempre con Renesmee…

Leah no se sentía para nada feliz de estar tan cerca de nosotros, pero ella era la excepción. La felicidad era el principal componente de mi vida ahora y el principal diseño de mi tapiz. Tanto que mi relación con Jasper era ahora mucho más cercana que lo que jamás había soñado que pudiera ser.

Sin embargo, al principio eso me hacía sentir algo molesta.

—¡Ya basta! —me quejé con Edward una noche después de que dejamos a Renesmee en su cuna de hierro forjado—. Si no he matado a Charlie o a Sue, probablemente eso ya no ocurrirá. ¡Me gustaría que Jasper dejara de andar a mi alrededor todo el día!

—Nadie duda de ti, Bella, ni lo más mínimo —me aseguró él—. Ya conoces a Jasper, no puede resistirse a un buen clima emocional. Tú derrochas tanta felicidad todo el tiempo, amor, que se siente atraído hacia ti sin darse cuenta. No lo hace de manera consciente.

Y entonces Edward me abrazó estrechamente, porque nada le agradaba más que el éxtasis sobrecogedor que sentía en esta nueva vida.

Y yo estaba eufórica casi siempre. Los días no eran bastante largos para poder disfrutar de la adoración que sentía por mi hija; y las noches no tenían horas suficientes para satisfacer mi necesidad de Edward.

Sin embargo, había un punto débil en esta alegría. Me imagino que era como mirar el reverso de la tela de nuestras vidas: los hilos del diseño en la parte de atrás estaban desvaídos y grisáceos por la duda y el miedo.

Renesmee pronunció su primera palabra cuando cumplió exactamente una semana de edad. La palabra fue "mami", y debería haberme hecho feliz todo el día, excepto porque me aterraban tanto los progresos que iba haciendo que apenas pude obligar a mi rostro paralizado a devolverle la sonrisa. Y el hecho de que a la palabra le siguiera la primera frase completa, sin siquiera detenerse a respirar, no fue de mucha ayuda.

—¿Dónde está el abuelito, mami?

La enunció con una clara y aguda voz de soprano. Se había tomado la molestia de hablar sólo porque yo estaba al otro lado de la habitación. Ya le había preguntado a Rosalie usando su medio de comunicación normal, o anormal, según como se viera. Renesmee se había vuelto hacia mí porque Rosalie ignoraba la respuesta.

Algo parecido ocurrió cuando caminó por primera vez, poco más de tres semanas más tarde. Se había quedado mirando a Alice durante un buen rato, observándola con interés mientras su tía arreglaba ramos de flores en los jarrones dispersos por la habitación, bailoteando de un lado a otro con los brazos llenos de flores. La niña se puso de pie, sin tambalearse para nada, y cruzó la habitación casi con la misma gracia.

Jacob había estallado en aplausos, porque ésa era claramente la reacción que deseaba Renesmee. La manera en que él se vinculaba con ella convertía sus propias reacciones en algo secundario; su primer impulso era siempre darle a la niña cualquier cosa que necesitara, pero cuando nuestros ojos se encontraron, vi reflejado en ellos todo el pánico que mostraban los míos. Lo imité y, en un intento de esconder el miedo para que ella no lo percibiera, aplaudí también, igual que Edward, que se hallaba a mi lado y no tuvo que poner sus pensamientos en palabras para que yo supiera que eran los mismos.

Edward y Carlisle se sumergieron en una investigación dirigida a obtener todo tipo de respuestas acerca de lo que podíamos esperar. No había mucho que encontrar y nada que confirmar.

Alice y Rosalie comenzaban el día con un desfile de modas. Renesmee nunca se ponía lo mismo dos veces, en parte porque rápidamente la ropa le quedaba pequeña y en parte porque Alice y Rosalie querían crear un álbum de fotos que diera la impresión de reflejar una infancia de varios años en vez de semanas. Para ello tomaban miles de fotografías, documentando cada fase de su crecimiento acelerado.

A los tres meses Renesmee tenía el aspecto de un niño grande de un año o de uno pequeño de dos. No tenía precisamente la constitución de un niño de esa edad, pues era más esbelta y más graciosa y sus proporciones eran más equilibradas, como las de un adulto. Sus rizos de color bronce le llegaban a la cintura y no soportaba la idea de cortárselos, aunque Alice lo hubiera permitido. Renesmee era capaz de hablar con una entonación y una gramática impecables, pero rara vez se molestaba en usarlas, porque prefería simplemente mostrarle a la gente lo que quería. No sólo caminaba, sino que también corría y bailaba, e incluso sabía leer.

Me veía obligada a buscar continuamente nuevo material, porque a Renesmee no le gustaba repetir las historias para irse a dormir, como supuestamente le complacía a otros niños, y además no tenía ni pizca de paciencia con los libros ilustrados. Una noche me puse a leerle unos versos de Alfred Tennyson porque el flujo y el ritmo de su poesía parecían relajantes. Alzó la mano para tocarme la mejilla, con una imagen de nosotras dos en la mente, sólo que esta vez era *ella* la que sostenía el libro. Se lo entregué con una sonrisa.

—"Hay aquí una dulce música" —leyó sin vacilación—, "que cae con más suavidad que los pétalos sobre la hierba tras desprenderse de las rosas, o el rocío de la noche sobre aguas tranquilas entre las paredes de granito sombrío de un desfiladero reluciente...".[1]

Mi mano se movía con torpeza, como la de un robot, cuando recuperé el libro.

—Si eres tú la que lee, ¿cómo te vas a dormir? —le pregunté con una voz en la que apenas se disimulaba el temblor.

Según los cálculos de Carlisle, el ritmo de crecimiento de su cuerpo iba disminuyendo paulatinamente, aunque su mente continuaba su prodigioso salto hacia delante. Sería una adulta en menos de cuatro años, incluso aunque el ritmo de decrecimiento se ampliara.

Cuatro años. Y una anciana a los quince.

Sólo quince años de vida.

Pero ella estaba tan sana, vital, brillante, deslumbrante y feliz. Su evidente bienestar me hacía más fácil ser feliz a su lado, viviendo el momento y dejando los problemas del porvenir para el día de mañana.

Carlisle y Edward analizaban en voz baja nuestras opciones para el futuro desde cada ángulo posible, y yo procuraba no escucharlos. Ellos nunca mantenían esas conversaciones en presencia de Jacob, ya que sólo *había* una manera de detener el envejecimiento, y era una que no le causaría ninguna emoción. Y a mí tampoco. ¡Es demasiado peligroso!, me gritaban mis instintos. Jacob y Renesmee se parecían en muchos aspectos, por ser ambos seres a medias, dos cosas a la vez. Y todas las historias de licántropos insistían en que la ponzoña vampírica era una sentencia de muerte más que un camino hacia la inmortalidad.

---

[1] Fragmento inicial del poema "Los lotófagos", de Tennyson. [N. de los T.]

Los dos habían terminado ya toda la investigación que se podía hacer a distancia y se estaban preparando para rastrear las viejas leyendas en sus fuentes mismas. Íbamos a regresar a Brasil, para empezar allí mismo. Los ticunas tenían leyendas sobre niños como Renesmee, y si habían existido otros como ella, quizá quedara alguna historia sobre el ciclo vital de niños mortales a medias…

Lo único que faltaba definir era exactamente cuándo íbamos a ir.

Yo era la causa de la demora. Una pequeña parte se debía a mi deseo de permanecer cerca de Forks hasta después de las vacaciones, por el bien de Charlie, pero había un viaje distinto que yo sabía que tendríamos que realizar primero, y que tenía una clara prioridad. Además, debía ser una excursión a solas.

Ésa había sido la única discusión que Edward y yo habíamos tenido desde que me había convertido en vampiro. El único punto del enfrentamiento era el asunto de ir sola, pero los hechos estaban ahí y mi plan era el único que tenía sentido, desde un punto de vista racional: debía realizar una visita a los Vulturi, y tenía que ir completamente sola.

No lograba olvidarlos a pesar de haberme liberado de las viejas pesadillas y de cualquier tipo de sueños. Tampoco ellos nos habían abandonado sin dejarnos uno que otro recordatorio.

No supe que Alice les había enviado un anuncio de boda a los líderes de los Vulturi hasta que recibí el regalo de Aro. Estábamos muy lejos, en la isla Esme, cuando había tenido una visión de sus soldados, entre ellos Jane y Alec, los gemelos de poderes devastadores. Cayo planeaba enviar una partida de caza para ver si, contra su edicto, todavía era humana, porque yo debía convertirme o ser silenciada para siempre dada la amplitud de mis conocimientos sobre el mundo de la noche.

Así que Alice había enviado el anuncio por correo con la esperanza de retrasar su actuación, mientras ellos descifraban el significado oculto; pero en algún momento vendrían. Eso era seguro.

El regalo en sí no era una abierta amenaza. Extravagante, sí, casi atemorizante a causa de su excentricidad. La advertencia estaba en la frase de despedida de Aro, escrita de su puño y letra con tinta negra en un cuadrado de pesado papel blanco:

Aspiro con deleite a ver a la nueva señora Cullen en persona.

El regalo venía en una antigua caja de madera elaboradamente tallada, con incrustaciones de oro y madreperla y adornada con un arco iris de gemas. Según Alice, la caja en sí misma era un tesoro de valor incalculable, que podría haber opacado a cualquier pieza de joyería que pudiera venir adentro.

—Siempre me he preguntado a dónde fueron a parar las joyas de la Corona después de que Juan de Inglaterra las empeñara en el siglo XIII —comentó Carlisle—. Supongo que no me sorprende que los Vulturi participaran en ello.

La gargantilla de oro era sencilla: una gruesa cadena con eslabones en forma de escamas, imitando a una suave serpiente que podía enrollarse alrededor del cuello. De ella colgaba una joya: un diamante blanco del tamaño de una pelota de golf.

El poco sutil recordatorio de la nota de Aro me interesó más que la misma joya. Los Vulturi necesitaban cerciorarse de mi inmortalidad y de la obediencia de los Cullen, y no tardarían en querer comprobar ambas cosas. Y yo no quería verlos cerca de Forks, así que sólo había una manera de mantener a salvo nuestra vida aquí.

—No vas a ir sola —había insistido Edward entre dientes, con los puños apretados.

—No me harán daño —repliqué yo en el tono de voz más tranquilizador que pude improvisar, forzándola a que sonara segura—. No tienen motivos para eso, ahora soy un vampiro. Caso cerrado.

—No. No, ni hablar.

—Edward, es la única manera de proteger a la niña.

Y él había sido incapaz de argumentar en contra de eso. Mi lógica era clara como el agua.

Incluso durante el corto tiempo que había visto a Aro me di cuenta de que su naturaleza era la del coleccionista, y las piezas que más valoraba eran las vivas. Codiciaba la belleza, el talento y la rareza en sus seguidores inmortales más que cualquier joya que pudiera atesorar en las bóvedas de su hogar. Ya era bastante desafortunado que ambicionara las capacidades de Alice y Edward; yo no quería darle más razones para que estuviera celoso de la familia de Carlisle. Renesmee era hermosa, tenía un don y era única; sólo existía ella en su especie. Él no debía verla ni siquiera a través de los pensamientos de otro.

Y yo era la única a la cual era incapaz de leerle el pensamiento, motivo por el cual debía ir sola.

Alice no preveía ningún problema en mi viaje, pero le preocupaba la escasa definición de sus visiones. Decía que a veces percibía algo brumoso cuando había decisiones externas que podrían entrar en conflicto, pero que aún no habían sido resueltas con solidez. Esta falta de certeza hacía que Edward, que ya tenía dudas, se opusiera resueltamente a mi propósito. Quería acompañarme hasta que hiciera la conexión en Londres, pero yo no quería dejar a Renesmee sin *ambos* padres, así que Carlisle podía venir en su lugar. Saber que él estaría a unas cuantas horas de distancia nos relajó un poco a los dos.

Alice continuó revisando el futuro, pero sus hallazgos no tenían relación alguna con lo que ella estaba buscando. Una nueva tendencia en el mercado de valores, una posible visita de reconciliación por parte de Irina, aunque su decisión aún no era firme, una tormenta de nieve que no nos afectaría al menos durante otras seis semanas, una llamada de Renée, para la cual yo estaba practicando una voz algo más "ruda" que lo habitual, y en la que mejoraba día a día, porque según lo que ella sabía yo todavía estaba enferma, aunque recuperándome.

Compramos los pasajes para Italia un día después de que Renesmee cumpliera tres meses. Planeaba que fuera una expedición muy corta, así que no había hablado del tema con Charlie. Jacob lo sabía y se puso del lado de Edward en este asunto. Sin embargo, la discusión de hoy era sobre Brasil, porque él estaba decidido a ir con nosotros.

Los tres, Jacob, Renesmee y yo, salimos de cacería juntos. La dieta de sangre animal no era la favorita de la niña, y ése era el motivo por el cual se le permitía a Jacob acompañarnos. Jacob lo había convertido en una competencia entre los dos y eso hacía que estuviera más que dispuesta.

Renesmee tenía muy claro el asunto de si era bueno o malo cazar humanos, por eso para ella la sangre donada era un buen acuerdo. La sangre humana la satisfacía y parecía ser compatible con su sistema, pero reaccionaba a toda clase de comida sólida con la misma resignación martirizada que yo había mostrado en algún momento ante la coliflor y las espinacas, pero al menos la sangre animal era mejor que eso. Tenía una naturaleza competitiva y el reto de vencer a Jacob hacía que viera la cacería con expectación.

—Jacob —le dije, intentando razonar con él de nuevo, mientras Renesmee bailoteaba adelante de nosotros en el gran claro, buscando un olor que le gustara—, tú tienes obligaciones aquí: Seth, Leah…

Él resopló.

—No soy la niñera de la manada. De todos modos, ellos también tienen responsabilidades en La Push.

—¿Y tú no? ¿Acaso vas a dejar la escuela oficialmente? Si quieres mantenerte al nivel de Renesmee, vas a tener que estudiar realmente a fondo.

—Sólo me estoy tomando un año sabático. Regresaré a la escuela cuando las cosas vayan… mejor.

Perdí la concentración en mi parte de la discusión cuando él dijo eso, y automáticamente ambos miramos a la niña. Ella veía cómo los copos de nieve revoloteaban por encima de su cabeza, derritiéndose antes de llegar a la hierba que amarilleaba en el enorme prado en forma de punta de flecha donde nos encontrábamos. Su arrugado vestido de color marfil era sólo un tono más oscuro que la nieve, y sus rizos café rojizo resplandecían aunque el sol estaba bien oculto detrás de las nubes.

Se agazapó durante un instante y luego saltó a unos cinco metros de altura por el aire delante de nosotros. Sus pequeñas manos atraparon un copo y se dejó caer con ligereza sobre sus pies.

Se volvió hacia nosotros con su sorprendente sonrisa, algo a lo que, de verdad, era imposible acostumbrarse, y abrió las palmas de las manos para mostrarnos la estrella de hielo de seis puntas perfectamente formada antes de que se derritiera.

—Qué bonita —le contestó Jacob, apreciando su gesto—, pero creo que estás perdiendo el tiempo, Nessie.

Ella corrió de regreso hacia Jacob y él le tendió los brazos exactamente en el momento en que ella saltó dentro de ellos.

Siempre se movían de un modo absolutamente sincronizado. Ella hacía esto cuando tenía que decirle algo, porque seguía prefiriendo no hablar en voz alta.

Renesmee tocó su rostro, y puso una mala cara que resultaba adorable cuando escuchamos el sonido de un pequeño rebaño de alces alejándose por el bosque.

—¿Segurísimo que no tienes sed, Nessie? —repuso Jacob con cierto tono sarcástico, pero más indulgente que otra cosa—. ¡Lo que pasa es que te da miedo que otra vez sea yo el que atrape el más grande!

Ella saltó al suelo de nuevo desde los brazos de Jacob, aterrizando con ligereza, y torció los ojos, en un gesto que la hacía parecerse enormemente a Edward. Y luego salió disparada entre los árboles.

—Ya entendí — dijo Jacob cuando me incliné como si fuera a seguirla, y se arrancó la camiseta mientras salía corriendo detrás de ella hacia el bosque, temblando ya—. No vale si haces trampa —le gritó a Renesmee.

Le sonreí a las hojas que habían dejado flotando detrás de ellos, sacudiendo la cabeza. Algunas veces Jacob era más infantil que la misma Renesmee.

Hice una pausa, dándole a los cazadores una ventaja de unos cuantos minutos. Era de lo más sencillo seguirles la pista y a Renesmee le encantaría sorprenderme con el tamaño de su presa. Sonreí otra vez.

El estrecho prado estaba muy tranquilo y desocupado. Los copos revoloteaban y se disolvían para desaparecer antes de caerme encima. Alice había visto que no nevaría hasta dentro de bastantes semanas.

Por lo general, Edward solía acompañarme en estas expediciones de caza, pero hoy estaba con Carlisle, planeando el viaje a Río, discutiendo el tema a espaldas de Jacob. Fruncí el ceño. Cuando volviera, me pondría de su parte. Él *debía* venir con nosotros; se jugaba en esto casi tanto como cualquiera de nosotros, ya que arriesgaba su vida, igual que la mía.

De forma rutinaria recorrí con los ojos la ladera de la montaña en busca de presas y peligros, mientras mi mente vagaba por los inminentes acontecimientos. No pensé en ello; el impulso fue automático.

O quizá había una razón para que me pusiera a vigilar, algo imperceptible que disparaba mis agudos sentidos incluso antes de que yo fuera consciente de ello.

Cuando mis ojos recorrieron el borde de un acantilado distante, que alzaba su contorno azul grisáceo contra el verde casi negro del bosque, un fulgor plateado, ¿o tal vez dorado?, atrapó mi atención.

Mi mirada se concentró en el color que no debía estar allí, tan lejano en la bruma que ni un águila hubiera sido capaz de descubrirlo. Me quedé observándolo.

Ella me devolvió la mirada.

No cabía duda de que se trataba de una vampira. Su tez era del tono blanco del mármol, y su textura un millón de veces más suave que la de la piel humana. Incluso bajo las nubes, relucía ligeramente. Y si no la hubiera delatado la piel, lo habría hecho la inmovilidad: sólo los vampiros y las estatuas eran capaces de quedarse tan perfectamente quietos.

Tenía el pelo de color rubio muy claro, casi plateado. Ése había sido el resplandor que había captado mi atención; le caía recto, como cortado con una regla, hasta la altura del mentón, partido en dos lados iguales por una raya en medio.

Era una extraña para mí, y estaba totalmente segura de que jamás la había visto antes, ni siquiera cuando era humana.

Ninguno de los rostros que había en mi nebulosa memoria era como éste, pero la reconocí por sus oscuros ojos dorados.

Irina había decidido venir, después de todo.

Durante un momento me quedé mirándola y ella me devolvió la mirada. Me pregunté si adivinaría mi identidad de inmediato. Levanté la mano a medias, como para saludar, pero su labio se torció un poco, dándole a su rostro un aspecto repentinamente hostil.

Escuché el grito de victoria de Renesmee en el bosque y enseguida el aullido de Jacob, haciéndole eco, y vi cómo el rostro de Irina se contraía en respuesta al sonido, que le llegó unos segundos más tarde. Su mirada se deslizó ligeramente hacia la derecha, y supe lo que estaba viendo. Un enorme licántropo de color rojizo, quizá el mismo que había matado a su Laurent. ¿Cuánto tiempo llevaba observándonos? Seguro que el suficiente para apreciar la naturaleza y profundidad del cambio que se había producido entre nosotros.

Su rostro se contrajo en un espasmo de dolor.

De forma instintiva, abrí las manos frente a mí en un gesto de disculpa. Mientras me daba la espalda, curvó el labio hacia arriba sobre los dientes, abrió la boca y aulló.

Cuando el tenue sonido me llegó, ella ya había dado media vuelta y desaparecido en el bosque.

—¡Demonios! —gruñí.

Salí disparada hacia el bosque en busca de Renesmee y Jacob, preocupada por no tenerlos a la vista. No sabía en qué dirección se había ido Irina, o qué tan furiosa estaba en esos momentos. La venganza era una obsesión bastante común entre los vampiros, y no era nada fácil de suprimir.

Corriendo a máxima velocidad, sólo me llevó dos segundos alcanzarlos.

—El mío es más grande —insistía Renesmee cuando me precipité entre los espesos arbustos hasta el pequeño claro donde estaban.

Las orejas de Jacob se aplastaron hacia atrás cuando reconoció mi expresión; se inclinó hacia adelante, mostrando los dientes, con el hocico ensangrentado después de la cacería. Sus ojos recorrieron el bosque y pude escuchar el gruñido que comenzaba a formarse en su garganta.

La niña estaba tan alerta como Jacob. Abandonó al ciervo muerto, saltó hacia mis brazos, que ya la esperaban, y presionó sus manos curiosas contra mis mejillas.

—Es una reacción exagerada —les aseguré rápidamente—. Todo está bien, o eso creo. Tranquilos.

Saqué el teléfono celular y presioné el botón de marcación rápida. Edward contestó al primer timbrazo. Jacob y la niña escucharon atentamente a mi lado mientras informaba a Edward.

—Ven, trae a Carlisle —dije tan deprisa que me pregunté si Jacob podría entender la frase—, vi a Irina y ella me vio a mí, pero entonces percibió a Jacob, se enfureció y huyó, creo. Se dejó ver, bueno, o algo así, pero parecía bastante enojada, o tal vez se enojó después. Si es así, Carlisle y tú deben alcanzarla y hablar con ella. Me siento fatal.

El gruñido de Jacob retumbó.

—Estaremos ahí en medio minuto —me aseguró Edward y escuché el roce del viento que generó su carrera.

Nos apresuramos hacia el prado grande y allí esperamos en silencio mientras yo aguzaba el oído para detectar si se aproximaba alguien que no pudiéramos reconocer.

Pero el primer sonido que percibí era muy conocido. En un instante Edward estuvo a mi lado, y Carlisle llegó unos cuantos segundos más tarde. Me sorprendió escuchar el conjunto de pesadas y grandes patas que siguió a Carlisle. Supongo que no debía haberme sorprendido que Jacob hubiera pedido refuerzos; era lo normal si el más mínimo peligro amenazaba a Renesmee.

—Estaba allá, en lo alto de aquel acantilado —les dije con rapidez, señalando el punto exacto. Si Irina estaba huyendo ya llevaba una buena ventaja; ¿se detendría para escuchar a Carlisle? Su expresión me hacía pensar que no—. Quizá deberían haberle dicho a Emmett y Jasper que vinieran con ustedes. Parecía... realmente enojada. Me gruñó.

—¿Qué? —inquirió Edward con voz alterada.

Carlisle puso una mano sobre su hombro.

—Está sufriendo. Yo iré a buscarla.

—Yo voy contigo —insistió Edward.

Intercambiaron una larga mirada, en la que quizá Carlisle estuvo sopesando la irritación de Edward hacia Irina contra su capacidad de ayudar como lector de mentes. Finalmente Carlisle asintió y ambos se fueron para seguir el rastro, sin llamar a Emmett o Jasper.

Jacob, enojado, me empujó por la espalda con la nariz. Quería llevar a Renesmee de vuelta a la seguridad de la casa, sólo por si acaso. Estuve de acuerdo con él en eso y nos apresuramos hacia la casa, con Seth y Leah flanqueándonos.

Renesmee estaba encantada en mis brazos, con una mano aún descansando en mi mejilla. Como la expedición de caza se había suspendido, tendría que arreglárselas con la sangre donada. Sus pensamientos eran bastante autocomplacientes.

28. El futuro

Carlisle y Edward no pudieron interceptar a Irina antes de que su rastro desapareciera en el estrecho. Nadaron hasta el otro lado para ver si se había ido en línea recta, pero no había pista alguna de ella en kilómetros en ambas direcciones a partir de la playa que daba al este.

Era mi culpa; ella había venido para hacer las paces con los Cullen, tal y como Alice había visto, sólo para llenarse de ira al ver mi camaradería con Jacob. Desearía haberla visto antes de que mi amigo el lobo entrara en fase. También deseaba haber ido a cazar a cualquier otro lado.

No había mucho que hacer. Carlisle había llamado a Tanya con aquellas noticias tan decepcionantes. Tanya y Kate no habían visto a Irina desde que decidieron ir a mi boda, y estaban consternadas de que hubiera llegado tan cerca sin volver a casa. Para ellas no era fácil haber perdido a su hermana, por muy temporal que fuera la separación. Me pregunté si esto les traería dolorosos recuerdos de cuando habían perdido a su madre, hacía ya tantos siglos.

Alice pudo captar algunos atisbos del futuro inmediato de Irina, aunque nada demasiado concreto. No iba a regresar a Denali, y eso era todo lo que Alice podía decir. La imagen era nebulosa. Casi todo lo que había podido entrever era que Irina estaba visiblemente alterada y que vagaba con una expresión devastada en el rostro por tierras salvajes barridas por la nieve… ¿hacia el norte?, ¿hacia el este? No había tomado ninguna decisión definida sobre qué hacer, más allá de ese vagabundeo entristecido y sin dirección precisa.

Los días pasaron y aunque evidentemente no olvidé nada, Irina y su dolor se trasladaron al fondo de mi mente. Había cosas más importantes que pensar ahora. Me iría a Italia en pocos días y todos partiríamos a Sudamérica en cuanto regresara.

Ya habíamos repasado cientos de veces hasta el menor de los detalles: comenzaríamos con los ticunas, rastreando sus leyendas hasta donde pudiéramos llegar, lo más cerca posible de sus fuentes. Ahora que se había acordado que Jacob vendría con nosotros, él había tomado parte importante en los planes, ya que no parecía probable que la gente que creía en los vampiros quisiera contarnos a nosotros sus historias. Si los ticunas nos llevaban a un callejón sin salida, en la zona había otras tribus relacionadas con ellos que podríamos investigar. Carlisle tenía algunos viejos amigos en el Amazonas; si éramos capaces de encontrarlos, también podrían tener información para nosotros. O al menos alguna sugerencia sobre adónde podríamos ir para buscar las respuestas. Quedaban tres vampiros en el Amazonas, y era poco probable que alguno tuviera relación alguna con las leyendas de vampiros híbridos, ya que todas eran mujeres. No había manera de saber adónde nos llevaría nuestra búsqueda.

Todavía no le había hablado a Charlie de la larga excursión que íbamos a emprender, y le daba vueltas a la forma más adecuada de decírselo mientras continuaba la discusión entre Edward y Carlisle. ¿Cómo podría contarle las novedades de la mejor manera?

Me quedé mirando a Renesmee mientras debatía la cuestión para mis adentros. Ahora estaba acurrucada en el sofá, con la respiración más lenta debido al sueño profundo y los rizos desordenados en torno a su rostro. Edward y yo solíamos llevarla a nuestra cabaña para acostarla, pero esa noche nos habíamos quedado con la familia porque él y Carlisle estaban enfrascados en sus planes.

Mientras tanto, Emmett y Jasper estaban emocionados con la perspectiva de explorar las posibilidades de caza. El Amazonas ofrecía un cambio en nuestras presas habituales. Jaguares y panteras, por ejemplo. Emmett tenía el capricho de luchar contra una anaconda. Esme y Rosalie estaban planeando qué meterían en las maletas. Jacob había salido con la manada de Sam, preparando las cosas para su propia ausencia.

Alice se movió lentamente —para ella— alrededor de la gran habitación, arreglando innecesariamente aquel espacio ya inmaculado, enderezando las guirnaldas que Esme había colgado a la perfección. En ese preciso momento estaba reacomodando los jarrones justo en el centro del aparador. Por el modo en que cambiaba su rostro —ahora consciente, luego ausente, consciente de nuevo— pude saber que estaba revisando el futuro. Yo suponía que estaba intentando ver lo que nos esperaba en Sudamérica a través de los puntos ciegos que Jacob y Renesmee provocaban en sus visiones, hasta que Jasper dijo: "Ya déjalo, Alice; ella no es asunto nuestro", y una nube de serenidad se extendió silenciosa e invisiblemente por toda la habitación. Alice debía haberse estado preocupando otra vez por Irina.

Le sacó la lengua a Jasper, cargó un jarrón de cristal lleno de rosas blancas y rojas y se dirigió a la cocina. Una de las flores blancas mostraba apenas una mínima traza de haber comenzado a marchitarse, pero Alice parecía querer alcanzar la perfección para distraerse de su falta de visiones esta noche.

Me quedé mirando de nuevo a Renesmee, así que no vi cuando el jarrón se deslizó de las manos de Alice. Sólo escuché el susurro del aire rozando el cristal cuando alcé la vista a tiempo para ver cómo el jarrón se convertía en diez mil fragmentos diamantinos contra el piso de mármol de la cocina.

Todos nos quedamos completamente inmóviles mientras los trozos saltaban y se dispersaban en todas direcciones con un tintineo desagradable, con los ojos fijos en la espalda de Alice.

Mi primer pensamiento ilógico fue que nos estaba jugando alguna broma, porque no había manera de que pudiera haber dejado caer el jarrón *por accidente*. Me habría lanzado al otro lado de la habitación para atrapar el jarrón yo misma y con tiempo suficiente si no hubiera supuesto que ella lo haría. Además, ¿cómo era posible que se le hubiera deslizado entre los dedos, para empezar? Sus dedos perfectamente seguros; nunca había visto a un vampiro dejar caer nada por accidente. Jamás.

Y después Alice se volvió para enfrentarse a nosotros, con un movimiento tan rápido que prácticamente no existió.

Sus ojos estaban en parte aquí y en parte perdidos en el futuro, dilatados, fijos, llenando de tal modo su rostro delgado, que parecía que se le iban a salir de la cara. Mirarla a los ojos era como mirar desde el interior de una tumba hacia fuera. Me quedé sumida en el terror, la desesperación y la agonía de aquella mirada.

Escuché jadear a Edward, un sonido roto, medio ahogado.

—¿*Qué?* —rugió Jasper, saltando a su lado con un movimiento borroso de tan rápido, aplastando los cristales rotos bajo sus pies. La sujetó por los hombros y la sacudió con fuerza. Ella pareció balancearse silenciosamente en sus manos—. *¿Qué es, Alice?*

Emmett se movió en mi visión periférica, con los dientes al descubierto, mientras sus ojos se dirigían hacia la ventana, anticipando un ataque.

No hubo más que silencio procedente de Esme, Carlisle y Rose, que se quedaron completamente paralizados, al igual que yo.

Jasper sacudió de nuevo a Alice.

—¿Qué pasa?

—Vienen por nosotros —susurraron Alice y Edward a la vez, perfectamente sincronizados—, y vienen todos.

Silencio.

Por una vez, fui la más rápida en comprender, porque algo en sus palabras disparó mi propia visión. Era sólo el recuerdo distante de un sueño, tenue, transparente, inconcreto, como si estuviera mirando a través de una gasa espesa… En mi mente, vi la fila negra avanzar sobre mí, el fantasma de mi pesadilla humana casi olvidada. No pude ver el reflejo de sus ojos color rubí en la imagen que percibía tras un velo, o el brillo de sus agudos dientes húmedos, pero sabía que ese brillo estaba allí…

Más fuerte que el recuerdo de la pesadilla vino el recuerdo del sentimiento, la necesidad desgarradora de proteger a aquella cosa preciosa que tenía a mis espaldas.

Quería tomar a Renesmee en mis brazos, esconderla detrás de mi piel y mi pelo, hacerla invisible, pero ni siquiera logré darme la vuelta para mirarla, porque más que en piedra, parecía haberme convertido en hielo. Por primera vez desde que había renacido como vampiro, sentí frío.

Apenas pude escuchar la confirmación de mis miedos. No hacía falta, porque yo ya lo sabía.

—Los Vulturi —gimió Alice.

—Vienen todos —gimió Edward casi al mismo tiempo.

—¿Por qué? —susurró Alice para sus adentros—. ¿Cómo?

—¿Cuándo? —preguntó Edward con un hilo de voz.

—¿Por qué? —inquirió Esme a su vez, como un eco.

—¿Cuándo? —insistió Jasper, con gruñido que sonó igual que el hielo al astillarse.

Los ojos de Alice no parpadearon, pero fue como si los hubiera cubierto un velo: quedaron completamente inexpresivos. Sólo su boca mantenía aquella expresión horrorizada.

—No tardarán mucho —replicaron ambos a la vez. Y entonces ella habló sola—. Hay nieve en el bosque y en la ciudad. En poco más de un mes.

—¿Por qué? —esta vez fue Carlisle el que preguntó.

Esme contestó:

—Ha de haber una razón. Quizá si supiéramos...

—No tiene nada que ver con Bella —repuso Alice con la voz cavernosa—. Vienen todos: Aro, Cayo, Marco, todos los miembros de su guardia, incluso sus esposas.

—Ellas nunca han abandonado la torre —la contradijo Jasper con voz monótona—. Jamás, ni siquiera durante los años de la rebelión del sur. Ni siquiera cuando los vampiros rumanos intentaron derrocarlos. Ni cuando fueron a cazar a los niños inmortales. Jamás.

—Pues ahora sí vienen —murmuró Edward.

—Pero, ¿por qué? —repitió Carlisle de nuevo—. ¡No hemos hecho nada! Y si lo hemos hecho, ¿qué habrá sido para hacer caer esto sobre nosotros?

—Somos tantos —respondió Edward desanimado—, que querrán asegurarse de que... —no terminó la frase.

—¡Eso no explica el motivo! ¿Por qué?

Comprendí que yo sí sabía la respuesta a la pregunta de Carlisle, y que al mismo tiempo no la sabía. Renesmee era la razón, de eso estaba segura. De algún modo había sabido desde el mismísimo principio que vendrían por ella. Mi subconsciente me lo había advertido, antes incluso de que supiera que la traería al mundo. Sin saber por qué, ahora me parecía que debíamos haber esperado este movimiento. Como si de alguna manera siempre hubiera sabido que los Vulturi tenían que venir a llevarse mi felicidad.

Pero aun así, eso no respondía la pregunta.

—Mira más atrás, Alice —le suplicó Jasper—, busca lo que ha ocasionado esto, busca.

La interpelada sacudió lentamente la cabeza, con los hombros hundidos.

—Surgió de la nada, Jasper. No los estaba buscando a ellos, ni siquiera a nosotros; sólo buscaba a Irina. Ella no estaba donde yo esperaba que estuviera… —la voz de Alice se desvaneció, con los ojos perdidos de nuevo. Se quedó mirando a la nada durante un largo segundo.

Y entonces levantó la cabeza bruscamente, con la mirada tan dura como el pedernal. Escuché cómo Edward contenía el aliento.

—Ella decidió dirigirse a ellos —nos informó Alice—, Irina decidió acudir a los Vulturi. Así ellos podrían determinar… Es como si hubieran estado esperándola. Como si ya hubieran tomado la decisión y sólo estuvieran esperándola a ella…

Se hizo el silencio de nuevo mientras digeríamos esto. ¿Qué les habría dicho Irina a los Vulturi que diera lugar a la atroz visión de Alice?

—¿Podemos detenerla? —preguntó Jasper.

—No hay forma. Ya casi ha llegado.

—¿Qué está haciendo? —preguntó Carlisle, pero yo no le estaba prestando atención a la discusión; toda mi concentración estaba ahora en la imagen que dolorosamente se adueñaba de mi mente.

Vi a Irina acuclillada en el acantilado, observando al acecho. ¿Qué era lo que había visto? Un vampiro y un licántropo en términos de estrecha amistad. Me había concentrado en esa imagen, una que obviamente habría explicado su reacción, pero eso no era todo lo que ella había visto.

También había visto a una niña de belleza exquisita saltando en medio de los copos de nieve, una niña evidentemente más que humana...

Recordé el caso de Irina y las hermanas huérfanas... Carlisle había dicho que la pérdida de su madre a manos de la justicia de los Vulturi había convertido a Tanya, Kate e Irina en unas puristas en lo que se refería a las leyes.

Apenas un minuto antes, Jasper había dicho las palabras por sí mismo: "Ni cuando fueron a cazar a los niños inmortales...". Los niños inmortales; la ruina innombrable, el terrible tabú.

Teniendo en cuenta su pasado, ¿cómo podía interpretar Irina lo que había visto aquel día en el pequeño claro? No había estado suficientemente cerca para haber oído latir el corazón de Renesmee y sentir el calor que irradiaba su cuerpo. Para ella, sus mejillas sonrosadas podrían haber sido un simple truco de nuestra parte.

Después de todo, los Cullen eran aliados de los hombres lobo; desde el punto de vista de la vampira, quizá eso quería decir que éramos capaces de cualquier cosa.

Después de todo, Irina había hundido sus manos en aquella inhóspita tierra nevada no para hacer duelo por Laurent, sino sabiendo que era su deber acabar con los Cullen, sabiendo lo que les ocurriría si lo hacía. Aparentemente, su conciencia había ganado por encima de siglos de amistad.

Y la respuesta de los Vulturi a esta clase de infracción era tan automática que era como si ya estuviera decidido.

Me volví y me arrojé sobre el cuerpo dormido de Renesmee, cubriéndola con mi pelo, enterrando mi rostro en sus rizos.

—Piensen en lo que ella vio aquella tarde —les dije en voz baja, interrumpiendo lo que Emmett había comenzado a decir—. ¿Qué aspecto tendría Renesmee para alguien que perdió a su madre debido a los niños inmortales?

Todos volvieron a guardar silencio cuando comprendieron lo que yo ya había adivinado.

—Un niño inmortal —susurró Carlisle.

Edward se arrodilló a mi lado y nos cubrió a ambas con su abrazo.

—Pero está equivocada —continué—, Renesmee no es como los otros niños. El crecimiento de ellos se había detenido, pero ella es justo lo contrario. Ellos estaban fuera de control, pero ella jamás ha hecho daño a Charlie, a Sue, ni les muestra cosas que puedan alterarlos. Ella es capaz de controlarse; de hecho lo hace mucho mejor que muchos adultos. No habría razón…

Continué parloteando a la espera de que alguien suspirara con alivio, esperando que aquella tensión helada que flotaba en la habitación se relajara cuando se dieran cuenta de que yo tenía razón, pero la habitación sólo se volvía más fría cada vez. Incluso mi voz débil terminó por desvanecerse.

Nadie habló durante un buen rato.

Y entonces Edward susurró en mi pelo:

—Ésta no es la clase de crimen por la cual ellos hacen un juicio, amor —me dijo en voz baja—. Aro verá la prueba de Irina en sus pensamientos. Ellos vendrán a destruir, no a razonar.

—Pero están equivocados —insistí con terquedad.

—No esperarán a que se lo demostremos.

Su voz aún era tranquila, dulce, como terciopelo… y aun así el dolor y la desolación se distinguían perfectamente. Su voz era como los ojos de Alice hacía un rato: como el interior de una tumba.

—¿Y qué podemos hacer nosotros? —le exigí.

Sentía a Renesmee tan cálida y perfecta en mis brazos, soñando en paz. Me había preocupado tanto por la velocidad de crecimiento de la niña, de que sólo fuera a disfrutar de una década de vida… que ese miedo parecía ahora pura ironía.

Un poco menos de un mes…

Entonces, ¿ése era el límite? Yo había disfrutado de una felicidad mayor que la de mucha gente. ¿Acaso había alguna ley natural que exigiera cantidades iguales de felicidad y desesperanza en el mundo? ¿Mi alegría había desequilibrado la balanza? ¿Eran sólo cuatro meses todo lo que tendría?

Fue Emmett el que respondió a mi pregunta retórica.

—Lucharemos —dijo con calma.

—No podemos ganar —gruñó Jasper. Podía imaginarme ahora el aspecto de su cara, y cómo su cuerpo se curvaría protectoramente sobre Alice.

—Bueno, no podemos huir. No con Demetri merodeando —Emmett hizo un ruido de disgusto, y supe instintivamente que no le molestaba la idea de enfrentarse al rastreador de los Vulturi, sino la de escapar—. Y no sé por qué no podemos ganar —insistió—; hay unas cuantas opciones que considerar. No tenemos por qué luchar solos.

Mi cabeza se levantó bruscamente al oír aquello.

—¡No tenemos por qué sentenciar a los quileutes a muerte, Emmett!

—Cálmate, Bella —su expresión no era diferente de cuando consideraba la idea de luchar contra las anacondas. Incluso la amenaza de la aniquilación no cambiaría la perspectiva de Emmett, su capacidad para enfrentarse a un reto—. No me refería a la manada; sin embargo, sé realista: ¿crees que Sam o Jacob pasarán por alto una invasión de ese calibre, incluso aunque no tuviera que ver con Nessie? Por no mencionar que, gracias a Irina, Aro sabe también lo de nuestra alianza con los lobos. Pero más bien estaba pensando en otros amigos...

Carlisle respondió a sus palabras con otro susurro:

—Otros amigos a los que no tenemos por qué sentenciar a muerte.

—Bueno, pues dejemos que ellos decidan —sugirió Emmett con tono implacable—. No digo que tengan que luchar con nosotros —pude ver cómo el plan se iba afinando en su mente conforme hablaba—. Basta con que se mantengan a nuestro lado, justo lo suficiente para hacer dudar a los Vulturi. Bella tiene razón, después de todo: tal vez bastaría con que fuéramos capaces de obligarlos a hacer un alto y escucharnos; quizá eso nos permitiera demostrar que no hay motivo alguno para combatir...

Ahora había un asomo de sonrisa en el rostro de Emmett. Me sorprendía que a estas alturas nadie lo hubiera golpeado. Yo quería hacerlo.

—Sí —convino Esme rápidamente—. Eso tiene sentido, Emmett. Todo lo que necesitamos es que los Vulturi se detengan lo suficiente. Sólo lo suficiente para que *escuchen*.

—Lo que necesitamos es algo así como una exposición de testigos —apuntó Rosalie con dureza, con la voz tan quebradiza como el cristal.

Esme asintió, aprobando sus palabras, como si no hubiera percibido el sarcasmo en el tono de voz de Rosalie.

—Sí podemos pedir eso a nuestros amigos: sólo que actúen como testigos.

—Nosotros lo haríamos por ellos —añadió Emmett.

—Tendríamos que pedirlo de la manera correcta —murmuro Alice, la miré y vi cómo se abría ahora otra vez un oscuro vacío en sus ojos—. Tendríamos que mostrarles con mucho cuidado.

—¿Mostrarles? —preguntó Jasper.

Ambos, Alice y Edward miraron a Renesmee y los ojos de Alice se vidriaron de nuevo.

—La familia de Tanya —dijo ella—. El clan de Siobhan y el de Amun. Algunos de los nómadas… Garrett y Mary, seguro. Quizá también Alistair.

—¿Y qué te parecen Peter y Charlotte? —preguntó Jasper, algo temeroso, como si esperara que la respuesta fuera "no" y le pudiera ahorrar a su viejo hermano la carnicería que se avecinaba.

—Quizá.

—¿Y las del Amazonas? —preguntó Carlisle—. ¿Kachiri, Zafrina y Senna?

Al principio, Alice parecía estar totalmente sumergida en su visión como para contestar, pero al final se estremeció y sus ojos se movieron para volver al presente. Durante una centésima de segundo se encontró con la mirada de Carlisle y después la bajó.

—No puedo ver más.

—¿Qué fue eso? —preguntó Edward, su susurro se convirtió en una exigencia—. ¿Vamos a ir a buscarlas a esa parte de la jungla?

—No puedo ver más —repitió Alice, esquivando sus ojos, y un relámpago de confusión recorrió el rostro de Edward—. Debemos separarnos y apresurarnos antes de que la nieve caiga al suelo. Hay que dar una vuelta por ahí y encontrar el mayor número posible de aliados y traerlos para enseñarles —y luego añadió—: ah, y pregunta a Eleazar; aquí hay mucho más en juego que dilucidar el asunto de un niño inmortal.

El silencio se hizo ominoso durante otro buen rato mientras Alice estaba en trance. Parpadeó lentamente cuando pasó, con los ojos peculiarmente opacos a pesar de que se encontraba en el presente.

—Hay tanto trabajo pendiente, tenemos que apresurarnos —susurró ella.

—¿Alice? —preguntó Edward—. Eso fue demasiado rápido... No comprendo ¿Qué fue...?

—¡No puedo ver más! —explotó ella, dirigiéndose a él—. ¡Ya casi llega Jacob!

Rosalie dio un paso hacia la puerta principal.

—Me las arreglaré...

—No, déjalo que venga —replicó Alice con rapidez, con la voz más aguda conforme hablaba. Tomó la mano de Jasper y comenzó a arrastrarlo hacia la puerta trasera—. Es mejor que nos alejemos también de Nessie. Necesito irme. Vamos, Jasper, ¡no tenemos tiempo que perder!

Escuché cómo se acercaba Jacob a las escaleras del porche, y Alice jaló de la mano a Jasper con impaciencia. Él la siguió con rapidez; sus ojos reflejaban la misma confusión que los de Edward. Salieron disparados por la puerta hacia la noche plateada.

—Apresúrense —nos gritó a sus espaldas—. ¡Deben encontrarlos a todos!

—¿Encontrar qué? —preguntó Jacob, cerrando la puerta detrás de él—. ¿A dónde va Alice?

Nadie le respondió, todos nos quedamos mirándolo.

Él se sacudió el pelo mojado y metió las manos por las mangas de su camiseta, con los ojos puestos en Renesmee.

—¡Hola, Bella! Creía que a estas horas ustedes ya se habrían ido a casa…

Finalmente me miró, parpadeó y luego volvió a mirarme con más atención. Observé en su expresión cómo la atmósfera de la habitación le afectaba por fin. Bajó la vista al suelo, con las pupilas dilatadas, y vio la mancha mojada en el suelo, las rosas dispersas, los fragmentos de cristal. Sus dedos temblaron.

—¿Qué? —inquirió con voz monótona—. ¿Qué ha ocurrido?

Yo no sabía por dónde empezar; nadie más lograba encontrar las palabras.

Jacob cruzó la habitación en tres largas zancadas y cayó de rodillas junto a Renesmee y a mí. Pude sentir el calor que desprendía su cuerpo mientras los temblores descendían por sus brazos hasta sus manos convulsas.

—¿Ella está bien? —exigió saber, tocándole la frente e inclinando la cabeza para escuchar su corazón—. ¡No juegues conmigo, Bella, por favor!

—A Renesmee no le pasa nada —logré decir con voz ahogada, con las palabras quebrándose de modo extraño.

—Entonces, ¿a quién?

—A todos nosotros, Jacob —susurré y también apareció en mi voz el sonido del interior de la tumba—. Todo ha terminado. Todos hemos sido sentenciados a muerte.

29. Deserción

Estuvimos sentados allí toda la noche, como estatuas llenas de pavor y dolor, pero Alice no regresó.

Todos estábamos al límite, frenéticos en nuestra absoluta inmovilidad. Carlisle apenas había sido capaz de mover los labios para explicárselo todo a Jacob. La repetición de la historia únicamente sirvió para que nos pareciera aún peor; incluso Emmett se quedó en silencio y quieto a partir de ese momento.

No imaginé que Renesmee comenzaría a inquietarse bajo mis manos hasta el amanecer, y por primera vez me pregunté qué le estaría tomando tanto tiempo a Alice. Esperaba saber un poco más antes de tener que enfrentarme a la curiosidad de mi hija, para poder tener algo que contestarle, y también alguna diminuta y minúscula porción de esperanza, de modo que pudiera sonreír y evitar que la verdad la aterrorizara.

Mi rostro permaneció paralizado en la máscara fija que había llevado puesta toda la noche. No estaba segura de recuperar la capacidad de sonreír nunca más.

Jacob estaba roncando en una esquina, como una gran montaña de pelo en el suelo, retorciéndose con ansiedad en su sueño. Sam lo sabía todo... y los licántropos se estaban preparando para lo que se avecinaba, pero esa preparación no serviría para nada, excepto para que los asesinaran junto con el resto de mi familia.

La luz del sol irrumpió a través de las ventanas traseras, arrancando chispas de la piel de Edward. Yo no había apartado los ojos de los suyos desde que Alice se había ido. Nos habíamos pasado toda la noche mirándonos el uno a los ojos del otro, con la mirada fija en lo que ninguno de los dos podía soportar perder: al otro. Mi reflejo relucía en sus ojos llenos de agonía conforme el sol tocaba mi propia piel.

Sus cejas se movieron de forma infinitesimal, y después sus labios.

—Alice —dijo.

El sonido de su voz fue como el del hielo al fracturarse cuando se derrite. Todos reaccionamos quebrándonos algo, y tranquilizándonos algo también. Y nos pusimos de nuevo en movimiento.

—Ha estado fuera mucho tiempo —murmuró Rosalie, sorprendida.

—¿Dónde habrá estado? —se preguntó Emmett, dando un paso hacia la puerta.

Esme le puso la mano en el brazo.

—No queremos molestar…

—Nunca había tardado tanto —dijo Edward. Una nueva preocupación reventó a pedazos la máscara en que se había convertido su rostro. Sus rasgos volvían a parecer vivos, con los ojos repentinamente abiertos, con miedo añadido y un pánico extra—. Carlisle, ¿no crees que pueda ser una medida de precaución? ¿Habrá tenido Alice tiempo de ver si enviaron a alguien por ella?

El rostro de piel traslúcida de Aro llenó mi mente. Aro había recorrido todos los recovecos de la mente de Alice y sabía de lo que ella era capaz…

Emmett se puso a despotricar en voz tan alta que Jacob se puso de pie con un gruñido. En el patio, se oyó su rugido en el eco de su manada. Mi familia se había convertido ya en una mancha borrosa en movimiento.

—¡Quédate con Renesmee! —le grité a Jacob cuando salí disparada hacia la puerta.

Yo todavía era más fuerte que los demás, y usé esa fuerza para impulsarme hacia delante. Adelanté a Esme en unos cuantos saltos y a Rosalie en unas cuantas zancadas más. Aceleré a través de lo más espeso del bosque hasta que me situé justo detrás de Edward y Carlisle.

—¿Habrán sido capaces de sorprenderla? —inquirió Carlisle, su voz tan monótona como si siguiera inmóvil y no corriendo a toda velocidad.

—No veo cómo —respondió Edward—, aunque Aro la conoce mejor que nadie. Desde luego mejor que yo.

—¿Esto es una trampa? —gritó Emmett detrás de nosotros.

—Tal vez —replicó Edward—, pero por aquí no hay otro olor que el de Alice y Jasper. ¿A dónde habrán ido?

El rastro de Alice y Jasper describía una amplia curva: se extendía primero al este de la casa, pero luego se dirigía hacia el norte, al otro lado del río, y después de nuevo hacia el oeste durante unos cuantos kilómetros. Volvimos a cruzar el río, saltando los seis con diferencia de un segundo entre unos y otros. Edward iba adelante, totalmente concentrado.

—¿Captaste ese efluvio? —gritó Esme hacia adelante, unos momentos después de que saltáramos el río por segunda vez. Era la que iba más lejos, en el extremo izquierdo de nuestra partida de caza. Hizo gestos señalando hacia el sureste.

—Sigan el rastro principal... ya estamos cerca de la frontera con los quileutes —ordenó Edward concisamente—. Manténganse juntos. Vean si han girado al norte o al sur.

Yo no estaba tan familiarizada con la línea del tratado como todos ellos, pero percibía el ligero olor a lobo en la brisa que soplaba desde el este. Edward y Carlisle disminuyeron el ritmo a menos de lo que era habitual en ellos, y pude ver cómo movían la cabeza de lado a lado, esperando que el rastro volviera a aparecer.

Entonces el olor a lobo se hizo de repente más fuerte, y Edward alzó la cabeza bruscamente. Se detuvo repentinamente y los demás también nos quedamos inmóviles.

—¿Sam? —preguntó Edward con voz tranquila—. ¿Qué pasa aquí?

El líder de la otra manada apareció entre los árboles a unos cientos de metros, caminando con rapidez hacia nosotros en forma humana, flanqueado por dos grandes lobos, Paul y Jared. Sam tardó un poco en llegar hasta nosotros, y su paso me pareció algo impaciente. Yo no quería tiempo para pensar en lo que estaba pasando: quería estar en movimiento, estar haciendo algo. Quería poder rodear a Alice con mis brazos, saber sin lugar a dudas que se encontraba a salvo.

Observé cómo el rostro de Edward se ponía completamente blanco cuando leyó lo que Sam estaba pensando. Él lo ignoró, mirando directamente a Carlisle cuando se detuvo y comenzó a hablar.

—Justo después de medianoche, Alice y Jasper vinieron hasta aquí y pidieron permiso para cruzar nuestras tierras hasta el océano. Les concedí el permiso y yo mismo los escolté hasta la costa. Entonces se metieron inmediatamente en el agua y no han regresado. Mientras viajábamos, Alice me dijo que era de suma importancia que no le dijera a Jacob que los había visto hasta que hablara contigo. Yo debía esperar aquí a que vinieras a buscarla y entonces tenía que darte esta nota. Me dijo que la obedeciera como si la vida de todos nosotros dependiera de ello.

El rostro de Sam mostraba una expresión sombría cuando le tendió una hoja de papel doblada, impreso por los dos lados y con un pequeño texto en negro. Era una página arrancada de un libro y mi vista aguda leyó las palabras cuando Carlisle lo desdobló para leer el otro lado. La página que daba hacia mí pertenecía a *El mercader de Venecia,* y de ella se desprendió algo de mi propio olor cuando Carlisle estiró el papel. Me di cuenta de que era una página arrancada de uno de mis libros. Me había llevado unas cuantas cosas de la casa de Charlie a la cabaña: algunas mudas de ropa normal, todas las cartas de mi madre y mis libros favoritos, entre los cuales figuraba mi manoseada colección de libros de Shakespeare en rústica, que hasta ayer por la mañana había estado en una repisa de la pequeña sala de la casita.

—Alice ha decidido dejarnos —susurró Carlisle.

—¿Qué? —gritó Rosalie.

Carlisle le dio vuelta a la página de modo que todos pudiéramos leerla.

No nos busquen, no hay tiempo que perder. Recuerden: Tanya, Siobhan, Amun, Alistair y todos los nómadas que puedan encontrar. Nosotros buscaremos a Peter y Charlotte en el camino. Sentimos muchísimo dejarlos así, sin despedida ni explicaciones, pero es la única manera de hacerlo. Los queremos.

Volvimos a quedarnos paralizados en un silencio sepulcral, salvo por el sonido de los corazones de los hombres lobo y su respiración. Sus pensamientos también podrían haber sido en voz alta. Edward fue el primero que se movió otra vez, y habló en respuesta a lo que había oído en la mente de Sam.

—Sí, las cosas están así de peligrosas.

—¿Tanto como para que tengas que abandonar a tu familia? —preguntó Sam en voz alta, con la censura implícita en el tono. Estaba claro que no había leído la nota antes de dársela a Carlisle. Ahora estaba enojado, como si se arrepintiera de haberle hecho caso a Alice.

La expresión de Edward era seria, y a Sam probablemente le pareció airada o arrogante, pero yo sí podía percibir el dolor en sus rasgos endurecidos.

—No sabemos qué fue lo que vio —replicó Edward—. Alice no es insensible ni cobarde; simplemente dispone de más información que nosotros.

—*Nosotros* no… —comenzó Sam.

—La relación entre ustedes es distinta de la nuestra —lo interrumpió Edward bruscamente—. *Nosotros* mantenemos libre nuestra voluntad.

Sam levantó la barbilla y súbitamente sus ojos se volvieron de un intenso color negro.

—Deberían hacer caso ustedes también del aviso —continuó Edward—. Esto no es algo en lo que quisieran verse implicados, ya que tampoco pueden evitar lo que haya visto Alice.

Sam sonrió forzadamente.

—*Nosotros* no somos de los que huyen —detrás de él, Paul resopló.

—No dejes que masacren a tu familia por orgullo —intervino Carlisle en voz baja.

Sam miró a Carlisle con una expresión más suave.

—Como señaló Edward, nosotros no tenemos la misma clase de libertad de la que ustedes disfrutan. Renesmee es ahora tan parte de nuestra familia como de la suya. Jacob no puede abandonarla y nosotros no lo abandonaremos a él —sus ojos se movieron hacia la nota de Alice y apretó los labios hasta formar una fina línea.

—Tú no la conoces —replicó Edward.

—¿Y tú? —inquirió Sam con rudeza.

Carlisle puso una mano en el hombro de Edward.

—Tenemos mucho que hacer, hijo. Sea cual sea la decisión de Alice, sería estúpido no seguir sus recomendaciones. Vamos a casa y pongámonos a trabajar.

Edward asintió y su rostro pareció en ese momento menos rígido por el dolor. Detrás de mí, podía escuchar los sollozos sordos de Esme, sin lágrimas.

No sabía cómo se podía llorar con este cuerpo, así que no podía hacer otra cosa que mirar. No había aún ningún sentimiento. Todo me parecía irreal, como si estuviera durmiendo otra vez después de todos estos meses, y de nuevo tuviera una pesadilla.

—Gracias, Sam —dijo Carlisle.

—Lo siento —respondió Sam—. No deberíamos haberla dejado pasar.

—Hicieron lo correcto —le replicó Carlisle—. Alice es libre de hacer lo que desee y yo jamás le denegaría el ejercicio de su libertad.

Yo siempre había pensado en los Cullen como un todo, una unidad indivisible. De repente, recordé que no siempre había sido así. Carlisle había creado a Edward, Esme, Rosalie y Emmett, pero Edward me había creado a mí. Estábamos físicamente conectados por la sangre y la ponzoña. Nunca había pensado en Alice y Jasper como entes separados, como si hubieran sido adoptados por la familia, pero lo cierto era que Alice *había* adoptado a los Cullen. Había aparecido con un pasado a cuestas que no tenía nada que ver con los demás, y también había traído a Jasper con el suyo, y había encajado en una familia que ya existía. Tanto ella como él habían conocido otra vida fuera de la familia Cullen. ¿Acaso había decidido comenzar otra vida después de haber visto que su etapa con los Cullen había terminado?

Entonces estábamos malditos. Eso era, ¿no? No había esperanza en absoluto. Ni un solo rayo, ni un pequeño atisbo que hubiera convencido a Alice de que tenía una oportunidad a nuestro lado.

El alegre aire de la mañana se había vuelto oscuro de repente, más denso, como si mi desesperación lo hubiera teñido físicamente.

—Pues yo no voy a rendirme sin luchar —rugió Emmett entre dientes—. Alice nos dijo lo que tenemos que hacer, así que manos a la obra.

Los demás asintieron con expresiones llenas de decisión, y me di cuenta de que confiaban en la oportunidad que Alice nos había dado. Y también que no iban a rendirse por pura desesperanza ni aguardar la muerte con los brazos cruzados.

Sí, todos lucharíamos, ¿qué otra cosa podíamos hacer? Y además, daba la impresión de que íbamos a arrastrar a otros en nuestra caída, porque eso era lo que había dicho Alice antes de dejarnos. ¿Pero cómo no íbamos a seguir el último aviso de Alice? Los lobos pelearían a nuestro lado a causa de Renesmee.

Nosotros lucharíamos, ellos también y todos moriríamos.

Yo no sentía la misma resolución que los demás. Alice conocía las probabilidades y nos estaba dando la única oportunidad que podía ver, pero era tan remota que ni ella estaba dispuesta a apostarle.

Ya me sentía vencida cuando le di la espalda al rostro crítico de Sam y seguí a Carlisle hacia la casa.

Corríamos ahora de forma automática, sin la prisa llena de pánico que nos había embargado antes. Cuando nos acercamos al río, Esme alzó la cabeza.

—Todavía está la otra pista, y aún es reciente.

Ella señaló hacia adelante, donde había llamado la atención de Edward cuando veníamos de camino. Mientras nos apresurábamos para *salvar* a Alice…

—Es de un momento anterior. Y era sólo de Alice, sin Jasper —comentó Edward con voz mortecina.

El rostro de Esme se contrajo y volvió a asentir.

Me dirigí hacia la derecha, quedándome algo retrasada. Estaba segura de que Edward tenía razón, pero al mismo tiempo… Finalmente, ¿cómo había obtenido Alice la página de uno de mis libros?

—¿Bella? —inquirió Edward, con una voz tan desprovista de emoción que me hizo dudar.

—Quiero seguir esta pista —le dije, olfateando el ligero olor de Alice, que se apartaba del primer camino que había empleado en su huida. Yo era nueva en esto, pero a mí me olía exactamente igual, excepto porque faltaba el de Jasper.

Los ojos de Edward estaban vacíos.

—Probablemente sólo nos lleve de regreso a la casa.

—Entonces nos encontraremos allí.

Al principio pensé que me dejaría ir sola, pero luego, cuando di unos cuantos pasos, sus ojos inexpresivos volvieron a la vida.

—Yo iré contigo —dijo en tono tranquilo—. Nos vemos en casa, Carlisle.

El doctor asintió y todos se fueron. Yo esperé hasta que estuvieron lejos de nuestra vista y entonces miré a Edward con una interrogación en los ojos.

—No puedo dejar que te alejes de mí —me explicó en voz baja—. Me duele sólo de imaginarlo.

Yo comprendí sin más explicaciones, porque también pensaba en que teníamos que separarnos y me daba cuenta de que sentiría la misma pena, sin importar qué tan corta fuera esa separación.

Nos quedaba tan poco tiempo para estar juntos.

Le alargué mi mano y él la tomó.

—Hay que apresurarnos —me instó—. Renesmee debe haber despertado ya.

Yo asentí y echamos a correr de nuevo.

Probablemente era una tontería desaprovechar el escaso tiempo disponible para estar con Renesmee por simple curiosidad, pero aquella nota me molestaba. Alice podría haber tallado la nota en una piedra plana o en el tronco de un árbol si no tenía utensilios de escritura. Incluso podía haber robado un par de post-its de cualquiera de las casas que bordeaban la carretera. ¿Por qué mi libro? ¿Cuándo lo había tomado?

Con toda certeza el rastro llevaba hacia la cabaña, pero en una ruta tan enrevesada que se mantenía bien lejos de la casa de los Cullen y de los lobos de los bosques cercanos. Edward frunció el ceño, confundido, cuando se hizo obvio a dónde conducía la pista.

Intentó razonar en voz alta.

—¿Dejó a Jasper esperándola en otro sitio y vino hasta acá?

Casi habíamos llegado a la casa y me sentí intranquila. Estaba contenta de tener la mano de Edward en la mía, pero también me sentía como si hubiera tenido que venir sola. Alice había arrancado la página y la había llevado hasta donde estaba Jasper, lo cual era muy extraño. Parecía como si hubiera un mensaje en su acción, uno que no lograba entender en absoluto. Pero era mi libro, así que el mensaje debía ser para mí. Y si hubiera sido algo que quisiera que Edward supiera, ¿habría arrancado la página de uno de sus libros?

—Dame sólo un minuto —le dije, soltando sus manos cuando llegamos a la puerta.

Él arrugó la frente.

—¿Bella?

—¿Por favor? Treinta segundos.

No esperé a que él me contestara. Me precipité a través de la puerta, cerrándola a mis espaldas. Fui directamente a la repisa. El olor de Alice era reciente, de menos de un día de antigüedad. En la chimenea ardía un fuego bajo, pero aún caliente, un fuego que yo no había encendido. Saqué de un tirón *El mercader de Venecia* de la repisa y lo abrí por la página del título.

Allí, pegada al borde destrozado de la página arrancada, bajo las palabras "*El mercader de Venecia,* por William Shakespeare", había una nota.

Destrúyelo.

Debajo había un nombre y una dirección de Seattle.

Apenas habían pasado trece segundos en vez de los treinta pactados cuando Edward irrumpió en la casa. Observó cómo se quemaba el libro.

—¿Qué está pasando, Bella?

—Ella estuvo aquí. Arrancó la página de mi libro para escribir la nota.

—¿Por qué?

—No sé.

—¿Por qué lo estás quemando?

—Yo... yo... —puse mala cara, dejando que afloraran a mi rostro todo el dolor y la confusión que sentía. Ignoraba qué intentaba decirme Alice; sólo sabía que había ido muy lejos para que nada más yo lo supiera, la única persona cuya mente Edward no podía leer. Así que ella no quería que él lo supiera y probablemente sería por un buen motivo—. Me pareció apropiado.

—No sé qué se trae entre manos —dijo en voz baja.

Yo me quedé mirando fijamente las llamas. Era la única persona en el mundo capaz de mentirle a Edward. ¿Eso era lo que Alice quería de mí? ¿Su última petición?

—Cuando íbamos en el avión hacia Italia —le susurré, porque esto no era mentira, o quizá sólo lo era si teníamos en cuenta el contexto—, de camino para rescatarte, ella le mintió a Jasper para que no nos siguiera. Sabía que si él se enfrentaba a los Vulturi, moriría. Y ella prefería morir antes que ponerlo a él en peligro. Y que muriera yo. O tú.

Edward no contestó.

—Ella tiene sus prioridades —le dije, y mi corazón paralizado sintió dolor cuando me di cuenta de que mi explicación no parecía para nada una mentira.

—No lo creo —replicó Edward, y no lo hizo como si estuviera discutiendo conmigo, sino como si argumentara consigo mismo—. Quizá sólo era Jasper el que estaba en peligro. Su plan podría funcionar con el resto de nosotros, pero él estaría perdido si se quedaba. Quizá...

—Pero nos habría dicho eso y lo habría enviado lejos.

—¿Y Jasper se hubiera ido? Tal vez le está mintiendo de nuevo.

—Quizá —fingí que estaba de acuerdo con él—. Vamos a la casa. No tenemos tiempo.

Edward me tomó de la mano y echamos a correr.

La nota de Alice no me había dado esperanzas. Alice se habría quedado si hubiera habido alguna manera de evitar la matanza que se avecinaba. No debía haber visto otra posibilidad. Así que lo que me estaba dando era alguna otra cosa, no una vía de escape. ¿Pero qué otra cosa habría pensado ella que yo podía desear? ¿Quizá una forma de salvar *algo*? ¿Acaso había algo que yo quisiera salvar?

Carlisle y los otros no habían estado inactivos en nuestra ausencia. No habíamos estado separados más de cinco minutos, y ya estaban listos para partir. En la esquina, Jacob había adquirido de nuevo su forma humana y tenía a Renesmee en su regazo; ambos nos miraban a los demás con ojos redondos como platos.

Rosalie había cambiado su traje cruzado de seda por unos vaqueros de aspecto resistente, zapatos de correr, y una camisa abotonada de la tela gruesa que los mochileros usan para las excursiones largas. Esme estaba vestida de manera similar. Había un globo terráqueo en la mesa de café, pero ya lo habían estado mirando, y sólo nos esperaban.

Ahora la atmósfera era más positiva que antes, porque les había sentado bien ponerse en marcha. Sus esperanzas se habían aferrado a las instrucciones de Alice.

Me quedé mirando el globo terráqueo y me pregunté a dónde nos enviarían primero.

—¿Nosotros tenemos que quedarnos aquí? —preguntó Edward, mirando a Carlisle. No sonaba nada feliz.

—Alice dijo que debíamos mostrarle a Renesmee a todo el mundo, pero debemos tener cuidado con ello —dijo Carlisle—. Nosotros enviaremos aquí a quien sea que logremos encontrar. Edward, tú eres el mejor para sortear ese campo minado en particular.

Edward le respondió con un seco asentimiento, aunque sin mostrar ninguna felicidad.

—Hay mucho territorio que cubrir.

—Nos separaremos todos —intervino Emmett—. Rose y yo iremos en busca de los nómadas.

—Aquí estarán bastante ocupados —dijo Carlisle—. La familia de Tanya llegará aquí por la mañana, y no tienen ni idea del motivo. Primero tendrás que convencerlas de que no reaccionen del modo que lo hizo Irina. Segundo, debes averiguar qué quiso decir Alice con respecto a Eleazar. Y después de todo eso, ¿se quedarán ellos para servirnos de testigos? Tendrás que volver a empezar cuando los otros vengan… eso si acaso logramos convencer a alguien de que venga —suspiró Carlisle—. Tu trabajo seguramente será el más duro. Nosotros regresaremos a ayudar en cuanto sea posible.

Carlisle puso la mano en el hombro de Edward durante un segundo y después me besó en la frente. Esme nos abrazó a los dos y Emmett nos dio un puñetazo amistoso en el brazo. Rosalie forzó una sonrisa para Edward y para mí, le lanzó un beso con un soplo a Renesmee y le dedicó una mueca de despedida a Jacob.

—Buena suerte —les deseó Edward.

—También para ustedes —respondió Carlisle—. Todos la vamos a necesitar.

Los observé alejarse, deseando poder compartir con ellos las esperanzas que parecían mantenerlos en marcha, y deseando también quedarme a solas con la computadora durante unos cuantos segundos. Tenía que averiguar quién era esa persona, J. Jenks y por qué Alice se había esforzado tanto para que sólo yo tuviera su nombre.

Renesmee se retorció en brazos de Jacob para tocarle la mejilla.

—No sé si vendrán los amigos de Carlisle. Espero que sí. Suena como si de momento nos superaran un poco en número —le murmuró Jacob a Renesmee.

Así que ella lo sabía; Renesmee entendía ya con toda claridad lo que estaba en marcha. El paquete completo de "hombre lobo imprimado cumpliendo todos los caprichos del objeto de su impronta" estaba ya en marcha a toda velocidad. ¿Acaso no era más importante protegerla de lo que estaba sucediendo que responder a sus preguntas?

Observé su rostro con cautela y no me pareció asustada, sino que conversaba con Jacob a su modo silencioso, con ansiedad y muy seria.

—No, nosotros no podemos ayudar, tenemos que quedarnos aquí —continuó él—. La gente vendrá a verte a ti, no el paisaje.

Renesmee lo miró con cara de pocos amigos.

—No, yo no tengo que ir a ningún lado —le estaba diciendo ahora y entonces miró a Edward con la confusión pintada en el rostro al comprender repentinamente que quizá estuviera equivocado—. ¿O sí?

Edward vaciló.

—Escúpelo ya —replicó Jacob en tono cortante por la tensión. También él estaba al límite, como todos los demás.

—Los vampiros que vienen a ayudarnos no son como nosotros —le explicó Edward—. La familia de Tanya es la única, aparte de la nuestra, que siente respeto por la vida humana, e incluso ellas no aprecian mucho a los licántropos. Creo que quizá sería más seguro…

—Soy capaz de cuidarme solito —lo interrumpió Jacob.

—Renesmee estará más segura —continuó Edward— si la posibilidad de creer nuestra historia no se ve contaminada con la participación de hombres lobo.

—¿Son amigos, y se volverán en tu contra simplemente por saber con quién te juntas ahora?

—Creo que, en su mayoría, serían tolerantes en circunstancias normales, pero debes entender que aceptar a Nessie no será fácil para ninguno de ellos. Entonces, ¿por qué dificultarles más las cosas?

Carlisle le había explicado a Jacob lo de las leyes sobre los niños inmortales la noche anterior.

—¿Los niños inmortales eran realmente tan malos? —preguntó.

—No te puedes imaginar la profundidad de las cicatrices que han dejado en la psique colectiva de los vampiros.

—Edward… —todavía me resultaba sumamente extraño escuchar a Jacob usar el nombre de Edward sin amargura.

—Ya lo sé, Jake. Sé lo duro que te resulta estar lejos de ella. Iremos evaluando cómo reaccionan ante ella. De cualquier modo, Nessie tendrá que estar de incógnito en las próximas semanas. Tendrá que quedarse en la cabaña hasta que llegue el momento oportuno para presentarla. Mientras te mantengas a una distancia segura de la casa principal…

—Eso sí puedo hacerlo. Mañana ya tenemos compañía, ¿eh?

—Sí. Nuestros amigos más cercanos. En este caso en particular, probablemente lo mejor será mostrar nuestras cartas lo antes posible, y puedes quedarte aquí. Tanya sabe de tu existencia e incluso se ha encontrado con Seth.

—De acuerdo.

—Deberías contarle a Sam lo que está pasando. Pronto habrá extraños en los bosques.

—Bien pensado. Aunque debería castigarlo con mi silencio después de lo de anoche.

—Escuchar a Alice es hacer lo correcto.

Jacob apretó los dientes y pude notar que compartía los sentimientos de Sam sobre lo que habían hecho Jasper y Alice.

Mientras hablaban me acerqué a las ventanas traseras, intentando aparentar estar ansiosa y distraída, lo cual realmente no era difícil de fingir. Recliné la cabeza contra la pared que describía una curva alejándose de la sala en dirección al comedor, justo a la derecha de una de las computadoras. Dejé correr los dedos por el teclado mientras miraba hacia el bosque, fingiendo que tenía la cabeza en otra cosa. ¿Acaso los vampiros hacían algo de forma distraída? No creía que nadie me estuviera prestando ninguna atención en particular, pero no me volví para asegurarme. El monitor volvió a la vida y nuevamente deslicé los dedos por las teclas. Las presioné con mucho cuidado y en silencio, con el fin de que pareciera casual, como si fuera otra pulsación cualquiera de las teclas.

Observé la pantalla con el rabillo del ojo.

No había ningún J. Jenks, pero sí un Jason Jenks, un abogado. Acaricié el teclado intentando mantener un ritmo, de modo que pareciera como cuando acaricias al gato que tienes casi olvidado en el regazo. Jason Jenks tenía una página electrónica de lo más elaborada destinada a su bufete, pero la dirección estaba equivocada. Estaba en Seattle, pero en otro distrito postal. Anoté mentalmente el número de teléfono y después seguí acariciando rítmicamente el teclado. Estaba vez buscaba la dirección, pero no aparecía por ninguna parte, como si no existiera. Quería buscarla en un mapa, pero decidí que estaba abusando de mi suerte. Un movimiento más, para borrar el historial...

Continué mirando por la ventana y acaricié la madera unas cuantas veces más. Escuché unos pasos ligeros dirigiéndose hacia mí, y me volví con una expresión que esperaba fuera la misma de antes.

Renesmee quería que la cargara y le abrí los brazos. Ella saltó para refugiarse en ellos, oliendo mucho a licántropo, y acomodó su cabeza contra mi cuello.

No sabía si podría llegar a soportar esto. Aunque sentía mucho miedo por mi vida, la de Edward y la del resto de mi familia, no se parecía en nada al terror devastador que sentía por mi hija. Debía haber una manera de salvarla, incluso aunque no pudiera hacer otra cosa.

De repente supe que eso era todo lo que quería. El resto podría soportarlo si no había más remedio, pero no podía costarle la vida a Renesmee. Eso no.

Ella era la única cosa que, sencillamente, *tenía* que salvar.

¿Había adivinado Alice cómo me sentiría?

La mano de Renesmee me tocó la mejilla con ligereza.

Me mostró mi propio rostro, el de Edward, Jacob, Rosalie, Esme, Carlisle, Alice, Jasper, pasando de un rostro a otro de nuestra familia con rapidez. Seth y Leah. Charlie, Sue y Billy. Una y otra vez, una y otra vez. Agobiados, como estábamos todos aquí. Y sin embargo, ella sólo estaba preocupada. Por lo que pude percibir, Jacob había logrado ahorrarle lo peor. Aquella parte según la cual no nos quedaban esperanzas e íbamos a morir todos al cabo de un mes.

Se detuvo en el rostro de Alice, confundida y nostálgica. ¿Dónde estaba Alice?

—No sé —le susurré—, pero se trata de Alice, y está haciendo lo correcto, como siempre.

O en todo caso, lo más correcto para Alice. Odiaba pensar así de ella, pero ¿de qué otra manera se podía entender la situación?

Renesmee suspiró, y la nostalgia se intensificó.

—Yo también la extraño.

Busque una expresión que concordara con la pena que sentía en el interior. Tenía los ojos extraños y secos y parpadeaban ante la sensación de incomodidad. Me mordí el labio. Cuando inspiré de nuevo, el aire atravesó mi garganta, como si me estuviera ahogando.

Renesmee se echó hacia atrás para mirarme y vi mi rostro reflejado en sus pensamientos y en sus ojos. Tenía el mismo aspecto que Esme esta mañana.

Así era como una se sentía cuando quería llorar.

Los ojos de mi hija brillaron húmedos cuando vio mi cara. Me la acarició sin mostrarme nada, simplemente tratando de consolarme.

Nunca había pensado que el rol madre-hija pudiera revertirse en nuestro caso, del mismo modo que nos había sucedido a Renée y a mí, pero lo cierto es que nunca había tenido una clara percepción del futuro.

Una lágrima se desbordó por la comisura del ojo de la niña. Se la limpié con un beso. Ella se tocó sorprendida y después miró la humedad en la punta de su dedo.

—No llores —le dije—. Todo va a salir bien. Tú también estarás bien. Yo encontraré la manera de salir de todo esto.

Y aun si no había nada que hacer, aun así salvaría a mi Renesmee. Estaba más segura que nunca de que eso era lo que Alice me había dado. Ella lo sabía. Y me había dejado una manera de hacerlo.

30. Irresistible

Había demasiadas cosas en que pensar.

¿De dónde iba a sacar tiempo para estar a solas y localizar al tal J. Jenks? Además, ¿por qué quería Alice que averiguara algo de él?

Si la pista de Alice no tenía nada que ver con Renesmee, ¿qué podía hacer yo para salvar a mi hija?

¿Y cómo le íbamos a explicar las cosas a la familia de Tanya por la mañana? ¿Qué íbamos a hacer si reaccionaban como Irina? ¿Y qué sucedería si al final todo terminaba en una batalla?

Yo no sabía luchar. ¿Cómo iba a aprender en sólo un mes? ¿Existía alguna posibilidad de que me enseñaran con suficiente rapidez para que pudiera convertirme en un peligro para cualquier miembro del clan de los Vulturi? ¿O estaba condenada a ser completamente inútil, como cualquier otro neonato fácil de vencer?

Necesitaba muchas respuestas, aunque no parecía encontrar la ocasión para formular las preguntas.

Insistí en llevar a Renesmee a dormir en la cabaña con el fin de mantener alguna apariencia de normalidad en su vida. Jacob estaba más cómodo en su forma de lobo en este momento; lidiaba mejor con el estrés cuando se sentía preparado para luchar. Deseé experimentar lo mismo, poder sentirme preparada, mientras él corría por los bosques, montando guardia de nuevo.

Cuando estuvo profundamente dormida, la puse en su cama y fuimos hacia la habitación de la entrada para que yo pudiera hacerle mis preguntas a Edward. Al menos aquellas que podía hacer, ya que para mí uno de los problemas más difíciles era precisamente cómo seguir ocultándole cosas, incluso con la ventaja de poder esconder mis pensamientos.

Él permaneció de pie, dándome la espalda, con la mirada fija en el fuego.

—Edward, yo...

Se dio la vuelta y cruzó la habitación en lo que pareció un tiempo inexistente, ni siquiera la mínima parte de un segundo. Sólo tuve oportunidad de registrar la feroz expresión de su rostro antes de que sus labios se aplastaran contra los míos y sus brazos se enredaran a mi alrededor como vigas de acero.

No pude volver a pensar en mis preguntas en el resto de la noche. No me tomó mucho tiempo captar la razón de ese estado de ánimo, e incluso menos sentirme exactamente de la misma manera.

Pensaba que iba a necesitar años para poder aprender a controlar la arrolladora pasión física que sentía por él. Y después siglos para disfrutarlo. Pero si ahora sólo nos quedaba un mes para estar juntos... Bueno, no podía aceptar un final como ése. Por el momento, no podía hacer otra cosa, salvo comportarme de manera egoísta. Todo lo que quería era amarlo cuanto pudiera en el tiempo limitado que se nos había concedido.

Me resultó muy duro apartarme de él cuando el sol salió, pero teníamos que hacer nuestro trabajo, un trabajo que sería más difícil que todas las búsquedas juntas que había emprendido el resto de la familia. Tan pronto me permití pensar en lo que se avecinaba, me puse muy tensa. Sentía como si me estuvieran estirando los nervios en un potro de tortura hasta dejarlos cada vez más delgados.

—Desearía que hubiera alguna manera de conseguir la información de Eleazar que necesitamos antes de que les hablemos de Nessie —masculló Edward mientras nos vestíamos apresuradamente en aquel armario enorme, el cual era un recordatorio más de Alice en un momento poco apropiado—. Sólo por si acaso.

—Pero él no podría comprender la pregunta para contestarla —dije—. ¿Crees que dejarán que nos expliquemos?

—No sé.

Renesmee seguía dormida, pero la saqué de su cama y la apreté contra mí tan estrechamente que tenía sus rizos contra mi cara. Su dulce olor, tan próximo, sobrepasaba a cualquier otro.

Hoy no podía malgastar un solo minuto. Necesitaba conseguir respuestas, y no estaba segura de cuánto tiempo podríamos estar solos Edward y yo. Si todo salía bien con la familia de Tanya, podríamos concebir la esperanza de estar acompañados por un largo periodo.

—Edward, ¿me enseñarás a luchar? —le pregunté, y me puse tensa esperando su reacción, mientras él sostenía la puerta para que saliera.

Ocurrió como lo esperaba. Se quedó helado, y entonces sus ojos me recorrieron con gran intensidad, como si me estuviera mirando por primera o por última vez. Sus ojos se detuvieron en nuestra hija, que aún dormía en mis brazos.

—Si se desata una lucha, no habrá mucho que podamos hacer ninguno de nosotros —intentaba escapar por la tangente.

Yo mantuve la voz tranquila.

—¿Me dejarías en una situación en la que fuera incapaz de defenderme a mí misma?

Él tragó saliva, y cuando su mano apretó la puerta, ésta tembló y las bisagras protestaron, pero luego asintió.

—Si lo pones de ese modo, supongo que tendremos que ponernos a trabajar tan pronto como sea posible.

Yo también asentí y comenzamos a caminar hacia la casa grande, sin apresurarnos.

Me pregunté qué podría hacer que nos trajera algo de esperanza o por lo menos representara una diferencia. Yo era un poquito especial, a mi estilo... Si tener un cráneo sobrenaturalmente duro podía considerarse realmente algo especial, ¿tendría algún sentido ponerlo en juego?

—¿Cuál dirías tú que es su principal ventaja? ¿Tienen alguna debilidad conocida?

Edward no tuvo que preguntar para darse cuenta de que me refería a los Vulturi.

—Alec y Jane son lo mejor que tienen en términos de una ofensiva —replicó con emoción, como si estuviera hablando de un partido de basquetbol—. Sus defensas rara vez participan en la acción.

—Ya sé que Jane puede prenderte fuego donde estés, al menos mentalmente hablando, pero, ¿qué hace Alec? ¿No me dijiste una vez que era incluso más peligroso que Jane?

—Sí. De algún modo, él es un antídoto de Jane. Ella te hace sentir el dolor más intenso que puedas imaginar, pero, por otro lado, Alec hace que no sientas nada. Absolutamente nada. Algunas veces, cuando los Vulturi se sienten amables, permiten que Alec anestesie a quien van a ejecutar, siempre y cuando se haya rendido a tiempo o los haya complacido de alguna otra manera.

—¿Anestesia? ¿Y por qué eso lo hace más peligroso que Jane?

—Porque te priva por completo de sensaciones, y no sientes dolor, pero tampoco puedes ver, oír u oler. Es una privación sensorial completa y te quedas totalmente solo en la oscuridad. Ni siquiera sientes la quemazón de las llamas de la hoguera.

Comencé a temblar. ¿Eso era lo mejor a lo que podía aspirar? ¿A no ver o sentir cuando viniera la muerte?

—Eso lo hace tan peligroso como Jane —continuó Edward con la misma voz indiferente—. Ambos pueden incapacitarte, convertirte en un objetivo indefenso. La diferencia entre ellos es la misma que entre Aro y yo. Aro escucha la mente de una sola persona a la vez y Jane sólo puede hacer daño al objetivo sobre el que se concentre. Yo puedo oír a todo el mundo al mismo tiempo.

Sentí frío mientras veía a dónde quería ir a parar.

—Entonces, ¿Alec puede incapacitarnos a todos a la vez? —susurré.

—Sí —respondió él—. Si usa su don contra nosotros, todos nos quedaremos ciegos y sordos hasta que nos caigan encima para matarnos, y quizá en este caso simplemente nos quemen sin molestarse en partirnos en trozos primero. Bueno, claro que podemos intentar luchar, pero probablemente terminemos haciéndonos daño unos a otros antes de ser capaces de herirlos.

Caminamos en silencio durante unos cuantos segundos.

Se estaba formando una idea en mi cabeza. No era muy prometedora, pero era mejor que nada.

—¿Crees que Alec es muy buen luchador? —le pregunté—. Aparte de lo que es capaz de hacer, claro. Me refiero a si tuviera que luchar sin su don. Me pregunto incluso si alguna vez lo habrá intentado.

Edward me echó una ojeada de repente.

—¿En qué estás pensando?

Me limité a mirar al frente.

—Bueno, probablemente no pueda hacerme eso a mí, ¿no? Si lo que hace es como lo que hacen Aro, Jane o tú. Quizá... si él nunca ha tenido que defenderse, y si yo aprendo unos cuantos trucos...

—Él ha estado con los Vulturi durante siglos —me atajó Edward, con la voz teñida repentinamente de pánico. Él probablemente estaba viendo en su mente la misma imagen que yo: los Cullen de pie, inermes, como pilares insensibles en el campo de batalla... Todos menos yo. Yo sería la única que *podría* luchar—. Sí, seguramente serás inmune a su poder, pero todavía eres una neófita, Bella. No puedo convertirte en una luchadora tan buena en sólo unas cuantas semanas. Estoy seguro de que él por lo menos ha recibido entrenamiento.

—Quizá sí, quizá no. Es lo único que yo puedo hacer y que los demás no. Incluso aunque sólo lo distrajera durante un rato, ¿crees que podría durar suficiente para darle a los otros una oportunidad?

—Por favor, Bella —replicó Edward entre dientes—. No hablemos más de esto.

—Pero sé razonable.

—Intentaré enseñarte lo que pueda, pero por favor no me hagas pensar que eso servirá para que te sacrifiques como distracción... —la voz se le ahogó, y no pudo terminar.

Yo asentí. Entonces, tendría que hacer mis planes a solas. Primero Alec y, si tenía una suerte milagrosa y lo vencía, seguiría con Jane. Con sólo igualar algo las cosas y nivelar la abrumadora ventaja de los Vulturi en la ofensiva, quizá tendríamos alguna oportunidad. Mi mente se desbocó al imaginar semejante posibilidad. ¿Qué ocurriría si era capaz de distraerlos o quitarlos de en medio? Honestamente, ¿por qué habrían tenido que aprender Jane o Alec habilidades de combate? No podía imaginarme a la pequeña Jane, tan petulante, cediendo lo más mínimo de su ventaja, ni siquiera para aprender.

Si lograba matarlos, vaya diferencia que eso marcaría.

—Tengo que aprender todo. Tanto como sea posible introducir en mi cabeza en el plazo de un mes —murmuré.

Él actuó como si yo no hubiera hablado.

Entonces, ¿cuál sería el siguiente? Sería mejor que pusiera mis planes en orden para que, si vivía después de atacar a Alec, no hubiera ninguna vacilación en mi ataque. Intenté pensar en otra situación donde un cráneo duro como el mío me diera una ventaja. No sabía mucho de las capacidades de los demás. Obviamente, luchadores como el gigantesco Felix estaban más allá de mis posibilidades. Lo único que podía hacer era intentar ofrecerle a Emmett la oportunidad de una lucha justa. Tampoco sabía mucho sobre el resto de la guardia de los Vulturi, aparte de Demetri.

Mi mente se mantuvo perfectamente serena mientras reflexionaba sobre Demetri. Sin duda sería un buen luchador. No había ninguna otra razón por la que hubiera podido sobrevivir tanto tiempo, siempre en la punta de lanza de cualquier ataque. Y debía ser el líder, ya que él era su rastreador… el mejor rastreador del mundo, sin duda alguna, porque si hubiera habido alguno mejor, los Vulturi lo habrían conseguido. Aro no se conformaba jamás con los segundones.

Si Demetri no existiera, entonces podríamos huir. Por lo menos los sobrevivientes. Mi hija, tan cálida en mis brazos… Alguien podría huir con ella, Jacob o Rosalie, quien quedara.

Y si Demetri no existiera, entonces Alice y Jasper estarían a salvo para siempre. ¿Eso era lo que Alice había visto, que parte de nuestra familia podría salir adelante? Al menos ellos dos.

¿Le envidiaría eso a ella?

—Demetri… —dije.

—Demetri es mío —replicó de nuevo Edward, con una voz tensa y dura. Lo miré rápidamente y vi que su expresión se había vuelto violenta.

—¿Por qué? —le susurré.

Al principio él no contestó. Ya casi estábamos al lado del río cuando finalmente murmuró.

—Por Alice. Es la única muestra de agradecimiento que puedo ofrecerle por los últimos cincuenta años.

Así que sus pensamientos iban en la misma dirección que los míos.

Escuché las fuertes pisadas de las patas de Jacob golpeando con un ruido sordo el suelo helado. En unos segundos, se paseaba ante mí, con sus ojos oscuros clavados en Renesmee.

Lo saludé con la cabeza y luego volví a mis preguntas. Teníamos poco tiempo.

—Edward, ¿por qué crees que Alice nos dijo que le preguntáramos a Eleazar por los Vulturi? ¿Él ha estado en Italia hace poco o algo parecido? ¿Qué podrá saber él?

—Eleazar sabe todo acerca del tema de los Vulturi. Se me había olvidado que tú no lo sabías. Él formó parte de su clan.

Bufé involuntariamente y Jacob gruñó a mi lado.

—¿Qué? —le reclamé, recordando al hermoso hombre de cabello negro, que asistió a nuestra boda envuelto en una larga capa de color ceniciento.

El rostro de Edward tenía ahora un aspecto más apacible, e incluso sonrió un poquito.

—Eleazar es una persona muy buena. No era totalmente feliz con los Vulturi, pero respetaba la ley y la necesidad de defenderla. Sentía que estaba trabajando por el bien común y no lamenta nada del tiempo que pasó con ellos, pero cuando se encontró con Carmen, halló su lugar en el mundo. Son gente muy parecida: ambos son muy compasivos para ser vampiros —él sonrió otra vez—. Se encontraron con Tanya y sus hermanas, y nunca miraron hacia atrás. Tenían talento para este nuevo estilo de vida. Si no se hubieran encontrado con Tanya, me imagino que algún día habrían descubierto por sí mismos una manera de vivir sin sangre humana.

Las imágenes se desfasaban en mi mente, no había forma de que pudiera empatarlas: ¿un soldado Vulturi compasivo?

Edward le echó una mirada a Jacob y respondió a su pregunta silenciosa.

—No, él no era propiamente uno de sus guerreros, pero tiene un don que encontraban conveniente.

Jacob debía haber formulado la pregunta que obviamente venía después de la anterior.

—Él tiene un instinto especial para captar los dones de los demás, las capacidades extraordinarias que tienen algunos vampiros —le contestó Edward—. Podía darle a Aro una idea general de lo que era capaz de hacer cada vampiro con sólo estar cerca de él. Esto era muy conveniente cuando los Vulturi entraban en combate, porque podía advertirles en caso de que alguien del clan que se les enfrentara tuviera alguna habilidad que pudiera causarles algún problema. Pero esto era muy raro, ya que tenía que ser una capacidad realmente sobresaliente para que supusiera un inconveniente para los Vulturi, ni siquiera durante un momento. Con más frecuencia, el aviso le servía a Aro para salvar a los enemigos que pudieran serle de utilidad. Hasta cierto punto, el don de Eleazar funciona incluso con humanos. En ese caso debe concentrarse mucho, porque la habilidad latente en un mortal es más confusa. Aro le hacía probar a la gente que quería que se les uniera para ver si tenían algún potencial, y por eso lamentó mucho su partida.

—¿Lo dejaron irse? —le pregunté—. ¿Así nada más?

Su sonrisa era ahora más sombría y algo torcida.

—Se supone que los Vulturi no pueden ser los villanos, no del modo en que a ti te lo parecen. Son los cimientos de nuestra civilización y de la paz. Cada miembro de la guardia escoge servirlos, y es algo muy prestigioso. Todos están orgullosos de estar allí, y no se les puede forzar a ello.

Miré al suelo con mala cara.

—Se supone que sólo les parecen malvados y crueles a los criminales, Bella.

—Nosotros no somos criminales.

Jacob resopló, respaldando mi afirmación.

—Ellos no lo saben.

—¿De verdad crees que podemos hacer que se detengan el tiempo suficiente para escucharnos?

Edward titubeó por un instante y después se encogió de hombros.

—Si encontramos suficientes amigos para que nos apoyen, tal vez.

Sí. Repentinamente percibí la importancia de lo que teníamos que hacer hoy. Edward y yo comenzamos a movernos con mayor velocidad, hasta que realmente echamos a correr. Jacob nos siguió con rapidez.

—Tanya no debe tardar mucho —comentó Edward—. Tenemos que estar preparados.

Pero, ¿cómo nos íbamos a preparar? Organizamos las cosas una y otra vez, las pensamos y las volvimos a pensar. ¿Dejaríamos a Renesmee a la vista, o la esconderíamos al principio? ¿Y Jacob debería estar en la habitación o afuera? Él había ordenado a su manada que permaneciera cerca, pero sin dejarse ver. ¿Él haría lo mismo?

Al final, Renesmee, Jacob —de nuevo en su forma humana— y yo esperamos en el comedor, situado al otro lado de la esquina a la que daba la puerta principal, sentados ante la gran mesa de madera pulida. Jacob me dejó cargar a Renesmee; quería espacio por si tenía que entrar en fase con rapidez.

Aunque estaba contenta de tenerla entre mis brazos, me hizo sentir inútil. Me recordó que en una lucha con vampiros maduros no era más que un objetivo fácil, y no necesitaba tener las manos libres.

Intenté recordar a Tanya, Kate, Carmen y Eleazar en la boda. Sus rostros aparecían borrosos en mis recuerdos escasamente iluminados. Sólo sabía que eran hermosos, dos rubias y dos morenos. No podía recordar si había algún rastro de amabilidad en sus ojos.

Edward se reclinó, inmóvil contra la pared donde estaba la ventana trasera, mirando fijamente hacia la puerta principal, aunque no parecía que la viera.

Escuchamos el zumbido del motor de los coches al pasar por la carretera, sin que ninguno de ellos disminuyera la velocidad.

Renesmee se acomodó muy cerca de mi cuello, con la mano contra mi mejilla, pero sin imágenes en su mente. No tenía ninguna para lo que sentía en estos momentos.

—¿Y qué pasaría si no les gusto? —susurró y nuestros ojos se dirigieron hacia ella.

—Claro que les... —comenzó a decir Jacob, pero yo lo callé con una mirada.

—Ellos no comprenden tu existencia, Renesmee, porque jamás se han encontrado con nadie como tú —le dije, sin querer mentirle con promesas que podían no hacerse realidad—. El problema está en hacérselo entender.

Ella suspiró, y en mi mente relampaguearon imágenes de todos nosotros en una súbita y rápida visión: vampiros, humanos, licántropos. Ella no encajaba en ningún lugar.

—Tú eres especial, y eso no es malo.

Ella sacudió la cabeza para expresar así su desacuerdo. Pensó en nuestros rostros tensos y dijo:

—Es culpa mía.

—No —Jacob, Edward y yo respondimos a coro, al mismo tiempo, pero antes de que pudiéramos argumentar algo más, escuchamos el sonido que habíamos estado esperando: el de un motor que reducía la velocidad en la carretera y el de los neumáticos que pasaban del asfalto a la tierra.

Edward salió disparado hacia la esquina para esperarlos en la puerta, y Renesmee se escondió entre mi pelo. Jacob y yo nos quedamos mirándonos el uno al otro por encima de la mesa, con la desesperación pintada en el rostro.

El coche avanzó con rapidez a través del bosque, con una forma de conducir más rápida que la de Sue o Charlie. Lo escuchamos atravesar el prado y detenerse ante el porche, y luego, cómo se abrían las cuatro puertas y se cerraban. No hablaron mientras se aproximaban hacia la puerta, y Edward la abrió antes de que llamaran.

—¡Edward! —exclamó una voz femenina con entusiasmo.

—Hola, Tanya. Hola, Kate, Eleazar, Carmen.

Los tres murmuraron saludos.

—Carlisle nos dijo que necesitaba hablar con nosotros urgentemente —la primera en hablar fue Tanya, y percibí que todos permanecían en el exterior de la casa. Me imaginé que Edward les bloqueaba la entrada—. ¿Cuál es el problema? ¿Algún problema con los licántropos?

Jacob torció los ojos.

—No —replicó Edward—. Nuestra tregua con los hombres lobo es más fuerte que nunca.

Una mujer se echó a reír entre dientes.

—¿Vas a invitarnos a entrar o no? —preguntó Tanya y después siguió hablando sin esperar respuesta—. ¿Dónde está Carlisle?

—Tuvo que irse.

Por un instante se hizo un silencio.

—¿Qué está pasando, Edward? —inquirió Tanya con tono de exigencia.

—Concédanme el beneficio de la duda durante unos cuantos minutos —respondió él—; tengo que explicarles algo difícil, y necesito que mantengan una actitud abierta hasta que puedan entenderlo.

—¿Carlisle está bien? —preguntó una voz masculina con ansiedad: Eleazar.

—Ninguno de nosotros está bien, Eleazar —le informó Edward y después palmeó algo, quizá el hombro del vampiro—. Pero al menos físicamente sí se encuentra bien.

—¿Físicamente? —preguntó Tanya súbitamente—. ¿Qué quieres decir?

—Que toda mi familia corre un peligro muy grave, pero antes de que me explique, les pido que me prometan escuchar

644

todo antes de reaccionar. Les suplico que oigan toda la historia primero.

Su petición se encontró con un silencio más duradero, tenso, a lo largo del cual Jacob y yo nos miramos el uno al otro sin hablar. Sus labios rojizos palidecieron.

—Estamos escuchando —dijo Tanya finalmente—. Escucharemos todo antes de juzgar.

—Gracias, Tanya —repuso Edward con verdadera gratitud—. De haber tenido alternativa, no los habríamos implicado en esto.

Edward echó a andar y escuchamos cuatro pares de pasos cruzando la entrada.

Alguien olfateó.

—Ya sabía que esos licántropos tenían que estar metidos en el asunto —masculló Tanya.

—Sí, y están de nuestro lado. Otra vez.

El recuerdo de lo sucedido silenció a Tanya.

—¿Dónde está tu Bella? —inquirió otra de las voces femeninas—. ¿Está bien?

—Se nos unirá pronto. Y ella está bien, gracias. Se ha incorporado a la inmortalidad con una sorprendente finura.

—Cuéntanos en qué consiste el peligro, Edward —solicitó Tanya en voz baja—. Todos te escucharemos y estaremos de su lado, donde pertenecemos.

Edward tomó una gran bocanada de aire.

—Primero quiero que lo vean con sus propios ojos. Escuchen. ¿Qué oyen en la otra habitación?

Se hizo un nuevo silencio y después algo se puso en movimiento.

—Sólo escuchen, por favor —insistió Edward.

—Un hombre lobo, supongo. Puedo escuchar su corazón —repuso Tanya.

—¿Qué más? —preguntó Edward.

Se hizo una pausa.

—¿Qué es ese sonido como de repiqueteo? —preguntó Carmen o Kate— ¿Es... alguna clase de pájaro?

—No, pero recuerden lo que oyeron. Ahora, ¿qué huelen? Además del licántropo.

—¿Hay ahí un humano? —susurró Eleazar.

—No —Tanya expresó su desacuerdo—. No es humano, pero... es más cercano a lo humano que el resto de los olores que hay por aquí. ¿Qué es, Edward? No creo que haya olido nada como eso en toda mi vida.

—Seguramente que no, Tanya. Por favor, *por favor*, recuerden que esto es algo complemente nuevo para ustedes. Olviden sus ideas preconcebidas.

—Te prometimos que te escucharíamos, Edward.

—Muy bien, entonces... ¿Bella? Trae a Renesmee, por favor.

Sentí las piernas extrañamente dormidas, pero sabía que esa sensación sólo estaba en mi cabeza. Me esforcé por no refrenarme, por no moverme con lentitud cuando me puse de pie y caminé los pocos pasos que había hasta la esquina. Percibí el calor del cuerpo de Jacob muy cerca de mí mientras me seguía.

Di un paso más hacia la habitación grande y entonces me detuve, incapaz de caminar más. Renesmee inhaló profundamente y después se asomó para mirar por debajo de mi pelo, con sus pequeños hombros tensos, esperando ser rechazada.

Pensé que me había preparado para su reacción, para las acusaciones, los gritos, para la inmovilidad del estrés agudo.

Tanya saltó hacia atrás cuatro pasos, con sus rizos color fresa temblorosos, como un humano que se enfrentara a una serpiente venenosa. Kate también retrocedió a saltos todo el camino hacia la puerta principal, tanteando a ciegas la pared a sus espaldas. De entre sus dientes apretados brotó un siseo mezcla de sorpresa y miedo. Eleazar se agazapó delante de Carmen en una postura defensiva.

—Ay, por favor —escuché a Jacob quejarse para sus adentros.

Edward puso el brazo alrededor de mí y de Renesmee.

—Prometieron escuchar —les recordó.

—¡Hay algunas cosas que no deben escucharse! —exclamo Tanya—. ¿Cómo pudiste, Edward? ¿No sabes lo que esto significa?

—Tenemos que salir de aquí —replicó Kate con ansiedad, con la mano en la puerta.

—Edward… —Eleazar parecía encontrarse más allá de las palabras.

—Esperen —dijo Edward, ahora con voz endurecida—. Recuerden lo que oyeron. Renesmee no es lo que creen que es.

—No hay excepciones a esa regla, Edward —replicó Tanya con brusquedad.

—Tanya —insistió Edward con dureza—, ¡oíste el sonido de su corazón! Detente y piensa en lo que eso significa.

—¿El latido de su corazón? —susurró Carmen, mirando por encima del hombro de Eleazar.

—No es una niña vampiro completamente —respondió Edward, dirigiendo su atención a la expresión menos hostil de Carmen—. Es semihumana.

Los cuatro vampiros se le quedaron viendo como si estuviera hablando en un idioma desconocido para todos ellos.

—Escúchenme —la voz de Edward se moduló ahora hacia su aterciopelado tono de persuasión—. Renesmee es única en su especie. Yo soy su padre, no su creador. Soy su padre biológico.

La cabeza de Tanya temblaba, aunque era un movimiento casi imperceptible. Ella no parecía ser consciente de eso.

—Edward, no puedes esperar que nosotros... —Eleazar comenzó a hablar.

—Pues dame otra explicación que te convenza, Eleazar. Puedes sentir la calidez de su cuerpo en el aire. La sangre corre por sus venas, Eleazar, puedes olerla.

—¿Cómo pasó esto? —preguntó Kate, casi sin aliento.

—Bella es su madre biológica —le contestó Edward—. La concibió, estuvo embarazada y dio a luz a Renesmee mientras todavía era humana. Eso casi la mató, así que me vi obligado a introducir una cantidad suficiente de ponzoña en su corazón para salvarla.

—Nunca había oído hablar de una cosa así —replicó Eleazar. Todavía tenía los hombros rígidos y una expresión fría en el semblante.

—Las relaciones íntimas entre vampiros y humanos no son frecuentes —contestó Edward, ahora con algo de humor negro en su tono—. Y que haya humanos que sobrevivan a ese tipo de citas, menos. Están de acuerdo, ¿no, primas?

Tanto Tanya como Kate lo miraron con cara de pocos amigos.

—Fíjate bien, Eleazar. Seguramente puedes apreciar el parecido.

Pero fue Carmen la que respondió a las palabras de Edward. Dio un paso para salir de detrás del vampiro, ignorando su advertencia a medias, y caminó con cautela hasta pararse justo enfrente de mí. Se inclinó ligeramente, mirando cuidadosamente el rostro de Renesmee.

—Parece que tienes los ojos de tu madre —comentó con una voz tranquila y baja—, pero el rostro de tu padre —y después, como si no hubiera podido evitarlo, le sonrió.

La sonrisa de Renesmee en respuesta fue deslumbrante. Tocó mi rostro sin apartar la mirada de Carmen. Se imaginaba tocando el rostro de Carmen y se preguntaba si eso estaría bien.

—¿Te molestaría que la propia Renesmee te lo contara? —le pregunté a Carmen. Todavía estaba demasiado tensa para poder hablar en voz más alta que un simple susurro—. Tiene un don para explicar las cosas.

Carmen todavía le sonreía a la niña.

—¿Hablas, pequeña?

—Sí —respondió con su aguda voz de soprano. Toda la familia de Tanya se estremeció ante el sonido de su voz, excepto Carmen—. Pero puedo enseñarte más de lo que puedo contar.

Puso su pequeña mano llena de hoyuelos en la mejilla de Carmen.

La vampira se paralizó como si le hubieran aplicado una corriente eléctrica. Eleazar estuvo a su lado en un instante, con las manos en sus hombros como si fuera a apartarla con brusquedad.

—Espera —pidió Carmen casi sin aliento y sin parpadear, con los ojos fijos en Renesmee.

La niña le "mostró" a Carmen su explicación durante un buen rato. El rostro de Edward permaneció atento mientras observaba, y yo hubiera deseado poder oír lo que él escuchaba. A mis espaldas, Jacob cambió el peso de un pie a otro con impaciencia, y supe que también habría querido lo mismo.

—¿Qué le está enseñando Nessie? —gruñó entre dientes.

—Todo —murmuró Edward.

Pasó otro minuto y Renesmee dejó caer la mano del rostro de Carmen y sonrió con alegría a la asombrada vampira.

—Realmente es tu hija, ¿verdad? —comentó Carmen casi sin aliento, mientras movía sus grandes ojos de color topacio hacia el rostro de Edward—, ¡qué don tan vivo! Esto sólo podía venir de un padre igual de bien dotado.

—¿Crees lo que te contó? —preguntó Edward, con una expresión llena de intensidad.

—Sin duda alguna —replicó Carmen con sencillez.

El rostro de Eleazar estaba rígido de la angustia.

—¡Carmen!

Ella tomó sus manos y las apretó.

—Aunque parezca imposible, Edward no nos ha dicho más que la verdad. Deja que la niña te lo muestre.

Carmen empujó a Eleazar hacia mí y luego asintió a Renesmee.

—Enséñaselo, *mi querida*.[1]

Renesmee sonrió de oreja a oreja, claramente alegre por la aceptación de Carmen, y le puso la mano a Eleazar en la frente con un toque ligero.

—¡*Ay, caray!*[2] —escupió él, y saltó hacia atrás.

—¿Qué te hizo? —inquirió Tanya, al tiempo que se acercaba, llena de preocupación. Kate también se movió hacia delante.

—Sólo intenta mostrarte su lado de la historia —le dijo Carmen con voz tranquilizadora.

Renesmee frunció el ceño con impaciencia.

—Ven. Mira, por favor —le ordenó a Eleazar. Extendió la mano y dejó unos cuantos centímetros entre sus deditos y el rostro del vampiro, esperando.

Eleazar le lanzó una ojeada suspicaz y después miró a Carmen como buscando ayuda. Ella asintió para darle ánimos. El vampiro tomó una gran bocanada de aire y luego se inclinó hacia ella hasta que su frente tocó su mano otra vez.

---

[1] En español en el original. [N. de los T.]
[2] En español en el original. [N. de los T.]

Él se estremeció cuando el proceso comenzó, pero se quedó quieto, esta vez con los ojos cerrados, concentrado.

—Ah... —suspiró, cuando sus ojos se reabrieron unos cuantos minutos más tarde—. Ya veo.

Renesmee le sonrió. Él vaciló y después le devolvió una sonrisa desganada.

—¿Eleazar? —preguntó Tanya.

—Todo es cierto, Tanya. No es una niña inmortal, es semi-humana. Ven. Míralo por ti misma.

En silencio, Tanya acudió a su vez a colocarse delante de la niña con ademán precavido, y después Kate. Ambas mostraron sorpresa cuando les llegó la primera imagen al contacto de Renesmee, pero, justo como Carmen y Eleazar, parecieron completamente convencidas en cuanto terminó.

Le dirigí una mirada al rostro tranquilo de Edward, preguntándome si podía ser tan fácil. Sus ojos lucían dorados, sin sombras. No había engaño en esto, entonces.

—Gracias por escucharnos —dijo con voz serena.

—Pero aún existe el *grave peligro* del que nos hablaste —le dijo Tanya a su vez—. Ya veo que no procede directamente de esta niña, pero entonces ha de venir de los Vulturi. ¿Cómo se enteraron? ¿Cuándo vendrán?

No me sorprendió que rápidamente comprendiera las cosas. Después de todo, ¿de dónde podría proceder una amenaza a una familia tan fuerte como la mía? Sólo de los Vulturi.

—El día en que Bella vio a Irina en las montañas —le explicó Edward—, tenía a Renesmee con ella.

Kate siseó, entrecerrando los ojos hasta convertirlos en rendijas.

—¿Fue *Irina* la que hizo esto? ¿A ustedes? ¿A Carlisle? *¿Irina?*

—No —susurró Tanya—. Debió ser alguien más.

—Alice vio que acudía a ellos —comentó Edward. Me pregunté si los demás notaron la forma en que se encogió ligeramente cuando mencionó el nombre de Alice.

—¿Pero cómo pudo hacer eso? —preguntó Eleazar sin dirigirse a nadie en concreto.

—Imagínate que hubieras visto a Renesmee únicamente a distancia, y que no te hubieras esperado a oír nuestra explicación.

Los ojos de Tanya se entrecerraron.

—No importa lo que ella haya pensado… Ustedes son nuestra familia.

—Ya no hay nada que podamos hacer respecto a la decisión de Irina. Es demasiado tarde. Alice nos dio un mes de plazo.

Tanto Tanya como Kate inclinaron la cabeza hacia un lado, y esta última frunció el ceño.

—¿Tanto tiempo? —preguntó Eleazar.

—Vienen todos juntos y eso requiere una cierta preparación.

Eleazar pareció atragantarse.

—¿La guardia completa?

—No sólo la guardia —replicó Edward, con las mandíbulas apretadas—. También Aro, Cayo, Marco. Incluso las esposas.

La sorpresa relampagueó en los ojos de todos los vampiros.

—Imposible —repuso Eleazar sin poder creerlo.

—Justo lo que yo dije hace dos días —comentó Edward.

El vampiro puso muy mala cara y, cuando habló, lo que surgió fue casi un rugido.

—Pero eso no tiene sentido. ¿Por qué se pondrían ellos mismos y a las esposas en peligro?

—No tiene sentido desde ese punto de vista. Alice dijo que se trataba de algo más que un simple castigo por lo que creían que habíamos hecho. Ella pensó que tú podrías ayudarnos.

—¿Más que un castigo? ¿Pero qué otra cosa puede ser?

Eleazar comenzó a caminar de un lado para otro, dirigiéndose primero hacia la puerta y luego hacia el fondo, como si estuviera solo en la habitación, con el ceño fruncido mientras miraba al suelo.

—¿Dónde están los demás, Edward? ¿Carlisle, Alice y los otros? —preguntó Tanya.

La vacilación de Edward fue perceptible apenas y sólo respondió una parte de la pregunta.

—Buscando a amigos capaces y dispuestos a ayudarnos.

Tanya se inclinó hacia él, y extendió las manos en su dirección.

—Edward, no importa cuántos amigos logres reunir, no podemos ayudarte a ganar. Sólo podemos morir contigo. Debes saber eso. Claro, quizá nosotros cuatro nos merecemos eso después de lo que hizo Irina, y después de cómo les hemos fallado en el pasado… y esta vez también por el bien de la niña.

Edward sacudió la cabeza con rapidez.

—No les vamos a pedir que luchen y mueran con nosotros, Tanya. Ya sabes que Carlisle jamás pediría una cosa así.

—Entonces, ¿en qué consiste su petición, Edward?

—Simplemente estamos buscando testigos. Si los podemos detener, aunque sólo sea por un momento, si nos dejaran explicarles —tocó la mejilla de Renesmee y ella sujetó su mano y la mantuvo apretada contra su piel—. Es difícil dudar de nuestra historia cuando la ves por ti mismo.

Tanya asintió lentamente.

—¿Tú crees que su origen les importará mucho?

—Sólo en la medida en que amenace su futuro. El sentido de mantener la restricción estaba en protegernos de quedar expuestos y de los excesos de los niños que no podían educarse.

—Yo no soy peligrosa —intervino Renesmee. Escuché su voz alta y clara con nuevos oídos, e imaginé cómo le sonaría a los demás—. Nunca he lastimado al abuelito, a Sue o a Billy. Me encantan los humanos. Y los lobos, como mi Jacob —ella dejó caer la mano de Edward hacia atrás y dio una palmadita al brazo de Jacob.

Tanya y Kate intercambiaron una mirada rápida.

—Si Irina no hubiera venido tan pronto —musitó Edward—, nos podríamos haber evitado todo esto. Renesmee crece a un ritmo sin precedentes. Cuando pase este mes, habrá ganado otro medio año de desarrollo.

—Bueno, eso es algo que sin duda podemos atestiguar —replicó Carmen en tono decidido—. Podemos asegurar que la hemos visto madurar con nuestros propios ojos. ¿Cómo podrían ignorar los Vulturi una evidencia como ésa?

Eleazar masculló entre dientes.

—¿Sí, cómo? —pero él no levantó la mirada y continuó paseándose como si no pusiera atención en absoluto.

—Está bien, podemos servir de testigos —admitió Tanya—. Al menos eso. Y consideraremos qué otras cosas podemos hacer.

—Tanya —protestó Edward, escuchando algo más en sus pensamientos que lo que había en sus palabras—, no esperamos que luchen con nosotros.

—Si los Vulturi no se detienen lo suficiente para escuchar nuestra declaración, no nos vamos a quedar de brazos cruzados —insistió Tanya—. Aunque, claro, yo sólo puedo hablar por mí misma.

Kate resopló.

—¿Realmente dudas tanto de mí, hermana?

Tanya le dirigió una gran sonrisa.

—Después de todo, es una misión suicida.

Kate le devolvió otra sonrisa y después se encogió de hombros con indiferencia.

—Yo también estaré.

—Igual yo, y haré todo lo que pueda para proteger a la niña —acordó Carmen. Y luego, como si no pudiera resistirlo, tendió las manos hacia Renesmee—. ¿Puedo cargarte, *mi precioso bebé*?[3]

Renesmee se inclinó decidida hacia Carmen, encantada de haber hecho una nueva amiga. La vampira la abrazó con fuerza, murmurándole algo en español.

Sucedió lo mismo que había pasado con Charlie y, antes, con todos los Cullen. La niña era irresistible. ¿Qué había en ella que hacía que todos se le rindieran, que los llevara incluso a desear entregar su vida para defenderla?

Durante un momento pensé que *quizá* lo que intentábamos era factible. Tal vez Renesmee podría hacer lo imposible y ganarse a nuestros enemigos como se había ganado a nuestros amigos.

Y entonces recordé que Alice nos había dejado, y mi esperanza se desvaneció tan pronto como había aparecido.

---

[3] En español en el original. [N. de los T.]

31. Talentos

—¿Y qué tienen que ver los licántropos en todo esto? —preguntó Tanya, mirando a Jacob.

Antes de que Edward pudiera contestar, Jacob habló.

—Si los Vulturi no se detienen a escuchar lo que haya que decir de Nessie, es decir, de Renesmee —se corrigió a sí mismo, recordando que Tanya no reconocería su estúpido apodo—, *nosotros* los detendremos.

—Muy valiente de tu parte, muchacho, pero sería imposible hasta para luchadores más experimentados que ustedes.

—No saben de lo que somos capaces.

Tanya se encogió de hombros.

—Es tu vida, la verdad, y puedes hacer con ella lo que quieras.

Los ojos de Jacob se movieron hacia Renesmee, que estaba todavía en los brazos de Carmen, con Kate revoloteando alrededor. Era fácil notar la añoranza en ellos.

—Es especial, esta pequeñita —musitó Tanya—, difícil de resistir.

—Una familia llena de talentos —murmuraba Eleazar mientras caminaba, incrementando cada vez más el ritmo. Tardaba un segundo en ir de la puerta hasta donde estaba Carmen y luego regresar—. Un padre lector de mentes, una madre escudo, capaz de blindarse, y la magia con que esta niña extraordinaria nos ha hechizado. Me pregunto si hay un nombre para lo que ella hace, o si ésta sería la norma para un híbrido de vampiro. ¡Como si algo así pudiera considerarse normal! ¡Vaya, un vampiro híbrido!

—Perdóname —dijo Edward con voz aturdida. Se acercó a Eleazar y lo tomó por el hombro cuando giraba para volver hacia la puerta—. ¿Cómo llamaste a mi esposa?

Eleazar miró a Edward con curiosidad, y abandonó por un momento su manía de pasear.

—"Escudo", *creo* que dije. Me está bloqueando justo ahora, así que no puedo estar seguro.

Me quedé mirando a Eleazar, con las cejas fruncidas debido a la confusión. ¿Escudo? ¿Qué quería decir con que lo bloqueaba? Yo sólo estaba allí, justo a su lado, sin hacer nada en mi defensa.

—¿Un escudo? —repitió Edward, desconcertado.

—¡Vamos, Edward, por favor! Si yo no puedo leer en ella, dudo que tú puedas. ¿Puedes escuchar sus pensamientos ahora? —le preguntó Eleazar.

—No —murmuró Edward—, pero jamás he podido hacerlo, ni siquiera cuando era humana.

—¿Nunca? —Eleazar pestañeó—. Qué interesante. Eso indicaría un talento latente bastante poderoso, si ya se manifestaba de forma tan clara antes de la transformación. No puedo encontrar ningún camino por el cual abrirme paso a través de su escudo para ver de qué se trata. Todavía no ha de estar madura en este sentido, sólo tiene unos cuantos meses —la mirada que le dirigió a Edward era casi de exasperación—. Y aparentemente no está consciente en absoluto de lo que hace. Para nada. Qué ironía. Aro me envió por todo el mundo en busca de este tipo de anomalías, y tú simplemente te tropiezas con ella por accidente, ¡y ni siquiera te das cuenta de lo que tienes!

Eleazar sacudió la cabeza con incredulidad.

Yo puse mala cara.

—¿De qué hablas? ¿Cómo puedo yo ser un escudo? ¿Qué quiere decir eso? —la única imagen que acudía a mi mente era la de una ridícula armadura medieval.

Eleazar inclinó la cabeza a un lado mientras me examinaba.

—Supongo que éramos demasiado formales en la guardia sobre este tema. La verdad es que categorizar un talento es un asunto subjetivo y azaroso. Cada don es único y nunca se repite lo mismo dos veces; pero tú, Bella, eres bien fácil de clasificar. Hay aptitudes que son puramente defensivas, que protegen algunos aspectos del portador, y a ésos siempre los hemos llamado "escudos". ¿Nunca has comprobado tus habilidades? ¿No has bloqueado a nadie más, además de a mí y a tu compañero?

Me tomó varios segundos organizar la respuesta, a pesar de lo rápido que trabajaba mi nuevo cerebro.

—Sólo funciona con ciertas cosas —le expliqué—. Mi cabeza es una especie de… zona privada, pero no ha impedido que Jasper sea capaz de modificar mi estado de ánimo, ni que Alice lea mi futuro.

—Es una defensa puramente mental —Eleazar asintió para sí mismo—. Limitada, pero fuerte.

—Aro no podía escucharla —intervino Edward—, aunque ella era humana cuando se encontraron.

A Eleazar se le pusieron los ojos redondos como platos.

—Y Jane intentó hacerme daño, pero tampoco pudo —relaté yo—. Edward cree que Demetri no puede encontrarme y que tampoco Alec podrá conmigo, ¿eso es bueno?

Eleazar, todavía boquiabierto, volvió a asentir.

—Mucho.

—¡Un escudo! —exclamó Edward con una profunda satisfacción que saturaba su voz—. Nunca lo había contemplado desde ese punto de vista. La única persona que he conocido con ese don es Renata, y lo que ella hacía era bastante diferente.

Eleazar se recuperó un poco.

—Sí, no todos los talentos se manifiestan siempre de la misma manera, porque nadie *piensa* exactamente del mismo modo.

—¿Quién es Renata? ¿Qué hace ella? —pregunté; Renesmee también estaba interesada, así que se apartó de Carmen para poder mirar asomándose por detrás de Kate.

—Renata es la guardaespaldas personal de Aro —me contó Eleazar—. Tiene un escudo sumamente práctico y muy fuerte, además.

Vagamente recordaba una pequeña multitud de vampiros que rodeaba a Aro en su macabra torre, algunos hombres, otras mujeres. No me podía acordar de los rostros de las mujeres en aquel recuerdo desagradable y terrorífico. Una de ellas debía ser Renata.

—Me pregunto si... —musitó Eleazar—. Ya ves, Renata es un poderoso escudo frente a un ataque físico. Siempre está junto a Aro cuando hay una situación hostil, y si alguien se le acerca se encuentra... desviado. A su alrededor hay una fuerza casi imperceptible que repele. Simplemente te vas en una dirección que no habías planeado previamente, con la memoria confundida, como si en primer lugar te hubieras planteado ir en la otra dirección. Puede proyectar ese escudo a varios metros de donde se sitúa. También protege a Cayo y a Marco cuando es necesario, pero Aro es su prioridad.

"Entonces, lo que hace en realidad no es físico. La mayoría de los dones que poseemos surgen de la mente. Si ella intentara rechazarte, me pregunto quién ganaría —sacudió la cabeza—. Nunca había oído que los dones de Alec o Jane hubieran sido burlados.

—Mami, eres especial —me dijo Renesmee sin sorpresa alguna, como si comentara el color de mi ropa.

Me sentí desorientada. ¿No ya sabía cuál era mi propio don? Lo único que creía tener era ese autocontrol superlativo que me había permitido terminar bien el año de neófita que tanto me intimidaba. La mayoría de los vampiros sólo tenían un don, ¿o no?

¿Sería que Edward había tenido razón desde el principio? Antes de que Carlisle sugiriera que ese autocontrol podría ser algo fuera de lo natural, Edward pensaba que mi contención era producto de la buena preparación... "objetivos" y "actitud", tal como había dicho.

¿Cuál de los dos tenía razón? ¿Había algo más que yo pudiera hacer? ¿Había algún nombre o categoría a la que yo pertenecía?

—¿Eres capaz de proyectarlo? —preguntó Kate con gran interés.

—¿Proyectarlo? —inquirí yo a mi vez.

—Empujarlo al exterior, fuera de ti misma —me explicó Kate—. Proteger a alguien además de a ti misma.

—No sé. Nunca lo he intentado. Y tampoco sé cómo hacerlo.

—Bueno, puede que no sea posible —repuso ella con rapidez—. El cielo sabe que yo llevo trabajando en eso durante siglos, y lo más que he logrado es hacer correr una especie de corriente sobre mi piel.

Me quedé mirándola, perpleja.

—Kate tiene un don ofensivo —me explicó Edward— muy similar al de Jane.

Me alejé de ella automáticamente, y se echó a reír.

—Yo no lo uso en plan sádico —me aseguró—. Es solamente algo muy útil cuando tienes que luchar.

Las palabras de Kate me calaban lentamente, y comenzaban a crear relaciones en mi mente. "Proteger a alguien además de a ti misma", había dicho ella. Como si pudiera haber alguna forma de incluir a alguna persona en mi extraña y estrafalaria cabeza silenciosa.

Recordé a Edward encogiéndose sobre las antiguas piedras de la torre del castillo de los Vulturi. Aunque era un recuerdo humano, era más agudo y doloroso que la mayoría de los demás que guardaba; como si hubiera sido grabado en los tejidos de mi cerebro.

¿Cómo podía lograr que eso no volviera a ocurrir? ¿Qué pasaría si pudiera protegerlo, a él y a Renesmee? ¿Qué pasaría si tuviera la menor posibilidad de escudarlos a todos?

—¡Tienes que enseñarme a hacerlo! —insistí, agarrándola del brazo sin pensarlo—. ¡Enséñame cómo!

Kate se encogió ante la fuerza de mi agarre.

—Quizá podría hacerlo… si dejas de intentar machacarme el antebrazo.

—¡Ups! ¡Lo siento!

—Tu escudo está actuando, seguro —dijo Kate—. El movimiento que hice podría haberte arrancado el brazo. ¿No sientes nada en estos momentos?

—Eso no era necesario, Kate. Ella no quería hacerte daño —masculló Edward, pero ninguno de nosotros le puso atención.

—No, no siento nada. ¿Estabas haciendo lo de tu corriente eléctrica?

—Sí. Vaya... Nunca había encontrado a nadie que no la percibiera, fuera inmortal o cualquier otra cosa.

—¿Dijiste que la proyectabas? ¿Sobre tu piel?

Kate asintió.

—Sólo acostumbraba ocurrir en las palmas de mis manos. Algo parecido a lo de Aro.

—O Renesmee —intervino Edward.

—Pero después de muchísima práctica, puedo irradiar la corriente por todo mi cuerpo.

Sólo escuchaba a Kate a medias, ya que mis pensamientos se aceleraban alrededor de la idea de que podría ser capaz de proteger a mi pequeña familia si aprendía a hacerlo con suficiente rapidez. Deseaba fervientemente ser lo bastante buena en este asunto de la proyección, como había sido tan misteriosamente buena en todos los otros aspectos que conllevaba la vida de vampiro. Mi vida humana no me había preparado de forma natural para las cosas que venían, y no podía confiar en que esta aptitud durara.

Sentía como si antes de esto jamás hubiera deseado algo con tantas ganas: ser capaz de proteger a los que amaba.

Como estaba tan preocupada, no noté el silencioso intercambio que se producía entre Edward y Eleazar, hasta que se convirtió en una conversación hablada.

—¿Puedes pensar al menos en una excepción? —preguntaba Edward.

Fijé mi atención en ello para captar el sentido de su comentario y me di cuenta de que todo el mundo ya miraba a los dos hombres. Se inclinaban el uno hacia el otro con interés. Edward tenía una expresión tensa debido a la sospecha y Eleazar se veía infeliz y renuente.

—No quiero pensar en ellos de esa forma —decía Eleazar entre dientes. Me sorprendió el profundo cambio que se había producido en la atmósfera—. Si tuvieras razón... —comenzó de nuevo Eleazar.

Edward lo interrumpió.

—El pensamiento era tuyo, no mío.

—Si *yo* tuviera razón... Ni siquiera podría comprender lo que quieres decir. Eso cambiaría de arriba abajo el mundo que hemos creado. Cambiaría incluso el sentido de mi vida, de aquello a lo que he pertenecido.

—Tus intenciones siempre fueron buenas, Eleazar.

—¿Y qué importaría eso? ¿Qué he hecho? ¡Cuántas vidas...!

Tanya puso la mano sobre el hombro de Eleazar en un gesto de consuelo.

—¿Qué nos hemos perdido, amigo mío? Quiero saberlo para poder argüir en contra de esos pensamientos. Tú nunca has hecho nada que mereciera que te castigues así a ti mismo.

—Ah, ¿que no lo he hecho? —masculló Eleazar.

Entonces, se sacudió la mano de ella con un encogimiento de hombros y comenzó a caminar de nuevo, más rápido que antes. Tanya lo observó durante medio segundo y después se concentró en Edward.

—Explícate.

Edward asintió, con sus ojos tensos siguiendo a Eleazar mientras éste andaba.

—Él intentaba comprender por qué venían tantos de los Vulturi a castigarnos. Normalmente, ésa no es la manera en que suelen hacer las cosas. Ciertamente nosotros somos el clan más maduro y grande con el que han tratado, pero en el pasado otros clanes se unieron para protegerse y nunca representaron un gran reto, a pesar del número que llegaran a sumar. Nosotros estamos más íntimamente ligados y ése es un factor que hay que tener en cuenta, aunque no el principal.

"Recordaba otras veces en que algunos clanes han sido castigados, por una cosa u otra, y se le ocurrió que hay un patrón. Un patrón que el resto de la guardia no habría notado nunca, ya que Eleazar era el encargado de pasar la información confidencial a Aro en privado. Este modelo se repite más o menos cada siglo.

—¿Y cuál es el patrón? —preguntó Carmen, que observaba a Eleazar, igual que Edward.

—Aro no asiste personalmente a una expedición de castigo con frecuencia —explicó Edward—, pero en el pasado, cuando Aro quería algo en particular, no tardaba mucho en encontrar evidencias de que tal o cual clan había cometido un crimen imperdonable. Los antiguos decidían entonces acompañar a la guardia para observar cómo se impartía justicia. Y cuando el clan estaba definitivamente destruido, Aro garantizaba el perdón a aquellos miembros cuyos pensamientos, según declaraba él, mostraran un arrepentimiento especial. *Siempre* resultaba que justamente ese vampiro era el que tenía el don que Aro había admirado. A esa persona *siempre* se le daba un lugar en la guardia. El vampiro con su don era integrado con rapidez, *siempre* agradecido por el honor concedido. Nunca hubo excepciones.

—Debe ser algo embriagador ser escogido —sugirió Kate.

—¡Ja! —bramó Eleazar, todavía en movimiento.

—Hay alguien en la guardia —explicó Edward, para que comprendieran la reacción de enfado del vampiro—, llamada Chelsea, que tiene influencia sobre los lazos emocionales entre las personas, tanto para consolidarlos como para soltarlos.

Puede hacer que alguien se sienta vinculado a los Vulturi, que quiera pertenecer a ellos y complacerlos.

Eleazar se interrumpió bruscamente.

—Todos nosotros entendíamos el porqué de la importancia de Chelsea. En una lucha, podía provocar que se disolvieran alianzas entre los clanes y de ese modo podíamos vencerlos con mayor facilidad. Si lográbamos distanciar emocionalmente a los miembros inocentes de un clan de los culpables, podíamos impartir justicia sin una brutalidad innecesaria. Así los culpables podían ser castigados sin interferencias, y se podía salvar a los inocentes. No quedaba otro remedio porque no había forma de evitar la lucha contra el clan en bloque. Así que Chelsea rompía los lazos que los mantenían unidos. A mí aquello me parecía un gran detalle por parte de Aro, una evidencia de su piedad. También sospechaba que Chelsea mantenía nuestro bando más unido, pero eso también era bueno. Nos hacía más eficaces y nos ayudaba a coexistir con más facilidad.

Esto aclaró muchos de mis viejos recuerdos. Antes no había entendido por qué los guardias obedecían a sus señores con tanta alegría, casi con devoción de amantes.

—¿Es muy fuerte su don? —preguntó Tanya con un cierto tono afilado en la voz. Su mirada rozó con rapidez a todos los miembros de su familia.

Eleazar se encogió de hombros.

—Yo fui capaz de marcharme con Carmen —y entonces sacudió la cabeza—. Pero cualquier otra cosa más débil que el lazo entre compañeros está en peligro. Al menos en un clan normal, aunque también es cierto que sus lazos son más laxos que los de nuestra familia. Abstenernos de sangre humana nos hace más civilizados y nos permite entablar auténticos lazos de amor. Dudo que pueda disolver nuestra alianza, Tanya.

Ella asintió, como si se sintiera más segura, mientras el vampiro continuaba con su análisis.

—Lo único que se me ocurre respecto a la razón por la que Aro haya decidido venir por sí mismo y traer a tanta gente con él, es que su objetivo no sea el castigo, sino la adquisición —comentó el vampiro—. Necesita estar aquí para controlar la situación, pero también requiere de toda la guardia para protegerse de un clan tan grande y dotado. Por otro lado, eso deja a los otros antiguos desprotegidos en Volterra, lo cual es demasiado arriesgado, ya que alguien podría intentar aprovechar la ventaja. Por eso vienen todos juntos. ¿De qué otro modo puede estar seguro de apropiarse de los dones que quiere? Debe quererlos con verdadera ansia —musitó Eleazar.

La voz de Edward sonó tan baja como un suspiro.

—Según lo que vi en sus pensamientos la primavera pasada, no hay nada que Aro quiera más que a Alice.

Me quedé boquiabierta, recordando las imágenes de pesadilla que había creado en mi mente hacía tiempo: Edward y Alice con capas negras y los ojos de color rojo, sus rostros fríos e inexpresivos, tan cerca como sombras, con las manos de Aro en sus... ¿Era eso lo que había visto Alice esta vez? ¿Había visto a Chelsea intentando separarla de nosotros para ligarla a Aro, Cayo y Marco?

—¿Por eso se fue Alice? —pregunté, con la voz quebrada al pronunciar su nombre.

Edward puso la mano contra mi mejilla.

—Es posible que haya sido eso, para poder privar a Aro de lo que más quiere y mantener su poder lejos de sus manos.

Escuché las voces alteradas de Tanya y Kate murmurando, y recordé que no sabían nada de lo de Alice.

—Él también te quiere a ti —le susurré.

Edward se encogió de hombros, con su rostro repentinamente descompuesto.

—Ni de lejos tanto como a ella. En realidad yo no le puedo dar mucho más de lo que ya tiene. Y claro, además dependería de que encontrara un modo para obligarme a hacer su voluntad. Él me conoce y sabe que eso es muy improbable —alzó una ceja en un gesto sarcástico.

Eleazar frunció el ceño ante la despreocupación de Edward.

—Él también conoce tus debilidades —señaló, y luego me miró.

—No es algo que tengamos que debatir ahora —respondió Edward con rapidez.

Eleazar ignoró la indirecta y continuó.

—Probablemente también quiera a tu compañera. Debe estar intrigado por un talento que ha sido capaz de desafiarlo en su encarnación humana.

A Edward le incomodaba este tema, y la verdad a mí tampoco me gustaba. Si Aro quería que yo hiciera algo, lo que fuera, le bastaba con amenazar a Edward y yo lo haría, y viceversa.

¿La muerte entonces no era el problema? ¿Lo que debíamos temer entonces era la captura?

Edward cambió de tema.

—Creo que los Vulturi han esperado esto, encontrar algún pretexto. No sabían qué forma adoptaría la excusa, pero el plan estaba en marcha para cuando se presentara la oportunidad. Por eso Alice vio su decisión incluso antes de que Irina la provocara, sencillamente porque ya había sido tomada. Sólo esperaban algo que pudiera justificarla.

—Si los Vulturi abusan de la confianza que todos los inmortales hemos puesto en ellos... —murmuró Carmen.

—¿Acaso eso importa? —preguntó Eleazar—, ¿quién nos creería? E incluso aunque otros se convencieran también de que están explotando el poder que tienen, ¿qué diferencia habría? Nadie puede enfrentarse a ellos y vencer.

—Aunque parece que algunos estamos lo bastante locos como para intentarlo —murmuró Kate.

Edward sacudió la cabeza.

—Sólo están aquí para servir de testigos, Kate. Sea cual sea el objetivo de Aro, no creo que esté preparado para manchar la reputación de los Vulturi con este asunto. Si podemos rechazar los argumentos que tenga en contra nuestra, se verá obligado a dejarnos en paz.

—Claro —murmuró Tanya.

Nadie parecía convencido. Durante unos cuantos y largos minutos ninguno dijo nada.

Entonces escuché el sonido de los neumáticos de un coche girando en la carretera hacia el camino de tierra de los Cullen.

—Maldición: Charlie —masculló—. Quizá a los de Denali no les moleste subir al primer piso hasta que…

—No —repuso Edward con voz distante. Sus ojos se veían lejanos, y miraban inexpresivamente hacia la puerta—. No es tu padre —su mirada volvió a concentrarse en mí—. Alice envió a Peter y Charlotte, finalmente. Es momento de prepararse para el siguiente asalto.

32. En compañía

Los invitados llenaban el hogar de los Cullen. La gran casa habría resultado incómoda para todos de no ser porque ninguno de los convidados dormía, aunque la hora de las comidas sí que era un problema. Nuestros compañeros colaboraron lo mejor que pudieron. Cazaron fuera del estado para evitar la localidad de Forks y la reserva de La Push. Edward se comportó como un anfitrión lleno de cortesía, prestando sus coches conforme era necesario, sin parpadear siquiera. El compromiso me hacía sentir bastante incómoda, aunque intentaba convencerme a mí misma de que daba igual: después de todo, si no hubieran venido estarían cazando en algún otro lugar del mundo.

Jacob estaba aún más molesto. Los licántropos existían para prevenir la pérdida de vidas humanas, y ahora debía cerrar los ojos ante lo que consideraba asesinato simple y llano, aunque se cometiera fuera del territorio que defendía la manada. En estas circunstancias, y con Renesmee en tan grave peligro, mantenía la boca cerrada y miraba con mala cara al suelo en vez de a los invitados.

Me sorprendió la facilidad con que los vampiros aceptaron a Jacob. No llegó a producirse ninguno de los problemas que Edward temía. Los visitantes fingían no verlo, ni como persona ni como posible comida. Su trato hacia él se parecía al que la gente, a la que no le gustan los animales, le dispensa a las mascotas de sus amigos.

Por el momento, a Leah, Seth, Quil y Embry se les asignó el cometido de patrullar con Sam. Jacob se les habría unido alegremente si no hubiera sido porque no podía soportar estar lejos de Renesmee, que estaba muy ocupada dejando fascinada a aquella extraña colección de amigos de Carlisle.

Escenificamos una y otra vez, como media docena de veces, el número de la presentación de Renesmee al clan de Denali. Primero para Peter y Charlotte, a quien Alice y Jasper habían enviado a casa sin darles explicación alguna. Como la mayoría de sus conocidos, seguían sus instrucciones a pesar de la falta de información. Alice no les había dicho nada sobre el rumbo a dónde se dirigían ella y Jasper. No habían hecho ninguna promesa de que volveríamos a verlos en el futuro.

Aunque estaban al tanto de la regla sobre los niños inmortales, ni Peter ni Charlotte habían visto uno jamás, así que su reacción negativa no fue tan violenta como la de los vampiros de Denali al principio. Habían permitido la "explicación" de Renesmee por pura curiosidad, y la aceptaron. En estos momentos estaban tan comprometidos con la tarea de servir de testigos como la familia de Tanya.

Carlisle había enviado amigos desde Irlanda y Egipto.

El primero en llegar fue el clan de los irlandeses, y fue sorprendentemente fácil convencerlos. Siobhan, una mujer cuya inmensa presencia y cuerpo enorme eran tan hermosos como hipnótica su forma de moverse con aquellas suaves ondulaciones, era su líder, pero tanto ella como su compañero de rostro duro, Liam, estaban perfectamente acostumbrados a confiar en el juicio del miembro más joven del clan. La pequeña Maggie, con sus elásticos rizos pelirrojos, no tenía una presencia física tan imponente como los otros dos, aunque tenía el don de saber cuándo se le mentía y sus veredictos nunca se discutían. Maggie declaró que Edward decía la verdad, así que Siobhan y Liam aceptaron la historia incluso antes de tocar a Renesmee.

Amun y los otros vampiros egipcios fueron harina de otro costal. A pesar de que los dos miembros más jóvenes de su clan, Benjamín y Tia, quedaron convencidos por la explicación de Renesmee, Amun se negó a tocarla y ordenó a su clan que se marchara. Benjamín, un vampiro extrañamente jovial que parecía apenas mayor que un niño y tan completamente seguro de sí mismo como despreocupado, convenció a Amun de que se quedara con unas cuantas amenazas sutiles de disolver su alianza. El líder del clan se quedó, pero continuó negándose a tocar a Renesmee y tampoco permitió que lo hiciera su compañera, Kebi. Parecía un grupito inestable, aunque todos los egipcios tenían un aspecto parecido, con su pelo del color de la medianoche y aquella palidez olivácea, tanto que fácilmente habrían pasado por ser una verdadera familia biológica. Amun era el miembro más antiguo y el líder indiscutido. Kebi estaba tan pegada a él que parecía su propia sombra, y nunca la oí decir una sola palabra. Tia, la compañera de Benjamín, era también una mujer tranquila, aunque cuando hablaba lo hacía con una gran clarividencia y prudencia. Aun así, parecía como si todo girara en torno de Benjamín, como si ejerciera algún tipo de magnetismo invisible del cual los demás dependían para mantener el equilibrio. Vi cómo Eleazar miraba al chico con ojos abiertos como platos y supuse que tenía un talento que atraía a los otros hacia él.

—No es eso —me contó Edward cuando estuvimos a solas esa noche—. Su don es tan singular que a Amun le aterroriza perderlo. Igual que nosotros planeábamos mantener a Renesmee fuera del conocimiento de Aro, él ha intentado mantenerlo alejado de su atención —suspiró—. Amun creó a Benjamín a sabiendas de que iba a ser especial.

—¿Y qué hace?

—Algo que Eleazar no había visto nunca antes. Algo de lo que nunca habíamos oído siquiera hablar. Algo contra lo que tampoco tu escudo podría hacer nada —me dedicó una de sus sonrisas torcidas—. Puede influir de verdad en los elementos: tierra, viento, agua y fuego. Hablamos de una manipulación física real, nada de ilusiones de la mente. Benjamín aún está experimentando con ello y Amun pretende moldearlo para convertirlo en un arma, pero ya ves lo independiente que es, no permite que nadie lo use.

—A ti te gusta —deduje por el tono de su voz.

—Tiene un sentido muy claro del bien y del mal y, por supuesto, me gusta su actitud.

Pero el carácter de Amun era diametralmente opuesto, él y Kebi se mantenían muy reservados, aunque Benjamín y Tia iban camino a hacer grandes amigos entre los de Denali y los clanes irlandeses. Esperaba que el regreso de Carlisle relajara la evidente tensión del vampiro egipcio.

Emmett y Rose enviaron individuos solitarios, aquellos amigos nómadas de Carlisle que pudieron localizar.

El primero en acudir fue Garrett, un vampiro alto y delgado, de ademanes impacientes, ojos del color del rubí y una melena rubia como la arena, que él se anudaba a la nuca con una cuerda de cuero. Rápidamente llegamos a la conclusión de que era un aventurero. Me imaginé que habría aceptado cualquier reto que le hubiéramos presentado, sólo para probarse a sí mismo. Le cayeron muy bien las hermanas de Denali, y se pasaba el tiempo haciendo innumerables preguntas acerca de su estilo de vida poco habitual. Me pregunté si el vegetarianismo sería otro desafío que emprendería sólo por ver si era capaz de hacerlo.

Mary y Randall también vinieron, y ya eran amigas, aunque no viajaban juntas. Escucharon la historia de Renesmee y, como los demás, se quedaron para atestiguar. Como los de Denali, consideraban cómo actuarían en caso de que los Vulturi no se detuvieran a escuchar explicaciones. Los tres nómadas estudiaban la idea de hacer un frente con nosotros.

Como era de esperarse, Jacob se volvía cada vez más hosco con cada nuevo recién llegado. Se mantenía a distancia cuando podía, y cuando no, le gruñía enfurruñado a Renesmee que alguien iba a tener que elaborar un índice[1] si esperaba que se acordara correctamente de los nombres de todos los nuevos chupasangre.

Carlisle y Esme regresaron al cabo de una semana, mientras que Emmett y Rosalie lo hicieron unos cuantos días más tarde. Todos nos sentimos mejor cuando llegaron a casa. Carlisle trajo con él un amigo más, aunque la palabra "amigo" podía inducir a error: Alistair era un vampiro inglés misántropo que contaba con Carlisle como su relación más cercana, pues apenas podía soportar más de una visita al siglo. Alistair prefería vagabundear a solas, y para lograr que viniera Carlisle tuvo que pedirle la remuneración de un montón de favores que le había hecho. Rechazaba toda compañía y quedó claro que no tenía muchos admiradores entre los clanes reunidos.

El inquietante vampiro de pelo negro creyó en la palabra de Carlisle sobre el origen de Renesmee, pero rehusó, como Amun, tocar a la niña. Edward nos dijo a Carlisle, Esme y a mí que

---

[1] Ver al final del libro el Índice de vampiros. [N. de los T.]

Alistair tenía miedo de estar aquí, pero más miedo aún de no saber cuál sería el resultado de este asunto. Recelaba profundamente de todo tipo de autoridad, y era especialmente suspicaz con respecto a los Vulturi. Lo que estaba sucediendo ahora parecía confirmar todos sus miedos.

—Claro que ahora sabrán que estoy aquí —lo escuchamos gruñir para sus adentros en el ático, su lugar preferido para despotricar—. No hay forma de que a estas alturas Aro no lo sepa. Esto se va a saldar con siglos de huída continua. Cualquiera con quien Carlisle haya hablado en la última década estará en su lista negra. No puedo creer cómo me dejé envolver en un lío como éste. Qué manera es ésta de tratar a los amigos...

Pero si él tenía razón en lo de tener que huir de los Vulturi, al menos albergaba más esperanzas de lograrlo que los demás. Alistair era un rastreador, aunque no tan preciso y eficiente como Demetri. Simplemente sentía una fuerza difícil de definir hacia lo que estuviera buscando, pero esa fuerza sería suficiente para decirle en qué dirección huir, que sería la opuesta a Demetri.

Y entonces llegaron otro par de amigos inesperados; inesperados porque ni Carlisle ni Esme habían podido ponerse en contacto con las vampiras del Amazonas.

—Carlisle —saludó una de ellas.

Eran dos mujeres muy altas y de aspecto salvaje. La que saludó fue la de mayor estatura. Ambas parecían como si hubieran sido estiradas, con sus piernas y brazos largos, largos dedos, largas trenzas negras y caras alargadas con narices también alargadas. No vestían más que pieles de animales, túnicas amplias y pantalones ceñidos que se ataban a los lados con correas de cuero. No era sólo su ropa excéntrica lo que le daba ese aspecto salvaje, sino todo lo que tenía que ver con ellas: desde sus incansables ojos de color escarlata, hasta sus movimientos súbitos y veloces. Nunca había visto unos vampiros menos civilizados.

Pero las había enviado Alice, y ésas eran noticias interesantes, por decirlo así. ¿Por qué estaba Alice en Sudamérica? ¿Nada más porque había visto que ninguno de nosotros iba a poder ponerse en contacto con ellas?

—¡Zafrina, Senna! Pero, ¿dónde está Kachiri? —preguntó Carlisle—. Nunca había visto que las tres se separaran.

—Alice nos dijo que debíamos separarnos —contestó Zafrina con una voz ruda y grave que encajaba perfectamente con su apariencia rústica—. Es muy incómodo estar así, pero Alice nos aseguró que nos necesitaban aquí, mientras que ella necesitaba mucho a Kachiri en otro lado. Eso fue todo lo que pudo decirnos, ¿excepto que tenía muchísima prisa…? —la afirmación de Zafrina terminó convirtiéndose en una pregunta, y con un estremecimiento nervioso que nunca podía evitar, sin importar cuántas veces lo hiciera, les traje a Renesmee para que la conocieran.

A pesar de su fiera apariencia, escucharon con gran tranquilidad nuestra historia y después permitieron que Renesmee les ofreciera su prueba. Quedaron igual de encantadas con la niña que los demás vampiros, pero no pude evitar preocuparme cuando observé sus súbitos y rápidos movimientos tan cerca de ella. Senna siempre estaba cerca de Zafrina, aunque nunca hablaba, pero no era igual que con Amun y Kebi, ya que esta última parecía hacerlo por obediencia, mientras que en el caso de las vampiras amazónicas era como si fueran dos extremidades del mismo organismo, del cual Zafrina parecía ser la boca.

Por extraño que pareciera, las noticias sobre Alice resultaron un consuelo. Sin duda estaba en alguna de sus oscuras misiones con el propósito de eludir los designios que Aro le tenía reservados.

Edward estaba emocionado de tener a las vampiras del Amazonas con nosotros, porque Zafrina tenía un talento muy desarrollado y su don podía ser un arma ofensiva muy peligrosa. Desde luego, Edward no le pediría a Zafrina que se alineara con nosotros en una batalla, pero si los Vulturi no se detenían cuando vieran a nuestros testigos, quizá lo hicieran por un motivo diferente.

—Es una ilusión muy impactante —explicó Edward cuando se descubrió que yo no podía ver nada, como era habitual. Zafrina estaba intrigada y divertida por mi inmunidad, algo a lo que jamás se había enfrentado antes, y se movía continuamente mientras Edward me describía lo que me estaba perdiendo. Los ojos de Edward se desconcentraron ligeramente mientras continuaba—. Puede hacer que la mayoría de la gente vea lo que ella quiere que vea, y que vea eso y nada más. Por ejemplo, justo ahora tengo la sensación de estar en medio de la selva. Es tan nítido que posiblemente lo creería si no fuera por el hecho de que todavía puedo sentirte entre mis brazos.

Los labios de Zafrina se torcieron en su ruda versión de una sonrisa; un segundo más tarde los ojos de Edward se enfocaron de nuevo, y él le devolvió la sonrisa.

—Impresionante —comentó él.

Renesmee estaba fascinada por la conversación y tendió los brazos sin miedo a Zafrina.

—¿Puedo verlo yo también? —preguntó.

—¿Qué quieres ver? —inquirió Zafrina a su vez.

—Lo que enseñaste a mi papá.

Zafrina asintió y yo observé con ansiedad cómo los ojos de Renesmee observaban el vacío. Un segundo más tarde su asombrosa sonrisa le iluminó el rostro.

—Más —ordenó ella.

Después de eso resultó difícil mantener a Renesmee lejos de Zafrina y sus "dibujitos bonitos". Yo me preocupé, porque estaba bastante segura de que Zafrina era capaz de crear imágenes que no serían completamente "bonitas", pero a través de los pensamientos de la niña pude ver las visiones de Zafrina por mí misma, ya que eran tan claras como cualquiera de los auténticos recuerdos de mi hija, como si fueran reales. Y pude juzgar por mí misma si eran apropiadas o no.

Aunque yo no la cedía de buena gana, me vi obligada a admitir que era bueno que Zafrina mantuviera a Renesmee entretenida, porque yo necesitaba tener las manos libres. Debía aprender mucho, tanto física como mentalmente, y nos quedaba muy poco tiempo.

Mi primer intento de aprender a luchar no resultó muy bien.

Edward tardó apenas dos segundos en inmovilizarme, pero en vez de permitirme luchar para liberarme, lo que desde luego debía haber hecho, dio un salto y se alejó de mí. Inmediatamente supe que algo andaba mal, porque se quedó inmóvil como una piedra, mirando a través del prado donde estábamos practicando.

—Lo siento, Bella —se disculpó.

—No, estoy bien —le dije—. Empecemos otra vez.

—No puedo.

—¿Cómo que no puedes? Acabamos de empezar —él no contestó—. Mira, sé que no soy nada buena en esto, pero no podré mejorar si no me ayudas.

Él no dijo nada. Salté sobre él en plan juguetón. No hizo ningún gesto para defenderse, y ambos caímos al suelo. Tampoco hizo ningún movimiento cuando presioné mis labios sobre su yugular.

—Gané —anuncié.

Sus ojos se entrecerraron, pero no dijo nada.

—¿Edward? ¿Qué sucede? ¿Por qué no quieres enseñarme?

Pasó todo un minuto antes de que hablara de nuevo.

—Es que... simplemente no lo soporto. Emmett y Rosalie saben tanto como yo, y Tanya y Eleazar probablemente mucho más. Pídeselo a alguno de ellos.

—¡Eso no es justo! Tú eres *bueno* en esto. Ayudaste a Jasper antes, cuando luchaste con él y los otros. ¿Por qué a mí no? ¿Qué estoy haciendo mal?

Él suspiró, exasperado. Tenía los ojos oscuros, casi sin nada de dorado que iluminara lo negro.

—No puedo mirarte de esa manera, analizarte como un objetivo, buscando todas las maneras en que puedo matarte... —se estremeció—. Se me hace demasiado real. No tenemos tanto tiempo para que realmente importe quién te enseñe. Cualquiera puede mostrarte los principios fundamentales.

Le puse mala cara.

Él tocó mi sobresaliente labio inferior y sonrió.

—Además, no es necesario, porque los Vulturi se detendrán. Haremos que entiendan.

—Pero, ¿y si no es así? *Necesito* aprender esto.

—Encuentra otro maestro.

Y ésa fue nuestra última conversación sobre el asunto, porque no logré que se moviera ni un centímetro de la decisión que había tomado.

Emmett fue quien se mostró más dispuesto a ayudar, aunque me pareció que su estilo docente se acercaba más a la venganza por todas las vencidas que le había hecho perder. Si hubieran podido salirme moretones, habría estado de color púrpura de pies a cabeza. Rose, Tanya y Eleazar se mostraron tan pacientes como deseosos de apoyarme. Sus lecciones me recordaron las instrucciones de lucha de Jasper a los demás en junio pasado, aunque aquellos recuerdos me resultaban confusos y borrosos. Algunos de nuestros visitantes encontraron interesante mi adiestramiento, y algunos incluso ofrecieron su aportación. Garrett, el nómada, me dio varias lecciones, y descubrí que era un maestro sorprendentemente bueno. Se relacionaba con todo el mundo con tanta facilidad que me preguntaba por qué nunca había encontrado un clan. Incluso luché una vez con Zafrina mientras Renesmee observaba desde los brazos de Jacob. Aprendí varios trucos, aunque nunca volví a pedirle ayuda. Lo cierto era que aunque ella me gustaba mucho y sabía que realmente no me haría daño, aquella mujer salvaje me asustaba muchísimo.

Aprendí muchas cosas de mis maestros, pero tenía la sensación de que mis conocimientos seguían siendo increíblemente básicos. No tenía idea de cuántos segundos podría aguantar frente a Alec y Jane. Sólo rezaba porque fuera lo suficiente para que sirviera de algo.

Cada minuto del día que no estaba con Renesmee o aprendiendo a luchar, me iba al patio de atrás a trabajar con Kate e intentaba proyectar mi escudo interno fuera de mi cerebro para poder proteger a otros. Edward me animaba en este tipo de entrenamiento. Sabía que él tenía la esperanza de que yo encontrara una manera de contribuir a la lucha que me satisficiera, pero que a la vez sirviera para mantenerme fuera de la línea de fuego.

Pero resultó de lo más difícil. No había nada a qué aferrarse, nada sólido con qué trabajar. Sólo tenía el firme deseo de ser de utilidad, de poder mantener a salvo conmigo a mi esposo, mi hija y a tantos de mi familia como fuera posible. Una y otra vez intentaba forzar ese escudo nebuloso fuera de mí, pero sólo obtenía algún éxito fugaz y esporádico. Me sentía como si estuviera luchando por estirar una liga de hule invisible, un resorte que en cualquier momento pasaba de ser algo tangible y concreto, a ser un vapor insustancial.

Sólo Edward se prestaba a ser nuestro conejillo de Indias, y recibía descarga tras descarga eléctrica de Kate mientras yo forcejeaba con clara incompetencia con lo que había en el interior de mi mente. Trabajábamos durante varias horas por turno, y me sentía como si estuviera cubierta de sudor por el esfuerzo, aunque evidentemente mi cuerpo perfecto no me traicionaba de esa manera. Todo el cansancio era mental.

Me dolía que fuera Edward quien debiera sufrir, con mis brazos inútiles a su alrededor mientras parpadeaba una y otra vez bajo la descarga más "baja" que Kate era capaz de emitir. Yo intentaba con todas mis fuerzas empujar el escudo a nuestro alrededor, y de vez en cuando lo lograba, aunque poco después se desvanecía de nuevo.

Odiaba estas prácticas, y deseaba que fuera Zafrina la que ayudara en vez de Kate. De esa manera, todo lo que Edward tendría que hacer sería mirar las ilusiones de la vampira del Amazonas hasta que yo pudiera lograr que no las viera, pero Kate insistía en que necesitaba más motivación, con lo cual se refería a cómo odiaba ver sufrir a Edward. Yo ya comenzaba a dudar de la afirmación que había hecho el primer día, cuando aseguró que no solía hacer un uso sádico de su don. A mí me daba la sensación de que disfrutaba con todo esto.

—Ey —dijo Edward con la voz alegre, intentando ocultar cualquier evidencia de dolor en ella, ya que estaba dispuesto casi a cualquier cosa con tal de mantenerme lejos de las prácticas de lucha—. Ese apenas me llegó; buen trabajo, Bella.

Tomé una gran bocanada de aire, intentando captar con claridad qué había hecho bien esta vez. Probé lo de la liga de hule, luchando para que se mantuviera sólida mientras la estiraba hacia afuera de mí.

—Otra vez, Kate —resoplé con los dientes apretados.

Kate presionó la palma de su mano contra el hombro de Edward.

Él suspiró aliviado.

—Nada, esta vez.

Ella alzó una ceja.

—Pues ése no fue nada suave.

—Genial —bufé enfurruñada.

—Prepárate —me dijo ella, y alzó su mano hacia Edward otra vez.

Esta vez él se estremeció y se le escapó un siseo bajo, entre los dientes.

—¡Lo siento!, ¡lo siento!, ¡lo siento! —supliqué, mordiéndome el labio. ¿Por qué no lo había logrado esta vez?

—Estás haciendo un trabajo impresionante, Bella —comentó Edward, abrazándome fuertemente contra él—. Apenas llevas trabajando en esto unos días y ya logras hacer una proyección de vez en cuando. Kate, dile lo bien que lo está haciendo.

Kate frunció los labios.

—No sé. Es obvio que tiene una habilidad tremenda y sólo estamos empezando a acercarnos, pero puede hacerlo mejor, estoy segura. Simplemente le hace falta más incentivo.

Me quedé mirándola con incredulidad, mientras los labios se me curvaban automáticamente sobre los dientes. ¿Cómo podía pensar que me faltaba motivación cuando estaba acribillando a Edward con descargas justo frente a mí?

Escuché murmullos entre el público que se había ido reuniendo rápidamente mientras practicaba. Al principio sólo habían sido Eleazar, Carmen y Tanya, pero luego Garrett había pasado por allí y más tarde Benjamín y Tia, Siobhan y Maggie y ahora incluso Alistair miraba fijamente por una ventana del tercer piso. Los espectadores estaban de acuerdo con Edward: pensaban que lo estaba haciendo bastante bien.

—Kate... —le advirtió Edward cuando algo nuevo pasó por su cabeza, aunque ya estaba en movimiento. Se apresuró hacia la curva del río, por donde Zafrina, Senna y Renesmee caminaban con tranquilidad, la mano de la niña en la de la alta mujer del Amazonas, mientras se mandaban imágenes entre sí. Unos cuantos pasos más atrás, Jacob las observaba.

—Nessie —dijo Kate, pues rápidamente los recién llegados se habían acostumbrado al irritante apodo—, ¿quieres venir a ayudar a tu madre?

—No —medio rugí.

Edward me abrazó de modo tranquilizador, pero me lo quité de encima con una sacudida justo cuando Renesmee revoloteaba por el patio hasta llegar a mí, con Kate, Zafrina y Senna justo detrás de ella.

—No, y es un no rotundo, Kate —le siseé.

La niña llegó hasta donde yo estaba y automáticamente abrí los brazos. Ella se acurrucó contra mi cuerpo, presionando su cabeza en el hueco que había justo debajo de mi cuello.

—Pero mami, yo quiero ayudar —ofreció la niña con expresión deseosa. Su mano se posó en mi cuello para reforzar su deseo con imágenes de nosotras dos juntas, como un equipo.

—No —repliqué, retrocediendo con rapidez. Kate había dado un paso deliberado hacia mí, con la mano extendida ante ella, hacia donde estábamos.

—Aléjate de nosotras, Kate —le advertí.

—No —ella comenzó a acecharnos, como si fuera una cazadora arrinconando a su presa.

Cambié de posición a Renesmee, de manera que quedó colgada de mi espalda, mientras seguía caminando hacia atrás a un ritmo que se acompasaba al de Kate. Ahora tenía las manos libres, y si Kate quería conservar sus manos unidas a sus muñecas, haría mejor manteniendo la distancia.

Probablemente Kate no lo entendió, ya que no había conocido por sí misma la pasión de una madre por su hijo. Probablemente no se daba cuenta de cuán lejos había ido esta vez. Estaba tan furiosa que mi visión adquirió un extraño color rojizo y la lengua me sabía a metal quemado.

La fuerza que yo habitualmente procuraba mantener bajo control, fluía ahora a través de mis músculos y supe que podría convertirla en polvo de la dureza del diamante si me presionaba suficiente. La ira había hecho que cada aspecto de mi ser se intensificara. Ahora incluso podía sentir la elasticidad de mi escudo con más exactitud, y me di cuenta de que más que una banda era más bien una capa fina, una película delgada que me cubría de los pies a la cabeza. Con la ira rugiendo a través de mi cuerpo, tenía una percepción mejor de él, y un control más estrecho. Lo estiré a mi alrededor, hasta sacarlo al exterior de mi cuerpo, envolviendo a Renesmee por completo, sólo por si acaso Kate lograba traspasar mi guardia.

Kate dio un paso calculado hacia delante, y un rugido despiadado me desgarró la garganta y salió entre mis dientes apretados.

—Ten cuidado, Kate —le advirtió Edward.

La vampira dio otro más y entonces cometió un error que incluso alguien tan inexperto como yo podía reconocer. Sólo dio un pequeño salto aparte y miró a lo lejos, trasladando su atención a Edward.

Renesmee estaba segura a mi espalda y me agaché para saltar.

—¿Puedes escuchar a Nessie? —le preguntó Kate, con la voz calmada y serena.

Edward se precipitó hacia el espacio que había entre las dos, bloqueando mi camino hacia Kate.

—No, nada en absoluto —contestó él—. Ahora dale a Bella un poco de espacio para que se calme, Kate. No deberías aguijonearla de ese modo. Ya sé que no parece tener esa edad, pero no olvides que sólo tiene unos meses.

—No tenemos tiempo para hacer esto con amabilidad, Edward. Vamos a tener que presionarla un poco. Sólo disponemos de unas cuantas semanas y ella tiene el potencial de...

—Aléjate un minuto, Kate.

Kate puso mala cara, pero aceptó la advertencia de Edward con más seriedad que la mía.

La mano de Renesmee estaba sobre mi cuello; estaba recordando el ataque de Kate, mostrándome que no pretendían hacerme daño, que su papá ya estaba interviniendo...

Eso no me tranquilizó. El espectro de luz que veía estaba teñido de escarlata, pero me estaba controlando y podía ver la sabiduría de las palabras de Kate. La ira me ayudó. Podía aprender más rápido bajo presión.

Pero eso no significaba que me gustara.

—Kate —gruñí, descansando la mano en la parte más estrecha de la espalda de Edward. Todavía podía sentir el escudo como una lámina fuerte y flexible alrededor de mí y de Renesmee. Lo empujé algo más lejos, forzándolo alrededor de Edward. No había señal de imperfección alguna en la tela elástica, ni amenaza de una desgarradura. Yo jadeaba por el esfuerzo, y mis palabras salieron casi sin aliento, más que furiosas—. Otra vez —le dije a Kate—, pero sólo a Edward.

Ella torció los ojos, pero revoloteó hacia delante y presionó su palma contra el hombro de Edward.

—Nada —dijo Edward, y percibí la sonrisa en el tono de su voz.

—¿Y ahora? —preguntó Kate.

—Todavía nada.

—¿Y ahora? —esta vez se notaba el sonido de la tensión en su voz.

—Nada en absoluto.

Kate gruñó y dio un paso hacia atrás.

—¿Puedes ver esto? —preguntó Zafrina con su voz profunda y ruda, mirándonos a los tres. Su inglés tenía un acento extraño, y sus palabras se acentuaban en los lugares más inesperados.

—No veo nada que no debiera ver —repuso Edward.

—¿Y tú, Renesmee? —inquirió Zafrina de nuevo.

Renesmee le sonrió y sacudió la cabeza.

Mi furia se había desvanecido casi por completo y apreté los dientes, jadeando con más fuerza mientras seguía empujando contra el escudo elástico; parecía que se iba haciendo más pesado cuanto más lo estiraba. Jalaba hacia atrás, intentando encogerse hacia dentro.

—Que a nadie le dé un ataque de pánico —advirtió Zafrina al pequeño grupo de espectadores—. Deseo ver cuánto puede extenderlo.

Todos los presentes respiraron entrecortadamente por la sorpresa: Eleazar, Carmen, Tanya, Garrett, Benjamín, Tia, Siobhan y Maggie, todos menos Senna, que parecía estar preparada para el comportamiento de Zafrina. Los ojos de los demás parecían desenfocados, y sus expresiones llenas de ansiedad.

—Levanten la mano cuando recuperen la visión —les indicó Zafrina—. Ahora, Bella, a ver a cuántos puedes tapar con el escudo.

Mi respiración salió como un resoplido. Kate era la persona que tenía más cerca, además de Edward y Renesmee, pero incluso ella estaba a unos diez pasos. Apreté las mandíbulas y empujé de nuevo, intentando extender lo más lejos posible de mí la elástica lámina protectora que ofrecía resistencia. Centímetro a centímetro la conduje hasta Kate, luchando con la reacción que se producía con cada fracción de terreno que ganaba. Sólo observaba la expresión llena de ansiedad de Kate mientras trabajaba, y gruñí con alivio cuando sus ojos pestañearon y se concentraron. Levantó la mano.

—¡Fascinante! —murmuró Edward, casi sin aliento—. Es como un cristal de una sola cara. Puedo leer lo que todos están pensando, pero ellos no me pueden alcanzar aquí detrás. Y puedo escuchar a Renesmee, aunque no podía cuando estaba en el exterior. Apuesto a que Kate podría darme una buena descarga ahora, porque está bajo el paraguas, pero aun así no puedo escucharte. Hum, a ver, a ver, ¿cómo funciona esto? Me pregunto si…

Continuó mascullando para sus adentros, pero yo no podía escuchar las palabras. Apreté los dientes de nuevo, luchando por extender el escudo hacia Garrett, que era el que estaba más cerca de Kate. También levantó la mano.

—Muy bien —me felicitó Zafrina—. Ahora…

Pero habló demasiado pronto. Solté un grito ahogado cuando sentí cómo mi escudo se encogía como una cinta elástica que se ha estirado en exceso y que bruscamente recobra su forma original. Renesmee comenzó a temblar en mi espalda cuando experimentó por primera vez la ceguera que Zafrina había conjurado para los otros. Aun con lo cansada que estaba, luché de nuevo contra la lámina elástica para forzar el escudo e incluirla de nuevo.

—¿Puedes darme un minuto? —jadeé pesadamente. Desde que me convertí en vampiro no había sentido la necesidad de descansar ni siquiera una vez antes de este momento. Me ponía nerviosa sentirme tan agotada y a la vez tan fuerte.

—Claro —replicó Zafrina y los espectadores se relajaron cuando les permitió ver de nuevo.

—Kate —la llamó Garrett mientras los demás murmuraban y se dispersaban ligeramente, molestos por el momento de ceguera, pues los vampiros no están acostumbrados a sentirse vulnerables. Garrett, alto y de pelo color arena, era el único inmortal sin don que parecía atraído por mis sesiones de práctica. Me preguntaba qué atractivo les vería un aventurero como él.

—Yo no lo haría, Garrett —le advirtió Edward.

Garrett continuó avanzando hacia Kate a pesar de la advertencia, con los labios fruncidos en una mueca especulativa.

—Dicen que puedes tumbar a un vampiro de espaldas.

—Sí —admitió ella. Y después con una sonrisa perversa, agitó los dedos juguetonamente en su dirección—. ¿Qué, sientes curiosidad?

Garrett se encogió de hombros.

—Es algo que jamás he visto, y parece un poco exagerado...

—Quizá —repuso Kate, con el rostro repentinamente serio—. Quizá sólo funciona en los débiles o los jóvenes. No estoy segura. Vaya, y tú pareces muy fuerte. A lo mejor sí puedes resistir mi don —extendió la mano hacia él, con la palma hacia arriba, en una clara invitación. Torció los labios y estuve bastante segura de que su grave expresión era un intento de engañarlo.

Garrett sonrió ante el reto y tocó su palma con el dedo índice, muy seguro de sí mismo.

Y entonces, con un grito ahogado que aun así resonó con fuerza, se le doblaron las rodillas y salió disparado de espaldas, hasta que golpeó con la cabeza un trozo de granito que se rompió con un agudo chasquido. Era sorprendente. Me encogí instintivamente al ver a un inmortal incapacitado de esa manera; eso estaba muy mal.

—Te lo dije —masculló Edward.

Los párpados de Garrett temblaron durante unos segundos y después abrió los ojos como platos. Se quedó mirando a Kate, que tenía grabada en el rostro una sonrisita de satisfacción, mientras por el rostro de él vagaba una sonrisa, iluminándolo.

—Guau —dijo.

—¿Lo disfrutaste? —le preguntó ella con cierto escepticismo.

—No estoy loco —rió él, sacudiendo la cabeza mientras se levantaba lentamente de su posición de rodillas—, ¡pero ha sido toda una experiencia!

—Eso he oído.

Y entonces se produjo una cierta conmoción en el patio delantero. Escuché a Carlisle hablar en medio de un parloteo de voces sorprendidas.

—¿Alice los envió? —le estaba preguntando a alguien, con la voz insegura, algo molesta.

¿Otro huésped inesperado?

Edward salió disparado hacia la casa y la mayoría de los otros lo imitaron. Yo lo seguí más lentamente, con Renesmee aún aferrada a mi espalda. Le daría Carlisle un momento para que recibiera apropiadamente al nuevo invitado y lo preparara para lo que estaba a punto de ver.

Tomé a la niña en brazos mientras caminaba con cautela rodeando la casa para entrar por la puerta de la cocina, escuchando la escena que no podía ver.

—Nadie nos envió —decía una profunda voz susurrante al contestar a la pregunta de Carlisle. Instantáneamente me recordó a las voces de los antiguos como Aro y Cayo, y me quedé paralizaba en la cocina.

Sabía que la puerta principal estaba llena de gente, ya que casi todo el mundo había ido a ver a los nuevos visitantes, pero apenas se percibía algún ruido. Sólo una respiración superficial.

La voz de Carlisle sonaba precavida cuando respondió.

—Entonces, ¿qué los trae por aquí?

—Las palabras vuelan —contestó una voz diferente, que sonaba como un murmullo, igual que la primera—. Hemos oído por ahí que los Vulturi se estaban organizando para venir por ustedes. También hay rumores de que no estarán solos. Como resulta obvio, parece que los rumores son ciertos; ésta es una reunión muy impresionante.

—No estamos desafiando a los Vulturi —repuso Carlisle en tono tenso—. Ha habido un malentendido, eso es todo.

Y uno muy serio, a decir verdad, pero que confiamos en ser capaces de aclararlo en su momento. Lo que están viendo son sólo testigos, porque lo único que necesitamos es que los Vulturi nos escuchen. Nosotros no...

—No nos preocupa lo que digan que hicieron —lo interrumpió la primera voz—. Y nos da igual si incumplieron la ley.

—Ni nos importa cuán terriblemente la hayan incumplido —intervino la segunda voz.

—Hemos estado esperando un milenio y medio para que alguien desafiara a esa escoria de los Vulturi —continuó el primero—. Si hay alguna oportunidad de que caigan, queremos estar allí para verlo.

—O incluso para ayudar a derrotarlos —añadió el segundo. Hablaban en una sucesión continua, de modo que sus voces se enlazaban la una con la otra y, al ser tan similares, un escucha menos sensible las habría percibido como una sola—. Creemos que tienes una posibilidad de éxito.

—¿Bella? —me llamó Edward con voz dura—. Trae a Renesmee, por favor. Quizá deberíamos poner a prueba la petición de nuestros visitantes rumanos.

Me ayudó saber que probablemente la mitad de los vampiros que había en la otra habitación defenderían a Renesmee si estos rumanos se sentían molestos por ella. No me gustaba el sonido de sus voces ni la oscura amenaza que destilaban sus palabras. Mientras cruzábamos la habitación pude ver que no era sólo yo la que lo percibía así. La mayoría de los vampiros inmóviles que había allí los miraban con ojos hostiles, y unos cuantos —Carmen, Tanya, Zafrina y Senna— cambiaron ligeramente de postura, adoptando posiciones defensivas entre los recién llegados y Renesmee.

Los vampiros de la puerta eran esbeltos y bajos, uno con el pelo oscuro y el otro con el pelo de un tono rubio ceniza tan claro que casi parecía gris pálido. Su piel tenía el mismo aspecto polvoriento que la de los Vulturi, aunque no tan marcadamente. No podía estar segura de ello, ya que sólo había visto a los Vulturi con mis ojos humanos y no podía hacer una comparación exacta. Sus ojos agudos, pequeños, eran de un color borgoña oscuro, sin ninguna película lechosa. Llevaban ropa oscura simple, que podía pasar por moderna aunque viéndola bien tenía aspecto de haber pasado de moda.

El del pelo oscuro sonrió cuando yo aparecí a la vista.

—Vaya, vaya, Carlisle, pero que mal se han portado, ¿eh?

—Ella no es lo que crees, Stefan.

—Nos da igual, de todos modos —respondió el rubio—, como ya les dijimos.

—Entonces son bienvenidos como observadores, Vladimir, pero nuestro plan para nada es desafiar a los Vulturi, como también ya les dijimos.

—En ese caso, simplemente cruzaremos los dedos —comenzó Stefan.

—Y esperaremos tener suerte —concluyó Vladimir.

Al final habíamos logrado reunir diecisiete testigos: los irlandeses, Siobhan, Liam y Maggie; los egipcios, Amun, Kebi, Benjamín y Tia; las del Amazonas, Zafrina y Senna; los rumanos, Vladimir y Stefan; y los nómadas, Peter y Charlotte, Garrett, Alistair, Mary y Randall, además de los once miembros de nuestra familia, ya que Tanya, Kate, Eleazar y Carmen insistieron en ser contados como parte de nuestra familia.

Aparte de la de los Vulturi, probablemente ésta era la reunión amigable de vampiros maduros más grande que se había producido en la historia de los inmortales.

Todos comenzábamos a concebir pequeñas esperanzas, e incluso yo no pude resistirme a ello. Renesmee se había ganado a todos en un periodo muy corto. Los Vulturi sólo tenían que escuchar durante apenas un segundo...

Los dos rumanos supervivientes, concentrados sólo en su amargo resentimiento hacia aquellos que habían derribado su imperio quince siglos antes, se lo tomaban todo con calma. No tocaron a Renesmee, pero tampoco le mostraron aversión. Parecían misteriosamente encantados de nuestra alianza con los licántropos. Me observaron practicar con mi escudo con Zafrina y Kate, observaron a Edward contestar preguntas no expresadas en voz alta, y a Benjamín alzando géiseres de agua del río o violentos golpes de viento del aire quieto sólo con el poder de su mente, y sus ojos relucían con la ardiente esperanza de que los Vulturi hubieran encontrado por fin la horma de su zapato.

Todos teníamos nuestras esperanzas, aunque no fueran las mismas.

33. Falsificación

—Charlie, todavía tenemos aquí ese tipo de compañía de la que es mejor que no sepas nada. Ya sé que ha pasado más de una semana desde que viste a Renesmee, pero no es buena idea que nos visites ahora. ¿Qué te parece si te la llevo para que la veas?

Mi padre se quedó callado durante tanto rato, que me pregunté si había llegado a captar la tensión bajo mi aparente tranquilidad.

Pero entonces masculló:

—Sí, claro, no es necesario saber, uf —y entonces me di cuenta de que era su cautela frente a lo sobrenatural lo que había hecho que se tardara en responder—. Está bien, nena —repuso Charlie—. ¿Puedes traérmela hoy? Sue me va a traer el almuerzo. Está tan horrorizada por mi forma de cocinar como tú la primera vez que viniste.

Se echó a reír, y luego suspiró por los viejos tiempos.

—Hoy está perfecto —cuanto antes mejor. Ya había pospuesto todo esto demasiado tiempo.

—¿Vendrá Jacob con ustedes?

Aunque Charlie no sabía nada acerca de la impronta de los hombres lobo, nadie dejaba de percibir el apego entre Jacob y Renesmee.

—Probablemente —no había forma de evitar que Jacob se perdiera voluntariamente una mañana con Renesmee y sin chupasangre.

—Quizá debería invitar a Billy también —musitó Charlie—, pero... no, mejor en otra ocasión.

Apenas le estaba prestando atención a mi padre, lo suficiente para notar la extraña renuencia en su voz cuando hablaba de Billy, aunque no me preocupó tanto como para averiguar de qué se trataba. Charlie y Billy ya estaban mayorcitos; si tenían algún problema, lo podían arreglar ellos solos. Yo tenía demasiadas cosas importantes con las cuales obsesionarme.

—Te veo en un rato —le dije, y colgué.

El viajecito era más bien para proteger a mi padre de los veintisiete vampiros reunidos de una forma tan azarosa, pues no terminaba de confiar en ellos por mucho que hubieran jurado no matar a nadie en un radio de cuatrocientos kilómetros. Obviamente era buena idea no poner a ningún ser humano en la cercanía de este grupo. Ése era el pretexto que le había puesto a Edward: que le llevaba a Renesmee a Charlie para que no decidiera venir hasta acá. Era una buena razón para abandonar la casa, pero para nada la auténtica.

—¿Por qué no nos podemos llevar tu Ferrari? —se quejó Jacob cuando nos encontramos en el garaje. Yo ya estaba dentro del Volvo con la niña.

Edward le había dado muchas vueltas a lo de enseñarme mi coche "de después" porque, como sospechaba, yo era incapaz de mostrar el entusiasmo apropiado. Seguro que sería bonito y rápido, pero yo sólo quería que *funcionara*.

—Demasiado llamativo —le respondí—. Podríamos ir a pie, pero eso pondría nervioso a Charlie.

Jacob refunfuñó algo para sus adentros, pero se sentó en el asiento del copiloto. Renesmee saltó de mi regazo al suyo.

—¿Cómo te sientes? —le pregunté cuando saqué el coche del garaje.

—¿Tú cómo crees? —me preguntó Jacob a su vez, con amargura—. Me enferman todos esos apestosos chupasangre .—vio mi expresión y habló antes de que yo pudiera intervenir—. Sí, lo sé, lo sé. Son buenos chicos, están aquí para ayudar, nos van a salvar a todos y etcétera, etcétera. Di lo que quieras, pero yo tengo muy claro que Drácula Uno y Drácula Dos son espeluz-taculares.

Tuve que sonreír. Tampoco los rumanos eran mis invitados favoritos.

—En eso estoy de acuerdo contigo.

Renesmee sacudió la cabeza, pero no dijo nada, ya que a diferencia de todos los demás, encontraba a los rumanos extrañamente fascinantes. Incluso hacía el esfuerzo de hablarles en voz alta, ya que no le permitían tocarlos. Les hizo una pregunta acerca de su piel tan rara, y aunque yo temía que pudieran sentirse ofendidos, en cierta manera me alegré de que preguntara. Yo también sentía curiosidad.

Ellos no parecieron molestarse por su interés; en todo caso, sí se mostraron algo dolidos.

—Estuvimos sentados inmóviles durante mucho tiempo, niña —le respondió Vladimir mientras Stefan asentía, aunque sin añadir su frase como habitualmente hacía—, contemplando nuestra propia divinidad. Todo el mundo acudía a nosotros como muestra de nuestro poder. Presas, diplomáticos, todos aquellos que buscaban nuestro favor. Nos sentamos en nuestros tronos y nos creímos dioses. Durante mucho tiempo no nos dimos cuenta de que nos estábamos transformando, casi petrificándonos. Supongo que los Vulturi nos hicieron un favor cuando quemaron nuestros castillos. Stefan y yo, por lo menos, no continuamos convirtiéndonos en piedra. Ahora los ojos de los Vulturi están cubiertos con una capa de escoria, pero los nuestros siguen brillando. Imagino que eso nos dará una ventaja cuando les saquemos los suyos de las órbitas.

Después de aquello procuré mantener a la niña alejada de ellos.

—¿Cuánto tiempo podemos pasar con Charlie? —preguntó Jacob, interrumpiendo mis pensamientos. Se iba relajando visiblemente conforme nos alejábamos de la casa y sus nuevos habitantes. Me sentí feliz de que para él yo no fuera un vampiro más, sino simplemente Bella.

—Pues bastante, en realidad.

El tono de mi voz captó su atención.

—¿Hay algo más, aparte de visitar a tu padre?

—Jake, creo que no estás consciente de lo poco que controlas tus pensamientos cuando Edward anda cerca.

Alzó una gruesa ceja negra.

—¿Ah, sí?

Yo sólo asentí, desviando los ojos hacia Renesmee. Ella miraba por la ventana y yo no podía saber si estaba interesada o no en nuestra conversación, pero decidí no arriesgarme a decir nada más.

Jacob esperó que añadiera algo, y entonces su labio inferior se adelantó mientras pensaba en lo poco que le había dicho.

Mientras viajábamos en silencio, miré a través de aquellos molestos lentes de contacto hacia la lluvia helada, aunque no hacía suficiente frío para que se convirtiera en nieve. Mis ojos no tenían ya un aspecto tan macabro como al principio y se iban acercando más al naranja rojizo que al brillante carmesí.

Pronto adquirirían el tono ambarino que me permitiría quitarme los lentes. Esperaba que el cambio no le molestara mucho a Charlie.

Jacob todavía estaba digiriendo nuestra conversación interrumpida cuando llegamos a casa de mi padre. No hablamos mientras caminábamos a paso humano rápido bajo la lluvia que seguía cayendo. Mi progenitor nos estaba esperando y había abierto la puerta antes de que tocáramos.

—¡Hola, chicos! ¡Parece que han pasado años! ¡Hola, Nessie! ¡Ven con el abuelito! Te juro que has crecido quince centímetros y pareces más delgada, Ness —me miró con mala cara—. ¿Acaso allá no te dan de comer?

—Se debe a lo acelerado del crecimiento —mascullé—. Hola, Sue —saludé por encima de su hombro. El olor a pollo, tomate, ajo y queso provenía de la cocina y probablemente debía oler bien para cualquiera. Y también olía a pino fresco y a material para embalaje.

Renesmee marcó sus hoyuelos. Nunca hablaba delante de Charlie.

—Bueno, vamos, entren, que hace frío, chicos. ¿Dónde está mi yerno?

—Atendiendo a los amigos —replicó Jacob y después resopló—. No sabes la suerte que tienes de estar fuera de combate, Charlie. Eso es todo lo que te puedo decir.

Le di un golpecito amistoso a Jacob en la espalda mientras Charlie se estremecía.

—Ay —se quejó Jacob en voz baja; vaya, creía que le había dado suave.

—Bueno, Charlie, la verdad es que tengo que arreglar algunos asuntos.

Jacob me echó una ojeada, pero no dijo nada.

—¿Compras navideñas, Bella? Te quedan pocos días.

—Ah, sí, las compras de Navidad —repuse con poca convicción. Eso explicaba el material para embalaje, porque seguramente Charlie habría sacado ya los viejos adornos navideños.

—No te preocupes, Nessie —le susurró al oído—. Yo me haré cargo si tu madre te falla.

Puse los ojos en blanco, pero la verdad era que no había pensado para nada en las fiestas.

—El almuerzo está en la mesa —anunció Sue desde la cocina—. Vamos, chicos.

—Nos vemos luego, papá —le dije, e intercambié una mirada rápida con Jacob. Incluso si él no podía evitar pensar en esto estando cerca de Edward, al menos no tendría mucho que compartir con él. No tenía ni idea de lo que yo planeaba.

Aunque claro, pensé para mis adentros mientras subía al coche, yo tampoco tengo mucha idea, de todas formas.

Las carreteras estaban resbaladizas y oscuras, pero conducir ya no me intimidaba. Mis reflejos estaban preparados para hacer el trabajo por mí y apenas le puse atención a la carretera. El problema era más bien evitar que mi velocidad atrajera la atención de alguien cuando tenía compañía, pero quería terminar la misión de hoy y resolver el misterio de manera que pudiera volver a mi vital tarea de aprendizaje. Aprender a proteger a unos y a matar a otros.

Cada vez me iba mejor con mi escudo. Kate ya no sentía la necesidad de motivarme, y no era difícil encontrar razones de enojo ahora que sabía que ésa era la clave, así que generalmente trabajaba con Zafrina. Ella estaba encantada con la extensión que había alcanzado, ya que ahora era capaz de cubrir un área de más de tres metros durante más de un minuto, aunque eso me dejaba exhausta. Esa mañana había intentado encontrar la forma de empujar el escudo fuera de mi mente. No veía qué uso podía tener eso, pero ella pensaba que me ayudaría a fortalecerme, como cuando se ejercitan músculos del abdomen y de la espalda además de los de los brazos. La verdad es que puedes levantar más peso cuando todos los músculos están fortalecidos.

No me salió nada bien. Sólo logré un atisbo del río de la selva que ella intentaba mostrarme.

Pero había muchas otras maneras de prepararme para lo que se nos avecinaba, y como sólo quedaban dos semanas, me preocupaba que pudiera estar dejando a un lado la más importante. Así que ahora estaba dispuesta a corregir ese descuido.

Había memorizado los mapas adecuados, y no tuve problema en encontrar el camino hacia la dirección que no existía en Internet, la única de J. Jenks que tenía. Mi siguiente paso sería Jason Jenks en la otra dirección, la que Alice no me había dado.

Decir que aquel no era un buen barrio habría sido quedarse corto. El más discreto de los coches de los Cullen tendría un aspecto extravagante en aquella calle, aunque mi viejo Chevy hubiera encajado muy bien. De haber sido humana, habría cerrado todas las puertas y habría huido de allí tan rápido como hubiera podido. Como fuera, estaba un poco fascinada. Intenté imaginar una razón que explicara la presencia de Alice en este sitio, y no lo logré.

Los edificios, todos de tres plantas, todos estrechos y todos inclinándose ligeramente, como si los aplastara la lluvia que caía a cántaros, eran por lo general casas viejas divididas en múltiples departamentos. Resultaba difícil decir de qué color era la pintura de la fachada, porque todas habían terminado adoptando alguno de los matices del gris. Unos cuantos edificios tenían comercios en la primera planta: un bar mugriento con las ventanas pintadas de negro; una tienda de artículos para psíquicos, con manos de neón y cartas de tarot brillando en la puerta; un local de tatuajes, y una guardería, cuya ventana de la fachada tenía el vidrio sostenido con cinta adhesiva plateada. No había lámparas en el interior de ninguna de las habitaciones, aunque la penumbra del exterior era suficiente como para que los humanos necesitaran luz. Escuché un murmullo de voces en la distancia; sonaba como una televisión.

Había unas cuantas personas por ahí; dos caminaban bajo la lluvia en direcciones opuestas y otra estaba sentada en el estrecho porche de una oficina de abogados cerrada con tablas, leyendo un periódico mojado y silbando. El sonido era demasiado alegre para el escenario.

Estaba tan desconcertada por el despreocupado silbador, que al principio no me di cuenta de que el edificio abandonado coincidía con la dirección que estaba buscando. No había ningún número en aquel lugar, pero el negocio de los tatuajes de al lado era justo dos números más adelante.

Me estacioné junto a la acera y dejé el motor en marcha durante unos segundos. Debía entrar en aquel basurero de un modo u otro, pero, ¿cómo hacerlo sin que lo notara el hombre que silbaba? Podría estacionarme en la calle paralela y entrar por la parte trasera. Habría más testigos en aquel sitio ¿Quizá por el tejado? ¿Estaba suficientemente oscuro como para hacer algo así?

—Qué tal, señora —me gritó el silbador.

Bajé la ventana del lado del copiloto como si no pudiera oír bien.

El hombre apartó el periódico y su ropa me sorprendió, ahora que podía verla. Parecía demasiado bien vestido debajo de ese largo impermeable andrajoso. No soplaba ninguna brisa que pudiera hacerme llegar su olor, pero el brillo de su camisa rojo oscuro parecía seda. Su negro pelo rizado estaba enmarañado y desordenado, pero su piel oscura tenía un aspecto suave y perfecto y sus dientes lucían blancos y derechos. Una contradicción.

—Quizá no debería estacionar ese coche ahí, señora —me dijo—. No estará aquí cuando regrese.

—Gracias por la advertencia —repuse.

Apagué el motor y me bajé. Quizá mi amigo el de los silbidos podía darme las respuestas que necesitaba más rápidamente y sin necesidad de forzar la entrada. Abrí mi gran paraguas gris, y no era que me preocupara proteger el largo traje de punto de cachemira que llevaba: es lo que habría hecho un humano.

El hombre entrecerró los ojos al ver mi rostro a través de la lluvia, y luego los abrió como platos. Tragó saliva y escuché cómo se aceleraba su corazón conforme me acercaba.

—Estoy buscando a alguien —comencé.

—Yo soy alguien —me ofreció con una sonrisa—, ¿qué puedo hacer por ti, guapa?

—¿Es usted J. Jenks? —le pregunté.

—Oh —exclamó él, y su rostro cambió de la anticipación a la comprensión. Se puso de pie y me examinó con los ojos entrecerrados—. ¿Por qué está buscando a J?

—Eso es asunto mío —además, no tenía ni idea—. ¿Es usted?

—No.

Nos encaramos durante un buen rato mientras sus ojos agudos recorrían de arriba a abajo la ajustada funda de color

701

gris perla que llevaba puesta. Su mirada finalmente regresó a mi rostro.

—No tiene usted el aspecto del cliente habitual.

—Probablemente es porque no lo soy —admití—, pero necesito verlo tan pronto sea posible.

—No estoy muy seguro de cómo hacerlo —admitió él a su vez.

—¿Por qué no me dice usted su nombre?

Él sonrió.

—Max.

—Encantada de conocerlo, Max. Y ahora, ¿por qué no me dice qué suele hacer por los *habituales*?

Su sonrisa se convirtió en un ceño fruncido.

—Bueno, los clientes habituales de J no tienen su aspecto. Los de su clase no se molestan en venir a las oficinas del barrio; van directamente a sus oficinas de lujo en el rascacielos.

Repetí la otra dirección que tenía, convirtiendo la lista de los números de la dirección en una pregunta.

—Ah, sí, ése es el sitio —me contestó, de nuevo con suspicacia—. ¿Y entonces por qué vino hasta acá?

—Porque ésta fue la dirección que me facilitó… una fuente de mucha confianza.

—Si se tratara de algo bueno, no estaría aquí.

Fruncí los labios. Jamás me había salido bien eso de mentir, pero tal como Alice me había dejado las cosas, no tenía precisamente demasiadas alternativas.

—Quizá no estoy aquí para algo bueno.

El rostro de Max adoptó una expresión de disculpa.

—Mire, señora…

—Bella.

—De acuerdo, Bella. Mire, yo necesito este trabajo. J me paga muy bien por andar por aquí todo el día. Quiero ayudarle, claro que sí, pero, bueno... Claro, estoy hablando de forma hipotética, ¿no?, extraoficial o como le parezca mejor, pero si dejo pasar a alguien que pueda causarle problemas, me despide. ¿Ve cuál es mi problema?

Pensé durante un minuto, mordiéndome el labio.

—¿No ha visto a nadie como yo por aquí antes? Bueno, con cierto parecido a mí. Mi hermana es un poco más baja que yo y tiene el pelo erizado y oscuro; negro, en realidad.

—¿J conoce a su hermana?

—Eso creo.

Max reflexionó sobre esto durante un rato. Yo le sonreí y su respiración se agitó.

—Le diré lo que vamos a hacer: voy a llamar a J. Le describiré cómo es usted. Dejemos que él tome la decisión.

¿Qué era lo que sabía J. Jenks? ¿Significaría algo mi descripción para él? Era un pensamiento preocupante.

—Mi apellido es Cullen —le dije a Max, preguntándome si no le estaba dando demasiada información. Empezaba a sentirme molesta con Alice. ¿Era necesario que me dejara a ciegas en este asunto? Podría haber escrito una o dos palabras más...

—Cullen, ya lo tengo.

Lo observé mientras marcaba y capté fácilmente el número. Bueno, yo misma podría llamar a J. Jenks si esto no funcionaba.

—Hola, aquí Max. Ya sé que no debo llamar a este número, salvo en caso de emergencia...

¿Hay una emergencia? Escuché lejanamente desde el otro extremo de la línea.

—Bueno, no exactamente. Es que una chica quiere verlo…

No veo cuál es la emergencia. ¿Por qué no sigue el procedimiento habitual?

—No sigo el procedimiento habitual porque ella no tiene un aspecto para nada habitual…

¿Tiene placa?

—No.

No puedes asegurarlo. ¿Tiene aspecto de ser una de las chicas de Kubarev?

—No, déjeme hablar, ¿de acuerdo? Dice que usted conoce a su hermana o algo así.

No me parece. ¿Qué aspecto tiene?

—Ella es... —sus ojos recorrieron desde mi rostro hasta mis zapatos con expresión apreciativa—. Bueno, parece una súper modelo, eso es lo que parece —sonrió, me guiñó un ojo y después continuó—; tiene un cuerpo de escándalo, pálida como una sábana, el pelo castaño oscuro casi hasta la cintura, y necesita una buena noche de sueño. ¿Algo de esto le resulta familiar?

No, para nada. No me agrada que dejes que tu debilidad por las mujeres guapas me interrumpa...

—Está bien, ya sé que me comporto como un imbécil por culpa de una chica bonita, ¿qué tiene de malo? Siento haberlo molestado, hombre. Olvídelo.

—Dígale el nombre —le susurré.

—Ah, sí. Espere —dijo Max—. Dice que se llama Bella Cullen, ¿eso ayuda?

Hubo un momento de profundo silencio y repentinamente la voz del otro lado comenzó a gritar, usando un montón de palabras que no se escuchan constantemente fuera de los sitios que frecuentan los camioneros. Toda la expresión de Max cambió, se desvanecieron todas sus ganas de bromear y se le pusieron los labios pálidos.

—¡Porque usted no me lo preguntó! —gritó Max en respuesta, lleno de pánico.

Hubo otra pausa mientras J se tranquilizaba.

¿Hermosa y pálida?, preguntó, algo más calmado.

—¿No fue eso lo que dije?

¿Hermosa y pálida? ¿Qué sabía ese hombre sobre vampiros? ¿Era él uno de nosotros? No estaba preparada para esa clase de encuentro, así que apreté los dientes. ¿En qué lío me había metido Alice?

Max aguantó otra descarga de un minuto de insultos e instrucciones a gritos y después me miró con ojos que parecían casi asustados.

—Pero usted sólo ve a los clientes de los barrios bajos los jueves… ¡Está bien, está bien! De acuerdo —y cerró su teléfono.

—¿Quiere verme? —pregunté con alegría.

Max me fulminó con la mirada.

—Debía haberme dicho que era un cliente de los importantes.

—No sabía que lo era.

—Pensé que podía ser policía —admitió él—. No quiero decir que usted tenga aspecto de policía, pero actúa de una manera muy rara, pero linda.

Me encogí de hombros.

—¿Del cartel de las drogas? —intentó adivinar.

—¿Quién, yo? —pregunté.

—Claro, o tu novio o quien sea.

—No, lo siento. Realmente no me gustan mucho, y tampoco a mi marido. "Di no a las drogas" y esas cosas.

Max maldijo para sus adentros.

—Casada. Mala suerte.

Le sonreí.

—¿La mafia?

—No.

—¿Contrabando de diamantes?

—¡Basta! ¿Ésa es la clase de gente con la que trata habitualmente, Max? Quizá necesita un nuevo trabajo.

Tenía que admitirlo: me la estaba pasando bastante bien. No me había relacionado mucho con humanos, aparte de Charlie y Sue. Era divertido ver cómo se quedaba sin palabras y también estaba encantada de ver qué fácil me resultaba no matarlo.

—Pues ha de estar metida en algo gordo. Y malo —musitó él.

—En realidad no es así.

—Sí, eso es lo que dicen todos, pero me pregunto: ¿quién más necesita papeles o puede pagar los precios de J por ellos? Nadie que se dedique a lo mío, eso está claro —comentó él, y después masculló la palabra "casada" otra vez.

Me dio una dirección completamente nueva con instrucciones básicas para llegar y después me vio alejarme al volante con ojos suspicaces y llenos de pesar.

En ese momento ya estaba preparada para casi cualquier cosa como una especie de madriguera de alta tecnología, al estilo de los malos de una película de James Bond. Así que al principio pensé que Max me había dado una dirección equivocada para ponerme a prueba. O quizá la madriguera era subterránea, debajo de aquel centro comercial de lo más común, anidado en lo alto de una colina con árboles y en medio de un encantador barrio familiar.

Me estacioné en un espacio libre y miré la discreta placa de buen gusto donde se leía: JASON SCOTT, ABOGADO.

La oficina era color crema con algunos toques en un tono verde apio, apenas perceptibles y que no desentonaban. No había olor alguno a vampiro por aquí, y eso me ayudó a relajarme. No había nada excepto un olor a humano poco familiar. Había una pecera contra una pared y una insulsa y bonita recepcionista sentada detrás de un escritorio.

—Hola —me saludó—. ¿Puedo ayudarte?

—Vengo a ver al señor Scott.

—¿Tiene cita?

—No, no exactamente.

Puso una sonrisita de suficiencia.

—Entonces puede que tarde un rato. ¿Por qué no toma asiento mientras yo…?

¡April!, gritó una exigente voz masculina por el interfono, *estoy esperando a la señora Cullen.*

Ella sonrió de nuevo y me señaló.

Hazla pasar inmediatamente, ¿entiendes? No me importa lo que haya que interrumpir.

Podía detectar algo más en su voz, además de impaciencia. Tensión. Nervios.

—Acaba de llegar —dijo April tan pronto la dejó hablar.

¿Qué? ¡Hazla pasar! ¿Qué estás esperando?

—¡Ahora mismo, señor Scott! —se puso de pie, haciendo ademanes con las manos mientras me guiaba por un corto pasillo, ofreciéndome una taza de café o lo que quisiera.

—Aquí es —dijo al llegar ante una puerta; ésta daba hacia una oficina que mostraba poderío en todo, con su pesado escritorio de madera y una pared llena de títulos.

—Cierre la puerta cuando entre —ordenó una rasposa voz de tenor.

Examiné al hombre situado detrás del escritorio mientras April se retiraba rápidamente. Era bajito y calvo, probablemente rondaba los cincuenta y cinco y tenía una buena barriga. Llevaba una corbata de seda roja con una camisa a rayas azules y blancas, y un *blazer* azul marino colgaba del respaldo del sillón. Estaba temblando y tan pálido que recordaba al tono enfermizo de la pasta italiana, y el sudor le goteaba de la frente. Me imaginé que debía tener una buena úlcera debajo de la adiposidad.

J se recuperó un poco y se levantó presuroso de su asiento. Me ofreció la mano por encima de la mesa.

—Señora Cullen, qué maravilla verla.

Crucé la habitación hasta llegar frente a él y le di la mano, aunque la sacudí sólo una vez. Él se encogió ligeramente al contacto de mi piel fría, pero no pareció muy sorprendido por ella.

—Señor Jenks... ¿O prefiere usted que lo llame Scott?

Él se estremeció de nuevo.

—Como usted desee, desde luego.

—¿Qué tal si usted me llama Bella y yo J?

—Como viejos amigos —acordó él, pasándose un pañuelo de seda por la frente. Me hizo un gesto para que me sentara y él lo hizo a su vez—. Debo preguntar, ¿finalmente tengo el placer de encontrarme con la encantadora esposa del señor Jasper?

Sopesé la idea durante un segundo. Así que este hombre conocía a Jasper, no a Alice. Lo conocía, y parecía temerle.

—En realidad, soy su cuñada.

Frunció los labios, como si estuviera buscando desesperadamente información tanto como yo.

—¿Confío en que el señor Jasper goza de buena salud? —me preguntó con cautela.

—Estoy segura de que así es. De hecho, en estos momentos está de disfrutando de unas largas vacaciones.

Esto pareció aclarar parte de la confusión de J, que asintió para sí mismo y tamborileó sobre la mesa con los dedos.

—Estupendo, pero debería haber venido a la oficina principal. Mis asistentes la habrían traído directamente a mí, sin necesidad de pasar por canales… menos hospitalarios —asentí una sola vez. No estaba segura de por qué Alice me había dado la otra dirección—. Ah, bueno, pero ya está aquí… ¿Qué puedo hacer por usted?

—Papeles —le dije, intentando hacer sonar mi voz como si supiera de lo que estaba hablando.

—Muy bien —replicó J, diligente—. ¿Hablamos de certificados de nacimiento, de muerte, permisos para conducir, pasaportes, tarjetas de seguridad social…?

Tomé una gran bocanada de aire y sonreí. Le debía a Max el éxito en este asunto.

Y después mi sonrisa se desvaneció. Alice me había enviado aquí por algún motivo, y estaba segura de que era para proteger a Renesmee. Su último regalo para mí. La única cosa que sabría que necesitaría.

La única razón por la cual mi hija necesitaría un falsificador sería si tenía que huir. Y la única razón por la cual tendría que huir era si perdíamos.

Si Edward y yo huíamos con ella, no necesitaría esos documentos para nada. Estaba segura de que Edward sabía cómo conseguir papeles para identificarnos o bien cómo hacerlos él mismo, y estaba segura de que conocía formas de escapar sin ellos. Incluso podríamos correr miles de kilómetros con ella, o nadar a través del océano.

Si estábamos allí para salvarla…

Y todo el secreto era para mantener esto fuera de la cabeza de Edward, porque había una gran probabilidad de que Aro pudiera acceder a lo que él supiera. Si perdíamos, seguramente Aro obtendría la información que codiciaba antes de destruir a Edward.

Esto confirmaba lo que había sospechado: no podíamos ganar, pero lograríamos una gran ventaja si matáramos a Demetri antes de perder; así le daríamos a Renesmee la oportunidad de escapar.

Sentí mi corazón quieto como una gran roca en mi pecho, como un peso aplastante. Todas mis esperanzas se desvanecieron como la niebla bajo la luz del sol. Me ardieron los ojos.

¿A quién debía poner en esos documentos? ¿A Charlie? No, estaba totalmente indefenso por ser un humano. ¿Cómo iba a dejarlo a él a cargo de Renesmee? No iba a estar nada cerca de esa lucha cuando se produjera. Así que sólo quedaba una persona; en realidad, nunca había habido ninguna otra.

Pensé todo esto tan rápido que J no notó mi pausa.

—Dos certificados de nacimiento, dos pasaportes, un permiso para conducir —repuse en voz baja y tensa.

Si él notó algún cambio en mi tono de voz, lo disimuló.

—¿Los nombres?

—Jacob… Wolfe. Jacob Wolfe y Vanessa Wolfe —Nessie parecía un diminutivo adecuado para Vanessa. A Jacob le haría gracia este rollo del apellido Wolfe.

Su bolígrafo escribía rápidamente en un bloc de documentos legales.

—¿El otro apellido?

—Ponga cualquiera.

—Como guste… ¿Qué edades debo consignar?

—Veintisiete para el hombre, cinco para la niña —el muy bestia de Jacob los aparentaba sin problema alguno, y al ritmo al que crecía Renesmee, más valía calcular de más. Él podía ser su padre adoptivo...

—Necesito fotografías si quiere los documentos terminados —me dijo J, interrumpiendo mis pensamientos—. El señor Jasper generalmente prefiere terminarlos él mismo.

Bueno, eso explicaba por qué J no tenía idea del aspecto de Alice.

—Espere un momento —le contesté.

Esto sí que era suerte: tenía varias fotos familiares guardadas en mi bolso, y una perfecta, en la cual Jacob cargaba a Renesmee en los escalones del porche; sólo tenía un mes de antigüedad. Alice me la había dado apenas unos cuantos días antes de... Oh. Quizá después de todo no se trataba de suerte: Alice sabía que la necesitaría. Tal vez había tenido alguna oscura visión en la cual supo que la necesitaría antes de dármela.

—Aquí la tiene.

J examinó la foto durante un momento.

—Su hija se parece mucho a usted.

Yo me puse tensa.

—En realidad se parece más a su padre.

—Que no es este hombre —y tocó el rostro de Jacob.

Entrecerré los ojos y nuevas gotas de sudor brotaron de la frente brillante de J.

—No. Es un amigo muy cercano a la familia.

—Disculpe —dijo entre dientes, y el bolígrafo comenzó a rascar el papel otra vez—. ¿Para cuándo necesita los documentos?

—¿Puede conseguirlos en una semana?

—Es un encargo muy apresurado. Costará el doble… pero perdóneme de nuevo: se me había olvidado con quién estaba hablando.

Estaba claro que conocía a Jasper.

—Sólo dígame la cantidad.

Pareció dudar de decirlo en voz alta, aunque estaba segura de que habiendo tratado con Jasper debía saber que el precio realmente no sería un problema para mí. Incluso sin considerar las grandes cuentas que había por todo el mundo bajo los diversos nombres de los Cullen, había suficiente dinero en metálico por toda la casa para mantener un país pequeño a flote durante toda una década. Esto me recordó los cientos de anzuelos que había en el fondo de los cajones de la casa de Charlie. Dudaba que alguien hubiera echado de menos el pequeño montoncito que había tomado para el día de hoy.

J escribió el precio en la parte inferior del bloc legal.

Asentí con calma. Había traído más que eso. Abrí el bolso de nuevo y conté la cantidad exacta, lo cual me tomó muy poco tiempo porque llevaba los billetes agrupados con clips en fajos de cinco mil dólares.

—Tenga.

—Ah, Bella, no tiene por qué darme toda la suma ahora. Se acostumbra que retenga la mitad para asegurarse la entrega.

Le sonreí al hombre con languidez.

—Pero yo confío en usted, J; además, le daré una recompensa: la misma cantidad a la entrega de los documentos.

—Eso no es necesario, se lo aseguro.

—No se preocupe —me daba igual el dinero con tal de obtener esos documentos—. Así que, ¿nos vemos aquí la semana próxima a la misma hora?

Me devolvió una mirada apenada.

—En realidad, prefiero hacer este tipo de transacciones en lugares alejados de mis negocios.

—Claro. Estoy segura de que no estoy haciendo esto del modo que usted esperaba.

—Estoy acostumbrado a no tener ningún tipo de expectativas en mis tratos con la familia Cullen —hizo una mueca de dolor, pero rápidamente modificó su expresión—. ¿Qué le parece si nos vemos en una semana a las ocho de la noche en *El Pacífico*? Está en Union Lake y la comida es exquisita.

—Perfecto.

No es que planeara acompañarlo a cenar. En realidad, a él no le gustaría nada estar cerca de mí durante la cena.

Me puse de pie y nos dimos la mano de nuevo. Esta vez no se estremeció, pero parecía tener otra preocupación en la cabeza. Tenía la boca apretada y la espalda tensa.

—¿Hay algún problema con la fecha? —quise saber.

—¿Qué? —alzó la mirada y noté que mi pregunta lo había tomado por sorpresa—. ¿La fecha? Oh, no, no me preocupa en absoluto. Tendré sus documentos listos a tiempo, sin lugar a dudas.

Habría sido genial tener a Edward aquí conmigo, para que pudiera averiguar cuáles eran las preocupaciones reales de J en este momento. Suspiré. Guardarle secretos a Edward me parecía bastante malo, pero estar separada de él me parecía demasiado.

—Entonces nos veremos en una semana.

34. Declaración

Escuché la música antes de bajar del coche. Edward no había tocado el piano desde la noche en que Alice se fue. Esta vez, cuando cerré la puerta del coche, escuché cómo la canción se transformaba en una melodía transitoria hasta convertirse en mi canción de cuna. Edward me daba la bienvenida a casa.

Me moví despacio mientras sacaba a Renesmee del Volvo, profundamente dormida. Habíamos pasado todo el día fuera; Jacob se había quedado en casa de Charlie porque había dicho que iba a dar una vuelta con Sue. Me pregunté si estaba intentando llenarse la cabeza con suficientes trivialidades para ocultar la expresión que debía tener mi rostro cuando crucé la puerta de Charlie.

Mientras caminaba lentamente hacia la casa de los Cullen, reconocí que la esperanza y la exaltación que había percibido por la mañana casi como un aura visible alrededor de la gran casa blanca, ahora me parecía algo ajeno.

Sentí ganas de llorar otra vez al escuchar a Edward interpretar una pieza para mí, pero me repuse. No quería que sospechara nada y tampoco dejar ningún tipo de pista en su mente que Aro pudiera encontrar.

Edward volvió la cabeza y sonrió cuando cruce la puerta, pero siguió tocando.

—Bienvenida a casa —dijo, como si fuera un día cualquiera y como si no hubiera otros doce vampiros en la habitación, dedicados a diversas actividades, y una docena más distribuidos por ahí—. ¿La pasaste bien con Charlie hoy?

—Sí, lamento haber tardado tanto. Salí a comprar algunos regalos de Navidad para Renesmee. No sé si será una celebración que valga la pena, pero... —me encogí de hombros.

Las comisuras de los labios de Edward se movieron hacia abajo. Dejó de tocar y le dio vuelta al banquillo de modo que me enfrentó con su cuerpo. Me puso una mano en la cintura y me acercó a él.

—No he pensado mucho en eso. Si *quieres* que lo celebremos de verdad...

—No —lo interrumpí, y me encogí internamente ante la idea de intentar fingir algún tipo de entusiasmo más allá del mínimo necesario—. Pero tampoco quería que pasara sin darle algo.

—¿Me dejas verlo?

—Si quieres. Es una cosita sin importancia.

La niña estaba completamente inconsciente, roncando delicadamente contra mi cuello. La envidiaba. Habría sido una maravilla poder escapar de la realidad, aunque hubiera sido sólo durante unas horas.

Con cuidado, pesqué la bolsita de terciopelo de joyería que estaba en mi bolso, pero sin abrirlo demasiado para que Edward no pudiera ver el dinero que aún traía conmigo.

—Lo encontré por casualidad en el escaparate de una tienda de antigüedades mientras conducía por ahí.

Puse el pequeño guardapelo dorado en la palma de su mano. Era redondo, con una esbelta guirnalda de hojas de parra grabada alrededor del borde exterior del círculo. Edward abrió el pequeño pestillo y miró dentro. Había un espacio para una foto pequeña y en el lado opuesto una inscripción en francés.

—¿Sabes lo que dice? —me preguntó en un tono diferente, más contenido que antes.

—El dependiente me dijo que decía algo así como "Más que mi propia vida". ¿Es correcto?

—Sí, tiene razón.

Alzó la vista hacia mí, sondeándome con su mirada del color de los topacios. Me encontré con sus ojos durante un momento, y después fingí haberme distraído con la televisión.

—Espero que le guste —murmuré.

—Claro que sí —repuso él con ligereza, casi con tono casual, y en ese instante tuve la seguridad de que sabía que le ocultaba algo. También estaba segura de que no tenía idea de los detalles.

—Vamos a llevarla a casa —sugirió él, poniéndose de pie y pasándome el brazo por los hombros.

Yo vacilé.

—¿Qué? —quiso saber.

—Quería practicar un poco con Emmett… —había perdido todo el día en mi asunto vital y me sentía como si me hubiera retrasado en algo.

Emmett, que estaba en el sofá con Rosalie y en poder del control remoto de la televisión, claro, me miró y sonrió con anticipación.

—Excelente. El bosque necesita una buena tala.

Edward miró a Emmett con cara de pocos amigos y luego a mí.

—Habrá tiempo de sobra mañana —replicó.

—No seas ridículo —me quejé—. Precisamente lo que no tenemos es *tiempo*. Ese concepto ya no existe. Tengo un montón que aprender y...

Él me interrumpió, tajante.

—Mañana.

Y su expresión era tal que ni siquiera Emmett discutió.

Me sorprendió ver lo difícil que era regresar a una rutina que, después de todo, también era nueva, pero arrojar a la basura lo que parecía la pequeñísima esperanza que había estado atesorando hacía que todo me pareciera imposible.

Intenté concentrarme en los aspectos más positivos. Había una buena posibilidad de que mi hija sobreviviera a lo que se avecinaba, y Jacob, también. Si tenían algún futuro, eso ya era en sí mismo una especie de victoria, ¿no? Nuestro pequeño bando sabría defenderse si Jacob y Renesmee tenían la oportunidad de huir en primer lugar. Sí, en realidad la estrategia de Alice sólo tendría sentido si íbamos a llevar a cabo una buena lucha. Así que también había allí una especie de victoria, considerando que los Vulturi no habían sido desafiados en serio durante milenios.

No iba a ser el fin del mundo, sólo el de los Cullen. El final de Edward y el mío, también.

Yo lo prefería así, al menos la última parte. No quería vivir otra vez sin Edward; si él tenía que abandonar este mundo, yo iría justo detrás de él.

De vez en cuando me preguntaba si habría algo para nosotros al otro lado. Sabía que Edward en realidad no lo creía así, pero Carlisle sí. Yo no podía pensarlo por mí misma. Por otro lado, no podía imaginar que Edward dejara de existir en algún lugar o de algún modo. Si podíamos estar juntos en algún lugar, el que fuera, entonces para mí eso era un final feliz.

Y así continuó la rutina de mis días, sólo que mucho más difícil que antes.

Edward, Renesmee, Jacob y yo fuimos a ver a Charlie el día de Navidad. La manada de Jacob completa estaba allí, además de Sam, Emily y Sue. Era un gran apoyo tenerlos allí en las pequeñas habitaciones de Charlie, con sus cuerpos grandes y cálidos rebosando los asientos y llenando las esquinas alrededor del árbol escasamente decorado, ya que se podía ver con exactitud dónde mi padre se había aburrido de colgar cosas y lo había dejado. Siempre se podía contar con los licántropos para que se pusieran en acción cuando se acercaba una lucha, sin importar lo suicida que fuera. La electricidad que desprendía su excitación ofrecía una corriente agradable que podía disimular mi absoluta falta de ánimo. Edward era, como siempre, mucho mejor actor que yo.

Renesmee llevaba puesto el guardapelo que le había dado al amanecer, y en el bolsillo de su chaqueta llevaba el reproductor de MP3 que Edward le había regalado, una cosa diminuta capaz de albergar cinco mil canciones, lleno con las favoritas de Edward. En la muñeca llevaba la versión quileute, intrincadamente trenzada, de un anillo de compromiso. Edward había apretado los dientes al verlo, pero a mí no me molestó.

Pronto, demasiado pronto, tendría que entregársela a Jacob para que la pusiera a salvo. ¿Cómo podía molestarme un símbolo del compromiso en el que confiaba tanto?

Edward nos había salvado encargando un regalo para mi padre también. Había llegado el día anterior, por correo especial urgente las veinticuatro horas, y Charlie se había pasado toda la mañana leyendo el grueso manual de instrucciones de su nuevo sistema de resonancia para pesca.

Por la forma en que tragaban los hombres lobo, el almuerzo que había preparado Sue debía estar muy bueno. Me pregunté qué aspecto habría tenido la reunión para alguien que la contemplara desde fuera. ¿Estábamos representando cada uno su papel de manera suficientemente convincente? ¿Un extraño habría pensado que éramos un feliz círculo de amigos, disfrutando la fiesta con la alegría normal en estos casos?

Creo que tanto Edward como Jacob se sintieron muy aliviados cuando llegó la hora de despedirse. Me pareció extraño gastar energía en mantener la máscara de humanidad, cuando había tantas otras cosas mucho más importantes que hacer. Me costaba bastante trabajo concentrarme. Al mismo tiempo, ésta quizá sería la última vez que vería a Charlie, y a lo mejor era algo positivo que estuviera demasiado aturdida para ser totalmente consciente de ello.

No había visto a mi madre desde la boda, pero comprendí que sólo podía alegrarme del distanciamiento gradual que había ido produciendo desde hacía dos años. Ella era demasiado frágil para el mundo en el que vivía ahora, y no quería que participara de ninguna manera en él. Charlie era más fuerte.

Quizá también era bastante fuerte para soportar ahora una despedida, pero yo no.

Había mucho silencio en el coche; afuera, la lluvia se cernía apenas como una neblina, justo en la frontera entre el estado líquido y el hielo. Renesmee estaba sentada en mi regazo, jugando con el guardapelo, abriéndolo y cerrándolo. Mientras la observaba, imaginaba las cosas que me habría gustado decirle a Jacob ahora si no hubiera tenido que mantener mis palabras fuera de la cabeza de Edward.

Si alguna vez vuelve a estar a salvo, llévasela a Charlie. Cuéntale toda la historia algún día. Dile lo mucho que lo he querido y que no pude soportar dejarlo ni siquiera cuando mi vida humana había terminado. Dile que fue el mejor de los padres. Dile que le haga llegar mi amor a Renée, con todas mis esperanzas de que esté feliz y contenta...

Me habría gustado entregarle los documentos a Jacob antes de que fuera demasiado tarde, y también quería dejarle una nota a Charlie. Y una carta a Renesmee, algo que ella pudiera leer cuando no pudiera decirle por mí misma cuánto la quería.

No había nada inusual en el exterior de la casa de los Cullen cuando nos estacionamos en el prado, pero se podía escuchar alguna clase de tenue alboroto en el interior: muchas voces murmuraban y gruñían a la vez. Sonaba con intensidad y de forma parecida a una discusión. Pude distinguir la voz de Carlisle y la de Amun con más frecuencia que las de los demás.

Edward dejó el coche enfrente de la casa en vez de dar la vuelta e ir al garaje. Intercambiamos una mirada cautelosa antes de bajar.

La postura de Jacob cambió. Su rostro se tornó serio y precavido. Adiviné que ahora estaba en pleno estado alfa. Obviamente, algo había ocurrido e iba a intentar conseguir la información que Sam y él podrían necesitar.

—Alistair se fue —murmuró Edward conforme se apresuraba a subir los escalones.

En la gran sala se estaba produciendo una confrontación que incluso aparentaba ser física. Había un círculo de espectadores alineados contra las paredes, todos los vampiros que se nos habían unido menos Alistair y los tres implicados en la pelea. Esme, Kebi y Tia eran las más cercanas a los tres vampiros del centro; en medio de la habitación, Amun le siseaba a Carlisle y Benjamín.

Edward endureció la mandíbula y se movió con rapidez para situarse al lado de Esme, arrastrándome de la mano. Yo apreté a Renesmee fuerte contra mi pecho.

—Amun, si quieres irte, nadie te obliga a permanecer aquí —decía Carlisle con tranquilidad.

—¡Me estás robando la mitad de mi clan, Carlisle! —gritaba Amun, apuntando con un dedo a Benjamín—. ¿Para eso me hiciste venir? ¿Para *robármelo*?

Carlisle suspiró y Benjamín puso los ojos en blanco.

—Sí, claro, Carlisle emprende una lucha contra los Vulturi y pone en peligro a toda su familia sólo para arrastrarme a mí a la muerte —repuso Benjamín sarcásticamente—. Sé razonable, Amun. Yo siento la obligación de hacer lo correcto quedándome aquí y no me estoy uniendo a ningún otro clan. Y tú, claro, puedes hacer lo quieras, como ha señalado Carlisle.

—Esto no va a terminar bien —gruñó Amun—. Alistair es el único cuerdo de esta reunión. Todos deberíamos salir corriendo.

—Mira a quién estás llamando cuerdo —murmuró Tia en un aparte en voz baja.

—¡Nos van a masacrar a todos!

—No va a haber ninguna lucha —afirmó Carlisle con voz decidida.

—¡Eso es lo que tú dices!

—Si eso sucede, siempre puedes cambiar de bando, Amun. Estoy seguro de que los Vulturi apreciarán tu ayuda.

Amun lo miró con desdén.

—Tal vez eso *sea* lo correcto.

La respuesta de Carlisle fue cariñosa y sincera.

—Haré como que no escuché eso, Amun. Hemos sido amigos durante mucho tiempo, pero jamás te pediría que murieras por mí.

La voz de Amun sonó ahora más controlada.

—Pero te estás llevando a mi Benjamín contigo.

Carlisle puso su mano sobre el hombro de Amun y él se la sacudió de un tirón.

—Me quedaré, Carlisle, pero podría ser contraproducente: me uniré a ellos si ése es el único camino para sobrevivir. Son todos unos estúpidos si piensan que pueden enfrentarse a los Vulturi —los miró con cara de pocos amigos, y después suspiró, nos miró a Renesmee y a mí de mala manera y añadió en tono exasperado—. Atestiguaré que la niña ha crecido, porque eso no es más que la verdad. Cualquiera podría verlo.

—Eso es lo único que hemos pedido.

Amun hizo una mueca.

—Pero no va a ser eso lo único que obtengas, según parece —se volvió hacia Benjamín—. Te he dado la vida y la estás desperdiciando.

El rostro de Benjamín se volvió más frío de lo que jamás lo había visto y su expresión contrastó extrañamente con sus rasgos juveniles.

—Es una pena que no pudieras sustituir mi voluntad por la tuya durante el proceso. Quizá entonces por fin habrías estado satisfecho conmigo.

Los ojos de Amun se entrecerraron. Le hizo un gesto brusco a Kebi y pasaron a nuestro lado dando largas zancadas en dirección a la puerta principal.

—No se irá —me confió Edward en voz baja—, pero de aquí en adelante mantendrá todavía más la distancia. No estaba alardeando cuando hablaba de unirse a los Vulturi.

—¿Por qué se fue Alistair? —le susurré.

—No todo el mundo ve la situación en forma positiva y no dejó ni siquiera una nota. A juzgar por sus quejas, considera que la lucha es inevitable. A pesar de su comportamiento, la verdad es que Carlisle le importa demasiado como para alinearse con los Vulturi. Supongo que terminó por decidir que era un peligro demasiado grande —Edward se encogió de hombros.

Aunque esta conversación era claramente sólo entre nosotros, resultaba evidente que todos habían podido escucharla. Eleazar contestó al comentario de Edward como si se hubiera estado dirigiendo a todos.

—Lo que se podía deducir de sus quejas era algo más que eso. No hemos hablado mucho de la agenda de los Vulturi, pero a Alistair le preocupa que los Vulturi no nos vayan a escuchar, independientemente de lo capaces que seamos para demostrar su inocencia. Está convencido de que encontrarán una excusa para salirse con la suya.

Los vampiros intercambiaron miradas incómodas. La idea de que los Vulturi pudieran manipular su propia ley sacrosanta para lograr sus objetivos no era una idea que les agradara. Sólo los rumanos mantuvieron la compostura, con sus medias sonrisas irónicas. Parecían divertidos de ver el esfuerzo que hacían los otros para pensar bien de sus viejos enemigos.

Comenzaron muchas discusiones en voz baja a la vez, pero yo escuché la de los rumanos. Quizá porque Vladimir, el del pelo claro, continuaba lanzando miradas hacia mí.

—Tengo la gran esperanza de que Alistair tenga razón en esto —le murmuraba Stefan—. No importa el resultado de la contienda: el rumor se extenderá. Ya es hora de que nuestro mundo vea en qué se han convertido los Vulturi. Nunca caerán mientras todos sigan creyendo esa tontería de que ellos son los custodios de nuestra forma de vida.

—Al menos cuando nosotros gobernábamos, éramos honrados sobre lo que éramos —replicó Vladimir.

Stefan asintió.

—Nunca nos hicimos pasar por puros ni nos hicimos llamar santos.

—Creo que ha llegado la hora del enfrentamiento —dijo Vladimir—. ¿Cuándo crees que podríamos encontrar unas fuerzas con las que podamos resistir de verdad? ¿O una oportunidad mejor que ésta?

—Nada es imposible. Quizá algún día...

—Hemos estado esperando ya *quince siglos*, Stefan, y sólo se han ido fortaleciendo más y más con los años —Vladimir hizo una pausa y me miró de nuevo. No mostró sorpresa alguna cuando vio que yo también lo observaba—. Si los Vulturi ganan este conflicto, se irán más poderosos de lo que han venido, con una conquista más que añadir a sus fuerzas. Piensa sólo en lo que esa neófita podría aportarles —me apuntó con su barbilla—. Y apenas está descubriendo su don. Y luego está el que mueve la tierra —Vladimir asintió en dirección a Benjamín, que se quedó paralizado. Casi todos los demás estaban prestando atención a los rumanos, igual que yo—. Con sus hermanos gemelos no tendrían necesidad de la ilusionista ni de la que lanza fuego —y sus ojos se movieron hacia Zafrina y Kate.

Stefan miró en dirección a Edward.

—Y tampoco necesitan precisamente al lector de mentes, pero ya veo por dónde vas: la verdad es que obtendrían mucho si ganan esta vez.

—Más de lo que podemos permitir que obtengan, ¿no estás de acuerdo?

Stefan suspiró.

—Creo que estoy de acuerdo. Y eso significa…

—Que debemos enfrentarlos mientras todavía quede esperanza.

—Con que lográramos diezmarlos, incluso con que los expusiéramos…

—Entonces, algún día, otros terminarían el trabajo.

—Y nuestra larga venganza podría cumplirse. Al fin.

Sus ojos se encontraron durante un momento y entonces murmuraron al unísono.

—Parece la única manera.

—Así que combatiremos —finalizó Stefan.

Aunque podía percibir que se sentían divididos entre el instinto de supervivencia y la venganza, la sonrisa que intercambiaron estaba llena de anticipación.

—Lucharemos —remató Vladimir.

Supuse que eso era algo bueno, ya que, como Alistair, yo estaba segura de que no se podía evitar la batalla. En ese caso la presencia de dos vampiros más en nuestro bando podría ayudar, pero aun así la decisión de los rumanos me hacía temblar.

—Nosotros también tomaremos parte en la batalla —anunció Tia, con su voz habitualmente grave más solemne que nunca—. Creemos que los Vulturi se exceden en el ejercicio de su autoridad y no albergamos deseo alguno de pertenecerles —sus ojos se dirigieron a su compañero.

Benjamín sonrió ampliamente y lanzó una mirada pícara hacia los rumanos.

—Aparentemente, soy una mercancía de interés, y me parece que tendré que luchar por ganar el derecho a ser libre.

—Ésta no será la primera vez que luche para defenderme del dominio de un rey —comentó Garrett en tono de broma.

Caminó hacia adelante y le dio una palmada en la espalda a Benjamín—. Aquí hablamos de luchar por la libertad contra la opresión.

—Nosotras estaremos al lado de Carlisle —declaró Tanya—. Y lucharemos con él.

El pronunciamiento de los rumanos parecía haberles hecho sentir a los demás la necesidad de hacer sus propias declaraciones.

—Nosotros no nos hemos decidido —admitió Peter. Miró hacia abajo, hacia su pequeña compañera; la expresión de los labios de Charlotte era de insatisfacción. Parecía como si ya hubiera tomado su decisión. Me pregunté cuál era.

—Lo mismo digo yo —dijo Randall.

—Y yo —añadió Mary.

—Las dos manadas lucharán junto a los Cullen —aseguró Jacob repentinamente—. No nos dan miedo los vampiros —añadió con una sonrisita de suficiencia.

—Qué niños —murmuró Peter.

—Infantiles —corrigió Randall.

Jacob sonrió de forma provocadora.

—Bueno, yo también me uno —dijo Maggie, desprendiéndose con una sacudida de la mano de Siobhan, que la sujetaba—. Yo sé que la verdad está del lado de Carlisle, y eso no lo puedo ignorar.

Siobhan miró fijamente al miembro más joven de su clan con ojos preocupados.

—Carlisle —dijo ella, como si estuvieran a solas, ignorando el ánimo repentinamente formal de la reunión y el imprevisto arrebato de declaraciones—, no quiero que esto termine en lucha.

—Ni yo, Siobhan. Ya sabes que es lo último que quiero —sonrió a medias—. Quizá podrías concentrarte en mantener la paz.

—Ya sabes que eso no ayudaría —dijo ella.

Recordé la discusión de Rosalie y Carlisle sobre la lideresa de los irlandeses. Carlisle creía que Siobhan tenía un sutil pero poderoso don para hacer que las cosas sucedieran según su voluntad, aunque ella fuera la primera en dudarlo.

—No hará daño —dijo Carlisle.

Siobhan puso los ojos en blanco.

—¿Que visualice el resultado que deseo? —preguntó ella con sarcasmo.

Carlisle sonreía ahora abiertamente.

—Si no te importa.

—Entonces no habría necesidad de que mi clan se pronunciara, ¿no? —replicó ella—. Porque no habría posibilidad de lucha.

Puso la mano en el hombro de Maggie, acercando a la niña hacia sí. El compañero de Siobhan, Liam, permaneció en silencio e inexpresivo.

Casi todo el mundo en la habitación pareció confundido por el intercambio claramente jocoso entre Carlisle y Siobhan, ya que no se lo explicaban.

Ése fue el final dramático de los discursos por esa noche. El grupo se dispersó lentamente, algunos para cazar, algunos para pasar el tiempo con los libros, las televisiones o las computadoras de Carlisle.

Edward, Renesmee y yo fuimos a cazar y Jacob nos acompañó.

—Estúpidas sanguijuelas —masculló para sí mismo cuando salimos—. Se creen tan superiores... —resopló.

—Se van a quedar pasmados cuando los *infantiles* les salven sus vidas superiores, ¿no? —dijo Edward.

Jake sonrió y le dio un puñetazo amistoso.

—Demonios, sí, ya lo creo.

Esa no fue nuestra última excursión de caza. Todos queríamos cazar cuando se acercara más el momento en que aparecerían los Vulturi. Como el momento definitivo no estaba nada claro, estábamos planeando quedarnos unas cuantas noches fuera, sólo por si acaso, en el gran claro, el que usaban para jugar beisbol y que Alice había visto en su visión. Todos sabíamos que vendrían el día en que la nieve cubriera el suelo por primera vez. No queríamos que los Vulturi se acercaran mucho a la ciudad y Demetri los llevaría con facilidad adonde nos encontrábamos. Me pregunté a quién rastrearía, y adiviné que sería a Edward, ya que no podía ser yo.

Pensé en Demetri mientras cazaba, prestándole poca atención a mi presa o a los copos de nieve volantes que finalmente habían aparecido, pero que se derretían antes de tocar el suelo rocoso. ¿Se daría cuenta Demetri de que no podía rastrearme? ¿Qué decisión tomaría al respecto? ¿Y Aro? ¿O acaso Edward estaba equivocado? Había pocas excepciones a lo que podía resistir, cosas que lograban rodear mi escudo. Todo cuanto estaba fuera de mi mente era vulnerable, y era proclive a las cosas que Jasper, Alice y Benjamín podían hacer. Quizá también el talento de Demetri trabajaba de una forma algo distinta.

Y entonces tuve un pensamiento que me hizo darme cuenta. El alce medio seco que tenía en las manos se me cayó al suelo pedregoso. Los copos de nieve se vaporizaron a unos cuantos centímetros del cuerpo caliente con pequeños sonidos siseantes. Me quedé mirando con la mente en blanco mis manos ensangrentadas.

Edward vio mi reacción y se apresuró a mi lado, dejando también su presa a medias.

—¿Qué te sucede? —me preguntó en voz baja, recorriendo con la mirada el bosque que nos rodeaba, buscando aquello que había ocasionado mi reacción.

—Renesmee —exclamé con voz ahogada.

—Está justo entre esos árboles —me tranquilizó él—. Puedo escuchar sus pensamientos y los de Jacob. Está bien.

—Eso no es lo que quiero decir —le dije—. Estaba pensando en mi escudo... en que tú piensas que vale algo, que ayudará de alguna manera. Sé que los otros esperan que sea capaz de proteger a Zafrina y a Benjamín, incluso si sólo puedo mantenerlo alzado unos dos segundos por vez. ¿Y qué pasa si hemos cometido un error? ¿Qué pasa si tu confianza en mí es la causa de nuestra caída?

Mi voz se iba aproximando a la histeria, aunque mantuve el control suficiente para conservar un tono bajo. No quería que Renesmee se alterara.

—Bella, ¿de qué hablas? Claro que es maravilloso que puedas protegerte, pero no tienes la responsabilidad de salvar a nadie más. No te estreses sin necesidad.

—Pero, ¿y si no puedo proteger a nadie? —susurré entre jadeos—. ¡Esto que yo hago es defectuoso y errático! Va y viene sin ton ni son, ni razón que lo explique. Quizá no puede hacer nada contra Alec.

—Shhh —intentó calmarme—. No te dejes llevar por el pánico, y no te preocupes por Alec. Lo que él hace no es diferente de lo de Zafrina o Jane. Es sólo una ilusión... y no puede entrar en tu cabeza, igual que yo.

—¡Pero Renesmee sí! —siseé frenéticamente entre dientes—. Parecía tan natural que nunca me lo había cuestionado.

Y es que sólo lo consideraba parte de lo que ella es, pero pone sus pensamientos en mi cabeza igual que los pone en la de los demás. ¡Mi escudo tiene agujeros, Edward!

Lo miré fijamente, con desesperación, esperando que él comprendiera mi terrible revelación. Frunció los labios, como si estuviera intentando organizar lo que iba a decir, y su expresión era totalmente relajada.

—Tú ya habías pensado en esto hace mucho tiempo, ¿verdad? —le pregunté en tono demandante, sintiéndome como una idiota por todos esos meses en que había dejado pasar lo obvio.

Él asintió, con una ligera sonrisa alzándole una de las comisuras de la boca.

—La primera vez que ella te tocó.

Suspiré ante mi propia estupidez, pero su calma me había tranquilizado algo.

—¿Y eso no te molestó? ¿No lo ves como un problema?

—Tengo dos teorías, una más probable que la otra.

—Cuéntame primero la menos probable.

—Bueno, ella es tu hija —señaló él—. Genéticamente es mitad tuya. Solía hacerte bromas sobre cómo tu mente trabajaba en una frecuencia diferente que la del resto de nosotros. Quizá la de ella también.

Pero eso no me convencía.

—Pero tú oyes su mente con toda claridad, igual que *todo el mundo*. ¿Y si Alec funciona en una frecuencia distinta? ¿Y qué si...?

Me puso un dedo en los labios.

—Ya he considerado todo eso, razón por la que creo que esta otra teoría es más probable.

Apreté los dientes y esperé.

—¿Recuerdas lo que Carlisle me dijo sobre ella después de que te mostró su primer recuerdo?

Claro que lo recordaba.

—Dijo: "Qué giro tan interesante, parece como si fuera capaz de hacer lo contrario que tú".

—Sí. Y yo pensé lo mismo. Quizá también tenga tu talento y lo haya invertido también.

Reflexioné sobre el tema.

—Tú mantienes a todo el mundo fuera —comenzó él.

—¿Y ella no deja salir a nadie? —completé con vacilación.

—Ésa es mi teoría —dijo él—. Y si ella puede meterse dentro de tu cabeza, dudo que haya un escudo en este planeta que pueda mantenerla a raya. Eso ayudará. Teniendo en cuenta lo que he visto, nadie puede dudar de la veracidad de sus pensamientos una vez que ha dejado que se los muestre. Y creo que nadie puede evitar que lo haga, si se acerca lo suficiente. Si Aro la deja que le explique…

Me estremecí al pensar en acercar tanto a Renesmee al codicioso Aro de ojos lechosos.

—Bueno —siguió él, frotando mis hombros rígidos—, al menos no hay nada que pueda evitar que no se convenza de la verdad.

—Pero, ¿la verdad será suficiente para detenerlo? —murmuré.

Para eso Edward no tenía respuesta alguna.

35. Fin del plazo

—¿Te vas? —preguntó Edward, imperturbable.

Aquella compostura suya era totalmente artificial. Estrechó a Renesmee un poco más contra el pecho.

—Sí, sólo faltan unas cosillas de última hora… —contesté con despreocupación.

Me dedicó una sonrisa, mi favorita.

—Vuelve pronto.

—Siempre.

Volví a tomar su Volvo, preguntándome si había echado un vistazo a la cuenta de los kilómetros después de mi último viajecito. ¿Había sacado ya las conclusiones pertinentes? Era evidente que yo tenía un secreto, pero ¿habría deducido ya la razón por la cual no confiaba en él? Aro no tardaría en enterarse de todo lo que él supiera. Pensaba que Edward podía haber hecho esa deducción, y ése sería el motivo por el cual había dejado de pedirme explicaciones. Supuse que era un intento de no pensar ni especular demasiado para alejar de su mente mi conducta. ¿Había relacionado esto con mi extraño comportamiento en la mañana siguiente de que Alice se fuera, cuando eché mi libro al fuego? Ignoraba si iba a ser capaz de atar esos cabos.

El cielo del atardecer era deprimente, ya coloreado con la oscuridad del ocaso. Atravesé el velo de oscuridad con los ojos fijos en los nubarrones. ¿Iba a nevar esta noche lo suficiente para cubrir el suelo y recrear un paisaje como el de la visión de Alice? Nos quedaban unos dos días, según los cálculos de mi esposo. Luego, nos desplegaríamos en el claro para atraer a los Vulturi hasta el escenario elegido para el encuentro.

Le estuve dando vueltas a mi último viaje a Seattle mientras cruzaba el bosque en penumbra. Tenía la impresión de saber cuál era el propósito de Alice al hacerme ir a esa dirección de mala muerte adonde J. Jenks enviaba a sus clientes dudosos. ¿Habría sabido siquiera qué pedir si hubiera acudido a alguna otra de sus oficinas de aspecto menos sospechoso? ¿Habría descubierto a J. Jenks, proveedor de documentación ilegal, si lo hubiera conocido como Jason Jenks o Jason Scott, un abogado de verdad? Debía elegir lo opuesto al buen camino. Ésa era mi pista.

Era noche cerrada cuando, tras ignorar a los solícitos empleados que recibían los coches en la entrada, dejé el Volvo en el estacionamiento del restaurante con unos minutos de antelación. Me puse los lentes de contacto y me dirigí al interior del local para esperar a J. Aunque yo tenía una prisa enorme por solucionar aquel deprimente asunto y volver con mi familia, J se mostraba cauteloso para no verse relacionado con sus clientes más inconvenientes. Me daba la impresión de que una entrega en lo más oscuro del estacionamiento habría sido ofensiva para su sensibilidad.

Di el apellido Jenks en el recibidor y el amable *maître* me condujo escaleras arriba hasta un privado donde habían encendido un fuego chispeante. Al entrar se hizo cargo de mi gabardina; la prenda de color marfil me llegaba por debajo de la rodilla, pues la había elegido con el fin de ocultar mi traje de coctel, un atuendo satinado de color gris ostra de acuerdo con los cánones de Alice. No pude resistirlo: me sentí halagada cuando se quedó boquiabierto. No me acostumbraba a la idea de ser hermosa para todo el mundo y no sólo para Edward. El *maître* balbuceó un elogio inarticulado mientras salía de la estancia con paso inseguro.

Permanecí junto a la chimenea y mantuve los dedos cerca de las llamas a fin de calentarlos un poco antes del inevitable apretón de manos. J estaba muy enterado de que había algo con los Cullen, pero era bueno mantener el hábito.

Estuve especulando durante unos instantes sobre los posibles efectos y sensaciones de poner la mano en el fuego, hasta que la entrada de J me distrajo de mi mórbida fascinación. El *maître* se llevó también su abrigo, y resultó evidente que yo no era la única que se había camuflado un poco para asistir a aquel encuentro.

—Lamento el retraso —se excusó J en cuanto estuvimos a solas.

—En absoluto. Es usted muy puntual.

Me ofreció la mano y noté sus dedos mucho más cálidos que los míos al estrechársela. La gelidez no pareció molestarle.

—Si me permite el atrevimiento, está usted deslumbrante, señora Cullen.

—Gracias; llámeme Bella, por favor.

—Debo decir que trabajar con usted es una experiencia muy diferente a hacerlo con el señor Jasper —sonrió, indeciso—. Resulta… menos turbador.

—¿De veras? La presencia de Jasper siempre me ha parecido de lo más tranquilizador.

—No me diga… —murmuró con extrema amabilidad mientras fruncía el ceño en señal de evidente desacuerdo. ¡Qué extraño! ¿Qué le habría hecho Jasper a aquel hombre?—. ¿Lo conoce hace mucho?

Mi interlocutor suspiró con gesto incómodo.

—Hemos tenido negocios durante cerca de veinte años, y mi antiguo socio lo conocía desde hacía quince años... —J se encogió lo más discretamente posible—. Jamás cambia.

—Sí, en ese aspecto es un poco extraño.

J sacudió la cabeza como si así fuera a librarse de ideas inquietantes.

—¿No desea tomar asiento, Bella?

—De hecho, tengo algo de prisa. Me espera un largo trayecto al volante hasta volver a casa —contesté mientras sacaba del bolso un grueso sobre blanco con su dinero.

Se lo entregué.

—Vaya —repuso con una nota de desencanto en la voz. Se guardó el sobre en un bolsillo de la chaqueta sin molestarse en contar el contenido—. Confiaba en tener oportunidad de hablar un minuto.

—¿Sobre qué? —pregunté con curiosidad.

—Bueno, primero deje que le entregue su encargo. Quiero asegurarme de que quede satisfecha.

Se dio la vuelta, tomó un maletín y lo depositó encima de la mesa para abrir los cierres con más facilidad. Extrajo un sobre amarillento del tamaño del papel de oficio.

No tenía la menor idea de qué debía buscar, pero aun así abrí el sobre y examiné por encima los documentos. J había rotado la fotografía de Jacob y había cambiado la coloración para que a primera vista no fuera evidente que las fotografías del permiso para conducir y del pasaporte eran la misma. Examiné la foto del pasaporte de Vanessa Wolfe durante una fracción de segundo y luego la aparté enseguida, con un nudo en la garganta.

—Gracias —le dije.

Entrecerró los ojos de forma imperceptible. Noté su decepción. Esperaba un análisis más concienzudo de su trabajo.

—Puedo asegurarle que los documentos son perfectos. Pasarán con éxito el examen de cualquier experto.

—Estoy segura de ello. Aprecio de veras lo que ha hecho por mí, J.

—Es un placer, Bella. Siéntase libre de ponerse en contacto conmigo en el futuro para cualquier asunto relacionado con la familia Cullen.

No había la menor indirecta, por supuesto, pero aquello tenía todo el aspecto de ser una invitación para que sustituyera a Jasper como enlace de la familia.

—¿Deseaba hablarme de algo?

—Eh, sí; es un poquito delicado…

Señaló la chimenea de piedra con la mano y con un gesto me invitó a sentarme. Me apoyé en el borde y él se colocó a mi lado, sacando un pañuelo del bolsillo para secar el sudor que le perlaba la frente de nuevo.

—¿Es usted hermana de la esposa del señor Jasper o está casada con su hermano? —inquirió.

—Soy la esposa de su hermano —le aclaré, preguntándome a dónde podría conducir aquello.

—En tal caso, usted es la mujer del señor Edward.

—Sí.

Esbozó una sonrisa a modo de disculpa.

—He leído esos nombres muchas veces, ya sabe. Acepte mis felicitaciones… con retraso. Es una alegría saber que el señor Edward ha encontrado una pareja tan adorable después de todo este tiempo.

—Muchas gracias.

Hizo una pausa con el rostro bañado en sudor.

—He llegado a apreciar y respetar mucho al señor Jasper y al resto de la familia con el transcurso de los años, como podrá imaginar.

Asentí con cautela.

Respiró hondo y soltó el aire sin despegar los labios.

—Por favor, sólo diga lo que necesite decir, J.

Tragó otra bocanada de aire y empezó a farfullar las palabras a toda prisa y de manera atropellada.

—Dormiría mucho más tranquilo esta noche si me pudiera asegurar que no planea arrebatarle la niña a su madre.

—Vaya —solté, un tanto asombrada. No comprendí la conclusión a la que había llegado hasta después de un largo minuto—. Oh, no, no tiene nada que ver con eso —le dediqué una ligera sonrisa en un intento de tranquilizarlo—. Únicamente busco un lugar seguro para ella en caso de que algo nos sucediera a mi esposo y a mí.

—¿Y espera que algo ocurra? —inquirió, entornando los ojos; luego se puso colorado y se disculpó—: No es de mi incumbencia.

Observé el modo en que el rubor se extendía bajo la piel de las mejillas. Me alegré, como tantas otras veces, de no ser un neófito común. Si dejábamos a un lado la naturaleza delictiva de su actividad, J parecía un hombre agradable, y matarlo sería una lástima.

—Nunca se sabe.

Suspiré.

Él frunció el ceño.

—En tal caso, le deseo la mejor de las suertes. Ah, no me malinterprete, querida, pero si el señor Jasper acudiera a mí y me preguntara los nombres elegidos para estos documentos...

—Debería informarle de inmediato. Nada me gustaría más que poder enterar al señor Jasper de toda la operación.

La sincera franqueza de mis palabras pareció suavizar un tanto la tensión del momento.

—Muy bien —repuso—. ¿Seguro que no puedo convencerla de que se quede a cenar?

—Lo lamento, pero tengo el tiempo justo.

—En tal caso, le deseo de nuevo salud y felicidad. Por favor, no dude en contactar conmigo para cualquier nueva necesidad de la familia Cullen, Bella.

—Gracias, J.

Me fui con mi adquisición. Al mirar hacia atrás vi a J contemplarme fijamente con una expresión en la que se entremezclaban la ansiedad y el pesar.

Invertí menos tiempo en el viaje de vuelta. La noche estaba muy oscura, así que apagué las luces para no llamar la atención y pisé a fondo el acelerador. La mayoría de los coches habían desaparecido cuando llegué a casa, incluyendo mi Ferrari y el Porsche de Alice. Los vampiros con dieta más tradicional se habían ido a fin de saciar la sed lo más lejos posible. Hice un esfuerzo por no pensar en sus correrías nocturnas, asustada ante la imagen mental de sus víctimas.

En la sala únicamente quedaban Kate y Garrett, discutiendo de modo juguetón sobre el valor nutritivo de la sangre animal. Por lo que pude deducir, el vampiro intentaba probar el estilo de vida vegetariano, y al parecer lo encontraba difícil.

Edward debía haber acostado a la niña y Jacob sin duda estaba rondado no muy lejos de la casa. El resto de mi familia había salido también de cacería, quizá en compañía de los otros miembros del clan de Denali.

Todo eso me dejaba la casa para mí sola, y me apresuré a sacar ventaja de la situación.

El sentido del olfato me indicó que nadie había entrado en la habitación de Alice y Jasper en mucho tiempo, tal vez desde la noche misma en que se fueron. Me metí hasta el fondo del hondo ropero hasta que encontré una especie de morral, una pequeña mochila de cuero negro, de los que suelen usarse como bolso, lo bastante pequeño como para que Renesmee pudiera usarlo sin llamar la atención. Debía ser de Alice, y tenía dinero. Me guardé todo su dinero para gastos imprevistos, una cantidad equivalente al doble de los ingresos anuales de una familia promedio. Actué impulsada por la creencia de que ese robo pasaría inadvertido con mucha más facilidad en aquella habitación que en cualquier otra, pues todos se entristecían sólo de pensar en entrar ahí. Deposité el sobre con el permiso para conducir y los pasaportes falsos encima del dinero. Luego, me senté en la esquina de la cama de Alice y Jasper y contemplé el insignificante paquete. Eso era cuanto podía darles a mi hija y a mi mejor amigo para salvar su pellejo. Me dejé caer hacia el poste de la cama, vencida por la impotencia.

Pero, ¿qué otra cosa podía hacer?

Permanecí sentada y con la cabeza gacha durante varios minutos antes de que se me ocurriera el atisbo de una idea.

Si...

Si asumía que Jacob y Renesmee iban a escapar, eso equivalía a aceptar que Demetri iba a morir. Eso concedía un cierto margen a los posibles sobrevivientes, incluidos Alice y Jasper.

En tal caso, ¿por qué no habrían de ayudar a Jacob y a mi hija? Renesmee gozaría de la mejor protección posible si se reunían, y no había motivo alguno para que eso no ocurriera, excepto por el hecho de que Renesmee y el licántropo era puntos ciegos para Alice. ¿Cómo podía ella empezar a buscarlos?

Le estuve dando vueltas durante unos segundos antes de salir de esa habitación y dirigirme a la de Carlisle y Esme. Como de costumbre, el escritorio de Esme estaba lleno de planos y guías, todo cuidadosamente ordenado en altos montones. Encima de la superficie de trabajo había un montón de compartimentos, uno de los cuales estaba destinado a los útiles de papelería. Tomé de ahí una hoja de papel en blanco y un bolígrafo.

Me quedé mirando la marfileña página en blanco durante unos buenos cinco minutos, concentrándome en mi decisión. Alice podría no ver a Jacob o a Renesmee, pero sí podía verme a mí. La visualicé contemplando este momento, deseando con desesperación que no estuviera demasiado ocupada para prestar atención.

Lenta, deliberadamente, escribí las palabras RÍO DE JANEIRO en mayúsculas, ocupando toda la página.

Río me parecía el mejor lugar: estaba muy lejos de aquí, según nuestros últimos informes Alice y Jasper ya estaban en Sudamérica, y no parecía que nuestros viejos problemas dejarían de existir porque los suyos fueran peores. Todavía quedaba el misterio del futuro de Renesmee, el terror de su crecimiento acelerado. Nosotros nos habríamos dirigido hacia el sur de todas maneras. Ahora el trabajo de Jacob, y con suerte el de Alice, sería rastrear las leyendas.

Incliné la cabeza ante la repentina necesidad de sollozar, apretando los dientes para contenerla. Era mejor que Renesmee continuara sin mí, pero ya la extrañaba tanto que apenas podía soportarlo.

Tomé una gran bocanada de aire y puse la nota en el fondo del bolso de piel, donde Jacob podría encontrarla pronto. Crucé los dedos por que al menos Jake hubiera escogido el castellano como asignatura optativa, ya que era poco probable que su escuela impartiera el portugués.

No quedaba más que esperar.

Durante dos días, Edward y Carlisle permanecieron en el claro donde Alice había visto llegar a los Vulturi. Era el mismo campo donde había tenido lugar la matanza cuando nos atacaron los neonatos de Victoria. Me pregunté si Carlisle sentiría la situación como algo repetitivo, como *déjà vu*. Para mí, todo sería nuevo. Esta vez Edward y yo permaneceríamos al lado de nuestra familia.

Sólo nos cabía imaginar que los Vulturi estuvieran rastreando a Edward o a Carlisle. Me preguntaba si les sorprendería que su presa no huyera. ¿Eso los haría comportarse de un modo más cauteloso? No podía siquiera imaginar que los Vulturi sintieran la más mínima necesidad de ser prudentes.

Aunque yo era invisible para Demetri, o eso esperaba, me quedé con Edward, claro. Sólo nos quedaban unas cuantas horas para estar juntos.

Edward y yo no habíamos tenido una gran escena de despedida, ni habíamos planeado ninguna, ya que ponerlo en palabras habría significado que se trataba de algo definitivo. Habría sido como mecanografiar la palabra "Fin" en la última página de un manuscrito. Así que no nos dijimos adiós pero nos mantuvimos muy cerca uno del otro, casi tocándonos. Cualquiera que fuera el final que nos aguardaba, no nos encontraría separados.

Colocamos una tienda para Renesmee unos cuantos metros dentro del bosque para protegerla, y nuevamente tuvimos la sensación de *déjà vu* cuando volvimos a acampar con Jacob en aquel ambiente frío. Era casi imposible creer cómo habían cambiado las cosas desde el pasado junio. Hacía siete meses, nuestro triángulo amoroso parecía casi imposible: tres clases diferentes de corazones rotos que no se podían evitar. Ahora todo estaba perfectamente equilibrado. Parecía terriblemente irónico que las piezas del rompecabezas hubieran encajado por fin a la perfección justo a tiempo de ser totalmente destruidas.

Comenzó a nevar otra vez la noche anterior a la víspera de Año Nuevo. Esta vez los pequeños copos de nieve no se derritieron en el suelo pedregoso del claro. Mientras Jacob y Renesmee dormían, el primero roncando tan sonoramente que me preguntaba cómo era posible que la niña no se despertara, la nieve creó primero una delgada cubierta de hielo sobre la tierra y luego fue engrosándose capa tras capa. Cuando salió el sol, la escena de la visión de Alice estaba completa. Edward y yo, tomados de la mano, miramos fijamente a través del deslumbrante campo blanco y ninguno de los dos dijo una palabra.

Desde temprano y a lo largo de la mañana, los demás fueron reuniéndose. Sus ojos eran una callada muestra de los preparativos que habían hecho, unos de un claro color dorado, otros de un escarlata intenso. Justo después de que nos reuniéramos todos, escuchamos a los lobos desplazándose por el bosque. Jacob salió de la tienda para reunirse con ellos y dejó a Renesmee dormir un poco más.

Edward y Carlisle estaban organizando a los otros en una formación abierta, con nuestros testigos alineados a los lados, como si estuvieran en un museo.

Yo observaba todo a distancia, esperando al lado de la tienda a que Renesmee se despertara. Cuando lo hizo, la ayudé a vestirse con la ropa que había preparado cuidadosamente dos días antes. Vestidos que parecían muy adornados y femeninos, pero que eran suficientemente resistentes para no estropearse aunque alguien los usara mientras montaba a un hombre lobo gigante a través de un par de estados. Sobre la chaqueta le puse la mochila de cuero negro con los documentos, el dinero y mis notas de cariño para ella y Jacob, Charlie y Renée. Ya era suficientemente fuerte para que no le molestara y pudiera llevarla con comodidad.

Abrió los ojos como platos cuando leyó la agonía que mostraba mi rostro. Pero ella ya había adivinado lo suficiente y no me preguntó qué estaba haciendo.

—Te quiero —le dije—, más que a nada en el mundo.

—Yo también te quiero, mamá —contestó ella, y tocó el guardapelo que llevaba al cuello, en el que había una pequeñísima foto suya, con Edward y conmigo—. Siempre estaremos juntos.

—Sí, siempre estaremos juntos en nuestros corazones —corregí, con un susurro tan bajo como un suspiro—, pero hoy, cuando llegue el momento, tienes que dejarme.

Sus ojos se abrieron aún más y me puso la mano en la mejilla. Su silenciosa negativa fue más fuerte que si la hubiera proclamado a gritos.

Yo luché para tragar saliva, pero sentía la garganta hinchada.

—¿Lo harás por mí? ¿Por favor?

Ella apretó los dedos con más fuerza contra mi cara.

¿Por qué?

—No te lo puedo decir —le susurré—, pero pronto lo entenderás. Te lo prometo.

En mi cabeza vi el rostro de Jacob.

Y yo asentí, y después le aparté los dedos.

—No lo pienses —le susurré al oído—. Y no le digas nada a Jacob hasta que te pida que huyan, ¿de acuerdo?

Claro que lo entendió. Y también asintió.

Saqué del bolsillo el último detalle.

Mientras empacaba las cosas de Renesmee, una inesperada chispa de color captó mi atención. Un casual rayo de sol penetró en la tienda e incidió sobre las joyas de aquella antiquísima y preciosa caja que había colocado en lo más alto de una estantería, en una esquina protegida. Lo consideré durante un momento y luego me encogí de hombros. Una vez recogidas y ordenadas las pistas de Alice, no podía esperar que la confrontación que se avecinaba se resolviera de forma pacífica, pero, *¿por qué no intentar empezar las cosas lo más amigablemente posible?*, me pregunté. ¿Acaso eso podía hacer daño? Así que debía conservar aún algo de esperanza, una esperanza ciega y sin sentido, porque me dirigí a la estantería para recoger el regalo de Aro.

Después cerré la gruesa cadena de oro alrededor de mi cuello y sentí el peso del enorme diamante anidado en el hueco de mi garganta.

—Qué bonito —susurró Renesmee y entonces deslizó los brazos alrededor de mi cuello y los apretó mucho. La estreché contra mi pecho y, entrelazadas de esta manera, salimos de la tienda hacia el claro.

Edward alzó una ceja cuando me aproximé, pero no hizo comentario alguno sobre mi accesorio ni el de Renesmee. Sólo nos rodeó con sus brazos y nos abrazó con fuerza durante un momento muy largo, y después, con un profundo suspiro, nos soltó. No pude distinguir ningún tipo de adiós en sus ojos.

Quizá tenía más esperanza de que hubiera algo después de esta vida que la que había tenido hasta ahora.

Nos colocamos en nuestros puestos, y Renesmee subió ágilmente hasta mi espalda para dejarme las manos libres. Yo estaba unos cuantos pasos detrás de la línea del frente, integrada por Carlisle, Edward, Emmett, Rosalie, Tanya, Kate y Eleazar. Muy cerca de mí estaban Benjamín y Zafrina, ya que mi trabajo consistía en protegerlos tanto como fuera capaz, pues eran nuestras mejores armas ofensivas. Si eran ellos a quienes los Vulturi no podían controlar durante unos cuantos momentos, eso quizá podría cambiarlo todo.

Zafrina mostraba un aspecto rígido y fiero, con Senna casi como su reflejo a su lado. Benjamín estaba sentado en el suelo, con las palmas presionando la tierra y mascullaba en silencio sobre líneas de falla. La noche anterior había acumulado montones de losas de piedra en posiciones que parecían naturales, y que ahora estaban cubiertas por la nieve en toda la parte del fondo del prado. No eran suficientes para herir a un vampiro, pero eran nuestra esperanza para distraerlos.

Los testigos se agrupaban a nuestra izquierda y nuestra derecha, unos más cerca que otros, pues los que se habían declarado a nuestro favor tenían posiciones más próximas. Noté cómo Siobhan se frotaba las sienes, con los ojos cerrados, en plena concentración; ¿le estaba siguiendo la corriente a Carlisle? ¿O intentaba visualizar una solución diplomática?

En el bosque, a nuestras espaldas, los lobos invisibles estaban quietos y preparados; sólo escuchábamos su pesado jadeo y el latido de sus corazones.

Las nubes se espesaron, difundiendo la luz de modo que igual podía ser la mañana como la tarde. Los ojos de Edward se entrecerraron, y mientras sometía a escrutinio lo que teníamos delante, yo estaba segura de que él veía esta escena por segunda vez, pues ya la había contemplado antes, en la visión de Alice. Tenía el mismo aspecto que cuando llegaron los Vulturi, así que sólo faltaban minutos o segundos.

Nuestra familia y aliados se prepararon.

Un enorme lobo alfa de pelaje rojizo se adelantó para colocarse a mi lado. Debe haber sido demasiado duro para él mantenerse a distancia de Renesmee cuando ella estaba en un peligro tan inmediato.

La niña se inclinó para entrelazar los dedos en el pelo sobre su enorme lomo, y su cuerpo se relajó un poco. Ella también se tranquilizó al tenerlo al lado, y yo también me sentí algo mejor. Todo saldría bien mientras Jacob estuviera cerca de Renesmee.

Sin arriesgarse a echar una mirada a sus espaldas, Edward se volvió hacia donde yo estaba. Yo alargué mi brazo para tomar su mano y él me apretó los dedos.

Pasó lentamente otro minuto y me descubrí aguzando el oído para escuchar el sonido de alguien aproximándose.

Y entonces Edward se paralizó y siseó bajo entre los dientes apretados. Sus ojos se concentraron en el bosque justo en dirección norte desde el sitio donde estábamos.

Seguimos la dirección de su mirada y clavamos allí los ojos. Así esperamos a que transcurrieran los últimos segundos.

36. Ansia de sangre

Llegaron con gran ostentación y aureolados por una belleza singular.

Aparecieron alineados en una formación rígida y formal, pero no se trataba de una marcha a pesar de lo sincronizado de su avance. Pasaban entre los árboles en perfecta sincronía, como una procesión de sombras negras suspendidas a pocos centímetros del suelo cubierto de nieve; de ahí que su desplazamiento pareciera tan desenvuelto.

Las posiciones en las zonas exteriores del destacamento estaban ocupadas por miembros que vestían ropajes grises, pero la tonalidad se iba oscureciendo hasta llegar al más intenso de los negros en el centro de la formación. Era imposible verles el rostro, ensombrecido y oculto por la capucha. El tenue roce de las pisadas parecía música debido a la regularidad de la cadencia; era un latido de ritmo intrincado que no mostraba ninguna vacilación.

No logré ver la señal a cuya orden se desplegó la formación, tal vez porque no hubo seña alguna sino milenios de práctica. Realizaron el movimiento con elegancia, pero fue demasiado rígido y agarrotado como para recordar la apertura de los pétalos de una flor, a pesar de que el colorido sugería tal semejanza. Se parecía más al despliegue de un abanico, grácil, pero muy angulado. Las grises figuras encapuchadas se desplegaron a los flancos, mientras las de vestiduras más oscuras avanzaron por el centro con movimientos muy precisos y cuidadosos.

Avanzaron con deliberada lentitud, sin prisa, tensión ni ansiedad. Era el paso de los invencibles.

La escena me recordaba demasiado a la vieja pesadilla, excepto por ese deseo mío de verles las caras y descubrir en ellos las sonrisas de la venganza. Los Vulturi se habían mostrado demasiado disciplinados hasta ese momento, como si no quisieran evidenciar emoción alguna. Tampoco manifestaron sorpresa ni consternación ante el heterogéneo grupo de vampiros que los esperaba, una pandilla que, de pronto y en comparación, parecía desorganizada y falta de preparación. Tampoco se sorprendieron al ver al lobo gigante situado en el centro de nuestra formación.

No pude evitar hacer un recuento de efectivos. Eran treinta y dos, y eso sin contar a las dos figuras de capas negras y aspecto frágil que merodeaban en la retaguardia. Parecían ser las esposas. Lo protegido de su posición sugería que no iban a participar en el ataque. Aun así, nos sobrepasaban en número. Seguíamos siendo diecinueve combatientes y siete testigos que iban a presenciar cómo nos hacían puré. Nos tenían en sus manos incluso contando con la participación de los diez lobos.

—Ya vienen los casacas rojas, se acercan los casacas rojas —musitó Garrett para sí mismo antes de soltar una risa entre dientes y acercarse un paso a Kate.

—Así que han venido —comentó Vladimir a Stefan con un hilo de voz.

—Ahí están las damas, y toda la guardia —contestó Stefan, siseante—. Ahí están todos juntitos. Hicimos bien en no intentarlo en Volterra.

Y entonces, mientras los Vulturi avanzaban con paso lento y majestuoso, como si esos efectivos no bastaran, otro grupo comenzó a ocupar las posiciones de retaguardia en el claro. Los rostros de ese aparentemente interminable río de vampiros eran la antítesis de la disciplina inexpresiva de los Vulturi: eran un caleidoscopio de emociones. Al principio se notaron sorprendidos e incluso un poco ansiosos cuando vieron la fuerza que los aguardaba, porque no la esperaban. Pero la preocupación se les pasó pronto: estaban seguros de su superioridad numérica y a salvo en su posición detrás de la imparable fuerza de los Vulturi.

Sus rasgos recuperaron la expresión que habían tenido antes de que los sorprendiéramos. Resultaba bastante fácil adivinar sus pensamientos; sus rostros eran bastante elocuentes. Era una pandilla furiosa, acicateada hasta el frenesí y con sed de justicia. Yo no había entendido el sentir del mundo vampírico hacia los niños inmortales hasta que lo vi en aquellos rostros. Estaba claro que esta horda diversa y desorganizada, integrada por más de cuarenta vampiros en total, era la clase de testigos que los Vulturi querían. Cuando hubieran acabado con nosotros harían circular la versión de que los criminales habían sido erradicados y que los Vulturi habían actuado con imparcialidad. Se veía que la mayoría hubiera deseado más que la mera oportunidad de atestiguar: querían ayudar a desgarrar y quemar.

No teníamos oportunidad. Incluso si de alguna manera lográramos neutralizar las fuerzas de los Vulturi, de todas maneras nos sobrepasaban. Aunque matáramos a Demetri, Jacob no podría salir de aquí.

Podía sentir cómo los demás iban comprendiendo lo mismo. La desesperanza pesaba en el ambiente, aplastándome con más fuerza que antes.

Un vampiro de la fuerza enemiga parecía no pertenecer a ninguno de los batallones. Identifiqué a Irina mientras ella dudaba entre los dos grupos con una expresión diferente de la de todos los demás. No apartaba la mirada de la posición de Tanya, situada en primera línea. Edward profirió un gruñido bajo pero elocuente.

—Alistair tenía razón —avisó a Carlisle.

Vi cómo el aludido interrogaba a mi marido con la vista.

—¿Que Alistair tenía razón? —inquirió Tanya en voz baja.

—Cayo y Aro vienen a destruir y aniquilar —contestó Edward con voz sofocada. Habló tan bajo que sólo fue posible oírlo en nuestro bando—. Han preparado múltiples estrategias. Si la acusación de Irina resultara ser falsa, están dispuestos a encontrar cualquier otra razón por la cual cobrar venganza, pero se sienten más optimistas ahora que han visto a Renesmee. Todavía podemos hacer el intento de defendernos de las acusaciones falsas, y ellos deben detenerse para saber la verdad sobre la niña —luego, en voz todavía más baja, agregó—: no tienen intención de hacerlo.

Jacob jadeó, malhumorado.

La procesión se detuvo de golpe al cabo de dos segundos y dejó de sonar la suave música producida por el roce de los movimientos perfectamente sincronizados. La disciplina sin mancha continuó inalterada y los Vulturi permanecieron firmes y completamente inmóviles a unos cien metros de nuestra posición.

Oí el latido de corazones enormes, más cerca que antes, en la retaguardia y a los lados. Me arriesgué a mirar por el rabillo del ojo a derecha e izquierda para averiguar qué había detenido el avance de los Vulturi.

Los licántropos se habían unido a nosotros.

Los lobos adoptaron posiciones a cada extremo de nuestra línea desigual, organizando sendas formaciones alargadas en los flancos. En un instante me percaté de que había más de diez lobos. Identifiqué a los ya conocidos y supe que había otros a los que no había visto nunca. Había dieciséis licántropos distribuidos equitativamente en los lados, diecisiete si contábamos a Jacob. La altura y el grosor de las patas ponían de manifiesto la juventud de los recién llegados; eran muy, muy jóvenes. *Debía haberlo imaginado*, pensé para mis adentros. La explosión demográfica de los hombres lobo era inevitable con tanto vampiro suelto pululando por los alrededores.

Iban a morir más niños por esa decisión. Me pregunté por qué Sam había permitido aquello, y luego comprendí que no le quedaba más remedio: si un solo licántropo luchaba a nuestro favor, los Vulturi los perseguirían a todos. Se jugaban el futuro de su especie al tomar esta postura.

E íbamos a perder.

De pronto, me enojé, y más que eso: se apoderó de mí un instinto homicida que disipó por completo mi absoluta desesperación. Un tenue fulgor rojizo realzaba el perfil de las sombrías figuras que tenía delante de mí. En ese momento únicamente deseaba tener la oportunidad de hundir los dientes en ellas, desmembrarlas y apilar los trozos para prenderles fuego. Estaba tan enloquecida que no habría dudado en bailar alrededor de la hoguera mientras se tostaban vivos, y me habría reído con ganas conforme se convertían en cenizas. Retraje los labios en un gesto automático y proferí un feroz gruñido que nacía en el fondo de mi estómago. Comprendí que las comisuras de mis labios se habían curvado en una sonrisa.

Junto a mí, Zafrina y Senna corearon mi rugido ahogado. Edward y yo seguíamos tomados de la mano, y él me la estrechó, invitándome a ser cauta.

Casi todos los rostros de los Vulturi continuaban siendo inexpresivos. Únicamente dos pares de ojos traicionaban esa aparente indiferencia. Aro y Cayo permanecían tomados de la mano; se habían detenido en el centro del grupo para evaluar la situación. Toda la guardia los había imitado y se había detenido a la espera de que dieran la orden de matar. Los líderes no se miraban entre sí, pero era obvio que se hallaban en permanente contacto. Marco tocaba la otra mano de Aro, pero no parecía tomar parte en la conversación. No tenía una expresión de autómata, como la de los guardias, pero estaba casi en blanco. Aparentaba encontrarse profundamente hastiado, como la vez anterior que lo vi.

Los testigos de los Vulturi inclinaron el cuerpo hacia adelante, con las miradas clavadas en Renesmee y en mí, pero permanecieron en la orilla del bosque, dejando un amplio espacio de maniobra entre ellos y los soldados. Únicamente Irina asomó la cabeza por encima de los Vulturi, a escasos metros de dos ancianas de cabellos canos, piel polvorienta y ojos vidriosos, y de sus colosales guardaespaldas.

Una mujer envuelta en una de las capas grises de tono más oscuro se había situado detrás de Aro. No podía asegurarlo, pero daba la impresión de que le estaba tocando la espalda. ¿Era ése el otro escudo, Renata? Me pregunté si ella sería capaz de rechazarme.

No obstante, no iba a arriesgar mi pellejo en un intento de tumbar a Cayo y Aro. Había otros objetivos más importantes.

Recorrí la línea rival con la vista y no tuve dificultad alguna en localizar la posición de dos pequeñas figuras envueltas en capas grises no muy lejos de donde se tomaban las decisiones.

Alec y Jane, probablemente los miembros más menudos de la guardia, permanecían junto a Marco, flanqueados al otro lado por Demetri. Sus hermosos rostros no delataban emoción alguna. Lucían las capas más oscuras, en sintonía con el negro puro de las brujas gemelas, como las llamaba Vladimir, las ancianas cuyo poder era la clave de la ofensiva Vulturi. Las piezas selectas de la colección de Aro.

Flexioné los músculos mientras la boca se me llenaba de veneno.

Cayo y Aro recorrían nuestra fila con esos ojos como brasas ensombrecidas por las capas. Vi escrito el desencanto en las facciones de Aro mientras su mirada iba y venía sin cesar, en busca de una persona que no lograba encontrar. Frunció los labios con disgusto.

En ese instante estaba más que agradecida por la deserción de Alice.

La respiración de Edward se fue acelerando conforme la pausa se prolongaba.

—¿Qué opinas, Edward? —inquirió Carlisle con un hilo de voz. Estaba ansioso.

—No están muy seguros de cómo proceder. Evalúan las opciones y eligen los objetivos clave: Eleazar, Tanya, tú y yo, por supuesto. Marco está valorando la fuerza de nuestras ataduras. Les preocupan muchísimo los rostros que no identifican, Zafrina y Senna sobre todo, y los lobos, desde luego. Nunca antes se habían visto sobrepasados en número. Eso es lo que los detiene.

—¿Sobrepasados? —murmuró Tanya con incredulidad.

—No cuentan con la participación de los espectadores —contestó Edward—. Son un cero a la izquierda en un combate. Están ahí porque a Aro le gusta tener público.

—¿Debería hablarles? —preguntó Carlisle.

Edward vaciló durante unos segundos, pero luego asintió.

—No vas a tener otra oportunidad.

Carlisle enderezó los hombros y se alejó varios pasos de nuestra línea defensiva. Qué poca gracia me hacía verlo ahí, solo y desprotegido. Extendió los brazos y puso las palmas hacia arriba a modo de bienvenida.

—Aro, mi viejo amigo, han pasado siglos…

Durante un buen rato reinó un silencio sepulcral en el claro nevado. Pude percibir cómo iba creciendo la tensión en mi marido cuando Aro evaluó las palabras de Carlisle. La presión aumentaba conforme transcurrían los segundos.

Entonces Aro avanzó desde el centro de la formación enemiga. El escudo del líder, Renata, lo acompañó como si las yemas de sus dedos estuvieran pegadas a la túnica de su amo. Las líneas Vulturi reaccionaron por vez primera. Un gruñido apagado recorrió sus filas, pusieron rostro de combate y retrajeron los labios para exhibir los colmillos. Unos cuantos guardias se acuclillaron, listos para correr.

Aro levantó una mano para contenerlos.

—Paz.

Caminó unos pocos pasos más y luego ladeó la cabeza. La curiosidad centelleó en sus ojos blanquecinos.

—Hermosas palabras, Carlisle —resopló con esa vocecilla suya tan etérea—. Parecen fuera de lugar si consideramos el ejército que has reclutado para matarme a mí y mis allegados.

Carlisle sacudió la cabeza para negar la acusación y le tendió la mano derecha como si no mediaran cien metros entre ambos.

—Basta con que toques mi palma para que sepas que jamás fue ésa mi intención.

Aro entornó sus ojos legañosos.

—¿Qué puede importar el propósito, mi querido amigo, a la vista de todo lo que has hecho?

A continuación torció el gesto y una sombra de tristeza le nubló el semblante. No pude determinar si Aro fingía o no.

—No he cometido el crimen por el que me vas a sentenciar.

—En tal caso, hazte a un lado y déjanos castigar a los responsables. De veras, Carlisle, nada me complacería más que respetar tu vida el día de hoy.

—Nadie ha roto la ley, Aro; deja que te lo explique —insistió Carlisle, que ofreció otra vez su mano.

Cayo llegó en silencio junto a Aro antes de que éste pudiera responder.

—Has creado y te has impuesto muchas reglas absurdas y leyes innecesarias —siseó el anciano de pelo blanco—. ¿Cómo es posible que defiendas el quebrantamiento de la única importante?

—Nadie ha vulnerado la ley; si me escucharan...

—Veamos a la niña, Carlisle —refunfuñó Cayo—. No nos tomes por idiotas.

—Ella no es inmortal, y tampoco vampiro. Puedo demostrarlo en sólo segundos.

—Si ella no es una de las prohibidas —lo atajó Cayo—, entonces dime, ¿por qué has reclutado un batallón para defenderla?

—Son testigos como los que tú has traído, Cayo —Carlisle hizo un gesto hacia el lindero del bosque, donde estaba la horda enojada; algunos integrantes de ésta reaccionaron con gruñidos—. Cualquiera de estos amigos puede declarar la verdad acerca de esa niña, y también puedes verlo por ti mismo, Cayo. Observa el flujo de la sangre en sus mejillas.

—¡Eso es una excusa! —le espetó Cayo—. ¿Dónde está la denunciante? ¡Que venga al frente! —estiró el cuello y miró a su alrededor hasta localizar a Irina detrás de las ancianas—. ¡Tú, ven aquí!

La interpelada lo miró fijamente y con desconcierto. Su rostro parecía el de quien no se ha recuperado de la pesadilla de la que acaba de despertar. Cayo chasqueó los dedos con impaciencia. Uno de los guardaespaldas de las brujas fue hacia Irina y le dio un empujón. Ella parpadeó dos veces y luego caminó en dirección a Cayo, completamente ofuscada. Se detuvo a unos metros del líder, sin apartar los ojos de sus hermanas.

Cayo recorrió la distancia que los separaba y le cruzó la cara de una bofetada.

El golpe no debió hacerle mucho daño, pero resultó de lo más humillante. La escena recordaba a alguien pateando a un perro. Tanya y Kate sisearon a la vez.

Irina se quedó paralizada y al final miró a Cayo; éste señaló a Renesmee con uno de sus dedos retorcidos. La niña seguía colgada a mi espalda, con los dedos hundidos en el pelaje de Jacob. Cayo se puso morado al verme tan furiosa. Un gruñido retumbó en el pecho de Jacob.

—¿Es esa la niña que viste? —inquirió Cayo—. La que era evidentemente más que humana…

Irina nos miró con dificultad, estudiando a mi hija por primera vez desde que pisó el claro. Ladeó la cabeza con la confusión escrita en las facciones.

—¿Y bien…? —rezongó el líder Vulturi.

—No… no estoy segura —admitió ella con tono perplejo.

La mano del anciano se tensó, como si fuera a abofetearla de nuevo.

—¿Qué quieres decir? —exigió saber Cayo en un susurro acerado.

—No es igual, aunque creo que podría ser ella, es decir, me parece que sí es, pero ha cambiado. La que vi no era tan grande como ésta…

Su interlocutor descubrió los dientes y soltó un jadeo entrecortado. La vampira enmudeció antes de terminar. Aro llegó revoloteando hasta donde se encontraba Cayo y le puso una mano en el hombro para calmarlo.

—Tranquilízate, hermano. Tenemos tiempo para aclarar esto. No hay necesidad de apresurarse.

Cayo le volvió la espalda a Irina con expresión malhumorada.

—Ahora, dulzura —dijo Aro con voz dulce y aterciopelada mientras extendía la mano hacia la confundida vampira—, muéstrame qué intentas decir.

Irina tomó la mano del Vulturi con cierta vacilación. Él retuvo la suya por un lapso no superior a cinco segundos.

—¿Lo ves, Cayo? —murmuró—. Obtener lo que deseamos es muy fácil.

El interpelado no le respondió.

Aro miró por el rabillo del ojo a su público y a sus tropas; luego se volvió hacia Carlisle.

—Al parecer estamos ante un misterio. Da la impresión de que la niña ha crecido a pesar de que el primer recuerdo de Irina correspondía indiscutiblemente al de una inmortal. ¡Qué curioso!

—Precisamente intentaba explicar eso —repuso Carlisle.

Hubo un cambio en el tono de su voz, supuse que a causa del alivio. Ésa era la pausa en la que habíamos depositado nuestras frágiles esperanzas.

Yo no experimenté alivio alguno. Me limité a esperar, insensible de pura rabia, el desarrollo de la estrategia que me había prometido Edward.

Carlisle tendió la mano una vez más.

Aro vaciló durante un momento.

—Preferiría la versión de algún protagonista de la historia, amigo mío. ¿Me equivoco al sugerir que esta violación de la ley no es cosa tuya?

—Nadie ha quebrantado la ley.

—Sea como sea, debo obtener todos los aspectos de la verdad —la voz sedosa de Aro se endureció—. El mejor medio para lograrlo es ese prodigio de hijo tuyo —ladeó la cabeza en dirección a Edward—. Asumo cierta participación de su parte, a juzgar por cómo se aferra la niña a la compañera neófita de Edward.

Naturalmente que deseaba a mi marido. Se enteraría de los pensamientos de todos una vez que pudiera ver los pensamientos de Edward; los de todos, excepto los míos.

Mi esposo se volvió para depositar un beso apresurado en mi frente y en la de la niña. Luego avanzó a grandes zancadas por el campo nevado. Al pasar palmeó la espalda de Carlisle. Percibí un lloriqueo apenas audible a mis espaldas. El miedo de Esme era perceptible.

Observé que aumentaba la intensidad del brillo de la neblina que envolvía a los Vulturi. No podía soportar la imagen de Edward cruzando el blanco campo solo, pero todavía me parecía más difícil la idea de acompañarlo y poner a nuestra hija un solo paso más cerca de nuestros adversarios. Dudé, presa de sentimientos encontrados. Me había quedado tan helada que un simple golpe habría hecho saltar mis extremidades en mil esquirlas de hielo.

Detecté una mueca burlona en la sonrisa de Jane cuando Edward rebasó la mitad de la distancia que separaba a ambas fuerzas y quedó más cerca de ellos que de nosotros.

El desdén de ese gesto me sacó de mis casillas. Mi rabia aumentó, alcanzando niveles superiores incluso al ansia de sangre que había sentido cuando vi lo mucho que arriesgaban los lobos en aquella batalla condenada al fracaso. Paladeé el sabor de la locura. La demencia me cubrió en una oleada de puro poder. Tenía los músculos en tensión y actué sin pensarlo dos veces. Arrojé el escudo con todas mis fuerzas. Voló sobre el campo como una jabalina y alcanzó una distancia increíble, multiplicando por diez mi mejor lanzamiento.

El esfuerzo me hizo resoplar con furia.

Solté el escudo convertido en un estallido de pura energía, en una especie de nube con forma de hongo hecha de acero líquido. Latía como un ser vivo. Podía percibirlo desde el tallo hasta los bordes.

No podía permitir que aquello volviera a su posición inicial como si se tratara de una tela elástica, y en ese momento de fuerza en estado puro tuve la lucidez para ver que la resistencia y ese retroceso al estado anterior habían sido cosa de mi propia invención. Me había aferrado a esa parte de mí como autodefensa, y de forma inconsciente no la había dejado ir. Ahora lo había hecho y había enviado mi escudo a más de cincuenta metros de nuestra posición sin esfuerzo alguno y sin necesidad de demasiada concentración. Lo noté tan sumiso a mi voluntad como cualquier otro músculo. Lo impulsé hacia delante y le di una forma larga y ovalada. De pronto, todo cuanto estaba debajo de aquel escudo flexible de acero pasó a formar parte de mí. La fuerza vital de todo lo que abarcaba se presentaba ante mis sentidos como puntos incandescentes, y me vi rodeada por un cegador chisporroteo de luz. Impulsé el escudo hacia el vasto claro y suspiré de alivio cuando la figura iluminada de Edward quedó bajo mi amparo. Sostuve allí la protección ovalada y contraje ese nuevo músculo para rodear a Edward e interponer entre él y nuestros adversarios una lámina fina pero irrompible.

Todo había cambiado en apenas un segundo, pero nadie había notado todavía esa brusca alteración, excepto yo. Mi esposo seguía caminando hacia el líder de los Vulturi. Se me escapó una carcajada. Sentí que los demás me veían de reojo, y los grandes ojos negros de Jacob me miraron fijamente como si me hubiera vuelto loca.

Edward se detuvo a escasos metros de Aro. Comprendí, no sin cierto pesar, que podía pero no debía evitar el intercambio de imágenes mentales, pues el objetivo de todos nuestros preparativos era lograr que los Vulturi prestaran atención a nuestra versión de la historia. La idea de hacerlo me causaba verdadero malestar físico, pero al final, a regañadientes, retiré la protección y dejé expuesto a Edward. Se me habían pasado las ganas de reír y me concentré totalmente en mi marido, lista para defenderlo de inmediato si algo salía mal.

Él levantó el mentón con aire orgulloso y le ofreció una mano al líder Vulturi como si le concediera un gran honor. El anciano parecía simple y sencillamente encantado, pero nunca llueve al gusto de todos. Renata revoloteaba nerviosa a la sombra de su señor. Las arrugas del ceño fruncido de Cayo eran tan hondas, que daba la impresión de que esa piel traslúcida, fina como el papel, iba a quedarse arrugada para siempre. La pequeña Jane exhibía los dientes, mientras a su lado, Alec entornaba los ojos para concentrarse mejor. Intuí que estaba listo para actuar en cuanto ella le avisara.

Aro se acercó sin vacilar. En realidad, ¿qué debía temer? Las grandes sombras que proyectaban los luchadores de ropajes gris claro, tipos fornidos como Félix, se hallaban a escasos metros. Con su don arrasador, Jane podía lanzar a Edward contra el suelo y hacer que se retorciera de dolor. Alec lo cegaría y lo atontaría antes de que pudiera dar un paso hacia él. Nadie sabía que yo tenía el poder de detenerlos, ni siquiera mi marido, cuya mano tomó Aro con una sonrisa de despreocupación; de inmediato cerró los ojos con fuerza y encorvó los hombros bajo el ímpetu de la primera oleada de información.

El Vulturi estaba enterado de todas las estrategias, todas las ideas y todos los pensamientos ocultos que Edward hubiera leído en las mentes de quienes había tenido a su alrededor en el último mes, y aún más: también iba a enterarse de las visiones de Alice, de cada momento de silencio en nuestra familia, cada imagen reproducida por la mente de Renesmee, cada beso, cada roce entre Edward y yo… De eso también.

Siseé con frustración. El escudo se agitó, reaccionando a mi irritación, cambiando de forma y encogiéndose a nuestro alrededor.

—Cálmate, Bella —me susurró Zafrina.

Apreté los dientes.

Aro continuó concentrando en los recuerdos de Edward que, con los músculos del cuello agarrotados, también había agachado la cabeza mientras leía toda la información que su interrogador iba obteniendo de él, así como la reacción del anciano ante todo aquello.

Esta desigual ida y vuelta duró tanto tiempo que el nerviosismo empezó a correr entre los miembros de la guardia. Los murmullos crecieron entre sus filas, hasta que Cayo les ordenó guardar silencio con un brusco ademán. Jane se inclinaba hacia adelante, como si no pudiera evitarlo, y el rostro de Renata estaba rígido a causa de la tensión. Estudié a esa protectora tan poderosa que ahora parecía asustada y débil. Sin duda ella era de gran utilidad para Aro, pero podía asegurar que no como guerrera. Su trabajo no era luchar, sino proteger. No había ansia de sangre en ella. A pesar de que yo era novata, supe que si la cosa estuviera entre ella y yo, la borraría del mapa.

Redirigí mi atención hacia Aro cuando se enderezó. Abrió los ojos enseguida con expresión sobrecogida y gesto precavido. No soltó la mano de Edward.

Éste tenía los músculos ligeramente relajados.

—¿Lo ves? —preguntó Edward con la voz sedosa que empleaba cuando estaba calmado.

—Sí, ya veo, ya —admitió Aro. Curiosamente, parecía divertido—. Dudo que jamás se hayan visto las cosas con tanta claridad entre dos dioses o dos mortales —los rostros de los disciplinados miembros de la guardia mostraron la misma incredulidad que yo—. Me has dado mucho en qué pensar, joven amigo —prosiguió el anciano—. No esperaba tanto —continuó sin soltar la mano de Edward, cuya posición rígida era la propia de quien escucha, pero no le contestó—. ¿Puedo conocerla? —pidió Aro, prácticamente lo imploró, con repentino interés—. En todos mis siglos de vida jamás había concebido la existencia de una criatura semejante. Vaya agregado a nuestras historias…

—¿De qué se trata, Aro? —espetó Cayo antes de que Edward tuviera oportunidad de responder.

La simple formulación de la pregunta hizo que atrajera a la niña contra mi pecho y la acunara con gesto protector.

—De algo con lo que tú ni siquiera has soñado, mi pragmático amigo. Tómate un momento para reflexionar, pues no hay que aplicar justicia alguna, ya que la ley no alcanza a este caso.

Cayo soltó un siseo de sorpresa al oír semejantes palabras.

—Paz, hermano —le advirtió Aro en tono conciliador.

Todo eso eran buenas noticias, en teoría. Se habían pronunciado las palabras que esperábamos y parecía estar cerca el indulto que ninguno de nosotros creía posible. Aro se había abierto a la verdad y había admitido que no se había quebrantado la ley.

Pero yo mantenía los ojos fijos en Edward, quien seguía rígido y quieto. Luego revisé mentalmente la instrucción de Aro a Cayo, invitándolo a "reflexionar", y percibí el doble sentido del verbo.

—¿Vas a presentarme a tu hija? —volvió a preguntar Aro.

Cayo no fue el único que siseó ante esa nueva revelación.

Edward asintió a regañadientes. Renesmee se había ganado a muchos otros. El anciano siempre había dado la impresión de llevar la voz de mando entre los Vulturi. ¿Actuarían los demás contra nosotros si él se ponía de nuestro lado?

El veterano líder seguía sin soltar la mano de mi esposo, pero al menos contestó ahora a la pregunta que el resto no había oído.

—Dadas las circunstancias, considero aceptable formular un compromiso en este punto. Nos reuniremos a mitad de camino entre los dos grupos.

Dicho esto, liberó por fin a Edward, quien se volvió hacia nosotros y echó a andar. El líder Vulturi se unió a él y le pasó un brazo por el hombro de modo casual, como si fueran grandes amigos, todo para mantener el contacto con la piel de Edward.

Comenzaron a cruzar el campo de batalla y se aproximaron a nosotros.

La guardia entera hizo ademán de echar a andar detrás de ellos, pero Aro alzó una mano con desinterés y los detuvo sin dirigirles siquiera una mirada.

—Deténganse, mis queridos amigos. En verdad les digo que no albergan intención de hacernos daño alguno si nos mostramos pacíficos.

El descontento de la tropa se expresó con gruñidos y siseos de protesta, y la reacción fue más ostensible que en la ocasión anterior.

—Amo —susurró con ansiedad Renata, siempre cerca de su maestro.

—No temas, querida —repuso él—. Todo está en orden.

—Quizá deberían acompañarte un par de miembros de tu guardia —sugirió Edward—. Eso haría que el resto se sintiera más cómodo.

El líder Vulturi asintió como si esa sabia observación debiera habérsele ocurrido a él. Chasqueó los dedos un par de veces.

—Félix, Demetri.

Los dos vampiros se situaron a su lado en un abrir y cerrar de ojos. No habían cambiado nada desde nuestro último encuentro. Ambos eran altos y tenían el cabello oscuro. Demetri era duro y afilado como la hoja de una espada; Félix, corpulento y amenazador como un garrote con púas de acero.

Los cinco se detuvieron a mitad de camino.

—Bella, ven con Renesmee —me pidió Edward—, y algunos amigos…

Respiré hondo. Se me engarrotó el cuerpo como síntoma de mi oposición a la perspectiva de llevar a la niña al centro del conflicto, pero confiaba en Edward. Él sabría si Aro planeaba alguna traición.

El líder Vulturi había llevado tres protectores a esa conferencia del más alto nivel, por lo que decidí que a mí me acompañaran otros dos. Los elegí en menos de un segundo.

—¿Jacob? ¿Emmett? —pregunté en voz baja.

Emmett se moría de ganas de venir y Jacob no iba a ser capaz de quedarse atrás.

Ambos asintieron, y Emmett lo hizo con una sonrisa de oreja a oreja.

Me flanquearon mientras cruzaba el campo. Se levantó otro murmullo de descontento entre las filas de la guardia en cuanto vieron mi selección. Era obvio que no confiaban en el hombre lobo. Aro alzó una mano para acallar de nuevo las protestas.

—Tienes una compañía de lo más interesante —le cuchicheó Demetri a Edward.

El interpelado no respondió, pero Jacob dejó escapar un sordo gruñido entre los dientes.

Nos detuvimos a unos pocos metros de Aro. Edward se deshizo del brazo de Aro y se unió a nosotros con rapidez, tomando mi mano.

Hubo un momento de silencio cuando nos encontramos unos frente a otros. Félix se inclinó levemente a modo de saludo.

—Hola otra vez, Bella.

El guardia esbozó una ancha sonrisa llena de arrogancia mientras vigilaba el movimiento del rabo de Jacob con su visión periférica.

—Hola, Félix —contesté mientras le dedicaba una seca sonrisa al colosal vampiro.

—Te ves bien —rió entre dientes—. Te sienta bien la inmortalidad.

—Muchas gracias.

—Bienvenida; es una pena…

Interrumpió su comentario a la mitad y guardó silencio, pero yo no necesitaba las facultades telepáticas de Edward para imaginar la frase completa: "Es una pena que vayamos a matarte dentro de poco".

—Sí, qué pena, ¿verdad?

Félix pestañeó.

Aro no prestó atención alguna a nuestro intercambio hostil. Ladeó la cabeza con expresión fascinada.

—Oigo el latido de su extraño corazón —murmuró con una nota musical en la voz—. Huelo su extraño efluvio —luego volvió hacia mí sus ojos brumosos—. En verdad, joven Bella, la inmortalidad te ha convertido en una criatura de lo más extraordinario. Parece que hubieras estado predestinada a esta vida.

Hice una inclinación con la cabeza en señal de reconocimiento por el cumplido.

—¿Te gustó mi regalo? —inquirió cuando fijó la mirada en mi collar.

—Es hermoso y muy, muy generoso de tu parte. Gracias. Tal vez debí enviarte una nota de agradecimiento.

Aro se echó a reír, encantado.

—Sólo era una chuchería que tenía por ahí. Me pareció un adorno adecuado para tu nuevo rostro, y de hecho lo es.

Se produjo un siseo en el centro de la línea de los Vulturi. Alcé la cabeza para mirar por encima del hombro de Aro. Hum. Al parecer, Jane no estaba muy contenta con la idea de que su señor me hubiera enviado un regalo.

Aro carraspeó para atraer mi atención.

—¿Puedo saludar a tu hija, adorable Bella? —preguntó con dulzura.

Me obligué a recordarme que esto era lo que habíamos estado esperando. Controlé el deseo urgente de dar media vuelta y huir con Renesmee. En vez de eso, avancé dos pasos. Mi escudo quedó atrás, como una capa que protegía al resto de mi familia y dejaba expuesta a mi niña. La sensación era espantosa.

El anciano se reunió con nosotras, radiante.

—Pero si es… maravillosa —murmuró—. Como tú y Edward —luego, con voz más alta, saludó—: Hola, Renesmee.

La niña me miró de inmediato. Asentí.

—Hola, Aro —contestó en un tono muy formal con su voz aguda y armoniosa.

El anciano abrió los ojos, sorprendido.

—¿Qué es la niña? —siseó Cayo desde su posición en retaguardia, claramente molesto por tener que formular una pregunta.

—Mitad mortal, mitad inmortal —le anunció Aro a su compañero y al resto de la guardia sin apartar la mirada de Renesmee, pues seguía fascinado—. Esta neófita la concibió y la llevó en su vientre mientras todavía era humana.

—Imposible —se burló Cayo.

—¿Acaso los crees capaces de engañarme, hermano? —a juzgar por su expresión, Aro se la estaba pasando de maravilla. Cayo dio un respingo—. ¿También crees que es una treta el latido de su corazón?

Cayo torció el gesto y pareció tan mortificado como si las amables preguntas de Aro hubieran sido bofetadas.

—Actuemos con calma y cuidado, hermano —le advirtió Aro, todavía sonriendo a Renesmee—. Conozco bien tu amor por la justicia, pero no es preciso aplicarla contra esta pequeña a causa de su origen, y en cambio es mucho lo que hay que aprender de ella. No compartes mi entusiasmo por la recopilación de historias, lo sé muy bien, hermano, pero muéstrate tolerante conmigo cuando añada un capítulo que me sorprende por su improbabilidad. Hemos venido esperando sólo impartir justicia y padecer la tristeza de una amistad traicionada, y ¡mira lo que hemos ganado a cambio! Un nuevo y deslumbrante conocimiento sobre nosotros mismos y nuestras posibilidades.

El vampiro le tendió la mano a la niña, pero eso no era lo que ella deseaba. Se inclinó hacia adelante y se estiró hasta tocar el rostro de Aro con las yemas de los dedos.

La reacción del Vulturi no fue de sorpresa, como solía ocurrir cuando Renesmee realizaba su actuación. Él estaba acostumbrado al flujo de pensamientos y recuerdos con otras mentes, al igual que Edward.

La sonrisa de Aro se hizo más amplia y suspiró de satisfacción.

—Brillante —musitó.

Renesmee volvió a acomodarse en mis brazos y se relajó. Su carita estaba muy seria.

—Por favor —le pidió ella.

—Claro que no tengo intención de herir a tus seres queridos, mi preciosa Renesmee —respondió Aro, cuya sonrisa se tornó muy amable.

El tono afectuoso y reconfortante de su voz me engañó durante un segundo, hasta que oí rechinar los dientes de Edward y lejos, detrás de nuestras posiciones, el siseo ofendido de Maggie ante semejante mentira.

—Me pregunto si... —comentó Aro con gesto pensativo. No parecía haber notado la reacción que había suscitado su afirmación anterior.

Inesperadamente, el anciano dirigió la vista hacia Jacob. Sus ojos no reflejaron el disgusto con que los demás Vulturi contemplaban al gran lobo; al contrario: reflejaban una añoranza incomprensible para mí.

—No funciona de ese modo —contestó Edward secamente, abandonando la cuidadosa neutralidad que había mostrado hasta ese momento.

—Sólo era una idea —repuso el anciano líder mientras valoraba el potencial de Jacob sin molestarse en disimular.

Luego recorrió con la mirada las dos filas de licántropos situados detrás de nosotros. Fuera lo que fuera aquello que Renesmee le había mostrado, de pronto los lobos habían despertado en él un gran interés.

—No nos pertenecen, Aro. No acatan nuestras órdenes como tú crees. Están aquí por voluntad propia.

Jacob gruñó de forma amenazadora.

—Sin embargo, parecen estar muy vinculados a ustedes —repuso Aro—, y ser leales a tu joven compañera y a tu... familia. *Leales...* —*su voz acarició el vocablo con suavidad.*

—Ellos se han comprometido a proteger la vida humana. Eso hace posible la coexistencia pacífica con nosotros, pero no con ustedes, a menos que se replanteen su estilo de vida.

Aro rió con júbilo.

—Sólo era una idea —repitió—. Tú mejor que nadie sabes cómo es esto. Ninguno de nosotros es capaz de controlar totalmente sus deseos subconscientes.

Edward hizo una mueca.

—Sí, sé de qué se trata, y también la diferencia entre esa clase de pensamiento y otro con segundas intenciones, Aro.

Jacob movió su gigantesca cabeza hacia Edward y soltó un débil gañido.

—Le intriga la idea de los... perros guardianes —contestó Edward con un hilo de voz.

Se hizo un silencio sepulcral y un segundo más tarde un coro de furibundos aullidos procedentes de toda la manada llenó el enorme claro.

Alguien impartió una orden tajante; supuse que había sido Sam, aunque no me di la vuelta para comprobarlo con la vista, y la protesta se interrumpió, dejando que reinara un silencio ominoso.

—Supongo que eso responde a la pregunta —admitió Aro volviendo a reír—. Esta manada eligió bando.

Edward siseó y se inclinó hacia adelante. Lo tomé del brazo para retenerlo al tiempo que me preguntaba cuál podía haber sido la ocurrencia de Aro para provocar semejante reacción en mi marido. Félix y Demetri se movieron al mismo tiempo para adoptar posiciones ofensivas. Aro los contuvo con otro gesto de la mano. Todos volvieron a su postura anterior, incluido Edward.

—Queda mucho por discutir —concluyó Aro con el tono pragmático de un hombre de negocios— y más por decidir. Si ustedes y su peludo protector me disculpan, mis queridos Cullen, tengo que deliberar con mis hermanos.

37. Argucias

La guardia permanecía en el lado norte del claro, esperando que su líder volviera a sus filas, pero en vez de eso, con un ademán de la mano Aro les ordenó que se adelantaran.

De inmediato Edward inició una retirada, empujándonos a Emmett y a mí. Retrocedimos a toda prisa sin apartar la mirada de la amenaza que se avecinaba. Jacob fue el más lento de todos a la hora de replegarse. Tenía erizada la pelambre del lomo y se erguía mientras le enseñaba las fauces a Aro. Renesmee lo agarró del rabo mientras retrocedía y lo fue jalando para obligarlo a retroceder con nosotros. Nos reunimos con nuestra familia al mismo tiempo que las capas oscuras rodeaban de nuevo a Aro.

La distancia entre ellos y nosotros se había reducido a cincuenta metros, un espacio que cualquiera de nosotros podía cruzar en menos de un segundo de un buen salto.

Cayo comenzó a discutir con Aro de inmediato.

—¿Cómo soportas semejante infamia? —se plantó con los brazos en jarras y las manos crispadas como garras—. ¿Por qué nos quedamos aquí de brazos cruzados ante un crimen tan espantoso, burlados por una engaño tan ridículo?

Me pregunté por qué no tocaba físicamente a Aro para compartir su opinión. ¿Acaso éramos testigos de una división en las filas de los Vulturi? ¿Tendríamos tanta suerte?

—Porque es la verdad hasta la última palabra —respondió el interpelado con calma—. Observa el número de testigos en condiciones de dar fe de haber visto a esa niña crecer y madurar en el breve lapso en que la han conocido, y ellos —prosiguió mientras hacía un gesto bastante amplio para abarcar desde Amun, situado en un extremo, hasta Siobhan, ubicada en el extremo— se han percatado del calor de la sangre que corre por sus venas.

Cayo reaccionó de un modo extraño en cuanto su compañero pronunció la palabra "testigos" y su semblante dominado por la ira se serenó hasta convertirse en una máscara fría y calculadora. Lanzó una mirada a los apoyos de los Vulturi con una expresión que parecía un tanto nerviosa.

Yo lo imité y contemplé a la enojada masa, sólo para darme cuenta de que ya no se le podía aplicar ese calificativo. El deseo enloquecido de acción se había convertido en confusión, y una oleada de cuchicheos recorría las filas enemigas, pues intentaban buscar una explicación a lo sucedido.

Cayo seguía con mala cara, sumido en sus pensamientos. Su expresión atizó los rescoldos de mi antiguo enojo y acabó por avivar las llamaradas de la preocupación. ¿Y qué pasaría si la guardia avanzaba de nuevo a una señal invisible, como las que utilizaban mientras marchaban? Estudié mi escudo con ansiedad. Lo noté tan impenetrable como antes. Lo curvé hacia abajo, como un domo ancho y bajo, para proteger a todo nuestro grupo. Percibía a mis amigos y a los miembros de mi familia como finas columnas de luz, cada una con una tonalidad propia. Pensé que con un poco de práctica sería capaz de identificarlas; de hecho, ya conocía la de Edward, porque la suya era la más brillante de todas. Me preocupaban los huecos que había alrededor de los puntos refulgentes. La cobertura únicamente me protegería a mí si los hábiles Vulturi lograban meterse por *debajo*. La frente se me llenó de arrugas a causa del esfuerzo mientras intentaba *acercar* con sumo cuidado la armadura elástica a mi gente. Carlisle ocupaba la posición más alejada. Retraje el escudo centímetro a centímetro en un intento en envolver su cuerpo con la mayor precisión posible. El blindaje parecía predispuesto a cooperar. Aumenté su contorno, y cuando Carlisle cambió de posición para quedar más cerca de Tanya, la protección se estiró con él y se ciñó a su chispa.

Lancé más hilos de la tela protectora y los fui situando alrededor de cada silueta iluminada que correspondiera a un amigo o a un aliado.

Sólo había transcurrido un segundo y Cayo continuaba con las deliberaciones.

—Los hombres lobo —murmuró al fin.

Me invadió un pánico repentino cuando comprendí que casi todos los licántropos estaban desprotegidos. En el instante en que iba a prolongar el escudo para protegerlos me di cuenta de que apenas podía sentir el chisporroteo luminoso de los licántropos. Extendí la capa protectora hasta Amun y Kebi, los dos miembros más alejados del grupo en ese momento, que se hallaban fuera, en compañía de los lobos. Las luces de ambos se extinguieron cuando los cubrí, pero no sucedió lo mismo con los lobos: continuaban siendo columnas luminosas, y no todos, únicamente la mitad. Retiré el escudo, y en cuanto Sam quedó al descubierto, todos volvieron a brillar.

La interconexión de sus mentes debía ser mayor que lo que yo había imaginado. Si el macho alfa se hallaba bajo cobertura, las mentes de los otros miembros de la manada estaban tan protegidas como la del líder.

—Oh, hermano —contestó Aro con aspecto apenado ante la afirmación de Cayo.

—¿También vas a defender esa alianza, Aro? —inquirió Cayo—. Los Hijos de la Luna han sido nuestros más acérrimos enemigos desde el alba de los tiempos. Les hemos dado caza hasta prácticamente extinguirlos en Europa y Asia, y a pesar de ello, Carlisle le dispensa un trato de familiaridad a esa inmensa plaga, sin duda en un intento de derrocarnos más adelante, lo que sea con tal de proteger su corrupto estilo de vida.

Edward carraspeó de forma tan audible que el líder lo miró. Aro se cubrió el semblante con una mano fina y delicada. Daba la impresión de estar avergonzado por el comportamiento del otro anciano.

—Estamos en pleno mediodía, Cayo —declaró Edward mientras señalaba hacia Jacob—, resulta claro que no son Hijos de la Luna. No tienen relación alguna con tus enemigos del otro lado del mar.

—Aquí crían mutantes —replicó el anciano bruscamente.

—Ni siquiera son hombres lobo —contestó Edward con el mismo tono de voz, tras abrir y cerrar las mandíbulas—. Aro puede explicártelo todo si no me crees.

¿Que no eran hombres lobo? Miré a Jacob con desconcierto. Él alzó las paletillas y las dejó caer, como si se encogiera de hombros. Tampoco él sabía de qué estaba hablando mi esposo.

—Mi querido Cayo, te hubiera pedido que tocaras ese punto si hubieras compartido conmigo tus pensamientos —murmuró Aro—. Aunque esas criaturas se consideren licántropos, en realidad no lo son. "Metamorfos" los describe mejor. La elección de la figura lupina es pura casualidad. Podría haber sido la de un lobo, un halcón o una pantera cuando se realizó la primera metamorfosis. En verdad te aseguro que estas criaturas no tienen relación alguna con los Hijos de la Luna. Únicamente heredaron esa habilidad de sus ancestros. La continuidad de la especie no se basa en infectar especímenes de otras, como ocurre en el caso de los hombres lobo.

Cayo fulminó a Aro con la mirada. Estaba irritado y en el ambiente flotaba algo más, una posible acusación de traición.

—Conocen el secreto de nuestra existencia —espetó el otro sin rodeos.

Edward parecía a punto de responder a esta acusación, pero Aro se le adelantó.

—También ellos son criaturas del mundo sobrenatural, hermano, y tal vez ellos dependan del secreto más que nosotros. Además, es difícil que nos pongan en evidencia. Ten cuidado, Cayo; los alegatos capciosos no nos conducen a ninguna parte.

Cayo respiró hondo y asintió; luego, ambos ancianos intercambiaron una larga y significativa mirada.

Creí comprender la instrucción que se escondía detrás de la advertencia de Aro. Los cargos falsos no les iban a ayudar a lograr que sus propios testigos se pusieran de su parte. Aro le estaba avisando a su compañero que debían pasar a la siguiente estrategia. Me pregunté si la razón oculta tras la aparente tensión entre los dos ancianos, que se ponía de manifiesto en la negativa a tocar a su compañero y compartir sus pensamientos, no sería que a Aro le importaban las apariencias mucho más que a Cayo, a quien la próxima matanza le parecía más importante que mantener una reputación intachable.

—Deseo hablar con la delatora —anunció de pronto Cayo, y se volvió para mirar a Irina.

La vampira no prestaba atención a la conversación de los líderes de los Vulturi. No apartaba la vista de sus hermanas y en su semblante crispado se leía la agonía del sufrimiento. El rostro de Irina dejaba bien claro que sabía que su acusación había sido infundada.

—Irina —bramó Cayo, molesto de tener que dirigirse a ella.

Ella alzó la vista, al principio sorprendida y luego asustada.

Cayo chasqueó los dedos.

La vampira avanzó con paso vacilante desde el límite de la formación Vulturi para presentarse de nuevo ante el anciano caudillo.

—Has cometido un grave error en tus acusaciones, o eso parece —comenzó Cayo.

Tanya y Kate se adelantaron, presas de la ansiedad.

—Lo siento —respondió la interpelada en voz baja—. Quizá debería haberme asegurado de lo que vi, pero no tenía ni idea... —hizo un gesto de indefensión hacia nosotros.

—Mi querido Cayo —terció Aro—, ¿cómo puedes esperar que ella adivinara en un instante algo tan extraño e improbable? Cualquiera de nosotros habría supuesto lo mismo.

Cayo movió los dedos para callar a su par.

—Todos estamos enterados de tu error —continuó con brusquedad—. Yo me refiero a tus motivos.

Irina estaba hecha un manojo de nervios; esperó a que continuara, pero al final repitió:

—¿Mis motivos?

—Sí; para empezar, ¿por qué viniste a espiarlos?

La vampira respingó al oír el verbo espiar.

—Estabas molesta con los Cullen. ¿Me equivoco?

—No, estaba enojada —admitió.

—¿Y por qué? —quiso saber Cayo.

—Porque los licántropos mataron a mi amigo y los Cullen no se hicieron a un lado para dejar que yo lo vengara.

—Licántropos, no: metamorfos —corrigió Aro.

—Así pues, los Cullen se pusieron de parte de los metamorfos en contra de nuestra propia especie, incluso cuando se trataba del amigo de un amigo —resumió Cayo.

Edward profirió un gruñido de disgusto por lo bajo, mientras el Vulturi iba repasando una por una las acusaciones de su lista en busca de una que encajara.

—Yo lo veo así —replicó Irina, muy quieta.

Cayo se tomó su tiempo.

—Si deseas formular alguna queja contra los metamorfos y los Cullen por apoyar ese comportamiento, ahora es el momento —la instó al final.

El anciano esbozó una sonrisa apenas perceptible llena de crueldad, en espera de que Irina le facilitara la siguiente excusa, con lo cual demostraba que no entendía a las familias de verdad, cuyas relaciones se basaban en el amor y no en el amor al poder. Tal vez había sobreestimado la fuerza de la venganza.

Irina apretó los dientes, levantó el mentón y enderezó los hombros.

—No deseo formular queja alguna contra los lobos ni los Cullen. Vinieron aquí para destruir al niño inmortal y no hay ninguno. El error es mío y asumo completamente la responsabilidad. Los Cullen son inocentes y ustedes no tienen razón alguna para permanecer aquí. Lo lamento mucho —nos dijo, volviéndose hacia nosotros, y luego se encaró con los testigos Vulturi—. No se ha cometido delito alguno y ya no hay razón válida para que continúen aquí.

Aún no había terminado de hablar la vampira cuando Cayo ya había alzado una mano; sostenía en ella un extraño objeto metálico, tallado y ornamentado.

Se trataba de una señal, y la reacción vino tan deprisa que todos nos quedamos atónitos y sin creer lo que veían nuestros ojos mientras sucedía. Todo terminó antes de que tuviéramos tiempo de reaccionar.

Tres soldados Vulturi se adelantaron de un salto y cayeron sobre Irina, cuya figura quedó oculta por las capas grises. En ese mismo instante, un horroroso chirrido metálico rasgó la quietud del claro. Cayo serpenteó sobre la nieve hasta llegar al centro del nudo grisáceo. El estridente sonido se convirtió en un géiser de centellas y lenguas de fuego. Los soldados se apartaron de aquel repentino infierno de llamaradas y regresaron a sus posiciones en la línea perfectamente formada.

El anciano líder se quedó solo junto a los restos de Irina en llamas. El objeto metálico de su mano todavía chorreaba lenguas de fuego sobre la hoguera.

Se oyó un débil chasquido y el instrumento dejó de vomitar fuego. Un suspiro de horror recorrió el bando de acompañantes congregado detrás de los Vulturi.

Nosotros estábamos demasiado consternados para proferir algún sonido. Una cosa era saber que la muerte se avecinaba a una velocidad feroz e imparable, y otra muy diferente ver cómo ocurría.

—Ahora sí ha asumido plenamente la responsabilidad de sus acciones —aseguró Cayo con una fría sonrisa.

Lanzó una mirada a nuestra primera línea, deteniéndose brevemente en las figuras heladas de Tanya y Kate.

En ese instante adiviné en que el Vulturi jamás había menospreciado los lazos de una verdadera familia: ésa era la táctica. Nunca tuvo interés en las reclamaciones de Irina: buscaba que lo desafiara, un pretexto para poder destruirla y prender fuego al inflamable aire de violencia que se condensaba en el ambiente. Había encendido una chispa.

Aquella tensa conferencia de paz avanzaba con más vaivenes que un elefante en la cuerda floja. Nadie sería capaz de detener el combate una vez que se desatara. La espiral de violencia no dejaría de crecer hasta que un bando resultara totalmente aniquilado. El nuestro. Cayo lo sabía.

Y también Edward.

Por eso estaba atento y gritó:

—¡Deténganlas!

Por eso saltó de la fila a tiempo para agarrar del brazo a Tanya, que se lanzaba gritando como poseída hacia el sonriente Cayo. No pudo zafarse de Edward antes de que Carlisle la sujetara por la cintura.

—Es demasiado tarde para ayudarla —intentó razonar Carlisle a toda prisa mientras forcejeaba con ella—. ¡No le des lo que quiere!

Fue más difícil contener a Kate. Lanzó un aullido inarticulado similar al de Tanya y dio la primera zancada para iniciar un ataque que iba a concluir con la muerte de todos. La más cercana a ella era Rosalie, pero ésta recibió tal golpazo que cayó al suelo antes de tener tiempo de sujetarla por la cabeza. Por suerte, Emmett le sujetó por el brazo y le impidió avanzar; luego, la obligó a volver a la fila a codazo limpio, pero Kate se escabulló y rodó sobre sí misma. Parecía imparable.

Garrett se abalanzó sobre Kate y volvió a tirarla al suelo; luego, se abrazó a su tórax y sus brazos, sujetando sus propias muñecas para completar la inmovilización. El cuerpo de Garrett se estremeció a consecuencia de los golpes de la vampira, pero se mantuvo firme y no la soltó.

—Zafrina —gritó Edward.

Kate puso los ojos en blanco y sus gritos se convirtieron en gemidos. Tanya dejó de forcejear.

—Déjame, que no veo nada —siseó Tanya.

Estiré un poco el escudo con toda la delicadeza de la que fui capaz, a pesar de que actuaba con desesperación, tratando de cubrir las luces que eran mis amigos. Con sumo cuidado intenté tapar de nuevo a Kate mientras envolvía a Garrett para que al menos hubiera una fina capa entre ellos.

Para cuando terminé, Garrett había recuperado el control de sí mismo y la retenía en el suelo cubierto de nieve.

—¿Vas a tumbarme otra vez si dejo que te levantes, Katie? —susurró él.

En respuesta, ella sólo refunfuñó y no paró de repartir golpes a diestra y siniestra.

—Escúchenme, Tanya, Kate —pidió Carlisle en voz baja pero con vehemencia—. La venganza ya no va a ayudarla. Irina no habría deseado que desperdiciaran la vida de esa manera. Piensen en las consecuencias de sus actos. Si atacan ahora, moriremos todos.

Los hombros de Tanya se encorvaron bajo el peso del sufrimiento y se inclinó sobre Carlisle en busca de apoyo, mientras Kate por fin dejaba de debatirse. Garrett y Carlisle continuaron consolando a las hermanas con palabras demasiado precipitadas como para reconfortarlas de verdad.

Centré mi atención otra vez en la fuerza de las miradas cuya intensidad había disminuido durante aquellos momentos de caos. Por el rabillo del ojo comprobé que Edward y todos los demás, incluidos Carlisle y Garrett, se habían puesto en guardia de nuevo.

La mirada más penetrante era la de Cayo, que contemplaba a Kate y Garrett en el suelo nevado con rabia e incredulidad. También Aro, que sabía de las habilidades y el potencial de Kate tras haber visto los recuerdos de Edward, contemplaba a la pareja con el desconcierto grabado en sus facciones.

¿Comprendía lo que habían sucedido? ¿Se daba cuenta de que mi escudo había crecido en resistencia y sutileza más allá de lo que Edward sabía? ¿O acaso pensaba que Garrett había aprendido a generar una fuerza de inmunidad por su cuenta?

Los guardias de los Vulturi habían dejado a un lado la disciplina marcial y se inclinaban hacia adelante, listos para saltar y lanzar un contraataque en cuanto nosotros iniciáramos la ofensiva.

Los cuarenta y tres acompañantes permanecían detrás de ellos con una expresión muy diferente de la que tenían al principio, pues habían pasado de la confusión a la sospecha. La destrucción fulminante de Irina los había conmovido a todos, y los testigos que los Vulturi habían traído se preguntaban cuál había sido el crimen de la vampira. De ahí pasaron a observar cuál sería el curso de los acontecimientos ahora que no se produciría el ataque inmediato que Cayo había previsto para desviar la atención de la brutal ejecución. Aro miró a sus espaldas. No lo perdí de vista y vi cómo sus facciones lo delataban y dejaban entrever su exasperación durante unos instantes. Le gustaba tener público, pero ahora le había salido el tiro por la culata. Stefan y Vladimir hablaban alegremente y sin cesar, para descontento de Aro.

Era evidente el cuidado que ponía el anciano líder en no desprenderse de la aureola de integridad de la que se habían investido los Vulturi, aunque yo no creía que fueran a dejarnos en paz únicamente para salvar su reputación. Lo más probable es que, para lograrlo, aniquilaran al público después de haber terminado con nosotros. Noté una repentina punzada de piedad por esa masa de desconocidos que los vampiros italianos habían reunido para que presenciaran nuestra muerte. Demetri los perseguiría hasta acabar también con todos ellos. Demetri debía morir. Por Jacob y Renesmee, por Alice y Jasper, por Alistair, y también por todos esos desconocidos que ignoraban el precio que tendrían que pagar el día de hoy. Aro rozó el hombro de su compañero.

—Irina fue castigada por levantar falsos testimonios contra esa niña —de acuerdo, ésa era su excusa; luego prosiguió—: ¿No deberíamos volver al asunto principal, Cayo?

El interpelado se paralizó y endureció la expresión hasta que resultó inescrutable. Miró hacia adelante con la vista puesta en el infinito. Era extraño, pero su semblante me recordaba al de una persona que acababa de tomar conciencia de que se había degradado.

Aro se adelantó. Renata, Félix y Demetri lo siguieron de inmediato.

—Me gustaría hablar con unos cuantos testigos, por simple perfeccionismo —anunció—; ya sabes, puro trámite —agregó, restándole importancia al asunto con un ademán de la mano.

Sucedieron entonces dos hechos a la vez. Cayo recuperó su rictus cruel y Edward siseó y cerró los puños con tanta fuerza que los nudillos se marcaron en su piel dura como el diamante.

Me moría de ganas de preguntarle qué iba a pasar, pero Aro se hallaba lo bastante cerca como para escuchar el susurro más leve. Carlisle lanzó una mirada cargada de ansiedad al rostro de Edward antes de endurecer el semblante.

Mientras Cayo había ido dando un traspié tras otro con acusaciones injustificadas e imprudentes intentos de provocar una lucha, Aro parecía haber urdido una estrategia más eficaz. Cruzó el claro nevado con el sigilo de un espectro hasta llegar al extremo oeste de nuestra línea, deteniéndose a unos diez metros de Amun y Kebi. Los lobos más cercanos erizaron el lomo, pero no abandonaron sus posiciones.

—Amun, mi vecino del sur... ¡Cuánto tiempo ha pasado desde tu última visita! —dijo Aro con voz cálida.

El egipcio se quedó inmóvil a causa de la ansiedad. Kebi permanecía paralizada como una estatua a su lado.

—Poco significa el tiempo para mí. Apenas noto su paso —murmuró el aludido casi sin mover los labios.

—Muy cierto —convino el Vulturi—, pero ¿no hay tal vez otro motivo para ese alejamiento? —Amun no respondió, así que el anciano prosiguió—: Organizar a los advenedizos en un clan consume muchísimo tiempo, lo sé muy bien. Por suerte, cuento con otros para que se hagan cargo de esa tarea tan tediosa. No sabes cuánto me alegra que los nuevos integrantes se hayan acoplado tan bien. Me encantaría que me los presentaras; estoy seguro de que tienes el propósito de visitarme pronto.

—Desde luego —contestó el egipcio con un tono de voz tan carente de emoción que resultaba imposible saber si había miedo o sarcasmo en la respuesta.

—Bueno, de todos modos, ahora estamos todos reunidos... ¿No es maravilloso? —el interrogado asintió con semblante inexpresivo—. Por desgracia, el motivo de su presencia aquí no es grato. ¿Los llamó Carlisle para que sirvieran de testigos?

—Sí.

—¿Y qué van a atestiguar en favor de él?

—He observado a la niña en cuestión —en ningún momento Amun dejó de hablar con esa fría inexpresividad—. Fue evidente casi desde un principio que no era una niña inmortal...

—Quizá convendría redefinir nuestra terminología —lo interrumpió el anciano— ahora que parece haber nuevas clasificaciones. Por supuesto, con "niña inmortal" te refieres a una chiquilla humana transformada en vampiro tras ser mordida.

—Sí, a eso me refiero.

—¿Y qué más has observado en ella?

—Las mismas cosas que seguramente habrás apreciado tú en la mente de Edward. La pequeña es su hija biológica. Crece. Aprende.

—Sí, sí —repuso Aro con una nota de impaciencia en la voz, que no por ello dejaba de ser amistosa—, pero en las pocas semanas de tu estancia aquí, ¿qué has visto?

—Crece... muy rápido —replicó Amun con el ceño fruncido.

Aro sonrió.

—¿Crees que se le debería permitir vivir?

Se me escapó un siseo, y no fui la única. La mitad de los vampiros de nuestro grupo se hizo eco de la protesta y los testigos Vulturi hicieron otro tanto al otro lado del prado. El rumor flotó en el aire como un tenue chisporroteo. Edward retrocedió un paso y me rodeó la cintura con una mano para contenerme.

El murmullo no hizo que el Vulturi se diera vuelta, pero Amun miró a su alrededor con evidente incomodidad.

—No he acudido para emitir juicios —respondió, saliéndose por la tangente.

Aro soltó una risita.

—Dame sólo una opinión.

El testigo levantó el mentón.

—No veo peligro alguno en la niña. Aprende más rápido de lo que crece.

El líder Vulturi asintió, como si sopesara el caso, y echó a andar, pero el vampiro egipcio lo llamó.

—¿Aro?

—Dime, amigo mío.

—Ya he dado mi testimonio y nada más me retiene aquí. A mi compañera y a mí nos gustaría partir ahora mismo.

Aro le dedicó la más amable de las sonrisas.

—Por supuesto. Me alegra haber tenido la oportunidad de conversar contigo, aunque fuera sólo un poco, y estoy seguro de que volveremos a vernos pronto.

Amun frunció los labios con fuerza hasta formar una línea mientras digería la amenaza apenas disimulada en esas palabras. Tocó el brazo de Kebi y luego ambos echaron a correr por el extremo sur meridional de la pradera y desaparecieron entre los árboles. Estaba segura de que no iban a dejar de correr durante mucho, mucho tiempo.

Aro se deslizó a lo largo de nuestra línea en dirección al este, rodeado por unos guardaespaldas muy nerviosos. Se detuvo a la altura de la enorme figura de Siobhan.

—Hola, Siobhan; estás tan hermosa como de costumbre —la vampira hizo una inclinación de cabeza y esperó—. Dime, ¿respondes a mis preguntas en el mismo sentido que Amun?

—Sí, pero tal vez añadiría algo —replicó ella—: Renesmee comprende los límites y no pone en peligro a los humanos. Se mezcla con ellos con más facilidad que nosotros, y no supone amenaza alguna para nuestro secreto.

—¿No se te ocurre ninguna? —inquirió Aro sombríamente.

Edward profirió un gruñido que sonó como si algo se desgarrara en su garganta.

Los velados ojos carmesíes de Cayo brillaron.

Renata tendió los brazos hacia su señor en ademán protector.

Garrett soltó a Kate para dar un paso hacia adelante, ignorando la mano de Kate, que ahora pretendía refrenarlo a él.

—Creo que no te entiendo —contestó Siobhan lentamente.

Aro se deslizó hacia atrás como si nada, pero se ubicó más cerca de la guardia, con Renata, Félix y Demetri pegados a su sombra.

—No se ha quebrantado ley alguna —dijo Aro con tono conciliador, pero todos los asistentes intuimos que había una salvedad y estaba a punto de surgir. Necesité hacer un gran esfuerzo para contener la rabia que amenazaba con subir por mi garganta y salir para gritar un desafío. Apliqué esa ira a mi escudo, haciéndolo más grueso, y me aseguré de que todos estuvieran protegidos—. No se ha quebrantado ley alguna —repitió—. Ahora bien, ¿podemos deducir de eso la ausencia de peligro? No —sacudió la cabeza con suavidad—. Son asuntos diferentes.

No hubo más reacción que el aumento en la tensión de unos nervios ya de por sí tensos. Maggie, ubicada en los límites nuestro grupo de luchadores, movió la cabeza para sacudirse la rabia.

Aro caminó con ademán pensativo. Parecía levitar sobre la nieve más que pisarla. Me di cuenta de que cada paso que daba lo acercaba más y más a su guardia.

—La niña es única, singularmente única. Sería un desperdicio acabar con una criatura tan adorable, sobre todo cuando podríamos aprender tanto de ella... —suspiró, fingiendo que no deseaba continuar—. Pero existe un peligro imposible de ignorar; así de simple.

Nadie respondió a esta afirmación. Reinó un silencio sepulcral hasta que decidió retomar el monólogo. Daba la impresión de que estaba reflexionando en voz alta.

—Resulta irónico que mientras mayores son los logros técnicos del ser humano y más afianza su dominio del planeta, más lejos estamos de ser descubiertos. Nos hemos convertido en criaturas más desinhibidas gracias a su incredulidad ante lo sobrenatural, pero la tecnología ha reforzado a los hombres a tal punto que serían capaces de amenazarnos y de destruir a algunos de nosotros si se lo propusieran.

"El secreto ha sido durante miles y miles de años más un asunto de conveniencia y comodidad que de verdadera seguridad. En este último siglo, tan belicoso, se han producido armas de tal potencia que ponen en peligro incluso a los inmortales. Hoy nuestra condición de simples mitos de verdad nos protege de las criaturas que cazamos.

"Qué criatura tan sorprendente —alzó la mano para luego bajar la palma como si la apoyara sobre el hombro de Renesmee, aunque él se hallaba a cuarenta metros en ese momento, de nuevo casi en el seno de la formación Vulturi—. Si sólo pudiéramos conocer su potencial, saber con absoluta certeza que siempre va a poder permanecer oculta tras el velo de oscuridad que nos protege... Pero no sabemos qué clase de criatura va a ser en su edad adulta. Hasta sus propios padres están llenos de dudas. No hay forma de saber cuál será su naturaleza cuando crezca —hizo una pausa para mirar primero a nuestros testigos y luego, de un modo muy elocuente, a los suyos. Fingía muy bien el tono de voz de quien se siente desgarrado por el contenido de su discurso. Sin apartar los ojos de su auditorio, prosiguió—: Únicamente lo conocido es seguro. Sólo lo conocido es aceptable. Lo desconocido es… vulnerabilidad".

La sonrisa de Cayo se ensanchó maliciosamente.

—Ahora enseñas tu juego, Aro —dijo Carlisle con voz sombría.

—Paz, amigo. No nos precipitemos —una sonrisa cruzó el rostro de Aro, tan amable como siempre—. Contemplemos el problema desde todos los ángulos.

—¿Puedo someter uno a su consideración? —solicitó Garrett en voz alta tras adelantarse un paso.

—Nómada —dijo Aro, asintiendo en señal de autorización.

Garrett levantó la barbilla y miró de frente a los testigos situados al final del prado. Luego dirigió su discurso a los de los Vulturi.

—Vine aquí a petición de Carlisle en calidad de testigo, al igual que los demás —empezó—, y en lo que se refiere a la niña eso ya resulta innecesario: todos vemos qué es.

"Me quedé para ver algo más: a ustedes —señaló con el dedo a los desconfiados vampiros—. Conozco a dos de ustedes, Makenna y Charles, y compruebo que muchos son aventureros errantes, como yo. No responden ante nadie; evalúen con cuidado mis palabras.

"Los antiguos no han venido aquí a impartir justicia como les dijeron. Muchos lo sospechábamos y ahora ha quedado comprobado. Ustedes acudieron aquí mal informados, cierto, pero se presentaron porque tenían un pretexto válido para desencadenar una ofensiva. Ahora sean testigos de la fragilidad de sus excusas para finalizar su misión. Dense cuenta de sus esfuerzos por encontrar algo que justifique su verdadera intención: destruir a esa familia.

Garrett abarcó con el gesto a Carlisle y a Tanya.

—Los Vulturi han venido aquí con la intención de borrar del mapa a quienes perciben como competidores. Quizá ustedes, como yo, miren a este clan de ojos dorados y se maravillen. No es fácil comprenderlos, es cierto, pero los antiguos los miran y ven algo más que su extraña elección: ven poder.

"He atestiguado los lazos de unión de esa familia, y digo familia, no clan. Estos extraños de ojos dorados niegan su propia naturaleza, pero ¿acaso no han encontrado algo más valioso que la simple gratificación del deseo? Durante mi estancia en esta zona los he estudiado un poco y me parece que algo intrínseco a esos vínculos familiares tan intensos, que hacen posible todo lo demás, es el carácter pacífico de esta vida de sacrificio. No hay entre ellos el menor atisbo de agresión, a diferencia de lo que he visto en los grandes clanes sureños, cuyo número aumentaba y disminuía enseguida como resultado de sus salvajes venganzas. Nadie se molesta en pensar en la dominación. Y Aro lo sabe mejor que yo.

Contemplé el semblante del aludido en estado de tensión, en espera de su reacción a las palabras acusatorias del aventurero. Pero en el rostro del dirigente Vulturi sólo había una expresión socarrona, como si estuviera esperando a que a un niño se le pasara el berrinche al comprender que nadie le está prestando atención.

—Cuando nos informó de lo que se avecinaba, Carlisle nos aseguró a todos que no nos llamaba para luchar. Los testigos de allá —dijo mientras señalaba a Siobhan y Liam— estuvieron de acuerdo en dar su testimonio para frenar el avance de los Vulturi con su presencia y que así Carlisle tuviera la oportunidad de defender su causa.

"Pero algunos de nosotros nos preguntábamos —prosiguió, al tiempo que sus ojos se posaban en el rostro de Eleazar— si a Carlisle le bastaría tener la razón de su parte para detener la así llamada justicia. ¿Qué han venido a proteger los Vulturi? ¿Nuestra seguridad o su propio poder? ¿Pretenden eliminar una criatura ilegal o una forma de vida? ¿Quedarían satisfechos cuando supieran que el supuesto peligro no era más que un simple malentendido?, ¿o seguirían insistiendo, aunque ya no contaran con la coartada de la justicia?

"Ahora tenemos las respuestas a esas preguntas. Las escuchamos en las mentiras de Aro —porque han de saber que aquí hay alguien que tiene el don de descubrir la verdad—, y las vemos ahora en la sonrisa ávida de Cayo. La guardia de esos dos es una simple herramienta sin inteligencia, un instrumento en manos de sus maestros para lograr su objetivo: la dominación.

"Por eso ahora surgen nuevas preguntas que deben responder: ¿quién los gobierna, nómadas? ¿Le responden a alguien que no sea a ustedes mismos? Díganme: ¿van a ser libres de elegir su camino o serán los Vulturi quienes decidan su forma de vida?

"He venido a dar testimonio y me quedo para luchar. A los Vulturi no les importa la muerte de la niña; persiguen la muerte de nuestro libre albedrío —entonces se dirigió a los ancianos—. ¡Sea lo que sea, díganlo! Basta de inventar mentiras. Sean honestos en sus intenciones y los demás lo seremos con las nuestras. Elijan ahora, y permitan que estos testigos sepan cuál es el verdadero tema del debate.

Garrett volvió a posar una mirada inquisitiva en los testigos de los Vulturi, en cuyos rostros resultaba evidente el efecto del discurso.

—Consideren la posibilidad de unirse a nosotros. Si creen que los Vulturi los van dejar con vida para que puedan contar esta historia, se equivocan. Tal vez nos destruyan a todos, pero también es posible que no —se encogió de hombros—. Quizá las fuerzas estén más equilibradas de lo que creen. Es posible que los Vulturi hayan encontrado al fin la horma de su zapato. En todo caso, les aseguro una cosa: si nosotros caemos, ustedes también.

Cuando terminó su acalorado discurso, Garrett retrocedió y se situó junto a Kate. Luego se inclinó hacia adelante, medio en cuclillas, listo para la matanza.

Aro sonrió.

—Un gran discurso, mi revolucionario amigo.

—¿Revolucionario? —gruñó Garrett, que permanecía listo para atacar—. Si me permites la pregunta, ¿contra quién me estoy alzando? ¿Acaso eres tú mi rey? ¿Deseas que también yo te llame amo, como tu guardia servil?

—Paz, Garrett —respondió Aro con ánimo tolerante—. Me refería únicamente a la época de tu nacimiento. Veo que sigues siendo un patriota.

El mencionado le devolvió una mirada fulminante.

—Preguntemos a nuestros testigos —sugirió Aro—. Tomaremos una decisión luego de conocer su opinión —nos dio la espalda con despreocupación y se desplazó unos metros hacia el lindero del bosque para estar más cerca de sus nerviosos testigos—. Dígannos, amigos míos, ¿qué opinan de todo esto? No temo a la niña, se lo puedo asegurar. ¿Corremos el riesgo de dejarla con vida? ¿Ponemos en peligro nuestro mundo para preservar a su familia? ¿O acaso tiene razón el impetuoso Garrett y se van a unir a ellos para luchar contra nuestra repentina búsqueda del poder?

Los testigos soportaron el escrutinio del líder Vulturi con la cautela escrita en las líneas de la cara. Una mujer menuda de pelo negro miró de soslayo a su compañero, un vampiro de pelo rubio oscuro situado junto a ella.

—¿No tenemos alternativa? —le preguntó de pronto, devolviéndole la mirada a Aro—. ¿O estamos de acuerdo con ustedes o luchamos contra ustedes?

—No, claro que no, mi encantadora Makenna —repuso Aro, fingiendo estar horrorizado de que alguien hubiera podido llegar a esa conclusión—. Pueden irse en paz, tal como hizo Amun, por supuesto, incluso aunque no estén de acuerdo con la decisión de esta asamblea.

Makenna intercambió otra mirada con su compañero; éste asintió imperceptiblemente.

—No vinimos aquí a luchar —hizo una pausa, suspiró y agregó—: acudimos sólo para servir de testigos, y nuestra conclusión es que la familia acusada es inocente. Todo lo que afirma Garrett es verdad.

—Ah, cuánto lamento que lo veas de ese modo —repuso Aro con tristeza—. Sin embargo, ésa es la naturaleza de nuestro trabajo.

—No es lo que veo, pero sí lo que siento —intervino con voz aguda y nerviosa el compañero de Makenna, el vampiro de pelo color maíz. Miró a Garrett—. Garrett mencionó que ellos tenían forma de identificar las mentiras. También yo sé cuándo oigo la verdad y cuándo no.

Al concluir se acercó un poco más a su compañera, con el miedo brillando en los ojos mientras aguardaba la reacción de Aro.

—No nos temas, amigo Charles. El patriota definitivamente cree en lo que dice, eso no lo pongo en duda —comentó Aro riendo entre dientes. Charles entornó los ojos.

—Ya cumplimos nuestro cometido. Nos vamos —anunció Makenna.

Ella y Charles retrocedieron con paso lento y no se atrevieron a dar la espalda al claro hasta que se perdieron de vista entre los árboles. Otro desconocido emprendió una retirada idéntica y tres más lo siguieron, corriendo como balas.

Evalué a los treinta y siete vampiros restantes. Unos cuantos parecían demasiado confundidos para tomar una decisión, pero la mayoría había captado por dónde iba la confrontación. Me pareció que si renunciaban a irse en ese mismo momento y ganar ventaja en su huida, era sólo para saber con exactitud quién los perseguiría.

Estaba convencida de que Aro lo veía como yo. Se alejó de los testigos y regresó con paso mesurado junto a sus guardias. Se detuvo ante ellos y se dirigió a ellos con voz clara.

—Nos superan en número, queridos amigos —anunció— y no podemos esperar ayuda exterior. ¿Debemos dejar sin solucionar este asunto para salvar el pellejo?

—No, amo —susurraron al unísono.

—¿Es más importante la protección de nuestro mundo que algunas bajas en nuestras filas?

—Sí —murmuraron—. No tenemos miedo.

Aro sonrió y se volvió hacia sus compañeros de ropajes negros.

—Es mucho lo que debemos considerar, hermanos —afirmó con voz lúgubre.

—Deliberemos —pidió Cayo con avidez.

—Deliberemos —repitió Marco con tono de absoluta desidia.

Aro nos dio la espalda una vez más y se puso de cara a los otros dos ancianos. Los tres se tomaron de las manos hasta formar un triángulo velado de negro.

Otros dos testigos de los Vulturi desaparecieron sigilosamente por el bosque en cuanto Aro centró su atención en el silencioso conciliábulo. Deseé, por su bien, que fueran de pies rápidos.

Había llegado el momento. Con cuidado, aparté los brazos de Reneesme de mi cuello.

—¿Recuerdas lo que te dije, cielo?

Se le llenaron los ojos de lágrimas, pero asintió.

—Te quiero —me dijo.

Edward nos miraba con sus ojos color topacio muy abiertos, y Jacob hacía lo mismo por el rabillo de sus grandes ojos negros.

—Yo también te quiero —le aseguré. Le acaricié el medallón—. Más que a mi propia vida.

Jacob soltó un quejido mientras yo besaba la frente de mi hija.

Me aproximé y susurré en la oreja del lobo:

—Espera a que estén distraídos para huir con ella. Vete lo más lejos posible, lo suficiente como para poder caminar como hombre; ella lleva todo lo necesario para que puedan mantenerse.

Los rostros de Edward y Jacob eran el vivo retrato del horror a pesar de que uno de ellos era un animal.

Renesmee alzó los brazos en busca de su padre. Él la tomó en brazos. Se abrazaron el uno al otro con fuerza.

—¿Era esto lo que me ocultabas? —me preguntó con un hilo de voz.

—A ti no, a Aro —susurré.

—¿Fue idea de Alice?

Asentí.

El dolor crispó su semblante al comprender. ¿Había puesto yo la misma cara cuando uní todas las pistas de Alice?

El lobo gruñó bajito. Era un sonido áspero y sin altibajos, continuo, como un ronroneo. Tenía en punta el pelo del cuello y los colmillos al descubierto.

Edward besó a Renesmee en la frente y en ambas mejillas; luego la depositó sobre el lomo de Jacob. La pequeña gateó hábilmente hasta encontrar el hueco situado entre sus enormes hombros, y se aferró con las manos al pelaje para no caer.

Jacob se volvió hacia mí con el dolor brillando en los ojos. El gruñido todavía retumbaba en su pecho.

—No podría confiarla al cuidado de nadie más —murmuré—. No podría soportar esto de no saber cuánto la quieres y tu capacidad para cuidar de ella, Jacob.

El lobo soltó otro aullido lastimero y agachó la cabeza para frotarme el hombro.

—Lo sé —musité—. Yo también te quiero, siempre serás mi mejor amigo.

Una lágrima del tamaño de una pelota de béisbol se deslizó por su pelaje rojizo.

Edward inclinó la cabeza junto al lomo donde había colocado a Renesmee.

—Adiós, Jacob, hermano mío, hijo mío…

Los demás parecían ajenos a la escena de despedida. Tenían los ojos fijos en el silencioso triángulo de brujos, pero habría jurado que algo oyeron.

—Entonces, ¿no hay esperanza? —susurró Carlisle. La voz no delataba miedo alguno, sólo resolución y resignación.

—Definitivamente hay esperanza —contesté en voz baja. *Eso podría ser verdad*, me dije—. Sólo conozco mi propio destino.

Edward me tomó de la mano, sabiendo que estaba incluido en él. No hacía falta precisar que me refería a los dos cuando hablaba de "mi destino": nosotros éramos dos partes de un todo.

La respiración de Esme sonaba entrecortada a mis espaldas. Se adelantó, acariciándonos el rostro al pasar, para situarse junto a Carlisle. Se tomaron de la mano.

De pronto, nos vimos rodeados de palabras de despedida y frases de cariño pronunciadas a media voz.

—Te seguiré a donde quieras si sobrevivimos a esto, mujer —le susurró Garrett a Kate.

—A buena hora me lo dices… —murmuró ella.

Rosalie y Emmett intercambiaron un beso rápido, pero cargado de pasión.

Tia acarició el rostro de Benjamín; éste le devolvió la sonrisa con alegría, tomó su mano y la sostuvo junto a su mejilla.

No terminé de ver todas las manifestaciones de amor y dolor, pues el escudo percibió una repentina alteración en el aire que atrajo mi atención. No podía determinar su procedencia, pero me percaté de que se dirigía a los extremos de nuestro grupo, en especial a Siobhan y Liam. La presión no causó daño alguno y luego desapareció.

No se manifestó ningún cambio en las formas calladas e inmóviles de los ancianos en conciliábulo, pero tal vez me había perdido alguna señal.

—Prepárense —le susurré a los demás—. Está a punto de empezar.

38. Poder

—Chelsea intenta romper los lazos que nos unen, pero no logra encontrarlos —me susurró Edward—. No nos siente aquí —me traspasó con la mirada—. ¿Es cosa tuya?

Le dediqué una sonrisa fiera.

—Todo es cosa mía.

De pronto se apartó de mi lado y tendió la mano hacia Carlisle, al tiempo que yo sentía una punzada muy aguda en el escudo, a la altura donde protegía la luz de Carlisle. No era dolorosa, pero tampoco agradable.

—¿Estás bien, Carlisle? —inquirió Edward, fuera de sí.

—Sí, ¿por qué?

—Por Jane —respondió mi esposo.

Una docena de ataques punzantes chocaron contra la superficie del escudo en cuanto pronunció su nombre. Estaban dirigidos contra doce puntos brillantes diferentes. Hice unas flexiones para asegurarme de que el escudo no había sufrido daños. Parecía que Jane no había sido capaz de atravesar mi blindaje. Miré a mi alrededor de inmediato: todos estaban bien.

—Increíble —comentó Edward.

—¿Por qué no esperan la decisión? —siseó Tanya.

—Es el procedimiento habitual —respondió Edward con brusquedad—. Suelen incapacitar a los acusados en el juicio para impedir que escapen.

Miré al otro lado del claro. Jane contemplaba nuestras filas con incredulidad e ira. Yo estaba muy segura de que nadie había aguantado de pie ni uno de sus feroces asaltos, con excepción de mí.

Nadie lo había deducido todavía, pero suponía que Aro iba a tardar medio segundo en notar, si es que no lo había hecho ya, que mi escudo era mucho más poderoso de lo que él sabía a través de Edward. Era absurdo creer que podía mantenerlo en secreto cuando ya me habían pintado una diana en la frente, así que le dediqué a Jane una gran sonrisa presumida.

Ella entornó los ojos y sentí la presión de otra punzada, ésta lanzada directamente contra mí.

Hice todavía más amplia mi sonrisa para enseñarle los dientes.

Jane profirió un grito penetrante y sobresaltó a todos, incluso a los integrantes de la disciplinada guardia, excepto a los tres ancianos, quienes siguieron centrados en su conferencia. Su gemelo la sujetó por el brazo para retenerla cuando se agachaba para tomar impulso y saltar.

Los rumanos comenzaron a reír entre dientes como muestra de su sombría expectación.

—Te dije que era nuestro turno —le recordó Vladimir a Stefan.

—Tú sólo mira la cara de la bruja —le contestó el otro entre risas.

Alec palmeó con suavidad el hombro de su hermana antes de ampararla bajo el brazo. Volvió hacia nosotros su rostro angelical y nos miró con gran serenidad.

Esperé alguna presión o indicio de su ataque, pero no noté nada. Él continuó con la vista clavada en nosotros sin que se le descompusieran sus hermosas facciones. ¿Nos estaba atacando? ¿Sería capaz de atravesar el escudo? ¿Era la única que aún podía verlo? Apreté la mano de Edward.

—¿Estás bien? —inquirí con voz ahogada.

—Sí —me contestó él.

—¿Alec lo está intentando?

Edward asintió.

—Su don actúa más despacio que el de Jane. Se desliza... Todavía va a tardar unos segundos en llegar.

Entonces, en cuanto tuve una pista de lo que debía buscar, pude localizarlo.

Una extraña neblina clara iba cruzando por encima del prado. Apenas era visible sobre lo blanco de la nieve. Me recordó a un espejismo: una leve distorsión de la vista, la insinuación de un resplandor débil. Ubiqué la protección un poco más lejos de Carlisle y el resto de la primera línea, temerosa de mantenerla cerca de ellos cuando se produjera el impacto de la bruma deslizante. ¿Qué ocurriría si atravesaba mi blindaje intangible? ¿Debíamos echar a correr?

Un murmullo sordo recorrió el suelo que pisábamos y un golpe de aire alborotó la nieve del espacio intermedio que había entre nuestras fuerzas y las del enemigo. Benjamín también había visto la amenaza reptante y ahora intentaba alejar la niebla de nuestra posición. La nieve permitía ver con más facilidad cómo lanzaba un soplo de brisa tras otro contra la nube de vaho, pero ésta no parecía resentir para nada el embate. Parecía airecillo pasando inofensivamente encima de una sombra, y la sombra era inmune a los efectos del vientecillo.

Los ancianos finalmente se separaron y deshicieron la formación en triángulo, cuando en medio de un quejido desgarrador, se abrió una brecha honda y estrecha en el centro del claro. La tierra tembló bajo mis pies durante unos instantes.

Parte de la nieve acumulada cayó en picada al interior de la abertura, pero la niebla saltó limpiamente el obstáculo, del que salió tan incólume como del viento.

Aro y Cayo contemplaron la fisura abierta en la tierra con ojos como platos. Marco miró en la misma dirección, pero sin emoción alguna en los ojos.

No despegaron los labios y se pusieron a esperar también mientras la lengua de niebla se acercaba hasta nosotros. Jane había recobrado la sonrisa.

Entonces la bruma se topó con un muro.

La noté en cuanto rozó mi escudo. Tenía un sabor denso y muy dulce, hasta resultar empalagosa. Me recordó en cierto modo ese embotamiento de la lengua que produce la novocaína.

La lengua de niebla culebreó arriba y abajo en busca de una brecha, de una debilidad en mi dique defensivo, y no lo encontró. La bruma se dividió en varias hebras que rodearon la superficie del escudo siguiendo diversos caminos en su intento de hallar una vía, un acceso, y en el proceso dejaron entrever el sorprendente tamaño de la pantalla protectora.

Se levantó una oleada de gritos sofocados y exclamaciones a ambos lados de la fisura que había abierto Benjamín.

—¡Bien hecho, Bella! —me felicitó éste en voz baja.

Volví a sonreír.

Llegué a ver los ojos entrecerrados de Alec, y cuando su neblina se arremolinó cerca de los límites de mi escudo, totalmente inofensiva, por primera vez leí la duda en sus facciones.

Entonces estuve segura de que podía hacer esto, y también supe que me había convertido en el objetivo prioritario del enemigo, la primera que debía morir, pues nosotros podíamos resistir en una posición de superioridad con respecto a los Vulturi mientras yo permaneciera de pie. Además de mi persona, seguíamos contando con la participación de Benjamín y Zafrina, mientras que ellos ya no tenían ningún otro respaldo sobrenatural. Y así sería mientras no me aniquilaran.

—Debo mantener la concentración —le confié a Edward con un hilo de voz—. Va a ser más difícil proteger a la gente adecuada cuando llegue el mano a mano.

—Yo los alejaré de ti.

—No, tú debes encargarte de Demetri. Zafrina los mantendrá alejados de mí.

Ella asintió con gesto solemne.

—Nadie tocará a esta joven —le prometió a Edward.

—Tenía pensado ir por Jane y Alec yo misma, pero aquí haré un mejor papel.

—Jane es mía —siseó Kate—. Necesita probar un poco de su propia medicina.

—Y Alec me debe demasiadas vidas, así que voy a ajustarle las cuentas —refunfuñó Vladimir en el otro costado—. Déjamelo a mí.

—Yo sólo quiero a Cayo —dijo Tanya con voz plana.

El resto de los nuestros empezó también a repartirse los adversarios, pero enseguida se vieron interrumpidos por Aro, que al fin habló con calma, sin parecer muy preocupado por la ineficacia de la neblina.

—Antes de votar… —empezó. Sacudí la cabeza con rabia. Estaba harta de aquel teatro. El ansia de sangre me estimulaba de nuevo y me fastidiaba mucho que mi mejor forma de ayudar me exigiera mantenerme en la retaguardia. *Quería* luchar—. Les recuerdo que no tiene por qué haber violencia, sea cual sea la decisión del concilio.

Edward soltó una sombría carcajada.

Aro lo miró con tristeza.

—La desaparición de cualquiera de ustedes sería una pérdida lamentable para nuestra raza, pero especialmente en tu caso, joven Edward, y en el de tu compañera neófita. Los Vulturi recibiríamos con mucho gusto a varios de ustedes en nuestras filas: Bella, Benjamín, Zafrina, Kate. Les ofrecemos muchas alternativas; considérenlas.

Chelsea hizo un intento de predisponer favorablemente nuestros ánimos, pero se estrelló, impotente, contra la barrera de mi blindaje. Aro recorrió nuestras filas en busca del menor indicio de vacilación, pero a juzgar por su expresión, únicamente encontró resolución en nuestros ojos.

Yo sabía cuánto deseaba retenernos a Edward y a mí para recluirnos, tal como había esperado dominar a Alice, pero aquella lucha era demasiado grande. No podía ganar mientras yo viviera. Estaba muy contenta de tener tanto poder que no le quedara más remedio que matarme.

—En tal caso, votemos —concluyó con aparente renuencia.

—La niña es una incógnita y no existe razón para tolerar la existencia de semejante riesgo —se apresuró a contestar Cayo—. Debemos destruirla a ella y a todos cuantos la protejan.

Se puso a la expectativa y sonrió.

Marco alzó sus ojos llenos de desinterés y pareció mirar a través de nosotros mientras emitía su voto.

—No veo un peligro inmediato. La niña es bastante segura por ahora. Podríamos volver a evaluarla otra vez más adelante. Dejemos que se vayan en paz.

Su voz era incluso más débil que los suspiros etéreos de sus hermanos.

Ningún miembro de la guardia se relajó a pesar de la discrepancia. La sonrisa de anticipación de Cayo no se alteró lo más mínimo. Era como si Marco no hubiera dicho absolutamente nada.

—Mío es el voto decisivo, o eso parece —musitó Aro.

De pronto, Edward se irguió a mi lado.

—¡Sí! —siseó.

Me arriesgué a mirarlo de reojo. Su rostro brillaba con una expresión de triunfo que no alcanzaba a comprender, pues se parecía demasiado a la que podría tener el Ángel de la Destrucción el día que el fuego reducía el mundo a cenizas: hermoso y aterrador.

La guardia reaccionó al fin y entre sus miembros se oyó un murmullo incómodo.

—¿Aro? —dijo Edward casi a gritos y con un matiz triunfal en la voz.

El interpelado vaciló, y antes de responder se tomó unos momentos para evaluar con precaución este nuevo estado de ánimo.

—¿Sí, Edward? ¿Tienes algo más que…?

—Tal vez —repuso mi esposo, controlando aquel entusiasmo inexplicable—, pero antes, ¿te importa si aclaro un asunto?

—Por supuesto que no —contestó el líder Vulturi, que enarcó una ceja y habló con un tono de voz que únicamente dejaba entrever un interés cordial.

Apreté los dientes. Cuanto más amable se mostraba, más peligroso era ese Vulturi.

—Según tú, el peligro potencial de mi hija radica en nuestra completa incapacidad para determinar en qué se va a convertir cuando haya terminado su desarrollo. ¿Ése es el punto central?

—Exacto, amigo mío —convino Aro—. Si pudiéramos estar completamente seguros de que cuando crezca va a ser capaz de mantenerse a salvo del mundo humano y no poner en peligro la seguridad de nuestra especie… —dejó la frase en suspenso y se encogió de hombros.

—Bueno, pero si pudiéramos saber con certeza cómo será cuando crezca, ¿habría necesidad de un concilio y todo lo demás? —sugirió Edward.

—Si hubiera alguna forma de tener una certeza absoluta —admitió Aro con una voz tan suave que daba escalofríos. No veía a dónde quería llevarlo Edward, y la verdad, yo tampoco—… entonces, sí: no habría nada que debatir.

—Y entonces nos iríamos todos en paz y tan amigos como siempre, ¿no? —inquirió Edward con una nota de ironía en la voz.

Más escalofríos.

—Por supuesto, mi joven amigo. Nada me complacería más.

Edward soltó entre dientes una risita exultante.

—En ese caso, tengo algo que ofrecerte.

Aro entornó los ojos.

—Ella es única. Sólo podemos aventurar en qué se va a convertir.

—No tan única —discrepó mi marido—, poco común, sin duda, pero no es la única de su especie.

Reprimí la sorpresa. De pronto la esperanza cobraba vida y eso suponía una peligrosa distracción, pues aquella neblina de apariencia mórbida seguía enroscándose cerca de mi escudo, en cuya superficie noté una punzante presión mientras me esforzaba por recuperar la concentración.

—Hum… Aro, ¿tendrías la bondad de pedirle a Jane que dejara de atacar a mi esposa? Todavía estamos discutiendo las pruebas.

El líder alzó una mano.

—Paz, queridos míos. Oigámoslo.

La presión desapareció. Jane me enseñó los colmillos y yo pude contenerme, así que le devolví la más amplia de las sonrisas.

—¿Por qué no te unes a nosotros, Alice? —pidió Edward en voz alta.

—Alice —susurró Esme, asombrada.

¡Alice!

¡Alice, Alice, Alice!

—¡Alice, Alice! —murmuraron otras voces a mi alrededor.

—Alice —susurró el líder Vulturi.

Me invadieron el alivio y una alegría descomunal. Necesité toda mi fuerza de voluntad para mantener en alto el escudo. Las hebras de niebla no se daban por vencidas en la búsqueda de puntos débiles, y Jane lo vería enseguida si llegaban a encontrar algún hueco.

Entonces los escuché atravesar el bosque a la carrera. Cubrían la distancia en silencio y lo más deprisa posible.

Ambos bandos permanecieron inmóviles y expectantes. Los testigos de los Vulturi torcieron el gesto y se mostraron confundidos.

Alice apareció por el sureste del claro con sus elegantes movimientos de bailarina. El éxtasis que me produjo ver su rostro de nuevo estuvo a punto de hacerme caer. Jasper, cuyos ojos destellaban con fiereza, le pisaba los talones. Junto a ellos corrían tres desconocidos.

El primero era una mujer de cabellos negros, alta y musculosa. Obviamente se trataba de Kachiri. Tenía esas extremidades largas tan características del Amazonas, incluso más.

La siguiente era una vampira de tez aceitunada con una larga coleta de pelo negro que se agitaba sin cesar a su espalda. Sus ojos de intenso color borgoña iban de un lado a otro, recorriendo con un parpadeo nervioso los preparativos bélicos.

El último era un joven de piel morena y brillante. Sus movimientos al correr no eran tan rápidos ni tan elegantes como los de sus acompañantes. Examinó el gentío congregado con unos ojos de color muy semejante a la madera de teca. Tenía el pelo negro y lo llevaba recogido en una coleta, al igual que la mujer, pero no tan larga. Era muy guapo.

Las ondas sonoras de un nuevo eco se extendieron entre los miembros de la expectante multitud: era el sonido de otro corazón palpitando más deprisa a causa del ejercicio.

Alice esquivó de un brinco las lenguas de la neblina que aún lamían mi escudo, aunque ya se estaban disipando, y se detuvo sinuosamente al lado de Edward. Estiré una mano para tocarle el brazo, y lo mismo hicieron Edward, Esme y Carlisle. No había tiempo para mayores bienvenidas. Jasper y los demás la siguieron a través de mi escudo.

Los guardias observaron con gesto pensativo cómo los recién llegados cruzaban la barrera invisible sin dificultad alguna. Los más musculosos, Felix y los que eran como él, se concentraron en mi blindaje con renovadas esperanzas. No estaban seguros de qué era lo que mi escudo podía repeler, pero ahora tenían claro que no frenaba un ataque físico, por lo cual me convertirían en el único blanco de su ataque relámpago en cuanto Aro diera la orden de arremeter. Me pregunté a cuántos podría cegar Zafrina y si eso los detendría lo suficiente para que Kate y Vladimir borraran del tablero a Jane y Alec. Eso era cuanto podía pedir.

Edward se puso tenso, furioso al leer los pensamientos del enemigo, a pesar de lo concentrado que estaba en el golpe de mano. Se controló antes de hablar.

—Mi hermana ha buscado sus propios testigos durante semanas —le dijo al anciano líder— y no ha regresado con las manos vacías. ¿Por qué no nos los presentas, Alice?

—El momento de los testimonios ya pasó —refunfuñó Cayó—. Dinos tu voto, Aro.

El aludido alzó un dedo para acallar a su hermano y clavó los ojos en el rostro de Alice, quien se adelantó un poco y presentó a los desconocidos.

—Ésta es Huilen, y él, su sobrino Nahuel.

Cuando oí su voz me sentí como si nunca se hubiera ido.

Cayo entornó los ojos cuando Alice mencionó el parentesco que había entre los recién llegados, y los testigos de los Vulturi sisearon entre ellos. Todos percibían el cambio que había ocurrido en el mundo de los vampiros.

—Testifica, Huilen —ordenó Aro—. Di lo que debas decir.

La mujer contempló a Alice con algo de nerviosismo y ésta le dedicó un asentimiento para infundirle valor. Kachiri apoyó su enorme mano sobre el hombro de la pequeña vampira.

—Me llamo Huilen —anunció la mujer con una dicción clara aunque marcada por un acento extranjero. Conforme continuó, se hizo evidente que se había preparado a fondo, había practicado para contar aquella historia que fluía con el ritmo propio de una canción infantil—. Hace siglo y medio yo vivía con mi tribu, los mapuches. Mi hermana tenía una piel blanca como la nieve de las montañas y por ese motivo mis padres la llamaron Pire.[1] Era muy hermosa, tal vez dema-

---

[1] "Nieve" en lengua mapuche o mapudungun. [N. de los T.]

siado. Un día me contó que se le había aparecido un ángel en el bosque y que acudía a visitarla por las noches. Yo la previne, por si los moretones que tenía en todo el cuerpo no fueran suficiente aviso —Huilen sacudió la cabeza con melancolía—. Se lo advertí, era el *libishomen* de nuestras leyendas, pero ella no me hizo caso. Estaba como hechizada.

"Cuando estuvo segura de que la semilla del ángel oscuro crecía en su interior, me lo dijo. No intenté disuadirla de su plan de escapar, pues sabía que nuestros padres iban a estar más que dispuestos a destruir al fruto de su vientre, y a Pire con él. La acompañé a lo más profundo del bosque, donde buscó en vano a su ángel demoniaco. La cuidé y cacé para ella cuando le fallaron las fuerzas. Pire comía la carne cruda y se bebía la sangre de las presas. No necesité más confirmación para saber qué clase de criatura crecía en su vientre. Yo albergaba la esperanza de salvarle la vida antes de matar al monstruo.

"Pero ella sentía verdadera adoración por su hijo. Lo llamaba Nahuel[2] en honor al gran felino de la selva. La criatura se hizo fuerte al crecer y le rompió los huesos, y aun así, ella lo adoraba.

"No logré salvar a Pire. El niño se abrió paso desde el vientre para salir. Ella murió desangrada enseguida, pero no dejó de pedirme todo el tiempo que me hiciera cargo de Nahuel. Fue su último deseo, y acepté, aunque él me mordió mientras intentaba sacarlo del cuerpo de su madre. Me alejé tropezando para esconderme en la selva y morir. No llegué demasiado lejos, pues el dolor era insoportable. El niño recién nacido gateó entre la maleza, me encontró y me esperó. Desperté cuando el dolor había cesado y me lo encontré acurrucado junto a mí, dormido.

---

[2] "Puma" en lengua mapuche. [N. del t.]

"Lo cuidé hasta que fue capaz de cazar él solo. Cazábamos en los poblados cercanos a la selva donde habíamos instalado nuestro hogar. Nunca nos hemos alejado de nuestro hogar, aunque Nahuel siempre deseó ver a otros niños.

Huilen inclinó la cabeza a modo de reverencia y retrocedió hasta quedar parcialmente oculta detrás de Kachiri.

Aro frunció los labios y miró al joven de tez bronceada.

—¿Tienes ciento cincuenta años, Nahuel? —inquirió.

—Década más, década menos, sí —respondió con voz cálida e increíblemente hermosa. Hablaba casi sin acento—. No llevamos registros.

—¿A qué edad alcanzaste la madurez?

—Fui adulto a los siete años, más o menos.

—¿Y no has cambiado desde entonces?

—No que yo haya notado —Nahuel se encogió de hombros.

Noté el repentino temblor de Jacob. No quería pensar en eso, aún no; esperaría a que pasara en peligro y pudiera concentrarme.

—¿Y qué me dices de tu dieta? —quiso saber Aro, que se mostró interesado incluso a su pesar.

—Me nutro de sangre casi siempre, pero también tomo comida humana y puedo sobrevivir sólo con eso.

—¿Fuiste capaz de crear a otro inmortal? —inquirió el Vulturi con voz repentinamente muy intensa, al tiempo que señalaba a Huilen. Me concentré en el escudo, temerosa de que sólo estuviera buscando otro pretexto.

—Yo sí, pero no es el caso de las demás.

Un murmullo de asombro recorrió los tres grupos y Aro enarcó las cejas de inmediato.

—¿Las demás…?

—Me refiero a mis hermanas —explicó, encogiéndose de hombros otra vez.

Aro lo miró como poseído antes de lograr recobrar la calma.

—Tal vez sería mejor que nos contaras el resto de tu historia, pues me da la impresión de que aún no sabemos todo.

Nahuel puso cara de pocos amigos.

—Mi padre vino a buscarme unos años después de la muerte de mi madre —el desagrado asomó a sus facciones—. Estaba muy contento de haberme encontrado —el tono del narrador dejó claro que la satisfacción no era mutua—. Tenía dos hijas, pero ningún hijo, y esperaba que me fuera a vivir con él, tal como habían hecho mis hermanas.

"Le sorprendió que no estuviera solo, ya que la mordedura de mis hermanas no era ponzoñosa, pero quién sabe si eso es cuestión de sexo o de puro azar… Yo ya había formado una familia con Huilen y no estaba *interesado* —deformó la palabra al pronunciarla— en hacer ningún cambio. Lo veo de vez en cuando. Ahora tengo otra hermana; alcanzó la madurez hace como unos diez años.

—¿Cómo se llama tu padre? —masculló Cayo.

—Joham —contestó Nahuel—. Se considera una especie de científico y piensa que está creando una nueva raza de seres superiores.

No hizo intento alguno de ocultar el disgusto de su voz.

Cayo me miró.

—¿Es ponzoñosa tu hija? —inquirió con voz ronca.

—No —respondí.

Nahuel levantó bruscamente la cabeza al oír la pregunta del líder Vulturi. Sus ojos de teca buscaron mi rostro.

Cayo miró a Aro en busca de una confirmación, pero el anciano se hallaba absorto en sus pensamientos. Frunció los labios y su mirada se posó en Carlisle, en Edward y por último en mí.

—Nos encargamos de la aberración aquí y luego la seguimos al sur —dijo Cayo con un gruñido.

Aro clavó sus ojos en los míos durante un momento interminable y de gran tensión. No tenía idea de qué estaba buscando ni qué había encontrado, pues algo había cambiado en su rostro. La sonrisa de sus labios se había alterado, y también el brillo de sus ojos. Había adoptado una decisión, lo supe en ese instante.

—Hermano —contestó Aro con voz suave—, no parece haber peligro alguno. Estamos ante un desarrollo inusual, pero no veo la amenaza. Da la impresión de que estos niños semivampiros se parecen bastante a nosotros.

—¿Ése es el sentido de tu voto? —inquirió Cayo.

—Lo es.

—¿Y qué me dices del tal Joham, ese inmortal tan aficionado a la experimentación?

—Quizá deberíamos hacerle una visita —convino Aro.

—Detengan a Joham si quieren, pero dejen en paz a mis hermanas —intervino Nahuel, que no se andaba por las ramas—. Son inocentes.

Aro asintió con expresión solemne y luego se volvió hacia la guardia con una cálida sonrisa.

—Hoy no vamos a luchar, queridos míos —anunció.

Los integrantes de la guardia asintieron al mismo tiempo y abandonaron sus posiciones de ataque mientras la neblina se disipaba enseguida. Yo mantuve preparado el escudo por si acaso. Tal vez sólo fuera una trampa.

Estudié sus expresiones antes de que Aro nos diera la espalda. Su rostro era tan benévolo como de costumbre, pero a diferencia de antes, yo percibía un vacío extraño detrás de la fachada, como si sus trucos se hubieran terminado. Cayo echaba chispas por los ojos, eso era obvio, pero ahora su rabia ardía por dentro. Marco parecía... aburrido, sí, de verdad, aburrido; no había otra palabra para describirlo. La guardia volvía a mostrarse impasible y actuaba con disciplina; sus miembros ya no eran individuos, sino parte de un todo. Se formaron y se prepararon para emprender la marcha. Los testigos reunidos por los Vulturi seguían mostrándose muy precavidos. Uno tras otro se fueron yendo, hasta que se perdieron por los bosques. Cuando ya quedaban muy pocos, los rezagados dejaron a un lado la sutileza y echaron a correr. Pronto no quedó nadie.

Aro nos tendió las manos en un gesto de disculpa, o casi. A sus espaldas, la mayor parte de la guardia, junto con Cayo, Marco y las misteriosas brujas silenciosas, comenzó a alejarse a toda prisa y en formación precisa. Sólo se quedaron atrás los tres integrantes de lo que parecía ser su guardia personal.

—Me alegra que esto haya podido resolverse sin necesidad de apelar a la violencia —aseguró con dulzura—. Carlisle, amigo mío, ¡cuánto me alegra poder llamarte amigo otra vez! Espero que no haya resentimientos. Sé que tú comprendes la pesada carga del deber que hay sobre nuestros hombros.

—Ve en paz, Aro —contestó Carlisle con frialdad—. Por favor recuerda que nosotros debemos mantener el anonimato y el secreto en estas tierras, así que no dejes que tu guardia cace en esta región.

—Desde luego, Carlisle —le aseguró Aro—. Lamento haberme ganado tu desaprobación, mi querido amigo. Tal vez con el tiempo llegues a perdonarme.

—Tal vez, con el tiempo, y si demuestras que vuelves a ser nuestro amigo.

Aro era la viva imagen del remordimiento cuando inclinó la cabeza y se deslizó hacia atrás antes de darse la vuelta. Contemplamos en silencio cómo el último de los Vulturi desaparecía entre los árboles.

Se hizo el silencio, pero no bajé la guardia.

—¿De verdad ya terminó? —le pregunté a Edward en voz baja.

—Sí —respondió él con una amplia sonrisa—, sí. Se rindieron y ahora huyen como matones apaleados: con el rabo entre las patas.

Soltó una risita entre dientes y Alice se unió a él.

—Es verdad, no van a volver. Todos podemos relajarnos.

Nuevamente se hizo el silencio durante otro segundo.

—Ojalá se pudran —musitó Stefan.

Y entonces, todo estalló.

Se produjo una explosión de júbilo: aullidos de desafío y gritos de alegría llenaron el claro. Maggie se puso a darle palmadas en la espalda a Siobhan. Rosalie y Emmett se dieron otro beso, esta vez más prolongado y ardiente que el anterior. Benjamín y Tia se abrazaron, al igual que Carmen y Eleazar. Esme mantuvo abrazados a Alice y a Jasper. Carlisle se puso a agradecer efusivamente a los recién llegados de Sudamérica por habernos salvado la vida. Kachiri se quedó cerca de Zafrina y Senna, que seguían con los dedos entrelazados. Garrett cargó a Kate y se puso a darle vueltas en círculo.

Stefan lanzó un salivazo a la nieve y Vladimir apretó los dientes con expresión de amargura.

Me encaramé en el gigantesco lobo de pelaje rojizo para bajar a mi hija de su lomo y estrecharla contra mi pecho. Edward nos abrazó al cabo de un instante.

—Nessie, Nessie, Nessie —canturreé.

Jacob se carcajeó a ladridos y me frotó la nuca con el hocico.

—Cállate —mascullé.

—¿Me voy a quedar contigo? —inquirió mi hija.

—Para siempre —le prometí.

El futuro nos pertenecía y Nessie iba a estar bien, rebosante de fuerza y salud. Al igual que el semihumano Nahuel, iba a continuar siendo joven dentro de ciento cincuenta años, y seguiríamos juntos.

La felicidad se extendió en mi interior como la onda expansiva de una explosión, tan intensa, tan fuerte, que dudé si podría sobrevivir a sus efectos.

—Para siempre —me dijo Edward al oído, repitiendo mi promesa.

No pude articular más palabras. Levanté la cabeza y lo besé con una pasión que podría haberle prendido fuego al bosque.

Y yo ni lo habría notado.

39. Y vivieron felices para siempre

—Fueron muchas circunstancias, pero al final todo se redujo a... Bella —explicó Edward.

Nuestra familia y los dos invitados permanecían sentados en la gran sala de los Cullen, mientras más allá de las ventanas el bosque se oscurecía.

Vladimir y Stefan habían desaparecido antes de que hubiéramos dejado de celebrar. Ambos estaban muy decepcionados con el giro final de los acontecimientos, aunque Edward aseguraba que habían disfrutado suficiente de la cobardía de los Vulturi y que eso les endulzaba la frustración.

Benjamín y Tia enseguida se pusieron a seguir el rastro de Amun y Kebi, ansiosos de comunicarles el feliz desenlace del conflicto. Estaba segura de que volvería a verlos, al menos a Benjamín y a Tia... Ninguno de los nómadas se quedó mucho tiempo más. Peter y Charlotte mantuvieron una breve conversación con Jasper antes de marcharse también.

Las recién reunidas del clan del Amazonas también se habían mostrado ansiosas de regresar a su entorno lleno de vegetación, pues les parecía muy difícil vivir lejos de su amada selva, aunque fueran más reacias a despedirse que el resto de los huéspedes.

—Debes traer a la niña de visita —había insistido Zafrina—. Prométemelo, jovencita.

Nessie había presionado su mano contra mi nuca, uniéndose a la súplica.

—Por supuesto, Zafrina —convine.

—Seremos grandes amigas, Nessie —aseguró la indómita mujer antes de partir en compañía de sus hermanas.

El éxodo continuó con el clan irlandés.

—Bien hecho, Siobhan —la elogió Carlisle mientras se despedían.

—Ah, el poder de los deseos… —respondió ella con sarcasmo mientras ponía los ojos en blanco—. Por supuesto, esto no ha terminado —añadió, esta vez hablando en serio—. Los Vulturi no van a perdonar lo que ocurrió.

Edward fue quien respondió:

—Se llevaron un buen revolcón y su confianza se ha resquebrajado, pero sí, estoy seguro de que algún día se recobrarán del golpe y entonces imagino que intentarán cazarnos por separado… —concluyó con los ojos entrecerrados.

—Alice nos avisará cuando intenten dar su golpe —repuso Siobhan con aplomo—, y en tal caso volveremos a reunirnos. Tal vez haya llegado la hora y nuestro mundo esté preparado para librarse de los Vulturi.

—Tal vez llegue ese momento —replicó Carlisle—, y de ser así estaremos juntos.

—Sí, amigo mío, así será —convino Siobhan—. Aunque yo meta la pata, ¿cómo vamos a fallar todos juntos?

Y luego soltó una gran carcajada.

—Exactamente —dijo Carlisle, que abrazó a Siobhan y luego estrechó la mano de Liam—. Hagan lo posible por encontrar a Alistair y explicarle lo que sucedió. No me agrada la idea de que se pase toda una década escondido tras una roca.

Siobhan soltó otra carcajada. Maggie nos abrazó a Nessie y a mí; después, el clan irlandés se fue.

El clan de Denali fue el último en partir. Garrett se iba con ellos, y allí se quedaría, de eso estaba bastante segura. Ni Tanya ni Kate soportaban la atmósfera de júbilo; necesitaban tiempo para lamentar la pérdida de su hermana.

Huilen y Nahuel fueron los únicos que se quedaron, aunque yo creía que se irían con las del Amazonas. Carlisle se sumió en una intensa conversación con Huilen, y estaba fascinado. Nahuel permanecía sentado junto a ella, escuchando, mientras Edward nos contaba a los demás el resto de la historia del conflicto como sólo él la conocía.

—Alice le facilitó a Aro la excusa necesaria para abandonar la lucha. Probablemente habría seguido adelante con su plan original si no hubiera estado tan aterrado por Bella.

—¿Aterrado ese…? ¿De mí? —salté; no podía creerlo.

Me dedicó una sonrisa mientras me lanzaba una mirada que no reconocí; era tierna, pero tenía una especie de sobrecogimiento e incluso de exasperación. Luego siguió hablando para los demás y para mí.

—Los Vulturi no han librado una lucha limpia en veinticinco siglos, y nunca, nunca jamás han combatido en una batalla donde estuvieran en posición de desventaja, en especial desde que Jane y Alec se incorporaron a sus filas. Únicamente han participado en matanzas sin oposición.

"Deberían haber visto qué aspecto teníamos ante sus ojos. Alec priva a las víctimas de los sentidos y los sentimientos mientras se realiza el simulacro de juicio. Así nadie sale huyendo cuando se anuncia el veredicto, pero nosotros seguíamos allí: preparados, alertas y numéricamente superiores, y teníamos dones sobrenaturales de nuestra parte, mientras que

Bella anulaba los suyos. Aro sabía que, al tener a Zafrina de nuestro lado, eran ellos quienes se quedarían ciegos en cuanto comenzara el combate. Estoy seguro de que habríamos sufrido unas pérdidas terribles, pero las suyas no habrían sido menores, y había una alta posibilidad de que ellos perdieran. Nunca antes se habían enfrentado a un caso semejante, y no estaban dispuestos a hacerlo el día de hoy.

—Resulta difícil sentirte cómodo cuando estás rodeado por hombres lobo del tamaño de un caballo —espetó Emmett mientras palmeaba el brazo de Jacob.

Éste le devolvió una enorme sonrisa.

—Lo primero que los detuvo fueron los lobos —dije yo.

—Por supuesto —coincidió Jacob.

—Totalmente de acuerdo —admitió Edward—. Ésa era otra imagen que jamás habían presenciado. Los verdaderos Hijos de la Luna no se mueven en manadas y no suelen tener mucho control de sí mismos. Dieciséis enormes lobos disciplinados era una sorpresita para la que no estaban preparados. De hecho, a Cayo le aterran los licántropos. Estuvo a punto de perder en un enfrentamiento con uno de ellos hace unos miles de años, y jamás lo olvidó.

—Entonces, ¿existen hombres lobo de verdad, de los que se transforman con la luna llena y a los que les afectan las balas de plata? —quise saber.

—Lo de la luna llena, sí es cierto; lo de las balas de plata, no —me explicó Edward—. Los hombres lo incluyeron luego en los mitos en un afán de creer que tenían una oportunidad contra ellos. No quedan muchos, la verdad, pues Cayo los ha cazado hasta casi dejarlos extintos.

—¿Y por qué nunca lo habías mencionado?

—No surgió el tema.

Puse los ojos en blanco. Alice se hallaba debajo del otro brazo de Edward. Se inclinó hacia adelante mientras se echaba a reír y me guiñó un ojo.

Le devolví la mirada de complicidad.

La quería con locura, por supuesto, pero empezaba a sentirme molesta con ella ahora que había tenido oportunidad de asimilar que de verdad estaba en casa y que su deserción no había sido más que un truco para que Edward creyera que nos había abandonado. Me debía una explicación.

Alice suspiró.

—De acuerdo: suéltalo todo, desahógate.

—¿Cómo pudiste hacerme esto a mí, Alice?

—Era necesario.

—¿Necesario? —estallé—. Me tenías totalmente convencida de que íbamos a morir todos. He estado hecha una piltrafa durante semanas.

—Podía haber ocurrido —repuso con calma—, y en ese caso debías estar preparada para salvar a Nessie.

La niña dormía en mi regazo. La sujeté con más fuerza de forma instintiva.

—Pero tú sabías la existencia de otras opciones —la acusé—, sabías que había una esperanza. ¿No se te ocurrió pensar que podías habérmelo dicho todo? Sé que Edward debía pensar que estábamos en un callejón sin salida cuando Aro le leyera la mente, pero a mí sí podías decírmelo.

Ella me dirigió una mirada pensativa.

—Yo no lo veo de esa manera —replicó—. Tú no sabes fingir, ése es el problema.

—Ah, entonces esto tiene que ver con mi capacidad de interpretación...

—Baja una octava la voz, Bella. ¿Acaso tienes idea de lo complicado que ha sido organizar todo esto? Ni siquiera estaba segura de que existiera alguien como Nahuel. Lo único que sabía era que debía buscar a alguien a quien no podía ver. Intenta imaginar cómo puede ser la búsqueda de un punto ciego; no está entre las cosas más fáciles que he hecho, no precisamente. Además de localizarlo, teníamos que enviar hasta acá al testigo clave, como si no estuviéramos ya bastante mal de tiempo. Y debía mantenerme muy atenta a cualquier pista que soltaras sobre Río.

”Pero por encima de todo debía estar atenta a cualquier posible truco de los Vulturi a fin de darles las pistas necesarias para que estuvieran listos y pudieran afrontar sus planes de ataque. Eso me dejaba sólo unas pocas horas para rastrear todas las posibilidades. Y sobre todo, debía asegurarme de que creyeran que los había abandonado para que Aro estuviera seguro de que ustedes no guardaban ningún as en la manga, o de lo contrario jamás habría actuado como lo hizo. Y si tú crees que no me sentía fatal…

—Está bien, está bien —la interrumpí—. ¡Perdón! Sé que también fue duro para ti. Es sólo que… Bueno, te extrañé mucho, tonta. No vuelvas a hacerme esto, Alice.

El trino de su risa se dejó oír por toda la habitación. Todos sonreímos al volver a oír esa música de nuevo.

—También yo te extrañé, así que perdóname; intenta contentarte con ser la superheroína del día.

Todos se rieron de nuevo y yo sentí mucha vergüenza, así que oculté el rostro entre el pelo de Nessie.

Edward continuó haciendo el análisis de cada cambio de intención y los intentos de control que fueron surgiendo durante la confrontación, y aseguró que había sido mi escudo lo que había provocado que los Vulturi huyeran con el rabo entre las patas. Todos, incluso Edward, me observaron de un modo que me hizo sentir muy incómoda. Era como si hubiera crecido treinta metros en el transcurso de la mañana. Estaban impresionados, y yo intenté ignorar sus miradas, manteniendo la vista fija en el rostro dormido de Nessie y en la expresión inalterada de Jacob, para quien yo siempre sería Bella. Y eso era un alivio.

La mirada más difícil de ignorar es precisamente la que más capacidad tiene de confundirte.

No era el caso del semihumano y semivampiro Nahuel, acostumbrado a pensar en mí de un modo muy concreto, ya que hasta donde él sabía, yo me pasaba el día rodeada de vampiros hostiles y demoledores. La escena del prado no tenía nada de extraño para él, pero el joven no apartaba los ojos de mí, o tal vez no dejara de mirar a Nessie, lo cual también me hacía sentir muy incómoda.

Seguramente no había pasado por alto que Nessie era la única mujer de su clase que no era su media hermana.

Yo creía que a Jacob todavía no se le había ocurrido esa idea, y tenía la esperanza de que eso no sucediera pronto, pues había tenido demasiados enfrentamientos por una larga temporada.

Al final, los demás empezaron a bombardear con preguntas a Edward y la discusión general se disolvió en un puñado de conversaciones privadas.

Me sentía fatigada de un modo un poco extraño. No tenía sueño, desde luego, pero sí notaba en los huesos que el día había sido demasiado largo. Añoraba un poco de paz, algo de tranquilidad. Quería que Nessie descansara en su propia cama y sentir las paredes de mi casita a mi alrededor.

Miré a mi esposo y sentí que por un instante era capaz de leerle la mente. Noté que él sentía exactamente lo mismo; estaba listo para disfrutar de un poco de paz.

—Deberíamos acostar a Nessie…

—Quizá sea buena idea —respondió enseguida—. Estoy seguro de que con tanto ronquido anoche no durmió bien.

Luego le sonrió a Jacob, quien torció los ojos hasta ponerlos en blanco y luego bostezó.

—Hace un montón de tiempo que no duermo en una cama. Mi viejo estaría encantado de tenerme de nuevo bajo su techo, les apuesto lo que quieran…

Le acaricié la mejilla.

—Gracias, Jacob.

—Aquí estaré cuando lo necesites, Bella, ya lo sabes.

Se puso de pie, se estiró y nos besó en la coronilla a Nessie y a mí. Al final, palmeó el hombro de Edward.

—Los veo mañana, chicos. Supongo que ahora todo va a ser aburridísimo, ¿no?

—Espero que sí, de todo corazón —contestó Edward.

En cuanto él se fue nos levantamos. Fui alterando la posición para no mover a la niña. Estaba muy contenta de verla dormir tan profundamente después de haber tenido que soportar tanta presión. Era hora de que volviera a ser una niña, protegida y segura durante los pocos años de su infancia.

La perspectiva de paz y seguridad me recordó la existencia de alguien que no había conocido ninguno de esos sentimientos ni por un minuto.

—Ah, una cosa, Jasper —comenté mientras nos dirigíamos a la puerta.

Él se hallaba entre Alice y Esme, y no sabía por qué, pero la imagen parecía más hogareña de lo normal.

—¿Sí, Bella?

—Me da curiosidad por qué J. Jenks se quedó helado de miedo al oír tu nombre.

Jasper se rió entre dientes.

—La experiencia me indica que el miedo es un incentivo más fuerte que la expectativa de lucro para que ciertas relaciones laborales funcionen.

Torcí el gesto mientras me prometía para mis adentros encargarme personalmente de esa relación laboral a partir de este momento y ahorrarle a J el ataque al corazón que debía estar a punto de sufrir.

Besamos y abrazamos a todos los miembros de nuestra familia antes de darnos las buenas noches. Nahuel volvió a ser la única nota discordante; nos miró fijamente mientras nos íbamos, como si deseara seguirnos.

Después de cruzar el río caminamos tomados de la mano a un ritmo apenas más veloz que el de los humanos. No había prisa. Me había hartado de estar siempre al máximo y ahora quería tomarme mi tiempo. Edward parecía sentir lo mismo.

—Debo reconocer que Jacob me impresionó profundamente —me dijo Edward.

—Los lobos ya no causan el mismo impacto, ¿eh?

—No me refería a eso. En todo el día no ha pensado que, de acuerdo con lo que expuso Nahuel, Nessie habrá alcanzado la madurez en sólo seis años y medio.

Consideré el asunto durante un minuto.

—Ni la ve de ese modo ni tiene prisa porque crezca. Sólo desea su felicidad.

—Lo sé. Como te dije, es impresionante. Me fastidia mucho decirlo, pero a la niña le podría haber ido peor.

Fruncí el ceño.

—No voy a pensar en eso hasta dentro de unos seis años y medio.

Edward soltó una carcajada y luego suspiró.

—Por supuesto, cuando llegue el momento va a tener competidores por los cuales preocuparse.

Fruncí más el ceño.

—Lo noté. Le agradezco a Nahuel su comportamiento de hoy, pero tanta miradita resultaba un poquito rara, y me da igual si Nessie es la única semivampira con quien no tiene parentesco.

—Ah; no la miraba a ella: te miraba a ti.

Eso era lo que me había parecido, pero no tenía mucho sentido.

—¿Y por qué?

—Porque estás viva —contestó él en voz baja.

—No te entiendo.

—Toda su vida, y tiene cincuenta años más que yo… —empezó a explicarme.

—Vejestorio —lo interrumpí.

Él me ignoró.

—Se ha acostumbrado a pensar en sí mismo como una criatura diabólica, un asesino por naturaleza. Sus hermanas también mataron a sus madres al nacer, pero a ellas eso no les preocupa porque el tal Joham las ha criado con la idea de que los humanos son poco más que animales y ellos, en cambio, son dioses, pero es Huilen quien ha educado a Nahuel, y Pire era la persona a quien más quería Huilen. Eso ha cambiado su perspectiva y, en cierto modo, él se odiaba de verdad.

—Qué triste —murmuré.

—Entonces llega aquí y nos ve a nosotros tres, y por primera vez comprende que ser casi inmortal no tiene por qué ser necesariamente perverso. Me ve a mí y ve lo que podía haber sido su padre.

—En ese sentido tú eres un ideal perfecto —admití.

Me bufó y luego se puso serio otra vez.

—Cuando te mira, ve la vida que su madre debió haber tenido.

—Pobre Nahuel —musité.

Suspiré, porque sabía que después de eso jamás podría pensar mal de él, sin importar lo incómoda que pudiera sentirme por sus miradas.

—No estés triste por él: ahora es feliz. Hoy por fin ha empezado a perdonarse.

Sonreí al saber de la felicidad de Nahuel y luego pensé que el día de hoy pertenecía al reino de la felicidad. Aunque la ejecución de Irina era una sombra oscura en un terreno iluminado por la luz blanca e impedía que la felicidad fuera perfecta, era imposible negar la alegría. La vida por la cual tanto había luchado volvía a estar a salvo. Mi familia se había reunido y a mi hija le esperaba un futuro infinito por delante. Iría a visitar a mi padre al día siguiente para que viera que la dicha había reemplazado al miedo en mis ojos, y así él también sería feliz. De pronto tuve la seguridad de que no lo encontraría solo; en las últimas semanas no había podido estar muy atenta, pero en ese instante me di cuenta de algo que había sabido desde hacía mucho tiempo: Sue y Charlie estaban juntos. La madre de los licántropos con el padre de los vampiros. Él ya no iba a estar solo. Sonreí satisfecha ante esta nueva perspectiva.

Pero el hecho más significativo en esta oleada de felicidad era el más seguro de todos: iba a estar con Edward para siempre.

No tenía interés alguno en revivir las últimas semanitas, pero tenía que admitir que me hacían valorar más que nunca lo que tenía.

La casita era un remanso de paz iluminado por la plateada luz azulada de la luna. Acostamos a Nessie en su cama y la arropamos con suavidad. La niña sonreía en sueños.

Me quité del cuello el regalo de Aro y lo dejé en una esquina de la habitación. Nessie podría jugar con él cuando quisiera. Le gustaban los objetos brillantes.

—Una noche de celebración —murmuró mientras me ponía la mano bajo el mentón para buscar mis labios con los suyos.

—Espera —vacilé, y retrocedí.

Me miró confundido, pues por lo general nunca me retiraba. Bueno, era más que una norma: aquella era la primera vez.

—Quiero probar una cosa —le informé, y sonreí un poquito al observar su expresión de perplejidad.

Puse las manos en ambas mejillas y cerré los ojos para concentrarme.

No me había salido muy bien cuando Zafrina había intentado enseñarme, pero ahora estaba consciente de que había mejorado mi dominio del escudo. Entendía bien esa parte que no quería separarse de mí; el instinto irreflexivo de preservación prevalecía por encima de todo lo demás. Para nada era tan fácil como proteger a otra persona que no fuera yo, y todavía notaba la tensión de la elasticidad, el deseo del escudo de recuperar su estado original, mientras luchaba por seguir protegiéndome. Tuve que esforzarme al máximo para quitármelo por completo. Requirió toda mi atención.

—¡Bella! —susurró Edward, asombrado.

Supe que había funcionado. Luego, me concentré todavía más y escudriñé en los recuerdos específicos que había guardado para ese momento, dejando que fluyeran por mi mente, con la esperanza de que también lo hicieran por la de Edward.

Algunos de esos opacos vestigios de mi memoria humana eran difusos y poco claros, pues se referían a hechos que había visto y escuchado con ojos y oídos débiles: la primera vez que vi su rostro, cómo me sentí la vez que me cargó en el prado, el sonido de su voz en la oscuridad de la inconsciencia cuando me salvó de James, su rostro cuando me esperaba debajo de un dosel de flores para casarse conmigo, todos los preciosos momentos que vivimos en Isla Esme, sus manos frías acariciando a nuestra hija a través de mi piel…

Además, tenía recuerdos mucho más precisos y perfectamente definidos: su rostro en cuanto abrí los ojos a la nueva vida, el amanecer interminable de la inmortalidad, aquel primer beso, esa primera noche…

De pronto, sus labios se unieron a los míos y mi concentración se relajó, a consecuencia de lo cual perdí el control que me permitía mantener el escudo alejado de mí; éste volvió de inmediato a su posición original, como si se tratara de una capa elástica, protegiendo de nuevo mis pensamientos.

—¡Uf! ¡Lo solté! —suspiré.

—¡Te escuché! —dijo, jadeando—. ¿Cómo…? ¿Cómo lo lograste?

—Fue idea de Zafrina. Practicamos en varias ocasiones.

Estaba ofuscado. Parpadeó dos veces y sacudió la cabeza.

—Ahora ya lo sabes —comenté, encogiéndome de hombros para restarle importancia—: nadie ha amado tanto como yo te amo a ti.

—Casi tienes razón —esbozó una sonrisa. Seguía teniendo los ojos más abiertos de lo habitual—. Conozco sólo una excepción.

—Mentiroso.

Comenzó a besarme otra vez, pero de pronto se detuvo.

—¿Puedes volver a hacerlo? —inquirió.

Le hice un mohín.

—Es muy difícil.

Aguardó con expresión ávida.

—La más mínima distracción me impide aguantar.

—Me portaré bien —prometió.

Fruncí los labios y entorné los ojos, pero luego le sonreí.

Apreté las manos sobre su rostro una vez más y retiré el escudo de mi mente para dejarme ir de nuevo hasta los nítidos recuerdos de la primera noche de esta vida nueva, demorándome en los detalles.

Reía sin aliento cuando la urgencia de su beso interrumpió otra vez mis esfuerzos.

—Maldita sea —refunfuñó, mientras me besaba con ansia por debajo del mentón.

—Tenemos todo el tiempo del mundo para perfeccionarlo —le recordé.

—Por siempre y para siempre jamás —murmuró.

—Eso me suena a gloria.

Y entonces continuamos disfrutando con alegría esa pequeña pero perfecta fracción de nuestra eternidad.

Índice de vampiros
ordenado alfabéticamente por clan

* En posesión de un don sobrenatural comprobable.
- Pareja estable (figura primero el de mayor edad).
Los nombres tachados corresponden a los fallecidos
antes del comienzo de esta novela.

CLAN DEL AMAZONAS
Kachiri
Senna
Zafrina*

CLAN DE DENALI
Eleazar* - Carmen
Irina - ~~Laurent~~
Kate *
~~Sasha~~
Tanya
~~Vasilii~~

CLAN EGIPCIO
Amun - Kebi
Benjamín* - Tia

CLAN IRLANDÉS
Maggie*
Siobhan* - Liam

CLAN DE OLYMPIC
Carlisle - Esme
Edward* - Bella*
Jasper* - Alice*
Renesmee*
Rosalie - Emmett

CLAN DE LOS RUMANOS
Stefan
Vladimir

CLAN DE LOS VULTURI
Aro* - Sulpicia
Cayo - Atenodora
Marco* - ~~Dídima~~*

GUARDIA VULTURI
(listado incompleto)
Alec*
Chelsea* - Aftón*
Corin
Demetri*
Felix
Heidi*
Jane*
Renata*
Santiago

NÓMADAS
NORTEAMERICANOS
(listado incompleto)
Garrett
~~James~~* - ~~Victoria~~*
Mary
Peter - Charlotte
Randall

NÓMADAS EUROPEOS
(listado incompleto)
Alistair*
Charles* - Makenna

Agradecimientos

Como siempre, debo una gratitud inmensa a:

Mi maravillosa familia, por todo su apoyo y su amor inigualable.

Mi perspicaz y encantadora publicista, Elizabeth Eulberg, por crear a Stephenie Meyer a partir de la burda arcilla que una vez fue sólo la tímida Steph.

A todo el equipo de Little Brown Books for Young Readers por cinco años de entusiasmo, fe, apoyo y un trabajo duro e increíble.

Todos los fantásticos creadores y administradores de las páginas web aficionadas de la saga *Crepúsculo*. Me asombra lo estupendos que son.

Mis magníficos e inteligentes fans, con su incomparable buen gusto en música, filmes y libros, por seguir queriéndome más de lo que merezco.

Las tiendas de libros, por hacer de esta serie un éxito con sus recomendaciones. Todos los escritores están en deuda con ustedes por su amor y su devoción por la literatura.

Los numerosos grupos y músicos que me mantuvieron motivada. ¿Ya he mencionado a *Muse*? ¿No?, ¿de verdad? Qué mal. *Muse, Muse, Muse*…

Debo dar las gracias también a:

La mejor banda de todos los tiempos: *Nic y las Jens*, con la participación de Shelly C. (Nicole Driggs, Jennifer Hancock, Jennifer Longman y Shelly Colvin). Gracias por ampararme bajo su gran ala, chicas. Me habría quedado encerrada en casa de no ser por ustedes.

Mis amigos Cool Meghan Hibbert y Kimberly "Shazzer" Suchy, que están muy lejos, pero son fuentes de cordura.

Mi mentora Shannon Hale, por entenderlo todo y por darle alas a mi amor por el humor "tipo zombi".

Makenna Jewell Lewis por el uso de su nombre, y su madre, Heather, por su apoyo al Arizona Ballet.

Las nuevas incorporaciones a mi *playlist* (lista de reproducción) de "inspiración literaria": *Interpol, Motion City Soundtrack* y *Spoon*.

La saga completa, publicada por Alfaguara:

Crepúsculo

Luna nueva

Eclipse

Amanecer

www.crepusculo-es.com

Otros títulos relacionados con la saga:

Crepúsculo:
El libro oficial
de la película

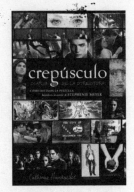

Crepúsculo:
Diario de
la directora

Luna nueva:
El libro oficial
de la película

Huésped